알렉스 퍼거슨
나의 축구, 나의 인생

Managing My Life

알렉스 퍼거슨
나의 축구, 나의 인생

알렉스 퍼거슨 지음 임지현 옮김

문학사상

불가능을 가능으로 만든 위대한 리더, 알렉스 퍼거슨

한준희(KBS 축구해설위원)

"불굴의 정신력, 팀을 통솔하는 카리스마,
인재를 알아보는 안목, 미래를 준비하는 경영 마인드까지
스포츠를 넘어 현대사회 리더의 덕목들을
종합적으로 갖춘 이가 바로 알렉스 퍼거슨이다."

장구한 축구 역사를 통틀어 '클럽 그 자체보다 거대한 감독'은 흔치가
않다. 그러나 이러한 감독에 관한 질문이 주어질 때, 가장 처음으로 뇌리
에 떠오르는 이름은 두말할 나위 없이 맨체스터 유나이티드의 알렉스 퍼
거슨이다. 퍼거슨 감독은 1968년 유럽 챔피언을 차지한 이후 그저 그런
세월을 보내온 맨체스터 유나이티드를 다시 최정상 대열의 강자로 도약
시켰고, 결국에는 지구촌의 대표 축구 클럽들 중 하나로 우뚝 서게 했다.
최근에 세계 최고 이적료 기록을 경신하기도 한 맨체스터 유나이티드의
영화와 번영이 바로 이 사나이로부터 비롯했다 해도 과언이 아니다.

혁신, 그리고 시작된 '영광의 역사'

사실 퍼거슨은 올드 트래포드에 도착하기 이전부터 될성부른 지도자
였다. 그는 이른바 셀틱과 레인저스 이외에는 우승할 수 없다는 스코틀

랜드 리그에서 애버딘을 세 차례나 우승시키는 기염을 토했다. 하지만 퍼거슨의 맨체스터 유나이티드 입성 초기는 한마디로 고난과 위기의 연속이었다. 시즌 한때 19위까지 떨어진 클럽에 도착해 첫 시즌을 11위로 막아냈으나, 이후에도 한동안 맨체스터 유나이티드는 롤러코스터를 탔다. 급기야 퍼거슨은 1990년 1월 경질 일보직전까지 내몰리기도 한다. 그러나 그는 이 위기로부터 극적으로 탈출하는 데 성공, 그 시즌 FA컵을 들어 올림으로써 '영광의 역사'의 작은 시작을 알렸다.

초기의 어려움에도 불구하고 퍼거슨은 맨체스터 유나이티드에 '혁신의 씨앗'을 뿌리고 있었다. 1987년 퍼거슨은 라이언 윌슨(이후의 라이언 긱스)이라는 어린 소년의 집을 직접 찾았고, 1992년에는 말썽 많은 프랑스인 에릭 칸토나의 영입을 과감하게 추진했다. 또한 1995년 기존 거물들인 마크 휴즈, 폴 인스, 안드레이 칸첼스키스를 내치면서 데이비드 베컴, 폴 스콜스와 같은 신세대들에게 클럽의 명운을 맡긴 사건이야말로 매우 파격적인 선택이 아닐 수 없었다. 이러한 퍼거슨 감독의 안목과 혜안, 혁신성은 맨체스터 유나이티드를 잉글랜드 무대의 절대 강자로 성장시키는 한편, 잉글랜드 클럽이 한동안 넘보지 못했던 유럽 정상을 노크하는 수준으로 끌어올렸다.

탁월한 리더, 세계를 정복하다

잉글랜드에서 모든 것을 다 이룬 퍼거슨의 '궁극의 꿈'은 유럽 정복이었지만, 그는 다른 스타일의 강자들이 득실대는 유럽 무대에서 수차례 좌절을 맛보기도 했다. 특히 1997년 도르트문트에 패해 챔피언스 리그 결승 문턱에서 좌초했던 사건은 에릭 칸토나의 은퇴와 맞물리며 진한 아쉬움을 남겼다. 그러나 이것은 유럽을 향한 퍼거슨의 열망을 조금도 감퇴시키지 않았는데, 그는 테디 셰링엄, 드와이트 요크, 야프 스탐과 같은 선수들을 가세시켜 재도전에 나선다. 마침내 역사적인 1999년, 맨체스터 유나이티드는 바이에른 뮌헨, 바르셀로나, 인터 밀란, 유벤투스를 상대한 모든 경기들에서 단 한 차례도 패하지 않는 놀라운 경기력과 투혼을 선보이며 유럽 챔피언에 오르는 대업을 완성했다.

그 시즌의 모든 트로피를 휩쓸었다는 사실을 넘어, 당시의 맨체스터 유나이티드는 '불가능을 가능으로 만드는 팀', '역전의 명수', '명승부 제조기'와 같은 인상적인 이미지로써 지구촌에 선풍을 몰고 왔다. 외관상 더 호화로운 강적들과의 승부, 선제골을 허용하고 끌려가던 승부, 퇴장으로 인해 수적 열세에 빠진 승부, 경기 막판까지 손에 땀을 쥐는 아슬아슬한 승부들에서 모두 드라마틱한 승리를 일궈내는 괴력을 선보인 팀이 맨체스터 유나이티드였기 때문이다. 그리고 맨체스터 유나이티드의 이러한 캐릭터야말로 단지 기적이나 우연의 산물이 아니라, 지휘자 알렉스 퍼거슨의 불굴의 의지가 투영된 결과물이라는 것이 필자의 생각이다.

캄프 누의 기적을 향해

축구감독 퍼거슨이 들어 올린 트로피는 무려 49개에 달하며 그 가운데 38개가 맨체스터 유나이티드에서의 업적이지만, 이 사나이의 위대함은 단순히 트로피의 숫자로만 설명될 수는 없다. 무수히 많은 위기를 극복해온 그의 불굴의 정신력을 비롯해, 팀의 기강을 세우는 카리스마, 유망한 재원을 알아보고 중용하는 안목, 현재뿐 아니라 미래를 준비하는 경영 마인드, 다른 이들의 전략과 전술을 흡수하는 융통성에 이르기까지 스포츠를 넘어 현대사회의 리더의 덕목들을 종합적으로 갖춘 이가 바로 알렉스 퍼거슨인 까닭이다. 퍼거슨 감독 일생 최고의 하이라이트인 '1999년의 캄프 누'야말로 이러한 덕목들의 산물임을 필자는 확신한다.

《알렉스 퍼거슨 : 나의 축구, 나의 인생》은 '탁월한 리더' 알렉스 퍼거슨
이 삶의 고뇌와 역경 속에서 어떻게 자신을 성장시켜 '1999년 캄프 누'
에 이르게 되었는지를 세심하게 기술한 자서전이다. 따라서 이 책은 퍼
거슨 감독과 맨체스터 유나이티드에 관심이 많은 축구 마니아들의 욕구
를 충족시킬 뿐 아니라, 험난한 시대를 살아가는 우리 모두가 각자 자신
의 '1999년 캄프 누'로 나아가는 데 있어 실로 유익한 교훈과 지침을 제
공할 것이다.

누구나 인생의 모든 고비마다 늘 자신을 도와주고 인도해주고 사랑해준 사람들을 떠올리는 것은 당연한 일이다. 나는 그토록 행복한 유년기를 보낼 수 있게 해준 하느님께 감사드린다. 아직도 어머니와 아버지 그리고 친가와 외가 친척들의 따뜻한 애정이 나와 함께하는 것을 느낄 수 있다. 무릇 사람은 자기 부모를 닮기 마련이다. 경험이 인격을 형성하는 데 영향을 끼칠 수 있지만, 개인의 성정은 부모로부터 물려받는 것이라는 건 나의 경우만 봐도 맞는 말이다.

내 동생 마틴은 나와 같은 길을 걸어왔지만 성격은 전혀 다르다. 그럼에도 불구하고 동생은 우리 부모가 기른 자식답다. 그보다 더 좋은 동생은 어디에도 없을 것이다.

내 아내 캐시는 우리 가족의 기둥으로 우리 세 아들, 마크, 제이슨, 대런을 양육하는 짐을 홀로 짊어지다시피 해왔다. 그것만으로도 더 바랄 게 없을 지경인데 아들들은 정말로 잘 자라주었으며, 인간으로서도 아들로서도 번듯하게 성장했다. 우리 가족은 그토록 훌륭한 아내이자 어머니인 캐시에게 감사해야 한다. 캐시는 언제나 뒷전에 물러나 있었지만, 이제는 그녀가 조금이나마 각광을 받아야 할 때다. 내가 거둔 모든 성공에는 아내의 조력이 있었다는 사실을 고마운 마음으로 전한다. 인생에 대한 그녀의 소박한 태도와 아낌없는 지원이 없었더라면 그중 아무것도 이루지 못했을 것이다.

지금도 나는 1995년 여름을 결코 잊지 못한다. 나와 캐시는 고모인 이소벨과 고모부인 소니를 만나기 위해 캐나다에 가기로 했다. 전화통화를 하는 도중 소니 고모부의 건강이 좋지 않다는 느낌을 받았기 때문이었다. 마틴과 나는 소니에게 많은 신세를 졌다. 교사였던 고모부는 우리가 어릴 때 짬을 내서 공부를 가르쳐주셨다. 그 때문에라도 그를 방문할 기회를 그냥 넘길 수는 없었다.

우리가 많은 얘기를 나누던 중에 나는 자서전을 쓸 계획을 내비쳤다. 나는 고모부에게 존경의 표시로 그가 썼던 시 중 하나를 실어도 되느냐고 물었고 그 자리에서 흔쾌히 승낙을 받았다. 안타깝게도 넉 달 후 고모부는 그만 세상을 떠나고 말았다. 여기 나의 어머니 리즈가 돌아가셨을 때 고모부가 보내준 시에서 세 구절을 소개한다. 밝고 상냥했던 어머니에게 바치는 찬사로 나에게는 매우 특별한 시다.

빈곤했던 30년대에 성장해야 했던 불운에
모든 사람들이 한탄하는
절망으로 점철된 고된 나날 속에서도
틈틈이 리즈는 사람들을 따뜻하게 보살폈지.

리즈는 말하곤 했지.
자신이 받은 모든 축복을 헤아려 보라.
그리고 하루가 끝날 때마다 헤아린 것을 모두 더해보라.
하나 또는 둘밖에 없다 해도 상심하지 마라.
너보다 더 불행한 사람도 있다는 사실을 기억하라.

아직도 마음의 눈에서 리즈의 모습이 선명하게 보이네.
그녀가 준 다정한 추억은 결코 사라지지 않으니까.

그러면 리즈 같은 사람을 만나게 해주신
하느님께 감사드리게 돼.

그해 여름휴가 동안 조카인 스티븐이 19살의 어린 나이에 비극적인
죽음을 맞았다. 1999년의 업적을 축하할 때조차도, 아니 어쩌면 그 때문
일지도 모르지만, 과거를 돌아보지 않을 수 없었다.

알렉스 퍼거슨

차례

| 감사의 글

　일단 이 책을 내기로 결정을 내리자 편찬을 맡을 이 시대 최고의 스포츠 저널리스트를 찾는 문제가 관건이었다. 휴 맥킬버니가 물망에 올랐다. 친구인 마이크 딜론에게 이 훌륭한 기자의 의중을 떠보라고 부탁했다. 그가 〈선데이 타임스〉 일로 얼마나 바쁜지 잘 알고 있었기 때문이다. 다행히도 그는 호의적인 대답을 보내왔다. 1998년 1월의 일이었고, 그후 석 달 동안 우리는 글래스고를 여행하며 내 인생에서 중요한 역할을 했던 사람들의 이야기를 책으로 옮길 준비를 했다.

　1998년 여름, 휴와 내가 정기적으로 만나는 사이사이에 나는 내 인생에서 기억할 수 있는 모든 것들을 종이에 옮겨 적었다. 작업을 마치자 원고는 25만 단어에 이르렀다. 상당한 분량이었다. 그 후에 자신의 글로 편집하여, 그의 표현대로 "기관총처럼 써 갈긴 원고"를 읽을 만하게 만드는 것은 휴의 몫이었다. 하지만 맙소사, 그는 정말로 환상적으로 일을 해냈다. 두서없이 횡설수설한 말을 자신의 문체로 몰라볼 정도로 달라지게 만든 것은 물론, 내 살아온 날들에 또렷함과 질서를 만들어주었다. 정말 잘했습니다, 휴. 당신은 천재입니다. 한밤중에 전화를 얼마나 받았는지 모른다. "맥린McLean은 소문자 c와 대문자 L인가요, 아니면 그냥 mac이라고 쓰나요?" 그의 프로다움을 직접 겪었던 경험은 즐거운 추억으로 남아 있다.

　휴의 조카인 패트리시아 머피 역시 이 책이 만들어지는 데 중요한 역할을 했다. 알아보기 힘든 내 친필 원고가 완성되면 일단 패트리시아에게 보내졌다. 그러면 그녀는 내 원고를 해독하고 깨끗하게 타이핑한 뒤 곧장 휴에게 보냈다. 우리 두 사람을 대표해서 그녀의 노고에 진심 어린 감사를 전한다.

마찬가지로 내 친필 원고가 무사히 목적지에 도착하도록 감독하고, 출판사와의 연락을 도맡아주고, 전화 한 통화만 하면 언제나 달려와 주었던 나의 비서인 린에게도 고마움을 전하고 싶다.

애버딘과 맨체스터 유나이티드에서 감독으로 있으면서 선수들, 구단 직원, 경기장관리팀 등 늘 좋은 사람들과 함께 일할 수 있었던 것은 행운이었다. 그들에게 많은 빚을 졌음을 밝힌다.

출판사 회장인 로디 블룸필드, 그의 비서인 니콜라 린턴 역시 내가 감사를 드리고 싶은 분들이다. 로디는 나를 정기적으로 만나서 도움과 격려를 아끼지 않았다. 그는 휴와 밀접하게 일하면서 전문가들로 이루어진 팀(모두 11명이다!)을 총지휘했다. 죽마고우인 글렌 기본스는 원고에서 초기 스코틀랜드 부분을, 오랜 친구이자 동료였던 데이비드 미크는 맨체스터 유나이티드 부분을 검토해주었다. 책을 위해 같이 일했던 사람들 중 통계 자료를 정리했던 알라스테어 맥도널드와 클리프 부더, 사진을 찾아준 가브리엘 앨런, 교열을 맡아주었던 마리온 폴, 지도를 디자인해준 로드니 폴, 북 디자이너인 봅 빅커스, 색인을 정리해준 질 포드, 호더 앤드 스토우튼의 제작 책임자 샌디 스튜워드 그리고 모든 원고를 읽고 최종 검토를 했으며 매우 중요한 문제 제기를 해주었던 〈인디펜던트〉의 축구 기자인 필 쇼에게도 감사를 보내고 싶다.

| 소개의 글

알렉스 퍼거슨이 1998년 이 책을 쓰기로 계약을 맺었을 당시 그는 이미 놀라운 이야깃거리를 잔뜩 가지고 있었다. 애버딘에서 8년 반, 맨체스터 유나이티드에서 11년 동안 있으면서 거둔 업적으로 영국축구 역사상 가장 큰 성공을 거둔 감독을 선정하는 그 어떠한 리스트에도 그의 이름이 빠진 적이 없다. 그러나 그의 이야기가 자연스러운 클라이맥스 없이 단 하나의 거대한 소망이 성취되지 못한 채 아픔으로 끝맺을 위험도 도사리고 있었다. 때문에 지지부진한 결말이라면 질색하는 퍼거슨은 맨체스터 유나이티드를 전례 없는 승리로 이끌면서 이 문제를 직접 해결해 버렸다. 그들이 그토록 오랫동안 갈망하던 유러피언컵을 올드 트래포드 [Old Trafford, 맨유의 홈구장]로 되찾아오는 것은 물론, 그 과정에 프리미어리그 타이틀과 FA컵 우승을 더하며 꿈이라 해도 허황되게 보일 트레블 [3관왕]을 깔끔히 완성시켰다. 자신의 자서전이 출판할 가치가 있도록 만들기 위해 가능한 모든 일을 다 하겠다는 약속을 매우 화려한 방식으로 지킨 셈이다.

이 프로젝트에 대한 알렉스의 지원이 아낌없이 이루어지리라는 것을 알았기 때문에 나는 이 책의 저술에 참여하게 되었다. 그는 이미 나에게 현역에 종사하는 사람의 회고록에서 흔히 볼 수 있는 위선적이고 미적지근한 글이 아니라, 자신의 모든 것을 솔직하고 포괄적으로 밝힐 것이라고 약속한 바 있었다. 나 역시 그의 기억력이 그의 에너지만큼이나 엄청나다는 사실을 알고 있었다. 이 두 가지 요소의 결합은 50년이 넘는 시간에 대한 세세한 회상을 산사태처럼 쏟아부을 수 있게 해줄 터였다. 대부분의 원고는 흔한 일중독자의 빡빡한 하루일과 중에 짜낼 수 있는 자투리 시간을 이용해 무시무시한 속도로 써 내려간 것이다. 두 주 남짓한 시간 동안 리그 타이틀을 따내고 두 개의 우승컵을 들어 올리는 사이에도 쉬지 않고 의식의 흐름을 좇아 15,000 단어 분량의 증언을 쏟아냈다. 문단 나누기 같은 정통적인 글쓰기 방식으로 이야기의 흐름을 끊는 일 따윈 신경 쓰지도 않았다.

알렉스가 지칠 줄 모르고 써 내려간 원고에 담긴 풍성한 내용은 나의 재주 많은 조카 패트리시아 머피에 의해 깔끔하게 타이핑된 원고의 산으로 변했다. 이 영웅적인 위업에 더해 조카는 알렉스의 엄청나게 방대한(25만 단어는 충분히 방대하다고 할 만하다) 노트더미와 수도 없이 나눈 대화의 녹취록을 완성된 원고로 풀어내는 작업을 주말마다 도왔다. 조카가 나를 위해 해준 모든 수고와 따뜻한 배려는 영원히 감사를 받아야 할 것이다.

알렉스는 자기 자신을 독자들에게 정확하게 보여주려고 했다. 지나친 단순화를 싫어하는 그의 모습에서 나는 많은 영향을 받았다. 그는 다른 사람들과 자기가 몸담은 세계의 복잡성을 기꺼이 정면에서 다루었고, 언어에 대한 열정은 단순한 감탄사를 과도하게 쓰는 표현방법을 지양하게 만들었다. 또한 판에 박힌 대답이 아닌 깊게 생각한 대답을, 축구계에서 사용되는 전문용어가 아닌 정확한 일상용어를 선호했다. 만약 이어지는 페이지에서 묘한 서정성이 나타난다면 분명 알렉스가 직접 말하거나 쓴 무언가에서 비롯된 것임을 밝혀둔다. 예상대로 그는 자신의 가치관을 형성시킨 가족과 고향인 클라이드에 대해 이야기할 때 가장 많은 부분을 할애했다. 나로서는 단순한 축구서적을 넘어 열정적이고 매력적인 한 개인의 인생 이야기를 축구라는 위대한 게임을 통해 그려나갔다는 점에서 이것을 반갑게 받아들였다.

고된 작업 속에서도 재미있는 순간이 많이 있었다. 텔레비전 화면을 통해 터치라인에 서 있는 알렉스를 잠깐잠깐 본 게 전부인 사람들에게 있어서 그의 익숙한 이미지라는 것은 승리를 향한 중독에 가까운 열망이 빚어낸 모습일 것이다. 긴장감에 단단히 굳은 표정으로 소리칠 때마다 피를 토할 것 같은 남자. 사실 알렉스와 웃음은 결코 멀리 떨어져 있지 않은 데도 말이다. 일단 그가 긴장을 풀면, 특히 아내인 캐시와 세 아들까지 함께 있게 되면, 그보다 더 좋은 이야기 상대는 없다. 옆에 있으면 늘 웃음소리가 끊이지 않는 사람이다. 단지 짚고 넘어가야 할 사실은 그가 악명 높은 퍼거슨 식 퀴즈게임을 시작하려 하면 스파이크가 달린 신발을 준비해두는 게 도움이 될 거라는 점이다. 그의 퀴즈는 논쟁의 여지가 너무 많아서 간디조차도 주먹을 날리게 만들 수 있기 때문이다.

이 책을 만드는 모든 과정에서 여러 소스로부터 소중한 도움을 받았다. 출판사 회장인 로디 블룸필드는 친절과 지성 그 자체였으며 필요할 때는 무한한 관용을 보여주었다. 로디의 비서인 니콜라 린턴은 밝고 든든한 여성으로 틀림없이 내게 사랑을 받은 만큼 택배회사 직원들로부터도 사랑받았을 것이다. 니콜라와 알렉스의 유능한 올드 트래포드 비서인 린 라핀 사이에서 택배회사들은 바쁘게 움직였다. 호더 & 스토우튼 출판사와의 작업이 얼마나 편안했는지, 몇몇 문장을 포함시키는 법률적 처리를 둘러싼 논의조차도 실제 필요한 과정보다 훨씬 더 부드럽게 이루어질 정도였다. 출판사의 법률자문을 맡고 있는 저명한 변호사 제인 필립스는 긍정적이고 실용적인 데다 매우 친절한 분이었다.

필 쇼, 데이비드 믹 그리고 글래스고 시절 나의 보트 파트너였던 글렌 기본스는 꼼꼼하게 원고를 검토해주며 소중한 도움을 주었다. 함정에 빠지지 않도록 인도해주었던 존 와트, 40년 전에 처음 우리가 친구가 되었을 때는 기록 보관인으로 혹사당하리라고는 꿈에도 생각 못했을 것이다.

켄 존스 역시 종종 끌어들였지만 사실 이 〈인디펜던트〉지의 원로 축구기자처럼 방대한 축구지식을 갖추었다면 언제나 친구들에게 이용당할 수밖에 없다. 알렉스와 나는 운 좋게도 마이크 딜론을 친구로 두었으므로 그 역시 꼼짝 못하고 우리를 도와줘야 했다. 마이크가 몇 번이나 우리 부탁을 들어주었는지 헤아릴 수도 없다. 내 경우, 〈선데이 타임스〉의 스포츠 국장인 알렉스 버틀러에 관해서도 같은 말을 해야 한다. 그보다 더 부하직원을 잘 도와주는 이해심 많은 상사는 없을 것이다. 이 모든 작업의 한가운데에서 나의 에이전트이자 친구인 제프리 어바인은 한결같은 도움을 주었다. 어머니가 제프를 직업인으로서의 내 존재의 닻이나 다름없다고 여기시는 것도 무리가 아니다.

퍼거슨의 원고를 제대로 된 책으로 만들어야 된다는 압박감에 종종 주위사람들을 불쾌하게 만들곤 했지만, 나를 다독이며 참아준 제이 무어에게 따뜻한 감사의 인사를 보낸다.

우리 가족 모두는 엄청난 분량의 두툼한 책을 쓰느라 장기간 열에 들뜬 흥분상태였던 나를 전폭적으로 지지해주고, 늘 그렇듯 도움을 줄 수밖에 없었다. 아내 패트리시아 외에도 우리 팀의 두 슈퍼스타, 아들 콘과 딸 앨리자베스는 특별히 언급할 만하다. 나보다 자식들에게 더 큰 고마움을 느낄 이유가 있는 아버지는 결코 없을 것이다.

무엇보다도 새로이 기사작위를 받은 퍼거슨이 가장 큰 감사를 받아야 한다. 그는 경이로운 존재 그 자체다. 만약 알렉스 퍼거슨이 축구계에서 전혀 성공하지 못했더라도 그를 알게 되는 일은 일생일대의 크나큰 영광일 것이다.

휴 맥킬버니

| 들어가는 글

캄프 누의 기적

    사상 최고로 극적이었던 유러피언컵 결승이 남긴 찬란한 추억도 추억이지만 열광의 도가니로 변하기 몇 시간 전, 적막이 흐르는 캄프 누Camp Nou의 기억 또한 그 못지않게 내 뇌리 속에 선명하게 남아 있다. 아들 제이슨이 내게 "아빠 만약 오늘 밤 이기지 못해도 아무것도 변하는 건 없을 거예요. 아빠는 여전히 훌륭한 감독이고 우리는 모두 아빠를 사랑해요" 하고 말했을 때, 나는 내 축구인생 중 가장 중요한 경기를 하러 맨체스터 유나이티드가 묵고 있던 시체스의 리조트 호텔에서 바르셀로나로 가는 짧은 여행을 위해 구단 버스를 타러 가는 중이었다. 이런 말을 듣고 나면 대체 무엇이 두려울까? 삼십 년도 넘게 나와 함께 살아준 멋진 아내와 마크, 대런 그리고 제이슨처럼 더할 나위 없이 좋은 아들을 둔 나는 정말 축복받은 사람이다. 캐시와 아들들이 내 형제 자매를 비롯한 다른 가까운 친지들과 함께 바르셀로나까지 와준 것은 내게 커다란 의미가 있었다. 1999년 5월 26일 수요일, 고통과 환희의 갈림길에 서 있던 날에 나를 지지해주는 수많은 이들의 따뜻한 애정으로 둘러싸여 있었던 것은 매우 다행스러운 일이었다.

    로이 킨과 폴 스콜스의 출장 불가로 팀이 심각한 전력 약화를 겪고 있었음에도 불구하고 나는 바이에른 뮌헨을 꺾고, 나와 유나이티드가 모든 우승컵 중에서 가장 손에 넣고 싶어 하던 클럽축구의 가장 영광스러운 트로피를 가져올 수 있다고 확신하며 스페인으로 날아갔다. 우리는 얼마 전에 잉글리시 프리미어 리그 타이틀을 획득했고, 이것으로 지난 7년간 5번 우승을 거머쥐었다. 거기에 FA컵까지 우승하며 이전까지 전례가 없었던 영광스러운 트레블을 위한 준비를 마친 상태였다. 그러나 유러피언 컵은 잔인할 정도로 손에 잡히지 않았던 것이기에 나는 또 한 번 실망할 가능성에 대비해 마음의 준비를 단단히 해야 했다. 지난 두 시즌 동안 우리는 충분히 우승할 수 있을 정도로 강해 보였지만, 정상급 기량을 가진 적을 지배하는 데 필요한 절대적인 신념의 부재와 부상 문제라는 복합적인 요인으로 토너먼트 막판에 가서 번번이 희망을 짓밟혀야 했다.

1999년 결승전이 열리는 수요일 점심시간에 경기 준비를 위한 마지막 회의를 마친 뒤에 시체스에 있는 호텔 베란다에 앉아 바다를 굽어보고 있을 때 문득 이런 생각이 들었다. 만약 이 은색 트로피 하나가 내 손에 영원히 들어오지 않을 운명이라도 나는 감독으로서 성공적인 경력을 쌓았다고 자부할 만하지 않은가. 25년 전 처음 감독생활을 시작했을 때를 생각해보라. 이스트 스털링셔East Stirlingshire에 부임한 후에 우리가 경기에 내보낼 선수도 부족하다는 사실을 알게 되었던 때의 일을. 나는 스코틀랜드에서 10번, 유나이티드에서는 11번이나 주요대회에서 우승했다. 유러피언 컵위너스컵[UEFA 챔피언스 리그의 전신인 유러피언컵에 이은 두 번째로 권위 있는 유럽 클럽 대항전으로 훗날 UEFA컵으로 흡수, UEFA컵은 2009년 유로파 리그로 개명]도 피토드리Pittodrie Stadium와 올드 트래포드로 가져오지 않았던가(단 한 번의 승리로 우승할 수 있는 채리티 쉴드[FA컵과 리그 우승팀 간에 승자를 가리는 경기]와 유러피언 슈퍼컵[UEFA컵과 챔피언스 리그 우승팀과의 경기] 같은 대회는 여기에 포함시키지도 않았다). 그렇지만 트로피 리스트에 유러피언컵을 추가하지 못한다면 궁극의 위치에 오르지 못한 감독이라는 낙인이 찍히리라는 사실을 알고 있었다. 이 경기는 나로서는 8번째 도전이었다. 애버딘Aberdeen과 함께 3번, 유나이티드와 함께 5번이었다. 그리고 이미 57세가 된 내게 결승까지 오를 수 있을 기회가 다시 올 것 같지도 않았다.

우리 팀 서포터들 몇몇이서 호텔 풀에서 노닥거리는 모습을 보자 나도 그들처럼 태평스러웠으면 좋겠다는 생각이 들었다. 그들은 선수들과 스태프 그리고 내가 행복하게 해주기를 기대하고 있었다. 그렇지만 속 편한 팬들이 부럽다고 말한다면 그것은 거짓일 것이다. 나는 언제나 책임에서 오는 중압감과 경기장에서 뭔가 일어나게 해달라고 부탁을 받는 상황을 갈망해왔다. 내 감독생활의 모든 시간은 몇 킬로미터 떨어진 웅장한 캄푸 누 스타디움에서 맨체스터 유나이티드를 기다리는 도전을 준비하는 과정이었다. 내 머릿속이 그곳에서 해내야 할 일에 확고하게 고정된 탓에 경기 전인 월요일에 호텔 로비에 모여 있던 팬들에게 너무 심하게 대했을지도 모르겠다. 호텔 로비에서 나와 선수들에게 몰려드는 팬들 때문에 혹시라도 이런 광경이 앞으로도 이틀간 더 지속된다면 집중력이 무너질까 염려가 된 나는 경비원들에게 로비를 비워달라고 협조를 요청했었다. 그중 몇몇 서포터 그룹에는 어린이들이 포함되어 있었기 때문에 나중에 그들에게 미안한 마음이 들었다.

유나이티드의 팬들과의 친밀함을 소중히 여기고 있다. 그들은 우리 팀을 세계에서 가장 위대한 축구클럽으로 만든 장본인들이다. 그러므로 호텔 로비에서 쫓겨난 사람들이 내가 승리하는 데 집중하고 있을 때는 선수들의 안위 외에는 모두 것이 부차적이라고 생각한다는 점을 이해해주기만 바랄 뿐이다.

드디어 기다림이 끝나고 경기장의 드레싱룸에 들어가게 되었다. 늘 그렇듯이 선수들이 당면한 부담감에 어떻게 대처하고 있는지 둘러보았다. 선수들은 한마디도 없었다. 그것은 정신집중을 위한 강렬한 침묵이었다. 강한 목적의식이 방을 채웠고 이쯤 되면 그들에게 행운을 빌어주는 일

외에는 달리 할 일이 없었다. 일단 경기가 시작되자 바이에른 선수들은 정확히 내가 예측한 대로 움직였다. 그들은 최전방 공격수인 카르스텐 얀커와 알렉스 지클러에게 보내는 긴 패스에 의존했다. 내가 예상하지 못했던 것은 불과 전반 6분에 그런 식의 우직한 공격이 우리에게 재앙을 가져왔다는 사실이었다. 바이에른이 우리 페널티 박스 가장자리에서 프리킥을 얻었을 때 그들은 마르쿠스 바벨로 하여금 우리 수비벽 끝에 있던 니키 버트를 막게 했다. 마리오 바슬러가 사이드로 찬 공은 골망 구석에 꽂혔고 우리는 악몽 같은 상황에 빠졌다. 자신의 장점을 강조하는 플레이를 할 줄 알면서 욕심 부리지 않고 단점을 착실하게 메울 수 있는 적을 상대로 쫓아가는 상황에 놓이게 된 것이다.

일격을 당한 우리가 평정을 찾는 데는 15분이나 걸렸고 우리 자신의 플레이를 하게 됐을 때조차도 특유의 능숙함이나 침투능력이 시즌 중 보여주었던 최고의 수준에 미치지 못했다. 그러나 적어도 우리는 긍정적인 자세를 취할 수 있는 유일한 팀이었다. 만약 우리가 먼저 골을 넣었다면 적을 완전히 죽여 버리려고 했을 것이다. 독일인들은 경기를 죽이는 데 관심이 있었다. 그런 식의 황폐한 철학을 가진 그들은 이길 자격이 없었지만, 시간이 점점 흐를수록 그들이 우리를 저지할 가망이 높아져 갔다. 나는 언제나 테디 셰링엄을 데려올 생각을 하고 있었고 그가 경기종료 24분을 남겨놓고 예스퍼 블롬퀴스트와 교체해 들어온 뒤, 바이에른의 수비벽이 조금씩 열리기 시작했다. 물론 동점골을 넣으려는 열렬한 추격으로 인해 역습의 위험에 노출되기도 했다. 만약 그들의 간헐적인 역습이 두 번째 골을 성공시켰다면 우리는 지고 말았을 것이다. 대신 그들은 골대만 두 번을 맞췄다. 위기에서 탈출하자 우리 선수들은 아직 경기가 끝나지 않았다고 믿기 시작했고, 올레 군나르 솔샤르가 앤디 콜과 교체해 들어오자 뒤늦게 바이에른 뮌헨을 향한 총공세를 시작했다. 그러나 경기장의 시계는 후반전 정규시간 45분이 끝났음을 알렸고, 나는 패배를 품위 있게 받아들일 준비를 하기 시작했다.

이미 우승컵은 바이에른 팀컬러의 리본을 달고 우승자에게 수여될 준비가 되어 있었다. UEFA회장인 레나르트 요한손은 시상식을 위해 스탠드 밑을 걸어오는 중이었다. 그때, 모두 알다시피 기적이 일어났다. 간단히 말하면, 데이비드 베컴이 코너에서 찬 두 번의 프리킥이 테디 셰링엄과 올레 군나르 솔샤르의 골로 이어졌다. 그러나 다른 이들이 지적했듯이, 그러한 설명은 헤이스팅스 전투[11세기 잉글랜드에 노르만 왕조가 성립된 계기가 된 전투]가 해롤드 왕이 눈에 화살을 맞고 죽음으로써 종결되었다는 말만큼이나 피상적이다.

캄프 누에서 2분도 안 남은 추가시간 동안 한꺼번에 일어난 마법 같은 변화는 좀 더 자세하게 이야기해야 마땅하지만, 그것은 내가 이야기하려는 순서에 맞게 바르셀로나에서의 경험이 나오는 대목에서 좀 더 자세한 이야기를 들을 수 있을 것이다. 분명 과거에도 큰 경기에서 이렇게 믿기 힘들고 전율을 느끼게 하는 결승골은 나온 적이 없었을 것이다. 셰링엄의 골 이후 완전히 전의를 상실한 바이에른은 경기가 추가시간으로 접어들 경우 우리를 상대로 버틸 수 있으리라는 희망이 없었다. 놀라운 반응속도를 가진 솔샤르는 다리를 앞으로 내밀어 골망 위쪽에 골을 강하게 꽂아 넣을 수 있었다. 바이에른 선수들은 그 앞에서 마치 시체 같았다. 선수들은 광란했고 우리 서포터들도 마찬가지였다. 유러피언컵을 31년 만에, 그것도 매트 버스비 경[1945년부터 69년까지 맨체스터 유나이트를 이끌었던 감독]의 90회 생일날, 사상 두 번째로 올드 트래포드에 가져오게 된 것이다. 나에게는 그 승리가 그동안 염원해 마지않던, 도저히 불가능해 보이던 정점에 도달했다는 걸 의미했다. 떠들썩하게 기쁨을 나누는 속에서도 마음 한구석에서 이곳까지 올라오는 동안 거쳤던 주요 과정을 복기하는 내가 있었다. 나는 기억해냈다……. 그러나 이야기는 아마 처음부터 시작해야 좋을 것 같다.

1장

클라이드, 내 인생의 출발점

우리가 인생에서 어떠한 여정을 거친다 해도 우리가 출발한 곳은 언제나 우리의 일부로 남을 것이다. 누구에게 있어서도 이 세상에서 가장 큰 행운은 사랑이 넘치는 가족의 일원으로 태어나는 것이다. 그리고 따뜻한 온정을 주고받으며 강한 소속감을 느끼게 하는 공동체에 둘러싸인다면 축복은 두 배가 될 것이다. 부모님에게 아무리 감사를 드려도 모자란 것처럼 우리 집이 있던 글래스고의 남서쪽 가장자리에 위치한 클라이드사이드 구역의 고반에도 나는 무한한 애정을 가지고 있다.

독립적인 정체성과 뚜렷한 성격을 지닌 클라이드를 구역이라고 부르는 일은 그 독특한 실재에 대한 모욕과도 같다. 1912년에 지역민들의 격렬한 반대를 무릅쓰고 글래스고의 일부로 편입되기 전까지만 해도 고반은 스코틀랜드에서 5번째로 큰 자치도시였다는 사실을 고려하면 자연스러운 일이다. 하지만 특별한 감정은 도시의 역사보다 좀 더 기본적인 것에서 우러나오는 것이다. 그것은 무엇보다도 고반이 대형 선박의 탄생지로서 세계적으로 중요한 위치를 차지하고 있다는 노동계급의 자긍심과 활기에서 나왔다.

1941년 12월 31일에 내가 태어났을 즈음, 2차 세계대전으로 인해 조선소가 생산하는 배들은 그 어느 때보다도 중요했다. 그러나 클라이드 북부는 그 전에도 무려 반세기도 넘는 세월 동안 조선업의 대명사였다. 1970년대에 지미 레이드와 지미 에얼리라는 두 걸출한 노동운동가들이 사양길에 접어든 조선업을 보호하려는 용감한 투쟁에서 패배한 뒤, 고반 사람들의 삶에서 대체 불가한 요소가 영원히 사라져버렸다. 강둑을 따라 흩어져 있는 폐허가 된 조선소의 그늘에서 자라난 사람이, 조선소와 그 주위를 든든하게 둘러싼 토목공사장이 내 소년 시절의 거리에 불어넣어 주던 활기와 번잡함 같은 것을 상상하기란 불가능한 일이다. 교대시간이 끝나면 거리는 귀갓길을 서두르는 수천 명의 남자들로 넘쳐났다. 그들은 거의 모두 버넷이라고 부르는 천모자를 썼는데 수천 개의 버넷으로 이루어진 파도는 실로 잊을 수 없는 장관이었다.

그 무렵 나는 아버지가 일하던 조선소 정문에서 기다리다가 지저분한 몰골에 투박한 작업용 부츠를 신고 터덜터덜 걸어오는 군중 속에서 아버지의 모습을 찾는 게 일과였다. 아니면 고반 가街 대로변에 있는 셋집 뒤편 창문을 통해 내다보며 아버지의 독특한 걸음걸이를 발견하고 소리치든지. 그러면 어머니는 시간 맞춰 식사를 테이블에 차려놓았다. 나는 조선소에서 일해본 적이 없지만 동생 마틴은 아버지의 뒤를 따랐다. 그 지역의 모든 사람들처럼 나는 배를 만드는 일이 내 존재의 일부라고 생각하며 자랐다. 하나의 산업에 심하게 의존하고 있는 공동체에서는 공유하는 경험의 정도가 심해서 사람들을 한데 뭉치게 하고 서로를 도와줘야 할 필요성을 느끼게 한다.

족 스테인, 매트 버스비 경, 빌 샹클리 그리고 봅 페이즐리 같은 위대한 감독들이 축구에 접목시킨 가치관은 탄광촌에서 자란 성장배경에 뿌리를 두고 있다고 흔히 이야기한다. 그것이 사실임을 의심하지 않는다. 나 역시 내가 맡은 팀에서 사람들을 다루거나 팀에 대한 충성과 헌신성을 강조하는 문화를 창출하면서 클라이드사이드의 노동자들 사이에서 성장한 것에 많은 부분 도움을 받았다. 문외한들은 '페어필즈'라 불렸던 웜슬로의 우리 집에서 체셔 교외의 목가적인 분위기를 연상하기 쉬울 것이다. 그러나 그 집은 아버지와 마틴이 일했던 페어필드 조선소에서 이름을 따왔고 마찬가지로 나의 첫 경주마의 이름을 퀸즈랜드 스타로 정한 것도 아버지가 만든 배의 이름이란 이유에서였다. 나는 고반의 분위기로 주위를 풍성하게 둘러싸는 게 좋다.

자신의 뿌리와 단절되어도 아무렇지도 않은 사람들을 보면 나는 조금 당혹스러워진다. 아주 어린 시절 처음 맺은 우정은 여전히 강고하게 남아 있다. 내 가장 친한 친구 중에 던컨 피터슨과 짐 맥밀란은 4살 때 동네 유아원에서 만난 사이다. 던컨은 낮잠 시간에 내가 옆 침대에서 자던 것까지 기억할 정도다. 우리 세 사람은 아직도 어린 시절 친구들과 정기적으로 연락을 주고받는다. 그중 하나인 토미 헨드리는 동네 축구팀인 라이프 보이스Life Boys에서 함께 공을 찼다. 토미는 다섯 살 반이 되어서야 우리와 알게 되었기 때문에 우리 사이에서는 신참에 속한다. 당시 맺은 인연이 50년도 넘게 지속되는 것은 우리에게는 자연스러운 일이다.

내 어린 시절 대부분의 추억은 우리가 살던 셋집을 중심으로 쌓였다. 고반 가 667번지라는 주소는 아일랜드 해협으로 인해 좀 더 활기가 넘치는 거리로 알려졌었던 넵튠 가와 교차점이라는 점을 의미했다. 넵튠 가는 일자리를 찾기 위해 바다를 건너온 아일랜드인들에게 글래스고가 얼마나 매력적인 장소였는지 상기시켜 주는 곳이었다. 이민이 가져온 신교도와 구교도의 공존은 다른 곳과 마찬가지로 고반 가에서도 일촉즉발의 상황을 야기하곤 했다. 그러나 나의 가계도를 훑어보면 어째서 퍼거슨 가家에서는 종교적 편견이 독수를 뻗힐 기회가 전혀 없었는지 알 수 있다. 우리가 거슬러 올라갈 수 있는 가장 선대에서부터 살펴보면 모든 단계에서 다른 종교를 가진 사람들끼리 결혼이 이루어졌다. 서부 스코틀랜드에서는 흔히 볼 수 있는 양상이다. 아마 후손들로 내려가면 종교적인 반목이 줄어들었는지도 모르겠지만 우리 집안의 경우는 확실히 없었다고 본다.

나는 가톨릭교도와 결혼한 신교도이고 아버지의 경우도 역시 그랬다.

반면 할아버지는 신교도와 결혼한 가톨릭교도였다. 세 번의 결혼으로 태어난 아이들은 신교도로 길러졌지만 종교적인 편견에 자연스럽게 거부감을 가지게 되었다. 동생 마틴과 나는 열성적인 레인저스Rangers 팬이었지만 (뻔한 종교적 연대를 경멸한다는 이유로) 셀틱Celtic 팬이었던 아버지는 전혀 문제 삼지 않았다. 그러나 아버지는 레인저스의 팀컬러를 도발적으로 과시하는 일을 싫어했기 때문에 마틴은 레인저스 스카프를 화장실 물탱크 뒤에 감춰두어야 했다. [전통적으로 셀틱은 구교, 레인저스는 신교도들의 팀이다] 어머니가 독실한 가톨릭 신자였던 반면 아버지는 한 번도 제대로 된 신앙을 가져보지 않았다는 사실을 생각하면 두 아들에게 개신교 세례를 받게 했다는 건 흥미로운 일이다(내가 세례 받은 곳은 고반 크로스 근처의 성 마리아 교회였다). 모두 일할 나이가 되었을 때 우리의 장래를 염려해서 내린 결정이었다. 당시 우리가 살고 있던 세계는 일자리를 구할 때면 늘 어느 학교를 나왔는지 물어보는 곳이었다. 만약 구직자의 입에서 가톨릭 학교의 이름이 튀어나온다면 채용될 확률은 즉시 줄어들거나 아예 사라져버렸다.

그런 종류의 편견은 클라이드에서 조선업이 존재한 마지막 20년 전까지 이 업종에서 특히 두드러졌다. 가톨릭교도라는 이유로 선박이 아닌 작은 배를, 글래스고가 아닌 던바턴셔에서 만들어야 했던 우리 할아버지는 아마 차별의 가장 심각한 피해자였을 것이다. 그에게 종교적인 갈등은 일상적인 일이었다. 우리 할머니 자넷(제니) 비튼과 결혼하면서 할아버지는 완강한 신교도일 뿐만 아니라 프리메이슨에 깊이 관여한 나머지 지역의 그랜드마스터 지위까지 오른 장인을 얻게 되었다. 비튼 외증조할아버지는 굉장한 인물이었다. 스코틀랜드 장로교의 예식에 따라 딸을 결혼시키면서 마음이 누그러진 그는 외손자인 우리 아버지와 존 삼촌, 이소벨 고모를 신교도로 양육했다. 그러나 온순한 할아버지가 4살이었던 아버지를 성당에 데리고 다녔던 사실이 외증조할머니에게 발각당하면서 소동이 벌어졌다. 할머니는 당장 그 일을 중단하게 했고 그 후부터 우리에게는 오직 스코틀랜드 장로교회뿐이었다.

그러나 사실 아버지는 중년 이후에 거의 어떠한 형식의 종교에도 할애할 시간이 없었다. 대신 박애적인 사회주의에 헌신함으로써 당신의 강한 도덕적 원칙을 표현할 길을 찾았다. 외증조할아버지가 돌아가시면서 프리메이슨 지부장 후계자로 아버지를 지목했을 때 거절했던 사실을 돌이켜보면 아버지의 독립심을 알 수 있다. 도덕적인 이유로 아버지는 프리메이슨이 되어 외증조할아버지의 지위를 물려받기를 거절했고, 선대 지부장의 에이프런apron은 존 외삼촌에게 넘겨졌다. 이러한 아버지의 양심 있는 행동을 나는 언제나 자랑스러워했다.

나의 아버지 알렉산더 비튼 퍼거슨은 1912년 던바턴셔의 렌튼에서 태어났다. 증조할아버지가 1차 세계대전에서 독가스 공격에 당한 뒤 아이브록스 근처에 있는 벨라하우스턴 파크에 있는 야전병원으로 수송되자 온 가족이 죽어가는 가장 곁에 있기 위해 글래스고로 옮겨갔다. 그들은 포실 파크와 매리힐 구역의 경계에 있는 해밀턴힐에 정착했고, 겨우 14살에 아버지는 어머니와 동생들을 돕기 위해 학교를 그만두고 여러 공장에서 공원생활을 해야 했다. 아버지의 왼쪽 손목에는 그때 생긴 끔찍한 흉터가 남아 있고 오른쪽 엄지손가락도 사고로 잃었다. 그러나 덕분에 2차 세계대전이 발발했을 때 징집당하지 않을 수 있었다. 10대 때부터 축구에 대한 열정을 길러온 아버지는 글래스고 시당국을 설득해 당시 거주하던 글래스고 북부에 청소년을 위한 지역 축구클럽을 만들게 하는 데 일조했다. 훗날 해밀턴힐Hamiltonhill은 스코틀랜드 청소년 축구클럽 컵에서 우승하게 된다. 팀의 왼쪽 윙어였던 지미 캐스키는 나중에 레인저스와 스코틀랜드 대표팀에서 상당한 명성을 쌓았다. 아버지는 그 당시의 이야기를 자랑스럽게 꺼내곤 하셨다. 아버지의 축구선수 경력은 당신이 이제까지 봐온 중에서 가장 뛰어난 선수라고 말하는 위대한 피터 도허티와 함께 벨파스트의 글렌토란Glentoran에서 뛰었을 때 정점을 찍었다.

할아버지가 돌아가신 후 할머니는 조니 밀러라는 남자와 재혼해 온 가족이 북아일랜드로 이주했고, 그곳에서 아버지는 할란드와 울프 조선소에서 일하게 되었다. 아버지는 20대 중반에 다시 영국본토로 돌아와 버밍엄에 있는 BSA 공장에 취직했다. 그리고 얼마 안 가서 밀러 가家 전체가 스코틀랜드에 다시 자리 잡게 되었다. 그들이 살던 셋집은 드루모인의 쉴드홀 가 357번지에 있었지만 그곳은 사실상 고반의 연장이라고 봐도 되었다. 이 주소는 내가 태어난 곳으로 특별한 의미가 있다. 그러나 당연한 이야기이지만 그 전에 부모님의 만남이 먼저 있어야 했다. 아버지의 여동생인 이소벨 고모는 아이브록스 파크 근처에 있는 크리스티스 전선회사라는 브룸론 가의 공장에서 일하고 있었다. 퍼거슨 하우스로 개명된 그곳은 현재 일자리 창출 프로그램을 운영하고 있는 고반 이니셔티브 사의 보금자리가 되었다.

1940년대에는 이곳이 결혼중개소 역할을 톡톡히 했는데, 두 매력적인 직장친구인 이소벨 고모와 엘리자베스 하디가 남자들에 대해 수다를 나누던 도중에 이소벨이 리지에게 자신의 '건장하고 잘 생긴 오빠'를 만나보라고 권유한 것이다. 아버지는 아직 십 대였던 리지보다 10살이나 많았지만 두 사람은 사랑에 빠졌고 얼마 안 되어 결혼하게 되었다. 단지 그 얼마가 어느 정도의 시간이었는지는 언제나 모호함에 둘러싸여 있었고, 궁금한 것은 못 참는 나는 반드시 자세한 경과를 알아야겠다고 마음먹었다. 그래서 얼마 전 이소벨 고모가 살고 있는 캐나다의 오샤와에 갔을 때, 결혼하기까지의 정황을 캐묻자 고모는 불쾌한 내색으로 단호하게 대답했다. 설사 그 아들이라 할지라도 오빠에 대한 어떠한 모욕도 용납할 기분이 아니었던 고모는 "네 아빠는 훌륭한 분이셨다"라고 딱 잘라 말했다. 그 말에 전적으로 찬성하려는 마음은 어머니가 두 분이 사귀는 동안 임신을 했다는 사실을 알게 되었어도 흔들리지 않았다. 두 분이 결혼한 것이 1941년 6월이고 내가 태어난 날은 그해 12월의 마지막 날이었다. 온 나라가 호거마네이의 축제 분위기에 싸여 있는 12월 31일에 태어났다는 사실은 스코틀랜드인에게 근사한 특권으로 보일 수도 있겠지만, 내가 어렸을 때는 지독한 불운으로 여겨졌다. 크리스마스와 생일이 붙어 있다는 것은 두 번 받을 선물을 한 번밖에 받지 못한다는 의미기 때문이다. 내가 태어난 지 11개월하고 21일 후, 마틴이 태어나면서 우리 가족은 완성되었다. 그러므로 마틴 역시 선물운에 관해서는 나만큼이나 불운하게 되었다. 사실을 말하자면 우리 부모님들이 선물을 소홀히 할 걱정은 안 해도 되었다.

브룸론 가에 있었던 우리 가족의 첫 번째 집에서 산 지 얼마 되지 않아 고반 가 667번지의 침실 두 개짜리 셋집으로 이사를 갔고, 내가 기억하는 모든 양육과정이 그곳에서 일어났다. 실내 화장실이 있는 집에서 살던 우리는 매우 운이 좋았다. 고반 가에 있던 대부분의 셋집은 건물 계단 통로에 있는 화장실을 공동으로 사용해야 했다. 우리도 같은 처지였다면 마틴은 레인저스 스카프를 숨기는 데 애를 먹었을 것이다. 우리 건물에 목욕시설까지는 언감생심이었다. 부모님이 주무시던 부엌의 접이식 침대 밑에 두던 함석으로 된 커다란 욕조가 전부였다. 그 공간을 부엌이라고 부르는 것은 오해의 소지가 있을지도 모른다. 대부분의 글래스고 가정이 그랬듯이 그곳은 부엌이자 거실이었고 생활공간의 중심이었다. 거의 모든 음식을 만들던 레인지가 있었고, 석탄을 보관하는 지하창고도 있었다. 좁은 집이었지만 우리가 필요한 모든 게 있는 것처럼 느껴졌다. 마틴과 나는 고반 가가 내려다보이는 침실을 같이 썼고, 전차 소음과 근처에 있는 할란드와 울프 조선소의 망치소리 때문에 밤에 잠들기 힘들었다. 할란드와 울프 조선소 자리의 땅이 예전에 퍼거슨 가의 소유였다는 이야기가 집안에 전해 내려오긴 하지만, 내가 확실히 알고 있는 유일한 사실은 조선소 때문에 내 청력이 심하게 혹사당했다는 것뿐이다. 우리가 어렸을 때 다른 침실은 프랭크와 마지 맥키버라는 아일랜드인 부부에게 세를 주었는데, 그들은 자기 집이 생길 때까지 우리와 몇 년 동안 함께 살았다.

세입자들이 세 들어 살던 공동주택은 평균적으로 3층 높이에 현관으로 들어가면 층계참마다 서너 개의 가구가 있는 구조였다. 우리 건물에는 보통 아홉 가족이 살았는데 이들 작은 아파트가 수용할 수 있는 사람 수라는 게 가끔 어마어마했다. 우리 이웃 중에는 로Law 일가가 있었는데 16명 정도의 사람들이 부엌과 방 하나짜리 아파트에 살았다. 언젠가 로의 아들인 조가 한국전쟁에 참전하고 돌아왔을 때 그를 환영하기 위해 일가 전체가 거리에 나온 적이 있었다. 할머니들, 이모와 고모들, 삼촌들, 조카들, 사촌들, 그리고 그 밖의 일가친척들의 숫자는 족히 백 명은 되어 보였다. 만약 북한 사람들이 그의 뒤에 얼마나 많은 사람들이 버티고 있는지 알았다면 일찌감치 짐을 쌌을 것이다.

그 당시 고반은 매우 활기 넘치는 장소였다. 2차 세계대전이 끝나갈 무렵에는 인구가 십만을 훌쩍 넘겼고 페어필드, 할란드와 울프 외에도 알렉산더 스티븐과 선스라는 세 번째 대형 조선소가 일자리를 제공했다. 뿐만 아니라 선박수리를 하는 거대한 드라이독에서도 많은 일자리가 있었다. 아이였던 나에게 공동주택 주변의 삶은 〈대부2〉에 나오는 20세기 초 뉴욕의 가난한 지역을 연상시키는 활기와 다채로움이 넘치는 것이었다. 토요일 아침이면 우리 동네는 손풍금 연주가, 과일 장수, 거리의 가수, 그리고 얄팍한 주머니라도 털어 보려는 마권중개인들로 복작거렸다. 2층이었던 우리 집 바로 밑에 있는 딕 웰시의 펍에 맥주 배달이라도 오면 마틴과 나는 맥주통이 트럭에서 톱밥자루 위로 내려진 뒤 해치를 통해 지하실로 굴러가는 광경을 정신없이 바라보곤 했다. 석탄 장수였던 플레처 씨가 석탄 가격을 외치는 소리는 몇 블록 떨어진 곳에서도 들릴 정도였다. 그는 말 한 마리가 끄는 마차를 몰았는데, 그 불쌍한 짐승은 주인이 석탄 자루를 위층으로 배달하는 동안 동네 개구쟁이들의 온갖 짓궂은 장난을 견뎌야 했다. 어쩌면 나는 쉽게 매혹되는 성격일지도 모른다. 그래도 그때는 축제 속에 사는 기분이었다.

아무도 그곳이 세상에서 가장 평온한 동네였다고 말할 수 없을 것이다. 내가 다닌 첫 번째 학교인 브룸론 로드 초등학교는 점잖은 교복과 배지 같은 것은 어울리지 않는 곳이었다. 그 학교에는 내가 여전히 정기적으로 연락을 하고 종종 찾아뵙는 평생 감사해 마지않는 엘리자베스 톰슨 선생님이 계셨다. 선생님의 이야기로는 부임했던 당시 브룸론 초등학교는 보호감찰처분을 받고 있는 학생 비율이 가장 높은, 글래스고에서 최악의 평점을 받은 학교였다고 한다. 그렇다고 이 지역에 사는 어른들이 늘 법을 준수하는 것도 아니었다. 스코틀랜드에서 마지막으로 교수형을 당했던 사람들 중 하나가 넵튠 가에서 칼로 사람을 찔러 죽인 남자였고, 희생자는 나와 함께 하모니 로에서 축구를 하던 소년의 삼촌이었다. 그러나 내 소년 시절엔 어떠한 위험의 그림자도 드리워지지 않았다. 집 근처를 벗어나게 되면 친구들을 방문할 때 외엔 어느 정도는 위험을 감수해야 했지만 나는 늘 느긋하고 태평하게 지냈다. 덩키 피터슨, 짐 맥밀런, 그리고 토미 헨드리는 우리 집에서 불과 300야드 정도밖에 떨어지지 않은 아이브록스 파크[Ibrox Park, 레인저스의 홈구장] 근처에 살았지만 그들을 만나러 가는 일이 아니라면 구태여 그 동네를 찾지 않았다. 캐나다로 이민가기 전에 이소벨 고모와 소니 고모부는 완록 가라는 굉장히 험한 구역에 살았다. 한 번은 소아마비로 몸이 불편했던 사촌 크리스토퍼를 괴롭히는 아이들을 손 좀 봐달라는 고모의 부탁을 받은 적이 있다. 내가 해야 할 일을 해치우긴 했지만 시간을 허비하지 않고 즉시 그곳을 벗어났다는 것은 말할 필요도 없다.

자신의 몸을 스스로 지키고, 함부로 구는 사람을 봐주지 않는 일은 선택이 아닌 필수였다. 내가 10살이나 11살 정도 되었을 때였다. 어느 토요일, 좀 더 아이다운 오락을 즐겼어야 했을 나는 대신 브룸론 가에 있던 도허티의 당구장에 들렀다. 그곳에 있던 10대 후반의 소년 둘이 라임에이드 병에 있던 음료를 나에게 권했을 때 나는 땡잡았다고 생각했다. 그러나 꿀꺽 들이킨 순간 하마터면 토할 뻔했다. 캑캑거리며 입에서 뿜어낸 녹색 액체는 다름 아닌 소변이었다. 장난꾸러기들은 배를 잡고 웃었고 나는 어떻게 복수를 할지 머리를 굴렸다. 그 시절에도 나는 미리 계획을 세우는 것을 중요하게 여겼다. 가장 먼저 필요한 것은 당구장 문 바깥쪽 손잡이 속에 쏙 들어갈 나무막대기를 찾아내는 일이었다. 그 문제를 해결한 뒤 다시 안으로 들어와서 비어 있는 당구대에서 당구공 두 개를 슬그머니 집어 들었다.

나를 괴롭혔던 녀석들이 당구대 반대쪽으로 갈 때까지 기다렸다가 있는 힘을 다해 그들에게 공을 던졌다. 두 개 다 명중했고, 특히 하나는 놈의 턱을 때렸다. 그러고는 쏜살같이 밖으로 나와 막대기로 문을 가로막아 탈출에 성공했다. 몇 주 후, 고반 가를 걷다가 공을 턱에 맞은 놈을 보았다. 여자 친구와 같이 있던 녀석은 얼굴 한 쪽에 커다란 반창고를 붙이고 있었다. 녀석이 나를 알아보았을까 봐 얼른 골목 쪽으로 몸을 피해 위기를 모면했다. 어쩌면 녀석은 꼬맹이들을 괴롭히기 전에 한 번 더 생각하는 것을 배웠을지도 모른다.

그 사건이 있은 후 보복은 없었지만 그 다음에 벌어진 일은 내 인생 후반기에 다시 나를 찾아와 괴롭히게 되었다. 처음에는 나도 가담했던 운동장에서 벌어진 사소한 다툼에 불과했다. 싸움에서는 이겼지만 세월이 가면서 싸움에 진 녀석이 고반에서 가장 흉악한 불량배가 되자 치기어린 시절의 사소한 승리 따위는 입에 올리지 않게 되었다. 성인이 된 녀석의 명성이 나 같은 일반시민의 간담을 서늘하게 만들기에 충분해졌기 때문이다. '악마'라는 별명을 가진 윌리 베넷은 한 법정에서의 묘사에 따르면

"단지 몇 파운드의 돈 때문에 다른 사람의 얼굴을 짓이긴 자"였고, 살아 있을 때와 마찬가지로 폭력적인 죽음을 맞았다. 학교를 졸업한 후 처음으로 그를 다시 보았을 때 나는 세인트 존스톤St Johnstone에서 뛰고 있었다. 피터실 중학교 운동장으로 훈련을 나가는 길이었는데, 고반 교차로에 있는 신문가게 입구에 서 있던 그가 갑자기 내게 소리쳤다. 그것은 소환명령이었다.

"야, 너! 퍼거슨 너 말이야!"

그는 자신의 남동생인 말키와 함께 있었다. 말키 역시 저녁에 칵테일 파트너로 삼고 싶지 않은 녀석이었다. 그들 무리의 마지막 멤버는 패트릭에서 얼굴깨나 알려진 불량배였다. 재빨리 불리한 상황을 파악한 나는 반가운 친구인양 인사하려고 했지만 월리에게는 통하지 않았다.

"너 세인트 존스톤에서 뛴다고 하던데." 그가 내 얼굴에 대고 으르렁거렸다. "나도 시합 뛰게 해주라."

'입단 테스트를 주선해줄 수 있나?' 같은 질문이 아니었다. 그의 다음 말은 다음과 같았다.

"빌어먹을, 뛰게 해달라고!"

그날 저녁 감독에게 이야기해보겠다고 말도 안 되는 소리를 늘어놓은 뒤, 간신히 그 자리를 벗어난 나는 모퉁이를 돌기 전에 이미 전속력으로 뛰고 있었다.

다행히도 세인트 존스톤에 선수로 뛰게 해달라는 그의 요구는 일회성으로 끝났고 아무런 후속조치도 이루어지지 않았다. 우리가 다음에 만난 것은 20년 넘은 세월이 지난 후였다. 80년대 초반, 내가 애버딘에서 감독을 하고 있었을 때 죄수들과 질의응답 시간을 가져달라는 피터헤드 교도소 소장의 부탁을 받아들인 적이 있었다. 피터헤드가 가장 삭막하게 보이는 끔찍하게 춥고 우중충한 밤이었다고 하면 말이 필요 없을 것이다. 교도소에 도착한 내게 교도소장이 하루 종일 골칫거리에 시달렸다고 말했을 때 나는 그것이 탈옥수 같은 문제와는 전혀 상관이 없다는 걸 알았다. 이런 날씨에 교도소를 둘러싼 황무지로 탈출했다면 누구나 다시 감방 안으로 돌아가게 해달라고 애원했을 테니까. 교도소장의 고민이 무엇인지 알게 되자 나는 적잖이 동요했다.

"여기에 있는 감독님의 학창시절 친구 중 하나가 온갖 말썽을 저지르고 있습니다." 그가 말했다.

그는 윌리엄 베넷이 얼마나 지긋지긋한 녀석인지 운을 뗀 뒤, 그가 이번 질의응답 행사를 위해 홍보업자처럼 나댔다고 설명했다.

"그는 모든 사람에게 감독님이 얼마나 좋은 사람인지, 자기하고 얼마나 절친한지 이야기하고 다녔습니다."

사실 그 악마는 브룸론 초등학교 학생이 아니었다. 그는 고반의 다른 학교에 다녔는데 엘리자베스 톰슨의 말과 달리 우리 학교보다 더 끔찍한 학교였다. 녀석과 친구들은 가끔 우리 학교 시설을 이용한 게 다였다. 그러나 내가 녀석을 때려눕혔던 먼 과거를 상기시키지 않고 친구로 있는 편이 신상에 좋을 것 같았다.

소장은 식당으로 보이는 커다란 홀에서 질의응답 시간을 갖도록 자리를 마련했다. 방 안은 여러 줄로 늘어선 접이식 의자로 가득 차 있었다. 시작 시간이 한참 남았는데 소장이 나를 불러 작은 창문으로 홀 안을 들여다보라고 말했다. 텅 빈 홀에 윌리 베넷이 자리 잡고 앉아 있었다. 맨 앞줄 가운데 자리를 맡아 놓은 그는 팔짱을 낀 채 뭔가 골똘히 생각에 잠긴 표정이었다. 그 외에 다른 사람은 아무도 없었다. 내 생각에 그는 아마 그때 반쯤 미친 상태였던 것 같다. 다른 죄수들이 모여들자 행사를 시작하기 위해 홀 안으로 들어간 나는 곧바로 그에게 인사를 건넸다.

"안녕, 윌리."

그는 자리에서 튕겨나듯 일어났다.

"알렉스!"

그가 소리쳤다.

"녀석들에게 말해주게! 너 내 친구 맞지? 우리는 고반에서 같이 학교에 다녔잖아! 어서 말해주라고!"

"맞습니다."

내가 말했다.

"그리고 윌리는 글래스고 스쿨 보이스에서 선수를 했었습니다."

그 말은 사실이었고 내 말에 윌리는 금세 공작처럼 의기양양해졌다. 그가 난폭해질 위험은 없었지만 그의 행동은 완전히 반대 방향으로 나갔다. 마치 자신이 사회자가 된 것처럼 행사를 진행하기 시작한 것이다.

"어이, 거기 질서를 지켜! 떠들지 마! 한 사람 앞에 질문은 한 개뿐이야."

교도소 직원들은 기꺼이 그가 원하는 대로 하게 내버려두었다. 평상시에 그들은 윌리 때문에 단 한시도 마음 편히 보낼 수 없었다. 아마 그날 행사가 윌리의 남은 생애 중 가장 행복한 시간이었을 것이다. 자신의 폭력적인 성향으로 인해 성인이 된 후 대부분의 시간을 교도소에서 보낸 그는, 1991년 나이 쉰에 석방된 후 얼마 안 있어 고반의 한 펍 밖에서 싸움을 벌이다 칼에 찔려 세상을 떠났다.

나와 함께 고반에서 자란 많은 소년들이 감옥에 가거나 알코올 중독자가 되었다. 인생의 막장으로 굴러 떨어질 수 있는 유혹이 우리 주위에 산재했지만, 대부분의 가정은 자신의 자녀들에게 기회를 주려는 부모들의 결심에 기반한 노동계급 윤리를 지니고 있었다. 친구들 대다수가 그들에게 주어진 격려에 부응했지만 호시탐탐 자신을 끌어내리려는 나쁜 영향에 저항할 힘을 갖지 못한 사람들도 어쩔 수 없이 나오는 법이다. 그리고 당연한 말이지만, 만약 부모가 강하지 못하다면 자녀들이 스스로의 힘으로 성공을 거둘 희망이 거의 없다. 엘리자베스 톰슨의 말로는 자신의 수업에 나오는 학생들의 어려운 가정사에 대한 슬픈 기사를 신문에서 읽곤 했다고 한다. 나보다 더 좋은 가정환경을 가진 사람은 없었을 것이다. 마틴과 나는, 부모님이 어떤 경우에도 자신들보다 우리의 이익을 우선하며 과분할 정도로 많은 사랑을 준다는 확신을 늘 느낄 수 있었다. 또한 양가 친척들로부터 받은 애정 어린 격려도 보탬이 되었다고 생각한다.

아버지와는 달리 어머니 쪽 가계에는 종교적으로 전혀 아무런 갈등이 없었다. 어머니 집안은 전부 아일랜드 가톨릭이었으니까. 외할머니 수지 맨젤은 북아일랜드의 뉴리 출신이었다. 외할머니와 토머스 하디의 결혼은 두 거대 가톨릭 집안의 연합이었다. 어떤 이유인지는 잘 모르지만 하디 외할아버지는 실종되었고, 나중에 외할머니는 샘 어윈이라는 남자와 재혼했다. 그러나 하디 집안은 내 일생에서 커다란 존재로 남았고 그들은 언제나 나를 지켜주듯 나의 성장에 관심을 보였다. 어머니는 노래하고 춤추기를 좋아했고, 댄스플로어를 주름잡았다. 어머니와 이소벨 고모는 십 대 때 일주일에 두세 번은 댄스홀에 갔고 입장료를 모으기 위해 종종 빈 잼병을 모아 가게에 팔곤 했다. 어머니의 취미는 나의 탄생으로 중단되어야 했지만, 내가 아장아장 걸어 다니게 되자 다시 춤추러 다니기 시작했다. 어머니는 늘 쾌활했고, 깊고 고요한 용기의 소유자였다.

아버지는 한눈에 봐도 강인하게 보이는 분이었다. 이소벨 고모가 어머니에게 아버지 이야기를 할 때 건장하다고 말한 건 허튼소리가 아니었다. 일단 177cm의 아버지 키는 그 세대 스코틀랜드 남자 대부분보다 큰 키였다. 아버지는 확실히 위압적인 인상을 주었다. 특히 풍성한 밤색 머리칼 아래로 특유의 고집스러운 표정을 지을 때에는 더 그랬다. 전혀 외향적이 아니었던 아버지에 대한 가장 오랫동안 남아 있는 기억은 벽난로 옆에서 몇 시간이고 조용히 책을 읽는 모습이다. 하지만 화를 낼 때에는 활화산을 방불케 했다. 일이 터질 것 같으면 나는 언제나 빠져나갈 길을 궁리했고, 그 바람에 나보다 태평한 마틴이 아버지의 분노를 고스란히 받아내야 했다. 아버지가 화낼 조짐이 조금이라도 보이면 나는 접이식 침대 밑이나 함석욕조 뒤에 숨어 마틴만 혼자 두들겨 맞게 놔두었다. 애초에 아버지가 화를 내는 건 아마도 내가 말썽을 피웠기 때문이라는 사실은 별로 중요하지 않았다. 뒤뜰에서 계피 막대를 피우다가 들키거나 해서 집 밖으로 피신해야 되는 경우가 생기면 나는 외할머니에게 도망갔다. 나는 할머니가 가장 귀여워하는 손자였기 때문에 할머니 곁에 있는 한 아버지가 나에게 손을 댈 수 없었다.

무사태평한 마틴 때문에 일어난 가장 큰 사단은 레인저스 대 셀틱 경기에 가지 말라는 아버지의 경고를 우리가 몰래 무시한 탓에 벌어졌다. 50년대 초반 축구장에서는 유리병이 날아다니는 폭력사태가 종종 벌어지곤 했는데, 그럴 때면 나는 즉시 보드를 넘어 경기장으로 들어갔다. 마틴은 멍한 얼굴로 자리를 떠나지 않았고, 다음 날 아침 〈선데이 익스프레스〉 1면에 머리 위로 빈 병이 날아다니는 와중에 관중석을 지키고 있는 동생의 사진이 큼지막하게 실렸다. 사진 속 동생 얼굴에 동그라미가 쳐졌고 '뒤에 남아 있는 소년'이라는 설명이 곁들여졌다. 아버지는 일요일 아침이면 가족을 위해 손수 아침을 차렸는데, 아침상을 들고 우리 방으로 들어온 아버지의 다른 쪽 손에는 〈선데이 익스프레스〉가 들려 있었다. 마틴은 차라리 그때 빈 병에 맞았더라면 하고 바랐을 것이다. 아버지가 나에게 몸을 돌리자 나는 천연덕스럽게 새빨간 거짓말을 했다. "난 그때 축구하는 중이었는데요" 하고 당당하게 말했다. 다행히 아버지는 내 말을 믿었다.

마틴과 나는 한 살 차이도 나지 않았지만 내가 더 활동적이었으므로 언제나 대장노릇을 했다. 솔직히 동생을 괴롭히는 형이 아니었다고 말할 수는 없다. 외부인이 동생을 때리는 걸 가만히 보느니 차라리 죽는 게 낫겠지만, 남자아이들이 흔히 그렇듯 나이가 많다는 게 동생을 못 살게 굴 수 있는 권리를 준다고 생각했다. 어머니는 그러다 언젠가 마틴이 맞받아치게 되면 그동안 괴롭힌 대가를 치를 거라고 늘 경고했지만 나는 코

웃음만 쳤다. 내가 마침내 동생을 한계점까지 밀어붙였을 때에야 그것이 실수였다는 것을 깨달았다. 우리 벽난로에는 석탄이 탈 때 공기가 통하도록 뒤적이는 부지깽이가 꽂혀 있었는데, 화가 머리끝까지 치민 마틴이 그 시뻘겋게 달아오른 물건으로 내 왼쪽 허벅지를 내리쳤다. 서던 종합병원에서 치료받은 후에도, 그 후유증으로 시퍼런 흉터가 아직까지 남아 있다.

어렸을 때를 생각해보면 늘 서던 종합병원에서 살았던 것 같다. 탈장 수술을 두 번 받았고 혈뇨가 나오기 시작해서 가보니 신장에 문제가 있다는 진단을 받기도 했다. 또 축구공을 빌리러 체육관 유리창을 깨고 들어가려다 팔이 깊이 베이는 경우처럼 이따금 있는 사고로 인한 부상도 목록에 더해졌다. 병원에 가기 위해 학교를 빠지는 일이 비일비재하다보니 학업에도 피해가 왔고, 고반 고등학교에 진학하기 위한 자격시험에 떨어지는 극히 실망스러운 사태까지 벌어졌다. 그렇게 되자 엘리자베스 톰슨 선생님은 부모님의 호소를 받아들여 개인적으로 내게 특별히 관심을 기울였고 내 어린 시절을 구해준 영웅이 되었다. 선생님은 눈부시게 아름다운 여인이었다. 우리 학교 아이들 대부분이 그랬듯이 나도 그녀를 짝사랑했다. 선생님이 결혼하는 날 마틴과 나는 페리를 타고 클라이드를 가로지른 뒤 글래스고 서쪽 끝에 있는 힐헤드까지 몇 마일 더 걸어갔다. 이 모든 게 결혼식을 마치고 나오는 선생님에게 교회 계단에서 축하해주기 위해서 벌였던 일이었다. 그 장면을 찍은 한 장의 사진에는 저지Jersey 천으로 만든 교복을 입고 있는 꾀죄죄한 애송이들을 볼 수 있다.

톰슨 선생님은 내가 학교에서 제대로 된 성적을 받도록 만드는 엄청난 일을 해냈으며, 그 후에도 계속 이어졌던 선생님과의 우정은 마음을 따뜻하게 하는 어린 시절의 아름다운 유산이다. 높은 점수로 고입 자격시험을 통과한 후, 고반에서 수준 높은 고등학교에 들어갈 수 있었다. 하지만 다른 아이들보다 1년이 늦어버렸다. 거기에다 새로운 학교에 적응하기 전에 새 학기의 시작을 기다리느라 6개월을 더 보내야 했다. 그 말은 고등학교에 들어갔을 때 난 13살 반이었다는 의미다. 자신보다 훨씬 어린 동급생들 무리에 던져진 것은 나에게 트라우마를 남겼다. 내가 느꼈던 수치심, 특히 여자 친구를 사귈 때 겪어야 했던 수치심은 너무 지독해서 끝내 극복할 수 없었다. 나머지 학교생활, 적어도 수업시간은 고문과도 같았다. 내 자신감은 아주 심하게 망가져 버렸는데, 그런 상황을 겪은 건 내 생애 딱 두 번이었다. 그때가 첫 번째였고, 두 번째는 레인저스에서의 선수생활이 구단의 거부로 끝났을 때였다. 두 시기는 너무 비참해서 내게 영구적인 손상을 남겼을지도 모른다. 궁극적으로는 고통스러웠던 시간을 내적 동인의 연료로 삼아 나중에 더 높은 곳에 도달할 수 있었지만 당시에는 도저히 그런 식으로 생각할 수 없었다. 그때 나를 괴롭혔던 마음의 상처가 불쑥 찾아올 때마다 불안감에서 완전히 자유로울 인간은 없구나, 하고 느끼게 된다.

하지만 57년이라는 세월을 살아가면서 이러한 부정적인 생각을 다스리는 법을 배우게 되었다. 예전까지 늘 고수했던 긍정적인 자신감은 고반 고등학교에 와서 낙제에 대한 두려움으로 바뀌었다. 나는 노력파였지만 내 경쟁 상대가 서글프게도 전부 나보다 거의 두 살 적은 어린애들이라는 사실이 전심전력을 다해 그들을 따라잡을 의욕을 꺾어버렸다. 정규과목에 불어와 독어까지 더해진 학과공부는 내게 힘겨웠다. 나는 반에서 가장 공부를 잘하는 친구들의 숙제를 베끼는 쉬운 길을 선택했다. 몇몇은 기꺼이 나를 도와주었다. 학생으로는 열등감을 가졌지만 그와 반대로 축구부에서 보여준 활약상이 나를 그들의 작은 영웅으로 만들어주었기 때문이다. 축구는 고등학교를 다니는 동안 늘 나를 위로해주었지만, 양날의 검 같은 영향을 미쳤다. 운동장에서 나를 안심시켜 주는 세계로 도피할 수 없었다면 어쩔 수 없이 교실에서 공부에 적응하려고 노력했을 것이다. 당연한 일이지만 다른 사람의 숙제를 베끼는 일에서 내가 얻은 이익은 겉치레에 불과했고, 노력 부족은 결국 시험에서 드러날 수밖에 없었다. 대학입학자격시험을 공부하고 있어야 할 16세에 교장선생님은 내가 이미 알고 있었던 사실을 이야기해주었다. 지난 4년 동안 내 성적이 좋지 않았기 때문에 앞으로 더 나아질 가망이 현실적으로 거의 없다는 것이었다. 다른 현명한 선택은 학교를 그만두고 기술직에서 도제생활을 시작하는 거였다. 부모님은 분명 실망하셨겠지만, 나에게 더 큰 격려를 보내주었고 아무런 비난도 하지 않았다. 내가 들어갈 예정이던 직장은 공구를 만드는 곳이었지만 속으로는 나의 미래가 축구에 있다는 것을 확신하고 있었다. 내가 기억하는 한 축구선수가 되려는 꿈은 내 모든 꿈을 압도하고 있었다.

처음 조직적인 축구팀에서 뛰었던 일은 이웃이었던 보이드 씨가 골목 4개 정도 되는 우리 블록에 사는 주민들을 모아 팀을 만들었을 때였다. 팀 이름을 거창하게도 고반 로버스Govan Rovers라고 짓고 아스널Arsenal 유니폼을 입었다. 내가 그 팀에 들어가는 데에는 두 가지 장해물이 있었다. 우선 나는 일곱 살이었고 로버스는 12세 이하 리그에 속했다. 두 번째로 나는 축구화가 없었다. 나는 나이에 비해 조숙했기 때문에 나이는 장비가 없다는 것에 비하면 심각한 문제가 아니었다. 그런데 또 다른 이웃인 토미 겜멜이 축구화를 물려주며 내가 마스코트를 졸업하고 선수가 될 수 있게 해주었다. 그의 친절은 내가 영원히 간직해야 할 감사한 일이었다.

그 무렵 내게 가장 실망스러웠던 일은 브룸론 초등학교에 축구팀을 맡을 선생님이 없었다는 것이다. 학생들은 세인트 세이비어나 코플란드 로드 같은 이웃학교들과 친선경기를 치르는 일로 아쉬움을 달랬다. 가톨릭계였던 세인트 세이비어는 고반의 리그와 컵대회를 휩쓰는 단골 우승팀이었는데, 그 팀에서 가장 잘하는 선수 중 데스 헤론과 버나드 맥닐리는 내 친구였다. 데스는 넵튠 가 가장 꼭대기에 살았고 버나드는 이름처럼 거친 동네였던 와인 앨리에 살았다. 버나드는 미국으로 이민 가서 나중에 작가가 되었고 데스는 애버딘에서 프로축구선수가 되었다. 우리는 지금도 친하게 지낸다. 캐시와 나는 데스 딸의 후견인이기도 하다. 나는 아직도 브룸론 초등학교가 세인트 세이비어를 쉽게 이기던 일로 그를 놀릴 수 있다. 우리 팀에는 뛰어난 선수가 여럿 있었기 때문에 리그에 참여할 수 없었던 일은 커다란 불만이었다. 라이프 보이스Life Boys가 우리의 탈출구가 되어 주었다. 마틴과 나를 개신교도로 키우기로 결정하면서 어머니는 기독교 교육을 확실히 했다. 예닐곱 살 때 우리는 동네 성경학교인 '실로 홀'에 다니고 있었는데, 나는 그때 개근상으로 받은 성경책을 아직도 지니고 있다. 그 성경학교로부터 시작해 라이프 보이스[기독교의 보이스카우트 같은 조직] 129번 지부에 들어갔다. 라이프 보이스가 된다는 것은 일요일에 교회를 두 번 가는 것을 의미했다. 또한 그것은 '축구'를 의미했으며, 브룸론의 우수한 선수 대부분이 129번 지부에 합류함을 의미했다.

라이프 보이스와 함께 축구를 했던 절정의 순간은 폴마디Polmadie를 결승에서 재경기 끝에 꺾고 글래스고 지구 우승컵을 들어 올렸을 때였다. 우리는 홈으로 사용하던 고반에 인접한 카도널드 지역의 유명한 공용 축구장인 피프티 피치스The Fifty Pitches에서 가진 첫 게임에서 승리했다. 한때 그곳은 이름처럼 많은 축구장이 있었지만, 내가 자랐을 무렵에는 이미 상당 부분 힐링턴 공업단지로 흡수된 후였다. 2차전을 위해 글래스고 남쪽에서 폴마디까지 이동한 거리는 불과 12km 남짓했을지 모르지만, 우리 경기 중 가장 장거리 원정이었고 마치 외국에 온 기분이었다. 낯익은 것은 경기 환경뿐이었다. 도시의 공용 운동장은 대부분 흙바닥이었고 여름에 건조해지면 얼굴이 늘 흙먼지로 범벅이 되곤 했다. 경기 중 흙을 닦아내다 보면 눈 주위와 입 주위에 커다란 고리가 생기기 마련이라 경기가 끝난 후에는 모두 얼굴이 이상야릇해져 있었다. 그러나 흙먼지 따위 문제가 아니었다. 우리는 4-2로 승리했고 기쁨 이상의 기쁨을 느꼈다. 그것은 환희였다. 경기가 끝나고 우리 감독이었던 조니 보어랜드는 누가Nougat 웨이퍼[얇고 바삭하게 구운 과자]가 둘이나 들어 있는 아이스크림을 모두에게 사주었다. 축구화를 끈끼리 묶어 목에 걸고 아이스크림을 먹으면서 폴마디 로드를 걷는 기분은 유년 시절 가장 짜릿한 경험이었다.

나와 내 친구들은 아무리 축구를 해도 모자랄 정도로 축구에 목말라 있었다. 동네 유스Youth 클럽인 하모니 로Harmony Row에서 새 선수를 영입한다는 말이 퍼지자 우리 4총사 — 던컨 피터슨, 토미 헨드리, 짐 맥밀란 그리고 나 — 는 선수등록을 위한 줄에 합류했다. 클럽의 리더는 봅 이네스라는 남자로 여러모로 그 자신이 하모니 로라 할 만했다. 우리 연령팀을 맡은 믹 맥고완은 강박적이라 할 정도로 축구밖에 모르는 멋진 사람이었다. 나는 이미 나처럼 축구에 미친 어른들에 익숙해져 가고 있었다. 라이프 보이스에서 나의 멘토였던 조니 보어랜드는 여전한 축구광이다. 얼마 전 그를 만나러 갔을 때, 뒤뜰에 미니골대를 설치해놓은 것을 보았다. 2차 세계대전 중 포로생활을 겪었을 정도로 연로한 분이지만 그 골대가 단지 장식품이 아니라는 것을 알려주었다.

처음 만났을 때 30대였던 믹 맥고완은 축구에 단지 열정적일 뿐 아니라 광적이고 편협할 정도로 하모니 로를 위해 몸과 마음을 바쳐 헌신했다. 그 무엇도, 그 누구도 클럽의 안위보다 중요하지 않았다. 한마디로 못 말리는 사람이었다. 우리는 모두 그를 좋아했지만 한 번씩은 그와 충돌하곤 했다. 정식으로 코치를 받은 기억은 믹이 처음이었다. 어느 날 고반 중심가에 있는 하모니 로에서 폴라 엔진 파크Polar Engine Park라는 가까운 축구장에 우리를 데려갔다. 조선소로 곧장 통하는 화물차 노선 옆에 있었기 때문에 우리는 그곳을 '퍼기puggy'라고 불렀다. 우리를 불러 모은 뒤 그는 팀플레이의 중요성에 대해 설명했다. 열 살이었던 우리는 그의 강의가 달갑지 않았다. 우리는 단지 공을 꺼내 축구를 하고 싶을 따름이었다. 그러나 그는 끝도 없이 패스와 움직임에 대해 이야기했다. 그리고 나서 그는 내 쪽을 바라보더니 말했다. "알렉스, 넌 드리블을 너무 많이 하니까 공을 배급하는 법을 배워야 한다." 고백컨대 나는 학교에서 똑똑한 축에 들었으나 배급이라는 말이 무슨 뜻인지 몰랐기 때문에 어서 빨리 집에 가서 아버지에게 무슨 뜻인지 물어보고 싶어 좀이 쑤셨다. 어린 나는 아버지가 사전 속에 있는 모든 단어의 뜻을 알고 있는 걸로 보였다. 아버지의 어휘력은 훌륭했고 그날 들었던 것보다 더 어려운 단어의 뜻도 가르쳐주었다. 하지만 세월이 흘러 낯선 단어, 특히 기술적인 용어의 뜻을 물어보면, 독단적인 판단을 내리곤 했다. "철자를 불러봐." 아버지는 이렇게 말했다. 철자를 말해주면, "그런 말은 없어" 하고 묵살해버렸다. 내가 집요하게 읽고 있던 책이나 신문을 보여주면 몇 초 정도 들여다보다 최종선언을 내렸다. "그런 말은 없어. 한 번도 못 들어봤다." 아버지는 영어의 범위가 어디까지 뻗어나갈 수 있는지 확실한 자신만의 기준이 있었다.

하모니 로는 글래스고 유소년 리그에서 뛰었고, 우리 경기는 넓은 지역에 걸쳐 흩어져 있었다. 우리의 가장 격렬한 라이벌은 브리지튼 보이스 클럽Bridgeton Boy's Club이었는데 클라이드 중심가의 사우스뱅크에 있는 유명한 공원인 글래스고 그린Glasgow Green을 홈으로 사용했다. 원정경기는 절대 느긋한 소풍이 아니었다. 언제나 경기장은 검은 흙으로 덮였고 어떤 경기에서나 긁힌 상처는 전리품처럼 따라왔다. 그러나 더 큰 심각한 위험이 있었다. 브리지튼과 컵대회 경기를 치르고 있었는데 평소보다 분위기가 더 살벌했다. 경기장 주변에는 서포터들이 빽빽이 들어차 있었다. 전반전에 우리는 3-0으로 이기고 있었는데, 하프타임에 앤드류 삼촌이 나에게 와서 경기가 끝나면 냉큼 도망가는 게 현명할 거라고 일러주었다. 공원과 같은 쪽인 오트랜즈에 살고 있던 삼촌은 30명쯤 되는 애들이 우리를 손봐주려고 벼르는 걸 들었다고 했다. 위험이 닥치고 있다는 소식은 다른 팀원들에게도 놀라운 속도로 퍼졌다. 믹 맥고완은 미리 우리 옷과 짐을 챙겨놓겠으니 심판이 종료 휘슬을 불자마자 고반행 전차가 있는 발라터 가까지 전속력으로 뛰라고 말했다. 불안 속에서도 우리는 4-1로 쾌승을 거두었다. 발라터 가까지 정신없이 뛰어가면서 나는 계속 정류장에 전차가 없다면 우리는 어떻게 되는 걸까 하는 생각뿐이었다. 다행히 전차 한 대가 들어왔고 우리를 집단폭행하려는 무리는 30m 정도 따라오다 포기했다. 컵대회의 드라마를 일찍부터 맛본 셈이었다.

당시 다른 친구들과 마찬가지로 나는 하모니 로 클럽에서 어른이 되었다. 몇몇 친구는 클럽에서 만난 여자들과 결혼했다. 던컨 피터슨도 그곳에서 자넷을 만나 친구들 중 가장 먼저 유부남이 되었다. 봅 이네스는 댄스모임을 조직해서 우리에게 억지로 플로어에 나가게 했다. 운동장에서 뿜어내던 투지는 모두 온데간데없이 증발해버리고 우리는 부끄러움으로 몸을 움직이지도 못할 지경이었다. 그래서 봅은 조명을 끄게 해 친구들 앞에서 우리가 파트너의 발을 밟으며 서툰 춤 실력을 보이는 창피를 면하게 해주었다. 우리는 하모니 로의 작은 홀에서 플래터스의 노래가 흐르는 속에 유유히 떠다녔다. 아름다운 나날이었다.

클럽팀에서 선수를 하면서 유스팀과 학교축구팀에서도 뛰었다. 라이프 보이스에서 유스팀으로 옮기면서 나는 조니 보어랜드로부터 그의 동생인 짐의 휘하로 들어가게 되었다. 13세에 나는 18세 이하 팀인 유스 129기의 주전선수가 되었다. 당시 스코틀랜드의 학원축구는 뛰어난 수준을 자랑하고 있었다. 고반 고등학교만 해도 쌍둥이 형제인 로니와 도니 맥키논이 있었다. 두 사람은 성인이 되어서도 센터백으로서 명성을 날렸다. 도니는 파틱 시슬Partick Thistle에서 그리고 로니는 레인저스와 스코틀랜드 국가대표팀에서 활약했다. 사실 로니는 라이트윙으로 시작했고 축구화를 싫어해서 때때로 스타킹만 신고 경기에 뛰어 우리를 놀라게 했다. 나와 함께 고반 고등학교에서 축구를 하던 다른 이들로는 레인저스에서 몇 년 뛰다 폴커크Falkirk와 모튼Morton에서 선수로 활약했던 크레이그 왓슨, 클라이드Clyde와 덤바튼Dumbarton 선수였던 지미 모리슨, 그리고 파틱 시슬, 반슬리Barnsley, 돈카스터Doncaster, 던펌린Dunfermline, 모튼을 거쳐 간 내 동생 마틴이 있다. 그 후 마틴은 아일랜드의 워터-포드에서 선수 겸 감독 자리를 얻었다. 그곳에서 동생은 팀을 아일랜드 리그 우승으로 이끌고 아이리시컵 결승까지 올려놓았다.

고반 고등학교의 강력한 라이벌인 세인트 제라드에는 조 맥브라이드가 있었는데 우리 옆 골목에 살았다. 나보다 조금 나이가 많았기 때문에 언제나 나에게는 영웅처럼 보였다. 조는 마더웰Motherwell, 울브즈Wolves, 킬마녹Kilmarnock, 셀틱 그리고 스코틀랜드 대표팀에서 훌륭한 활약을 보였다. 1966년 유러피언컵에서 우승했던 시즌에 당한 지독한 무릎 부상이 아니었더라면 역사에 남을 득점 기록을 세웠을 것이다. 크리스마스 전날 부상을 당하기 전까지 그는 35골이라는 놀라운 기록을 세우는 중이었다. 셀틱의 유러피언컵 우승에 기여했던 짐 크레이그 역시 그때 세인트 제라드에 다니고 있었다.

그즈음 글래스고와 그 주변(특히 던바튼셔는 우수한 선수를 많이 길러냈다)의 보다 광범위한 인재풀에서 나온 선수들은 대개 학원 축구선수들로, 나중에 잉글랜드에서 주목할 만한 선수 경력을 쌓고 스코틀랜드 국가대표팀에서 많은 출장기록을 세웠다. 에디 맥크레디, 앤디 로크헤드, 봅 호프, 그리고 아사 하트포드가 그들이다. 리그의 높은 수준은 축구 명문교들이 순위를 위해 치열한 경쟁을 벌여야 했다는 사실을 의미했다. 우리 고반 고등학교도 명문 중 하나였다. 입학하고 얼마 안 있어 게시판에 나보고 13세 이하 주전팀의 테스트를 받으라는 공고가 붙어 있어서 놀랐던 적이 있다. 알고 보니 브룸론 초등학교 친구인 토미 헨드리가 축구팀을 맡고 있던 조지 시밍턴 선생님에게 나를 추천했기 때문이었다. 그는 매서운 외모의 소유자였고 성격도 그에 못지않았다. 그 누구도 시밍턴 선생님에게 함부로 굴지 못할 정도였다. 그는 엄청난 성적을 거두었으며 심지어 일 년도 넘게 무패 기록을 이어가기도 했다.

첫 시즌의 정점은 세인트 제라드와 화이트필드컵에서 만났을 때였다. 우리가 모든 연령대에서 쉽게 꺾었던 가톨릭계 중등학교였지만 둘 사이에 종교적인 감정은 기억나지 않는다. 그러나 어떤 팀을 지지하는지는 극명하게 갈렸다. 우리 학교 애들은 지역의 영웅인 레인저스 팬이었고 세인트 제라드 애들은 셀틱 팬이었다. 덕분에 두 학교가 만났을 때 라이벌 의식에 또 다른 요인으로 작용해 더욱 격렬한 분위기를 만들었다. 화이트필드컵을 위한 1차전은 세인트 제라드와 공동으로 사용하고 있던 피리 파크Pirie Park의 흙바닥 피치Pitch 위에서 이루어졌는데 1-1 무승부로 끝났다. 바람이 거세게 부는 날이라 흙바람이 자꾸만 선수들의 얼굴로 날아들어 경기는 코믹한 양상을 띨 정도였다. 우리에게는 무승부로 끝난 게 다행이었지만 몇몇 상대팀 선수의 학부모들이 나에게 온갖 야유를 퍼붓는 바람에 나는 그렇게 생각할 수 없었다. 나는 지역신문인 〈고반 프레스〉에서 상당히 크게 다루어지는 선수였다. 그날따라 내 플레이가 신통치 않았던 까닭에 나는 상대팀 학부모들의 먹잇감이 된 것이었다. 나는 어린 선수에게 퍼부어지는 어른들의 악의에 상당히 놀랐지만 아버지는 눈 하나 깜짝하지 않았다. 그들에게 내가 맞받아칠 수 있는 최선의 방법은 재경기에서 좋은 경기를 하는 것이며 해트트릭이라도 하면 더 좋을 것이라고 말할 뿐이었다. 2차전은 화창한 토요일 아침에 벌어졌다. 나는 최상의 플레이를 펼치며 해트트릭을 달성했고 우리 팀은 6-3으로 승리했다. 18m 거리에서 골대 우측 상단 구석으로 골을 꽂아 넣었을 때 나는 세인트 제라드 서포터 앞에서 세레모니를 하고픈 충동을 주체하지 못했다. 아버지는 그들의 입을 닥치게 할 최상의 방법을 알고 있었다.

그 시즌에 우리는 리그 우승, 화이트필드컵 우승(결승에서 벨라하우스턴 아카데미를 7-1로 꺾었다), 그리고 캐슬컵 우승을 일궈냈다. 캐슬컵에서 우리의 마지막 제물이 된 고발스의 아델피 중등학교는 6-0이라는 무참한 패배를 당했다. 다음 시즌에도 우리의 경기력은 유지되었고 리그 타이틀을 거머쥐었다. 국립 경기장인 햄든 파크에서 열렸던 스코티시 쉴드 결승전에서 우리는 던바턴의 세인트 팻스와 맞붙었는데 팀 선수 6명이 스코틀랜드 학생대표팀에서 뛰고 있었던 강팀이었다. 4-0 스코어 패배만 보면 압도적인 패배 같지만 진실은 그렇지 않다. 경기 종료 10분을 남겨 놓고 우리 골키퍼 앵거스 버니의 손가락이 골절되어 교체되기 전까지만 해도 두 팀과의 차이는 없었다. 그 후 우리 팀은 완전히 무너졌고 학살당하듯 내리 네 골을 먹었다. 시밍턴 선생님은 엄청난 충격을 받았다. 그는 우리의 패배를 믿을 수 없었다. 그의 기질상 패배의 가능성을 고려하는 일은 상상할 수도 없었고 우리 모두에게 승리에 대한 의지를 심어주었다. 우리는 그를 무서워했지만 부모들 모두 그가 훌륭한 사람이라고 생각한 것을 보면 강력한 승부욕 외에도 좋은 점이 많이 있었던 것 같다. 절대로 다른 사람을 지나치게 칭찬하는 법이 없는 우리 아버지마저도 그를 "좋은 사람"이라고 말할 정도였다. 나에게는 그 말이 왕실의 승인장보다 더한 무게를 지녔다.

같은 시즌에 스코틀랜드 학생대표를 선발하는 테스트가 글래스고의 스콧스타운 운동장에서 열렸고 토미 헨드리와 내가 후보로 선택되었다. 우리는 고반 크로스에서 만나 테스트를 보는 장소까지 같이 갈 생각이었다. 약속시간이 다 되어가는데 토미의 의붓아버지인 깁슨 씨가 와서 토미는 가고 싶어 하지 않는다고 말했다. 그는 너무 불안한 나머지 자신감을 완전히 잃어서 깁슨 씨가 아무리 설득해도 되돌릴 수 없었다. 축구계에서 성공한 모든 이들은, 위대한 선수가 될 수 있었으나 성격이나 기질 문제로 극복할 수 없는 장해물을 만들어버렸던 동시대 인물의 이야기를 적어도 하나쯤은 해줄 수 있다. 선수와 감독생활을 하면서 이런 경우 때문에 슬픈 기억이 많다. 토미의 문제는 자신에 대한 믿음이 부족했다는 것이다. 그는 엄청난 재능을 지닌 우측 미드필더였지만 그의 야심은 고반 고등학교와 하모니 로보다 더 높은 곳까지 미치지 못했다. 그는 여전히 겸손한 사람이고, 나는 40년도 넘는 세월이 흐른 지금조차도 그때의 테스트에 관해 그 앞에서 감히 입 밖에 내지 못한다.

테스트에서 오락가락하는 플레이를 선보이다 막판에 와서 좋은 모습을 보여줄 수 있었다. 글래스고 학생대표팀을 총괄하던 이는 퀸스 파크에서 준수한 선수생활을 보냈던 데이비드 레섬이라는 사람이었는데, 훗날 나 자신이 이 위대한 아마추어 클럽에 들어갈 거라고는 상상도 하지 못했다. 테스트를 위해 옷을 갈아입는데 그가 나에게 왼쪽 측면에서 뛰라고 지시했다. 여덟 살 이후로 그 포지션에서 뛰어본 적이 없었던 나는 경험 부족을 드러내고야 말았다. 공을 제대로 만져보지도 못할 정도였다. 전에도 언급했지만 아버지의 조용한 성격은 가끔 활화산 같은 분노의 폭발로 바뀔 수 있었다. 윙으로 뛰면서 나의 선발 가능성이 희박해지고 있었고, 그 모습을 지켜보던 아버지는 피치 주위를 돌아가서 데이비드 레섬에게 자신의 의견을 전달했다. 그 결과, 후반전에는 원래 포지션인 인사이드 레프트[20세기 중반 축구전술인 2-3-5 시스템에서 스트라이커 바로 뒤의 왼쪽 공격수]로 뛸 수 있었고 플레이는 훨씬 나아졌다. 그날의 하이라이트는 나의 멋진 침투 패스가 성공해 오른쪽 윙의 득점을 도운 장면이었다. 라나크셔Lanarkshire 팀을 상대할 글래스고 학생대표팀에 내 자리가 만들어진 순간이었다.

내 커리어가 상승세를 타고 있었다는 증거로 스코틀랜드 아마추어 축구에서 가장 뛰어난 팀이었던 드럼채플 아마추어스Drumchapel Amateurs에서 영입 제의가 왔다. 하모니 로 선수로 뛰는 일에 만족하고 있던 나는 처음에는 별로 관심이 없었지만 끈질기기 짝이 없는 드럼채플의 운영자인 더글러스 스미스가 나를 만나러온 뒤 흔들리기 시작했다. 그러고 나서 아버지가 드럼채플의 라이벌인 킬마녹 보이스 클럽 선수로 뛰던 이웃의 조 맥브라이드에게 조언을 구하러 갔다.

"알렉스는 꼭 드럼채플에 가야 해요." 조는 딱 잘라 말했다. 늘 우러러 보던 누군가의 입에서 망설임 없는 의견을 들은 아버지는 이적에 대한 모든 불안이 사라져 우유부단하게 고민하던 나를 설득하기 시작했다. 드럼채플로의 이적은 내가 할 수 있었던 최선의 행동이었다. 나 자신에 대한 도전을 통해 한계를 뛰어넘지 못하면 그곳에서 버티지 못했다. 하모니 로에 계속 있었더라면 불가능했을 일이다.

드럼채플은 14세 이하, 15세 이하, 16세 이하, 17세 이하, 그리고 18세 이하 이렇게 5개 팀으로 이루어져 있었다. 어떤 해에는 성인축구 팀으로 30명이나 보낼 정도로 성공한 클럽이었다. 스코틀랜드에서 재능 있는 유소년들이 쏟아져 나오던 시대라는 사실을 감안해도 놀라울 정도의 성과였다. 더글러스 스미스의 능력 중 하나는 우리가 높은 곳을 지향하도록 만드는 것이었다. 토요일 아침에 학교팀에서 경기를 마친 후에 이어지는 드럼채플 경기 준비를 하러 집으로 뛰어가지 않아도 되었다. 대신 우리는 글래스고의 고든 가에 있는 리드 레스토랑에 가 더글러스의 돈으로 점심을 먹었다. 그러면 아까 경기한 아이들과는 자신의 수준이 다르다는 생각이 들었다. 바보같이 들릴지도 모르지만 경기장에서 자신감을 북돋우는 데 이만한 처방이 없었다. 고반 고등학교와 하모니 로의 동료들은 내가 그토록 호사스러운 대접을 받는다는 걸 믿을 수 없어 했다. 그 이야기를 들은 일부는 내가 자만에 빠졌다고 생각했을지도 모른다. 하지만 그들의 가장 원초적인 감정이 부러움이었다는 사실을 안다. 내가 뛰었던 드럼채플 팀의 수준이 얼마나 대단했냐 하면, 리그 초반 경기에서 모스파크 아마추어스Mosspark Amateurs 같은 팀을 35-0으로 이길 정도였다. 그날 나는 9골을 넣었지만 우리 센터포워드인 보비 스타크는 12골을 기록했다. 그렇게 해도 주전 센터포워드인 데이비드 맥베스가 돌아오자 그는 그 자리를 내줘야 했다. 그러니 어떻게 상대가 되겠는가?

아마추어 축구가 내 단계에서 맛볼 수 있는 최고 수준의 축구를 제공해주었다 해도 학교를 위해 뛰는 일은 늘 즐거웠다. 1956-1957시즌에서 고반 고등학교는 모든 우승컵을 목표로 하고 있었다. 이 목표는 스코티시컵 준결승에서 만난 웨스트 칼더 고등학교에게 재경기 끝에 2-1로 패한 후에야 포기했다. 그해 12월 나는 글래스고 학생대표팀의 일원으로 우리의 전통적인 더비 상대인 에든버러와 이제는 없어진 서드 라나크의 홈인 글래스고의 캐스킨 파크Cathkin Park에서 맞서게 되었다. 내 짧은 축구 인생에서 그보다 더 큰 경기는 없었고 나는 새끼고양이처럼 떨고 있었다. 축구판에서 얼마나 빨리 유명해질 수 있는지 놀라울 지경이었다. 우리가 캐스킨 파크에 한 줄로 서기도 전에 며칠 동안 들리는 이야기란 에든버러 학생팀의 우측 중앙공격수 존 그레그에 대한 이야기뿐이었다. 그 시절 내 포지션은 레프트하프(현대축구용어로는 왼쪽 미드필더)였으므로 나는 이 천재와 정면으로 대결하게 되었다. 10cm 가까이 눈이 쌓인 필드 위로 나갔을 때 그의 키가 너무 작아서 나는 적잖이 놀랐다. '이런 운동장에서 제대로 플레이하려면 엄청나게 잘하는 녀석이어야 할걸.' 다행히도 녀석은 90분 동안 눈밭을 헤치며 뛰느라 애를 먹었다. 글래스고가 4-0으로 쉽게 승리를 거두는 동안 그가 자신의 실력을 선보일 기회는 거의 없었다. 나는 좋은 경기를 했고 페널티킥으로 득점도 하나 기록했다. 존에게는 훗날 더 큰 성공이 기다리고 있었고, 그 시절의 그는 조그만 에든버러 소년을 괴롭혔던 나를 잊지 않고 놀려대곤 했다. 그 천사 같은 얼굴의 소년이 그렇게 변할 줄이야!

내가 마지막으로 학원축구경기를 뛴 것은 비록 입단 당시 15세에 불과했지만 글래스고 고등학교 18세 이하 팀에서였다. 고연령 팀에서도 우리 전력은 꿀리지 않았고 마지막 경기까지 리그 우승을 노렸다. 그 경기에서 우리는 피리 파크에서 홀리루드 고등학교를 꺾어야 되었지만 무승부에 그쳤다. 하지만 실망감을 개인적으로 보상받을 기회가 찾아왔다. 스코틀랜드 학생대표팀에 뽑혀 잉글랜드 학생대표팀과 런던 근교 덜위치의 세미프로팀인 덜위치 햄릿의 홈인 챔피언 힐에서 맞붙게 된 것이다. 나는 경기에 뛰지 못했고 팀은 4-3으로 패했지만, 후보로서 팀저지를 입게 되어 기뻤다.

드럼채플의 우리 15세 이하 팀은 16세 이하 리그에 들어가도 될 정도로 실력이 뛰어났다는 걸 증명했다. 그것은 한 대회에서 두 드럼채플 팀이 경쟁하게 된다는 사실을 의미했다. 더글러스 스미스는 우리가 16세 이하 팀에 이어 2위를 차지하자 크게 기뻐했다. 그쪽 팀에는 프로선수로 성공할 만한 선수들이 몇 명 끼어 있었어도 우리는 그들에게 기가 죽지 않았다. 우리는 정말로 그들을 두려워하지 않았고 그들과의 만남은 늘 불화가 잇따르기 마련이었다. 15세 이하 팀은 리그컵 결승전에서 선배팀을 꺾으며 하나의 전설을 창조했다. 더글러스가 그리 기뻐하지 않는다는 게 눈에 보였다. 16세 이하 팀이 리그 우승으로 모든 주요대회 우승의 동력을 얻는다는 계획에 차질이 온 것이다. 우리는 클라이드뱅크의 킬보위 파크Kilbowie Park에서 벌어진 스코티시 아마추어컵 준결승전에서 치열한 접전 끝에 16세 이하 팀을 1-0으로 꺾으며 또 한 번 그의 구상에 흠집을 냈다.

결승전이 벌어질 무렵에는 더 이상 학교나 지역대항전, 또는 국제대항전에 선수를 빼앗기지 않고 드디어 최상의 팀을 꾸려 필드에 나설 수 있었다. 그렇게 되자 나는 우리의 뛰어난 주전 센터포워드인 데이비 톰슨을 받쳐줄 인사이드 레프트로 배치되었다. 스코틀랜드 학원축구에서 놀라운 재능을 가진 선수들이 무더기로 쏟아져 나온 시기에 데이비 톰슨은 보비 호프, 빌리 브렘너, 그리고 윌리 헨더슨과 함께 독보적인 선수로 꼽혔다. 그는 정말로 뛰어났지만 다른 대다수 학생 선수들과 마찬가지로 자신의 잠재력을 프로세계에서 꽃피우지 못했다. 클라이드에서 잠시 선수생활을 한 뒤 그는 축구를 그만두고 작곡가가 되기 위해 캐나다로 이민 갔다. 스코티시 아마추어컵 결승전에서 우리는 던디에서 던디 버터번

Dundee Butterburn을 3-2로 물리쳤다. 그 극적인 경기에서 내가 느낀 깊은 만족감은 아직도 소년 시절의 가장 선명한 기억 중 하나로 남아 있다.

다음 해, 낯익은 원칙이 적용되어 우리는 17세 이하 리그로 던져졌다. 우리는 제법 괜찮게 했지만 스코티시 아마추어컵 결승에서 칼더Calder에게 패배하며 끔찍한 패배감을 견뎌야 했다. 나는 페널티킥을 실축했고 더글러스는 경기가 끝난 뒤 나보고 왜 페널티킥을 찼느냐고 물었다. 페널티킥 전담이었던 나는 기분이 상했다. 게다가 준결승에서 나는 에어 알비온Ayr Albion을 상대로 1-2 상황에서 동점골을 넣어 알로웨이의 로버트 번스[스코틀랜드의 대표적 시인]의 생가 바로 뒤에 있는 상태가 열악한 경기장에서 열린 재경기에서 1-0으로 승리하게 만든 발판을 만든 뒤였다. 더글러스의 기분이 상한 진짜 이유는 내가 모든 아마추어팀 중 가장 유명한 퀸스 파크로 옮기겠다는 결정을 내렸기 때문이었다. 그는 나의 이적을 막으려 갖은 설득을 했지만 나는 이미 마음을 굳힌 뒤였다. 내가 축구에 재능을 보인 순간부터 아버지가 품고 있던 소망이었다.

드럼채플과의 관계로 인해 하모니 로에서 나를 대하는 믹 맥고완의 태도가 바뀌었다. 나를 점차적으로 주전에서 제외하게 되자 어느 정도는 그의 심정에 이해가 갔지만 그래도 화가 나는 것은 어쩔 수 없었다. 나보다 더 오랫동안 클럽에 남아 있던 사람은 없었고 여전히 매주 꼬박꼬박 나가고 있었기 때문이었다. 그런 상황으로 인해 믹 맥고완은 딜레마에 빠지고 말았다. 하모니 로가 세인트 앤터니스 주니어스의 홈인 무어 파크에서 강팀 브리지턴 보이스 클럽과 컵대회 결승전을 치르게 되었기 때문이다. 그 전주에 다른 컵대회 결승에서 그들에게 6-1로 진 뒤였다. 믹은 그 경기에 나를 내보내고 싶지 않았지만 무어 파크 경기 날짜가 다가오자 나를 다시 불러들이기로 결심했다. 우리는 결승전을 7-0 승리로 장식했고 나는 4골을 넣었다.

하지만 진정한 싸움은 경기가 끝난 뒤 하모니 로로 돌아가는 도중에 벌어졌다. 클럽으로 가는 길에 우리는 헬렌 가를 지나 우리가 통상적으로 경기를 갖는 폴라 엔진 파크를 지나야 했다. 공원에서는 마침 축제가 벌어지고 있었고, 우리가 가판대와 놀이기구에 가까워질 무렵 모든 승리의 기쁨이 날아가 버리는 사건이 벌어졌다. 빙고라는 이름으로 알려진 동네 갱들이 우리 선수인 휴 맥도널드의 형 토미를 습격한 것이다. 그들은 지역에서 악명이 높았고 무기를 사용하는 일을 주저하지 않았다. 면도칼, 자전거 체인, 그리고 나이프가 그들이 평소에 사용하는 무기였기 때문에 그들이 토미를 공격했을 때 그것은 심각한 상황이었다. 그때 아버지를 비롯한 모든 부모들이 갱들에게 덤벼들어 전투가 시작되었다. 대부분의 선수들은 하모니 로까지 뛰어갔다. 그곳에 동네 사람들이 전부 나와 우리가 도착하기를 기다리는 중이었다. 습격당한 이야기를 전하자 그들은 300m 정도 떨어진 현장으로 달려갔다. 유명한 맥도널드 가족은 (습격사건의 희생자와는 인척관계가 없다) 길거리 축구경기를 하다 말고 구출에 가담했는데, 정말이지 그들은 소련의 붉은 군대와 맞먹는 전투력을 자랑했다. 다음 날 〈데일리 레코드〉 신문 일면에는 하모니 로의 영광스러운 승리를 망쳐버린 갱들의 기사가 대문짝만하게 실렸다. 그 경기는 내가 퀸스 파크에 들어가기 전 하모니 로와 함께한 여름의 마지막 경기였다. 위대한 아마추어 클럽 퀸스 파크의 점잖은 전통은, 하모니 로에 대한 나의 작별인사가 된 난폭한 소동과는 너무나 멀리 떨어져 있었다.

2장

이중 수습 생활

16살에 나에게 일어난 모든 일이 달콤한 것만은 아니었지만 대부분 흥미로웠기에 이제 인생의 문이 열리는 기분이었다. 학교를 떠난 후 낯설고 힘겨운 경험이 몇 달의 시간 동안 나에게 밀려들어 왔다. 우선 공구 제작자 밑에서 수습 생활을 시작한 뒤 아마추어 축구계의 최강자 퀸스 파크에서 성인축구의 길에 의미 있는 첫 발을 내딛었다.

대부분의 사람들은 19세기에 퀸스 파크가 축구를 주요 스포츠로 확립시키는 데 중요한 역할을 했다는 사실을 알지 못한다. 그들에게 있어서 퀸스 파크라는 이름은 라디오나 텔레비전의 이번 주 축구경기 결과에서 맨 아래에 나오는 이름 중 하나일 뿐이다. 퀸스 파크의 역사적인 연관성이 사춘기 소년에게 큰 의미가 있었다고 말하려는 건 아니다. 그러나 홈 경기장이 햄든 파크라는 사실은 경외감을 가지게 했다. 학창 시절, 고반 크로스에서 인파 속을 헤치고 버스에 올라 국가대항전, 스코티시컵 결승과 준결승전 그리고 그 외 중요 경기들을 보기 위해 글래스고 남쪽을 가로질러 햄든의 낡고 거대한 스타디움을 얼마나 많이 찾아갔는지 모른다. 그러던 내가 이제는 훈련 장비를 챙겨 힐링턴 공업단지에서 25번 버스를 타고 있다. 나는 그곳에 있는 탄소침 공구를 전문적으로 제조하는 회사인 윅먼에 취직했다. 그리고 카도널드에서 4A번으로 갈아타면 햄든에 도착한다. 중요 경기가 있는 날이 아니라 버스 안은 늘 조용하고 한산했다.

시즌 전 훈련은 스코틀랜드 축구의 성지에서 진행되었다. 일단 훈련에 돌입하고 나면 피로와 싸우느라 주변을 보고 위압감을 느낄 틈도 없었다. 조깅으로 천천히 4바퀴 정도 도는 준비운동은 훈련이 수월하겠구나 하는 잘못된 인상을 주기 십상이었다. 뒤이어 스타디움 관중석에 있는 모든 계단을 전속력으로 오르내리다 보면 숨쉬기도 힘들어졌다. 그 거대한 경기장에는 계단이 모두 42개 있었다. 만약 이 훈련이 축구를 싫도록 만드는 목적으로 고안되었다면 성공했다고 할 수 있었다. 고통스러웠지만 경기장에 서식하는 켈리라는 이름의 조그만 토끼를 방해하지 않고 나는 선두그룹의 페이스에 맞출 수 있었다. 내가 아는 모든 경기장에는 이 녀석과 같은 종자의 토끼들이 보였는데 켈리는 끝없이 이어지는 계단을 마치 마조히스트의 천국에 온 것처럼 위아래로 뛰어다니고 있었다. 숨을 헐떡이며 녀석을 제친 다음 내 폐가 경기장의 광대함을 불평하고 있을 때 나는 어떻게 햄든 파크의 최다 관중기록이 14만 9천여 명이었는지 깨달았다.

당시 퀸스 파크는 4개의 팀을 운영했다. 대문자로 시작되는 퍼스트 일레븐The First XI은 이름 그대로의 의미였다. 2군은 스트롤러스the Strollers라고 불렸다. 세 번째 팀의 정식 명칭은 햄든 일레븐the Hampden XI이었고, 네 번째 팀은 평범하게 퀸스 파크 유스팀the Queen's Park Youth Team이었다. 이런 이름들이 시사하는 바대로 클럽은 인맥에서 자유롭지 못했고 상당수 선수들이 친구나 가족의 영향력으로 입단했다. 그러나 인맥이 1군 자리를 보장하지는 못했다. 그 자리는 자신의 힘으로 쟁취해야 했고 주위에 보이는 혈기왕성한 소년들을 보니 경쟁은 치열할 것 같았다. 아마추어팀의 감독이라고 축구를 진지하게 여기지 않는 법은 없었고, 필드 위에서 거친 몸싸움이 오가게 되면 퀸스 파크 선수는 스스로의 힘으로 이겨내야 했다. 클럽의 분위기는 훌륭했다. 노장 선수부터 새파란 십 대 선수까지 동지애로 끈끈하게 뭉쳐 있었다. 그 시절을 돌이켜보면 즐거운 추억만이 아닌 퀸스 파크에 좀 더 오래 머물러 있었어야 했다는 아쉬운 깨달음을 느끼게 된다.

내가 퀸스 파크에 들어온 것과 거의 같은 시기에 고반의 가장 친한 친구 두 명, 던컨 피터슨과 존 그랜트도 팀에 합류했다. 그들 역시 더 나은 선수가 되기 위해 하모니 로를 떠나기로 결정했다(믹 맥고완은 지진계가 강진을 예보할 정도로 부들거렸을 것이다). 우리 셋은 얼마 안 가 유스팀 주전이 되어 다른 재능 있는 유망주들과 뛰게 되었다. 나보다 한 살 많았던 짐 쿠룩생크 골키퍼는 나처럼 드럼채플 아마추어 출신이었다. 그는 즉시 내게 골키퍼의 필수 자질 중 하나가 약간의 광기라는 점을 납득시켰다. 햄든에 오게 된 지 얼마 되지 않았을 때였다. 어느 날 밤, 스타디움으로 이어지는 언덕에서 내 앞쪽에 넘어져 있는 짐을 보았다. 그는 다이빙 연습 중이었다. 수없이 보이지 않는 공을 향해 드라마틱하게 돌진해 몸을 날렸다. 그는 연습에 연습을 거듭해 하츠Hearts와 스코틀랜드 국가대표선수가 되어 성공적인 프로생활을 했다.

퀸스 파크 유스팀 경기는 레서햄든Lesser Hampden이라 불리는 햄든의 보조경기장에서 치러졌다. 원정 때마다 참아내야 했던 끔찍한 경기장들과는 대조적으로 그곳의 피치는 언제나 최상의 상태였다. 몇 경기 치른 뒤 나는 나이 제한 없는 리그에 참여하는 햄든 일레븐으로 승격되었다. 문자 그대로 어른과 아이 싸움이라는 표현이 적용되는 곳이었다. 경기 때문에 이글샴에 가게 되었을 때의 일이다. 글래스고에서 남쪽으로 몇 킬로미터 떨어진 아주 예쁜 촌락이었지만, 내 기억에는 축구장으로 둔갑한 논두렁과 마을에 대장장이가 11명 있다는 사실을 알려주는 듯한 상대팀의 모습밖에 남아 있지 않다. 이글샴은 그 지역에서 가장 잘 나가는 아마추어팀 중 하나였고 햄든에서 열리는 아마추어컵 결승의 단골손님이었지만, 정작 나에게 큰 인상을 남긴 건 그들의 체격이었다. 나이치고는 큰 편에 속했지만 나는 여전히 뼈와 가죽밖에 없는 소년이었다. 발이 푹푹 빠지는 경기장이 내 민첩성을 무력화시키는 속에서 나는 덩치들의 밥이 되어 사정없이 두들겨 맞았다. 버스를 두 번 갈아타며 고반으로 돌아오는 길에 나는 아버지에게 상대방이 무자비했다고 이야기하는 실수를 저질렀다. "너에게는 좋은 약이 될 거다." 내게 아버지가 말했다. "만약 그런 일을 감당할 수 없다면 축구는 그만둬라." 설교는 집에 올 때까지 이어졌다. 다행히도 내 인생에서 이글샴과 그 거인들은 그저 스쳐 지나가는 존재였다. 나는 빠른 승격을 거듭해 10월 중순에는 2군인 스트롤러스에서 뛰게 되었다. 2군 선수가 되어 기뻤지만 유스팀의 중요한 경기에 호출되어 나가는 일도 즐거운 일이었다. 유스팀 선수들은 내 나이 또래여서 그들 대부분과 친구가 되었다. 유스팀의 또 다른 장점은 팀을 맡고 있던 윌리 버제스로, 내가 무척 좋아하고 따랐던 인물이다. 그는 어린 선수들을 잘 다루었고 언제나 우리가 특별한 존재라는 사실을 각인시켰다. 당시에 그것이 나에게 얼마나 큰 의미를 지녔었는지 기억하기 때문에, 나는 감독이 된 후에도 어린 선수들을 따뜻하게 대하며 자신감을 갖게 해주려고 노력하고 있다.

워먼에서 수습 생활을 하던 처음 일 년 동안 현장감독이었던 데이비드 니모에게는 그런 자상한 면이 없었다. 기술을 배우는 소년들의 조롱거리가 된 것은 그리 신경 쓰이지 않았다. 언제나 한참 동안 줄서야 받을 수 있는 가스통을 가져오라고 심부름을 보내는 정도는 참을 만했다. 그러나 니모는 완전히 다른 문제였다. 나는 단지 그를 두려워한 게 아니었다. 나는 공포에 질려 있었다. 그가 즐겨 하던 장난 중 하나는 작업복 주머니에 넣고 다니던 땅콩을 우리 뒤통수에 냅다 던지는 일이었다. 회전기 앞에서 작업하고 있는데 말을 걸며 다가온다 싶으면 여지없이 머리에 땅콩이 날아와 박혔다. 공장 밖에 있어도 그에게서 벗어난 기분이 들지 않았다. 어느 날, 댄스장에서 아리따운 소녀를 만나 카도널드에 있는 그녀의 집까지 바래다주게 되었다. 집에 도착한 나는 그녀에게 무슨 일을 하느냐고 물었다.

"힐링턴 공단에 있는 사무실에서 일해요." 그녀가 말했다. "그쪽은요?"

나 역시 힐링턴 공단에 있는 공구제작사에서 수습으로 일한다고 말했다.

"어느 회사요?"

"윅먼인데요."

"윅먼이라고요! 우리 아빠가 거기 현장감독으로 계신데."

뜻밖의 우연에 반가워하며 그녀가 말했다. 별로 반갑지 않았던 나는 불안한 마음으로 그녀의 성을 물었다가 하마터면 오줌을 지릴 뻔했다. 가장 두려워했던 것이 현실이 되었다. 대충 둘러대고 그 자리를 전속력으로 벗어났다. 데이비드 니모의 딸에게 키스 시도를 하지 않아서 얼마나 다행인지 몰랐다. 아무 죄가 없다 해도 그 후 몇 주 동안은 그가 가까이 오기만 해도 오금이 저려 움직이지도 못했다. 자기 현관 앞에서 딸에게 수작을 부리고 있었다는 사실을 알게 되면 평소의 땅콩 총알 같은 건 상대도 안 되는 커다란 물건을 내 머리에 던졌을 테니까.

임금노동자로 보낸 첫 일 년은 공구제조 기술자가 갖추어야 할 여러 기술을 몸에 익히며 순조롭게 지나갔다. 한 달 정도 선반작업을 배우며 갖가지 터닝머신을 다루는 법을 터득했다. 그 다음은 분쇄와 절삭작업으로 들어갔다. 내가 가장 애먹었던 부분은 전기부서였다. 나는 거기서 완전히 무용지물이었고, 결국 감전사하지 않고 다른 부서로 이동하게 된 것만으로 기쁨에 넘쳤다. 더 큰 걱정은 공단의 미래 자체였다. 대량 해고가 이어지던 나날이라 신참이었던 나는 충분히 걱정해야 하는 처지였다.

그러던 어느 날, 공장장 사무실로 가서 보고하라는 지시를 받았다. 다른 때라면 그 말은 날 불안해하게 만들지 않았을 것이다. 우리 공장장이었던 지미 말콤은 아버지 쪽의 먼 친척에 우리 가족과도 친했다. 전반적으로 공장 분위기가 썩 좋지 않았던 터라 나는 불길한 예감을 느끼며 사무실로 향했다. 밖에 앉아 기다리는 동안 내가 왜 건실한 기계업체였던 서모탱크와 폴라엔진스에 들어갈 기회를 차버리고 이런 부실회사에 들어왔는지 후회에 후회를 거듭했다. 세무서에서 일할 기회도 있었지만 토요일에도 나와야 하기 때문에 포기했다. 토요일에는 언제나 해야 할 일이 많았기 때문이다. 머릿속에 미래에 대한 온갖 불길한 생각이 꼬리를 물며 이어지는 바람에 지미 말콤 앞에 앉았을 때는 진짜로 부들부들 떨고 있었다.

그러나 그는 내 인생에서 많은 도움을 준 인물 중 하나였다. 나를 위컴 공장 본사에서 코벤트리 지사로 옮기는 게 어떠냐는 제안을 받았지만, 축구에 대한 내 열망을 고려해볼 때 부모님과 내 뜻과도 맞지 않기 때문에 마땅히 거절했다고 그가 말했다. 그래서 대안으로 레밍턴 란드에 내 2년 차 수습생 자격을 유지시켜 주도록 힘을 써주었다. 이미 그쪽 인사담당자에게도 이야기를 해놓은 상태였다. 지미의 친절한 배려 덕분에 몇 주 후, 나는 레밍턴 란드로 출근하게 되었다. 새 공장 역시 힐링턴 공단 안에 있었고 글래스고 공항으로부터 5km 거리였다. 굳이 지리에 관한 추가 설명을 한다면 글래스고 서쪽 또는 고반 쪽에 가까운 곳이라 할 수 있었다.

내가 코벤트리로 직장을 옮겼다면 어떤 일이 일어났을지 상상하기는 어렵다. 축구 없는 삶이란 생각해본 적도 없었다. 미드랜즈[Midlands, 영국 중부지역으로 버밍엄, 더비, 레스터 등이 여기 속한다]에서도 축구를 계속할 수 있겠지만 이제 막 피어나는 선수경력을 통해 얻은 모든 인맥과 인간관계까지 옮겨오기는 불가능했을 것이다. 하루의 대부분을 축구선수로 성공하는 꿈만 꾸었고 그 꿈의 배경은 스코틀랜드였다. 내 꿈이 구체적인 모습을 띠게 된 계기는 어떤 하찮은 일 때문이었다. 퀸스 파크의 고참 관리자 중 하나가 나를 잘 봐줘서 사람이 없을 때도 공을 가지고 햄든 파크에 들어갈 수 있게 해주었다. 운동장 끝에서 끝까지 달려가 빈 골대에 공을 차 넣으며 나는 연습보다 공상에 잠기기 일쑤였다. 햄든의 골망은 골대 뒤로 깊숙이 늘어져 있었기 때문에 쭈그리고 앉아 공을 빼내야 했다. 이런 의식을 되풀이하는 일은 내게 엄청난 흥분을 가져다주었다. 텅 빈 경기장을 뛰어다니며 나는 컵 결승전이나 잉글랜드와의 경기에서 결승골을 넣는 내게 환호하는 수만 관중의 함성을 들을 수 있었다. 솔직히 가끔 실제로 햄든에서 했던 경기의 기억을 되살리기도 했다. 그전 시즌 칼더 경기에서 페널티킥을 실축한 일, 경기 종료 10분 전까지 0-0으로 비기고 있음에도 불구하고 결국 4-0으로 패자가 되었던 세인트 팻스 덤바턴과의 스코티시 쉴드 결승전……. 그렇지만 이런 고통스러운 회상은 대개 달콤한 공상에 자리를 내주기 마련이었다.

퀸스 파크의 내게는 삶의 현실로부터 도망칠 이유가 없었다. 퀸스 파크에서의 삶은 점점 나아지고 있었다. 많은 이들이 격려와 도움을 아끼지 않았다. 그중에서도 나에게 특히 잘해준 사람은 팀의 노장선수로 존경받고 있던 윌리 "주니어" 오만드였다. 집으로 돌아갈 때면 대개 던컨 피터슨, 존 그랜트, 그리고 나와 함께 버스 정류장까지 함께 걸어가며 좋은 충고를 해주었다. 그리고 우리가 버스를 무사히 타는지 확인하고 나서야 길을 건너 반대 방향에 있는 자기 집으로 가곤 했다. 매우 사려 깊은 행동으로 그의 사람 됨됨이를 잘 보여주는 대목이다. 또한 퀸스 파크에 면면히 내려오고 있는 정신에 대해 많은 것을 이야기해주는 대목이기도 하다.

17세 생일을 맞으려면 아직 한 달도 더 남았던 11월 하순, 클럽에 대한 애정이 더욱 깊어진 사건이 일어났다. 놀랍게도 베스트 11의 부름을 받은 것이다. 퍼거슨 가의 모두는 흥분을 감추지 못했지만, 아버지는 그렇게 되면 영영 유소년축구와는 이별이라고 말하며 찬물을 끼얹었다. 아버지의 말이 가진 중요성은 스코틀랜드 사람이 아니라면 실감이 안 갈 것이다. 스코틀랜드의 유소년축구는 독자적인 축구세계를 갖고 있었다. 전국에 뻗어 있는 유소년 리그의 견고한 네트워크는 엄청나게 다양한(나이가 많거나 적거나, 주급을 받거나 안 받거나, 투박하거나 테크닉이 좋거나) 선수들을 총괄하고 있었고, 때로는 홍콩 삼합회에 비견할 정도로 경기가 치열해지기도 했다. 유소년클럽에 등록된 선수는 성인 레벨에 도전했다 실패하면 다시 유소년 리그로 복귀해 선수생활을 계속할 수 있었다. 아버지는 나에게 지역 유소년팀인 벤버브Benburb에 등록한 뒤 퀸스 파크로 이적하는 식으로 안전망을 확보해야 한다고 충고했다. 내가 단호하게 거부하는 바람에 의가 상한 우리 부자는 몇 달 동안 서로 말도 하지 않았다. 내가 유소년클럽에 들어가는 일은 있을 수 없었다. 나는 성인축구클럽에 들어갔고 어떻게 해서든지 그곳에서 성공할 각오였다.

나의 1군 데뷔는 스트랜라Stranraer와의 원정경기였다. 우리는 글래스고 중앙역에서 기차를 타고 스코틀랜드 남서쪽 모퉁이에 위치한 항구마을까지 갔다. 기차 안에서 나는 선배선수들인 윌리 헤이스티, 버트 크로머, 이언 하넷, 윌리 오만드와 팀 최고의 선수인 찰리 처치가 주고받는 모든 대화를 귀 기울여 듣고 있었다. 그들은 모두 클럽의 전통 속에서 성장하고 흑백줄무늬 유니폼을 선수 시절 내내 자랑스러워한 진정한 퀸스 파크 선수였다. 당시 우리 멤버에서 나중에 국가대표로 선발된 사람이 둘이나 있었다. 강인한 레프트백이었던 데이비드 홀트는 노동계급 출신으로 오랫동안 하츠에서 준수한 프로선수 생활을 했고, 이제는 글래스고에서 택시를 몰고 있다. 리즈 유나이티드Leeds United에서 좋은 활약을 보여주었던 윌리 벨은 훗날 미국에 가서 전도사가 되었다. 퀸스 파크 시절 말기에 왜 우리는 더 좋은 결과를 내지 못할까 고민하곤 했다. 내 눈에는 그들이 엄청나게 대단해 보였기 때문이었지만 모두 나의 상상일지도 모른다. 어쨌든 스트랜라와의 데뷔전은 악몽에 가까웠다. 나에게 전혀 맞지 않는 라이트윙에 배치된 것부터가 문제였다. 그들의 레프트백은 맥나이트라는 이름을 가진 작은 탱크 같은 사내였다. 그와 충돌해 두 사람 다 그라운드에 나뒹굴자 그 망할 녀석이 나를 물었다. 하프타임에 우리의 책임자였던 재키 가드니어는 내게 투쟁심이 떨어진다고 닦달했다.

"우리 클럽에서는 상대 선수에게 길을 내주지 않아." 그가 소리쳤다.

"넌 상대를 뚫고 지나가야 하는 거다. 넌 명성이 자자해서 이 클럽에 들어왔어. 대체 문제가 뭐야?"

"레프트백이 절 물었어요." 나는 처량하게 말했다.

"물었다고?" 가드니어가 고함을 쳤다. "그럼 도로 물어주라고!"

스코틀랜드 최고의 아마추어팀이 전쟁에 나서기에는 너무 평화주의적일 거라는 생각은 스트랜라 선수들의 머릿속에서 곧 사라졌다. 후반전은 완전히 전쟁터였다. 우리 선수들은 물밀듯 쳐들어갔다. 윌리 헤이스티는 필드를 가로질러 상대방 라이트백 위치까지 침투해서 맥나이트를 걷어찼다. 거기에는 의심할 나위 없이 '하나는 모두를 위해, 모두는 하나를 위하는' 팀정신이 있었다. 이렇게 분투해도 동전 한 푼 받을 사람이 우리 팀에 아무도 없었다는 사실을 생각하면, 그들의 헌신적인 자세는 내가 만났던 거의 모든 동료들을 뛰어넘는 것이었다. 찰리 처치의 행위가 심판의 참을성을 넘어서는 바람에 그와 난투극을 벌인 상대방 센터포워드인 심슨이 함께 퇴장당했다. 터널로 가는 길에도 스트랜라의 센터포워드는 퀸스 파크 서포터 하나와 언쟁을 벌였다. 어느 모로는 진정한 전사라고 할 수 있었다. 대체적으로 요란했던 나의 성인축구 신고식이었다. 그 다음 주에 4-2로 승리한 알로아Alloa와의 홈경기에서 나는 헤딩골을 성공시켰고 시즌 동안 꽤 많은 1군 경기에 출전할 수 있었다.

경기장 밖에서도 내 삶의 지평은 넓어져가고 있었다. 처음으로 도린 칼링이라는 지속적인 애인이 생긴 것이다. 앤 니모와 마찬가지로 그녀 역시 고반에서 멀지 않은 주택가인 카도널드에 살았다. 그러나 그녀에게는 현장감독의 딸이라는 위험성이 없었다. 나와 도린의 관계는 일 년 반정도 지속되었다가 대개의 첫사랑이 그렇듯 흐지부지되어 버렸다. 우리는 그녀가 미국으로 이민 가서 결혼하게 되는 바람에 완전히 관계가 끊어지기 전까지 이따금 다시 데이트를 하곤 했다. 도린의 예쁜 용모만큼이나 강건한 아일랜드 천주교도였던 그녀의 어머니가 나에게 얼마나 잘

해주었는지도 기억에 남는다. 그녀의 후한 인심은 아름다운 추억으로 남을 것이다.

1959년 여름, 나는 유소년 정기캠프 말고 처음으로 휴가여행을 갔다. 친구인 존 도나키와 짐 코넬, 이렇게 우리 세 사람은 더블린의 왓킨슨 타운에 사는 짐의 고모네로 가서 신세를 졌다. 우리는 모두 즐거운 시간을 가졌고 특히 내가 느꼈던 자유는 각별했다. 그 후 내가 제일 좋아하는 여행지 중 하나가 된 위대한 도시 더블린의 첫 인상은 거리를 메운 자전거였다. 모든 사람들이 자전거를 하나씩 갖고 있는 것 같았다. 다리 근처에 있는 오코넬 가 끝에서 길을 건너는 일은 마치 모험과 같았다. 물론 글래스고 소년들은 민첩한 게 자랑이었다. 적어도 길거리 사진사에게 낚이기 전까지는 그랬다. 그는 우리에게 즉석 사진을 뽑는 시범을 보여주었다. 우리는 각자 1파운드씩 갹출했고 신이 난 사진사는 작업에 착수했다. 사진을 찍은 후 네거티브를 손에 들고 있던 현상액에 담그니 눈 깜짝할 사이에 사진이 완성되었다. 우리는 사진이 나오는 과정을 신기해하며 리피 강을 건넜지만 반대편에 도착하기도 전에 사진이 뿌옇게 흐려지기 시작했다. 50m를 더 가니까 그림이 통째로 사라져버렸다. 우리는 사진사를 잡으러 도로 뛰어갔지만 사라지는 것은 그의 특기인 모양이었다. 일단 화가 가라앉자 우리는 배를 잡고 웃었다. 여행 내내 웃음이 끊이지 않았던 즐거운 휴가였고, 지금도 존과 만나면 반드시 그때의 더블린 여행 이야기가 튀어 나온다.

더블린에서 데이트 상대를 구하기 위해 우리가 애용하던 사냥터는 하코트 가에 있던 댄스홀인 포 프로빈스Four Provinces였다. 우리는 거의 매일 밤 그곳을 찾아갔는데 하루는 고반 고등학교 시절 함께 축구를 하던 랍 도나키를 만났다. 그가 혼자였기 때문에 우리는 서슴지 않고 일행에 끼워주었다. 나는 언제나 그가 괜찮은 친구라고 생각하고 있었다. 그러나 폐장 전에 아일랜드 국가가 연주되자 그는 자리에서 일어나기를 거부하더니 종업원에게 싸움을 걸기 시작했다. 그가 거리로 내보내질 때까지 우리는 조용히 자리를 비켜주었다. 그 후 거의 매일 밤, 우리가 그를 만날 때마다 국가연주에 일어나지 않는 바보 같은 짓을 되풀이했다. 그는 정말 괴짜였고 나중에 알고 보니 그의 직장인 페어필드 조선소에서는 그 이상한 성격 때문에 바라바[Barabas, 예수 대신 십자가에서 풀려난 유대의 폭력투쟁 지도자]라는 별명을 얻었다고 한다. 몇 년 후, 그가 젊은 나이에 세상을 떠났다는 이야기를 듣고 어째서인지 나는 큰 충격을 받지 않았다. 나는 랍에게 뿌리 깊게 박혀 있는 자기 파괴적 성향을 감지했는지도 모른다.

하지만 짐 코넬이 40대 초반에 유명을 달리했을 때는 크게 충격을 받았다. 짐과 나는 더블린에 함께 간 후 각자의 길을 갔지만 때때로 축구경기에서 마주치던 사이였다. 그는 상냥하고 조용한 소년이라 만날 때마다 반가운 친구였다. 들리는 말에 의하면 그의 아내가 갑작스럽게 세상을 떠난 뒤 그는 상실감을 극복할 수 없었다고 한다. 그 후 그는 살아갈 의지를 잃어버렸다. 존 도나키와 내가 아일랜드에서의 자유분방했던 나날에 대해 이야기할 때마다 이제 추억에 어두운 그림자가 하나 드리워졌음을 실감한다.

더블린 여행을 마치고 글래스고에 돌아온 뒤 여름 동안 친구들과 나는 페이즐리 가 서쪽의 카도널드에서 주로 시간을 보냈다. 우리가 빌스 카페에 자주 갔는데 최신 레코드를 들으며 콜라를 마시는 동안 여자들을 꼬실 수 있는 곳이었다. 그러고 나면 페이즐리 가를 유유히 걸어가며 친구들끼리 바보 같은 장난을 치곤 했다. 실없는 십 대들이 얼마나 유치해질 수 있는지 보여주는 증거였다. 이러한 저속한 장난은 대개 우리 사이에서 오갔지만 어느 토요일 오후, 뜻밖에도 우리는 외부에서 목표물을 발견했다. 우연히 지나치던 결혼식장이었다. 흔한 결혼식이 아니었다. 얼굴을 붉히고 있던 새신랑은 바로 스트랜라의 식인종 맥나이트였다. 깨물기 사건을 이야기해주자 당장 목표가 정해졌다. 아이들은 무자비하게 신랑에게 야유를 퍼부었지만 신부 옆에서 억지 미소를 짓는 것 외에 그가 할 수 있는 것은 아무것도 없었다. "꺼져, 이 얼간아. 너랑 결혼할 여자가 어디 있냐?" 이 정도가 우리가 그에게 해줄 수 있는 가장 근사한 결혼 축하 인사였다. 어떤 할머니가 우리를 야단치고 쫓아버릴 때까지 우리는 멈추지 않았다. 복수는 달콤했지만 그 후 필드 안이나 그 밖 어디에서도 두 번 다시 새신랑과 마주치지 않기를 빌어야 했다.

퀸스 파크에 들어온 지 2년째 되자 1군 경기 출전이 늘어났지만 만족할 만큼은 아니었다. 이미 두어 개 구단에서 입단 제안을 받은 터라 프로로 전향하고픈 마음이 강해졌다. 청소년 국가대항전 경기가 세인트 제임스파크에서 열린 뒤 뉴캐슬 유나이티드Newcastle United가 나에게 접근했다. 잉글랜드 구단에 들어가는 건 수습일 때문에 불가능했지만 그들의 관심에 으쓱한 기분이었다. 뉴캐슬 구단의 반응이 재미있었던 것은 내가 그날, 그리 좋은 움직임을 보이지 못했기 때문이었다. 스코틀랜드 대표로 뛰었던 다른 다섯 경기에서 움직임이 더 좋았다. 우리 팀은 게임에서 한 번도 지지 않았다. 무승부로 끝난 그날 경기에 몇몇 기억할 만한 선수들이 잉글랜드팀에 있었다. 그중 제일 돋보인 건 베너블스[첼시, 스퍼스, QPR 등의 팀에서 뛴 뒤 감독으로는 바르셀로나, 스퍼스, 잉글랜드 국가대표팀을 맡음]라고 하는 미드필더였다. 그때 미국의 아이돌 가수였던 바비 다린의 앞머리를 내린 헤어스타일을 하고 있었다고 놀리면 테리는 웃음을 터뜨린다. 그는 늘 그렇듯이 독보적인 선수였다. 마틴 피터스[웨스트 햄과 스퍼스의 스타였고 잉글랜드 국가대표 감독을 역임]가 미드필더를 맡았고, 두 명의 센터백 중 하나는 나중에 스토크 시티Stoke City 선수가 된 알란 블루어였다. 골키퍼는 에버턴Everton으로 간 고든 웨스트였고 스퍼스Spurs의 프랭크 사울이 센터포워드였다. 제프 허스트나 노비 스타일스 그리고 알란 볼 같은 당시 잉글랜드 유스계를 평정했던 선수들을 만나지 않은 건 천만다행이었다. 스코틀랜드 역시 뒤지지 않았다. 뉴캐슬 경기에서 우리의 라이트윙이던 윌리 헨더슨은 레인저스에서 근사한 커리어를 쌓았고, 다른 선수들도 대부분 성인축구로 진출했다. 머더웰과 애버딘의 조지 머리나 하이버니언의 에릭 깁스처럼 훌륭하게 선수생활을 한 사람도 있었다. 그 당시 스코틀랜드는 좋은 선수들을 꾸준히 배출하고 있었다. 이름을 길게 나열하지 않고 대표적인 예만 들어도 빌리 브렘너, 보비 몬커와 앤디 펜만은 모두 같은 시기에 학원축구나 유소년축구에서 활약했다. 한 시대에 이런 인재들이 영국에서 쏟아져 나올 기회가 또 있을지 모르겠다.

팀을 옮기겠다는 욕망이 강해지자 자연히 옳은 결정을 내리기 힘들어졌다. 세인트 존스톤의 스카우트인 윌리 닐은 뮤어턴 파크로 옮기는 이점에 관해 끝없이 늘어놓으며 한시도 날 가만히 두지 않고 귀찮게 굴었다. 그의 유인책은 1부 리그 팀의 주전 자리였다. 왜 어린 선수들은 그런 말에 넘어가는 것일까? 나는 어린 선수들을 영입할 때마다 인생의 현실을 강조한다. "1군 자리를 보장하게 만들 수 있는 건 자신밖에 없다. 네가 경기장에서 하는 모든 행동이 팀에 계속 붙어 있을지 말지 결정한다. 스카우트나 감독들의 허황된 약속은 무시해야 한다." 사실 내가 어린 선수라면 1군 보장을 달랑거리며 꼬드기는 클럽과는 계약하지 않을 것이다. 뒤에 가서 후회해봤자 아무 소용없지만 퀸스 파크를 떠난 일이 실수였다는 걸 깨닫는 데는 그리 오래 걸리지 않았다. 더 큰 실수는 윌리 오만드에게 의논하지 않은 것이었다. 많은 세월이 지난 후, 윌리와 이야기하다 내가 그를 믿어주지 않아서 그가 얼마나 실망했는지 느낄 수 있었다. 사람은 살면서 배우는 법이라지만 때로는 너무 천천히 배우게 된다. 나는 퀸스 파크가 일궈낸 멋진 팀정신을 그리워하게 될 터였다. 그러나 대부분의 젊은이들처럼 나는 성급했고, 아마추어로 세인트 존스톤에 입단했다. 피치 위에서 나를 기다리고 있는 게 좋은 것인지 나쁜 것인지 알 길이 없었지만, 1부 리그의 유혹에 저항할 수 없었다.

3장

프로는 보살핌받지 않는다

내가 존스톤과 계약한 이유는 충성심이 없어지면 어리석음이 지배한다는 사실을 알지 못했기 때문이었다. 세인트 존스톤의 스카우트인 윌리 닐은 우리 지역의 유소년클럽인 벤버브의 트레이너였다. 학생 시절 그곳에서 훈련하면서 많은 도움을 받아 고마움을 느낀 나머지 잘못된 의무감을 가지고 있었다. 그런 탓에 그의 감언이설에 저항하지 못했다. 세인트 존스톤에 들어간 일(처음에는 아마추어 자격으로 1년 단기 계약만 맺었다)은 실수였고 이는 곧 악몽으로 이어졌다. 좌절의 구렁텅이에 빠지진 않았지만 거의 근처까지는 갔다. 지금도 퍼스의 일을 떠올리면 몸서리가 쳐질 정도다. 윌리가 나에게 늘어놓은 보장을 반 정도 믿은 내가 바보이지만, 내 순진함을 고려하더라도 그의 약속과 현실의 간극에 충격을 받을 권리가 나에게 있다고 생각한다. 1군 자리를 놓고 싸우는 것은 자연스러운 일이다. 그러나 기본 교통비를 가지고 싸우는 것은 자연스러운 일이 아니었다.

일주일에 두 번 글래스고에서 퍼스까지 와야 했기 때문에 시간과 에너지는 물론이고 돈이 무시할 수 없을 정도로 많이 들어갔다. 나에게 저녁 훈련은 힐링턴 공단의 레밍턴 란드 공장을 떠나는 4시부터 시작되는 거나 마찬가지였다. 나는 버스를 타고 교외에 있는 역까지 가서 글래스고행 기차를 타고 글래스고 중앙역에 내렸다. 거기서 택시를 타고 또 다른 큰 기차역이 있는 뷰캐넌 가로 갔다. 퍼스까지 가는 2시간 거리의 기차여행은 5시 전에 시작해야 늦지 않았다. 다시 퍼스에서 택시를 잡아타고 뮤어턴 파크로 도착해 7시 30분부터 시작하는 훈련에 참여했다. 돌아오는 길이라고 더 나은 법은 없었다. 퍼스에서 출발하는 열차의 종착지는 런던이라서 나를 북쪽으로 싣고 온 열차보다 훨씬 속도가 빨랐지만 글래스고에는 서지 않았다. 내게 제일 편한 역은 코트브리지였는데 그곳에 내리면 밤 11시였고, 거기서 버스나 기차를 타고 글래스고 시내에 도착한 뒤 다시 고반행 버스를 타야 집에 올 수 있었다. 새벽 1시쯤 침대에 쓰러졌다가 공장에 출근하려면 새벽 6시에 일어나야만 했다. 당시의 스케줄을 적는 것만으로도 피곤해진다. 그러나 이마저도 배상을 받아내기 위한 투쟁을 벌여야 했다. 정해진 규정에 따르면 파트타임 선수는 매주 토요일 경비내역을 비서에게 제출하게 되어 있었지만 우리 모두는 이것이 복잡한 게임의 시작임을 예감했다. 다음 주에 아무리 기다려도 돈이 나오지 않자 우리는 감독 사무실 문을 노크했다. 보비 브라운은 나중에 스코틀랜드 국가대표까지 맡았던 감독이었다. 물론 보비 브라운은 우리에게 한 번도 거짓말을 한 적이 없지만, 우리에게 돈을 주지 않기 위해 온갖 기발한 변명을 늘어놓았다. 비서나 은행의 실수가 아니면 동네 상인들까지 끌어들여 잘못을 덮어씌웠다. 브라운 씨로부터 제때 돈을 받아낸다? 차라리 채석장에서 수혈을 받을 확률이 더 높았다[하기 어렵거나 불가능한 일을 말할 때 돌에서 피를 짜낸다는 속담을 빗댄 말].

선배 선수들과 즐거운 여행을 하게 해주었으니 당연히 기차표 값은 내가 부담해야 한다고 그는 생각했을지도 모른다. 글래스고에서 온 존 도허티는 체구는 작지만 터프한 풀백으로 언제나 제일 먼저 농담을 시작했다. 유소년축구에서 험하게 구르다 온 티가 역력한 그의 외모만 보면 도저히 유쾌한 성격의 소유자처럼 보이지 않았다. 피터실Petershill에서 스코티시 주니어컵을 우승한 존의 얼굴은 산전수전 다 겪었거나 상대팀과 박치기를 너무 많이 한 것처럼 보였다. 그는 셀틱에서 온 윙어인 매트 맥비티와 좋은 콤비였지만, 그들이 글래스고 라이벌 팀들에 대해 설전을 벌일 때면 멀찌감치 피해 있는 것이 상책이었다. 찰리 맥패던, 론 맥킨번, 짐 퍼거슨(혈연관계 없음), 짐 워커 그리고 짐 리틀 같은 베테랑 선수들도 우리와 같이 기차를 탔다. 스코틀랜드 전역에서 상대팀을 짓밟으며 건방진 풋내기들을 묵사발로 만든 선수들과 함께 있으려면 열여덟 살 먹은 선수는 몸가짐을 조심해야 했다. 그들 중에 누가 나에게 시비를 건다면 잠자코 두들겨 맞거나 쓰러지지 않고 맞서야 했다. 나는 쓰러지지 않고 맞서는 쪽을 택했다.

선배 선수들과 기차에서 보낸 시간은 즐거웠지만 당연히 또래 선수들과 더 가까이 지냈다. 그들 중 폭격기 같은 레프트윙인 조 헨더슨과 영리한 미드필더인 존 벨, 이 두 사람은 나의 절친한 친구가 되었다. 존은 오스트레일리아로 이민을 갔었는데 그가 귀국했던 날은 내 인생에서 아주 의미 깊은 날이 되었다. 하지만 그것은 많은 세월이 흐른 뒤의 일이다. 그때는 함께 있는 시간을 즐기면서 젊음을 만끽하고 좋아하는 일을 하는 것만으로도 충분했다. 내 기억 속에서 1960년 프리시즌 훈련기간은 매일 화창한 날밖에 없었던 것 같다. 스코틀랜드에서 가장 훌륭한 경기장 중 하나인 뮤어턴 파크의 아름다운 전경은 어떤 풋내기 선수에게나 꿈의 필드처럼 보였을 것이다.

시간이 별로 지나지도 않은 것 같은데 시즌이 시작되었고 그와 함께 새로 영입된 선수의 소문이 떠돌았다. "한 번도 들어본 적이 없는데." 나는 생각했다. "지미 골드라니 대체 어디에서 뛴 선수야?" 어쨌든 나에게는 확실히 나쁜 소식이었다. 감독이 내 등을 두드려주며 "곧 네 차례가 올 거다" 하고 위로해주게 생겼다는 이야기다. 새로운 선수가 첫 경기에 나설 무렵이 되었을 때는 이미 아버지에게 그에 대한 많은 정보를 들은 후였다. 골드는 에버턴에서 아주 좋은 선수였다고 했다. 그러나 첫 인상이 우리보다 도저히 잘할 가망이 없어 보였다. 몸무게가 최소 6킬로그램 정도 초과에 삼십이 넘었다면 이야기는 끝난 거였다. 시즌 초에 골드는 뛰어난 플레이를 보여주었지만 낙엽이 질 무렵이 되자 폼이 급격하게 떨어졌다. 얼마 되지 않아 그는 인생의 새로운 도전에 맞설 준비를 하기 위해 남쪽으로 돌아가야 했다. 바로 법정에 서야 했던 것이다. 그는 몇몇 유명 선수들과 함께 승부조작을 했다는 혐의를 받았다. 잉글랜드 대표까지 지냈던 토니 케이와 피터 스완, 그리고 브론코 레인이었다. 주모자로 지목된 골드는 유죄판결을 받으면 중형을 피할 수 없었다. 악명 높은 범죄자와의 인연은 그 후 몇 주 동안 뮤어턴 드레싱룸의 단골화제였다. 모두 그 스캔들이 가져다 줄 영향에 대해 받아들이려고 애쓰고 있었다.

확실하게 단언할 수 없지만, 60년대 초 스코틀랜드에서 있었던 몇몇 경기는 수상적은 부분이 꽤 있었다는 불편한 기억이 떠올랐다. 골드 사건이 파헤치게 만든 부패를 정당화할 수 있는 것은 아무것도 없다. 하지만 리그를 운영하는 자들의 탐욕과 냉담한 무관심이 이런 정직하지 못한 행위를 뿌리내리게 만든 토양을 조성했다고 본다. 종전 후 10년 정도 지나면서부터는 영국, 특히 잉글랜드의 경기장은 늘 만원이었다. 그러나 엄청난 수익에 맞춰 선수들의 수입을 개선시키려는 시도는 단 한 번도 없었다. 몇 세대에 걸쳐 열악한 관람환경 속에서 경기를 관전해야 했던 팬들의 고통을 덜어줘야겠다는 생각도 하지 않았다. 그 많은 돈은 대체 어디로 갔을까? 그 돈을 잘못 운영하는 일은 몇몇 부도덕한 선수들의 추잡한 음모보다 더 중한 스캔들을 의미했다.

세인트 존스톤의 첫 시즌 동안 1군 경기에 겨우 10분만 나설 수 있었던 나는 불만에 가득 차 있었다. 내 아마추어 신분이 주는 특권을 이용해 시즌이 끝나자마자 이곳을 벗어나는 것만이 살 길이라는 확신이 빠르게 밀려왔다. 그러나 내 좌절감에도 불구하고 얼마 동안은 2군에서 뛰는 일에 즐거움을 느꼈다. 솔직히 위태로운 순간도 몇 번 있었다. 특히 그 시대의 최강자였던 셀틱의 2군은 스리 빅 배드 존스the three Big Bad Johns라고 불리던 쿠쉴리, 맥나미, 쿠릴라로 구성된 상대의 피를 얼어붙게 만드는 수비진을 내보내곤 했다. 이들 세 전사들 중에서도 가장 전설적인 인물은 맥나미였는데 나는 경기 중에 거칠어져 그에게 겁도 없이 덤벼드는 실수를 저질러버렸다. 우리는 동료들이 떼어놓을 때까지 거친 언쟁을 벌였다. 존은 말할 때 콧소리를 내는 버릇이 있었는데 어째서인지 그를 더 무시무시하게 보이게 했다. "경기 끝나고 네놈을 죽여 버리고야 말 거다." 그가 으르렁거렸다. 근처에 심판과 선수들이 많이 있었기 때문에 용기를 얻었는지 나는 욕설로 저항하며 경기가 끝나고 보자고 말했다. 더 큰 소동이 벌어지지 않은 채 경기는 끝났고, 목욕탕에서 나와 머리를 빗고 있을 즈음에는 이미 내 머릿속은 다른 생각으로 가득 차 있었다.

그때 경기장 정비 스태프 한 명이 와서 누군가 나를 기다리고 있다고 말해주었다. 친구 아니면 친척이겠거니 하고 문 밖에 머리를 내밀어 뮤어턴 파크의 드레싱룸을 지나 길게 뻗은 복도를 쳐다보았다. 거기에 맥나미가 서 있는 모습을 보고 하마터면 기절할 뻔했다. 나는 절대 겁쟁이가 아니었고 내 몸을 지킬 능력도 있었다. 그러나 내 상대가 괴물이었던 만큼 약간의 상식이 필요한 상황이었다. 그래서 나는 다시 돌아와 머리를 마저 빗은 뒤 셀틱 코치가 팀을 철수시키는 소리가 날 때까지 기다렸다. 몇 주 후, 글래스고에 있는 존 맥키치의 양복점에서 가봉을 하고 있던 도중에 맥나미가 가게 문을 열고 들어왔다. 다행히 그는 아내와 함께 있어서 점잖게 행동할 수밖에 없었다. 그는 나에게 인사까지 했다. 맙소사, 얼마나 마음이 놓이던지.

좋은 성적을 거두었던 1960-1961년 시즌은 리저브컵 결승에서 폴커크와 두 차례 붙으며 절정에 달했다. 폴커크 원정경기에서 3-3으로 쫓아가며 짜릿한 무승부를 거두어, 다음 주에 열리는 홈경기에서 만반의 준비를 하고 기다릴 수 있게 되었다. 챔피언 결정전은 토요일에 열릴 예정이라서 아버지도 올 수 있게 되었다. 우리 부자는 글래스고에서 기차를 타고 올라갔다. 가는 길에 아버지는 계속 복통을 호소하며 자꾸만 화장실에 다녀왔다. 얼굴빛도 잿빛이 되어 나는 걱정스럽기 짝이 없었다. 아버지가 내 염려를 일축하는 바람에 나는 그냥 심한 설사이겠거니 했다. 우리는 폴커크에게 2-0으로 승리해 우승컵을 들어 올릴 수 있었다. 시즌을 멋지게 끝맺자 나는 이제 새로운 클럽에 가서 더 나은 선수가 되는데 아무 걸림돌이 없을 거라고 생각했다. 그러나 아버지의 병이 심각한 것으로 드러나자 모든 것이 변해버렸다.

복통이 장암의 증세라는 게 밝혀져 아버지는 즉시 수술을 받기 위해 글래스고의 서던 종합병원으로 옮겨졌다. 결장루수술[직장을 일시 또는 영구적으로 비우고 인공항문을 만드는 수술]은 1961년에는 지금처럼 흔한 시술이 아니었기 때문에 고반 가 667번지는 두려움에 휩싸였다. 어머니는 매일 기도를 올렸다. 수술 전날 저녁 면회 갔을 때 아버지는 걱정이 컸는지 만약 무슨 일이 생기면 어머니를 잘 부탁한다고 거듭 당부했다. 솔직히 나도 겁에 질려 무슨 말을 해야 할지 몰랐지만 그래도 아버지에게 꼭 회복될 거라고 말씀드렸다. 다음 날 레밍턴 랜드에서 일하다가 점심시간이 되자마자 전화박스로 뛰어가 병원에 전화했다. 내가 들을 수 있었던 정보는 퍼거슨 씨가 수술실을 나왔고 상태가 안정적이라는 말이 전부였다. 그 후 일이 손에 잡히지 않아 오후 내내 평소 피난처로 애용하던 구내식당에서 시간을 보냈다. 식당은 나를 친자식처럼 아껴주었던 공장에서 가장 멋진 사람들 중 하나인 클래어 파크가 운영하고 있었다. 마침내 수술이 성공적이었다는 좋은 소식이 전해졌다. 물론 아버지는 남은 일생 동안 주머니를 달고 생활해야 했다. 셋집에 목욕탕이 없었기 때문에 목욕과 주머니를 비우는 일은 아버지에게 매우 수치스러운 일이었을 거라고 여겨지지만, 한 번도 불평하시는 걸 들어본 적이 없다.

아버지가 원래 일하던 조선소의 중노동을 견딜 수 있는 몸으로 두 번다시 돌아갈 수 없게 되면서 수입도 형편없이 쪼그라들게 되자, 지금이야말로 프로로 전향해야 될 때라고 생각했다. 그래서 보비 브라운이 내게 프로로 뛰지 않겠느냐고 제안했을 때 너무 성급하게 승낙해버리고 말았다. 그 소식을 들은 아버지는 펄펄 뛰었다. 나름대로 이유가 있어서 했던 행동이긴 해도 아버지가 백번 옳았다. 내 계약금은 세금 제하고 300파운드였다. 얼마나 멍청한 짓을 했는지. 그래도 한 번 결정을 내린 이상 나는 밀고 나가야 했다.

다음 시즌 동안 1군 출장 시간은 점점 늘어났고 중요한 골을 몇 개 기록하기도 했다. 사실 강등 위기에 있던 세인트 존스톤에게는 어떠한 골이라도 중요했다. 시즌이 몇 주 안 남았을 때 이미 강등이 확정된 스털링 알비온Stirling Albion을 뺀 나머지 하위 4팀인 폴커크, 레이스 로버스Raith Rovers, 에어드리Airdrie, 세인트 미렌St Mirren과 우리 팀은 개싸움을 벌이게 될 상황에 돌입했다. 드라마는 리그 마지막 날 홈경기인 던디전까지 이어졌다. 던디는 우리의 생존을 위해 꼭 잡아야 할 상대였지만, 그들로서도 이 경기는 우승을 결정짓는 중요한 일전이었다. 우승까지 던디는 단지 1점만 남겨두고 있는 상태였지만, 그들을 바짝 쫓고 있던 레인저스는 칼마녹과 홈경기를 가질 예정이었다. 그러므로 이들이 무승부를 위해 경기를 할 리는 만무했다. 그 당시 강등을 피하기 위한 싸움은 소수점 이하까지 따져야 했다. 승점이 동률일 경우, 골득실이 아니라 득점을 실점으로 나눈 골평균으로 결정했다. 우리는 수학 실력을 총동원할 경우까지는 가지 않을 거라고 낙관했다. 하위권 팀들이 모두 상위권 팀과 경기가 잡혀 있었는데 4팀이 모두 승리한 뒤에야 우리가 위험해지기 때문이었다. (에어드리 대 파틱 시슬, 폴커크 대 서드 라나크, 레이스 로버스 대 하이버니언, 세인트 미렌 대 던펌린이었다.)

우리가 던디와 대등한 경기를 벌일 가망은 원래부터 희박했지만, 보비 브라운이 우리 센터백인 로리 톰슨을 레프트백 자리에 배치해버리는 기행을 저지르자 그 확률은 드라마틱하게 낮아졌다. 톰슨이 거기서 맞서야 할 상대는 눈부신 테크닉과 우아한 플레이로 유명했던 위대한 고든 스미스였다. 하이버니언의 레전드로 나중에 더비 라이벌인 하츠로 이적했던 고든 스미스는 양 팀 모두에서 헤라클레스 같은 활약을 보여주었다. 이제 선수생활의 황혼기로 접어들은 그였지만 여전히 최고의 몸 상태를 자랑하고 있었다. 우리는 최악의 경우를 맞을까 두려웠다. 당시 던디는 눈에 보이는 약점이 없었고 챔피언이 되는 데 필요한 모든 요소가 한데 모여 있는 팀이었다. 40년이 넘은 세월이 흘렀지만 아직도 그들의 선수리스트를 보면 감탄스럽기만 하다. 버트 슬레이터, 알렉스 해밀턴, 보비 콕스, 이언 유어, 보비 위셔트, 고든 스미스, 앤디 펜만, 알란 길지안, 알란 커즌과 휴 로버트슨.

햇살 밝은 오후에 뮤어턴 파크는 금방이라도 터질 듯 관중이 꽉 들어찼다. 팬들은 스탠드 지붕 위도 모자라 트랙 주변에까지 둘러앉아 있었다. 내가 목격한 것 중 가장 기억에 남을 윙플레이의 향연을 위한 이상적인 무대와 분위기였다. 불쌍한 로리 톰슨은 완전히 자신감을 상실해 혼란에 빠져버렸다. 후반전에 스미스가 트래핑으로 공을 잡고 바깥쪽으로 방향을 틀어 트랙 쪽으로 달리며 톰슨을 제치는 상황이 나왔다. 그 덩치 커다란 센터백은 완전히 이성을 잃은 나머지 공은 무시하고 터치라인을 가로질러 축구화를 휘두르며 자기를 괴롭힌 자를 쫓아갔다. 카드보다 상해죄로 감옥에 보내는 편이 더 적절한 처벌이었을 것이다.

종료 시간이 다가오며 3-0으로 뒤지고 있는 상황에 나는 이언 유어의 몸을 짚고 뛰어올라 헤딩으로 골을 넣었지만 인정되지 않았다. 그러고 나서 종료 휘슬이 울리자 필드는 환희에 찬 던디 팬들에 의해 점령당했다. 드레싱룸으로 돌아간 우리는 경악스러운 뉴스를 접하고 그 한 골이 얼마나 결정적인 골이었는지 깨달았다. 믿을 수 없게도 우리와 상관이 있었던 4경기가 전부 기대에 부응하지 못한 결과를 내버린 것이다. 폴커크 3 : 서드 라나크 1, 세인트 미렌 4 : 던펌린 1, 레이스 로버스 3 : 하이버니언 1, 에어드리 1 : 파틱 시슬 0. 그렇지만 그러한 결과에도 불구하고 우리가 강등당한 이유는 단 하나, 골평균에서 0.0471 차이로 뒤졌기 때문이었다.

월요일 아침 레밍턴 란드에 출근했을 때도 나는 매우 울적한 상태였다. 같은 일터의 닉 몽고메리라는 선임이 나를 놀려대는 걸 도저히 받아줄 기분이 아니었다. 우리가 깨진 덕분에 자기가 지지하는 글래스고가 우승을 하지 못했다고 책망을 했다. 나는 이성을 잃고 그에게 욕설을 퍼부었다. 그는 엄청나게 충격을 받고 조용히 자리를 떴다. 시간이 좀 흐른 뒤 그는 내가 일하고 있던 벤치로 와 귓속말로 조용히 말했다. "네가 토요일 경기 때문에 실망한 건 안다." 그가 말했다. "어쩌면 그 경기 가지고 농담해서는 안 됐을지도 몰라. 하지만 내게 또 그런 식으로 말한다면 네 머리를 저 기계에 박아버릴 거다." 기억에 남을 만한 속삭임이었다.

2부 리그 강등은 세인트 존스톤 모두에게 큰 충격이었지만 당연히 부양가족이 있는 전업선수들이 가장 타격이 컸다. 독신인 데다 선수 주급에 수습일로 받는 봉급을 보탤 수 있었던 나는 그래도 형편이 나았다. 그럼에도 불구하고 다른 이들처럼 나도 곧바로 다시 1부로 올라가려고 투지를 불살랐다. 드디어 우리가 그 일을 해냈을 때 나는 9골을 넣으며 2부 리그 우승에 나름대로 상당한 기여를 했다. 훈련을 위해 주중에 퍼스로 가지 않게 되면서 폼이 현격히 좋아졌다. 모두 우리 공장의 감독관이었던 짐 캐머런의 현명한 배려 덕택이었다. 내가 스코틀랜드를 가로지르는 여행을 마친 뒤 피곤하고 무기력한 상태로 일터에 나오는 상황을 더 이상 두고 볼 수 없었던 것이다. 그러나 보비 브라운은 내가 글래스고 근처에서 훈련하는 일이 달갑지 않았고 얼마간 나는 그의 눈 밖에 나 있게 되었다.

잠시 동안 나는 캐스킨 파크에서 서드 라나크와 훈련했다. 하지만 팀에는 직업선수와 파트타임 선수들이 섞여 있었기 때문에 어떤 밤에는 운동하러 나온 사람들이 6명밖에 안 될 때도 있었다. 그래서 나는 글래스고에서 조금 떨어졌지만 기차로 쉽게 오갈 수 있는 에어드리로 훈련하는 장소를 옮겼다. 에어드리는 모두 파트타임 선수들로 이루어졌고 훈련 강도가 높아서 마음에 들었다. 당시 트레이너로 있던 보비 모리슨은 경보를 시키기를 좋아했다. 우리는 달리기가 금지된 상태에서 어쩔 수 없이 보기 흉한 자세로 터덜터덜 트랙을 돌아야 했다. 한 번이라도 해본 사람은 알겠지만 죽을 만큼 힘든 운동이었다. 그래도 단 한 사람도 불평하는 사람이 없었다. 팀에서 가장 경험 많은 선수인 토미 던컨은 더구나 그럴 이유가 없었다. 아무도 그를 경보로 이길 수 없었고, 이 기묘한 경쟁에서 그가 보여주었던 월등한 실력은 그의 자부심과 기쁨의 원천이었다. 세상에는 별사람이 다 있는 법이다.

세인트 존스톤의 승격은 페어 시티[Fair City, 스코틀랜드의 문호 월터 스코트의 소설 '퍼스의 아름다운 처녀' 이후 퍼스의 별칭으로 정착]에 환희를 안겨주었다. 동시에 내 운이 내리막에 접어들게 되는 계기가 되었다. 감독은 하위 리그를 요요처럼 오르내리는 사태에 대한 방지책으로 새로운 영입에 열을 올렸다. 또 한 시즌을 2군에서 보내는 일은 사양하고 싶었다. 우리 2군이 좀 이상했던 게 감독 잘못인지 확실하지 않지만 분명 아웃사이드 레프트[2-3-5 시스템에서 공격진 가장 바깥쪽에 위치. 현대축구의 윙에 해당]에 대한 집착이 있었다. 어떤 시즌에는 19명이나 왼쪽 윙어와 함께 뛰기도 했다. 끝없이 바뀌는 후보들의 파트너로 공을 차는 일은 내가 바라는 전망은 아니었다. 내 미래에 대해 진지하게 깊은 고민을 할 때였다. 마침내 보비 브라운이 레이스 로버스의 감독인 더그 카우위와 이야기를 끝냈다고 내게 말했다. 나는 화가 나서 애당초 불가능한 일은 꺼내지도 말라고 이야기했다. 얼마 지나지 않아 나는 심각한 안면부상을 입게 되어 경기에 나가는 일이 애당초 불가능해지게 되었다.

10월 초 에어드리를 상대로 홈에서 2군 경기를 가졌을 때의 일이었다.

그들의 과격함은 이미 훈련장에서 직접 몸으로 부딪치며 확인한 바 있었다. 예상대로 경기 도중에 서로 오간 플레이는 육체에 타격을 주는 종류의 것이었고, 나는 그들의 고참 선수인 재키 스튜어트와 맞붙게 되었다. 경기 내내 거친 도발과 응수가 이어졌다. 그러다 튀어 오르는 공을 헤딩으로 처리하기 위해 머리를 갖다 댄 순간 눈앞이 새까매졌다. 그 다음 눈을 떴을 때는 드레싱룸에 누워 나를 병원으로 실어 나를 구급차를 기다리는 중이었다. 스튜어트가 자기 머리로 나를 진짜로 한 방 먹인 것이다. 팀 동료 대부분은 고의였다고 생각했고 내 의견도 그랬다. 그러나 나의 플레이 역시 투지가 넘쳤다는 표현이 가능했던 만큼 칼을 휘두르며 사는 자는 대망치에 맞아 죽을 각오를 해야 하는 건지도 몰랐다. 침대 옆에 나타난 의사는 턱시도 차림이었는데 내 덕분에 끔찍한 저녁 식사 자리에서 빠져나올 수 있어 다행이라고 했다. 도움이 되어 참 기쁘군요!

광대뼈와 코뼈, 그리고 눈두덩뼈 골절이었다. 병원 직원들은 매우 친절했고 부모님에게 내게 무슨 일이 생겼는지 알려주는 한편, 수술이 끝나고 편히 안정을 취하고 있다는 말도 잊지 않았다. 그 후 이틀 동안 나는 고통 속에 혼자 누워 있으며 당시 히트곡이었던 알란 셔먼의 '헬로 마더, 헬로 파더'[캠프생활의 괴로움을 호소하는 아들의 편지가 내용인 코믹송] 레코드를 듣는 것으로 마음을 달랬다. 클럽에서는 아무도 병문안을 오지 않았다. 나는 방치되는 것 같아서 우울했고, 어쩌면 내가 퇴원했다고 생각하는지도 모른다고 생각하려 애썼다. 화요일이 되자 보비 브라운이 찾아와 글래스고행 기차를 탈 수 있는 퍼스역까지 차로 데려다주었다. 짧은 기차여행은 나에게 콤플렉스를 안겨주기에 충분했다. 옆을 지나던 사람들마다 얼굴이 석고붕대에 감싸여 있는 나를 보고 화들짝 놀라며 다시 뒤돌아봤으니.

석고붕대를 무려 6주씩이나 하고 있어야 했던 탓에 축구를 하는 건 말할 것도 없고 보는 것조차 힘들었다. 그러나 내 다른 일터에는 많은 일이 일어났다. 공장은 혼란 속에 빠져들고 있었다. 파업집회가 이어졌다. 언제나 노조활동을 진지하게 생각해온 나 같은 사람조차도 한 과격한 집회에 나온 연사들의 연설에 집중하기가 힘들었다. 나와 친하게 지내던 나이 많은 여자 직원 중 하나는 종종 공장에 새로 온 흥미로운 여직원에 대한 정보를 전해주곤 했었다. 그녀는 나에게 저지의 호텔에서 일하다 온 참한 처녀가 최근 들어왔다고 말했다. 그녀가 넌지시 가리킨 여직원을 본 순간 깊은 인상을 받았다. 예쁜 얼굴과 풍만한 엉덩이, 거기에 걸음걸이도 매력적이었다. 나는 작심을 하고 그 처녀에 대해 캐물었다. 햄든에서 얼마 안 떨어진 토리글렌에 사는 캐시 홀딩이라는 사실을 알아낸 다음 나도 모르게 그녀와 가까운 곳에 서 있는 자신을 발견했다. 그녀에게서 눈을 뗄 수 없었다. 그녀도 나를 뚫어져라 처다보는 것 같았지만 얼굴에 석고붕대를 감고 있는 이상 그녀의 호기심이 로맨틱한 이유에서 비롯됐다는 속단은 금물이었다. 적어도 내 관심은 로맨틱한 것이었으니 캐시 홀딩이라는 이름은 내 공격리스트에서 맨 꼭대기에 자리 잡게 되었다.

12월 초순에 드디어 석고붕대를 풀고 난 후 첫 출전을 앞두고 두려움이 몰려왔다. 예상대로 셸틱 2군과의 경기는 육체가 아닌 정신적 고통을 가져왔다. 우리는 10-1로 패배했고 두 번째 경기인 킬마녹 2군과의 경기에서 11-2로 졌다. 내 축구경력이 끝나가는 게 아닌가 하는 비관적인 결론을 뒷받침해주는 결과였다. 당시 나는 캐나다 이민을 고민 중이었다. 축구선수로서 발전이 지지부진해진 이유를 점검해보면 솔직히 내 잘못이 전혀 없다고는 할 수 없었다. 선수로 성공하고 싶다면 헌신적인 노력을 기울이는 동시에 희생할 줄도 알아야 한다. 이 두 가지 점에서 나는 부족했다. 공구를 제작하는 일을 좋아한 것은 아니었지만 수습일을 하면 진정으로 좋아하는 축구에 전념할 수 없었다. 내 태도는 엉망이었고 대서양을 건너려는 생각은 점점 더 매력적으로 다가왔다. 캐나다에서 공구제작자는 수요가 많은 직업이었고, 실제로 캐나다로 간 몇몇 지인들은 이곳 스코틀랜드에서 벌던 돈보다 훨씬 더 많은 수입을 올리고 있었다. 물론 1963년 겨울의 내 행동은 버거운 문제에서 도망치려는 행위에 불과했다. 세인트 존스톤의 불운한 리저브팀[2부 리그팀]이 12월 21일, 레인저스와의 결전을 치를 예정이었다는 사실을 감안하면 나라를 떠나려는 내 심정이 조금 이해가 갈 것이다.

이민을 생각하는 동안 고반로드에서 모퉁이를 돌면 나오는 넵튠 가의 할머니 집으로 좀 더 소박한 탈출을 시도하곤 했다. 우리 집의 분위기는 아버지와 내가 말도 안 하는 사이가 되며 절망적으로 어두워진 상태였다. 세인트 존스톤에서의 경험을 통해 축구선수로서의 내 자신감이 크게 흔들리자 나는 친구들과 어울리며 방탕해지기 시작했다. 그러므로 어느 토요일 밤에 내게서 술냄새를 맡은 아버지가 나와 큰 소리를 치며 한바탕 싸운 건 피할 수 없는 일이었다. 그때를 되돌아보면 나와 마틴이 축구선수가 될 거라는 희망을 품고 열과 성을 다해 격려해주던 아버지가 내 행동에 얼마나 큰 실망을 했을지 짐작이 간다. 골칫덩어리로 낙인이 찍혀 아버지와 충돌이 끊이지 않았던 그 당시 내게 가장 위안이 되던 사람은 언제나 날 귀여워해주며 응석을 받아주던 할머니였다. 이기적이기 짝이 없었지만 나는 할머니 품 안에 안주했다. 가족에게는 안 좋은 상황이었고 더 나아지기 전에 한 번 더 나빠져야 했다. 그러나 호전의 계기는 너무 갑작스럽게 또 극적으로 찾아와 내 인생을 송두리째 바꿔버렸다. 그때 무슨 일이 벌어졌는지 이해하는 것은 쉽지 않다. 내가 할 수 있는 일은 벌어진 사건을 순서대로 나열하는 정도다.

12월 20일 금요일이 찾아왔다. 다시는 세인트 존스톤 2군 경기에서 뛰지 않겠다고 결심한 이상 더더욱 레인저스 경기는 뛰고 싶지 않았다. 더 이상 비참한 패배를 견딜 수 없었다. 그래서 마틴의 여자 친구인 조운 파커를 설득해 어머니인 척하며 보비 브라운에게 내가 독감에 걸렸다는 전화를 걸게 했다. 집에 목욕탕이 없었던 탓에 동네 수영장을 단골로 드나들었다. 그곳에서는 수영은 물론 증기탕도 즐길 수 있었다. 금요일 퇴근 후 그곳에서 목욕을 끝내고 나니, 조운을 이용한 내 비겁함이 후회되기 시작했다. 자신이 떳떳하다고 생각하지 않았지만 그래도 집에서 나를 기다리고 있던 사태는 예상하지 못했다. 아버지가 금방이라도 벼락을 내릴 것 같은 얼굴로 나를 맞은 것은 새삼스럽지도 않았다. 진짜로 나에게 충격을 준 것은 마틴과 조운 앞에서 어머니가 그렇게 맹렬히 화를 냈다는 사실이었다. 일생을 통해 어머니가 다른 사람들 앞에서 나를 큰 소리로 혼낸 것은 그때밖에 없었다. 아버지가 그 자리에서 할 말을 꼭 해야 하는 편인 반면(내 성향은 아버지에게 물려받은 게 분명하다) 어머니는 아무도 없는 자리에서 조용히 타이르는 편이었다. 무서운 표정으로 노려보는 마틴의 시선까지 나에게 쏟아지는 모든 비난을 묵묵히 받아들였다. 어머니는 전보 한 장을 내 눈앞에 내밀었다. 보비 브라운으로부터 온 전보에는 간단하게 '당장 나에게 전화할 것'이라는 짤막한 말만 적혀 있었다.

"어떻게 하죠?"

어머니에게 물었지만 대답은 아버지가 했다.

"어떻게 해야 하냐고? 네가 뭘 해야 할지 정확하게 일러주마. 공중전화로 가서 감독님한테 사과하지 않으면 두 번 다시 이 집에는 발도 들여놓지 못할 거야. 알아!"

아버지는 진심이었고 나는 내 저녁은 어떻게 되었느냐는 말은 하지도 못한 채 고반 가로 나가 가장 가까운 공중전화가 있는 드라이독Drydock으로 향했다. 아직까지도 스탠리 267번이라는 전화번호는 잊지 못한다. 스탠리는 퍼스 외곽에 있는 작은 마을로 보비 브라운이 살고 있던 곳이었다. 동전을 집어넣고 다이얼을 돌리는데 속이 울렁거렸다.

"스탠리 267번입니다."

"감독님." 나는 목이 쉰 척하며 큰 소리로 말했다. "알렉스예요."

"아, 너구나. 감히 다른 사람을 시켜 몸이 아프다고 한 녀석이. 그것도 금요일에. 게다가 그 여자는 네 어머니도 아니었지. 아무튼 1군 선수들 5명이 진짜 독감으로 드러누웠다. 그러니까 뷰캐넌 호텔로 내일 12시까지 뛰어와. 아니면 일 날 줄 알아!"

이렇게 말하고 그가 바로 전화를 끊었다.

"감독님이 뭐라고 해?"

아버지가 날 잡을 듯 말했다.

"내일 1군에 나오래요. 어쩌면 경기에 나올지도 몰라요."

그 소식이 아버지의 화를 누그러뜨릴 거라고 생각했다면 완전한 착각이었다.

"내가 어떻게 할지 알지? 난 내일 경기장에 가지 않을 거다……."

그리고 아버지의 꾸지람은 끝도 없이 이어졌다. 마침내 방에 가서 누울 수 있게 되자 구원받은 기분이었다.

다음 날 아침 페이즐리 가에 있는 글래스고 저축은행에서 80파운드를 인출했다. 글래스고의 동쪽 끝에 있는 듀크 가의 유명한 재단사 조 맥기치에게 맞춘 근사한 콤비코트 대금을 지불하기 위해서였다(한창 좋은 옷감으로 만든 고급 옷에 대한 취미가 생겼을 때였는데, 고급 옷을 입으면 2군 선수 같은 기분이 덜 들기 때문이었을지도 모른다). 그러고 나서 팀과 합류하기 위해 뷰캐넌 가의 호텔로 갔다. 도착하자마자 트레이너로부터 내가 확실하게 출전할 거라는 이야기를 들었다. 경기출전과 함께 공짜표 2장이 주어졌다. 아이브록스 파크 밖에 있는 중앙출입구 앞에서 버스를 내렸을 때 아버지가 다른 남자와 함께 나를 기다리고 있어서 깜짝 놀랐다. 낯선 남자는 아까 내가 찾아갔던 은행의 매니저였다. 은행 창구직원 중 하나가 아침에 실수를 저질러서 오늘 돈을 찾은 모든 고객을 추적해야 한다고 했다. 모처럼 찾아온 그의 토요일은 엄청나게 힘든 하루가 될 것임에 분명했다. 내 거래내역을 얻어낸 그는 자리를 떠났고 나는 아버지와 둘만 남았다. 우리 둘은 서로 아무 말 없이 한참을 서 있었다. 나는 티켓 한 장 필요하시냐고 물으며 침묵을 깼다. 잠시 망설인 후 아버지는 "그래야 할지도 모르겠다. 오후에 할 일이 따로 없으니까"라고 하셨다. 나는 좋아서 어쩔 줄 몰랐다. 되돌아보면 그날 오후 아버지는 경기장 말고는 이 세상 어디에도 가고 싶은 곳이 없었을 것 같다.

아이브록스의 필드에서 그날 나에게 일어난 일은 아마 기적 말고는 달리 쓸 수 있는 표현이 없을 것이다. 나는 우리 팀에서 레인저스 상대로 아이브록스에서 해트트릭을 기록한 첫 선수가 되었다. 세인트 존스톤이 레인저스에게 원정에서 승리한 것도 처음이었다. 경기장에서 180m 떨어진 곳에서 자라난 동네소년이 절대강자 레인저스를 상대로 3골을 몰아치다니, 더구나 평생 동안 응원해온 팀인데 정말 말도 안 되는 일이었다. 정말로 어딘가에 있는 어떤 신비한 능력이 있는 존재가 나를 도와주며 이 기회를 꼭 잡고 두 번 다시 그와 함께 오는 책임을 망각하지 말라고 계시를 내린 거라고 믿고 있다. 아직도 가끔 내 머릿속은 그날로 돌아가곤 한다. 그날 벌어진 일련의 사건을 이성적으로 해석해보려고 노력해도 아무런 답도 얻을 수 없었다. 그러나 그 후, 우리 자신의 영역을 넘어선 곳에서 영향을 미치는 존재에 대해서 한 번도 의심해본 적이 없었다.

경기 자체는 선명하게 기억해낼 수 있다. 전반전만 해도 놀라운 사건이 지평선에서 기다리고 있다는 조짐이 전혀 보이지 않았다. 하프타임 전까지 조지 맥클린의 골로 레인저스는 1-0으로 앞서고 있었다. 당시에는 감독이 하프타임에 거의 말을 하지 않았다. 사기를 북돋아주거나 충고를 하는 건 고참 선수의 몫이었다. 우리 드레싱룸의 경우 론 맥킨번, 지미 리틀, 지미 워커가 아직 포기할 때가 아니라고 힘내자고 다른 선수들을 독려하고 있었다. 나는 아무런 문제없이 그들의 말을 믿었다. 느낌이 아주 좋았다. 후반전 들어 레인저스의 장신 센터백인 로니 맥키논이 나에게 얼마나 괴롭힘을 당했는지 슛을 하려는 내 유니폼을 뒤에서 잡아당기기까지 했다. 곧 다른 기회가 또 올 것 같은 기분이 들었고 내 예감은 맞아떨어졌다. 작은 전함 같은 우리 라이트윙어인 알리 맥킨타이어가 자기보다 훨씬 큰 데이비 프로반이 맡은 왼쪽을 갈가리 찢어버리기 시작했다. 그리고 공격기회에 그를 박스 바로 바깥에서 젖히고 슛을 시도했다. 공은 수비수 몸에 맞고 내 앞으로 떨어졌다. 골대 앞 20m 지점이었다. 나는 오른발로 공을 힘껏 때렸으나 불운하게도 맥키논의 다리에 맞고 굴절되었다. 그렇지만 리바운드된 공은 내 왼쪽발 위로 얌전히 떨어졌고 나는 다시 완벽하게 골대 왼쪽 구석으로 차 넣었다. 10분 후(우리는 이미 그들에게 끔찍한 경험을 안겨주고 있었다), 이번에는 우리 팀 공격수가 골 에어리어 밖에서 찬 공이 레인저스 골키퍼인 빌 리치의 손에 맞고 튀어나오자 차 넣은 게 골로 연결되었다. 세인트 존스톤이 2-1로 리드했다. 믿을 수 없었다. 그러고 나서 다음 슛은 크로스바를 맞췄다. 뭘 해도 다 잘 될 것 같은 느낌이 들었다. 하지만 아이브록스에서의 경기가 흔히 그렇듯이 상대가 갑자기 뜬금없이 골을 집어넣었다. 경기장의 사람들은 골을 넣은 랄프 브랜드가 레인저스를 구했다고 생각했을 것이다. 우리 생각은 달랐다. 경기 종료를 12분 남겨놓고 골대 앞에서의 혼전 상황 속에서 내 앞으로 공이 왔다. 골은 아주 쉽게 들어갔다. 경기가 끝날 무렵 나는 다시 크로스바를 맞췄다. 탐욕이 나를 지배하고 있었다.

경기 후, 목욕탕에서 고참 선수 한 명이 나에게 말했다. "그거 알아? 넌 역사를 만든 거야." 영광스러운 기분을 만끽하며 목욕을 마친 내가 옆문으로 빠져나와 엎드리면 코 닿을 데 있는 우리 집으로 가려던 참이었다. 고반 가로 이어지는 브룸론 가 모퉁이를 돌았는데 〈데일리 익스프레스〉의 기자인 조 해밀턴에게 붙들렸다. 그날 내 인터뷰를 따낸 기자는 그가 유일했다. 집에 도착했을 때 어떤 반응을 기대해야 할지 몰랐다. 아버지는 아무 말도 없었다면 어머니는 감정을 숨기지 않았다.

"잘했다, 정말 잘했어, 우리 아들. 아주 멋진 경기였어."

어머니는 텔레비전에 내 이름이 나왔고 온 동네가 내 이야기만 하고 있다고 흥분해서 이야기했다. 그리고 어머니는 아버지 쪽을 향해 고개를 까딱하며 귓속말을 했다.

"아버지하고 이야기하렴."

어머니에게 등을 떠밀린 나는 당연한 질문을 했다.

"경기는 어땠어요?"

"괜찮았다."

아버지가 대답했다.

아버지는 당신이 제일 잘하는 일을 했다. "너무 들뜨기 전에 이만 가라앉혀라." 나는 아무 말도 하지 않고 어머니를 향해 웃었다. 어머니는 어쩔 수 없다는 얼굴로 어깨를 으쓱했다. 기분이 풀어진 아버지는 나에게 늘 주는 충고를 되풀이했다.

"내가 슈팅에 대해 뭐라고 했냐? 슛을 하지 않으면 골은 들어가지 않는다고 했잖아."

그 말을 얼마나 많이 들었는지 모르겠다. 그런데 지금도 아버지로부터 그 말을 듣고 싶다.

다음 날 모든 언론사에서 찾아왔고 나는 아이브록스 파크 정문 앞에서 사진촬영에 응했다. 운전을 배우던 때라 가면허 표지판이 붙어 있는 내 차 옆에서 포즈를 취하는 사진도 찍어갔다. 그날 이후 내 인생은 바뀌었다. 아무리 꼬불꼬불 돌아가더라도 그 길은 위를 향하고 있었다. 기회를 최대한 이용하기 위해 당면한 가장 큰 문제는, 어울리는 친구들과 나는 우선하는 것이 서로 달라야 하는 사실을 깨닫지 못했다는 점이었다. 감독으로서 나는 우리 클럽에 오는 어린 선수들에게 세상 친구들이 얼마나 진정한 친구인지는 몰라도 프로 운동선수들과 추구하는 바가 같을 수 없다고 늘 강조한다. 이익을 노리고 접근하는 놈팡이들만이 위험하다는 생각은 어리석다. 평범하고 착실한 젊은이라도 일터에서 항상 최상의 능력을 보여주기 위해 자기희생을 통해 육체적인 능력을 갈고 닦는 데에 전념할 필요가 없다면, 흥청망청 노는 일도 성장과정의 일부라고 생각할 수가 있다. 하지만 늦게까지 놀러 다니며 술을 마시는 데 거리낌이 없는 축구선수라면 화를 자초하는 것과 마찬가지다. 1964년 초에 나와 함께 어울리던 친구들은 좋은 친구들이며 아직까지 친하게 지내는 사이다. 빌리 맥케키니, 데이브 샌더슨, 존 톰슨, 에디 힐, 랍 토드, 톰 베인, 톰 맥클린, 짐 브라이슨, 윌리 달지엘 등. 그들 말고도 그때의 친구들은 많다. 우리는 같이 휴가를 떠나고 토요일이면 잉그람 바에 모여 그날의 축구경기 결과나 다른 잡다한 문제에 대해 토론하던 사이였다.

특히 빌리 맥케키니와 데이브 샌더슨과는 각별히 친한 관계로 남았다. 둘은 완전히 정반대였다. 맥케키니는 호감이 가는 외향적인 성격으로 어딜 가나 모임이나 대화를 주도했지만 데이브는 말수가 적고 겸손했다. 그러나 우리 셋은 정말 죽이 잘 맞았다. 이 두 사람보다 더 충실한 친구는 없을 것이다. 사실 빌리는 나와의 우정 때문에 끔찍한 대가를 치러야 했던 적이 있다. 내가 애버딘의 감독으로 있던 80년대의 일이다. 우리는 붙었다 하면 레인저스를 두들겨 팼던 반면 빌리는 그 팀의 열렬한 서포터였다. 글래스고의 동쪽 끝에 있는 험악한 동네의 술집, 머메이드Mermaid 바에서 빌리는 험담 대상이 되던 나를 마치 형제처럼 감싸주었다. 그와 언쟁을 벌이던 사람들은 밖에서 기다리고 있다가 그를 습격했다. 두개골에 골절상을 입고 그는 의식을 잃었다. 그는 왕립병원 중환자실에서 몇 주일 동안이나 치료를 받아야 했다. 제멋대로 소동을 피우는 사람들과 불량배에 대한 반감이 글래스고에 퍼지고 있던 때라 주먹 좀 쓰고 정의감이 강한 몇몇이 복수를 해주기 위해 범인을 찾아 나섰다. 그러나 빌리는 브리지튼에서 자신의 엄청난 인기를 앙갚음의 도구로 이용하기를 거절했고, 문제를 경찰에게 맡기자고 하면서 사태를 진정시켰다.

이 책 전반에 걸쳐 여기저기에 충성심이 내가 가장 소중히 여기는 인간의 자질이라는 증거가 나온다. 내가 거느리는 선수들이 공공의 비난을 받는 일을 저지를 때 대중은 내게 지나치게 감싼다는 지적을 종종 받는다. 당연히 혐의가 사실로 드러날 때도 있지만 아군과 친구들에게 의리를 지키려는 성향은 스코틀랜드에서 내가 받아온 노동계급의 양육방식에 의해 굳건히 내 안에 자리 잡았다. 내가 자란 곳에서는 다른 곳과 마찬가지로 선한 자와 악한 자, 강한 자와 약한 자가 있었지만 곤경에 빠졌을 때는 언제나 기댈 수 있는 사람들이 곁에 존재했다. 배신이란 말은 그들 사전에 없었다. 이기주의가 판을 치는 현대사회에서 이러한 가치가 그 어느 때보다도 소중한 것처럼 여겨진다.

축구선수가 아닌 친구들과 어울려 다니는 생활이 계속되자, 스포츠선수로서 요구되는 축구에 전념하는 일과 마음가짐이 어려워졌다. 또다시 거룩한 존재의 개입이 일어나지 않는다면 도저히 일상의 틀에서 벗어날 수 없을 것 같았다. 그렇다. 35년이 지난 지금도 그일이 거룩한 섭리였다고 받아들이는 데 아무 거리낌이 없다. 어느 금요일, 번화한 소키홀 가의 로카르노라는 댄스홀에서의 일이었다. 나는 래밍턴 란드 파업장에서 석고붕대 틈새를 통해 힘겹게 바라보아야 했던 소녀와 재회했다. 캐시 홀딩스의 아름다움은 조금도 퇴색하지 않았고, 그녀와 댄스 플로어에서 몇 번 춤을 춘 후에 그녀를 집까지 바래다주었다. 그 일을 계기로 우리는 사귀게 되었다. 비록 캐시는 내 아내와 멋진 세 아들의 어머니가 된 지금보다 오히려 데이트할 무렵 내 얼굴을 더 자주 보았다고 푸념하지만, 그때의 한결 같은 애정은 지금도 전혀 변하지 않았다. 사실 처음 사랑이 불타오를 때는 매일 밤 그녀를 만났고, 낮에는 잠시라도 이야기를 나누기 위해 어떻게든 구실을 만들어 그녀가 일하는 근무조로 찾아갔으니 맞는 말이긴 하다. 우리 관계가 깊어지며(캐시가 가톨릭 신자라는 사실은 조금도 내게 장해물로 여겨지지 않았다) 축구에 대한 나의 열정과 훈련 자세는 완전히 예전으로 돌아갔고, 새 클럽으로 이적해 새롭게 시작할 날만 기다리게 되었다.

알궂게도 세인트 존스톤에서 내가 가진 마지막 경기의 상대는 레인저스였다. 또다시 우리는 승리를 거두었지만 이번에는 리그, 스코티시컵, 리그컵을 우승하는 트레블을 달성하며 상대가 만족했던 탓도 있었다. 거기에 시대를 통틀어 내가 가장 좋아하는 선수 중 하나이며 인간적으로도 최고인 위대한 센터포워드 지미 밀러가 퇴장당한 이유도 컸다. 그러한 사실들은 우리 레프트백 윌리 코번이 자신의 인상적인 플레이를 평가하는 관점을 바꿔놔야 했다. 하지만 아니었다. 〈위클리 익스프레스〉 머리기사 제목은 다음과 같았다. '나는 어떻게 꼬마 윌리 헨더슨을 막는 방법을 정복했나.' 당시 윌리 헨더슨은 스코틀랜드 리그에서 더 나은 선수를 찾아볼 수 없을 정도로 뛰어난 선수였다. 나는 속으로 코번 씨가 단단히 보복을 당하겠구나 하고 웃었다. 그리고 그것은 오래 걸리지 않았다. 리그컵 대진표에 의해 시즌 첫 경기가 세인트 존스톤 대 레인저스로 정해졌고 레인저스는 10-2로 승리했다. 꼬마 윌리는 그중 9골에 관여했고 1골을 기록했다.

그해 여름은 이적 가능성이 높아지며 정신없이 지나갔다. 가장 끈질긴 팀은 족 스테인이 이끌던 던펌린으로 그들 선수 중 하나와 스왑딜Swap Deal을 노렸다. 그러나 스테인이 갑자기 하이버니언을 맡기 위해 던펌린을 떠났다. 파이프 클럽The Fifers은 스테인 휘하에서 어마어마한 발전을 이루어내 하이버니언 이상의 경기력을 보여주던 중이었기 때문에 큰 충격이었다. 족이 떠난 지 일주일 후, 그 후임감독인 전 북아일랜드 대표팀 레프트백 윌리 커닝엄이 나와의 협상을 계속하고 싶어 한다는 소식을 들었다. 당시 던펌린은 스코틀랜드 리그의 강자로 떠오르며 바로 전 시즌 유러피언 리그에서 준수한 성적을 거두었던 터라 상황은 매우 바람직하게 전개되고 있었다.

운전면허를 딴 지 얼마 안 되었던 내가 새로 뽑은 힐먼 밍크스 397 FVD[70년대에 폐업한 영국의 자동차 회사]를 타고 커닝엄과 만나기 위해 파이프를 가로지를 준비를 하고 있는데 차에 기름을 넣을 돈이 없다는 사실이 떠올랐다. 위기에서 나를 구해줄 사람은 어머니밖에 없었다. 우리가 돈이 필요하면 어머니는 수중에 아무리 돈이 없어도 비스킷 통에 넣어둔 비상금을 털어 우리를 구해주곤 했다. 비스킷 통은 집 안 곳곳에 숨겨져 있었다. 그중 하나는 금요일마다 생명보험비를 수금하기 위해 들르는 지미 길레스피를 위한 통이었다. 다른 통들은 가스비, 전기값 등을 위해 따로 떼어둔 돈이 들어 있었다. 어머니는 내가 달을 달라고 해도 주었을 것이다. 내가 왜 돈이 필요한지 말하자 어머니와 아버지는 너무나 좋아했다. 물론 아버지에게는 앞으로 있을 어려움과 기회에 대한 충고를 꺼낼 좋은 신호였다. 아버지는 한 번도 두 아들이 축구선수로 성공하리라는 희망을 버리지 않았고, 우리는 언제까지나 그런 아버지에게 커다란 빚을 지고 있다. 유전과 양육방식을 통해서만 전적으로 성격이 결정되는 사람은 없을 것이다. 우리의 경험과 그 경험을 다루는 방법 또한 여러 측면에서 우리의 성격을 결정한다. 하지만 부모님으로부터 받은 영향은 우리에게 옮겨져 영원히 우리의 일부로 남을 것이다. 아버지가 우리 가족의 원동력이었다면 어머니는 훨씬 더 강하고 심지가 굳은 분이었다.

이스트 엔드 파크East End Park에서 윌리 커닝엄과 가진 회동은 거의 던펌린의 주급체계에 대한 이야기에 할애되었다. 그가 해준 이야기는 내게 적잖은 실망을 안겨주었다. 기본급은 27파운드였고 상위 테이블에 들면 성과급이 일주일 단위로 나왔다. 1위일 경우 14파운드, 2위는 12파운드, 그 아래로는 10파운드를 받았고 그 외에 승리수당이 경기당 3파운드씩이었다. 작년에 수습생에서 졸업한 나는 이미 공구제작공으로 일주일에 27파운드도 넘는 돈을 벌고 있었다. 거기에 파트타임 축구선수로 16파운드의 추가 수입이 들어왔다. 전업 축구선수가 되면 오히려 수입이 대폭 줄어드는 셈이었다. 결국 프리시즌 훈련이 끝날 때까지 파트타임 선수로 남아 있다가 자신의 입지를 돌아본 후 프로 전향 여부를 정하기로 했다. 이제 겨우 22살에 좋은 팀으로 이적하게 되었는데 후회할 이유 같은 건 없었다. 다시 글래스고가 있는 스코틀랜드 서부로 돌아가는 내 마음은 가벼웠다.

의심할 여지없이 글래스고 페어는 중공업 산업에 바탕을 둔 도시의 정체성이 퇴색되었고, 더불어 휴가 기간을 좀 더 다양하게 선택할 수 있게 된 요즘보다 60년대 스코틀랜드 사람들에게 더 큰 의미가 있었다. 최근에는 더 많은 사람들이 외국으로 나갈 여유가 생겼다. 내가 젊었을 때는 글래스고에서 별로 떨어지지 않은 에어셔 코스트 선상의 솔트코츠 휴양지에 가는 것도 멀다고 느끼는 사람들이 많았다. 삼사십 년 전, 글래스고 페어가 열리는 7월의 2주 동안은 고반 같은 노동자 지역 거주민들도 숨통이 트였다. 휴가를 떠나지 않은 가족들은 아이브록스 경기장 근처에 있는 엘더 파크나 벨라하우스턴 파크 같은 곳에 모여 잔디밭을 산책하거나 연못의 오리에게 모이를 주며 느긋하게 시간을 보냈다. 조선소의 굉음이 멈추고 고요함이 내려오게 되면 사람들은 휴식 그 자체를 느낄 수 있었다.

그러나 1964년, 나에게는 휴식이라는 게 없었다. 휴가는 제대도 된 훈련을 처음 맛보게 된 기간이었다. 죽을 정도로 힘들었지만 그래도 좋았다. 다른 선수들 사이에서 묻히지 않겠다는 각오로 모든 크로스컨트리 경주에서 선두로 뛰었다. 몇몇 고참들은 그런 나의 행동을 잘난 척하는 것으로 보고 싫어했다. 그러나 내가 설득해야 하는 사람은 나 자신밖에 없었다. 햄든 파크에서 가파른 계단을 오르내렸던 훈련이 성과를 발휘했다. 퀸스 파크와 그 전 유소년 시절에, 선수 시절을 통틀어 나를 지탱해주었던 체력의 기초를 미리 닦아놓았던 건 큰 자산이었다. 육체를 고문하는 것 같은 훈련을 매일 경험한 곳은 던펌린이 처음이었다. 어떤 날은 아침에 일어날 때 몸이 너무 쑤시고 뻣뻣해서 침대에서 나오는 것도 힘들었다. 아주 힘든 프리시즌 훈련을 소화해본 사람이라면 내 말에 공감할 것이다. 내 몸이 내 몸처럼 여겨지지도 않을 정도였다. 그럼에도 불구하고 이 모든 것은 전업선수가 되겠다는 나의 열망을 더 활활 타오르게 할 뿐이었다. 부모님과 캐시와 의논을 한 뒤 나는 한 번 해보기로 했다.

축제기간이 끝나고 레밍턴 란드에 퇴사를 알리기 위해 나갔을 때 나는 소년처럼 흥분에 들떠 있었다. "안 돼, 이런 건 2주 전에 미리 보고를 해야 하는 거야." 우리 감독관이었던 짐 캐머런이 말했다. 마치 배를 발로 차인 기분이었다. 회사가 내 꼴을 안 보게 되면 좋아할 거라고 생각했다. 어쨌든 나는 공구반의 노조대의원이었고 레밍턴 란드는 반노조 성향이 매우 강했으므로 퇴직금을 두둑이 안겨줄지도 모른다는 기대도 반쯤 있었다. 적어도 내가 2주일 더 일하게 되면 노조에서 내 후임자를 선정하는 과정이 좀 더 수월해질 터였다. 나는 사람들이 내가 처음 대의원으로 뽑혔을 때보다 좀 더 노조활동에 열성적으로 변했기를 바랐다.

"자리를 맡으려고 나서는 놈들이 하나도 없어." 나의 전임자였던 칼럼 맥케이가 아무 정당한 이유 없이 해고된 후 공장의 노조부위원장이 내게 말했다. 1961년 주급 인상을 목표로 8주 동안 지속되었던 전국 수습생 총파업에 나는 수습반의 노조대의원으로서 우리 노조원들이 적극적으로 참여하도록 열성적인 캠페인을 벌였던 전력이 있었다. 그런 내가 칼럼의 해고로 인한 위기상황을 못 본 듯 등을 돌릴 거라고 여긴 사람은 아무도 없었다. 그때 나는 겨우 21살이었고 이제 막 숙련공이 된 풋내기였기 때문에, 사실은 그런 책임이 막중한 리더 자리에는 적합하지 않았다. 하지만 칼럼에게 자행된 정당치 못한 행위에 항의하기 위해 집회를 열려는 사람이 나오지 않았다. 기술자연합노조 공장위원장이자 공구반의 노조대위원이었던 칼럼을 위해 그 자리를 맡아 사람들을 동원해 파업을 지휘할 만한 인물은 나 말고는 없었다. 아무 생각 없이 나온 반응은 아니었다. 맥케이는 진정한 노조원이었고 나에게 많은 영감을 준 뛰어난 지성의 소유자였다. 그가 공산주의자였기 때문에 우리의 정치적 관계가 같을 일은 없었어도 일하는 사람들이 정당한 대가를 받게 해야 한다는 믿음은 공유하는 사이였다.

솔직히 레밍턴 란드 노조의 과격한 성향 때문에 걱정되기도 했다. 우리 공장은 미국인들 소유라서 지극히 보수적인 정책을 시행했지만, 다른 곳에 있는 비슷한 공장보다 더 후한 임금을 줌으로써 균형을 맞추었다. 우리 가족의 중재자이자 위안자이기도 했던 어윈 할머니는 그때 어머니가 정말로 걱정을 했다고 했다. "네 어미는 날마다 네가 공산주의자가 아니기를 기도한단다." 나는 일부러 거칠게 부정했다. 내 격렬한 반응이 곧장 어머니에게 전해질 걸 알았기 때문이다. 다른 공구기술자들과 파업에 관해 의논할 때 칼럼이 자리에 없다고 배짱이 생긴 몇몇은 행동을 거부하기도 했다. 지금은 세월이 흘러 예전보다 온유해졌을지 모르지만, 우리의 노조대의원이 당한 부당한 처사에 맞서 싸우기를 거절하는 자의 말에는 아직도 동의할 수 없다. 모든 공구기술자들이 끝까지 싸운 것은 아니었고, 6주 후 우리는 맥케이의 복직이라는 원래 목적을 달성하지 못한 채 파업을 마쳐야 했다. 다른 공장에 일자리를 얻은 그는 나중에 기술자연합노조의 렌프루셔[Renfrewshire, 스코틀랜드 중서부 지역에 위치한 주] 지역위원장이 되었다. 그럼에도 불구하고 나는 곁에서 같이 투쟁해준 동료들이 자랑스러웠고, 그 시절의 내 인생은 나에게 퇴색되지 않는 충만한 기억으로 남았다.

그렇게 일 년을 보내고 마침내 공장을 그만두게 된 나는 레밍턴 란드의 모든 부서를 돌면서 너무나도 그리울 친구들에게 작별인사를 하며 감정을 주체할 수 없었다. 그곳에서 보낸 6년은 젊은 나에게는 아주 긴 시간이었다. 내 작업벤치를 치우면서 문득 평생 한곳에서 일한 장인이 은퇴할 때는 얼마나 만감이 교차할까 하는 생각이 들었다. 공구를 가져가며 추억도 함께 가져가는 느낌이었다. 그중 특히 유쾌한 사건이 하나 기억난다. 시작은 그리 유쾌하지 않았다. 손가락 끝이 살짝 천공기에 날아가 버리는 사고를 당했으니까. 나는 질겁해서 상급 장인인 지미 주너에게 뛰어갔다. 그는 나를 데리고 의무실까지 달렸다. 의무실 문을 벌컥 연 그는 상주 간호사였던 애니에게 소리쳤다.

"빨리, 어서 브랜디를 가지고 와요."

"어린애한테 브랜디를 먹일 수 없어요."

애니가 말했다.

"애한테 줄 게 아니요, 내가 필요한 거요."

지미 주너가 술을 좋아하긴 했다. 파틱 시슬의 팬이었으니 어쩔 수 없었을지도 모른다. 불쌍하게도.

4장

비탄, 골 그리고 좋은 여자

축구선수로 뛰던 시절의 퇴색되지 않는 추억은 대개 아드레날린이 용솟음치는 상황과 관계가 있는데, 던펌린에서 보낸 3년 동안 그런 순간을 수없이 겪었다. 커리어 가운데 최고 기록인 한 시즌 45경기 51골도 그들과 함께 있을 때였다. 유럽대항전이라는 짜릿한 경험을 처음 한 것도 그들의 흑백줄무늬 저지를 입고부터였다. 그리고 햄든 파크에 마련된 그들의 드레싱룸에서 나는 화가 나서 펄펄 뛰었다. 스코티시컵 결승전이 시작되기 50분 전에 출전 명단에서 내 이름이 빠진 것을 알게 되었기 때문이었다. 하지만 던펌린에서의 기억 중 어느 수요일 아침의 일처럼 내 머릿속에 선명하게 떠오르는 건 없다.

이스트 엔드 파크는 고요한 정적에 감싸여 있었다. 움직이는 것이라고는 창백한 1월의 햇살 아래에서 필드 주변을 따라 천천히 조깅을 하고 있는 두 사람밖에 없었다. 수요일이라 경기장에는 아무도 없었다. 우리 피지컬 트레이너인 앤디 스티븐슨이 시키는 화요일 체력 훈련은 대단히 힘들어서 수요일에는 선수들에게 동네 수영장에서 휴식을 취하게 했다. 1967년 그날, 나 말고 다른 선수들과 외출을 하지 않은 또 한 선수는 어린 풀백인 존 룬이었다. 30년이 지난 지금도 망설임 없이 이야기할 수 있는데 그는 그 포지션에서 뛰었던 그 어떤 선수보다도 촉망받는 재능의 소유자였다. 그는 말수가 적고 겸손한 소년이었다. 그러나 필드에만 나가면 투지가 흘러넘쳤고 주력도 놀라울 정도로 빨랐다. 얼마 전에 존은 아이브록스에서 열린 아일랜드 리그 대 스코틀랜드 리그 대표전에 스코틀랜드 리그팀 멤버로 뽑혔다. 주중에 열렸던 경기가 끝나고 그날 밤 그는 두 동료 선수인 톰과 윌리 칼라한 형제와 함께 레인저스 경기장 근처에 있는 우리 집에 머물렀다. 레인저스가 그와 계약하고 싶어 한다는 추측이 무성했던 때라 국제 리그 대항전이 끝난 후 칼라한 형제와 나는 집요하게 곧 있을 대형 클럽 이적에 대해 캐물었다. 그가 민망해서 얼굴을 빨갛게 물들여도 우리는 놀라지 않았다. 자만심이라고는 조금도 없는 존이기에 클럽에 있는 모든 선수가 그의 행운을 함께 기뻐할 수 있었던 것이다. 그의 미래는 찬란하게 빛나는 것으로 보였지만 비극이 그를 덮칠 준비를 하고 있었고, 기묘하게도 그 실체를 밝히는 역할이 나에게 주어졌다.

이스트 엔드 파크에서의 수요일, 우리는 부상(나의 경우는 말썽 많은 무릎이었고 그는 고질적인 장딴지 통증이었다)에서 회복 중이라 단 둘이서 조깅을 하고 있었다. 골대 옆을 돌려고 하는데 존이 갑자기 내게 물었다. "내가 빈혈이라고 생각해?" 몸 상태가 아무리 좋을 때라도 그는 늘 안색이 창백했기 때문에 나는 이렇게 대답했다. "넌 빈혈이라 해도 믿을 정도로 창백하니까 혈액검사라도 받아보는 게 어때?" 트랙을 다 돌고 나서 우리는 물리치료사에게 가서 치료를 받았다. 무릎에 단파 램프를 쬐어 열 치료를 받느라 나는 문 쪽을 쳐다보며 테이블 위에 앉아 있었다. 존은 다른 테이블 위에 얼굴을 밑으로 하고 누워 근육통과 뭉친 곳을 풀어주는 데 명수였던 앤디 스티븐으로부터 마사지를 받는 중이었다. 문이 열리고 팀닥터인 옐로리스 선생님이 들어왔다.

"선생님이 오셨으니까 어서 물어봐."

수줍음이 많은 친구라 내가 대신 말을 꺼내야 할 것 같았다. 그래서 나는 그 대신 나섰다.

"존이 자기가 빈혈 같대요. 그리고 장딴지 통증이 정말 심해요."

"그럼 치료가 끝나면 한번 진찰해보자, 존."

그날 오전 옐로리스 선생님은 그를 검사하며 혈액을 채취했다.

선수들은 버릇처럼 점심식사를 리갈 레스토랑에서 했다. 내게는 던펌린 시절 가장 흥미로운 시간이었고, 어쩌면 내 감독 경력의 씨앗은 그곳에서 뿌려졌을지도 모른다. 그날도 여느 때와 다르지 않았다. 식사를 한참 전에 마친 후에도 우리는 2층 방에 남아 전술에 대해 토론하며 자신의 지론을 설파했다. 버티 패튼, 칼라한 형제, 짐 매클린, 해리 멜로즈, 조지 피블스, 조지 밀러 그리고 짐 헤리엇. 모두 하고 싶은 말을 쏟아냈고, 소금통과 후추통은 전술적 움직임과 그 대항 움직임을 설명하기 위해 테이블 위를 정신없이 돌아다니고 있었다. 오후 두 시쯤 되었을 때, 모두 집에 갈 준비를 하는데 경기장에서 존 룬을 찾는 전화가 왔다.

"존은 아마 아래층에서 당구를 치고 있을 거야."

누군가 말했다. 리갈에는 레스토랑 외에 영화관과 당구장도 있었다.

"존 보고 당장 구장으로 돌아오라고 해."

전화를 건 사람의 지시에 다른 사람들은 그를 찾으러 나갔다.

다음 날 서부 스코틀랜드 소년들은 다른 때처럼 가장 늦게 훈련장에 나왔다. 습관처럼 떠들썩하게 드레싱룸으로 들어가자 무거운 침묵이 우리를 맞았다.

"무슨 일이야?"

우리 중 하나가 물었다.

"존에게 문제가 생겼어. 그런데 아직 자세한 건 몰라."

그날 벌어졌던 일이 곧바로 머리에 떠오르며 좋지 않은 예감이 나를 짓눌렀다. 그날 아침 훈련은 지지부진하게 지나갔다. 이틀 후 감독이 우리에게 끔찍한 뉴스를 전해주었다.

"백혈병이다."

인생이란 얼마나 잔인한가. 먼저 이야기했던 그의 잠재성은 이 선량한 청년에게 닥친 비극으로 인해 포장된 게 아니었다. 놀라울 정도로 재능이 있던 풀백의 실력을 사실 그대로 인정한 것뿐이다. 병마가 그를 덮치지 않았다면 그는 국가대표가 되어 그에게 걸었던 우리 모두의 희망을 충족시켜 주었을 것이다. 진보된 의술을 통해 그는 잠시 동안 병을 억누를 수 있었고 고향 클럽인 던펌린에 돌아와 두세 시즌 정도 다시 선수로 뛰기까지 했다. 그의 죽음이 내게 전해진 1974년 나는 선수생활의 마지막 나날을 보내던 에어 유나이티드Ayr United의 드레싱룸에 있었다. 그 소식은 나뿐만 아니라 그와 알고 지낸 행운을 누렸던 많은 이들에게 깊은 슬픔을 안겨주었다. 던펌린의 가슴 아픈 장례식에는 수많은 선수들이 그의 마지막 길을 지켜보기 위해 스코틀랜드 전역에서 모여들었다. 존은 아내 캐시와 어린 자식들을 남기고 갔다. 아들에게 맹목적인 사랑을 쏟았던 그의 부모님은 비탄에 빠져 있었다.

나보다 조금 어렸지만 존 룬은 1964년 내가 22세의 나이로 던펌린의 선수가 되었을 때 이미 팀의 주전 레프트백으로 확고히 자리 잡고 있었다. 그리고 다른 포지션에도 파스Pars라는 애칭을 가진 팀이 좋은 성적으로 시즌을 마치게 할 만한 실력 있는 선수들이 있었다(파스라는 애칭은 인사불성으로 취한 사람, 즉 페럴리틱스Paralytics를 줄인 말이다. 팀 초창기 모습이 얼마나 형편없었는지 말해준다). 우리는 첫 대회인 리그컵의 예선을 성공적으로 통과했다. 하지만 그를 위해서는 먼저 훈족의 왕 아틸라Attila, 존 맥나미와 기억에 남을 일전을 치러야 했다. 훈족은 셀틱 팬들이 레인저스나 그 팬들을 부를 때 사용하는 단어이므로 아이브록스와 아무런 연관도 없는 빅 존에겐 적절하지 않은 별명이지만, 자기 앞을 막아서는 사람의 안위를 심각하게 위협한다는 점에선 아틸라와 비교할 만했다. 리그컵에서 재회했을 때 그는 족 스테인의 하이버니언에 있었다. 스테인이 팀을 떠난 뒤 이스트 엔드 파크를 처음으로 방문하는 경기라 더욱 팽팽한 긴장감이 돌았다. 예전에 자기 보호라는 상식에 입각해 세인트 존스톤 드레싱룸

앞 복도에서 그와의 싸움을 피하긴 했어도(내가 말했듯이 이런 괴물과 삼판양 승제로 대결을 펼치는 건 그리 현명한 선택이 아니다) 필드 위에서 대결할 때는 온 힘을 다해 그와 맞섰다. 그런 적에게는 저항을 하는 것이 중요하다. 그러지 않으면 상대를 사정없이 짓밟아버릴 것이다. 나는 골을 넣으며 우리 팀이 힙스에게 2-0으로 이기는 데 일조했다. 이 경기에서의 승리로 우리는 조 1위를 차지하며 레인저스와 8강에서 맞붙게 되었다. [영국의 컵대회는 토너먼트 4강 이전까지는 한 팀에만 홈 어드밴티지를 주고 무승부일 때 어웨이에서 재경기를 갖는 single-leg tie 방식을, 4강부터는 국립경기장에서 2연전인 two-legged tie 방식으로 치러진다. 이때 개별 경기는 leg, 각 단계의 경기를 통합해 tie라고 함]

　논리적이라기보다는 독창적인 윌리 커닝엄은 그 경기에서 나에게 그들의 위협적인 미드필더 짐 박스터를 지우는 일을 맡겼다. 그는 짐을 단 한순간도 편히 놔두지 말라고 지시했다. 지난번 아이브록스에 왔을 때는 공격수로 해트트릭을 기록했지만 팀의 신참으로서 나는 감독의 명령을 따라야 했다. 그날 오후 유일하게 즐거웠던 기억은 레인저스의 초대 손님인 세계에서 가장 위대한 복서 슈거 레이 로빈슨이 시축을 하는 모습을 지켜본 정도였다. 그 뒤 이어진 실제 경기는 나에게는 쭉 내리막이었다. 박스터는 필드 위의 마술사였다. 그에게 당한 희생자로서 찬사를 보내자면, 성인용 축구공을 차서 계란 컵에 올려놓을 수 있을 정도로 정교한 킥을 가진 선수였다. 수비수의 마음가짐을 갖는 데는 오래 걸리지 않았다. 경기 개시를 알리는 휘슬이 울리고 몇 초 후, 나는 짐 박스터를 압박하고 더 나아가 공을 빼앗을 수 있을 거라는 망상을 하며 그를 향해 달렸다. 그러나 그 보상으로 짐은 내 다리 사이로 공을 통과시키는 굴욕을 안겨주었고, 나는 그라운드에 무력하게 나뒹굴었다. 몸을 일으키자 시선이 반대편 레인저스 진영 쪽을 똑바로 향했다. 내 동료들이 나에게 무슨 말을 하고 있을지 가히 상상이 갔다. 공구제작이 괜찮은 직업일지도 모른다는 생각이 머릿속을 스쳤다. 레인저스가 우리를 1-0으로 이겼으니 적어도 그 위대한 선수가 마구 날뛰도록 내버려두지는 않은 셈이다.

1964-1965 시즌은 인사이드 레프트에서 많은 골이 나오며 나에게 좋은 방향으로 흘러갔다. 무릎 내측인대 부상으로 한동안 경기에 나가지 못하던 무렵 던펌린이 페어즈컵[The Fairs Cup, UEFA컵의 전신]에 참가하게 되며 복귀에 대한 본능적인 갈망이 더욱 심해졌다. 예르그리테 예테보리[Orgryte of Gothenburg, 스웨덴에서 가장 오래된 축구클럽으로 현재 3부 리그인 리그 1 소속]와의 1차전까지는 부상에서 회복될 수 있었으나, 감독은 내가 경기를 뛸 체력이 안 된다고 단정을 내렸다. 덕분에 내 첫 유럽대항전 출장은 스웨덴 원정까지 미루어졌다. 별로 좋은 기억이 남는 경기는 아니었다. 이미 1차전에서 4-2로 승리한 뒤여서 윌리 커닝엄은 될 수 있는 한 상대 센터백들을 90분 내내 괴롭히라는 지시와 함께 나를 중앙 공격수 자리에 홀로 배치시켰다. 박스터를 저지하라는 그의 명령이 잔인한 것이었다면 올레비 경기장의 진흙탕 피치에서 내게 맡겼던 임무는 사디즘의 발로라 할 만했다. 경기 끝 무렵에는 그저 기억에 의존해 몸을 움직일 따름이었다. 드레싱룸에서 다른 팀원들이 0-0 무승부를 기뻐하며 축하를 나누는 동안 나는 어서 숙소로 돌아가서 자고 싶은 마음뿐이었다.

그 후 우리는 꽤 만족스러운 성적을 거두었다. 슈트트가르트Stuttgart와 힘겨운 접전 끝에 홈에서 1-0으로 승리한 후, 독일 원정에서 0-0 무승부를 거두었다. 3차전 상대는 아틀레틱 빌바오Athletic Bilbao였다. 스페인 원정에서 후각을 비롯한 모든 감각을 통해, 이후 대륙축구 최고의 경기 하면 떠올리게 되는 분위기를 처음으로 접하게 되었다. 스페인 경기장에는 독특한 냄새가 공기 중에 떠돈다. 시가와 담배 연기일 수도 있고 잘 차려입은 여성이 풍기는 향수 냄새일 수도 있다. 선수 시절에나 감독 시절에나 그들의 거대 스타디움에서 경기를 가질 때면 항상 흥분되고 화려한 무언가가 속에 있는 기분이 들었다. 빌바오가 내 전담으로 붙인 수비수

호세 마리아 에체바리아라는 악당에게 경기 내내 당한 시련도 이겨낼 정도로 그런 로맨틱한 인상이 강했다. 만약 에체바리아가 스페인 종교재판[15세기에서 19세기 초까지, 스페인에서 왕실과 교회의 이름으로 자행된 집단학살로 수십만 명 이상이 이단이라는 죄목으로 고문 끝에 처형당함] 당시에 고문관 자리에 지원했다면 너무 잔인하다는 이유로 낙방했을 것이다. 1-0으로 패한 우리는 홈에서 암담한 일전이 기다리고 있음을 알았다. 게다가 그들의 철벽 수문장인 호세 앙헬 이리바르는 스페인 국가대표선수이기도 했다. 하지만 차가운 밤 기온과 얼어붙은 피치가 우리를 도왔고 인사이드 라이트[2-3-5 시스템에서 스트라이커 밑 우측 공격수]였던 알렉스 스미스가 찬 공이 이리바르를 지나치며 양 팀의 전적은 1-1 무승부가 되었다. 당시에는 재경기까지 무승부를 거두면 3차전을 치러야 했다. 경기 장소는 동전던지기로 정했다. 동전던지기에서 졌어도 빌바오 경기장 분위기에 매료되었던 대부분의 선수들은 크게 실망하지 않았다. 경기결과는 실망스러웠다. 2-1로 패배하며 우리의 유러피언 드림은 끝이 났다.

리그에서 우리 팀은 순항 중이었으며 하츠, 킬마녹과 함께 우승 경쟁을 펼치고 있었다. 쫓아가는 무리에 섞이게 된 레인저스와 셀틱 팬들에게는 낯설기 짝이 없는 상황이었다. 1965년부터 열네 시즌이 지난 뒤 살펴보면 셀틱이 11번(족 스테인 밑에서 경이적인 9회 연속 우승을 거두었던 이유가 크다), 레인저스가 3번 우승을 차지했다. 그러나 1980년 애버딘이 우승을 차지하며 두 클럽의 독주시대에 막을 내리게 한 사람은 바로 나였다. 동시에 1965년 던펌린의 우승을 좌절시키는 원인을 제공한 것도 나였다. 마지막 4경기에서 홈 어드밴티지를 누릴 수 있게 된 던펌린은 우승컵을 거의 손에 넣은 것처럼 보였다. 그중 두 경기에서 우리는 레인저스를 3-1, 그리고 셀틱을 5-1로 꺾었다(올드펌The Old Firm의 두 팀 모두를 홈과 어웨이에서 이기는 더블을 달성한 셈이다). 그러나 우리는 던디 유나이티드에게 0-1로 패했고 세인트 존스톤과 1-1 무승부를 기록했다. 끝에서 두 번째 경기였던 내 친정팀 세인트 존스톤전에서 내가 많은 찬스를 날려버리는 바람에 무승부로 끝났던 것이 우리 팀의 우승을 막은 원인이라는 분석이 지배적이었다. 우리보다 승점 하나가 앞서고 하츠를 골평균에서 누른 킬마녹이 우승을 차지했다(우리는 이 두 팀보다 골득실에서 앞서 있었다). 뮤어튼 파크를 떠난 후 세인트 존스톤과 가졌던 경기를 생각하면 전혀 나답지 않은 실수였다. 그들을 상대로 나는 좋은 득점기록을 이어가고 있었다. 4년간 두세 번의 해트트릭을 포함해 세인트 존스톤 경기에서만 27골 정도 몰아쳤다. 그러나 골이 가장 절실했던 경기에서는 골대 앞이 열린 상황에서도 두 번이나 기회를 놓쳤다. 비록 그 경기에서 내가 우리 팀의 유일한 골을 넣긴 했어도 던펌린의 타이틀을 놓치게 한 원흉이라는 비난은 피할 수 없었다. 그렇기 때문에 일주일 후 셀틱과의 스코티시컵 결승전에 출전할 선수를 선발할 때 윌리 커닝엄은 그날 경기에서 내가 보여주었던 플레이를 고려 안할 수 없었을 것이다.

토너먼트 대회에서 우리 팀이 승승장구하자 다음 라운드로 넘어갈 때마다 서포터들의 흥분은 열기를 더했다. 우리가 타인캐슬 파크에서 준결승 상대인 하이버니언과 맞붙게 될 즈음에는 리그컵과 스코티시컵에서 더블까지 바라보게 되었다. 나에게 있어서는 준결승전은 존 맥나미와의 오래된 원한관계를 새롭게 이어갈 기회를 준 경기였다. 그날 나는 해리 멜로즈의 첫 골을 만들어준 걸 비롯해 빅 존을 여러모로 괴롭게 만드는 좋은 플레이를 보여주었다. 거친 경기 말미에 아틸라는 화를 참지 못하고 나에게 팔을 휘둘러 경고까지 받았다. 결국 경기는 우리의 2-0 승리로 끝났다. 윌리 커닝엄의 능력이 빛난 한판이었다. 감독은 우리 수비수 중 하나인 짐 톰슨에게 하이버니언의 스타 선수인 윌리 해밀턴의 밀착마크를 시켜서 그를 경기 내내 거의 보이지 않게 만들었다. 톰슨은 냉정한 남자로 감정의 동요가 거의 없었고 플레이도 그의 성격 같았다. 절대 침착함을 잃지 않고 절제하며 최대의 결과를 내는 데 집중했다. 빠르고 재능이 넘치는 해밀턴 같은 공격수를 가진 팀을 상대할 때 에이스를 무력화시키는 임무를 맡는 게 톰슨이었다. 그날 오후 타인캐슬에서 그가 보여준 활약은 훗날 스코틀랜드 대표팀을 맡고 있던 족 스테인의 코치진에 들어갔을 때 다시 되살아났다. 스테인은 윌리 해밀턴의 칭찬을 늘어놓았다. 그는 해밀턴이 자신이 거느렸던 선수 중 가장 놀라운 재능을 가지고 있었지만 생활방식이 문제였다고 개탄했다. 윌리는 자기 파괴적인 성향에 한 번도 제동을 건 적이 없으며 상대적으로 젊은 나이에 세상을 마감했다.

던펌린 외부에서는 준결승전에서 보여준 내 플레이와 팀에서 가장 많은 골을 넣은 공격수로서의 내 위치로 보아 결승전 선발명단에 포함되는 건 기정사실로 보였을지도 모른다. 하지만 나에게는 걱정할 이유가 있었다. 리그에서 레인저스에게 3-1로 승리를 거두었을 때 나는 명단에서 제외되었다가 다음 경기인 던디 유나이티드전에 다시 부름을 받았지만 그 경기에서 우리 팀은 패배했다. 거기에 세인트 존스톤전에서 보여주었던 빈약한 골 결정력도 나를 불안하게 했다. 윌리 커닝엄은 햄든으로 이어지는 마지막 장해물을 넘은 팀을 그대로 유지하느냐 아니면 준결승전에 부상으로 빠졌던 주전 센터포워드 존 맥로플린을 다시 불러오느냐 하는 문제에 봉착했다. 시즌 내내 위력을 발휘했던 맥로플린과 나의 파트너십을 택하는 것이 자연스러운 선택으로 보일지도 몰랐다. 그러나 패스의 충직한 하인이었던 해리 멜로즈가 준결승전에서 골을 넣으며 내 자리를 위협하고 있었다. 큰 경기를 앞두고 족 스테인이 셀틱 감독으로 오게 되자 긴장감은 점점 더해갔다. 선수들은 8년 만에 첫 트로피를 들어 올릴 희망에 부풀었다. 던펌린이 셀틱보다 더 나은 팀이었지만 결승전에서 올드펌의 하나를 꺾으려면 뛰어난 능력만으로는 부족했다. 셀틱의 역사는 또 한 명의 선수나 마찬가지였고, 그들이 물려받은 자부심을 극복하려면 우리는 자신에 대한 믿음을 굳건히 하고 한 치의 양보 없이 싸울 각오가 되어 있어야 했다. 결승전에서 뛰어야 한다는 절박함 속에는 자존심이라는 감정적인 부분도 있었지만, 결승전 승리에 필요한 요소를 내가 갖고 있다고 생각했기 때문이다. 나는 팀의 최다 득점자였으며 어떠한 강적과 맞서도 물러서는 법이 없었다. 일주일 전에 있었던 실수는 잊어버려라. 이건 다른 경기이며 나는 싸울 준비가 되어 있었다. 두 사람을 깎아내리려는 이야기가 아니다. 해리 멜로즈와 존 맥로플린에겐 경험이 있을지 모르지만 두 사람은 파트너가 아니었고, 이런 격렬한 싸움에는 적합하지 않았다.

토요일, 결승전 당일이었지만 스코틀랜드 서부에 사는 선수들은 황당하게도 동쪽으로 70km를 가서 나머지 선수들과 합류한 뒤, 버스를 타고 다시 서쪽으로 이동해 글래스고로 돌아와야 했다. 현대의 축구선수들에게는 믿기 힘든 일이겠지만 점심을 먹고 우리는 일렬로 버스에 올라 아무런 전술회의 없이 햄든으로 향했다. 낡은 스타디움에 도착했을 때 오후 1시 45분이었으나 여전히 선발명단에 관해서는 한마디의 언급도 없었다. 분명히 감독은 재수 없는 선수에게 미리 명단 제외를 알려주는 책임을 회피하는 중이었다. 2시 10분에 우리는 마침내 그의 선택을 듣기 위해 드레싱룸에 집합했다. 긴장해서 속이 타들어 갈 것 같았다. 명단을 발표하는 윌리 커닝엄 옆에 클럽의 회장인 데이비드 톰슨과 총무인 지미 맥콘빌이 서 있었다. 사기 진작을 위해서인가? 나는 그렇게 생각해야만 했다. 이 두 사람이 감독을 따라 드레싱룸에 들어오는 걸 한 번도 본적이 없었다. 처음에 나온 이름들은 전적으로 예측 가능한 선수들이었다. 헤리엇, 윌리 칼라한, 룬, 톰슨, 맥클린, 톰 칼라한. 공격진 차례가 되자 한 사람한 사람 이름이 불릴 때마다 가슴의 통증이 심해졌다. 에드워즈, 스미스, 맥로플린, 그리고 망치가 내리쳤다. 마지막으로 멜로즈가 아웃사이드 레프트 자리에 이름이 불렸고 나는 그 자리에서 폭발했다. "이 망할 자식!" 나는 커닝엄에게 고함쳤다. 데이비드 톰슨이 끼어들어 나에게 행동을 조심하라고 명령했다. 진정할 기분이 아니었던 나는 계속해서 감독에게 고래고래 소리를 질러댔다. 그는 나에게 어떤 짓을 했는지 알고 있었기 때문에 아무 말도 하지 않았다.

지금 와서 뒤돌아봐도 내가 보인 반응에 대해 사과하고 싶지 않다. 만약 감독이 탈락한 선수에게 나쁜 소식을 미리 알려줄 준비가 되어 있지 않아 경기 시작 50분 전이 되어서야 아무 경고 없이 칼을 휘두르면 선수가 감정적인 반응을 보여도 불평할 수 없다는 게 내 생각이다. 모든 선수들의 꿈인 스코티시컵 결승전이었다. 이때의 경험을 바탕으로 경기 출장을 기대했지만 명단에서 빠진 선수에게는 개인적으로 사실을 미리 알려줘야 한다는 게 내 감독 철학의 기본으로 자리 잡았다. 나는 선수 전원 앞에서 명단을 발표하기 전에 반드시 그들에게 선발에서 제외되었다는 사실을 알려준다. 왜 그런 라인업을 구성했는지 설명하고 개인적인 감정은 전혀 없다고 강조한다. 솔직히 탈락한 선수들이 그런 말을 귀담아 듣고 있다고 생각하지 않는다. 그들에게는 이유란 건 아무래도 상관없다. 중요한 것은 그들이 경기에 뛰지 못한다는 것이고 실망에 빠진 선수들은 어떠한 말로도 달랠 수 없다. 그러나 적어도 그렇게 함으로써 나는 그들의 자긍심과 존엄성을 지키는 데 힘을 보태는 것이다. 1965년 햄든의 나에게는 그것조차 남아 있지 않았다.

아버지와 캐시는 평상복 차림으로 밖으로 나온 나를 보고 소스라치게 놀랐다. 아버지가 정말로 불쌍했다. 내가 경기에 나오지 못해서 아버지가 얼마나 실망했을지 짐작하고도 남았다. 그러나 아버지는 내 마음을 생각해서 당신의 실망을 애써 감추며 걱정하지 말고 마음을 가라앉히라고 말했다. 하지만 나는 '충고가 조금 늦었네요'라고 생각했다. 그해의 컵 결승전은 교체 선수 없이 치러진 마지막 경기였기 때문에 나는 팀이 3-2로 패하는 걸 스탠드에서 지켜보며 괴로워해야 했다. [1965-1966 시즌에 와서야 잉글랜드와 스코틀랜드 리그에 교체제도가 도입되었고 이전에는 부상

선수가 생겨도 교체할 수 없었다] 맥로플린과 멜로즈가 한 골씩 집어넣으며 자신들의 선발이 정당했다는 걸 증명했지만, 경기장에 투지를 불어넣을 수 있는 나 같은 선수가 없다는 점 하나만으로 우리가 핸디캡을 안고 있었다고 본다. 몇몇 다른 선수들도 나와 같은 생각을 했다고 생각한다. 선발된 선수들은 어떠한 비난도 할 수 없을 정도로 최선을 다했다. 다만 내가 그 위에 뭔가 더 보탤 수 있었을 거라고 생각한 것뿐이다.

컵대회 결승전이 지나고 그 다음 주 수요일 셀틱과의 경기에서 나는 다시 팀에 호출되었다. 이 경기에서 나는 한 골을 기록하며 셀틱에 5-1로 대승을 거두는 데 일조했다. 그러나 우리가 아무리 골을 많이 넣었어도 결과는 바꿀 수 없었다. 리그 우승은 킬마녹이 했고 스코티시컵은 셀틱이 가져갔다. 우리 시즌은 끝났다.

나는 곧바로 이적을 요청했으나 거부당했다. 그렇지만 나는 침울해 하지 않고 대신 1965-1966 시즌을 선수 커리어에 있어 최고의 시즌으로 만들겠다고 결심했다. 정말로 다음 시즌은 선수 커리어에 있어 최고의 시즌이었다. 시즌 통산 51경기에서 45골을 넣었다. 그건 쉽게 깨기 힘든 기록이었다. 컵대회 결승전에서 제외된 부당함을 자양분으로 삼아 시즌 내내 모든 경기에 투지를 불어넣었다. 감독과 나 사이에는 냉기류가 흘렀지만 태업은 생각도 안 했다. 언제나 최선을 다하는 것은 내 본성이었다. 내 축구인생의 모든 요소가 하나로 합쳐지는 것 같았다. 이미 전업 선수로 1년 동안 뛴 경험이 있었고 철저한 프리시즌 훈련으로 더욱 강해졌다. 스탠드 아래에 있는 체육관에서 개인연습을 한 게 적중했다. 내 플레이는 눈에 띄게 향상되었으며 특히 결정력은 두드러지게 좋아졌다. 혼자서 과녁에 공을 맞추는 연습을 얼마나 했는지 모른다. 나는 온갖 종류의 슛 방식을 고안했다. 벽모서리를 맞고 튀어나오는 공을 발리슛으로 때리기, 지붕에서 리바운드된 공을 배나 가슴으로 받은 후 턴해서 때리기 등, 슛과 연관된 기술을 가혹할 정도로 연마했다. 경기에서 뛴다고 선수가 만들어지는 건 아니다, 라는 말을 증명하는 사례였다. 선수를 만드는 것은 연습이다. 경기에서 뛰는 건 자신이 선수라는 사실을 증명하는 것이다. 갑자기 상대팀들이 나를 견제하는 전술을 사용하고 전담 마크를 붙이기 시작했다. 그러한 행동은 오히려 나의 자신감을 더욱 높여주었고 그와 함께 축구선수로서의 야심은 점점 커져갔다. 나는 이제 더 수준 높은 팀에서 뛸 생각을 하고 있었다.

던펌린에서의 두 번째 시즌이 진행되는 동안 캐시와의 결혼 준비로 바빴지만 나는 꾸준히 경기력을 유지했다. 1966년 3월 12일이 우리의 결혼식 날짜였다. 그중에서도 가장 중요한 것은 집을 사는 일이었다. 집을 보러 다니고 실망하는 과정을 되풀이하다가 글래스고 남쪽, 햄든 파크에서 2.5km 정도 떨어진 심실Simshill에 있는 주택을 소개받았다. 3,005파운드의 집값을 차 판 돈을 보태 치른 뒤 우리는 집을 장식하는 일로 시간을 보냈다. 결혼식 날까지는 집을 말끔하게 꾸며놓아야 했다.

글래스고 마사 가에 있는 등기소에서 우리는 토요일 날 결혼했다. 우리 둘 다 개종할 생각이 없었기 때문에 교회 결혼식은 안 하는 걸로 했다. 서로 다른 신앙으로 길러졌지만 캐시나 나나 종교가 다르다는 사실이 우리의 미래에 방해가 될 거라는 생각은 없었다. 우리는 최대한 조용한 결혼식을 올리고 싶었다. 독실한 가톨릭교도인 캐시의 어머니는 등기소 결혼을 못마땅해했지만 자신의 실망감 때문에 딸의 결혼을 망치지 않도록 조심했다. 장모님은 결혼식이 행복한 기억이 될 수 있도록 성심성의껏 도와주었다. 내 동생 마틴과 캐시의 친구인 아그네스 위셔트가 각각 신랑신부의 들러리를 섰다. 그 밖에 내 친구인 매케키니와 토드, 샌더슨, 예전 공장 동료인 봅 팔코너와 그의 부인 앨리스, 레밍턴 란드에서 나를 자상하게 돌봐주었던 식당 아줌마 클래어 파크, 그리고 물론 우리 부모님까지 많은 사람들의 도움을 받아 무사히 결혼식을 치를 수 있었다. 결혼식을 마친 뒤 캐시와 나는 들러리들과 함께 결혼사진을 찍으러 뷰캐

년 가에 있는 사진관으로 갔다. 마틴이 차를 주차하는데 어떤 남자가 감히 우리 자리를 넘보려고 했다. 나는 화가 나서 소리를 질렀다. 마틴은 나를 진정시키려고 했지만 할 말을 다 할 때까지 멈출 수 없었다. 캐시는 상당히 기분이 상한 것처럼 보였다. "좋은 출발이다, 알렉스."

사진을 찍은 뒤 나는 곧장 화창한 날씨의 이스트 엔드 파크로 가서 해밀턴과의 경기에 나섰다. 경기는 잊어버려도 상관없을 정도로 특별할 게 없었지만 알렉스 스미스의 골로 1-0으로 승리할 수 있었다. 내 플레이는 형편없었고 그저 경기를 끝낼 수 있어서 기쁠 따름이었다. 경기 후 드레싱룸에는 사악한 공기가 흘렀다. 거기에 귓속말로 뭔가 이야기를 주고받는 선수들을 보고 '알 칠하기Ball Blackening' 음모가 진행 중이라는 의심이 굳어졌다. '알 칠하기'는 희생자의 옷을 모두 벗긴 후, 남자의 중요한 신체부위에 축구화 닦는 약과 가죽용 크림을 바르고 더욱 흥미로운 효과를 위해 바셀린으로 살짝 덧칠하는 아주 잘 알려진 의식이다. 나는 될 수 있는 한 천천히 옷을 벗으며 다른 선수들이 모두 목욕탕으로 들어갈 때까지 자리에 남아 꾸물거렸다. 선수들의 뒤를 따라가는 물리치료사의 손에 어설프게 가린 구두약통이 들려 있는 게 보였다. 바로 그때, 나는 국부 보호대만 걸친 채 나머지 옷을 움켜쥐고 복도를 달려 심판실로 뛰어들었다. 그날 심판은 내 친구인 윌리 사임이었다(충분히 있을 수 있는 이야기다). 그의 부모님은 한때 고반 가에서 우리 윗방에 살았었다. 윌리는 내가 그의 구역에 갑자기 뛰어들어와 처음에는 깜짝 놀랐지만, 곧 납득하고 기꺼이 탈출을 돕기로 했다. 밖에는 마틴이 차에 시동을 건 채 대기하고 있었다. 인생의 특별한 날에 가장 가깝고 사랑하는 형제의 도움을 받는다는 건 정말 행복한 일이었다. 차에 타서 채 2분도 지나지 않았는데 마틴이 말했다.

"형, 오늘 진짜 한심하게 못하더라."

"고맙다, 아우야."

저녁에 열린 결혼파티는 순전히 두 사람의 가족만을 위한 것이었다. 파티가 끝나자 캐시와 나는 심실로 가 새집에서의 첫날밤을 보냈다. 신혼여행은커녕 짧은 휴가도 없었다. 다음 날 나는 던블레인 하이드로 호텔로 가서 사라고사Zaragoza와의 페어즈컵 8강전 준비를 해야 했다. 호화로운 스파호텔에 묵는 것은 큰 경기에 대비하는 윌리 커닝엄의 새로운 접근법이었고, 그의 프로다운 견해는 선수들에게 환영을 받았다. 캐시는 나를 떠나보내며 별로 기분 좋은 눈치는 아니었지만 불평은 하지 않았다. 나와 결혼한 후 캐시가 내 커리어를 위해 얼마나 많은 것을 희생해왔나 생각하면 경이로울 지경이다. 사라고사와 치른 두 번의 명승부, 그리고 그 사이에 일어났던 소중한 사람의 죽음이 내게 안겨준 충격과 고통스러운 상실감을 결코 잊을 수 없을 것이다. 이스트 엔드 파크에서 벌어진 홈경기는 던블레인 호텔에서 준비를 한 효과를 톡톡히 보았다. 우리는 상대의 여러 강점을 분석하고 그들과 동등하게 맞설 수 있도록 집중력과 전술 이해도를 높일 기회가 있었다. 버티 패튼의 골로 1-0으로 이겼지만 우리는 힘겨운 2차전이 될 거라는 사실을 깨달았다.

스페인 원정을 앞둔 일요일 아침이었다. 캐시와 나는 이른 아침부터 현관문을 두드리는 소리에 잠이 깼다. 마틴과 크리시 고모의 남편인 존 코플란드였다. 캐시가 두 사람을 들여보내기 위해 아래층으로 내려간 동안 나는 계단 위에 멍하니 서서 슬픈 소식에 대비해 마음을 다졌다. "할머니가 돌아가셨어." 너무 슬퍼서 자신을 주체할 수 없었다. 어윈 할머니는 심장병으로 고생하다 메언스커크 병원에 입원했지만 이렇게 빨리 돌아가시리라고는 상상도 하지 못했다. 할머니는 나의 우상이었고 우리 두 사람은 서로를 끔찍하게 위했다. 이 책 한 권을 다 써도 할머니에 대한 내 애정과 고마움을 다 실을 수 없을 것이다. 할머니의 친지들로부터 쏟아져 들어오는 고인에 대한 절절한 추모의 정은 마틴과 내가 할머니에게 종종 들었던 말을 떠올리게 했다. "가톨릭은 살아 있을 때는 힘들지만 죽을 때는 아주 괜찮은 종교란다." 장례식은 돌아오는 수요일 세인트 세이비어 성당에서 있을 예정이었다. 그러나 그날은 스페인에서 치르는 사라고사와의 2차전과 겹치는 날이기 때문에 나는 참석할 수 없었다. 아니, 그 말은 정확한 표현이 아니다. 물론 나는 장례식에 갈 수 있었고 또 가야만 했다. 그러나 가족의 모든 사람들은 할머니가 살아계셨더라면 내가 경기를 빠지는 걸 두고 보지 않았을 거라며 말렸다. 2차전에서 나는 두 골을 넣었지만 추가 시간에 골을 먹히는 바람에 박진감 넘치는 승부는 우리의 4-2 패배로 끝나버렸다. 그해 사라고사가 결승에서 바르셀로나를 꺾고 우승한 사실은 별로 위로가 되지 않았다.

1965-1966 시즌이 끝날 무렵 나는 구단의 재계약 요구를 거절했다. 알렉스 스미스도 마찬가지였다. 우리 두 사람은 더 좋은 팀에 가기로 결정한 뒤였다. 던펌린에게 상당한 수준의 임금인상이 이루어지지 않으면 날 설득하지 못할 거라고 못을 박았으나 감독과의 회동을 가진 뒤 그럴 가망이 전혀 없다는 게 확실해졌다. 그래서 교착상태에 이르렀다.

내 선수등록증을 갖고 있었으므로 모든 유리한 패는 그들이 가진 셈이었다. 선수등록증을 구단에서 보유함으로써 자유 이적을 제한하는 '보유-이적 시스템'의 폐단에서 선수들이 빠져나오게 된 것은 1961년의 기념비적인 법정투쟁 덕분이었다. 조지 이스트햄은 맨체스터 출신의 변호사인 조지 데이비스의 조언을 받으며 뉴캐슬 유나이티드, 잉글랜드 축구협회와 싸워 이길 수 있었다. 이때 그는 지미 힐과 클리프 로이드가 이끌던 프로선수조합으로부터도 많은 도움을 받았다.

하지만 그로부터 몇 년이 지났어도 나같이 어린 선수들에게는 여전히 게임이 그들에게 유리하게 짜여 있는 것처럼 보였다. 요즘 축구판에 들어오는 선수들은 보스만 룰Bosman Ruling에 의해 자유 이적이 보장되어 있는 자신들이 얼마나 큰 혜택을 받고 있는지 모른다. 이제는 무게추가 선수들 쪽으로 너무 많이 기울어 양자 간 이성적인 타협이 이루어지지 않는 한 대형 클럽의 합리적인 운영은 영영 불가능해질지도 모른다. 반항심과 불안감이 뒤섞인 채 이적 요청에 대한 긍정적인 전개를 기다리던 나는 뉴캐슬과 레인저스가 나에게 관심이 있다는 소식이 얼마나 신빙성이 있는지 가늠해보느라 시간을 낭비하지 않았다. 대신 앞으로 코치나 감독으로 계속해서 축구계에서 일하겠다는 목표를 위한 다음 단계를 밟았다.

이미 예비 지도자 배지를 그 전前해에 취득했기 때문에 에어셔의 라그스 근처 인버클라이드에 있는 스코틀랜드 축구협회의 지도자 양성 본부로 가서 정식 지도자 과정을 밟을 예정이었다. 수업내용은 흥미로웠다. 번리Burnley와 던디에서 선수생활을 거쳐 당시 하츠의 수석코치였고 나중에 내가 레인저스 선수로 있을 때 아이브록스에서도 같은 역할을 맡았던 보비 시스 같은 사람에게 지도를 받는 그룹에 속하게 되어 행운이었다. 인버클라이드에서 내 룸메이트는 훗날 던디 유나이티드의 감독이 되어 놀라운 성적을 낸 짐 맥클린이었는데 우리가 그때 쌓은 우정은 지금까지 살아남아 있다. 꼬마 짐과의 우정을 묘사하는 데 있어 살아남는다는 단어보다 더 적절한 표현은 없을 것이다. 짐의 고집은 거의 예술의 경지에 달해 있어 그로 인해 그동안 수없이 언쟁을 벌이긴 했지만 여전히 유대는 끊어지지 않고 있다. 2주 과정을 수강하는 동안 축구에 대한 그의 풍요로운 사고에 감탄을 금할 수 없었고 자정이 넘도록 논쟁이 계속되어도 피곤을 느끼지 못했다.

1966년 여름이 끝나갈 무렵 나는 정식 지도자 자격증을 땄지만 선수로서는 여전히 실직 위기에 처해 있었다. 새 시즌이 시작되기 일주일 전, 스코틀랜드 축구선수조합의 총무인 존 휴즈가 나를 찾아와 윌리 커닝엄이 구두로 보장한 조건을 근거로 던펌린과의 계약을 갱신하라고 나를 부추기기 시작했다. 주급이 28파운드에서 40파운드로 인상되며(하지만 계약서에 서면으로 숫자가 명시되지는 않을 거라고 함) 다음 시즌 이적을 감독 수준에서 보장해준다는 내용이 새로운 제안의 핵심이었다. 무엇을 선택할지 캐시와 의논을 거친 뒤 결국 금요일 오후에 사인을 했다. 다음 날 아침, 나와 함께 이적을 요청했던 알렉스 스미스가 레인저스로 이적했다는 사실을 알게 됐다. 그때서야 던펌린이 왜 그렇게 내 사인에 목매달았는지 이해가 갔다. 인생의 교훈이 하나 더 늘은 셈이다.

파스와 함께한 세 번째 시즌은 시작이 처참했다. 내 목숨을 구하기 위해 골을 넣으라고 해도 못 넣을 판이었다. 축구계에 몸담고 있는 사람이라면 누구나 다른 포지션의 선수들보다(골키퍼는 제외하고) 스트라이커는 자신감으로 먹고 산다는 이야기를 알고 있을 것이다. 골이 잘 들어갈 때면 못 넣을 수도 있을 거라는 생각이 들지 않는다. 골을 못 넣고 있으면 다음 골이 언제 터질지 몰라 초조해진다. 지난 시즌의 기록까지 포함시키면 나는 14경기 동안 골을 넣지 못하고 있었다. 동료 선수들이 너무 골에 집착하기 때문이라고 한 말이 맞을지도 몰랐다. 아버지는 이런 상황에 대해 단순한 이론을 가지고 있었다.

"골대 가까이에서 기회가 생기면 강하게 날려버려라. 발 옆으로 차서 골키퍼가 쉽게 막을 수 있게 만들면 절대 안 돼. 골키퍼를 움직이게 해라. 강슛을 때리면 골키퍼에게 막혀도 사람들은 네게 박수를 보낼 것이다. 그러면 압박감도 덜 느끼게 될 거다."

팬들의 야유에 의기소침해 있던 공격수에게는 적절한 조언이었다.

감독으로서 나는 골가뭄을 겪고 있는 공격수는 재충전 기간을 갖도록 잠시 경기에서 제외시킨다. 내 왼쪽 무릎에 전치 5~6주짜리 부상을 입힌 어떤 노르웨이인 수비수 때문에 나도 그런 휴식기간을 갖게 되었다. 나의 복귀는 드라마틱했다. 복귀전은 페어즈컵 경기였고 당대를 풍미했던 대륙축구의 강자 디나모 자그레브Dinamo Zagreb가 우리의 상대였다. 그들은 당연히 강력한 우승후보였다. 나도 염려한 바였지만 내가 1차전 홈경기에 뛸 수 있을 정도로 회복되지 못할 수도 있다는 우려가 흘러나왔다. 윌리 커닝엄이 도박하는 셈치고 나를 투입했고 우리는 그의 결정을 다행스럽게 여겼다. 나는 유난히 좋은 경기력을 보여주며 골 둘, 도움 하나, 그리고 페널티킥 유도 한 개를 기록했다. 4-2로 승리한 우리는 2차전에 대한 부담을 덜게 되었다. 다만 통합 스코어가 동률일 때 원정골에 두 배의 가산 포인트를 주는 제도가 그해에 처음 도입되었다는 사실이 우리를 찜찜하게 만들었다. 리드를 지킬 수 있다는 믿음은 클럽의 충실한 일꾼이었던 짐 맥클린을 대체할 새로운 센터백으로 데리고 온 로이 배리를 중심으로 단단하게 짜여진 수비진에서 나왔다.

2차전은 우리에게 재난이나 다름없었던 경기였는데 거기에 한몫을 한 내 행동은 부끄러워해야 마땅했다. 그날 밤 나는 동료들을 실망시켰다. 전날 저녁부터 불길한 징조가 보이기 시작했다. 팀이 묵고 있던 호텔에서 선수들이 시작한 짓궂은 장난은 급기야 물이 담긴 양동이를 든 내가 유리문을 부수며 나동그라지는 걸로 끝났다. 팀닥터인 옐로리스는 내 귀 뒤에 찢어진 상처를 꿰매야 했다. 상처보다도 감독의 호된 질책이 더 아팠다. 경기 자체도 전혀 위안이 되어 주지 못했다.

그날 밤 나에게 붙은 전담마커는 경기 내내 나를 차고 때리고 꼬집어 댔다. 참다못한 나는 그만 미끼를 덥석 물어버리고 말았다. 경기 종료 10분을 남겨놓고 스코어는 0-0이었다. 승리가 눈앞에 보이는 듯했다. 하지만 재앙이 덮쳤다. 유럽 원정경기에는 늘 이런 돌발요소가 숨어 있다. 모든 것이 순조롭게 흘러가고 있었고 관중석은 침묵에 휩싸였다. 그때 지붕이 무너졌다. 우리 수비수 몸에 맞고 굴절된 공이 몸을 날리는 골키퍼 에릭 마틴을 스쳐 지나가며 그들의 첫 골이 터졌다. 그들은 즉시 되살아났지만 그럼에도 불구하고 승리하기 위해서는 수치스럽게도 헝가리 심판의 도움을 받아야 했다. 첫 골이 들어간 지 2분 후 심판은 그들의 2번째 골을 인정했다. 어느 정도 주관이 들어 있었겠지만 우리가 보기에는 완전히 오프사이드였다. 심판도 자신의 판정에 문제가 있다는 걸 알았는지 올림픽 육상선수처럼 센터서클로 뛰어갔다. 그를 쫓아가며 항의하던 우리 선수들은 결국 포기할 수밖에 없었다. 나는 나머지 8분이라는 시간을 나를 마크하던 선수에게 복수하는 데 전념했다. 경기를 뒤집는 데 아무 도움이 못되는 어리석은 행동이었다. 경기가 끝나고 우리는 심판을 둘러싸고 항의하려 했지만 그는 터널 반대쪽으로 나가버렸다. 당시 경기장에서 공사가 진행 중이었기 때문에 우리는 가건물에서 옷을 갈아입어야 했다. 우리가 공사장의 비계 밑을 지나는 동안 로이 배리는 콘크리트 기둥 뒤에 숨어서 심판을 기다리고 있었다. 다행히 한 선수가 그를 발견했고, 우리는 간신히 그를 끌고 탈의실로 갈 수 있었다.

임시 탈의실에 털썩 주저앉는데 화가 잔뜩 난 윌리 커닝엄이 나에게 분노를 폭발시켰다. 나는 말대꾸를 하며 같이 화를 냈다. 나도 내가 잘못했다는 사실을 알고 있었다. 좋은 플레이를 하지 못한 좌절감과 패배는 변명이 될 수 없었기 때문에 그날 밤 나는 감독의 방에 가서 사과했다. 윌리 커닝엄의 가장 훌륭한 점은 전혀 뒤끝이 없다는 것이다. 그 사실이 고맙게 느껴진 건 그날 밤이 처음이 아니었다. 결국 자그레브는 결승에서 리즈 유나이티드를 2-0으로 꺾고 우승을 차지했다. 이걸로 우리는 2년 연속 우승팀에게 간발의 차이로 패배하는 영광을 누리게 되었다.

유럽대항전의 실망감은 내 경기력이 좋아지고 골이 들어가기 시작하자 누그러졌다. 우리 팀은 던디 유나이티드에게 1-0으로 패했지만 8강까지 진출하며 스코티시컵에서도 좋은 성적을 거두었다. 한편 스코티시컵 1회전에서 나나 던펌린과는 전혀 관계없는 이변이 일어났다. 그러나 이 경기에서 벌어진 역사적인 사건은 또 다른 일련의 사건을 낳았고, 결국 레인저스 입단이라는 나의 오랜 꿈이 실현되는 계기가 된다. 그 놀라운 소식을 들었을 때는 킬마녹과 처절한 혈투 끝에 2-2 무승부를 거둔 뒤 럭비 파크의 목욕탕에서 쉬는 중이었다. 버윅 레인저스Berwick Rangers 1 : 글래스고 레인저스Glasgow Rangers 0. 아무도 믿을 수 없는 점수였다. 설마 거짓말이겠지, 제어스[Gers, 레인저스의 별명]에게 그런 일이 벌어질 리가, 나는 그렇게 생각했다. 그러나 사실이었고 그 후 몇 달 동안이나 뉴스거리가 되었다. 경기의 후유증은 아이브록스를 강타했다. 조지 맥클린과 짐 포레스트가 이적 리스트에 이름을 올렸고 각각 던디와 프레스턴 노스 엔드Preston North End로 재빨리 팔려나갔다. 그들의 대체자가 누가 될지 추측이 무성했고, 나는 유력한 후보로 꼽히게 되었다. 남은 시즌은 끝없이 떠도는 레인저스 이적 소문으로 꽉 채워진 느낌이었다.

그러나 던펌린에도 경기를 이기는 것이라든가 아무튼 신경을 써야 할 중요한 일이 있었다. 윌리 커닝엄은 성공에 대한 동기부여를 높이기 위해 경기에 이길 경우 1골에 1파운드씩 지급하게 했다. 묘하게도 그 후 많은 경기가 골을 많이 집어넣고도 무승부나 패배로 이어졌다. 이런 식의 경기, 아니 내가 출전했던 것 중 가장 놀라웠던 경기는 이스트 엔드 파크에서 가진 힙스[Hibs, 하이버니언의 별명]와의 경기였다. 경기 시작 한 시간후 우리는 4-0으로 지고 있었다. 막대한 점수 차이는 상대팀의 훌륭한 플레이와 우리 팀의 번뜩이는 삽질이 결합된 결과였다. 스코어는 4-2에서 다시 5-2로 벌어졌다. 그 후 우리는 할리우드 스포츠 영화에서나 나올 법한 반격을 펼쳤다. 5-3, 5-4. 힙스가 필사적으로 게임을 지키려 하는 속에 경기장은 광란의 도가니로 변했다. 10분 남겨놓고 동점골이 들어가자 서포터들은 미쳐 날뛰었다. 우리는 계속해서 힙스를 두들겨 팼는데 89분에 어느 모로 봐도 정당한 골이 취소당했다(다음 날 신문에 실린 사진을 보면 골라인 안으로 공이 40cm는 들어가 있다는 것을 알 수 있었다). 우리가 심판에게 몰려가 항의하는 사이 그들의 스타일리시한 라이트윙어 짐 스코트가 역습을 시도해 우리 2군 골키퍼 데이비드 앤더튼과 일대일 상황이 만들어졌다. 데이비드는 일단 슛을 막았지만 처리를 잘못해 공은 그의 무릎에 맞고 빈 골대 속으로 굴러 들어갔다. 말도 안 되는 결과에 보너스는 또 물 건너갔지만 뭐 어떤가? 경기장 안에 있던 모든 사람이 마찬가지였겠지만, 30년이 넘는 세월이 지나도 여전히 피를 끓게 하는 드라마의 일부가 되는 영광을 누렸는데, 아무래도 좋지 않은가. 축구에서 맛볼 수 있는 모든 감정을 느끼게 해주었고 열광에 취해 탈진하게 만들었던 경기였다.

나의 활약상은 스코틀랜드 국가대표팀 감독, 다름 아닌 내 옛 보스인 보비 브라운의 눈에 띄었다. 스코틀랜드 리그 대표로 뽑혀 잉글랜드 리그 대표와 햄든에서 맞붙게 된 일은 정말 가슴 벅찬 일이었다. 불과 3주 후면 웸블리에서 잉글랜드와 스코틀랜드의 국가대표 경기가 있을 예정이었다. 여기에서 좋은 모습을 보여주면 더 큰 경기에도 나갈 수 있을 것이었다. 리그 대항전에서 내가 상당히 잘했다고 생각한다. 전반전에 멀쩡한 골 하나가 취소된 건 불운했지만. 내가 돋보일 기회는 별로 없었다. 막강한 잉글랜드 리그 선발팀이 스코틀랜드 리그 선발팀을 3-0으로 가볍게 눌렀기 때문이다. 웸블리에서 벌어질 경기에 나갈 팀 명단이 발표될 무렵 햄든 경기에서 벤치에 앉아 있었던 셀틱의 두 선수, 보비 레녹스와 윌리 월레스가 데니스 로와 함께 호흡을 맞추기로 결정되었다. 나는 데니스 로가 그를 괴롭히던 무릎 부상에서 회복되지 못할 경우를 대비해서 스코틀랜드의 예비명단에 포함되어 있었다. 웸블리에서 뛸 수 있을지도 모른다는 실낱같은 희망에 나는 아버지와 마틴, 그리고 친구인 빌리 매케키니의 런던행 비행기표를 예약했다. 아버지에게는 첫 스코틀랜드 대 잉글랜드 국가대항전이었고 매우 기뻐하셨다. 나는 결국 팀에 부름받지 못했지만 전설이 된 우리의 3-2 승리를 만끽할 수 있었다. 이날 짐 박스터는 음악처럼 딱딱 맞아떨어지는 플레이를 보여주었다.

더 좋은 소식이 나를 기다리고 있었다. 1967년 여름, 스코틀랜드 대표팀의 해외투어에 합류하게 된 것이다. 잘난 척하는 누군가가 레인저스, 셀틱, 그리고 리즈 유나이티드가 주축 선수를 거두어들여서 후보들로 투어팀을 짜게 된 거라고 말하기 전에 나는 원래 선발명단에 포함되어 있었다고 못 박아두고 싶다. 이스라엘, 홍콩, 오스트레일리아, 뉴질랜드 그리고 캐나다로 이어지는 여정이었다. 그때까지 나는 스페인보다 더 먼곳은 가보지 못했다. 그러나 고반 소년은 이국적인 이름을 가진 머나먼 나라로 떠날 준비가 되어 있었다.

5장

전쟁터를 넘나들며

만약 캐서린 에이디[BBC의 종군기자로 93년에 작위를 받음]가 우리의 첫
두 경기를 쫓아다녔다면 아마 평소 취재하던 현장을 돌아보는 기분이었
을 것이다. 이스라엘 방문은 전쟁이라는 사소한 문제로 일정을 채 마치
지 못했고, 홍콩에서는 학생소요사태 때문에 통행금지 시간을 지켜야 했
다. 아직 혈기왕성했던 나는 우리 주위에서 일어나는 이 모든 기이한 사
태를 위협이라기보다 모험으로 생각했다. 그것도 나쁘지 않았던 것이
6주 투어로 받는 200파운드는 위험수당으로 보기에는 턱없이 부족했기
때문이다. 기나긴 여정이 그나마 견딜 만했던 것은 던펌린 동료인 윌리
칼라한과 같은 방을 썼기 때문이었다. 윌리는 단지 뛰어난 레프트백일
뿐 아니라 좋은 친구이기도 했다. 그의 가족이 살던 파이프의 힐로비스
를 찾아가면 언제나 융숭한 환대를 받곤 했다.

이스라엘에서의 원래 계획은 텔아비브에서 그들의 국가대표팀과 화
요일에 경기를 갖고, 수요일에는 예루살렘 주변의 성서에 나오는 유적들
을 돌아본 뒤, 토요일에 다시 텔아비브에서 이스라엘과 경기를 하는 일
정으로 짜여 있었다. 우리가 2-1로 승리했던 화요일의 국가대항전은 사
랑이 넘치는 평화로운 행사와는 거리가 멀었다. 나 역시 몇몇 사람의 신
경을 날카롭게 하는 데 일조했다. 공중에 뜬 공을 경합할 때 우연히 내 팔
꿈치에 맞아 상대방의 코뼈가 부러져버린 것이다. 선수 시절 의도하지
않은 부상을 입혀 얼마나 많이 사과해야 했는지 모른다. 그냥 자세가 좀

불안해 언제나 팔이 제멋대로 움직이는 편이었다. 그게 내가 내세우는 이야기이고 이 입장을 쭉 관철할 것이다. 이번 경우 코를 다친 선수는 이스라엘에서 가장 인기 있던 모르데카이 슈피글러였다. 그는 훗날 웨스트햄에서 뛰게 된다. 아무튼 그의 동료 선수들은 남은 시간 동안 복수를 위해 날 쫓아다녔다. 성스러운 나라에 대한 첫 인사치곤 다사다난했다.

예루살렘은 물론 굉장했다. 가이드를 동반한 관광이 점심식사를 하느라 잠시 중단되었고, 나는 오후 일정에 대한 기대에 부풀어 있었다. 테이블에 자리를 잡은 지 얼마 안 있어 멀리서 로켓 발사음 같은 소리가 들렸다(쌩 하는 소리 뒤에 이어지는 커다란 폭발음). 곧 가이드가 보비 브라운 감독에게 뛰어가 '아랍-이스라엘 전쟁'이 발발하려고 한다고 전했다. 버스를 타고 텔아비브로 돌아오는데 머리 위로 전투기들이 요란한 소리를 내며 끊임없이 요르단 쪽으로 날아갔고, 우리를 둘러싼 언덕은 미사일에 폭격당해 연기가 피어오르는 게 보였다. 두 번째 경기는 당연히 옛말이 되었고, 우리는 텔아비브의 아카디아 호텔에서 가방을 들고 허둥지둥 뛰쳐나와 공항으로 갔다. 그러나 전투 때문에 비행기를 띄우는 게 너무 위험하니 호텔로 돌아가라는 말만 들었다. 윌리 칼라한과 나는 출국 지연에 따른 즉각적인 여파로 우리 방에 쳐들어온 모기떼에게 밤새도록 뜯겨야 했지만 그 정도의 불편으로 투덜거릴 때가 아니었다. 다음 날 우리는 별 말썽 없이 이스라엘을 떠날 수 있었고, 불과 몇 시간 전만 해도 유난히 불안에 떨던 몇몇 선수들이 이륙 후 1시간이 지나자 존 웨인처럼 허세를 부리는 모습을 보니 어이가 없었다.

극동의 나라에 왔다는 흥분은 홍콩 공항을 순찰하는 중무장한 병사들의 존재에 당혹감으로 물들었다. 호텔이 있는 해피 밸리에 도착한 보비 브라운이 선수들을 소집하자 우리는 팀 회의 때문에 그러는 게 아니라는 것을 알아챘다. 홍콩 시내에서 마오주의자 학생들이 과격한 시위를 벌이고 있어서 우리는 허락 없이는 호텔을 떠날 수 없으며, 정 외출을 해야 한다면 충분한 수의 경호를 동반해야 한다는 이야기였다. 감독은 원래 계획된 두 경기가 아니라 이스라엘 때와 마찬가지로 1경기만 가진다고 말했다. 다음 날 훈련 도중 도저히 이해가 되지 않는 상황이 벌어졌다. 트레이너인 월터 맥크레이가 지시한 대로 몸을 풀고 있는데 웅성거리는 소리와 함께 경기장을 굽어보는 언덕 위에서 학생들이 떼를 지어 나타났다. 그들은 구호를 외치며 마오쩌둥 전단을 흔들었다. 그들의 메시지는 알기 쉬웠다. 자본주의자의 사절단은 자전거에 올라타 잽싸게 도망치라는 뜻이었다. 영화 〈줄루[부상자 포함, 150명의 영국군이 4,000명의 줄루족을 막아낸 1879년 로크 전투를 그린 영화]〉를 기억하는 사람들이라면 어떤 광경이었을지 상상이 갈 거라고 믿는다. 처음에는 그저 재미있게 보여 우리는 운동장을 뛰면서 웃음을 터뜨렸다. 그러나 함성이 점점 커지고 시위대가 심각하게 나오자 우리는 곧 조용해졌다. 그러니 5월 25일로 예정된 경기가 치러지기 전에 군에서 나온 고위 대변인과 행정당국 관리가 우리에게 행동거지를 조심하고 반드시 규율을 지키라는 강의를 한 것도 놀랄 일이 아니었다. 아주 조금이라도, 학생들을 도발할 만한 여지가 있는 행동을 해서는 안 되었다. 우리는 말 한마디 없이 귀를 기울였고, 그들의 이야기가 무슨 뜻인지 이해 못한 사람은 하나도 없었다. 경기 자체는 인내력을 시험하는 자리였다. 섭씨 35℃를 넘는 기온에 습도는 90%였으니 무리도 아니었다. 우리는 4-1로 이겼고 나는 좋은 플레이를 펼친 끝에 두 골이나 넣어 기분이 좋았다.

호텔에 돌아와 여전히 더위에 시달리고 있는데 우리 중 누가 포커게임이라도 하면서 지루함에서 벗어나보자고 제안했다. 사실 우리 신경은 홍콩에서 11,000km 떨어져 있고 시간대도 여러 개 거쳐야 하는 리스본에 쏠려 있었다. 셀틱이 인터 밀란Inter Milan과 맞붙은 유러피언컵 결승전이 그곳에서 열리는 중이었다. 우리는 잉글랜드계 스코틀랜드인인 번리의 해리 톰슨만 빼고 모두 셀틱을 응원했다. 톰슨은 스코틀랜드 축구를 비웃는 데 재미가 들린 자였다. 투어기간이 지날수록 사람들은 그를 피하게 되었으며 그런 만큼 그가 결승 결과로 내기를 걸자 거의 모두 달려든 것도 당연했다. 마음속 깊은 곳에서는 셀틱이 이길 리 없다고 생각하긴 했다. 그들이 이미 충분히 스코틀랜드를 자랑스럽게 했어도 리스본에서는 역부족이라고 생각했던 것이다. 상대는 엘레뇨 에레라[아르헨티나 출신 감독으로 64년, 65년 유러피언컵 2연패를 차지하는 등 현대축구의 가장 위대한 감독 중 하나. 축구전술 카테나치오의 창시자]가 이끄는 막강 인터 밀란이었다. 명장 에레라가 이끄는 인테르[인터 밀란] 같은 세계적인 팀과, 글래스고와 그 주변지역에서 추려진 11명 청년들이 붙어야 했다. 구세주로 추앙받는 족 스테인이라도 그의 능력으로 이 역경을 극복할 수 있을까? 해리 톰슨에게 넌덜머리가 나 있지 않았다면 이 내기를 받아들이지 않았을 것이다. 도전을 기꺼이 받아들인 나는 내 트레이드마크가 된 투지를 100% 발산하며 판에 끼어들었다. 이제 포커게임은 뒷전으로 밀려나고 모두 30분마다 라디오 뉴스에서 나오는 경기 업데이트에 신경을 곤두세웠다. 전반전 결과가 나오는 시간이 되자 우리는 바짝 긴장했다. 속이 뒤집히는 스코어였다. 인테르 1 : 셀틱 0. 톰슨은 기세등등해졌다. 투어 수당이여 안녕! 나는 말없이 패배를 받아들였다. 이탈리아인들을 상대로 셀틱이 경기를 뒤집을 가능성은 없었다. 인테르는 골문을 걸어 잠그고 네거티브 전술에 통달한 마스터답게 냉소적으로 경기를 죽일 것이었다. 아, 어쨌든 족이 결승까지 간 것만 해도 어디인가.

"셀틱 배당률을 5 대 1로 쳐주지." 우리 사설도박업자가 소리쳤다. 아무도 응하는 사람이 없었다. 우리는 여전히 전반전 스코어의 충격이 가시지 않은 상태였다. "좋아, 그럼 봐줬다." 좋아서 어쩔 줄 모르며 해리가 말했다. "인테르가 넣은 골은 없던 걸로 해주지. 후반전 스코어만 가지고 한 번 붙어보자." 거부하기에는 너무 달콤한 제안이었다. 선수 몇 명이 판에 뛰어들었다. 배당률 5 대 1이라면 괜찮은 수익이었다. 카드게임은 계속되었지만 모든 생각은 다른 대륙에서 벌어지는 일에 가 있었다. 마침내 다른 단신이 뜨며 마법 같은 단어들이 흘러나왔다. "셀틱은 유러피언컵에서 우승한 첫 영국팀이 되었습니다." 뉴스의 나머지 부분은 폭풍 같은 환호성 속에 잠겨버렸다. 카드는 사방으로 뿌려졌고 대부분은 해리 톰슨의 얼굴을 향했다. 얼마나 속이 뒤집혔을지. 방을 나간 그는 빚을 갚으려면 스코틀랜드 대표팀의 총무인 윌리 알란에게 돈을 빌릴 수밖에 없었다. 각자의 수익을 챙기면서 우리 모두는 축구라는 더 넓은 세계에서 이번 승리는 가늠할 수 없을 만큼 중요하다는 사실을 깨달았다. 하나도 빠짐없이 셀틱 파크 반경 72km 안에서 태어난 11명의 스코틀랜드 선수들, 그중의 8명은 클럽이 길러낸 유스 출신, 그리고 라나크셔의 탄광마을에서 단련된 가치관을 간직한 감독. 이들이 스타플레이어가 즐비한 이탈리아의 명문팀을 이긴 것이다. 스포츠가 이보다 더 로맨틱해질 수 있을까?

홍콩 체류 말미에 가서는 제약이 조금 느슨해진 덕분에 쉬켈 베이나 리펄스 베이의 아름다움을 감상할 기회가 생겼고 쇼핑으로 해리 톰슨의 돈도 쓸 수 있었다. 나는 아버지 선물로 중국풍 디자인의 금제 커프 링크스를 샀다. 아버지가 돌아가신 후 커프 링크스는 나에게 돌아왔고, 중요한 자리에 차고 나가는 물건이 되었다.

이제 우리는 이번 투어에서 나에게 가장 뜻깊은 의미를 가졌던 오스트레일리아로 향했다. 첫 경기 장소인 시드니에서 내게 알렉스 채프먼이라는 이름을 물려준 이모부할아버지를 만날 예정이었다. 알렉스 이모부할아버지와 그의 새 부인인 진 할머니는 공항에서 나를 기다리고 있었다. 할아버지가 활주로에서 나를 맞을 수 있도록 허락을 받은 사실은 그를 모르는 사람이라면 놀라운 일일 것이다. 할아버지는 정말로 평범한 사람이 아니었다. 애니 이모할머니가 60대에 세상을 떠나자 69세였던 그는 딸인 이소벨과 함께 있기 위해 오스트레일리아로 이민가기로 결심했다.

할아버지는 영국군 기지 무도회에서 만난 진과 재혼했고 71세였는데도 51세 정도로 보였다. 나는 할아버지를 무척이나 따랐었다. 그는 타고난 이야기꾼의 재능을 살려 다른 친척들의 근황을 내게 흥미진진하게 전해주었다. 관중이 들어찬 시드니 크리켓 경기장에서 내가 스코틀랜드의 1-0 승리를 불러온 골을 넣자 그는 기뻐서 어쩔 줄 몰랐다. 할아버지를 자랑스럽게 만든 나 자신이 자랑스러웠다.

시드니 크리켓 경기장에서 승리를 거두었던 날, 레인저스는 뉘른베르크에서 바이에른 뮌헨을 상대로 유러피언 컵위너스컵 결승전을 치르고 있었으나 해리 톰슨이 도박판에서 은퇴하는 바람에 내기는 이루어지지 않았다. 선수들은 전무후무한 스코틀랜드팀의 더블을 열정적으로 응원했지만 안타깝게도 레인저스는 연장전까지 가서 1-0으로 패했다. 그 여파로 그날의 대화 대부분은 레인저스가 내세운 두 스트라이커, 로저 힌드와 알렉스 스미스의 예상 밖의 기용에 대한 논의에 할애되었다. 그러한 선택은 내가 아이브록스로 갈지도 모른다는 전망이 틀린 게 아니라는 생각이 들게 했다.

오스트레일리아 투어 기간 중 내 몸은 만족스러운 상태였고 우리는 애들레이드에서 2-1, 멜버른에서 2-0 승리를 거두었다. 멜버른 경기는 두 골을 넣으며 선수생활 중 가장 좋은 경기를 했다. 그러나 그 경기의 기억보다 더 선명한 것은 애들레이드 경기 전에 고반에서 아는 사이였던 사람과 나눈 불쾌한 대화였다. 존 홈즈는 나보다 연상이었는데 동생인 데이비드와는 친구였기 때문에 존이 다른 스코틀랜드인과 함께 나타났을 때 반갑게 맞았다. 대화 도중 내가 레인저스에 들어가게 될지도 모른다는 이야기가 나오자 존과 함께 온 남자는 정말이냐고 캐물었다. 나는 아무것도 아는 바가 없다고 말했다. 그러자 존은 마치 내가 그 자리에 있지도 않은 것처럼 친구에게 "알렉스는 레인저스에 들어갈 수 없어. 어머니가 가톨릭이거든"이라고 말했다. 지구 반대편에서 이런 생각이 아직도 온전히 존속되고 있다는 데에 엄청난 충격을 받았다. 그와 언쟁을 벌이는 대신 나는 말없이 그 자리를 빠져나왔다.

우리 팀 모두 오스트레일리아에서 즐거운 시간을 가진 나머지, 나는 이곳에서 살아도 좋겠다는 생각마저 들었다. 시드니 공항까지 나온 알렉스 할아버지의 배웅을 받으며 우리는 아주 짧은 일정을 소화하기 위해 뉴질랜드로 출발했다. 로스앤젤레스까지 14시간 동안 날아가기 전에 두 경기에서 편히 이기고 오클랜드 외곽에 있는 온천을 즐길 시간도 빠듯할 정도였다. 그곳에서 다음 행선지인 밴쿠버까지 가기 위해서는 샌프란시스코와 시애틀을 거쳐 가야 했는데, LA 공항이 마비상태라서 비행기가 10시간 늦게 떴다. 이유는 베트남으로 가는 대규모 병력 때문이었다. 대부분 우리보다 어려보이는 병사들이 불확실하고 위험한 전장으로 떠나는 모습을 보니 견딜 수 없을 정도로 슬퍼져 모두 숙연해졌다.

밴쿠버의 아름다운 도시 정경과 근사한 날씨조차도 누적된 피로를 씻어내기 힘들었다. 6주간이나 계속된 여행은 우리를 지치게 만들었고 집에 갈 날만 고대하게 만들었다. 밴쿠버에서 가진 경기에서 수월한 승리를 거두었고 나 역시 골을 기록했지만, 신장 언저리를 발로 심하게 걷어 차이는 바람에 그 후 두 주 동안 통증에 시달려야 했다. 글래스고행 비행기에 오르기 전에 나는 놀라운 소식을 들었다. 윌리 커닝엄이 던펌린의 감독을 사임한 것이다. 도저히 믿을 수 없어서 국제전화로 그의 집에 전화를 걸었다. 그는 생각보다 상당히 유쾌했고 던펌린이 나를 보내줄 테니 걱정할 것 하나도 없다고 말해주었다. 덕분에 긴 비행시간 동안 불안해하지 않아도 되었다.

글래스고 공항에 내리자 기자들이 벌떼처럼 나에게 몰려들어 레인저스행에 대해 질문을 던져대기 시작하는 바람에 구석에 서 있던 마틴과 캐시 그리고 마음 든든한 짐 로저의 모습을 보기 전까지 가시방석에 앉은 기분이었다. 최근 세상을 떠난 짐은 전설적인 스포츠 저널리스트로

나에게는 소중한 친구였다. 그가 이번 일을 맡을 예정이라는 사실을 깨닫자, 그가 모든 것을 통제해줄 거라는 걸 알았다. 우리가 마틴의 차로 아수라장을 탈출한 뒤 캐시가 내 추측을 뒷받침해주었다. 짐은 항상 그렇듯 영국정보부를 뺨치는 보안으로 이적 건을 다루었다. 나에게 연락을 할 때는 심실에 있는 이웃집으로 가명을 사용해 전화를 걸 정도였다. 이스트 엔드 파크에서 다음 시즌 훈련에 참가할 때까지 아무런 진전이 없었지만 로저는 레인저스는 협상 중이라고 안심시켜 주었다. 던펌린의 새 감독인 조지 팜이 내 마음을 돌려 이적 요청을 철회하게 하려고 애썼지만 그를 거부하는 데엔 전혀 거리낌이 없었다. 정말로 진전이 이루어졌을 때, 짐 말고도 비밀스러운 취향이 있는 사람이 또 있다는 걸 알려주는 형태로 나타났다. 토요일 날 오후 집에서 텔레비전으로 육상경기를 보고 있는데 차 한 대가 바깥에 섰다. 차 안에서 잘생긴 젊은이가 나오더니 집 앞으로 이어지는 계단을 올라왔다. 손님을 맞이하기 위해 내려갔는데 그가 차 쪽을 가리키면서 말했다. "아버지가 당신을 만나고 싶어 합니다." 그의 아버지는 스콧 사이먼으로 레인저스의 감독이었다. "누군가 저를 볼 수도 있으니까 빨리 여기서 벗어나는 게 좋겠네요." 그는 내게 주소가 적힌 쪽지를 건네주고는 그날 밤 집으로 찾아와달라고 부탁했다.

그날 저녁 사이먼의 집으로 차를 몰고 가면서 나는 흥분에 차 있었다. 나는 평생 레인저스의 팬이었고 경기장에서 2km도 안 되는 곳에서 태어났다. 그런 내가 이적에 대한 협상을 하기 위해 레인저스의 감독 집으로 가고 있었다. 그의 부인이 문을 열어준 후 두 사람만 이야기할 수 있도록 자리를 비켜주었다. 사이먼은 두 클럽이 내 영입을 목전에 두고 있다고 말한 뒤 곧장 주급을 제시했다. 비시즌 60파운드와 시즌 중 80파운드는 던펌린에서 받던 주급의 두 배였다. 거기에 이적료로 4,000파운드를 주겠다고 말했다. 우리는 조건에 동의했으나 떠나기 전에 나는 이적료의 일부를 던펌린에게 요구하겠다고 이야기했다.

"행운을 비네." 그가 미소를 지으며 말했다.

다음 주 월요일 이적 절차를 마무리하러 우리가 아이브록스에 갔을 때 그 문제를 꺼내자 조지 팜의 대답은 훨씬 명료했다. 예전 블랙풀과 스코틀랜드 대표팀의 골키퍼였던 그가 온갖 욕을 쏟아부을 줄 알았다. 그러나 내가 물러서지 않을 거라는 사실을 알자, 그는 누그러져 내 요구사항이 통과됐다고 보장해주었다. 헤어질 때 남긴 말은 그를 다시 보게 만들었다. "그분을 위해 최선을 다해주게. 그는 진정한 신사니까." 물론 그가 말한 신사는 당시 레인저스 보드진과 언론에 시달리고 있던 스콧 사이먼이었다.

"염려 놓으세요." 내가 대답했다.

6장

산산이 깨진 꿈

레인저스 선수로서 처음 아이브록스 정문을 들어설 때 겨드랑이 밑에 끼고 있던 축구화는 몇 분 후에 쓰레기통에 버려졌다. 경기장에서 몇 블록 떨어지지 않은 곳에서 골목축구를 하던 꼬마 시절부터 고이 간직해 온 꿈을, 작정하고 짓밟으려고 하는 사람들이 그토록 위대한 클럽 내부에 똬리를 틀고 있었을 거라고 내가 어찌 상상이나 할 수 있었을까? 거의 40년 동안 프로선수와 감독으로서 축구계에 몸담고 있지만, 아이브록스에서 당한 취급만큼이나 나에게 지워지지 않는 상처를 남긴 경험은 없다. 그곳에서 보낸 2년 반 동안 나의 처지는 내 바람에 미치지 못했다. 좋은 경기도 있었고 그저 그런 날도 있었고 형편없었던 때도 있었다. 아무리 그래도 내게 덧씌워진 치욕은 내 경기력과는 아무런 상관이 없었다. 나는 23골을 기록하며 팀 내 최다 득점자로 첫 시즌을 마쳤다.

그러나 이미 시즌이 끝날 무렵, 새 감독인 데이비 화이트로부터 날 거부하는 인상을 강하게 받았다. 그러나 전 언론인이자 레인저스의 홍보업무를 총괄하며 노령의 존 로렌스 회장의 생각을 좌지우지했던 윌리 앨리슨으로부터 받은 인상은 그것과는 차원이 달랐다. 그것은 독기를 잔뜩 품은 적의라고밖에는 표현할 수 없었다. 앨리슨은 종교적 편견으로 똘똘 뭉친 인간이었다. 나는 머리에서 발끝까지 신교도식 교육을 받았으나 당연히 캐시는 가톨릭교도였고 어머니와 외가 쪽 친척들도 마찬가지였다. 아이브록스의 막후 음모자 앨리슨의 일그러진 머릿속에 그런 사실은 아주 중요한 결격사유로 보였다. 그는 경멸스러울 정도로 위험한 인물이었다.

어쩌면 계약서에 사인한 날 있었던 꺼림칙한 사건에서 파국의 기미를 읽어냈어야 했을지도 모른다. 임원 중 한 명인 이언 맥라렌이 캐시의 종교를 물었다. 가톨릭교라고 확인시켜 주자 한때 유명한 럭비 선수였고 은퇴 후 글래스고에서 큰 건설회사의 주인이 된 맥라렌은 우리가 어디에서 결혼식을 올렸는지 알고 싶어 했다. 호적등기소에서 했다는 대답을 듣고 그가 말했다. "그렇다면 별 문제 없군." 나는 아무 말도 할 수 없었다. 어떻게 한 성깔 한다고 자부하는 내가 그런 불쾌한 질문에 분노에 찬 일갈을 내뱉는 대신 침묵할 수 있었을까? 그러나 무언가를 절실하게 원할 때는 그런 일이 벌어질 수 있다. 그만큼 나는 레인저스에 들어가고 싶었다. 자신의 개성을 희석시켜서라도 꿈을 이루고 싶었던 것이다.

아이브록스 시절 말기의 내가 피해망상이라고 생각하는 사람은, 어린 시절부터 숭배하던 클럽을 떠나기 직전 내가 겪어야 했던 상황을 설명하길 바란다. 클럽을 위해서 필드에 나갈 때마다 가진 것을 전부 쏟아붓지 않은 적은 단 한 번도 없었다. 그러나 1969년 가을, 그곳에 있던 마지막 몇 달 동안 나는 토요일 아침에 레인저스 3군과 글래스고 교통공사, 글래스고 대학 그리고 내가 16살 때 뛰었던 퀸스 파크의 햄든 XI과의 경기에 나서는 신세로 전락했다. 모욕적인 상황을 더 처참하게 하기 위해 오후에는 경기에 나설 전망도 없으면서 의무적으로 2군에 나와야 했다. 내 바람과 야망은 산 채로 묻히고 있었다. 그런데도 다른 클럽들은 나를 사려고 했다. 내가 피해망상이라고? 아니다. 위에 있는 누군가가 나를 좋아하지 않는다는 의심을 할 권리가 내게는 충분히 있었다.

뒤에 닥칠 모든 일에도 불구하고 아이브록스로 첫 출근한 1967년 늦여름의 어느 화요일 아침은 내 생애에서 가장 찬란한 기억 중 하나로 남아 있다. 1군 선수 모두로부터 따뜻한 환영을 받으며 드레싱룸에서 27번

옷걸이를 지정받았을 때 이 세상에서 여기 말고 내가 있고 싶은 곳은 또 없었다. 새로운 축구화를 지급받는 사소한 일조차도 흥분을 더했다.

"대체 이런 걸 신고 어떻게 골을 넣은 거야?" 트레이너 겸 물리치료사인 데이비드 키니어가 내 낡은 축구화를 보더니 얼굴을 찡그렸다. 새 축구화는 요즘 공원에서 축구를 즐기는 일반인들이 신는 비싸고 스타일리시한 신발 근처에도 못 가는 J. S. 사이먼 부츠[영국에서는 축구화를 football boot라고 한다]로, 감독인 스콧 사이먼이 보증하고 협동조합에서 만들어졌다. 그 시점에서 내 부츠가 레인저스에서 사이먼보다 더 오래 남을 것이며 그 품위 있고 양심적인 사람이 부당하게 해임당한 일이 결국 내게 손쓸 수 없는 악재로 이어질 거라고 예견하기란 불가능했다. 언론과 레인저스의 보드진에 있는 사이먼의 비판자들은 바로 얼마 전에 우리의 숙적 셀틱을 이끌고 영국팀 최초로 유러피언컵에서 우승한 족 스테인이 거두고 있는 전무후무한 성공으로 더 힘을 얻고 있었다. 시즌 첫 대회인 리그컵에서 셀틱, 애버딘, 던디 유나이티드와 같은 그룹에 속하게 되자 자연히 감독에 대한 압력은 더욱 심해졌다. [리그컵은 80년대 중반 이전에는 조별 리그를 거쳐 토너먼트 라운드로 진출하는 방식이었다]

나는 이미 프리시즌에 아스널과 아인트라흐트 프랑크푸르트와의 대조적인 친선전을 통해 경기 맛을 본 후였다. 우리의 런던 여행은 쾌적했다(던펌린에서 대륙으로 원정 갈 때와 스코틀랜드 대표팀 세계투어 때는 하루에 3파운드만 받았던 것에 비해 레인저스에서는 하루에 20파운드씩 받았다). 적어도 하이버리의 필드에 들어설 때까지는 쾌적했다. 우리 폼은 엉망이었고 결국 3-0으로 패배했다. 홈경기장의 팬들 앞에서 처음으로 나를 소개할 수 있었던 아인트라흐트 프랑크푸르트전에서는 이야기가 달랐다. 우리는 아인트라흐트를 6-3으로 꺾었고, 가족과 친구들의 열렬한 응원에 힘입은 나는 해트트릭을 기록했다.

시즌 첫 경기에서 우리는 피토드리에서 강적 애버딘을 상대로 1-1 무승부를 힘겹게 거두었다. 예상대로 그들은 에디 턴불 감독의 조련으로 강력한 조직력을 갖춘 팀이었다. 그리고 다음 수요일의 리그컵 경기에서 생애 첫 올드 펌 더비를 경험했다. 여름 동안 전력보강에 많은 투자를 했던 레인저스는 그 따뜻하고 화창한 저녁 낙관적으로 경기에 임할 자격이 있었다. 나 자신 외에도 뛰어난 테크닉을 가진 레프트윙인 스웨덴의 오르얀 페르손을 던디 유나이티드에서 영입했고 앤디 펜만도 던디에서 데려왔다. 그리고 모튼의 골키퍼인 에릭 쇠렌센도 합류했다. 경기장 분위기는 금방이라도 터질 것 같았다. 6시 반에 입구가 폐쇄되었고 관중 98,000명이 아이브록스에 꽉꽉 들어찼다. 레인저스와 셀틱만큼 치열한 라이벌전이 또 있다고 주장하는 사람들이 간혹 있다. 글쎄다. 나는 산 시로에서 밀란 더비, 바르셀로나에서 엘 클라시코[레알 마드리드와 FC바르셀로나의 더비경기를 이르는 말], 벤피카와 FC포르투를 포함해 잉글랜드의 모든 유명한 더비는 다 가봤고 맨체스터 유나이티드와 함께 시티, 리버풀, 리즈를 상대로 더비전을 치러본 사람이다. 장담하는데 세상의 그 어떠한 더비도 레인저스와 셀틱 경기 같은 분위기가 나오지 않는다.

격렬한 혈전의 중심에는 종교적 파벌주의가 자리한다는 점을 감안하면 스코틀랜드인들이 자신들을 뿌듯하게 생각할 만한 일이 아니다. 때로는 끔찍하고 역겨운 사건이 일어나기도 하지만 그만큼 독특하고 극적인 긴장감이 넘친다. 균형 감각은 눈에 잘 들어오지 않는다. 과거에는 전반전에는 차라리 공을 드레싱룸에 두고 오는 편이 말이 될 정도로 선수들은 공보다 상대방을 걷어차며 몸을 푸는 일도 자주 있었다. 내가 기억하는 올드 펌 경기 중 하나는 레인저스와의 두 번째 시즌에 있었는데 전반전에 옐로카드만 9개가 나왔고, 하프 타임에 경기질서를 유지하던 고위경찰관이 양 팀 회장과 함께 드레싱룸에 찾아와 선수들이 진정하지 않으면 폭동이 일어날 거라고 경고할 정도였다. 나에게 더비전을 알게 해준 1967년 리그컵 경기는 그 정도로 오싹한 경험은 없었지만 위험한 순간도 간간이 있었다. 정신없이 공방전이 벌어지던 초반에 지미 존 스톤이 공이 아니라 나를 걷어차는 동시에 주먹을 날렸고 그와 함께 "신교도자식"이라고 부르며 욕설을 퍼부었다. 기대하고 있던 대로의 신고식이었다. 경기는 여전히 과열되어가다 셀틱이 한 골을 넣자 우리는 차분해져서 경기를 주도하기 시작했다. 그러나 주도권을 이용해 제대로 결과를 내지 못하고 있었다. 그러던 중에 앤디 펜만이 프리킥 골을 집어넣으며 동점이 되었지만 그가 페널티킥을 실축함으로써 귀중한 승리를 얻는 데에는 실패했다. 그러나 우리는 계속해서 던디 유나이티드와 애버딘을 잡은 반면 셀틱은 애버딘에 져서 우리보다 승점 1점이 뒤처지게 되었다. 파크헤드[Parkhead, 셀틱파크 경기장의 별칭]에서 벌어진 리턴매치는 리그컵 경기로 우리 그룹에서 다음 라운드에 진출하는 팀을 결정짓는 일전이었다.

그 경기에서 나는 전반전에 윌리 헨더슨이 우리를 앞서게 한 공격에 기여했고 점수는 종료 12분 전까지 변함이 없었다. 바로 그때 내가 겪은 가장 기이한 상황이 나왔다. 우리 라이트백 카이 요한센이 골대 앞 오른쪽 방향을 향해 롱 킥을 날렸고 나는 내 뒤에서 뛰어오르는 빌리 맥닐을 단 채 공을 받기 위해 솟구쳤다. 상대팀에서 뛰었던 선수 중 가장 공중볼을 잘 따냈던 빅 빌리에게 이기려면 점프 타이밍을 완벽하게 맞추기 이전엔 불가능했다. 이번 경우에는 내 타이밍은 완벽했고 침투하던 윌리 헨더슨에게 헤딩으로 연결할 수 있었다. 그의 뒤를 존 클락이 따라붙고 있었다. 페널티박스 안 깊숙이 들어온 헨더슨을 클락이 쓰러뜨렸다. 엄청난 기회였다. 12분을 남겨놓고 1-0으로 리드하는 상황에 페널티킥으로 승리를 굳힐 수 있었다. 아이브록스에서 앤디 펜만이 페널티킥을 실축한 후 우리 팀 페널티킥 전담 키커는 카이 요한센의 몫이었다. 페널티킥 상황에서 나는 언제나 키커가 공에서 뒤로 물러선 만큼 페널티박스 선상에서 물러서는 걸 원칙으로 하고 있었다. 그런 방식으로 그의 스텝과 나의 스텝을 일치시키면 리바운드 상황에 가장 먼저 뛰어 들어갈 수 있었다. 카이가 찬 공은 크로스바 아래를 맞았고 나는 헤딩으로 공을 집어넣기 위해 뛰어올랐다. 그런데 카이는 내 앞에서 점프하며 자기가 직접 공을 머리로 집어넣으며 상대에게 프리킥을 줘버렸다[페널티킥 키커는 다른 선수가 공과 접촉할 때까지 재차 공과 접촉할 수 없다. 만약 키커가 접촉하게 되면 상대팀에게 간접프리킥이 주어진다]. 믿을 수 있는가? 그는 축구규칙도 제대로 알지 못했다. 그가 자신의 무지가 불러온 결과를 아는 데는 별로 시간이 걸리지 않았다. 셀틱의 동점골은 보비 머독이 에릭 쇠렌센에게 범한 차징 때문에 무효가 되어야 마땅했으나 심판은 눈감아주었고, 갑자기 쫓기는 입장이 된 우리는 압력에 무너져 3-1로 패했다.

그 경기의 패배로 우리는 리그컵에서 탈락했고, 스콧 사이먼의 입지가 위협받는 상황을 초래했다. 그러므로 클럽에서의 내 미래에도 전환점이 되었다고 할 수 있다. 셀틱에게 2연패를 당하자 사이먼의 적들은 비록 몇 주간의 시간이 필요했지만 그에 대한 믿음을 완전히 파괴해버릴 수단을 손에 넣었다. 지극히 조용한 성격에 언론을 다루는 데 언제나 서툴렀던 사이먼은 그의 방식을 향한 비판에 대응할 기술이 없었다. 그에 대한 비난 대부분은 부당했다. 예를 들면, 그가 족 스테인처럼 트랙슈트 차림으로 훈련장에서 선수들과 뛰지 않는다고 비난받았던 것은 부당하다고 생각한다. 사이먼은 보비 시스를 클럽코치로 데려왔고 인버클라이드 Inverclyde의 스코틀랜드 축구협회 지도자 과정 시절 내 스승이었던 그는 훌륭하게 임무를 수행했다. 레인저스의 어리석은 관행이었던 오후 훈련을 현명하게 무시하고 나 같은 선수들에게 개인별로 특별훈련을 시켰다. 시스가 그토록 활동적으로 훈련장에서 뛰고 2군 감독이자 수석코치인 데이비드 화이트까지 직접 훈련에 참석하는데 사이먼까지 세 사람이나 트랙슈트를 입고 나올 필요가 있었을까? 사이먼이 매일 아침 8시까지 사무실에 출근해 저녁 늦게까지 퇴근하지 않았고, 클럽운영을 돕는 사람은 비서인 이소벨밖에 없었다는 사실을 생각하면 레인저스를 위해 그가 한 일에 감탄밖에 할 수 없다.

분별 있는 외부인이라면 9월에 팀을 리그 선두에 올려놓은 감독을 리그컵에서 탈락했다고 흔드는 일을 이해할 수 없을 것이다. 그러나 셀틱에 져서 컵대회에서 탈락했다는 치명적인 요소가 있었다. 곧 닥칠 스테인이 조련한 젊고 뛰어난 선수들과의 리그전은 단순히 승점만을 건 경기가 아니었다. 우리는 셀틱을 잡을 좋은 기회라고 생각했다. 부에노스 아이레스에서 열린 인터컨티넨탈컵[현재 FIFA 클럽 월드컵의 전신] 결승전에서 3명이 퇴장당하는 말 그대로 격렬한 싸움 끝에 셀틱이 라싱Racing에게 패배한 지 얼마 되지 않았기 때문이었다. [실제는 우루과이의 몬테비디오에서 열렸다] 셀틱과 가진 1부 리그 홈경기는 전반전 중반쯤 추악한 사태로 얼룩졌다. 우리 팀의 덩치 크고 호감 가는 레프트백 데이비 프로반이 버티 올드와 공을 쫓고 있었다. 얼핏 데이비가 유리해보였다. 그런데 그가 공을 걷어내기 위해 다리를 뻗는데 올드가 자신의 악명에 걸맞게 살짝 늦은 타이밍에 공을 찼고 우지끈하고 뼈가 부러지는 소리가 들렸다. 데이비의 아내인 릴리안과 함께 경기를 보고 있던 아버지는 즉각 그의 부상이 심각하다는 사실을 알고 그녀를 데리고 드레싱룸으로 갔다. 그 사건은 우리의 투지에 불을 붙였다. 존 그레이그가 레프트백 자리로 이동하고 미드필드에 있던 데이브 스미스를 로니 맥키논과 함께 중앙 수비를 보게 한 뒤(스미스는 그 자리에서 너무 잘해서 수비수로서 새로운 경력을 쌓게 되었다), 우리는 경기를 확실히 주도했다.

올드가 공에 가까이 갈 때마다 푸른 셔츠를 입은 선수가 그를 따라 붙었으나 그 교활한 녀석은 남은 경기시간 동안 더 이상 문제를 일으키지 않았다. 후반 초반에 터진 오르얀 페르손의 멋진 골로 앞서나가게 된 우리는 셀틱을 고문했다. 패배를 모면하기 위해 흉포하게 저항하는 셀틱 선수들에게는 감탄할 수밖에 없었다. 스테인의 지휘 밑에서 이들은 레인저스에게 지는 일은, 아니 그 어떤 팀에도 지는 일은 절대로 받아들일 수 없다고 스스로 믿게 되었다. 그들의 투지는 인상적이었다. 그렇지만 그날 그들은 좌절해야 했다.

경기 후 드레싱룸에서 우리가 오랜만에 거둔 올드 펌 더비 승리를 요란하게 축하했으리라 상상하는 일은 어렵지 않을 것이다. 임원 중에 두 이사는 정장차림으로 물을 틀어놓은 샤워기 밑에서 춤을 추었다. 그때만은 나도 그들을 원망하는 일을 잠시 접어두었다. 제일 기쁜 것은 우리가 스콧 사이먼을 위해 승리를 거두었다는 것이다. 흥분이 가라앉자 데이비 프로반의 일이 걱정되었다. 그의 부상은 우리가 두려워했던 만큼 심각했다. 다리 골절은 톱 레벨 선수로서의 커리어를 끝장냈다. 그는 피나는 재활 끝에 복귀했지만 결코 예전 같은 모습을 보여줄 수 없었다. 결국 그는 레인저스를 떠나 잠시 크리스털 팰리스에 갔다가 폴리머스 아가일로 팀을 옮겼다. 부상만 아니었다면 데이비는 더 빛나는 경력을 쌓을 수 있었다. 그는 진정한 레인저스 선수였고 팀 내 최고 스타 중 하나였으며, 클럽 역사에서 가장 저평가된 선수 중 하나일 것이다.

어렸을 때부터 레인저스의 서포터였기 때문에 더비의 중요성이야 당연히 이해하고 있었지만, 올드 펌 경기를 세 번 치른 뒤 그 어떠한 것도 선수들이 경험하는 압력에 대한 준비가 될 수 없다는 사실을 깨달았다. 이제껏 겪어본 적이 없는 엄청난 무게를 어깨에 짊어진 기분이었다. 경기장에 나가기 직전에 드레싱룸은 선수들이 각자 잠시 후의 경기에 대비해 정신적 무장을 하느라 팽팽한 긴장감으로 귀가 먹을 것 같은 침묵 속에 빠져든다. 셀틱과 맞서는 데 요구되는 것은 다른 경기와는 차원이 다른 고도의 집중력과 통일된 목표의식이다. 그럼에도 불구하고 우리는 리그에서 계속 좋은 결과를 냈고 스콧 사이먼은 이사회보다 필드 위의 선수들에게서 더 많은 지지를 받았다. 던펌린과 가졌던 수요일 홈경기에서 그런 모습이 잘 드러났다. 우리는 고전을 면치 못하고 있었고, 감독은 후반전에 인기선수인 알렉스 윌로비를 다른 선수와 교체했다. 팬들의 분노에 찬 야유는 윌로비가 곧장 터널로 뛰어들어가 버리자 더 격해졌다. 그러나 아버지로부터 나중에 들은 이야기에 의하면 그보다 더 문제가 있는 행동이 클럽의 부회장인 맷 테일러에서 나왔다는 것이다. 서포터들이 귀빈석 쪽으로 야유를 퍼붓자 그는 자리에서 일어나 팬들을 쳐다보며 마치 "우리와는 아무 상관없는 일이에요" 하고 말하듯이 더그아웃 쪽을 가리켰다고 했다. 13시즌 동안 레인저스를 훌륭하게 이끌어온 스콧 사이먼에게 말도 안 되게 모욕적인 행위였다. 개인적으로는 구단에서 이사를 선임할 때 그들의 성격과 클럽에 가져올 위신을 가늠하기 위해 반드시 인터뷰를 실행하여야 한다고 생각한다. 이사들이 감독을 지지하느냐 아니냐는 개인적인 선택에 달린 것이지만, 그러한 의견은 보드룸의 사적인 공간을 벗어나서는 안 된다. 테일러가 한 짓은 공개처형을 부추기는 행위나 다름없었다.

그날 이후 벌어진 일들은 레인저스에 대한 신임을 더욱 떨어뜨렸고, 그들이 감독을 어떻게 취급했는지 돌아보면 역겹기 짝이 없다. 화요일 오후에 스타디움 건너편 알비온 그레이하운드 경주장이 있던 곳에서 훈련을 마치고 돌아오는데 아이브록스 앞에 텔레비전 중계차와 호기심 많은 군중들이 자리를 잡고 있었다. 스콧 사이먼이 경질됐다는 소식이었다. 나는 충격과 환멸, 그리고 동시에 어찌 보면 두려움이라 할 수 있는 감정도 느꼈다. 레인저스 축구클럽이 어떻게 이런 짓을 할 수 있을까? 우리는 지금 리그에서 무패로 선두를 달리고 있는 팀인데. 그 다음에 벌어졌던 일은 더욱 나빴다. 우리는 앞으로의 일에 대한 공지가 있을 테니 옷을 갈아입은 후 떠나지 말고 드레싱룸에 남아 있으라는 지시를 받았다. 1시간 정도 지난 후 데이비 키니어와 데이비 화이트가 정적에 싸인 드레싱룸으로 들어왔다. 화이트는 당분간 자신이 감독대행을 맡을 것이라고 말했다. 공정하게 말해서 그는 약간 당혹스러운 듯했다. 그 모임에서 나는 구단에서 벌어진 사태에 대해 사람들이 별 관심이 없어서 불안했다. 다음 날 조간신문에서 스콧 사이먼이 얼마나 부당한 처사를 당했는지 폭로했다. 레인저스는 결정적인 한 방을 먹이기 위해 회계사를 파견했다. 그토록 위대한 클럽이 어떻게 그런 끔찍한 짓을 저지를 수 있었을까? 다음 날 나는 보비 시스를 찾아가 클럽을 떠나고 싶다고 말했다. 그곳에서 일어난 일을 도저히 견딜 수 없었다. 보비는 노발대발하더니 나를 아무도 없는 체육관 구석에 데리고 갔다. 늘 차분하던 그가 얼마나 무섭게 호통을 쳤는지 나는 바짝 얼어버렸다.

"넌 지금 막 일류선수로서 커리어를 쌓기 시작했다. 그걸 하루아침에 날려버리려고 해?" 그가 고함쳤다. "네가 이런 식으로 행동하면 스콧 사이먼이 좋아할 거라고 생각하나? 네가 그분을 위해 할 수 있는 최선의 행동은 좋은 플레이를 보여주는 거다."

잔뜩 혼쭐이 난 나는 얼떨떨한 상태로 체육관을 나왔다. 그러나 보비의 충고를 받아들였다는 증거인지 그날 저녁 아이브록스의 페어즈컵 1차전에서 쾰른Cologne을 상대로 레인저스 선수생활 최고의 플레이를 펼쳤다. 나는 해트트릭을 할 뻔했지만 석연치 않은 이유로 골 하나가 인정되지 않았다(늘 나오는 불평이란 걸 나도 안다). 두 번째 골은 이제껏 내가 했던 중 가장 멋진 헤딩으로 들어갔다. 레프트백인 빌리 메티슨이 터치라인 근처에서 크로스를 날렸고 나는 27m를 질주한 후 페널티박스 외곽에서 머리를 갖다 댔다. 완벽한 타이밍이 무엇을 이룰 수 있는지 보여주는 고전적인 예가 아닐 수 없었다. 공은 16m 거리에서 마치 포탄처럼 날아가 골대 위쪽 구석에 꽂혔다. 우리는 3-0으로 승리했고 갑자기 다시 위대한 팀으로 돌아왔다. 데이비 화이트가 경기에 미친 영향은 거의 없었지만 흔히 그렇듯 감독 교체로 선수들에게 긍정적인 반응을 이끌어낸 경우였다. 나는 유럽대항전에서 뛰는 걸 좋아했다. 그전 라운드의 드레스텐전에서는 오른발 발리로 골을 넣으며 귀중한 1-1 무승부를 이끌었다. 그러나 볼프강 오베라트, 볼프강 베버 그리고 하네스 뢰르 같은 월드컵 출전 선수를 가진 쾰른은 독일 홈에서는 무서운 상대가 되리라는 사실을 알았다. 내가 예상하지 못했던 것은 화이트가 윌리 커닝엄을 모방해 나를 볼프강 베버를 막는 역할로 내보낸 일이다. 내게 맡겨진 어려운 임무를 상당히 잘해냈다고 생각한다. 뢰르가 늦은 시간에 쾰른의 동점골을 넣은 후 교체됐지만 화이트는 나를 격려해주었다. 다행히 헨더슨이 연장전에서 골을 넣어 우리는 8강에 진출할 수 있었다.

우리가 무패로 리그를 질주하며 1위를 지키는 동안 새 감독은 우리의 플레이 스타일에 거의 변화를 주지 않은 것은 물론 트랙돌기와 따분한 체력훈련으로 이루어진 낡아빠진 훈련방식을 개선하려는 어떠한 시도도 하지 않았다. 어쩌면 시스와 화이트가 실시했던 오후의 개별 맞춤훈련이 너무 혁신적이라 더 이상의 현대화는 구식 시스템에 너무 큰 충격으로 간주되었는지도 모른다. 세계 곳곳에서 심지어 글래스고의 반대편에서조차 진보가 이루어지고 있다는 증거가 널렸는데, 레인저스 같은 빅클럽이 시대에 뒤떨어진 방식에 갇혀 허우적거리고 있다는 건 어리석기 짝이 없는 일이었다.

다시 한 번 레인저스와 셀틱의 다른 접근방식이 겨루게 된 것은 올드펌 새해 매치에서였다. 나는 힙스 경기에서 받은 징계로 스탠드에서 경기를 봐야 했다. 난공불락처럼 보이던 셀틱의 2-0 리드가 골키퍼 존 팔론의 어이없는 실수로 날아가 버렸다. 운 좋게 거둔 무승부의 열매가 헛되게 하지 않고 부활절이 올 때까지 무패 행진을 이어나가자, 우리는 리그 우승을 낙관하게 되었다. 우리의 자신감은 스코티시컵 8강 2차전에서 하츠에게 일격을 당하며 크게 흔들렸다. 푸른 저지를 입고 뛴 경기 중 최악의 플레이였다. 리즈 유나이티드와의 페어즈컵 8강전에서도 우리는 실망감을 맛봐야 했다. 아이브록스에서의 1차전 결과가 0-0 무승부로 끝난 뒤, 우리는 엘런드 로드Elland Road에서 2-0으로 패배했다. 또다시 패배의 쓴 맛을 봐야 했다. 나는 빌리 브렘너의 헤딩을 손으로 막는 바람에 그들의 첫 번째 골이 된 존 가일스의 페널티킥을 초래한 원흉이 되었다. 낙담의 먹구름이 우리 위에 드리워지고 있었고 데이비 화이트는 압박감 속에서 시들어갔다. 언론은 우리가 리드를 지킬 능력이 있는지 의구심을 품기 시작했다. 그러고 나서 간신히 리즈전 패배의 후유증에서 벗어나려 할 때, 즉 스테인이 리그 챔피언 자리를 레인저스에게 양보한다는 일간신문 인터뷰를 했다. "리그 타이틀은 이제 레인저스의 것이다. 그들이 스스로 내던지지만 않는다면." 스테인 인터뷰의 요점이었다. 그가 우리 위에 내려놓은 책임은 우리를 불안하게 만들었고, 그 뒤 우리는 수직으로 낙하했다. 스테인은 노련한 심리전술로 감독 경험이라고 해봤자 클라이드에서의 1년밖에 내세울 게 없는 젊고 확신감이 부족한 화이트를 도발한 것이었다. 애초에 승산이 없는 게임이었다. 즉 스테인이 언론을 부추겨서 우리를 흔들어놓은 사건은 절대로 잊지 못할 것이다. 그의 트릭은 즉시 내 기억 속에 깊이 자리 잡았다.

리그 타이틀을 위한 성패는 여전히 확정되지 않은 상태에서 레인저스와 셀틱은 각각 두 경기만 남겨놓게 되었다. 그 첫 경기에 우리는 무패 기록과 승점 1점차 리드를 가지고 럭비파크에서 킬마녹과 위태로운 일전을 벌여야 했던 반면, 셀틱은 홈에서 모튼과 붙게 되었다. 늦은 시간에 승리를 결정짓는 골을 넣은 뒤 서포터들에게 셀틱 경기 스코어가 0-0이라고 전해 듣자 우리는 우승이 결정된 것처럼 환호했다. 드레싱룸에 돌아온 후 스테인의 팀이 추가 시간에 골을 넣었다는 청천벽력 같은 소식을 들어야 했다. "억세게 재수 좋은 놈들!" 이것이 우리가 할 수 있는 가장 예의 바른 말이었다. 그래도 애버딘과 맞붙는 마지막 홈경기에서는 우승을 손에 쥘 수 있을 거라고 우리는 믿었다.

내 이름을 잊어버리는 날이 와도 그 운명의 토요일은 잊지 못할 것이다. 즉위식을 예상하고 온 레인저스의 팬들로 스타디움이 터져나갈 정도였다. 데이브 스미스가 질주해 공을 네트 구석에 꽂아넣으며 우리가 앞서나가기 시작할 때만 해도 그날은 완벽한 하루가 될 것 같았다. 우리는 총공세로 나섰고 두 번째 골도 조만간 터질 듯이 보였다. 그때 악몽 같은 일이 벌어졌다. 아무도 없는 골대에서 에릭 쇠렌센 골키퍼가 평범한 공중볼을 잡으려다 손이 미끄러져 그만 동점골로 연결되고 말았다. 아이브록스는 경악했다. 경기를 하는 내내 선수들은 실수를 저지르고 거기에서 회복하기를 되풀이하기 마련이다. 하지만 골키퍼가 실수할 때는 대부분의 경우 그것으로 끝이다. 하프타임 때 드레싱룸에서 고개를 푹 숙이고 앉아 있는 그를 동정할 수밖에 없었다. 그날 경기가 끝날 때까지 그는 평정심을 회복하지 못했다. 그러나 후반전에 들어와 계속적으로 애버딘을 두들겨 패면서 골키퍼의 문제에도 불구하고 우리가 이길 수 있을 것 같은 기분이 들었다. 나는 후반 종료 9분을 남겨놓고 헤딩으로 골을 넣었고 또다시 타이틀은 사정거리 안에 놓이게 되었다. 얼마 후, 상대 센터백인 톰 맥밀란이 셔츠 등판이 거의 찢겨질 정도로 잡아당기며 나를 거칠게 쓰러뜨렸지만 페널티킥은 나오지 않았다. 그런 게 이상한 일이었다면 다음에 벌어질 일은 미친 일이었다. 오른쪽 측면을 공략하던 애버딘은 그들의 센터포워드인 데이비 존스톤을 향해 크로스를 날렸고 그가 힘껏 때린 공은 쇠렌손의 두 손 사이로 빠져나갔다. 경기가 끝날 무렵 오른쪽에서 실점 상황과 같은 움직임이 되풀이되었다. 크로스는 이언 테일러에게 연결되었다. 2-3. 경기는 물론 리그 챔피언의 꿈과 자랑스러운 무패 기록이 모두 한꺼번에 물거품이 되었다.

예상대로 분노에 찬 서포터들이 과격한 반응을 보였다. 드레싱룸 창문이 깨지고 항의하는 팬들이 몇 시간 동안이나 경기장 입구를 둘러싸는 바람에 선수들은 사태가 진정될 때까지 몇 시간이고 안에서 기다릴 수밖에 없었다. 세인트 존스톤 시절 동료였던 존 벨이 오스트레일리아로부터 찾아와서 그날 저녁은 그와 함께 보낼 예정이었다. 정문에서 만나기로 했던 약속은 이제 불가능해보였다. 위험을 무릅쓰고 나는 고개를 내밀어 그를 찾았다. 그가 거기에 있는 모습을 보고 10분 안에 차를 정문에 세워두면 뛰어가겠다고 말했다. 탈출을 감행했을 때 시계는 7시를 가리키고 있었다. 존의 차에 올라타는 순간 서포터 하나가 뛰어와 정강이를 세게 걷어찼다. 그를 비난할 수 없었다. 나 역시 똑같은 기분이었으니까.

시즌의 마지막 장은 애버딘전의 재앙이 벌어진 날 스코티시컵에서 우승하느라 리그 일정이 늦춰진 던페른린을 나흘 후 셀틱이 이스트 엔드 파크에서 2-1로 꺾으며 완결되었다. 레인저스의 실패는 미디어의 좋은 먹잇감이 되었고 상당히 많은 비판자들이 패배의 원흉으로 나를 지목하며 물어뜯었다. 그러나 그보다 더 심각했던 것은 아이브록스나 서포터들이 모이는 장소에서 나돌던 캐시의 종교에 대한 악의에 찬 소문이었다. 그 더러운 소문을 퍼뜨린 주범이 구단의 편견덩어리 홍보관 윌리 앨리슨이라는 정황은 분명했다. 가톨릭교도 아내를 가진 선수는 레인저스에서 뛸 자격이 없다고 생각하는 게 분명했다. 우리의 첫 아들이 태어난 후 앨리슨은 마틴이 성당에서 세례를 받았다는 헛소문을 조작해 퍼뜨렸다. 정상적인 사람이라면 자녀가 세례를 받은 곳이 아버지가 특정 축구팀에서 뛸 자격과 무슨 상관이 있나 생각할 것이다. 게다가 마크가 실제로 세례를 받은 곳은 스코틀랜드 장로회 교구인 크로프트풋의 한 교회였다. 하지만 병적인 광신자였던 앨리슨은 기꺼이 거짓말을 할 준비가 되어 있었다. 붉은 혈색에 안경을 끼고 제복이나 다름없는 가는 줄무늬 정장과 중절모 차림의 외모와 걸핏하면 고함을 지르는 성격 때문에 그는 블림프 대령[우리나라로 치면 꼰대와 동의어]이라고 불렸다. 그러나 그의 실체는 별명보다 훨씬 더 사악했다. 적대적인 소문은 캐시가 마크를 임신했을 때 이미 퍼져 있었고, 자연히 나는 이러한 어처구니없는 말이 캐시의 귀에 들어가지 않도록 온갖 노력을 다했다.

나에게는 시련의 시기였지만 여름에 가진 덴마크 투어에서 그보다 더한 일이 벌어졌다. 코펜하겐에 있을 때였다. 아무런 경고 없이 신문들이 내 마음을 찢어버리는 기사를 실었다. '퍼거슨은 더 이상 아이브록스에서 뛸 일 없을 것'이라는 게 수많은 기사의 공통적인 내용이었다. 나는 곧장 화이트에게 따지러 갔고 불시의 기습을 당한 그는 나를 흠집 내려는 움직임이 앨리슨의 전형적인 수법과 닮아 있다는 사실을 인정했다. 여전히 분이 풀리지 않은 나는 켄 갤러허 기자를 티볼리 가든[Tivoli Gardens, 코펜하겐 중앙역 앞에 있는 유원지] 안에 있는 술집으로 불러냈다. 비방에 대해 내가 할 수 있는 일이 있다면 무엇인지 의논하기 위해서였다. 나는 술을 많이 마시는 편이 아니었지만 그날 오후만은 예외를 두고 싶었다. 존 그레이그와 알렉스 스미스도 우리와 함께 있었다. 몇 시간 동안 술을 퍼마시고 나는 머리끝까지 취해 있었다.

킹 프레데릭 호텔로 돌아온 후 나는 앨리슨을 찾아다니기 시작했다. 식당에 있는 그의 모습을 보자 나도 모르게 그를 어떻게 생각하고 있는지 가감 없이 퍼부어주었고, 동료 선수들은 나를 붙들고 방으로 끌고 와야 했다. 동료들이 나가려는데 문 밖에 앨리슨이 서 있었다. 또 한 번 그에게 거침없이 퍼부었다. 나를 방으로 끌고 온 그레이그는 내 옷을 벗기고 잠옷을 입힌 뒤 침대 속으로 밀어 넣었다. 할 말을 다하지 못하면 폭발해버릴 것 같아서 침대를 박차고 나와 잠옷만 입은 채 아래층으로 쿵쾅거리며 내려와서 앨리슨에게 다시 모질게 공격을 퍼부었다. 동료들은 또다시 나를 끌고 가야 했고 이번에는 나를 재우는 데 성공했다. 4시간 후 존, 오르얀 페르손과 데이브 스미스가 나를 깨웠다. 친구들이 가져온 스테이크와 칩스 그리고 우유가 눈앞에 있었다. 순식간에 모두 먹어치운 내게 존이 몸은 괜찮으냐고 물었다. 아무렇지도 않다고 말하니까, "좋아. 옷 입어. 밖으로 나가자" 하고 말했다. 우리는 코펜하겐의 클럽을 순례하며 남은 밤을 보냈다. 다음 날 훈련에서 나는 희미한 기억에 의존해 몸을 움직이는 게 고작이었다. 감독이 내 행동을 어떻게 생각했든지 간에 술을 취하도록 마시는 건 평소의 나다운 행동이 아니었다. 물론 감독은 그 원인이 앨리슨의 사악한 행위 때문이라는 것을 알고 있었을 것이다.

여름 투어 동안 나는 딱 한 번만 출장했다. 그것도 교체로. 시즌이 눈앞에 닥치자 나는 불안에 휩싸였다. 위안이 되는 건 딱 하나, 아들이 태어나면 어엿한 가족을 꾸릴 수 있게 될 거라는 가슴 벅찬 전망이었다. 내 운이 기우는 원인을 거슬러 올라갈 때마다 거기에는 앨리슨이 있었다. 어쨌든 나는 23골을 넣으며 팀 내 최다 득점자로 시즌을 마쳤다. 좋은 경기를 할 때도 있었고 아닐 때도 있었지만, 팀을 위해 내 모든 것을 쏟아붓지 않은 적은 한 번도 없었다. 왜 우리가 리그 우승을 놓쳤는지 분석해보니 원인은 간단했다. 우리는 셀틱과는 달리 팀으로서의 성격이 결여되어 있었다. 그렇다. 우리에겐 요한센, 헨더슨, 펜만, 데이브 스미스, 그리고 페르손 같이 개개인으로는 뛰어난 선수들이 있었다. 그러나 궁지에 몰렸을 때는 족 스테인이 조련한 선수들처럼 투지와 팀정신으로 극복할 수 없었다.

아이브록스에서는 사소한 질투심으로 충돌이 일어나곤 했다. 윌리 헨더슨과 로니 맥키논 사이에 지속된 반목이 그 좋은 예다. 두 사람은 누가 돈을 더 잘 버나 하는 것으로 늘 말다툼했고 상대방 아내의 험담까지 했다. 윌리는 선수들이 큰돈을 날리게 만드는 카드게임의 핵심 멤버이기도 했다. 한 라운드에 무조건 각자 20파운드씩 거는 유행을 시작한 것도 그였다. 덕분에 선수들은 한 게임에 2천에서 3천 파운드 가량 되는 거금을 따는 일도 종종 있었다. 일부 선수들과 사적으로 어울리던 데이비 화이트는 클럽에 강한 기강을 확립할 수 없었다. 견고한 통제가 이루어졌다면 팀에 풍부하게 있었던 뛰어난 재능들로 엄청난 일을 해낼 수 있었다. 나는 주위에 있는 우수한 선수들이 자신의 모든 잠재력을 꽃피우기를 염원했다. 드레싱룸에서 선수들과 깊은 우정을 쌓았고 레인저스를 위해 뛰는 걸 사랑했다. 매일 스타디움에 들어올 수 있다는 것만으로도 전율이 일었다. 더 강한 팀정신과 조직력만 있으면 우리는 많은 것을 이룰 수 있었을 것이다. 무엇보다도 우리에게는 존 그레이그로 구현되는 투지가 더 많이 필요했다. 의심할 여지없이 그는 당시 레인저스에서 가장 영향력 있는 선수였다. 그는 선수들의 투지를 불러일으켰으며 때로는 원맨팀이라고 할 만한 모습을 보여주기도 했다.

여름 동안 내가 느낀 불안은 기우가 아니었다. 1968-1969 시즌을 단지 재앙이라고 하는 건 너무 가벼운 표현이 될 것이다. 앨리슨의 말을 전적으로 따르는 존 로렌스 회장이 나를 계속 쓸 생각이 없다는 것은 분명했다. 실권이 없는 데이비 화이트로서는 그들이 원하는 대로 나를 쫓아내려 해도 그대로 따를 수밖에 없었다. 시즌 준비가 막바지에 이르던 어느 날, 사무실로 부르더니 힙스의 센터포워드인 콜린 스테인과 트레이드 대상으로 내가 물망에 올랐다고 말했다. 화이트의 자신만만한 태도로 보아 내가 온순하게 그의 말을 따를 거라고 기대했던 것 같다. 그러나 나는 팀을 옮길 의사가 절대로 없다고 말했다. 그의 대답은 나를 몇 주 동안 리저브팀과 훈련하도록 처박아 두는 것이었다. 그러고 나서 스테인 영입 문제로 시달림을 받자, 며칠간 아주 사근사근하게 나를 대했고 나는 무슨 속셈인가 했다. 그러므로 나를 또 한 번 호출한 것은 전혀 놀랄 일이 아니었다. 지난번보다는 좀 더 상냥한 태도로 에든버러에 가서 리버풀의 전설적인 빌 샹클리 감독의 형인 봅 샹클리를 한 번 만나고 오는 정도는 내게 전혀 해가 될 일이 아니라고 이야기했다. 나는 여전히 절대 힙스로 이적하지 않겠다고 결심한 상태였지만 봅 샹클리 같은 훌륭한 신사에 대한 예의로서 일단 만나보기로 했다. 에든버러 외곽의 자택에서 봅과 그의 아내는 나를 따뜻하게 환영해주었다. 기분 좋게 담소를 나누고 있는데(내 기억으로는 별 의미 있는 대화는 아니었다) 전화벨이 울렸다. 봅은 수화기를 들고 몇 분 동안 조용히 상대의 말을 듣더니 그대로 테이블 위에 내려놓고 내게 이야기를 계속했다. 그러나 수화기에서 끊이지 않고 흘러나오는 상대의 목소리에 신경이 쓰여 그의 말이 귀에 잘 들어오지 않았다. 결국 나는 봅에게 상대가 아직도 전화를 끊지 않았다고 말하고 말았다.

"아, 그건 내 동생 빌이네." 그가 말했다. "빌은 일요일마다 전화를 해서 내가 말할 틈도 주지 않고 자기 이야기만 하지. 그래서 나는 가끔 수화기를 들어 '응' 하고 맞장구만 쳐준다네." 리버풀에 대한 찬사를 들어주기만 한다면 단음절로 된 대답만 들어도 빌은 충분히 만족할 거라는 생각이 들었다. 세상에 생클리 가家 같은 축구 가족이 또 있을까?

1968년 9월 18일 퍼거슨 가家 사람들이 행복하다고 느낄 이유가 하나 더 생겼다. 캐시가 건강한 아들을 낳은 것이다. 아내가 예정일보다 한 달 일찍 진통에 들어갔을 때 나는 유고슬라비아 클럽인 보이보디나Vojvodina와의 페어즈컵 경기에 대비하느라 레인저스팀과 함께 에어셔 해안의 라그스에 가 있었다. 캐시의 언니 브리짓이 다급하게 건 전화를 받고 곧장 택시에 올라 글래스고의 요크힐 구역에 있는 퀸 마더스 병원으로 달려갔다. 불행히도 택시운전사는 서두른다는 말의 뜻을 나와 다르게 알고 있어서 우리는 잔디 깎는 기계에 계속 추월당했다. 병원에 들어서자 의사가 환한 미소를 띠며 내게 다가왔다. 대머리에 안경을 쓴 의사는 생판 모르는 사람이었지만 그는 나에게 다정하게 인사를 건넸다.

"안녕, 알렉스. 캐시는 괜찮아. 지금 분만침대에 누워 있고 아무런 문제도 없어. 어머니는 안녕하셔?"

나는 완전히 어안이 벙벙해서 그가 이름을 댈 때까지 어쩔 줄 몰랐다. 프랭크 샤프는 고반에서 두 골목 건너 살았고 우리는 같이 자란 사이였다. 알아보지 못한 것은 민망한 일이었지만 그는 이해해주었을 것이다. 마지막으로 보았을 때는 머리도 다 있었고 안경도 끼지 않았었으니까. 프랭크는 병원의 수석 산부인과 의사였다. 그는 계란, 감자튀김, 콩조림, 소시지, 감자팬케이크, 베이컨과 빵 등 구내식당에서 가져온 음식으로 고반식 VIP 정찬을 마련해 카트에 대령했다. 요즘처럼 남편이 분만과정을 함께하는 시대가 오기 전이었다. 개인적으로는 그런 관행이 무슨 도움이 될까 생각한다. 새벽 2시에 나는 집에 돌아가는 게 좋겠다는 충고를 들었다(나중에 알게 된 바로는 감염이 발생해 의료진이 병실격리조치를 취해야 했기 때문이었다). 새벽 5시 반에 우리의 첫 아이가 태어났다는 전화가 왔다. 3킬로그램 나가는 사내아이였다.

캐시가 아이와 함께 병원에서 퇴원한 후 우리는 아기 이름을 무엇으로 지을지 의논했다. 나는 알렉스를 고집했다.

"작은 알렉스, 큰 알렉스는 내 생전엔 절대 안 돼." 캐시가 선언했다.

"이봐!" 내가 말했다. "퍼거슨 가의 첫 아들은 모두 알렉스라고 이름을 짓는다고." 캐시는 내 주장에 놀라서 부모님이 손자를 보러 찾아오자 아버지에게 가서 물었다.

"아버님, 그이의 할아버지 성함이 어떻게 되죠?"

"존인데." 아버지가 대답했다. 그래서 우리는 아이의 이름을 마이크로 하기로 했다. 이제 우리 집에서 누가 대장인지 모두 알았을 것이다.

그들이 세운 책략의 미끼가 되기를 거부했음에도 불구하고 레인저스는 스테인을 10만 파운드에 데려왔고, 나는 순위에서 밀려나게 되었다. 시즌이 중요한 고비에 접어들며 팀의 경기력이 시원치 않자 나는 다시 부름을 받고 거기에 아주 좋은 플레이까지 보였다. 그러나 빌바오와의 페어즈컵 8강전에서 선제골을 넣으며 팀의 중심으로 활약을 했는데도 불구하고 후반전에 오르얀 페르손과 교체되었다. 관중들은 감독에게 교체를 어떻게 생각하는지 야유로 전달했고 나는 실망할 이유가 충분했다. 그러나 다음 주 토요일 애버딘과의 스코티시컵 준결승전의 명단에서 제외된 일은 훨씬 더 뼈아픈 타격을 주었다. 내 몸 상태로 보나 경기력으로 보나 충분히 선발 자격이 있다고 여겼다. 애버딘의 미약한 저항으로 레인저스가 6-1이라는 대승을 거두어 내 괴로움은 더욱 컸다. 우리는 결승에서 셀틱과 붙게 되었다.

스테인이 부상으로 결승전을 뛰지 못하게 되자 경기 일주일 전부터 내내 과연 내가 9번 셔츠를 입을 수 있게 될지 의구심 속에 괴로워하며 보냈다. 금요일이 되어서야 경기에 내보낸다는 말을 들었고, 마침내 선발됐다는 행복한 기분은 같은 날 오후에 있었던 화이트의 황당한 전술회의로 한풀 꺾여버렸다.

그가 자신의 계획을 설명하는 걸 들으며 나는 중얼거렸다. "말도 안돼." 그는 우리 풀백들에게 셀틱의 측면 공격수인 올드와 조지 코놀리를 전담 마크하게 했다. 셀틱의 주전 윙어인 지미 존스톤과 존 휴즈는 전통적인 윙어였지만 그들은 아니었다. 그렇게 되면 그레이그와 맥키논, 이 두 센터백만으로 레녹스와 챌머스라는 발 빠른 두 공격 듀오를 막아야 하는 상황이 나오는데 이것은 재앙을 부르는 전술이었다. 레녹스와 챌머스는 그들에게 주어진 공간을 마음껏 휘젓고 다닐 게 뻔했다. 회의 끝 무렵에 맥키논이 코너킥 상황에서 빌리 맥닐의 타점 높은 공격에 대한 대비책이 있는지 물었다. 그는 맥닐을 상대할 수 있을지 자신이 없다며 내가 그 상황에서 빌리를 전담 마크하는 게 어떠냐고 제안했다. 기분이 상한 나는 빌리가 나보다 7cm나 더 크다는 사실을 지적했다. 그러나 로니는 공격에 가세할 거라는 이야기를 듣고 나는 책임을 받아들였다. 더 심각한 건 전술의 전반적인 문제였다. 걱정이 된 몇몇 선수들은 주장인 존 그레이그에게 화이트를 설득해달라고 부탁했다.

"감독한테 말해줘야 돼. 안 그러면 우리는 학살당할 거야." 나는 존에게 말했다. 그러나 그레이그는 가운데에서 중재하는 일을 불편하게 여겼다. 아마도 걱정스러운 생각을 직접 말로 표현하는 일은 그의 성격에 반하기 때문일지도 몰랐다. 감독의 어리석은 짓을 바로잡으려는 어떠한 시도도 이루어지지 않았고 예상대로 학살이 벌어졌다. 거리낌 없이 고백컨대, 4-0 패배의 문을 연 맥닐의 첫 번째 헤딩골은 내 책임이었다. 겨우 몇 분 후 코너에서 맥닐을 놓쳤다. 그러나 공을 걷어내는 일에 실패한 맥키논의 실수 역시 똑같이 두드러졌다. 나머지 세 골은 우리 전술이 얼마나 우스꽝스럽고 잘못되었는지 여지없이 드러냈다. 레녹스와 챌머스는 맥키논과 그레이그를 거침없이 농락했다. 올드가 반복적으로 라이트백인 요한센을 유인해서 공간이 생기면 왼쪽 측면을 타고 올라온 셀틱은 토미 젬멜을 앞세워 사정없이 공격을 퍼부었다. 우리 수비진 사이로 버스 부대를 세워도 될 정도로 공간이 뻥뻥 뚫려 있었다. 데이비 화이트의 순진한 이론은 족 스테인이라는 마스터에 의해 갈기갈기 찢겨졌다. 레인저스 서포터들이 서로 싸우는 바람에 경기가 5분간 중단되며 우리의 수치는 완성되었다. 개인적인 고문은 저녁시간이 지나서도 이어졌다. 4월 26일 토요일에 벌어진 결승전은 공교롭게도 캐시의 언니 브리짓과 존 로버트슨이 결혼하는 날이기도 했다. 신랑과 신랑 들러리를 비롯해 글래스고의 그로스브너 호텔에서 열린 피로연에 참석한 남자 하객들 대부분은 그날 경기장을 찾았었다. 덕분에 경사스러운 날 나는 부끄러움에 몸 둘 바를 몰라야 했다.

당시 아이브록스에서는 희생양이 필요했고 나 자신이 그 역할에 적합하다는 사실을 인식하고 있었다. 월요일 아침 화이트가 나를 부르더니 신문에 대고 자기를 비판했다는 게 사실이냐고 물었다. 아주 오래전, 시즌이 시작할 무렵에 기자 한 사람에게 이야기한 적이 있다고 사실대로 말했다. 나를 힙스에 보내려고 한 일에 관해서였다. 그는 그걸 구실로 삼아 뉴캐슬과의 페어즈컵 준결승전에 날 내보내지 않겠다고 말했다(1, 2차전 합계 2-0으로 레인저스가 패배했다). 또다시 비참한 여름이 될 전망이었다. 그러나 나 자신이 화이트보다 더 강한 인간이라는 사실을 알기에 위안을 얻었다. 그는 악인은 아니지만 본질적으로 약한 인간이었다. 기이하게도 나는 그에게 연민을 느꼈다. 하지만 그가 나의 노력을 인정해주지 않았던 부분은 용서가 되지 않는다. 선수들은 내가 레인저스 저지를 얼마나 자랑스러워하며 그를 위해 얼마나 많은 노력을 기울이는지 알고 있었다. 팬들 역시 마찬가지였다. 내가 아이브록스에 있을 때 팬들은 나에게 많은 애정을 보내주었다. 1969-1970 시즌이 시작되자 그들은 "대체 어떤 일이 일어나고 있는 건가?" 하고 궁금해했다.

대답은 "많은 일들이 일어나고 있다"였다. 글래스고는 스코틀랜드가 낳은 최고의 축구선수인 짐 박스터가 노팅엄 포레스트Nottingham Forest에서 풀려나 자유계약으로 레인저스에 돌아온다는 소식에 흥분했다. 그것이 클럽에 어떠한 의미가 있는지는 의견이 분분했다. 슬림 짐의 번뜩이는 재능은 지난 몇 년간 많이 퇴색되었지만, 그가 아이브록스에 다시 영광을 가져다줄 거라는 가능성을 일축해버릴 수 있는 사람은 아무도 없었다. 우리 모두가 공통으로 품고 있던 의구심은 데이비 화이트가 절제력이 없기로 악명이 높은 천재를 제어할 능력이 있는지 그 여부였다.

짐의 음주벽에 대해선 셀 수도 없이 많은 일화가 있었다. 그와 술자리를 단 한 번밖에 가져보지 않아 다행이라고 생각한다. 원정경기가 끝나고 선수들은 존 그레이그의 방에 모여 술을 마셨다. 대부분의 선수들은 맥주 한두 잔 정도만 걸친 상황이었다. 그런데 짐 박스터가 바카르디 1병과 코카콜라 여러 병, 그리고 60년대 후반 호텔로비에서 흔히 볼 수 있던 커다란 장식용 컵을 들고 들어왔다. 1시간을 조금 넘기는 동안 짐은 바카르디 한 병을 다 비웠다. 그리고 다른 선수들의 증언에 의하면 그 후에도 밖에 나가서 계속 마셨다고 했다. 엄밀히 말해서 1969년 프리시즌에 짐 박스터보다 더 열심히 훈련에 임한 선수는 없었다. 너그럽고 축구에 대한 해박한 지식을 가진 그는 아주 좋은 동료이기도 했다.

시즌에 돌입하자 레인저스에서의 내 선수생활은 사실상 끝났다는 사실이 드러났다. 나는 1군 선수들로부터 따로 떨어져 한동안 유소년 선수들과 훈련해야 했다. 보조 트레이너 중 한 사람인 조 크레이븐은 유머감

각이 풍부하고 인간적인 매력이 넘치는 노장이었다. 그는 나를 문둥병
환자 취급하는 구단정책에 반발해 끊임없이 용기를 불어넣어주는 동시
에 유소년 훈련을 담당하도록 했다. 오전 내내 나는 공을 소유하는 훈련
을 시켰다. 그 당시에 이미 점유율은 내 비전의 중심이 되어 있었다. 어린
선수들은 열렬한 반응을 보였다. 그들 중 케니 번스[노팅엄 포레스트가 유러
피언컵에서 우승했을 당시 팀의 중심 선수]나 알피 콘[하츠의 전설 알피 콘 시니어
의 아들로 셀틱과 레인저스 양 팀에서 뛴 최초의 선수] 같은 미래의 대선수가 섞
여 있었다는 사실을 감안하면 그리 놀랄 일이 아니었다. 그 광경을 우연
히 보게 된 화이트는 내게 단독 훈련만을 허락했다. 내 기를 꺾을 생각이
었다면 오산이었다. 하루도 빠짐없이 나는 야수처럼 트랙을 달린 다음,
터널로 들어가 점수가 그려진 과녁에 공을 맞추는 연습을 했다. 어느 날
아침 벽이 부서져라 공을 차는데 블림프 대령이 다가왔다. 처음에는 내
가 낙담하고 있는지 정찰하러 왔다고 생각했다. 그러나 윌리 앨리슨은
자신이 암에 걸렸다고 말해주러 온 것이었다. 끔찍한 말이지만 나는 그
에게 일말의 동정심도 느낄 수 없었다.

　레인저스와의 마지막 시즌이 거의 중반에 도달할 무렵 나는 치욕스럽
게도 레인저스 3군과 함께 글래스고 교통공사나 글래스고 대학 같은 상
대와 경기를 하는 신세로 전락했다. 나보다 덜 우울한 사람이라면 데이
비 화이트의 정권이 불안정하다는 사실을 알아챘을 것이다. 스코틀랜드
식 표현을 빌리면 그의 재킷은 흔들거리는 못에 걸려 있었다. 레인저스
의 조직 안에서 과거 레인저스의 전설이었던 밥 맥패일과 윌리 손튼을
비롯해 앨리슨이나 화이트보다 훨씬 큰 존경을 받는 사람들은 내게 정신
적인 지원을 아끼지 않았다. 그러나 나는 당분간 몸을 낮추고 묵묵히 견
뎌야 한다는 그들의 충고를 자세히 따져보지 않았다. 당연한 이유로 그
들은 데이비 화이트의 입지가 점점 불안해지고 있다는 직접적인 언급을
삼갔고, 오랫동안 제대로 된 축구를 해볼 기회를 박탈당하는 상황을 더

이상 견딜 수 없었던 나는 그들의 완곡한 말 이면에 숨은 뜻을 놓쳐버렸다. 1969년 11월 말 내가 최악의 상태에 놓였을 때 짐 박스터가 찾아왔다. 노팅엄 포레스트의 매트 길리스 감독과 이야기를 나누었는데 왜 내가 경기에 나오지 않는지 묻더라는 이야기였다. 짐이 길리스에게 나를 좋게 말했던 게 분명하다. 며칠 후, 화이트가 2층 사무실로 불러내서 포레스트에서 나를 원한다고 말했기 때문이다. 이 제안을 받아들여야 한다는 게 여러모로 명백한 상황이었지만 화이트에게 마지막 도전을 하기로 했다. 이적료의 10%, 즉 2,000파운드를 내게 주지 않으면 가지 않겠다고 이야기했다. 화이트는 성질을 버럭 냈지만 부회장인 맷 테일러가 끼어든 후 결국 내 요구가 관철되었다. 캐시는 스코틀랜드를 떠나는 걸 내켜 하지 않았지만, 내가 어떠한 고통을 겪었는지 알기 때문에 평소처럼 내 의견을 지지했다.

다음 날 포레스트 계약의 세부사항을 듣기 위해 화이트를 보러 갔을 때, 사무실 밖에 손님이 와 있다는 램프가 켜져 있었다. 한참을 기다리니 윌리 손튼이 나왔고 또 수수께끼 같은 말을 던졌다. 그는 나에게 정말로 떠나고 싶으냐고 몇 번이고 물었지만 내 마음은 잉글랜드행으로 가득 차 있었다. 감독의 사무실 램프가 녹색으로 바뀌어 안으로 들어갔다가 폭탄 같은 소식을 들었다. 던펌린 시절 감독이었고 현재 폴커크를 맡고 있는 윌리 커닝엄이 구단에 전화로 나를 사고 싶다고 요청했다는 이야기였다. 나는 잉글랜드 중부로 가기로 마음을 굳힌 상태였다. 폴커크는 2부 리그 팀이었고 나는 스스로의 등급을 떨어뜨리고 싶지 않았다. 그러나 윌리 커닝엄과 오랜 시간을 함께한 만큼 전화 정도는 받아도 되지 않나 하는 생각이 들었다.

"이봐, 알렉스 자네가 해달라는 대로 다 해줄게." 윌리가 말했다. "거기 꼼짝 말고 있어. 곧 차로 갈 테니까." 한 시간 정도 있다가 그가 나타나 도저히 믿을 수 없는 제안을 내 앞에 던졌다. 진퇴양난에 빠져 캐시에게 전화를 걸어 조언을 구했다.

"그렇다면 스코틀랜드를 떠나지 않아도 된다는 거야?" 내 결심을 바꾸게 한 질문이었다. 결국 매트 길리스에게 전화해서 마음을 바꾼 데 대해 누누이 사과한 뒤 브룩크빌행을 결정했다.

축구화를 집어든 후 나에게 친절히 대해준 조 크레이븐과 물리치료사인 로리 스미스, 그리고 데이비 키니어에게 작별인사를 했다. 레인저스 선수로서 마지막으로 정문을 나서려는데 보비 모팟이 지키고 있었다. "마침내 탈출하는군, 그렇지?" 그의 마지막 인사였다. 레인저스의 스태프 중에는 매표소의 봅 디니, 리지 러브와 데릭 맨리처럼 오랜 세월 동안 한자리를 지킨 충성심 강한 직원들이 있었다. 아이브록스를 걸어 나오는 건 매우 힘들었다. 잠시 서성이며 38년부터 50년까지 레인저스의 주장이었던 족 쇼와 이야기를 나누었다. 그리고 봅 맥페일에게 인사하는 것도 물론 잊지 않았다. 솔직히 밖으로 나가기가 두려웠다. 이제 이곳을 떠나면 이 모든 게 영원히 끝이라는 사실을 알기 때문이었다. 결국 땅거미가 지기 시작하자, 집에서 기다리는 캐시를 걱정시키지 않으려고 떨어지지 않는 발걸음을 옮기며 11월의 차가운 밤공기 속으로 들어갔다.

다음 주 수요일, 레인저스는 구르니크 자브제Gornik Zabrze와의 컵 위너스컵 홈경기에서 패했다. 위대한 폴란드 공격수인 루반스키가 그들을 산산조각 냈다. 경기장에서 지켜보던 나는 그제서야 윌리 와들의 코치인 윌리 손튼이 그동안 무슨 말을 하려고 했는지 깨달았다. 다음 날 〈데일리 익스프레스〉 칼럼에 윌리 와들은 데이비 화이트를 '애송이 다윗[영어로 다윗은 데이비드]'이라는 제목으로 완벽하게 묘사했다. 하루가 지나기도 전에 화이트는 경질되었다. "넌 바보야!" 나는 속으로 중얼거렸다. 바보, 바보, 바보! 일주일 후, 와들은 레인저스의 새로운 감독으로 부임했다. 2,000파운드 수표를 찾기 위해 구단에 들렀다가 내가 구단을 떠나는 바람에 와들이 무척이나 실망했다는 이야기를 전해 들었다. 그곳에 계속 있었더라면 어떻게 되었을까? 와들은 언제나 선수로서의 나를 옹호해왔었다. 그는 내가 좋아하는 타입의 감독이었다. 심지가 강하고 외골수인 와들 같은 남자라면 제대로 걷지도 못하는 늙은 회장의 간섭 같은 건 무시해버릴 것이다. 다행히 그와의 인연은 훗날 또 이어지며 그로부터 나는 많은 것을 배우게 된다.

7장

선수생활의 끝

서로 존중하고 호감을 가진 사이라도 감독과 선수 관계는 복잡해질 수 있다. 팀의 성공이라는 목표를 공유하지만 그들이 겪는 불안과 압력에는 엄연한 차이가 존재하며 그 차이가 불화의 씨앗이 된다. 감독이라면 반드시 집단을 먼저 생각해야 한다. 효율적인 팀을 지휘하기 위해 때로 선수의 개인적 감정을 짓밟아야 하는 일도 생긴다. 애초에 자신의 명성이 궁극적으로 타인의 재능과 승부욕에 달려 있다는 불만스러운 상황과 함께 살아야 하는 직업이다. 반대로 아무리 사심 없이 팀에 헌신적인 선수라 해도 상대적으로 좁은 시야를 가질 수밖에 없다. 그가 뛰는 모든 경기는 자기표현이고 자신의 가치에 대한 인식을 외부의 누군가가 상처 입히려 한다면, 특히 그 사람이 감독일 경우, 자연스레 불만을 초래하게 된다. 아무리 완벽하게 보이는 감독과 선수 관계라도 실상은 위태위태한 경우가 많다.

    윌리 커닝엄과 내 경우도 그랬다. 우리는 인간적으로 잘 맞았지만 늘 사이가 좋았던 건 아니었다. 던펌린 시절 두드러졌던, 걸핏하면 말다툼을 벌이는 성격은 폴커크로 와서 그의 팀에 합류한 뒤에도 여전했다(브로크빌에서 윌리와 내가 격한 말다툼을 하다 물리치료사가 말리지 않았으면 싸움으로 번질 뻔한 적도 있다). 그러나 아무리 심한 언쟁을 벌였어도 감독으로서 그리고 인간으로서 그는 나의 존경을 받았다. 나는 그의 강함과 마음속에 있는 말을 그대로 입 밖에 내놓는 솔직함을 높이 샀다. 다만 가끔씩 볼 수 있었던 완고함은 단점이라고 생각했다. 자신에 차 있을 때 그는 견실한 전술적 지식을 갖춘 좋은 감독이었지만 가끔 기이한 불안감에 휩싸일 때가 있었다. 게다가 잘 알지 못하는 사람들을 지나치게 의심하는 타고난 성격이 문제였다. 그는 자신의 일을 중요히 여겼고, 던펌린에서 경질당한 원인을 제공했던 선수들이나 나중에 폴커크에서 그를 쫓아내게 되는 이사들에게 보다 더 많은 존중을 받아야 마땅했다. 당시 나는 커닝엄에게 호의를 느끼고 있었고 지금도 변함이 없다. 그래서 1998년 윌리 커닝엄이 가족과 함께 던펌린으로부터 주말을 보내기 위해 맨체스터까지 내려왔을 때 무척 반가웠다. 나는 커닝엄 부부, 그의 아들과 며느리, 딸과 사위 그리고 세 손자손녀들을 위해 호텔을 잡아주고 올드 트래포드에서 열린 맨체스터 유나이티드와 윔블던Wimbledon의 경기 티켓을 선물로 주었다. 맨체스터 유나이티드 선수들은 5-0으로 승리함으로써 손님 대접을 톡톡히 했다.

1969년 11월 나는 폴커크에 도착했다. 나를 맞아준 사람들 중에는 윌리 커닝엄 말고도 낯익은 얼굴들이 많이 있었다. 조지 밀러는 던펌린 시절 소중한 동료였고, 나중에 스코틀랜드 대표팀 감독이 되었던 앤디 록스버그는 유명한 아마추어 클럽인 퀸스 파크의 선수로 있던 마지막 해에 유소년 선수로 들어왔다. 고반 고등학교에서 같이 뛰었던 크레이그 왓슨과의 인연은 그보다 더 멀리 거슬러 올라간다. 그들과의 재회는 기분 좋은 것이었지만 내가 가장 되살리고 싶었던 인연은 1부 리그 축구였다. 도착한 지 며칠 되지 않아 감독은 내게 7달 동안이나 1군 팀에서 경기를 뛰지 못했는데 대체 무슨 수로 체력이 떨어지지 않았는지 물었다. 그 답은 아이브록스에 있는 모든 사람과 나 자신에게 내가 아직도 팀에서 중요한 선수라는 걸 증명해보겠다고 결의를 다졌기 때문이었다. 당연히 선수들 수준은 던펌린이나 레인저스 때보다 떨어졌지만 드레싱룸 안에 내가 있음으로 해서 선수들의 자신감이 올라간 것은 반가운 현상이었다. 경기력의 기복이 없어지며 늘 일정한 수준을 유지하게 되었고, 이런 발전은 그대로 2부 리그 우승으로 이어졌다. 나는 팀 내 최다득점자가 되었고 축구를 하는 기쁨을 다시 알게 되었다. 팀으로서도 멋진 시즌이었다. 스코티시컵에서는 8강까지 올라가, 결승에서 셀틱을 3-1로 꺾게 되는 애버딘에게 불운한 1-0 패배를 당했다. 클럽의 선수들은 클럽의 충성스러운 서포터들이 축하할 만한 이유를 마련해줄 수 있어서 모두 커다란 만족을 느꼈다.

하드코어 팬들의 열정은 바닥을 몰랐고 그중 가장 열성적이었던 팬은 루비 코넬이라는 화끈한 성격을 가진 숙녀였다. 인근 보니브리지 출신인 루비는 보록스빌 심판들에게 공포의 대상이었다. 심판들을 벌벌 떨게 만드는 그녀의 재능이 훗날 보니브리지 유소년 팀의 감독이 되었을 때도 그대로 살아 있었다는 소식을 전해 듣기도 했다. 그러나 그녀는 흔히 말하는 참견쟁이와는 거리가 먼, 보석 같은 여자였다. 캐시와 나는 그녀의 가족 모두와 친구가 되었다. 우리는 지금도 정기적으로 연락을 주고받는데 루비는 언제나 굉장한 편지를 보냈다. 보통 6장에서 8장 정도의 종이에 빽빽하게 적은 편지는 한 편의 작은 문학작품이라 해도 손색이 없을 정도로, 그녀의 바쁜 일상과 근황을 생생하게 담고 있어서 답장을 해야 할 때마다 나의 서툰 글재주가 무안해진다. 그러한 재능을 한 사람이 독차지한다는 것은 우리 같은 평범한 사람에게는 불공평한 일이다.

폴커크 보드진은 우리의 승격에 기뻐하며 1970-1971 시즌의 보너스 체계를 대폭 개선했다. 승리 수당과 무승부 수당을 넉넉히 챙겨줄 뿐 아니라 1부 리그의 상위 10개 팀 안에 들면 주급에 40파운드가 추가되었다. 과거 레인저스, 에버턴과 스코틀랜드 대표팀에서 윙어로 뛰었던 알렉스 스콧을 비롯한 몇 건의 좋은 영입에 힘입어 시즌 내내 우리는 10위권 안을 유지했기 때문에 드레싱룸은 언제나 넉넉하고 밝은 분위기였다. 알렉스는 전성기보다 주력이 많이 떨어진 상태이긴 했지만 여전히 칼날

같은 크로스를 날렸고, 내가 2년 연속 최다득점자가 되는 데 많은 도움을 주었다. 나에게 늘 말하길 자기가 터치라인 근처에서 공을 잡으면 무조건 페널티 스폿[페널티킥을 찰 때 공이 놓이는 곳] 위로 들어가 공을 받을 준비를 하라고 했는데 한 번도 나를 실망시킨 적이 없었다. 우리는 좋은 친구가 되었는데 내가 약속을 지키는 사람들을 좋아하기 때문일지도 모른다. 당시 폴커크는 클럽과 자신의 선수들을 진정으로 아끼는 윌리 팔머 회장의 지휘 아래 올바른 방향으로 발전해가고 있는 조직 특유의 밝고 긍정적인 분위기가 넘쳤다.

솔직히 말해서 그해 축구 시즌을 회상하려고 하면 내 모든 기억은 1971년 1월 2일 벌어진 사건 아래 묻혀버린다. 오랜 전통을 가진 올드 펌 새해 경기를 보러 아이브록스 스타디움에 갔던 사람 중 66명이 인파에 깔려 목숨을 잃었다. 나 역시 폴커크 동료인 앤디 록스버그, 톰 영과 함께 경기를 보러 갔었지만 얼마 후에 닥칠 비극을 알지 못하고 종료 휘슬이 울리기 직전에 경기장을 떠났다. 앤디와 톰을 집에 내려주고 고반 가街에 있는 부모님 집으로 갈 때 경기 후의 혼잡을 피하기 위해 일부러 조금 복잡하게 길을 돌아서 갔다. 도중에 서던 종합병원 앞을 지나다가 응급실 입구에 구급차가 줄지어 서 있는 모습을 보게 되었다. 그때만 해도 내 머리에 떠오른 최악의 상황은 라이벌 서포터 간의 폭력사태 정도였다. 문을 열어준 아버지의 얼굴을 보았을 때에야 정말로 엄청나게 끔찍한 사건이 벌어졌다는 걸 알았다. 캐시도 어머니와 함께 집에 있었다. 사망자가 이미 40명이 넘어섰다는 텔레비전 뉴스를 보며 우리 가족의 경악감은 더욱 커졌다. 거기에 우리는 걱정할 이유가 또 하나 있었다. 마틴도 압사사고가 일어난 서포터석에 있었는데 그때까지 아무 연락이 없는 상태였다.

분명 마틴은 경기장을 일찍 나가 술을 마시러 갔을 거라고 부모님을 안심시켜 드리고 나서, 우리가 직접 찾으러 나가는 편이 낫겠다고 말했다. 아버지와 나, 그리고 내 친구인 조지 글로버는 고반 교차로 일대의 펍을 하나하나 뒤지기 시작했다. 소득 없이 술집에서 나올 때마다 점점 어두워지던 아버지의 표정을 잊지 못할 것 같다. 아버지는 강한 분이었지만 깊은 두려움을 숨길 수 없었다.

"아무래도 오크니 가街로 가봐야 할 거 같구나." 마침내 아버지가 말했다. 경찰서가 있는 곳이었다. 그곳에서 어떤 사실을 알아내게 될지 생각만 해도 겁이 났다. 경찰서에서 가족과 친구들의 행방을 문의하는 수많은 사람들 사이에 있으면서 자신이 너무나도 무력하게 느껴졌다. 경찰서는 우리 집 건너편에 있다고 해도 될 정도로 가까웠기 때문에 내근하던 경찰은 우리를 알아보고 함께 걱정해주었다. 그러나 그가 할 수 있었던 최선의 조언이라 해봤자 아이브록스에 가보라는 말 정도였다. 사고로 죽은 사람들의 시신이 있는 곳이었다. 그곳에 마틴이 없다면 다음 단계는 병원이었다. 그러나 일단 아이브록스를 먼저 가봐야 했다.

내 차를 가지러 집으로 돌아가는데 갑자기 조지 글로버가 마틴의 이름을 외쳤다. 아버지와 내가 몸을 돌리자 이미 조지가 마틴의 차인 스코다의 뒤를 쫓아가고 있었다. 엔진이 덜덜거리면서 차가 덜컹거리는 사이에 조지는 마틴을 따라잡았다. 늘 걸핏하면 고장 나는 스코다를 욕하던 나였지만 이때만큼은 고물차라 고마웠다. 조지가 보닛을 쾅 내려치자 마틴이 누가 내 차에게 이러나 어리둥절한 얼굴로 차문을 열고 나왔고 때맞춰 아버지와 내가 현장에 도착했다. 그런 상황에서의 자연스러운 반응으로 안도와 분노를 함께 느낀 아버지는 마틴을 때렸다.

"어디에 가 있었어?" 아버지가 물었다. 다른 때 같았으면 마틴이 맞는 모습을 보고 고소해했을 텐데 동생을 다시 볼 수 있어서 기쁠 뿐이었다. 물론 어머니는 좋아서 어쩔 줄 몰랐다.

놀랍게도 마틴은 사고에 대해서는 아무것도 모르고 있었다. 경기 종료 2분 전, 셀틱의 승리를 결정지은 지미 존스톤의 골이 들어가자마자 동생은 스타디움을 빠져나와 페이즐리 가街에 있는 롤스로이스 사교클럽으로 향했다. 나는 1분 후 콜린 스테인이 동점골을 넣을 때까지 자리를 지키고 있었지만 그 골이 불러올 사태에 대해서는 아무것도 알지 못했다. 패배한 줄 알고 암담한 기분으로 출구로 향하던 레인저스 팬들은 등 뒤에서 터진 환호성에 흥분해서 무슨 일인지 보려고 다시 스탠드 꼭대기로 올라갔다. 그들이 여전히 파도처럼 밀려 내려오던 인파와 뒤엉키며 사람들이 서로 깔리는 대재앙이 일어나게 된 것이다.

레인저스 감독으로서 클럽 역사에서 가장 끔찍한 비극에 대해 윌리 와들이 보여준 세심함은 사람들의 칭송을 받았다. 나는 그의 코치인 윌리 손튼으로부터 장례식에 올 다른 예전 선수들과 함께 참석해달라는 전화를 받았다. 내가 할 수 있는 최소한의 일이기에 나는 희생자들의 장례식에 갔다(희생자 중 하나는 나와 같이 학교를 다녔다). 되새겨보면 주말의 비극적인 현장에 있게 된 것부터 기이한 우연의 연속이었다. 폴커크는 사고가 있기 하루 전 브로크빌에서 레인저스와 경기를 가졌다. 그 경기 하루 전은 내 생일인 동시에 스코틀랜드 전통축일인 호그마네이Hogmanay였다. 아이브록스 시절 동료와 이야기 도중 레인저스가 셀틱전에 최대한 강한 전력으로 맞붙기 위해 1월 1일의 폴커크전에 몇몇 선수가 체력 비축을 할 수 있도록 휴식을 준다는 이야기를 들었다. 상대편 전력이 약화될 거라는 내부정보는 옛 동료인 조지 밀러를 움직였다. 라나크셔 사람인 그가 고향인 라크홀만큼 열정적으로 사랑하는 것은 스포츠도박이었다. 그 결과 우리 팀을 대표해서 이사진 중 한 사람이 스포츠도박을 조직했다. 배당은 우리 쪽 승으로 3-1이었고 공교롭게도 스코어도 똑같이 나왔다. 레인저스의 패배는 우리가 사기가 충천한 채 1월 2일 에어드리 원정에 임할 수 있게 했다. 그러나 피치가 침수되어 경기가 연기되는 바람에 록스버그와 영, 그리고 내가 올드 펌 경기를 관전하기 위해 글래스고로 짧은 여행을 떠날 수 있게 되었다. 이렇게 우리는 복잡한 여정을 거쳐 비극적인 재앙의 현장에 있게 된 것이었다.

1972년 나와 캐시를 가장 행복하게 만든 사건은 당연히 2월 9일 우리 쌍둥이들 제이슨과 대런이 탄생한 날이었다. 난산이었지만 캐시는 용감하게 이겨냈다. 남편인 나보다 훨씬 더. 수술실로 들어가기 전에 빈번한 진통으로 인해 아내는 극심한 고통에 시달렸고, 나는 그녀의 고통을 덜어주려고 손을 잡아주었다. 그러고 있는데 아내의 얼굴이 보라색으로 변했고 나는 더 이상 견딜 수 없어서 기절해버렸다. 정신이 들어 처음으로 들은 것은 수간호사의 목소리였다. "이 분을 여기에서 내보내요." 얌전히 밖으로 나가다가 캐시에게 몸을 돌렸다. "당신은 괜찮을 거야."

"당연하지." 그녀가 말했다. "그런데 당신은 괜찮을까?"

아이들이 태어났을 때 제이슨은 건강했지만 훨씬 더 작고 황달기가 있던 대런은 얼마간 인큐베이터 신세를 져야 했다. 기절한 아빠로 말할 것 같으면 병원을 나가서 레인저스와의 스코티시컵 2차전에 출전해야 했다. 병원에서 하루 동안 누려야 할 기쁨의 양을 꽉 채운 덕분인지 레인저스는 우리를 2-0으로 이겼다.

그 전에 우리는 애버딘과 하이버니언을 꺾으며 리그컵 준결승까지 올라가 있었다. 8강 1차전에서 힙스는 유망주였던 존 블래클리를 내 전담 수비로 붙였다. 존은 아직도 축구계에 있는 누구보다도 나에게 축구를 가장 많이 배웠다고 주장한다. 재미있게도 당시 애버딘 선수였던 마틴 버컨 역시 똑같은 말을 한다. 그들의 칭찬에 뭔가 다른 뜻이 있는 게 아닌지 언제 두 사람을 같이 앉히고 설명을 좀 들어봐야 할 것 같다. 1차전에서 2-1로 거둔 승리에서 나는 골을 넣었다. 2차전은 전쟁이었고 우리는 끈질기게 버텨서 간신히 합계 2-1로 다음 라운드에 진출했다. 셀틱에 있던 버티 올드가 힙스의 미드필드를 지켰고, 산전수전 다 겪은 이 노장은 우리 선수들을 괴롭힐 만한 온갖 트릭에 능했다. 나는 우리 선수들에게 버티의 수법을 조심하라고 경고하며, 공을 향해 발을 뻗을 때 먼저 들어가지 말고 언제나 스터드[Stud, 신발 밑창에 징 모양으로 돌출된 부위]를 보이게 하라고 일러두었다. 데이비 프로반이 당한 일을 또다시 겪는 일은 피하고 싶었기 때문이다.

햄든 파크에서 있을 파틱 시슬과의 리그컵 준결승을 앞두고 폴커크 전체가 들썩였다. 그 열기는 이 작은 도시와 그를 둘러싸고 있는 지역이 축구팀을 열렬하게 응원할 잠재력을 지니고 있다는 것을 증명하기에 충분했다. 내 고향 글래스고의 위대한 축구팀 중 하나인 시슬은 흥미로운 상대가 될 터였다. 그들의 인기는 업적과는 관계가 없었다. 수십 년 동안 그들은 모든 글래스고 코미디언들의 조롱거리가 되어왔지만 충실한 팬들은 애정 어린 너그러움으로 최고에서 최저까지 정신없이 널뛰기를 하는 그들의 경기력을 기꺼이 참아주었다. 이론대로라면 그들의 회장은 지킬과 하이드 두 사람이어야 할 것이다. 잭스[Jags, 스코틀랜드의 국화이자 클럽의 상징인 엉겅퀴를 가리키는 말], 해리 렉스[Harry Wragg, 뒤에서 달리다 막판에 뒤집는 스타일로 이삼십 년대를 풍미한 영국의 기수], 메리힐 마자르스[Maryhill Magyrs, 50년대 최강이던 헝가리팀의 별명인 마이티 마자르스에서 유래. 메리힐은 클럽이 있는 글래스고의 지역이름], 파틱 헝가리언스 등 그들의 별명도 진지한 것부터 장난스러운 것까지 다채롭기 짝이 없다. 최고일 때는 푸스카스[Puskas, 1950년대 활약한 헝가리 축구 영웅]와 무시무시한 헝가리 대표팀도 두려움에 떨게 할 정도였지만, 최악일 때는 술집 문을 닫을 때 기어 나오는 주정뱅이들로 구성된 팀을 상대해도 질 팀이었다. 그들의 선수나 서포터가 된다는 것은 감정적인 롤러코스터에 올라타야 한다는 의미였다. 60년대 초반에 동생 마틴이 시슬에서 선수로 뛰었던 만큼 개인적으로 보증할 수 있다. 여러 해 동안 그들 상대로 많은 골을 넣어왔기 때문에 폴커크가 충분히 파틱 시슬을 상대할 수 있다고 생각했다. 단정은 금물이었다. 햄든에서 결전의 날, 그들은 마자르 모드[Magyar Mode, 헝가리팀 특유의 전술]에 들어갔고, 그들의 두 윙어인 보비 로리와 데니스 맥케이드는 우리를 갈기갈기 찢어놓았다. 우리의 유일한 위안은 결승에 올라간 그들이 우리에게 했던 것처럼 족 스테인의 셀틱을 유린하며 4-1로 승리해 리그컵을 거머쥐었다는 정도였다.

1972년 3월, 힙스는 나를 무척이나 영입하고 싶어 했고 나 역시 이스터 로드로 갈 준비가 되어 있었다. 나이도 서른인지라 더 늦기 전에 빅클럽에 도전해보고 싶었다. 힙스는 최근 예전 맨체스터 시티의 센터백이었던 데이브 유잉을 감독으로 데려온 뒤 다시 날개를 펴는 중이었다. 윌리 커닝엄은 내 생각에 뚱한 결의를 갖고 맞섰다. 나 역시 막상막하로 양보하지 않았고 우리의 대립은 점점 격렬해져서 한번은 토요일 경기가 끝나고 오래도록 화장실에서 언쟁을 벌였다. 물리치료사가 끼어들어 말리지 않았다면 아마 주먹다짐까지 갔을지도 모른다. 윌리는 더 좋은 계약조건을 제시하는 것과 함께 선수 은퇴 후 축구계에 남으려는 나의 희망이 이루어질 수 있도록 돕겠다고 약속하며 고착 상황을 해결했다. 불행히도 1972-1973 시즌은 우리 두 사람 모두에게 골칫거리만을 가져왔다. 또다시 무릎에 고약한 부상을 입은 게 내 문제라면, 감독의 경우는 좀 더 일반적인 문제였다. 바로 폴커크의 좋지 않은 성적이었다.

여러 주일 부상자 명단에 올라 있는 동안 윌리는 내게 나중에 붙을 상대팀을 미리 정탐하게 했다. 그날 밤 내가 에든버러에서 힙스와 애버딘 경기를 보는 동안 우리 팀이 퍼스에서 당한 패배의 여파는 한바탕 논란을 불러일으키게 되었다. 누구도 세인트 존스톤에게 6-0으로 지고 화를 낸 윌리를 탓할 수 없지만 그의 반응은 너무 지나쳤다. 그는 앞으로 아침 훈련, 오후훈련, 거기에 저녁훈련까지 실시하고 교통비와 점심값 등 경비를 지불하지 않겠다고 선언했다. 밤이 될 때까지 훈련하고 우리 중 출퇴근 거리가 긴 사람들에게 교통비를 지원해주지 않는 일은 조금 심한 처사였다. 새로운 정책이 시작된 첫날 아침 프로그램인 트랙러닝이 너무 혹독해서 훈련을 마칠 무렵 선수들은 모두 기진맥진해졌다. 이런 식으로 하루에 세 번 훈련을 한다면 경기를 뛸 기력까지 모두 소진해버릴 것 같았다. 클럽의 선수대표 겸 스코틀랜드 축구협회의 구성원으로서 나는 선수들의 불만을 감독에게 전했지만, 그는 자신이 '노력하지 않는 자들'이라고 낙인찍은 사람들에 대한 태도를 누그러뜨리지 않았다. 그 대답으로 선수들은 파업에 돌입하기로 했다. 썩 마음에 드는 결정이 아니었다. 그들은 너무 성급했다. 내가 아는 윌리 커닝엄이라면 시간이 흘러 화가 풀리게 되면 다시 모든 것은 정상으로 돌아오게 될 게 뻔했다. 다만 그게 언제냐 하는 게 문제였다.

선수들의 분쟁은 며칠 후 지저분한 양상으로 전개되었다. 알렉스 하디와 짐 맨슨 이사가 끼어들어 선수들 몇 명과 면담을 몇 차례 가졌다. 그중 하나에서 하디는 나에게 토요일 경기에 뛸 선수들을 직접 선발하라고 말했지만 그 자리에서 거절했다. 어쨌든 우리는 파업 중이고 감독에게 잘못된 것은 화를 좀 많이 낸 것뿐이었다. 교착 상태는 다음 주 토요일 점심 시간에 윌리 커닝엄이 잘못을 인정할 때까지 지속되었다. 우리는 감독에게 연민을 느꼈다. 그는 자신이 선수들에게 내몰렸다고 느꼈지만, 사실은 자신 스스로의 완고함이 스스로를 위기로 몰아넣었던 것이다. 이제는 감독이 된 내 입장에서 보면, 그의 행동을 충분히 이해할 수 있다. 감독은 유난히 힘든 직업이다. 성적이 나쁘면 고립되고 무력해진다. 또 배반당한 것처럼 느껴져 때로 마음속에 악마를 키우게 될 수 있다. 나로서는 선수 파업에 대해 좀 더 말려야 했지만 감독의 사람이라고 알려지는 건 절대 원하지 않았다. 나 같은 성장배경을 가진 사람에게 그것은 극악무도한 범죄나 다름없었다.

내가 반란을 꾀하는 선수들의 대변인이었음에도 불구하고 커닝엄은 나를 적으로 보지 않고 1군 코치로 임명했다. 폴커크가 리그 순위 밑바닥에 머무르며 강등의 두려움이 자신감을 깊이 파괴하고 있을 때 많은 이들에게 그런 직책은 기회라기보다는 골칫거리로 보일 수 있었다. 그러나 선수 선발을 제외한(이것조차 윌리는 나와 의논하겠다고 약속했다) 전권을 부여받자, 내 코칭배지가 그저 장식이 아니라는 걸 증명할 기회를 놓치고 싶지 않았다. 나는 오후훈련을 스케줄에 포함시켰고 스쿼드 안의 어린 선수들이 도움을 받을 수 있도록 내용을 재정비했다. 화요일과 목요일 저녁에는 파트타임 선수들을 맡아서 훈련시켰다. 내가 가져온 변화의 영향인지 3월이 다가올 무렵 우리는 1부 리그 강등권에서 벗어났고 스코티시컵 3라운드까지 진출하게 되었다. 다음 라운드에 진출하려면 우리는 피토드리에서 애버딘을 이겨야 했다. 우리는 수요일 밤 경기를 위해 사기충천해서 원정을 떠났다.

시작은 좋았다. 우리는 그들을 성가시게 했지만 한순간 틈을 주며 글래스고에서 뛰었던 애버딘의 센터포워드 짐 포레스트에게 실점하는 빌미를 제공했다. 추격의 고삐를 바싹 조이면서 경기는 점점 거칠어졌다. 하지만 엄하기로 악명 높은 뉴포트의 존 고든이 심판을 보는 한 무책임한 행동을 해서는 안 되었다. 그런데 내가 그렇게 해버렸다. 애버딘의 골문을 몇 차례 두들긴 후 코너킥을 따내기 위해 그들의 주전 중앙 수비수인 윌리 영에게 도전했다가 두 사람 모두 뒤엉켜 그라운드에 쓰러졌다. 넘어진 순간 윌리가 나를 발로 걷어차서 나도 같이 맞받아 찼다. 그 모습을 본 존 고든은 즉시 나를 퇴장시켰다. 드레싱룸에 혼자 먼저 들어간 건 처음이 아니었지만 차라리 땅이 나를 삼켜주었으면 하는 비참한 심정은 그 어느 때보다 강했다. 경기력을 되찾기 위해 훈련장에서 선수들과 지칠 줄 모르고 열심히 훈련을 했는데 무책임한 행동으로 모두의 노력을 한순간에 물거품으로 만들어버렸다. 제대로 시작도 못했는데 내 코치 경력은 이대로 엎어지는 것일까? 하프타임 때 드레싱룸은 침묵에 휩싸여 있었고 커닝엄은 나에게 백 마디 말보다 아픈 눈길 한 번으로 모든 걸 전했다. 후반전은 도저히 볼 수 없어서 보지 않았지만 위에서 들리는 함성소리는 경기 상황에 대해 알고 싶은 것보다 더 많은 것을 말해주었다.

3-1 패배 후에 돌아온 우리 호텔 분위기는 냉랭했다. 리그에서 발버둥치고 있는 팀에게 컵대회 탈락은 심각한 타격이었다. 월리 커닝엄은 자정이 되기 전까지 내게 한마디도 하지 않았다. 그의 호출을 받고 라운지 구석자리로 찾아가보니 오랜 친구와 함께 칵테일을 마시는 중이었다. 그가 나에게 해준 단호한 충고는 그 무엇보다도 적절했다. 무분별한 행동으로 클럽에서의 내 직책에 먹구름을 드리운 사실은 인정하나, 그 자리에 걸맞은 자질을 지니고 있는지 증명하는 일은 내일부터 나 자신에게 달려 있다고 말했다. "난 이 일을 감당할 수 있어. 그런데 너는?" 그가 했던 말의 요점이었다.

다음 날 아침 나는 선수들에게 사과하며 우리가 안고 있는 불리한 상황이 1부 리그에 잔류하는 필수적인 과업의 걸림돌이 되지 않게 하겠다고 말했다. 리그에서 건실한 경기력을 보이며 우리는 안정권에 들어섰다. 솔직히 개인적으로 애버딘과의 컵경기에서 저지른 어리석은 실수를 제외하면 1군 코치 일을 잘해냈다고 생각한다. 팀은 현저히 발전했고 어린 선수들과 일하면서 엄청나게 큰 만족감을 느꼈다. 그들 중 눈에 띄게 뛰어났던 선수는 파트타임 선수로 출발해 풀백으로 커나가던 소년이었다. 이제 수습 생활을 마치고 그는 전업선수로 도약할 준비가 되어 있었다. 스튜어트 케네디를 처음 주목하게 만든 것은 주문하는 플레이를 모두 소화하는 응용력과 결단력이었다. 그는 도전을 즐겼고 어떠한 훈련을 시켜도 그를 이길 수 있는 사람은 없었다. 그런 식의 다듬어지지 않은 재능과 만나 완성품으로 다듬는 일은 큰 즐거움을 주었다. 시즌 말미에 나는 월리 커닝엄에게 케네디를 써보라고 귀찮을 정도로 권유했지만, 그때마다 감독은 그에게 너무 큰 부담이 될 위험이 있다며 내키지 않아 했다. 그러나 1부 리그 잔류가 확실해지자 케네디는 시즌 말 애버딘과의 경기에 부름을 받게 되었다. 그의 데뷔전이 피토드리에서 치러졌다는 것은 의미가 있었다. 나중에 그는 애버딘 셔츠를 입고 그곳에서 아주 훌륭한 커리어를 쌓으며 내가 애버딘 감독을 하던 시절 엄청난 활약을 해주었으니 말이다.

지난번 원정에서 벌어진 악몽 같은 사건 때문에 피토드리 경기는 고문이 될 수도 있었지만 윌리 영이 양식 있는 분위기를 먼저 만들었다.

"지난번에는 미안했다. 그러니까 이번에는 조용히 경기하자."

덩치 큰 남자가 그렇게 말하자 나는 기꺼이 찬성했다. 그러나 내 예전 실수는 나를 다른 방식으로 덮쳤다. 애버딘 감독 지미 본스론이 날 코치로 채용할 것을 고려 중이었는데 퇴장 사건 때문에 구단에서 반응이 좋지 않다고 말해주었다. 안 좋은 소식이긴 했지만 며칠 후 그것보다 훨씬 더 나쁜 소식이 들어왔다. 윌리 커닝엄이 경질되었다고 갑작스럽게 발표된 것이다. 보드룸의 실세인 짐 맨슨과 알렉스 하디가 그와 사이가 좋지 않다는 사실은 이미 알고 있었다. 두 사람이 선수 선발까지 관여하려 하자 감독은 딱 잘라 거절했지만 그의 입지를 약화시키려는 끈질긴 공작에 대항할 수는 없었다. 거기에 윌리 팔머까지 회장직에서 물러나자 클럽은 크나큰 타격을 받았다. 팔머는 믿을 수 있는 사람이었지만 그의 후임인 알렉스 하디는 그렇지 못했다. 윌리 커닝엄은 위로받는 와중에도 내 거취에 관심을 보이며 이사진 사이에서 나를 높이 평가하고 있으니 비어 있는 감독 자리에 지원해야 한다고 제안했다. 그 제안에 나는 불안해졌다. 31살이었던 나는 아직 몇 시즌 동안은 선수로 뛸 작정이었다. 윌리의 주장에는 근거가 있었다. 이사들이 나를 어떻게 보고 있는지는 며칠 후 알렉스 하디가 새 감독이 선임될 때까지 선수들을 맡아달라고 부탁한 뒤 감독직에 한번 지원해보라고 권하면서 명확해졌다. 그러나 나에게는 하디에게 뭔가 꿍꿍이속이 있는 게 아닌지 의심할 만한 근거가 있었고, 그 대답을 아는 데에는 그리 긴 시간이 필요하지 않았다.

시즌이 끝나도 감독들이나 코치, 그리고 스카우트들에게는 많은 업무가 남아 있었다. 학원축구와 유소년과 성인을 망라하는 아마추어축구는 그때가 되면 전국 각지에서 결승전에 돌입하며 절정의 시기에 도달하게 된다. 1973년 브로크빌에서 열렸던 아마추어 대회 결승전은 특별한 잠재력이 엿보이는 세 명의 어린 선수들의 활약 때문에 프로구단들의 눈길을 끌었다. 노련한 스카우트들에게 그들의 이름을 기억하는 편이 좋을 거라는 말을 들었다. 그들은 이미 거취가 정해진 선수들이 누군지 정확히 꿰고 있는 사람들이었다. 그들의 정보에 의하면 데이비드 내리는 이미 던디 유나이티드와 계약했고 데이비 쿠퍼는 클라이드-뱅크에 갈 예정이었지만, 경기 내내 상대 선수를 괴롭히고 끈질기게 쫓아다니며 나에게 깊은 인상을 던진 이 호리호리한 소년은 아직 던디 유나이티드와 해밀턴 아카데미컬의 제안을 검토 중이었다. 그의 이름은 바로 앤디 그레이[호날두 이전까지 프리미어 리그 영플레이어상과 올해의 선수상을 동시에 석권했던 유일한 선수. 빌라와 울브스 등에서 뛰었다]였다. 폴커크 코치라는 특권을 이용해 그레이가 나올 때까지 드레싱룸 복도에서 기다리다 그와 여자 친구를 감독 사무실로 데리고 갔다. 거기에서 나는 폴커크를 대표해 구단을 열렬히 홍보했다. 그가 우리 쪽으로 마음이 반쯤 넘어왔다고 확신한 나는 최후의 설득을 부탁하기 위해 보드룸에 가 알렉스 하디를 불러냈다. 하디가 나에게 벌컥 화를 내자 나는 깜짝 놀랐다.

"자네는 선수에게 폴커크 축구클럽에 들어오라고 말할 권한이 없어. 그건 감독 소관이고 새 감독이 올 때까지 영입도 없는 거야." 얼떨떨한 심정으로 다시 마음을 추스르고 사무실에 멋쩍게 들어간 나는, 구단은 네게 흥미가 있지만 새 감독이 올 때까지 기다려야 한다고 설명했다. 그는 제대로 사태를 파악하고 그날 밤 당장 던디 유나이티드와 계약했다. 알렉스 하디는 폴커크가 잘못된 보드진의 손아귀에 들어갔다는 내 심증을 굳혀주었다.

존 프렌티스가 윌리 커닝엄의 후임으로 지명되자 팬들은 그들의 의사를 분명하게 표시했다. 프렌티스는 이미 폴커크에서 감독을 맡았었지만 던디를 지휘하기 위해 떠난 사람이었다. 서포터들은 그것을 배반 행위로 보았고, 그를 다시 데려온 보드진은 배반 행위를 악화시킨 자들로 비난받았다. 감독 임명 과정에서 그토록 원성이 자자했던 경우는 처음 보았다. 대중의 의견이 늘 적합한 근거를 가지는 법은 아니지만 프렌티스의 두 번째 임기는 클럽에 피해만 입혔을 뿐이었다. 그의 복귀는 건실한 소규모 클럽이 꾸준히 쇠퇴하는 계기가 되었다. 그와 일하는 게 즐겁지 않을 거라고 부임 초기부터 감이 왔고, 잉글랜드의 라일셜에 감독과 코치를 위한 여름 연수과정을 등록해 놓아서 다행이라고 생각했다.

수업에서는 많은 것을 배울 수 있었다. 노츠 카운티의 스코틀랜드인 감독 지미 시럴은 나에게 스타나 다름없었다. 그가 라일셜의 모든 사람으로부터 존경의 대상이라는 게 한눈에 보였고, 그의 말을 들을 기회를 단 한순간이라도 놓치지 않겠다고 마음먹었다. 시럴이 강조한 감독의 원칙은 단순하지만 매우 중요한 덕목이라 나는 늘 지키려고 애쓰고 있다. "선수들을 한꺼번에 내보내지 마라"가 그중 하나였다. "팀에 있는 선수들의 나이를 늘 염두에 둬라" 같은 말도 있었다. 상식이 충분히 모이면 지혜가 된다는 말을 상기시키는 경우였다. 노츠 카운티를 성공으로 이끈 그의 원칙을 적용해 훈련을 진행해달라고 부탁받았을 때 그는 또 한 번 자신의 능력을 보여주었다. 처음에는 자신의 지휘 하에 있는 사람들과 소통에 어려움을 겪었지만, 게임을 멈추고 선수들과 코치들을 모두 불러 모은 뒤 자신의 문제를 설명했다. 그는 훈련에 참여하는 모든 사람을 노츠 카운티 선수들의 이름으로 부를 거라고 말했다. 낯익은 이름을 사용하면 소통과정이 보다 원활해질 거라는 이유에서였다. 그의 말은 사실로 드러났다. 그는 자신의 문제를 스스럼없이 인정한 뒤 피하지 않고 대응하는 진정으로 솔직한 사람이었다. 그 후 세월이 흐르며 이 축구에 미친 남자를 개인적으로 잘 알게 되었고, 그와 만난 모든 사람이 그렇듯 나 역시 축구에 대한 그의 열정에 감염되고 말았다.

프리시즌 훈련을 시작할 때까지 존 프렌티스로부터 아무 말도 듣지 못했으므로 폴커크의 1군 코치로서 앞으로 내 미래가 어떻게 될지 알 수 있었다. 내 미래는 그곳에 없었다. 그러나 그가 직접 일대일로 말해줄 때까지 나는 물러서지 않았다. 면담은 나보다 그에게 더 불편한 자리였다. 내 눈을 똑바로 쳐다보지도 못하다가 결국 자기 코치진을 데리고 올 생각이라고 실토했다. 이해할 수 있었다. 내가 그의 입장이라도 같은 일을 했을 것이다. 폴커크는 나를 계약의무에서 해방시켜 줄 것이며 직접 다른 클럽과 협상하는 일을 허용해주는 데 동의했다. 그러나 프렌티스는 내가 클럽에서 받아야 할 마지막 지불금인 계약금의 수수료를 떼어먹으려 하면서 훈훈할 수 있었던 작별에 찬물을 끼얹었다. 절대 물러설 수 없었던 나는 전임 회장인 윌리 팔머에게 전화해 내가 받아야 할 몫이 지급될 거라는 보장을 받았다. 스코틀랜드 축구에 대한 프렌티스의 업적을 논의할 때마다 흥미롭게도 찬반이 갈리곤 한다. 그의 숭배자인 짐 매클린[던디 유나이티드 역사상 최장수 감독] 같은 이는 그가 경이로운 업적을 남겼다고 한다. 그러나 잠시 동안 옆에서 지켜보았던 그는 게으르고 시시한 감독이었다. 1월 1일까지 한 경기도 이기지 못한 채 폴커크가 시즌을 마치고 강등되었지만 전혀 놀라지 않았다. 나의 다음 고용주인 에어 유나이티드Ayr United에 프렌티스의 팀이 원정 왔을 때 나는 결승골을 넣었다. 오는 말이 고와야 가는 말이 고운 법이다.

선수생활이 황혼에 이르렀다는 걸 깨닫고 있었지만 조용한 은퇴 수순을 원했다면 열정적인 축구광인 앨리 맥레오드 감독이 있는 에어의 서머셋 파크로 가는 일은 피했을 것이다. 일 년 후 열릴 월드컵에서 스코틀랜드가 우승할 거라고 호언장담할 정도로 그는 긍정적인 사람이었다. 물론 아르헨티나에 망신을 당하게 되며 그의 극단적인 낙관주의에 제동이 걸리게 되지만. 에어 유나이티드는 시간제 선수들로 이루어진 조촐한 클럽이었으나 1973년, 2년 계약을 제안하며 그는 자신의 거창한 포부를 선언했다. 업무상 절차를 마치자마자 그는 경기 일정표를 펼치더니 에어 유나이티드를 리그 우승으로 이끌 계획을 열거했다. "첫 경기 덤바턴 Dumbarton의 보그헤드 원정, 이건 문제없어. 승격팀이라 별로 경험이 없거든. 이렇게 승점 2점. 클라이드와 홈경기라, 우린 언제나 첫 홈경기는 이기니까. 어쨌든 골키퍼인 윌리 맥비는 덩치만 컸지 아무 짝에도 쓸모없어. 넌 녀석을 상대로 충분히 골을 넣을 거야. 자, 그럼 또 승점 2점." 첫 6경기 결과를 단숨에 훑어 내리며 최대 12점까지 승점을 모은 뒤 그는 난적 레인저스를 상대할 준비가 되어 있었다. "흠." 그는 중얼거렸다. "우리가 리그 톱이니까 서머셋 파크에 와서 고전할 거야. 2점." 셀틱과 셀틱 파크 원정. "이제 그곳에서 한 번 이길 때가 되었지. 2점." 이런 식의 환상으로부터 그는 에너지를 얻었고 환상을 만들어내는 그의 능력 또한 무궁무진했다. 에어 유나이티드의 어린 유망주들을 모아놓고 50년대 블랙번 로버스에서 레프트윙으로 뛰던 시절 잉글랜드 프로축구에서 가장 거친 선수로 알려진 뉴캐슬 유나이티드의 지미 스칼라와 대결한 이야기를 하면 그들은 언제나 푹 빠져들었다.

"그래." 앨리는 이야기를 시작한다. "FA컵 경기였다고. 세인트 제임스 파크에는 6만 명이나 들어찼었지. 루스볼을 경합하다 스칼라한테 본때를 보여줬더니 경기가 끝날 때까지 내 근처에 얼씬도 안 하더군." 신뢰할 수 있는 증인들에게 들은 바에 의하면 만약 스칼라가 OK목장에서 기다리고 있었다면 와이어트 어프 보안관은 얼굴도 내밀지 않았을 것이라고 했다. 그러므로 앨리의 무용담에 유일하게 합당한 반응은 조용히 실소를 머금는 것뿐이었다.

앨리 머릿속에 있는 꿈의 공장을 질색했던 사람도 있었지만 나는 그의 펄펄 끓는 열정에 자극을 받았다. 다른 사람들에게도 같은 영향을 미쳤으며 에어 유나이티드에서 일구어낸 팀은 그가 실력뿐 아니라 인성을 파악하는 눈도 지니고 있었다는 사실을 보여준다. 그와 함께 보낸 시간은 즐거웠고, 폴커크에서 자유계약 선수로 풀려난 후 방치된 처지에서 구해준 것에 대해 감사하는 마음까지 더해졌다. 에어 유나이티드로 오기 전에 계약을 요구하는 감독들이 우리 현관문을 부술 위험은 전혀 없었고, 일 년 반 전에 친구의 펍을 파트타임으로 도우며 주류취급 자격증을 따놓은 덕분에 내 이력에 직업 하나를 더할 수 있다는 사실만으로도 다행이라고 생각하던 때가 있었다. 게으름을 피우는 것보다 낫다고 생각한 나는 에든버러의 맥주회사인 드라이브로의 가게 몇 군데를 검토한 후 고반 가에 가까운 키닝파크에 있는 펍을 골랐다. 밤이 되면 가로등도 집 안으로 들여놓는다는 험한 부둣가 지역이었다. 그러나 고상한 분위기보다 사람이 많이 오는 게 더 중요했다. 물론 여전히 자신을 술집주인이라기보다 축구선수라고 생각했지만 오랜 친구인 짐 맥클린과의 대화는 내게 의구심을 던져주었다. 던디 유나이티드의 감독이 된 짐이 찾아와 반갑게 맞았으나, 테너디스 파크Tannadice Park에서 입단 테스트를 받아보지 않겠느냐는 말에 기분이 상했다. 세상에 입단 테스트라니! 세인트 존스톤, 던펌린, 레인저스와 폴커크에서 프로로 뛰었고 가는 곳마다 팀내 최고득점자였다. 어느 모로 봐서도 입단 테스트를 받으러 다니는 선수의 이력서가 아니었다.

짐이 내 능력을 의심한 것과는 반대로 나를 믿어준 앨리 맥레오드의 신뢰에 충분히 보답을 했다고 생각하고 싶다. 파트타임 축구선수와 펍을 경영하는 일을 동시에 해내는 것은 힘들었지만, 나는 그 시즌에 14골을 넣으며 팀에서 두 번째로 많은 골을 넣은 선수가 되었다. 내 위에 있던 선수가 바로 그 유명한 조지 "댄디" 맥클린이다. 댄디에 대한 황당한 이야기를 10배로 곱해도 진실에 훨씬 미치지 못할 것이다. 베릭 레인저스Berwick Rangers에게 당한 재난 같은 패배로 스코티시컵에서 탈락한 뒤 레인저스에서 방출되었던 그는 줄곧 팀을 옮겨 다니고 있었다. 가는 팀마다 감독들은 뛰어난 재능을 가진 축구선수와 월드클래스 플레이보이라는 이중인격을 가진 그를 제어하는 데 애를 먹었다. 다만 앨리 맥레오드는 늘 그렇듯 그를 완벽하게 통제했다고 주장했다. 그의 자신감이 시험대에 오를 날이 왔다. 글래스고에 거주하는 에어 유나이티드 선수들은 스코티시컵 8강전, 하츠와의 에든버러 원정을 위해 호프 가에서 구단 버스를 기다리기로 되어 있었다. 버스에 탄 우리 모두의 머릿속에 떠오른 생각은 "댄디는 어디 있지?"였다. 처음에는 다들 아무렇지도 않은 척했지만 가장된 평정은 오래 가지 않았다. "그 녀석한테 벌금을 물릴 테다." 앨리가 처음으로 보인 반응은 냉정하고 단호했다. 그러더니 선수들과 이사들 사이를 돌아다니며 점점 성질을 내기 시작했고, 나중에는 전기의자도 녀석에겐 너무 너그러운 처벌이라고 소리를 버럭 질렀다. 버스가 떠나려고 하는데 오픈 스포츠카가 미끄러지듯 그 앞에 섰다. 운전자는 금발 미인이었고 조수석에 수염도 깎지 않고 넥타이도 매지 않았지만 더할 나위 없이 만족스러운 모습으로 앉아 있던 건 조지였다. 그가 버스에 올라탈 때 우리 모두는 숨을 멈췄다.

"여러분 안녕?" 그가 말했다.

"대체 어디에 있었나?" 앨리가 소리치더니 자기가 직접 대답했다. "나한테 거짓말할 생각은 하지 마. 너 밤새 밖에서 놀았지? 네 꼴을 보니 알겠다."

댄디의 대답은 망설임이라고는 하나도 없었다.

"뭐, 전 거짓말 같은 건 할 줄 모르니까요. 네, 밖에 있었어요. 혼자서 조용히 한잔하러 머스큘러 펍(당시 글래스고의 유행의 첨단을 걷는 펍이었다)에 갔는데 아까 그 금발 여자가 다가와 오늘밤 나와 자고 싶다고 하는 거예요. 내가 뭐라고 대답하겠어요?"

앨리는 아무 말도 못했다. 댄디 컨트롤러라 자부하던 남자는 아연해져서 할 말을 잊었다. 버스가 출발하자 조지는 선수들을 돌아보며 윙크를 보냈다. 난감하지만 사랑스러운 조지는 이렇듯 대단한 녀석이었다. 팀 동료로서 그와 어울리는 일은 즐거웠다. 그러나 감독으로서는 그 즐거움을 기꺼이 포기할 것이다.

클럽과 함께했던 1년은 흥미로웠고 나 자신도 상당히 괜찮게 했다고 생각했지만, 시즌이 끝날 무렵 사타구니 부상을 입었다. 파트타임 선수로는 경기에서 뛸 수 있는 몸을 유지하기 힘들었고 내 관심은 감독직으로 옮겨가기 시작했다. 내 결심을 앞당긴 것은 펍에서 일하는 모든 사람들이 의무적으로 받아야 하는 보험회사의 철저한 건강검진이었다. 나를 검사한 의사는 맥킨타이어 박사였는데 공교롭게도 레인저스의 열광적인 서포터였다. 그는 내 동맥이 확장되어 있다는 불길한 결과를 알려주며 에어에서 받는 주급 60파운드가 절실한 상황이 아니라면 더 이상 내 몸을 괴롭혀서는 안 된다고 했다. 나는 아직 32살에 불과했지만 의사의 소견은 은퇴를 당장 결심하게 만들었다.

상당한 시간이 흐르고서야 그는 한때 레인저스에서 뛰던 선수가 에어 유나이티드 같은 팀에서 선수 시절의 마지막을 보내는 건 품격 떨어지는 일이라고 생각했기 때문에 보호하는 마음에서 한 충고였다고 고백했다. 실제로 이런 증상은 30대에 접어든 운동선수에게는 흔한 것이었고, 그 후에도 이 문제로 고생한 적이 없었다. 의사의 비과학적인 접근법이 내게 불러일으킨 공포심을 떠올리면 별로 기분이 좋지 않지만, 감독이 된 내 인생이 그 후 어떻게 흘러갔는지 보면 큰 피해를 입힌 건 아니었다. 앨리 맥레오드의 합리적인 사고방식은 내게 많은 도움이 되었다. 감독은 2년 계약금으로 나에게 6천 파운드를 주었으므로 계약상 아직 1년이나 뛸 의무가 있었다. 그러나 앨리는 내가 1년간 보여준 활약만으로 충분히 그 값어치를 했다고 고집했다. 게다가 키닝 파크에 있는 펍까지 찾아와 내가 받을 거라고 기대하지 못했던 10주 분의 주급까지 전해주었다. 그 모든 것 위에 그는 감독이 되겠다는 내 계획을 적극적으로 격려해주었고, 퀸스 파크와 이스트 스털링셔가 나에 대해 조회한 사실까지 전해주며 나에게 두 팀의 면접을 받을 것을 종용했다.

그러나 우선 내게는 프로선수로서 마지막 공식 경기를 뛸 의무가 있었다. 서머셋 파크에서 시즌 마지막 날 벌어진 이스트 파이프East Fife 2군과의 경기였다. 모든 선수는 마지막 경기를 잊지 못한다. 나의 마지막 경기는 내 헤딩골로 인해 좋은 기억으로 남게 되었다. 그날 이스트 파이프에는 콜린 메스벤이라는 젊은 센터백이 있었는데 훗날 잉글랜드 클럽 하위 리그에서 준수한 커리어를 쌓았다. 그를 특별히 기억하는 이유는 그가 일시적인 실명을 겪는 것처럼 보였기 때문이다. 걸핏하면 공을 잡는데 정신이 팔려 나를 보지 못하고 그대로 충돌했다. 그의 열정 넘치는 태도를 보니 처음 선수생활을 시작했던 내 자신의 모습이 겹쳐지며 그에게 미소를 지을 수밖에 없었다. 90분간 노장선수로서 지나간 16년을 회상하느라 그와 뒤얽힐 기회는 오지 않았다.

선수생활의 끝에 온 프로축구선수들이 그 1시간 반 동안 얼마나 많이 사적인 감정을 경험하는지 생각해보면 흥미롭다. 골, 환희의 순간, 후회로 남는 일, 함께 뛰었던 선수들, 대결을 펼쳤던 선수들, 이런 것들이 하나하나 기억 위로 떠오르면 대체 그 긴 세월이 어느 순간에 모두 지나가버렸는지 의아해진다. 이 모든 것과 영원한 작별을 고하는 건 받아들이기 쉽지 않은 일이다. 그러나 내 경우 이것은 끝이 아니라 새로운 시작이었다.

8장

떠들썩한 술집주인의 삶

선수생활을 할 때 몇 가지 계획을 품고 있었지만 펍을 운영하는 것은
그 안에 들어 있지 않았다. 과거세대의 유명선수들은 선수생활의 황혼에
이르면 반사적으로 펍을 사들였다. 거금을 벌어들이는 요즘 선수들이라
면 플래닛 할리우드Planet Hollywood 이하는 거들떠보지도 않을 것이다. 실
베스터 스텔론, 브루스 윌리스, 아널드 슈워제네거 같은 스타들은 볼 수
없어도 내가 하는 펍에는 이 세 사람을 능히 혼자서 처리할 수 있는 사
람들이 간혹 드나들었다. 처음 가게를 차렸을 때의 이름은 '번즈 코티지
Burns Cottage'였지만 페이즐리 가와 고반 가의 교차로에 위치한 탓에 부둣
가 사람들이 주요 고객이었고, 그 장소에 매력이라는 게 여전히 남아 있
다고 해도 그것은 전원적인 것과는 거리가 멀었다. 한때 번창했던 곳이
었으나 내가 맡게 될 즈음 가장 큰 스타 손님은 다트팀 멤버들이었다.

손대는 일마다 늘 그랬듯이 이번에도 펍을 경영하고 유지하는 데 전심
전력으로 달려들었다. 집에 밤늦게 들어오고 가족과 보내는 시간이 줄어
든다는 의미였다. 술집을 굴리는 법을 배우느라 애쓰면서, 노력과 세세
한 곳까지 신경 쓰는 정성을 대체할 수 있는 것은 없다는 사실도 알게 되
었다. 이 바닥에선 주인은 가난한데 매니저는 돈이 넘치는 경우를 종종
볼 수 있다. 그러므로 믿을 수 있는 매니저를 찾는 일은 필수였다. 펍을
경영한 경험이 풍부한 친구의 조언에 따라 나는 조지 호프를 고용했다.
조지는 말을 심하게 더듬었지만 그것이 심한 장애라고 생각할 이유가 없

었다. '퍼기스Fergie's'라고 이름을 바꾼 뒤 장사는 활기를 띠기 시작했다. 우리 펍에는 이미 다트팀 둘과 도미노팀이 하나 있었는데, 이곳에 들르는 뱃사람들과 부두 노동자들 중 많은 수가 크리비지Cribbage라는 카드게임 때문에 온다는 것을 알게 되었다. 나를 아는 사람들이라면 내가 모든 카드게임에서 지지 않고, 어떠한 크리비지의 명수라도 상대할 수 있는 실력을 갖추는 걸 목표로 삼았다는 말을 들어도 별로 놀라지 않을 것이다. 여러 모로 도움을 제공해주었던 맥주회사에서 대출받은 돈으로 재단장한 아래층 라운지에서는 조금 더 세련된 오락이 제공되었다. 라운지는 선수 시절 팔꿈치를 휘두르는 어색한 러닝자세를 떠올린 많은 사람들의 추천에 따라 '엘보룸'이라고 명명되었다. 그곳에서 실력 있는 밴드와 개인 연주자들이 까다로운 손님들을 상대로 공연을 펼쳤다.

조지 호프의 가치를 제대로 깨닫게 될 무렵 극적인 방식으로 그를 잃게 되었다. 글래스고의 '키닝 파크-고반 지역'에 펍을 경영하는 일은 조용한 것을 좋아하는 사람에게는 맞지 않는다는 사실을 일깨워준 일련의 사건 때문에 그는 영원히 내 인생에서 사라져버렸다. 부둣가와 절도사건은 뗄 수 없는 관계이지만 조지를 떠나게 만든 사건은 사소한 좀도둑질이 아니었다. 4만 파운드의 가치가 있는 화물과 위스키가 강탈당한 뒤 누군가 원래의 도둑들로부터 다시 훔쳐버린 사건이 일어났다. 그 결과는 우리 펍까지 말려들어간 갱단 간의 전쟁이었다. 내 손님 중에는 얼굴에 권투장과 거리에서 산전수전 다 겪은 싸움꾼의 흔적이 그대로 남아 있는 거구의 남자가 있었다. 어째서인지 두 번의 절도 사건이 그와 관련되었다는 소문이 퍼지기 시작했다. 내 선수생활의 마지막을 보내던 에어 유나이티드에서 훈련을 마친 뒤 앨리 맥레오드 감독은 조지 호프가 전화로 날 찾고 있다고 말해주었다. 우리 집이 있던 이스트 킬브라이드가 겨우 30분 거리였기 때문에 집에 가서 전화를 걸면 되겠다고 생각했다. 내 전화를 받았을 때 그는 평소보다 더 심하게 말을 더듬었지만 곧 그가 하려는 말이 무엇인지 알았다. 바에 엽총을 가진 사람이 있다는 이야기였다.

"빨리 와주세요." 그가 애원했다.

"엽총을 가진 사람을 상대로 내가 무엇을 할 수 있다고?" 나는 위축되어 물었다. 간신히 그를 진정시킨 뒤 경찰에서 곧 사람을 보낼 거라고 일러두었다. 고반 경찰서에 전화를 걸어 도움을 요청했다. 경찰이 가게에 도착했을 때 총을 가지고 있던 사람은 이미 사라진 후였지만 조지가 자세한 인상착의를 제공해줄 수 있었다. 다음 날 아침 형사 한 명이 전화로 우리 직원이 말한 사람의 인상착의가 글래스고 동부지역에서 악명 높기로 유명한 범죄자와 흡사하다고 알려주었다. 그 소식은 나를 뼛속까지 오싹하게 만들었다. 이제껏 지나온 인생이 주마등처럼 눈앞을 지나간다는 옛말은 사실이었다. 그날 오후 조지에게 형사가 한 말을 전해주자, 그는 자신이 유일한 증인이라는 사실이 암시하는 바를 깨달았다. 간단히 말해서 그를 본 것은 그때가 마지막이었다. 웨일즈로 도망쳤다는 말을 들은 것 같다. 내가 조지였다면 아마 대서양 남쪽 저 멀리 트리스탄다쿠냐 제도까지 갔을 것이다.

그가 떠난 뒤 보복 행위가 상당히 오랫동안 지속되었다. 우리 손님이던 그 덩치 큰 남자는 차에 탄 채 킹스턴 다리에서 밀려 떨어질 뻔한 뒤, 그가 경영하던 운수회사가 모든 트럭들과 함께 화재로 전소되는 사고를 당했다. 심각한 사태였다. 출입문이 안으로 열릴 때마다 펍에 있던 모든 사람들은 들어오는 손님을 샅샅이 살피는 등 한동안 피해망상에 걸린 것 같은 상황이 지속되었다. 그러던 중 어느 금요일 점심시간에 관세청에서 파견되었다는 사람이 찾아왔다. 펍이 한창 바쁠 시간이라 나는 일하느라 정신이 하나도 없었는데 말끔하게 차려입은 신사 하나가 들어와 자신의 신분을 밝힌 뒤 수색영장을 꺼냈다.

"가게 문을 닫으세요. 아무도 이곳을 떠날 수 없습니다." 그가 말했다. 펍을 이 잡듯이 뒤지는 동안 경찰관 두 명이 굳게 입구를 지켰다. 이 모든 과정은 예의 바르게 진행되었고 끝난 뒤에는 거듭 사과를 받았다. 수색은 물론 도난 사건에 연루된 위스키를 찾기 위한 것이었다. 부둣가에 있던 모든 술집이 수색을 당했고 폭력사태에 관련된 사람들이 드나드는 내 가게는 우선적으로 의심을 받았다. 펍에 있던 모든 사람들은 이 사건을 재미있어 했지만, 본의 아니게 암흑세계의 일에 말려들었던 나는 모든 게 끝났을 때 안도의 한숨을 쉬었다.

'퍼기스'에서의 삶은 이렇듯 지루할 틈이 없었다. 멋진 부둣가 사내들로 늘 가게가 북적거리는데 어떻게 지루할 수 있을까? 그들은 특별한 사람들로 가득 찬 도시에서 만날 수 있는 모든 사람들을 대변했다. 그들 중에는 역사가, 시인, 심리학자도 있었고 건달도 있었다. 싸움꾼이나 몽상가, 연인들과 미래의 백만장자 등 온갖 사람들이 있었고 하나 같이 듣는 이를 즐겁게 해주는 이야기 솜씨를 지녔다. 50걸음마다 펍 하나씩 있는 동네에서 매출을 좀 더 올리기 위해 최선의 방책이라고 생각한 끝에 나는 틱북[외상 장부]을 갖다 놓았다. 펍에서 주중에 돈을 빌려주었다가 주급을 받는 금요일 밤에 돌려받는 방식이었다. 펍들 사이에 흔히 볼 수 있는 관행이었는데 문제는 시간이 지나면 오가는 돈이 내 것인지 그들 것인지 분간이 잘 안 된다는 것이었다. 금요일에 돈을 모두 돌려받으면 백만장자가 된 기분이었지만 토요일 저녁이면 다시 돈은 모두 바닥이 났다. 토요일 아침이면 재미있는 일들이 벌어졌다. 일주일에 한 번 부두 노동자들이 아내에게 한턱을 내려고 오는 시간이었고 온갖 수다가 넘쳐났다. 그러나 아침이 지나가고 오후로 접어드는 시간이 되면 손님들은 비밀스러운 긴급신호를 보내기 시작했다. 눈을 굴리거나 고개를 까딱하거나 손가락을 세우는 식으로 아내가 눈치 채지 못하게 각자가 처한 금전적인 어려움의 규모나 다급함을 표시하며 지원을 요청하는 것이다. 틱북의 비밀을 엄수하는 일은 신성불가침의 영역이었으나 아내들은 속아 넘어가지 않았다.

"만약 우리 남편 이름이 그 공책 안에 있으면 당신 불알을 잘라버릴 거야, 알렉스." 언젠가 앤 아머가 내게 한 말이다.

"어떻게 내가 당신을 실망시킬 만한 일을 하겠어, 앤?" 그녀의 말이 현실이 될 가능성을 일축하며 내가 대답했다. 그들은 무슨 일이 벌어지고 있는지 알고 있었지만, 한편으로는 내가 남편들에게 곤란한 지경에 빠질 정도로 무분별하게 돈을 빌려주지 않을 거라는 사실도 알았기 때문에 모르는 척 눈감아주었다. 그들은 이 땅의 소금과 같은 존재였고, 펍에서 펍을 옮겨 다니며 돈을 빌리고 갚지 않는 버릇이 있는 사람들이 있다고 친절히 알려주기도 했다. 일단 부둣가 생활에 젖어들면 물물교환에 익숙해지게 된다. 때로는 술집이 장터로 변해 부두에서 비공식적인 경로로 반출된 물건이 팔려나가기도 했다. 이들의 술수에 넘어가 옷, 쌍안경, 비단, 도자기, 포크와 나이프 같은 온갖 물건을 집에 가져올 때마다 캐시는 무섭게 화를 냈다.

어느 날 저녁, 외출 준비를 하며 방금 손에 들어온 근사한 스웨이드 재킷을 입고 거울 앞에서 내 모습을 감상하는 중이었다. 마지막으로 허영심을 만족시키기 위해 주름을 편답시고 소매를 살짝 당겼는데 그대로 쑥 빠져버렸다. 소매 없는 재킷을 입고 어안이 벙벙해서 서 있는 내 꼴을 보고 캐시는 배를 잡고 웃었다. 펍 벼룩시장의 고유한 서비스인 결혼선물을 마련해주는 데에만 전념했어야 했다. 도자기, 크리스털, 포크와 나이프, 뭐가 되었든 간에 펍에 미리 주문만 해놓으면 1주일 뒤에 곱게 포장된 선물이 틀림없이 나타나 행복한 부부들에게 건네지기를 기다렸다.

조지 호프의 후임으로 추천받은 지미 켐벨은 언뜻 보기에는 부두노동자 겸 사업가들과 손을 잡을 사람처럼 보이지 않았다. 출근 첫 날 그는 나비넥타이를 매고 나타났다. "부둣가 펍에서 나비넥타이를 보게 되다니!" 도저히 믿을 수 없어 중얼거렸다. 몇몇 손님들이 소란스럽게 떠들고 있었지만 그는 가게를 먼지 하나 없이 치웠고, 경비와 주급을 처리하기 위해 내가 금요일 저녁 가게로 나올 때까지 아무런 문제가 없는 것처럼 보였다. 펍은 사람들로 들썩였고 시간제 바텐더들은 한시도 쉬지 못하고 정신없이 일하고 있었다. 그러나 대담하게도 지미는 이 모든 소란과 동떨어진 채 카운터 끝에서 양복과 나비넥타이 차림으로 초연하게 서 있었다. 가까이 가보니 카운터 밑으로 자루에서 뭔가를 꺼내 종이봉지에 옮겨 담는 중이었다.

"맙소사, 그게 대체 뭐야?" 내가 자루를 가리키며 물었다.

"새 모이요." 바에서 그런 걸 파는 건 너무나 당연한 일이라는 듯이 그가 태연하게 대답했다.

"이런 빌어먹을. 여긴 펍이야, 망할 놈의 새장이 아니라고." 여기에 쓰지 않는 게 나은 몇몇 단어들을 덧붙이며 내가 말했다. 당연히 그날 저녁이 지미의 마지막 날이 되었지만, 그는 나쁜 청년은 아니었다. 단지 씨앗이 가득 들은 배송물 상자를 가지고 온 어떤 부두노동자에게 넘어가 이를 판매하는 데 협조했을 뿐이었다. 지금은 이런 황당한 일을 웃어넘길 수 있지만 그날 저녁은 정말 화가 났다.

다량의 칵테일글라스를 주문해 비치함으로써 퍼기스의 격을 한 단계 올려보겠다는 촌스러운 아이디어를 냈을 때, 재난을 부르는 행위라고 할 사람들이 내 주위에 있었다. 처음으로 칵테일글라스를 쓰게 된 토요일 밤이 지나가자 그중 80%가 사라졌다. 몇 주 후, 토요일 밤 마지막 손님들을 내보내는 도중에 웨이트리스 하나가 어떤 여자를 나가지 못하게 막았다. 그녀가 가방을 글라스로 채우는 모습을 보았다는 이유에서였다. 장물을 내놓으라고 하자 그녀는 싫다고 버텼고 몇 초 지나지 않아 그녀의 남편과 친구들은 치고 박기 시작했다. 직원들과 몇몇 친절한 손님들이 말썽꾼들을 밖으로 내보내기 위해 애쓰는 동안 가게 안은 쓰러져 있는 사람들이 여기저기 널려 있었다. 어떤 덩치 큰 남자는 익숙한 솜씨로 소란을 피우는 사람들을 몇 사람이고 척척 밖으로 내보냈다. 모두 쫓아낸 뒤 우리는 빗장을 걸어 잠갔고 친구들과 직원들, 그리고 아까 우리를 도와주었던 손님들과 바에서 어울리기로 했다. 캐시 역시 그 자리에 있었고 몇 분간은 평화로웠다.

그때 문이 벌컥 열리면서 빈병이 날아오기 시작했다. 다행히 빈병은 모두 사람들을 피해 바에 맞아 깨졌다. 아까의 덩치 큰 남자는 즉시 펍 뒤편에 종종 걸려 있는 부두 노동자용 갈고리를 들고 밖으로 나가 술집을 포위한 자들에게 향했다. 전화로 경찰을 부른 뒤 밖으로 나갔을 때 그곳에서 간담이 서늘해지는 끔찍한 광경을 보게 됐다. 펍을 공격한 일당 중 하나가 얼굴과 목에서 피를 흘리며 길 위에 뻗어 있었다. 그의 아내는 남편의 몸 위로 몸을 수그리며 미친 듯이 비명을 질러댔다. 처음에 그가 죽은 줄 알았다가 살아 있다는 것을 알고 얼마나 안심했는지 모른다. 그러나 상태가 위중해서 즉시 서던 종합병원으로 실려 가야 했다. 마침내 경찰이 왔을 때 현장은 모든 사람이 모든 사람을 진정시키려 하면서 소동이 진정되기는커녕 더 큰 아수라장을 이루고 있었다. 그 결과 나는 고반 경찰서까지 따라가 펍을 공격한 일당을 고발하는 절차를 밟았다. 다음 날 경찰서에서 사람이 나와 갈고리를 휘둘렀던 덩치 큰 남자를 내 펍에서 또 보게 되면 영업면허를 취소시킬 거라고 으름장을 놓았다. 나는 그의 말을 따르기로 했다.

펍을 하면서 행복했던 기억 중에 단골들과 1년에 한 번 여행을 떠나기 위해 모금 클럽을 운영했던 일을 꼽을 수 있다. 함께 여행을 가겠다고 신청하는 사람은 일주일에 한 번씩 약간의 돈을 낸다. 그럼 나는 그 액수만큼 보태주었고, 그런 식으로 돈을 모은 뒤 우리는 에어셔의 다벨에 있는 호텔로 여행을 갔다. 여행을 떠나는 날은 언제나 날씨가 화창했다. 이른 점심을 먹고 나면 여자들은 모두 에어로 가 오후 시간을 보냈고, 남자들은 호텔에 남아 내가 주최하는 도미노나 크리비지, 당구나 다트 게임을 했다. 저녁에는 게임에서 이긴 사람들에게 상을 준 뒤 파티를 열고 다 같이 노래도 불렀다. 퍼기스에서 가장 큰 연례행사였던 여행 때문에 해마다 때가 되면 몇몇 다벨 주민은 우리가 도착하기를 고대하게 되었다. 특히 조지 영이라는 집배원은 우리 게임에 직접 참여도 했다. 그는 매우 재미있는 사람이었고 최근 세상을 떠날 때까지 나와 정기적으로 편지를 주고받았다. 저녁 모임의 스타는 언제나 퍼기스의 부부 단골이었다. 그들은 늘 말다툼을 했다가 조금 뒤에는 애정이 넘치는 분위기 속에서 화해를 하곤 했는데, 이런 패턴은 여행을 떠나고서도 변하지 않았다. 둘 다 노래를 어찌나 잘 불렀던지 술에 취해 정신이 가물가물해진 사람들도 열심히 귀를 기울일 정도였다. 언젠가 다벨 여행 중에 두 사람의 언쟁이 유달리 격해졌고 아내는 남편의 얼굴을 맥주잔으로 내리쳤다. 얼굴을 심하게 벤 남편은 즉시 가장 가까운 병원으로 옮겨졌다. 그런데도 몇 시간 후 두 사람은 손을 꼭 잡고 서로에게 발라드를 불러주고 있었다. 남편의 머리를 칭칭 감은 붕대는 아랑곳하지 않은 채였다. 고반 기준으로 봐도 그들의 로맨스는 이상했다.

퍼기스가 번창하게 되자 친구인 샘 팔코너와 동업해 사업을 확장하기로 했다. 브리지턴 지역에 있는 쇼스Shaws라는 펍을 사기 위해 둘이서 2만 2천 파운드를 출자하고 드라이브로Dry Brough에서 대출한 만 8천 파운드로 나머지 대금을 지불했다. 샘이 경영 전반을 맡되 시간이 나는 대로 찾아가서 내 존재로 손님을 끈다는 게 원래 의도였다. 동업이란 원래 힘든 것이고 우리 사업도 조금 지나자 악몽으로 변했다. 그래도 고반 펍에 오는 손님들과 전혀 다른 브리지턴 사람들과 보내는 시간은 즐거웠다. 글래스고라는 도시는 구역마다 독특한 자기만의 긍지와 지역의식이 있었다. 예를 들어 고발스 구역은 전통적으로 아일랜드와 유대인들의 공동체가 있던 곳으로, 아일랜드 가톨릭을 믿는 사람들이 주류를 이루었다. 브리지턴은 글래스고에서 과격한 신교도들의 근거지다. 대부분의 글래스고는 신교도 지역이지만 브리지턴은 그중에서도 오렌지 단[Orange

Fervour, 1795년 북아일랜드에서 탄생한 왕실과 개신교 수호를 기치로 내건 신교도 결사단체로 출발해서, 현재 스코틀랜드를 비롯해 전 세계 곳곳에 지부가 있다]의 거점이었다. 쇼스가 위치한 브리지턴 크로스 지역은 그 안에서도 특히 종교적 정체성이 강하게 나타나는 동네였다. 보인전투[Battle of Boyne, 1690년 가톨릭교도인 제임스 2세와 신교도 윌리엄 3세가 보인에서 벌인 전투로, 해마다 7월 12일이면 오렌지 단의 대규모 퍼레이드가 있다] 기념일인 7월 12일을 맞아 우리 펍도 특별 영업을 해야 했다. 손님들에게 7월 12일은 몇 시부터 영업을 하는지 물어보니 아침 7시 반이라는 대답이 돌아왔다. 그 지역에서는 널리 허용된 관행이었기 때문에 그것이 옳은 건지 그른 건지 더 이상 의문을 품지 않기로 했다. 그날 아침 7시 반에 가게 문을 열자 몇 시간 뒤 군대처럼 정확하게 열을 지어 시가를 행진해야 할 사람들이 깃발과 어깨띠를 얌전히 개서 구석에 놓더니 본격적으로 술을 퍼마시기 시작했다. 브리지턴 경찰은 그날만큼은 불법영업행위를 의례히 눈감아주었다. 늦은 아침이 되면 잔이 비는 속도가 점점 빨라졌다. 나는 오렌지 단의 노래까지 같이 불러야 했지만 이때만큼은 선곡에 대해 이러쿵저러쿵 할 수 있는 입장이 아니었다. 다 같이 노래하는 자리에 동참하는 것은 선택이 아니라 상식의 문제였다. 실제로 이른 아침의 주정꾼들은 모두 예의 바른 친구들이었다. 퍼레이드를 하러 나갈 때 잘 먹었다는 인사를 잊지 않았다.

1978년 초, 나는 세인트 미렌의 감독을 하며, 펍 두 곳을 운영하는 동시에, 아이들에게 괜찮은 아버지가 되어주는 세 가지 책임을 동시에 수행하기란 불가능한 일이라는 걸 깨달았다. 퍼기스는 그만 접어야 했다. 한때 펍을 운영하며 느꼈던 즐거움은 끊이지 않는 골칫거리로 대체된 지 오래였다. 가게를 늘 말끔하게 유지하는 것도 일이었고 시설보수 문제로 말썽이 끊이지 않았다. 게다가 오랫동안 재고 반환이 원활하게 이루어지지 못해 이익 마진이 현저하게 줄어든 것도 문제였다. 이런 걱정거리도 모자라 펍의 평화를 유지하기 위해 애쓰느라 주말마다 얼굴에 붕대를 감거나 턱이 부어오른 모습으로 집에 돌아오는 일도 지긋지긋했다. 매주 소동이 벌어진 것은 아니었지만 때때로 싸움이 벌어졌고 사태를 진정시키려고 하다 말려드는 일이 비일비재했다. 어느 날 밤, 맥주잔이 날아다니는 거친 형제 싸움에 휘말려 머리가 찢어진 후 집에 돌아와 캐시에게 말했다. "됐어. 술집은 이제 그만둘 거야." 캐시가 마음을 놓은 건 말할 것도 없다.

그해 여름 애버딘의 감독직을 맡게 되었을 때 내가 가진 쇼스의 지분을 샘 팔코너에게 파는 데 동의했지만 몇 달이 지나도 돈은 들어오지 않았다. 이것은 길고 우울한 이야기의 서막에 불과했다. 펍을 빚더미 위에 올려놓은 샘은 결국 그 소유권까지 내놓아야 했다. 펍을 되살리려 백방으로 노력했지만 아무 소용이 없었고, 마침내 정리수순을 밟게 되었다. 금전적 손실을 입었음에도 불구하고 애버딘으로부터 200km 떨어진 곳에서 내 정신을 산란하게 만드는 골칫거리를 치워버리게 되어 속이 시원했다. 이것으로 진짜 일에 집중할 수 있게 되었다. 전반적으로 볼 때 펍의 주인이란, 머리에 붕대를 감고 노래하던 그 친구처럼 재미와 고통이 공존하는 일이었다.

9장

더 높은 곳을 향하여

내가 감독으로 일한 25년은 한 해도 빠짐없이 뭔가 배워나간 시간이었지만, 1974년 이스트 스털링셔East Stirlingshire에 부임한 첫날 32살의 신출내기 감독으로 지녔던 원칙 역시 그때 못지않게 지금의 내게 소중한 것이다. 그 범주에 속하는 것 중 하나가 기술의 습득은 반복연습에 달려있다는 원칙이다. 선수가 지루해하지 않도록 프로그램에 다양한 변화를 줘야 한다는 말 따위는 잊어라. 다양한 자극이 끊임없이 이루어져야 한다는 주장은 얼핏 진보적이고 계몽적인 생각처럼 들리지만 우선순위를 회피하는 위험한 이야기다. 어떠한 스포츠 종목에서도 효과적인 연습은 습득하려는 기술을 반복해서 실시하는 것이다.

　역사상 가장 위대한 골퍼들이 똑같은 샷을 수도 없이 반복연습하는 이유가 무엇이라고 생각하는가? 물론 움직이지 않는 공을 치는 골프와 축구는 전혀 다르기 때문에 기술에 대한 비교가 무의미하다는 사실은 안다. 하지만 어려운 기술을 갈고닦아 습관처럼 만드는 일은 두 종목 모두 반복이 있어야 가능한 일이다. 축구선수들이 반복적인 패스연습이 지루하다고 불평하는 까닭은 훈련이 단조롭기 때문이 아니라 힘들기 때문이다. 데이비드 베컴은 영국에서 가장 공을 잘 차는 선수이지만 신이 내려준 천부적인 능력이 아니라 재능이 부족한 대다수 선수들은 꿈도 못 꿀 무자비한 연습량이 오늘의 그를 있게 한 것이다. 연습이 완벽한 선수를 만드는 건 아니지만 더 나은 선수로 만들 수는 있으며, 나에게 훈련받은 선수들이라면 반복연습의 중요성에 대해 반복적으로 설교를 들었을 것이다.

이스트 스털링셔에서 몇몇 선수의 고막을 망가뜨린 뒤 내 메시지가 선수들에게 전해졌다. 우리 팀에 베컴은 없었지만 곧 효과가 눈에 보이기 시작했다. 실제로 처음 그곳에 도착했을 때 경기에 내보낼 11명을 모을 수도 없을 만큼 선수가 부족했다. 명단에는 선수가 모두 8명이 있었고 그 안에 골키퍼도 없었다. 리스트를 살펴보니 왜 지난 시즌 이스트 스털링셔가 스코틀랜드 2부 리그에서 꼴찌였는지 알 것 같았다. 그들이 스코틀랜드 프로축구팀 중에서 가장 형편없는 팀이라는 의미였다. 왜 하필 감독생활의 첫출발 장소로 퍼스 파크를 선택했는지 후회가 막심했다. 이유는 간단했다. 퀸스 파크에서 가진 면접을 망쳤기 때문이었다. 앨리 맥레오드는 추천서에 내 칭찬을 자자하게 써주었지만 햄든의 이사진은 모두 한때 나와 함께 경기를 뛰었던 선수 출신들이었다. 결국 면접위원회 앞에서 너무 긴장해 평정을 잃는 바람에 나를 고용할 실낱같은 이유도 제공하지 못했다.

애초에 이스트 스털링셔의 면접에 응한 건 예의상 초대를 거절할 수 없었기 때문이었다. 그러나 구단 회장인 윌리 뮤어헤드를 만났을 때 그의 정직해 보이는 얼굴과, 같이 있는 사람을 편안하게 해주는 배려에 넘어가 한 번 해보자는 마음이 들었다. 그가 구단의 빈약한 자원을 공개한 후에야 내 결정이 자살행위나 다름없다는 걸 깨달았다. 불편한 진실을 털어놓아야 할 순간이 오자 그의 흡연량은 드라마틱하게 증가했고, 퍼스 파크에서 피할 수 없는 인생의 현실을 전하며 쉴 새 없이 연기를 뿜어냈다.

"혹시 경기를 하려면 11명의 선수가 필요하다는 사실을 아십니까? 교체선수 두 명도 필수인데요." 그는 곧 이사회를 열어 선수단 전력을 강화하는 데 필요한 돈을 배정할 예정이라고 나를 위로했다. 최소한 정원을 채울 만큼은 될 거라고. 한계가 뚜렷했지만 말 잘 듣고 열성적인 선수들과 첫 훈련을 가진 직후 이사회가 열렸다. 윌리에게 불려 나간 나는 자욱한 담배연기와 싸우며 좋은 소식이 나오기를 기다렸다. 그의 솔직함은 존경스러웠다. "2,000파운드요, 퍼거슨 씨. 충분한 액수가 아니라는 걸 알지만 우리가 줄 수 있는 전부요."

그 정도의 예산으로는 자유계약으로 풀린 선수들 사이에서 영입대상을 찾는 수밖에 없었다. 영입시장의 지하 할인코너에 있는 선수들을 감언이설로 꼬드기느라 전화는 만질 수도 없을 정도로 뜨거워졌다. 가장 먼저 필수적으로 데려와야 할 포지션은 골키퍼였다. 이사회에 말한 대로 경기를 할 때 골키퍼가 있으면 언제나 도움이 되기 때문이다. 가장 적합한 후보는 여전히 파틱 시슬과 계약 중이었지만 2군 소속이었다. 존재감 있는 골키퍼 톰 골레이는 용감하고 상당히 쓸모 있는 선수였다. 다만 체중이 최소 12킬로그램은 초과했다. 시슬의 감독인 버티 올드는 수수료를 받을 권리를 포기해주었고, 골레이와 750파운드에 계약금 합의를 끝낸 뒤 우리는 마침내 골문 앞에 골키퍼를 세우는 호사를 누릴 수 있게 되었다. 시즌이 시작할 때까지 톰이 경기에 뛸 수 있도록 컨디션을 끌어올릴 거라고 믿었다.

그 외에 파틱 시슬에서 체구는 작지만 영리한 센터포워드 지미 뮬렌과 장신의 미드필더 조지 아담스도 함께 데려왔다. 애버딘에서 빛나는 선수생활이 펼쳐질 것으로 보였던 조지는 연이어 그를 덮친 무릎부상 때문에 선수로서의 성장이 가로막히게 되었다. 두 사람 모두 구단에서 방출되었기 때문에 둘을 합해 300파운드의 계약금만 들었다. 이제 쓸 수 있는 돈이 1,000파운드도 남지 않았다. 다음 목표는 클라이드가 방출하려고 하는 센터포워드였다. 그의 이름은 빌 헐스톤이었고 내가 경기장에 찾아갈 때마다 좋은 활약을 펼쳤다. 처음에 그에게 제안한 금액은 300파운드였지만 그는 1,500파운드를 요구했다. 우리는 중간 지점인 900파운드에서 합의를 봤고, 그 위에 지역 리그에서 찾은 두 명을 더하니 선수단 규모가 15명으로 늘었다. 한 남자를 권력에 취하게 만들기에 충분한 인원이었다.

프리시즌 훈련은 반드시 '박스'훈련으로 시작했다. 우선 선수들을 나누어서 대여섯 명이 두 명을 둘러싸게 한다. 밖에 있는 사람들은 가운데에 있는 사람들에게 공을 빼앗기지 않고 돌려야 한다. 아직도 올드 트래포드에서 이 훈련을 이용하는데 그곳에서는 동기를 부여하기 위한 일종의 게임 같은 성격을 띤다. 맨체스터 유나이티드보다 기술적으로 크게 뒤지는 이스트 스털링셔에서는 보다 기본적인 목적에서 실시되었다. 볼 터치를 개선하고 공을 잡은 선수들이 패스가 가능하도록 각도를 만드는 움직임을 익히는 데 이용되었다. 처음에는 패스와 움직임의 질이 우울해질 정도로 형편없었지만 몇 주도 지나지 않아 반복이라는 오랜 조력자의 도움으로 눈에 띄게 개선되었다. 셀틱의 어린 선수들과의 프리시즌 친선경기에서 3-3으로 비겼고 자신감 향상이라는 더 큰 수확을 얻게 되었다. 그들은 모두 공을 잡기를 원했고 스스로를 표현할 준비가 되어 있었다. 예전 리버풀 센터백이었던 론 예이츠가 감독을 맡고 있던 트랜미어 로버스Tranmere Rovers와의 또 다른 친선경기에서는 스티브 코펠이라는 역동적인 공격수에게 실점하며 2-0으로 패했다. 경기 대부분의 시간 동안 패스가 이어지는 방식은 마음에 들었지만 선수들에게 침투가 부족했다고 말해주었다. 아무리 경기 내내 공을 소유하고 있더라도 결과물을 얻지 못하고, 필드 마지막 3분의 1 지역에서 적극적인 공격으로 골을 터뜨리지 못한다면 무슨 소용이 있는가?

감독생활 내내 중요하게 여겼던 또 다른 초기 원칙을 적용하기 위해 나는 지역 유소년들을 퍼스 파크로 초대해 축구를 가르치며 이스트 스털링셔에 유스 시스템을 만들려고 했다. 계획을 더 발전시키기 위해 직접 교통비를 지불하면서까지 고향의 유명 유소년클럽인 글래스고 유나이티드를 구단으로 데려와 아이들의 실력을 테스트했다. 시간이 조금 흐른 뒤 유소년클럽에 신경 쓸 여유가 없어졌을 때 나는 이사들에게 불려갔다. 뮤어헤드가 담배연기를 뻑뻑 뿜어대고 있다는 것은 중대한 발표를 준비하는 중이라는 의미였다. 잠시 후 글래스고 버스 회사에 40파운드를 지불함으로써 내가 클럽 정책에 심각한 위반을 저질렀다고 발표했다. 어안이 벙벙해서 아무 말도 못하다가 잠시 후 현실을 파악하고 나는 폭발했다.

"내가 그런 일을 한 건 클럽을 발전시키고 싶었기 때문입니다. 하지만 만약 그게 당신들 방식이라면 클럽 같은 건 개나 줘버려요." 테이블 위에 40파운드를 내던지고 나서 씩씩거리며 밖으로 나왔다. 구단 부지를 벗어나려면 피치를 가로질러야 했는데 막 운동장에 들어서려는 순간 월리가 쫓아왔다.

"알렉스, 제발 내 말 좀 들어봐." 그가 말했다. "짐 헤이스팅스에게 그 일을 끄집어 내달라고 압력을 받은 것뿐이야. 자네가 이해해줘야지. 그는 노인네잖아."

지미 헤이스팅스는 실제로 클럽 역사상 가장 나이 많은 이사 중 하나였다. 내가 폭발하는 바람에 버스비에 대한 바보 같은 불평이 무마됐다면, 팀 유니폼 문제로 충돌했을 때는 그때만큼 잘 풀리지 않았다. 퀸스 파크의 가는 흑백 줄무늬 저지의 복제품 같은 유니폼을 흑백 상의에 빨간 양말로 바꾸자고 말하고 싶어 근질근질하던 차였다. 내 건의는 침묵으로 맞아졌고, 월리 뮤어헤드가 헛기침을 몇 번 하자 지미가 입을 열었다.

"이봐, 애송이. 그 줄무늬는 내 아버지 젊은 시대부터 내려온 거야. 그리고 네가 이곳을 떠난 뒤에도 오랫동안 남아 있을 거야." 그걸로 논의는 끝이었다. 그 사건 이후 지미가 나를 별로 좋아하지 않았던 것 같다. 한번은 구단에서 5km 정도 떨어진 곳에서 그를 태워주려고 차를 세웠던 적이 있다. "됐네." 그는 퉁명스럽게 거절하고 그대로 가던 길을 갔다.

리그컵 경기로 시즌을 시작하며 우리는 첫 다섯 경기 중 3경기에서 승리했고 1경기를 비겼다. 다른 경기에서는 알비온 로버스의 센터포워드 피터 디킨스의 스피드를 감당하지 못해 두들겨 맞았다. 로버스와 다시 만난 건 우리 그룹의 진출팀을 결정하는 경기였고, 다음 라운드에서 많은 수입을 얻을 수 있는 레인저스와 붙게 될 권리가 그 상이었다. 전반전에 선수들은 디킨스를 집중 마크하라는 내 지시를 따르지 않아 그가 공을 잡게 했다. 뒤의 공간이 뻥 뚫려 있는 상태에서 우리는 발 빠른 디킨스의 손쉬운 먹잇감이었다. 전반전 점수는 2-0으로 뒤지고 있었다. 후반전에 들어와서 상대 골문을 소득 없이 두드리고 있는데, 더그아웃에 회장이 불쑥 나타나자 짜증이 치밀었다.

"이제 어떻게 할 건가?" 그가 물었다.

"이 빌어먹을 더그아웃에서 당장 나가지 않으면 회장님을 내쫓아버릴 겁니다." 내가 대답했다.

그는 슬금슬금 자리를 떴고, 그 후 이스트 스털링셔 이사들이 더그아웃에 찾아와 경기에 관한 내 업무를 간섭하는 일은 결코 생기지 않았다. 그것보다 직접적인 간섭을 하는 사람이 없었다고 하는 편이 더 정확할 것 같다. 이사들 중 하나인 봅 쇼는 내 권위에 반항하도록 센터포워드 짐 미킨을 뒤에서 부추기던 인물이었다. 선수들은 언제나 마음대로 경기하고 싶어 하기 때문에 야단맞기 전까지 어디까지 허용되는지 시험해보는 일이 종종 있다. 만약 감독이 되고 싶은 사람이 규율문제에 대해 물어본다면 간단한 대답을 해주고 싶다.

"충돌을 부르지 마라. 어차피 그쪽에서 알아서 찾아온다."

마틴 버컨이 번리를 맡게 되었을 때 비슷한 질문을 했을 때 충돌에 대한 내 의견을 말해주었다.

"너무 늦었어요. 30분 전에 우리 센터포워드 하나를 가루로 만들었어요." 그가 말했다.

짐 미킨이 나에게 장인인 봅 쇼와 함께 주말에 블랙풀에 갈 예정이라 월요일 훈련에 빠져야 한다고 했을 때부터 문제가 생기기 시작했다.

"네가 여왕이랑 간다고 해도 상관 안 해. 월요일 훈련에 나와. 이야기는 이걸로 끝이야." 내가 말했다.

쇼는 나와 사이가 좋았지만 그가 전화를 걸어 미킨의 일을 부탁할 때 나는 전혀 들어주지 않았다. 월요일 오후 4시쯤 미킨이 전화해서 오는 길에 차가 고장 나서 훈련에 오지 못할 거라고 말했다. 그에게 내가 다시 전화 걸 테니 번호를 말해달라고 했다. 그는 잠시 머뭇거리다가 아직 블랙풀이라고 쭈뼛쭈뼛 고백했다.

"오지 마." 내가 말했다. "넌 이제 끝났어." 진심이었다. 어떠한 선수도 내게 함부로 굴도록 내버려둘 수 없었고 미킨은 그 사실을 증명할 좋은 기회를 주었다. 일주일 후 원정경기를 마치고 돌아오는 길이었다. 미킨은 아직 경기에 나오지 못하고 있었다. 어느 레스토랑 화장실에서 볼 일을 보고 있는데 자욱한 담배연기와 함께 회장이 들어오더니 내 옆에 섰다. 심각한 얼굴로 그는 미킨을 경기에 내보낼 수 없냐고 물었다. 그러면 쇼도 자기를 더 이상 귀찮게 굴지 않을 거라고 말했다. 나는 짓궂은 기분이 들어 이렇게 말했다. "그건 잘 모르겠는데요." 이때 그는 비장의 문구를 내놓았다. "하느님을 두려워하는 선량한 사람으로서 부탁하는 거네." 여기에는 나도 대답할 말이 없어서 그냥 고개만 끄덕이고 오케이라고 말했다. 그는 내 뺨에 키스했다. 실없는 영감태기 같으니. 봅 쇼에게 정말 어지간히 시달린 모양이었다.

리그에서 우리는 좋은 경기력을 보여주었고 9월쯤에는 2부 리그 3위까지 순위가 올라갔다. 이스트 스털링셔(서포터들 사이에서는 샤이어라고 불렸다)는 근래 가장 큰 경기를 준비하고 있었다. 존 프렌티스가 감독으로 있는 내 옛 클럽인 폴커크는 1973-1974 시즌에 강등되었고 이제는 지역 라이벌로 우리 팀과 맞붙게 되었다. 당연히 그 경기만은 반드시 잡고 싶었고 몇 주 동안 여기에 대비해 팀을 훈련시켰다.

"그놈들에 대해 내가 모르는 건 하나도 없어. 침대 어느 편에서 자는 것까지 알고 있지." 선수들을 안심시키며 내가 말했다. 폴커크의 약점을 세세한 곳까지 분석하며 우리가 가진 요소로 그들을 공략할 수 있는 방법을 연구했다. 무엇보다도 폴커크가 지역의 강팀이라고 생각하는 선수들의 고정관념을 깨기 위해 공을 들였다.

"난 그들을 잘 알아. 아무 짝에도 쓸모없는 팀이야." 내가 말했다. 이사회는 토요일 아침에 훈련을 갖고 점심에 회식을 할 수 있도록 허가해주었다. 축구계에 영양사가 등장하기 훨씬 전부터 나는 경기 전에 잘 먹이는 일을 중요하게 생각했다. "대체 이게 뭐야?" 선수들은 생선구이와 꿀을 바른 토스트 같은 음식이 식탁에 올라올 때마다 물었다. 그러나 내가 자신이 무슨 일을 하고 있는지 잘 알고 있다는 사실을 선수들도 받아들였다.

공교롭게도 나는 신경이 무척 곤두서 있었다. 하지만 스스로 우리 선수들이 얼마나 좋은 경기를 하고 있는지 떠올렸다. 거기에 조지 아담스, 이언 브라우닝, 지미 뮬렌 그리고 보비 맥커디 같은 선수들은 팀의 기술적인 수준을 높이는 데 기여하고 있었다. 그들에게는 방향을 제시해주고 때때로 "잘 했다"고 말해줄 사람만 있으면 되었다. "잘 했다"는 한마디는 축구에서 선수에게 해줄 수 있는 가장 좋은 말이다. 더 이상의 미사여구는 필요 없다. 그 말 한마디가 모든 것을 말해준다. 그날, 우리가 계획했던 모든 일이 현실로 나타났다. 2-0이라는 스코어는 우리가 얼마나 강했는지 다 말해주지 못한다. 우리는 문자 그대로 그들을 두들겨 팼다.

매일매일 감독생활에 대해 새로운 것을 배우는 나날이었다. 실수를 저지를지언정 그것을 되풀이하지는 않았다. 대체로 본능에 따라 행동했고, 선수들은 내가 빠른 결정을 내릴 때 더 긍정적인 반응을 보였다. 나는 언제나 자신을 시험했다. 선수들이 나에게 말할 때 나는 머릿속에서 신속하게 분석과 평가를 마치고 그 자리에서 명확한 대답을 해주었다. 만약 확신이 서지 않는다면 제대로 된 대답이 나올 때까지 선수가 말을 더 하게 만들었다. 선수 시절, 감독이 애매한 대답이나 결정을 내려야 할 때 우유부단하게 나오면 그렇게 싫을 수 없었다. 논의할 때나 질문에 대답을 할 때 시간이 필요한 것은 잘못된 일이 아니다. 바보처럼 보이지 않고도 시간을 끄는 방법은 얼마든지 있다. 나 같으면 이런 식으로 말한다. "그런 각도에서 생각해본 적은 한 번도 없는데 잠깐 생각할 시간을 줄 수 있어?" 새로운 생각을 유도하는 상대방의 지성을 칭찬하며 기꺼이 기다려주도록 회유하는 것이다.

퍼스 파크에서 모든 게 다 잘 되어가고 있던 1974년 10월의 어느 날, 내 옛 보스였던 세인트 미렌의 감독 월리 커닝엄에게 전화가 왔다. 그가 있는 러브 스트리트[Love Street, 세인트 미렌 파크가 있던 주소를 딴 옛 홈구장의 별칭]에 와 달라고 했다. 내 펍에서 얼마 떨어지지 않은 페이즐리까지 차를 몰고 가며 옛 추억이나 이야기하는 자리겠거니 여겼다. 그러나 그는 훨씬 더 심각한 이야기를 할 작정이었다. 며칠 안에 세인트 미렌 감독 자리에서 물러날 예정인데 후임으로 날 추천했다고 했다. 월리는 이제 축구라면 지긋지긋해서 떠나는 거라고 말했으면서도 야심과 추진력이 있는 사람이 맡으면 되살아날 클럽이라며 세인트 미렌의 매력적인 청사진에 대해 장황하게 늘어놓았다. 으쓱한 기분이 들었지만 그래도 완전히 마음이 쏠린 건 아니었다. 이스트 스털링셔에서의 도전을 즐기는 중이었고, 모든 것을 바치는 선수들에게 강한 애착을 느끼고 있었기 때문이었다.

월리의 사임이 공식적으로 발표되고, 글래스고에 있는 자신의 사무실로 와달라는 세인트 미렌의 회장 해롤드 커리의 초대에 응했어도 직접 거절하려고 마음먹고 있었다. 클럽의 잠재성에 관한 논의는 이해할 수 있었다. 페이즐리는 스코틀랜드에서 가장 큰 마을이었다. 그러나 러브 스트리트의 가장 최근 관중 수는 1,200명에 불과하다는 사실에 주목했다. 글래스고의 그늘에 사는 페이즐리에서는 매치데이가 되면 페이즐리 크로스에서 레인저스나 셀틱 경기에 가는 팬들을 가득 채운 버스가 줄지어 출발한다. 그럼에도 불구하고 해롤드 커리는 나를 멈칫하게 만들 근거를 제시했다. "이스트 스털링셔가 빅클럽이 될 수 있을까? 자네가 야망이 있다면 왜 빅클럽이 될 수 없는 곳에 계속 있으려는 건가?" 곰곰이 생각하다 묘안이 떠올랐다. '셀틱 파크에 있는 족 스테인에게 전화를 걸자.'

"스테인 감독님, 제게 조언 좀 해주실 수 있나요?" 내가 말했다.

"내가 할 수 있는 거라면." 그는 이렇게 대답하고 내가 겪고 있는 어려움을 설명해보라고 했다. 그의 충고는 간단명료했다.

"러브 스트리트로 가서 스탠드에 앉아 사방을 둘러보게. 그 다음에 퍼스 파크에 가서도 똑같이 해봐. 그러면 해답을 얻을 수 있을 거야. 행운을 비네." 그리고 스테인은 전화를 끊었다.

윌리 뮤어헤드는 클럽을 성공적으로 이끌던 내가 겨우 석 달 반 만에 떠난다는 말을 듣고도 호인답게 이해해주었다. 마지막 경기에서 이스트 스털링셔 선수들은 내가 온 뒤 가장 뛰어난 플레이를 펼치며 알로아를 4-0으로 격퇴했다. 그 덕분에 경기가 끝난 뒤에 떠난다는 말을 하기가 더 괴로워졌다. 선수들이 한동안 충격으로 아무 말도 못하고 있는데 우리 윙하프[2-3-5 시스템에서 측면 미드필더 역할] 톰 도넬리가 외쳤다. "이 나쁜 자식!" 톰은 착한 소년이었고 자신이 살았던 삶만큼 솔직하게 실망감을 표출한 것이다. 모든 선수들과 악수를 나눈 뒤 나는 보드룸으로 가서 이사들에게 나에게 기회를 주고 그동안 지지해준 데 대해 감사하다고 전했다. 이스트 스털링셔를 떠나 세인트 미렌으로 가면서 들뜬 흥분을 느끼기보다 시작한 일을 다 끝내지 못해 실패했다는 생각만 들었다. 러브 스트리트에서 나를 기다리고 있는 선수들이 샤이어에 남겨두고 온 다이아몬드들보다 나을 거라고 단정할 권리는 내게 없었다.

가끔 이 바닥에서 베이든 포웰[보이스카우트의 창시자] 같은 스카우트를 정말 많이 만났다는 생각이 든다. 이런 타입의 남자가 거동이 불편한 할머니를 부축하고 건널목을 건너는 걸 기꺼이 도와준다면 아마 그 할머니의 손자가 지역 소년 축구단에서 골을 무더기로 넣었기 때문일 것이다. 축구계의 우수한 스카우트는 선수 가족의 신뢰를 얻는 데 일가견이 있다. 자신이 고용된 프로축구구단에 추천할 수 있는 재능을 학원, 아마추어, 유소년축구 등 기타 모든 하위 레벨의 경기를 샅샅이 뒤져 찾아내려면 반드시 필요한 여러 자질 중 하나다. 선수의 가치를 판단할 수 있어야 하는 것은 당연한 전제이고, 사냥감이 알려졌을 때 다른 이들을 떨쳐내는 능력, 기지, 끈기 그리고 종종 발휘되어야 하는 교활함까지 갖추어야 한다. 이 모든 자질 외에 자기만의 특기를 몇 가지 더 가지고 있던 스카우트가 아치 "발디" 린지였다. 세인트 미렌에 있던 시절 나를 위해 놀라운 일을 해주었던 그는 감독생활 내내 만났던 모든 스카우트 중 가장 뛰어난 사람이었다. 발디는 글래스고의 키닝 파크 지역 출신의 택시 운전사였다. 아본 빌라Avon villa라는 유명한 청소년팀 감독으로 명성을 얻기도 했다. 우리 두 사람은 바람 잘날 없는 관계였다. 그가 버럭 화를 내며 문을 쾅 닫고 나가버리면("당신은 축구에 대해선 쥐뿔도 몰라") 몇 주일 동안이나 서로 말도 하지 않는 일이 종종 벌어졌다. 하지만 러브 스트리트에서 물려받은 35명의 선수들을 거의 다 내보내기로 결정한 뒤 용납할 수 있는 수준으로 팀을 끌어올릴 유일한 희망은 신선한 젊은 피밖에 없었다. 그때 그는 없어서는 안 될 아군이 되어 주었다.

자신이 점찍은 선수에 대해 발디는 정성을 다 바쳤고, 다른 면에서 내 관심을 끈 선수를 뒤쫓아보라고 할 때도 거절하지 않았다. 세인트 미렌 구장에서 소년축구 클럽대회 결승전이 열렸을 때 리즈 유나이티드 보이스 클럽Leeds United BC 레프트윙인 존 맥도널드가 7골을 넣는 경이적인 득점력을 보였다. 맥도널드의 학교가 있는 글래스고의 나이츠우드 지역,

아버지의 세례명, 그리고 그 밖에 내가 알아낸 세세한 정보를 그에게 넘겨주었으나 집 주소는 알아내지 못했다. 발디의 해결책은 나이츠우드 경찰서에 가서 내근 경사에게 친척이 죽었는데 조카에게 연락해야 한다고 말하는 것이었다. 후보명단이 꺼내지고 조건에 맞지 않는 주소를 하나하나 지워나가니 번지수와 거리 이름이 나왔다.

또 다른 유망주인 필 매카비티는 스코틀랜드 학생 대표팀의 주장으로 센터백을 맡고 있었다. 셀틱 보이스 클럽Celtic Boy's Club에서 뛰고 있던 그는 발디가 아침저녁으로 학교에 태워주고, 날 설득해 그의 가족에게 크리스마스 선물로 칠면조를 보내게 한 뒤 세인트 미렌에 왔다. 아마도 린지 최대의 승리는 막대기처럼 비쩍 마른 미드필더인 빌리 스타크를 사라고 나를 끊임없이 쪼아댔던 일일 것이다. 내가 발디의 열광적인 관심을 공유할 때까지 시간이 좀 걸린 탓에 빌리는 레인저스와 가계약을 맺었고, 나는 그에게 또 한 번 무식쟁이라고 야단맞아야 했다. 그러고 나서 1975년 여름, 레인저스는 어린 빌리를 놓아주었다. 이번에는 빌리가 경기에서 뛰는 모습을 또 한 번 본 후였기 때문에 우리 팀으로 데리고 와 성인선수로서 첫 발을 딛게 했고, 그는 나중에 뛰어난 기술과 우아함을 갖춘 선수로 성장하게 되었다.

어느 날, 유달리 격렬한 언쟁을 벌인 후 발디와 연락이 끊어졌다. 그의 낯익은 목소리를 다시 들은 것은 몇 년 후, 애버딘의 감독으로 있던 나에게 전화가 걸려왔을 때였다.

"어이, 보스! 안녕하쇼?" 마치 전날 이야기라도 나눈 것처럼 아무렇지도 않은 어조였다.

"그럼, 자네는 잘 지냈나?" 내 말에 그는 "몸이 별로 좋지 못해요"라고 시인했다. 나는 즉시 건강에 심각한 문제가 있다는 말을 절제해서 표현한 것을 알았다. 그러나 전화를 건 진짜 이유는 글래스고 브리지턴 지역의 세인트 메리 보이스 클럽St Mary's Boy's Club에서 뛰던 놀라운 재능을 가지고 있는 그의 조카 때문이었다. 그의 조카는 나중에 애버딘, 셀틱 그리고 스코틀랜드 국가대표에서 뛰었던 조 밀러였다. 전화통화가 이루어지고 몇 주 후 나는 조 밀러를 영입했고, 발디는 일주일도 못 넘기고 세상을 떠났다. 자신의 마지막 스카우트 임무를 수행할 대상으로 나를 택해주었다는 사실이 자랑스러웠다.

　세인트 미렌에서 발디를 비롯해 열성적이고 해박한 스카우트들을 적극 활용해 주말 아마추어 경기가 펼쳐지는 곳을 뒤지게 한 것은, 클럽의 유스 시스템을 발전시키려는 내 전폭적인 의지에 따른 행동이었다. 다행히 러브 스트리트에 처음 왔을 때 대부분의 선수들은 수준 미달이었지만 그중에서도 보석이 하나 있었다. 토니 피츠패트릭은 폐렴을 앓고 있었기 때문에 즉시 전력에 포함시킬 수 없었지만 일단 건강을 회복하자, 나의 옛 팀 이스트 스털링셔와 스코티시컵 1라운드에서 맞붙는 날 특별히 마련한 2군 경기에 출전시켰다. 레인저스 시절 동료였고 양심적인 데다 아군으로 삼으면 절대로 신의를 저버리지 않는 데이비 프로반이 수석코치로 들어왔다. 나는 그에게 피츠패트릭이 경기에 기여하는 모습을 자세히 관찰하라고 지시했다. 그의 평가는 더 이상 간결할 수 없었다.

　"굉장해." 데이비가 말했다. "우리 클럽에서 가장 뛰어난 선수야."

　이스트 스털링셔가 우리 팀을 컵대회 1라운드에서 경멸스럽다는 듯이 2-0으로 탈락시키는 모습을 본 뒤(세 배의 점수 차이가 날 수도 있었던 상황이었다), 다음 리그 경기의 선발명단에 주저하지 않고 피츠패트릭을 집어넣었다. 그 경기에서 그는 굉장했다. 운동장 구석구석 그의 발이 닿지 않는 곳이 없었으며 멋진 패스감각을 보여주었다. 너무나도 감명받은 나머지 다음 경기인 강적 퀸 오브 사우스Queen of the South와의 덤프리스 원정에 그를 주장으로 임명했다. 그들이 새로 영입한 센터포워드 피터 디킨슨은 내가 이스트 스털링셔에 있을 때 알비온 로버스Albion Rovers 선수로 출전해 우리 팀을 애먹인 경험이 있었다.

1974-1975 시즌, 세인트 미렌을 처음 맡았을 때 가장 우선적인 관심사는 스코틀랜드 2부 리그에서 상위 6위 팀 안에 드는 것이었다. 1975-1976 시즌에 리그는 대대적인 개편을 거칠 예정이었다. 1부 리그와 2부 리그가 각각 18팀씩 있는 구조에서 12팀씩 3개의 리그로 바뀔 예정이었다. 프리미어 리그는 1973-1974 시즌의 성적에 따라 과거 1부 리그의 상위 12팀으로 구성되고 새로운 1부 리그는 과거 1부 리그의 하위 6개 팀과 2부 리그의 상위 6개 팀으로 꾸려질 예정이었다. 우리는 반드시 6팀 중 하나가 되어야 했지만, 해밀턴 아카데미컬과 함께 2부 리그 선두를 다투던 퀸 오브 사우스와의 원정 경기를 목전에 둔 우리로서는 그리 전망이 밝아 보이지 않았다. 새로 생기는 3부 리그로 추락하지 않으려면 팔머스턴 파크 경기가 전환점이 되어야 했다. 그리고 우리는 1-0으로 승리해 목적을 이루었다. 이후 리그에서 8연승을 거두며 소원대로 6위 안에 안착할 수 있었다.

피츠패트릭의 경기력만큼이나 중요한 것은 그의 열정이 다른 선수들에게도 전염되었다는 사실이다. 덕분에 어린 선수들에 의존하겠다는 내 결단을 더욱 굳힐 수 있었다. 활기찬 유스 정책으로 인해 클럽에 데리고 있을 만한 가치가 있는 선수들이 점차 많이 공급되기 시작했다. 스카우트 활동을 강화한 결과가 나타났고, 선량하고 책임 있는 사람들이 운영하는 세인트 미렌 유소년팀은 페이즐리에서 가장 뛰어난 재능을 가진 소년들이 집결하는 장소가 되었다. 점점 넓어지는 지인들의 네트워크가 큰 도움이 되었고, 축구계의 저명인사들이 보내주는 호의는 반가운 보너스였다.

1975년 초, 레인저스에서 고초를 겪고 있던 나에게 도움의 손길을 내밀어주었던 윌리 손튼에게 전화가 걸려왔다.

"킬시스 레인저스에서 뛰는 애가 있는데 영입할 가치가 있을 거야." 그가 이렇게 덧붙였다. "우리는 쓸 수 없지만 아주 좋은 선수네."

레인저스가 쓸 수 없는 선수라는 이야기를 들었을 때 나는 그가 가톨릭교라는 사실을 알았다. 우리 스카우트 중 하나인 맥시 그레이를 보내 프랭크 맥가비를 관찰하게 했다. 일주일 안에 프랭크는 우리가 모으고 있던 뛰어난 유망주들과 합류하게 되었다. 나중에 맥가비가 스코틀랜드 대표로 7경기를 뛰었던 사실을 볼 때 손튼의 조언은 값진 것이었다. 그때 손튼은 나를 세인트 미렌에 천거해준 사람이 레인저스 감독인 윌리 와들이었다고 밝히며, 내 앞길이 순탄하도록 언제라도 힘을 보태겠다는 그의 말을 전해주었다. 내가 아이브록스를 떠날 때 상당한 액수의 사례금에도 불구하고 레인저스의 추문을 폭로하려는 신문사들의 유혹에 넘어가지 않은 채 입을 다문 사실에 와들이 매우 고마워했던 것이 기억났다. "이 일을 결코 잊지 않겠네, 알렉스." 당시 그가 한 말이었다. 윌리 와들은 약속을 지키는 사람이었다.

1부 리그에서 자리를 굳게 다지는 것이 우리의 1975-1976 시즌의 목표였다. 한때 우리는 우승도 노릴 만한 성적을 거두었으나 결국 5위에 만족해야 했다. 그보다 더 의미 있던 것은 오랜 세월 무관심했던 페이즐리 주민들이 축구에 눈을 돌리게 만든 사실이었다. 나에게는 고된 나날이었다. 감독 임무 수행 중에 시간을 쪼개 펍을 돌보는 한편 우리 가족이 사는 킬브라이드에서 힘이 닿는 한 캐시를 도와 아이들을 키워야 했다. 그러나 러브 스트리트에서 벌어지는 일에 지역 전체가 보여주는 끊임없는 성원에 나는 재충전할 수 있었다. 클럽을 더 잘 알리기 위해 우리가 신문을 펴내기 시작하자, 구장의 전기기사인 프레디 더글러스는 밴으로 마을을 돌며 스피커로 서포터를 모으자고 제안했다. 혁신적인 감독법으로 이름을 얻기 시작한 나였지만, 클럽에 더 큰 성공을 가져다 줄 수 있다면 무슨 일이든지 해야 했다.

적어도 선전원으로는 선거에 나선 후보들보다는 좋은 반응을 받았다. 대부분의 연설을 프레디가 했음을 인정하지만 손을 흔든 건 나였다. 나와 서포터 사이에 형성된 친밀한 관계는 1976-1977 시즌에 들어서자 즉각 실질적인 이익을 가져오게 되었다. 세인트 미렌이 1부 리그에서 우승을 해 승격하려면 경험 많은 선수가 반드시 필요하다는 것을 깨닫기 시작하던 때였다. 여기까지 생각이 미치자 내 관심은 던디 유나이티드의 재키 코플랜드에 쏠렸다. 재키는 던디 유나이티드의 감독인 짐 맥클린과의 불화로 관계가 틀어진 상태였다. 포지션에 요구되는 터프함을 갖추고 있던 베테랑 센터백인 재키는 페이즐리 출신이라는 추가적인 이점까지 갖고 있었다. 내 계획을 가로막는 것은 17,000파운드의 이적료와 거의 바닥난 클럽의 재정이었다. 그래서 내 문제를 서포터 연합과 의논한 결과 그들은 너그럽게도 14,000파운드를 대출해주었다. 나머지 3,000파운드는 클럽에서 긁어모은 돈으로 해결했고, 그는 우리 선수가 되었다.

1월이 되자 우리는 뛰어난 경기력을 보여주며 리그 1위에 올랐고, 내가 오기 전 1,000여 명에 불과했던 관중수가 10배나 증가했다. 우리가 스코티시컵에서 프리미어 리그 승격에 다가가던 던디 유나이티드를 4-1로 이긴 경기에서는 19,000명이 러브 스트리트를 찾았다. 스코틀랜드 21세 이하 대표팀에 우리 선수 4명, 피츠패트릭, 스타크, 맥가비와 로버트 리드가 선발된 사실은 우리의 가능성이 더 높아졌다는 의미였다. 컵대회 다음 라운드 경기를 위해 우리와 함께 퍼 파크 구장으로 원정을 간 15,000명의 팬들은 지나치게 거친 홈팀에 휘둘리는 심판 때문에 실의를 맛봐야 했다. 2-1로 패배한 뒤 부상자들을 들여보내고 나서 마더웰 감독인 윌리 맥클린과 심판인 이언 푸트에게 혐오스러운 경기 운영에 대해 지나치게 격렬한 항의를 했다. 그 덕분에 스코틀랜드 축구협회에 보고가 들어갔다. 패배는 언제나 쓰디쓴 것이지만 정당한 승부에서 졌을 때에는 승자에게 진심으로 축하를 보낼 수 있다. 그러나 퍼 파크에서 벌어진 일은 스포츠라는 미명하에 저질러진 잔학 행위였다.

돌아오는 길 내내 더러운 기분이었지만, 고반의 하모니 로 보이스 클럽 시절 친구인 윌리 도나키의 전화를 받은 후 기분은 더욱 더 나빠졌다. 도나키는 가장 친한 친구 중 하나로, 이스트 스털링셔와 퀸 오브 사우스에서 선수생활을 했으며, 내가 1969년에서 1974년까지 스코틀랜드 프로축구선수협회 회장직을 수행하는 동안 부회장을 맡았었다. 그의 말에 의하면 경기 전날 밤에 프랭크 맥카비가 술에 잔뜩 취한 채 글래스고 중심가에 있는 워털루 바에 있는 모습을 보았다는 이야기였다. 그의 말은 내가 직접 목격한 것과 마찬가지의 무게가 있었다. 맥카비를 불러 심문하자 그는 금방 털어놓았다. 그에게 "네 선수 생명은 이제 끝이다. 스코틀랜드 21세 이하 팀에서 퇴출될 것은 물론 두 번 다시 내 얼굴을 볼 일도 없을 거다"라고 말했다. 그 후 일주일 동안 동료 선수들이 연이어 나를 찾아와 선처를 부탁했다. 토요일 밤, 캐시와 나는 프랭크를 제외한 모든 선수들이 초대받은 서포터 주최의 댄스파티에 참석했다. 프랭크는 페이즐리 청사 기둥 뒤에 숨었다가 튀어나와 회개의 말을 폭포수처럼 쏟아냈다. 캐시가 그를 불쌍히 여겼고 나는 용서해주기로 했다. 그리고 내 뜻을 전달했다. 여전히 챔피언 자리를 건 싸움이 진행되던 중이었고, 우리와 가장 치열하게 순위 경쟁을 하던 클라이드뱅크가 다음 주에 러브 스트리트로 올 예정이었다. 잘못을 깨달은 맥카비와 화해하는 일 정도는 감당할 수 있었다.

리그 우승으로 가는 길목에 세인트 미렌은 놀라운 경기력을 선보였다. 그중 가장 인상적인 세 경기는 당연히 던디와의 시합이었다. 던디의 감독은 레인저스에서의 내 선수생활을 비참한 구렁텅이에 빠뜨렸던 장본인인 데이비 화이트였다. 세 경기의 합산 스코어는 11-1이었고, 마지막 경기인 덴스 파크 원정에서 4-1로 승리하며 우리는 우승컵을 거머쥐었다.

세인트 미렌으로서는 잊지 못할 시즌이었다. 어린 선수들로 구성된 우리 팀은 39경기 중 2패만을 기록했다. 우리의 우승은 높아져 가는 실업

률로 시름에 젖었던 마을에 기뻐할 거리를 만들어주었다. 어린 재능들이 클럽에 흘러들어오는 숫자가 급격히 늘어나자 내 만족감은 두 배가 되었다. 데이비 프로반과 나는 광범위한 지역에서 찾아온 소년들에게 축구 지도를 해주었고, 빌리 던컨슨과 해리 맥킨토시, 그리고 업계의 전설인 샘 벡 같은 스카우트들은 풍성한 수확을 거두어들였다. 내 수많은 추가 업무 중 하나가 이스트 킬브라이드에 사는 세 어린 선수들을 매주 태워 다주는 거였는데, 그중 한 사람은 아직도 만나면 왜 자기를 영입하지 않았는지 질책한다. 그 당시 그는 좋은 기술을 가진 미드필더였지만 체구가 작았기 때문에 필요한 수준까지 성장할 수 있을지 확신이 가지 않았다. 그의 이름은 알리스테어 맥코이스트[레인저스와 스코틀랜드 대표선수였고 은퇴 후 레인저스 감독을 지냄]였다. 앨리는 지칠 줄 모르고 내게 자신이 만난 최악의 감독이라고 말한다.

당시는 감독으로서 급격히 성장하던 시기이기도 했다. 열심히 일한 것이 성공을 가져온 가장 큰 이유였지만, 자신의 신념을 굽히지 않았던 것 역시 중요하게 작용했다고 생각한다. 나는 패스를 매우 중시했기 때문에 한 번도 훈련에 패스훈련이 빠진 적이 없었다. 그와 함께 내 지도방식에 상상력을 더하고자 했다. 선수들에게 머릿속에 그림을 떠올릴 필요성을 강조하며 변화하는 경기 양상에 창조적인 효과를 더할 수 있는 방법을 시각화하도록 주문했다. 물론 최고의 결과를 이끌어내기 위해 나 자신과 주위사람을 몰아붙이는 일은 좋은 반응을 얻지 못했다. 걸핏하면 성질을 부리며 엄청난 분노를 터뜨리는 내 성격이 염려스러워졌다.

러브 스트리트에서 파틱 시슬과 경기를 시작하기 전에 동생 마틴이 전화를 걸어 우리 선수 중 일부가 다시 그 끔찍한 워털루 바에 자주 모습을 드러내고 있다고 전했다. 그것도 모자라 그들은 보너스를 쥐꼬리만큼 받는다고 불평하고 있었다고 말했다. 1-0으로 경기를 이긴 뒤에도 화가 가라앉지 않은 나는 죄인들을 드레싱룸 한쪽에 앉히고 야단칠 준비를 했다. 목소리의 데시벨이 올라갈 때마다 분노도 한 단계씩 올라가다 마침 내 이성을 잃은 나머지 코카콜라 병을 집어 선수들 뒤의 벽 위에 내리쳐 깨뜨렸다. 깨진 유리조각이 셔츠 위로 쏟아지고 콜라가 벽을 타고 흘러 도 선수들은 한 사람도 움직이지 않았다. 그들에게 두 번 다시 워털루 바 에 출입하지 않겠다는 각서에 사인하지 않으면 선수단 전체가 러브 스트 리트에서 밤새 훈련을 할 거라고 으름장을 놓았다. 각서가 인쇄된 종이 를 남겨놓고 나는 사무실로 돌아왔다. 30분 뒤 주장인 재키 코플랜드가 나타나 대체 무슨 일이냐고 물었다.

"듣고 있지 않았나?" 내가 말했다.

"듣긴 했죠." 그가 말했다. "하지만 감독님이 이성을 잃은 상태라 아무 도 제대로 이해하지 못했어요. 지금쯤 드레싱룸에서 다들 벌벌 떨고만 있을 겁니다."

문제가 뭔지 정확히 설명한 뒤 내 요구를 다시 전했다. 각서에 사인하 지 않으면 토요일 밤마다 훈련을 할 거라고. 10분 후, 재키는 모두의 사 인이 담긴 종이를 들고 돌아왔다. 오랫동안 영국축구에 저주로 내려오던 음주문화와 싸우겠다고 굳게 다짐한 터였다. 올드 트래포드 초기의 내 경험이 확인해주듯 음주는 어떤 클럽에도 해악을 끼칠 뿐이다. 선수들의 음주습관을 눈감아주는 감독은 그 자리에 앉아 있을 자격이 없다. 나는 술을 입에도 대지 않는 광신도와는 거리가 멀다. 오히려 사람들이 가볍 게 한잔하며 즐거운 시간을 갖는 모습을 좋아한다. 또 훌륭한 레드 와인 이 있다면 스스럼없이 잔을 내미는 사람이다. 다만 취할 정도로 마시는 것은 프로운동선수로서 도저히 용납될 수 없는 생활방식이다. 나와 생각 이 다른 선수는 내 밑에 오래 붙어 있지 못할 것이다.

러브 스트리트에서 2년 반을 보내는 동안, 경기장 안팎으로 많은 변화 가 일어났다. 처음 그곳에 갔을 때 세인트 미렌은 괴상한 소규모 사교클 럽처럼 운영되고 있었고, 내가 적극적으로 개입하지 않았으면 아직도 그런 상태였을 것이다. 경영진의 대규모 책임회피로 인해 클럽은 관리인과 그 가족들에 의해 돌아가고 있었다. 지미 리치는 선량한 사람이었지만 터무니없는 자유와 권력이 쥐어지자 그 희생자가 되고 말았다. 대여섯 개의 회사로부터 청소도구를 주문하는 것부터 음식 공급, 프로그램 판매와 운동장 비품에 이르기까지 전부 그가 관리하고 있었다. 일요일 아침, 펍을 지키는 업무에서 잠깐 해방되어 경기장에 들렀더니 놀라운 광경이 눈앞에 펼쳐졌다. 지역 경찰 축구팀의 유니폼이 빨랫줄에 줄줄이 걸려 있었다. 지미의 동생은 메인스탠드 아래에 차들을 주차시키고 여동생은 가족들과 경찰팀의 식사를 준비하기 위해 부엌에서 한창 요리하는 중이었다. 그런 관행은 그날로 끝이 났다. 나는 지미에게 프로그램 재고와 판매수익을 구단에 돌려주라고 명령했고, 구단은 처음으로 프로그램 판매 수입을 챙길 수 있었다.

또 다른 고민은 상당수의 팬들이 개찰구를 뛰어넘어 무료로 입장한다는 것이었다. 게이트를 지키는 사람들은 친구들에게 선심을 쓰거나 약간의 팁을 받고 눈을 감아주었다. 불법행위를 실제로 입증하기는 어려웠으므로 뛰어넘는 행위가 아예 불가능하도록 목수를 불러 개찰구 지붕을 낮추어버렸다.

나를 보고 말만 하지 않고 직접 실천하는 감독이었다고 할 수도 있을 것이다. 누군가는 일을 해야 하는 상황이었으니까. 이사들은 경기 당일에만 구단에 얼굴을 내밀었고, 그중 한 사람인 존 코슨은 클럽이 어떻게 돌아가는지 전혀 관심도 없는 것처럼 보였다. "알렉스, 저 중에 누가 토니 피츠패트릭이지?" 토니를 주장으로 임명하고 2년이나 지난 뒤 그가 나에게 한 질문이었다.

보드룸은 두 파로 갈려 끊임없이 싸움을 벌이고 있었다. 존 코슨은 해롤드 커리 후임으로 클럽 회장에 취임한 윌리 토드와 한편이었다. 토드는 경기장에 쓰이는 모든 페인트를 납품하는 사업체를 운영하기 때문인

지는 몰라도 어떠한 이사들보다도 구단에 자주 모습을 드러냈다. 솔직히 클럽의 진정한 팬이긴 했다. 그러나 내가 클럽에 도착한 직후부터 그는 사사건건 내게 간섭하기 시작했다. 그의 에고$_{ego}$가 통제되지 않을 경우 재앙이 예상되었다. 조금이라도 건수가 생기면 생색을 내는 데 그를 따를 사람이 없었다. 토드는 율 크레이그와 프레이저 매킨토시가 이끄는 라이벌 파벌로부터 나를 얼마나 철저히 보호해주고 있는지 모른다며 늘 자신의 공로를 내게 늘어놓곤 했다. 크레이그와 매킨토시에 대해 가졌던 경계심은 1976년 여름, 해롤드 커리의 위스키 수출업자 연줄로 3주간의 캐리비안 클럽투어를 떠났을 때 율이 이사로서는 유일하게 동행한 뒤 사라졌다. 바베이도스에서 1경기, 트리니다드 토바고에서 2경기, 가이아나에서 1경기를 가진 뒤 수리남에서 마지막 경기를 할 예정이었다. 투어는 몇몇 유익한 결과를 가져왔다. 선수들 사이가 보다 더 친밀해졌고, 무엇보다도 자신이 좋은 대접을 받을 만한 가치가 있는 선수라는 자신감을 갖게 되었다. 언론에서 총알받이라고 폄하한 수리남을 4-0으로 꺾은 뒤 마지막 5일을 바베이도에서 느긋하게 휴가를 즐기는 걸로 투어는 막을 내렸다. 투어 동안 봤던 율은 토드의 표현과는 사뭇 다른 사람이었다.

투어에 관한 모든 것이 긍정적이기만 한 것은 아니었다. 가이아나전에서는 프로선수생활을 그만둔 지 얼마 되지 않은 감독이 겪는 좌절감을 느껴야 했다. 데이비 프로반과 나는 바베이도스전과 트리니다드 토바고전에서 후보로 나서며 오랜만에 경기를 뛰는 즐거움을 가지기도 했다. 그러나 가이아나전은 달랐다. 가이아나 대표팀의 존 맥세브니 감독은 호감 가는 인상의 스코틀랜드인으로 다가오는 월드컵 예선을 위해 팀을 담금질하고 있었다. 경기가 시작하자마자 나는 심판에게 덩치 큰 상대 센터백이 우리 어린 센터포워드 로버트 토런스에게 가한 잔인한 파울에 대해 항의했다. 하프타임이 끝난 뒤 토런스는 여전히 보호받지 못한 채 다시 한 번 상대에 의해 쓰러졌다. 나는 데이비 프로반에게 말했다. "더 이상 못 참아. 내가 나가주지. 저 망나니가 아주 멋대로 굴고 있어." 데이비는 말리려 했지만 이미 나는 끓어오르고 있었다. 크로스된 공을 경합하는 과정에서 덩치 큰 센터백에게 복수를 했다. 그가 비명을 지르자 심판이 불길한 표정으로 나를 가리켰다. 싸움은 내가 토런스의 가해자를 완벽하게 쓰러뜨릴 때까지 지속되었다. 그가 곧 죽을 사람처럼 데굴데굴 구르자 심판은 나를 퇴장시켰다. 경기가 끝나고 나는 선수들에게 경고의 뜻을 담아 하나하나 손가락으로 가리키며 말했다. "내가 퇴장당한 사실을 아무한테도 말하지 마. 알겠나?" 그렇게 내 이야기는 밖으로 새나가지 않았다.

16년간 선수생활을 하며 6번의 퇴장을 당했지만 늘 판정이 정당했다는 생각은 들지 않았다. 가슴에 손을 얹고 이야기하는데 가이아나전까지는 상대 선수에게 해를 가할 의도로 필드 위에 오른 적은 한 번도 없었다. 선수 시절 내가 저지른 반칙은 예외 없이 모두 내가 당한 거친 플레이에 대한 반응 또는 대응이었다. 상대 선수가 좋은 매너를 보여준다면 나역시 친절로 답했다. 징계 기록은 도덕성이 아닌 기질이나 교활함을 반영하게 된다. 폭력을 당하면 철학적으로 변하는 선수들이 있는가 하면 본능적으로 되받아치는 선수들이 있다. 일부 능수능란한 자객들은 너무나 교묘한 수법으로 반칙을 하기 때문에 놀라울 정도로 적은 징계를 받는다. 감독으로서 나는 언제나 거칠거나 더러운 전술이 아닌 기술을 신봉한다. 또한 자제력이 갖는 가치에 대해 선수들에게 피력하곤 한다. 자제력은 폭력에 대한 바람직한 대안이 아니라 실질적으로 더욱 큰 이익을 가져다준다. 다만 스스로 퇴장 상황을 만든 감독으로서 내 경우를 모범적이라고 말할 수는 없을 것 같다.

1976년 캐리비안 투어는 의심할 나위 없이 선수들을 더욱 가깝게 만들어주었으며 다음 시즌 1부 리그 우승에 보탬이 되도록 선수로서 성숙하게 만들었다. 결국 리그 우승은 내가 더 큰 무대로 나갈 수 있는 기회를 주었다. 당시 애버딘 감독이었던 앨리 맥레오드는 1978년 월드컵에 나갈 스코틀랜드 감독을 맡을 예정이었다. 그는 내게 전화를 걸어 자신의 후임으로 피토드리에 올 생각이 있는지 물었다. 얼간이처럼 나는 진심으로 고마운 이야기이지만 세인트 미렌을 애버딘처럼 만들고 싶기 때문에 거절한다고 말해버렸다. 나중에 축구클럽의 수준을 가르는 근본적인 잣대가 있음을 알게 되었다. 이스트 스털링셔가 결코 세인트 미렌이 될 수 없는 것처럼 세인트 미렌은 애버딘이 될 수 없고 애버딘은 맨체스터 유나이티드가 될 수 없다. 앨리가 나에게 제안했을 때 그 사실을 알고 있었더라면 윌리 토드의 권력에 대한 야망이 점점 커지면서 겪게 될 상심에서 벗어날 수 있었을 것이다.

세인트 미렌을 전업 축구선수들로 이루어진 클럽으로 만드는 게 내 오랜 목표였다. 우리는 선수들이 아침에는 직장에서 일하되 오후에는 훈련을 받을 수 있는 체계를 만들며 목표를 향해 한 단계 나아갔다. 그러나 토드가 자신을 위한 계획을 실행한 데 비하면 그 진전은 미미했다. 여느 때처럼 아침훈련을 참관하러 나온 그는 좋은 소식이 있다고 말했다. 영입을 위한 자금이 들어왔나 상상의 나래를 펼치는데 그가 폭탄을 떨어뜨렸다. "이제부터 나는 풀타임 회장이 될 걸세." 그 뉴스가 얼마나 반갑지 않은 건지 알게 된 것은 러브 스트리트에서 레인저스와의 손에 땀을 쥐게 하는 3-3 무승부 경기가 끝난 후였다. 경기는 레인저스 서포터석에서 벌어진 추태로 얼룩졌고, 대부분 어린 청소년들인 일부 팬들은 경기장 안으로 난입해 경기를 중단시키려 했다. 나를 추문에 끌어들이려는 기자들의 인터뷰 요청을 거절했지만 우리 풀타임 회장님께서는 싸움 한 복판으로 당당하게 몸을 던졌다. 그의 말을 인용하자면 "레인저스 서포터들은 러브 스트리트 출입을 금지할 것이며 레인저스의 문제에 대해 윌리 와들과 앉아 이야기할 거다"라고 했다. 당연히 나는 와들의 분노를 최전선에서 받아야 했다. "이 배은망덕한 자식들." 나와 세인트 미렌에게 그토록 너그러웠던 사람으로서 당연한 첫마디였다(와들은 9,000명의 관중을 기록한 친선 경기의 수익 절반을 우리에게 넘겨준 적도 있었다). 이 사건으로 와들과 나의 관계는 영구적인 손상을 입게 되었다. 그의 결론이 성급했음을 지적하자, 그는 나에게 아이브룩스에서 토드와의 만남을 주선할 것을 명했다. 토드가 약속을 새까맣게 잊어버린 것을 알게 된 나는 경악했다. 나중에 토드가 약속장소에 나타났을 때 와들이 어떤 반응을 보였을지 상상만 해도 몸이 떨린다.

들쭉날쭉한 결과와 리드를 날려버리는 성향 때문에 1977-1978 시즌은 강등을 면하기 위한 싸움이 되었다. 서너 경기 가량 남겨놓고도 프리미어 리그 잔류 가능성이 안개 속에 쌓여 있었을 때, 우리는 에어 유나이티드와의 서머셋 파크 원정경기에 대비해 몇 주 만에 가장 강한 팀을 꾸릴 수 있게 되었다. 에어 역시 강등권에 있었기 때문에 우리의 1-0 승리는 우리를 안정권에 안착하게 했다.

윌리와 나는 더 이상 서로 말하지 않는 사이가 되었다. 그러므로 애버딘이 또 한 번 내게 구애했을 때 내가 보일 반응은 하나밖에 없었다. 애버딘을 스코티시컵과 리그 우승 근처까지 끌어올렸던 빌리 맥닐은 족 스테인을 대신해 셀틱에 가게 되었다. 셀틱은 위대한 족 스테인을 내보내기 위해 구단 사업부에 자리를 마련하는 허접한 술수를 썼다. 한편 나는 세인트 미렌에 여전히 계약적으로 묶여 있는 몸이었기 때문에 섣불리 옮기려 했다가 고소를 당할 수 있는 복잡한 입장에 빠져 있었다. 그래서 어리석게도 대답에 시간을 끌다 토드가 나를 제거하려는 계획을 실행에 옮길 기회를 주었다. 존 코슨과 이사회에서 욕설을 퍼부으며 언쟁을 벌였을 때 불길한 징조를 감지했어야 했을지도 모른다. 그러나 어느 날 아침 이사회에 불려나갔을 때 벌어진 사건에 대해 내가 대비할 수 있었던 건 아무것도 없었다.

토드는 여러 항목에 번호를 매긴 보고서를 앞에 두고 앉아 있었다. 내가 계약을 위반했다는 15개의 사례를 그가 읽어나갈 때에야 나는 그 내용의 중대성을 깨달았다. 보다 심각한 위반 사례 중 하나는 내가 여비서에게 욕설을 퍼부었다는 내용이었다. 내가 토드와 언쟁을 벌였을 때 그녀는 그의 편을 들었고 다음 날 만났을 때 나는 "두 번 다시 내게 그런 빌어먹을 짓은 하지 말아요"라고 말했었다. 목록의 또 다른 사례는 매주 내가 경비로 25파운드의 돈을 받았던 점을 꼬투리로 잡았다. 이 비용은 내 계약조건에 포함되어 있었고 지불을 보증하는 클럽의 각서를 계약서에 추가하기도 했다. 그러므로 이 절차가 클럽의 허가와 인지 아래 이루어지고 있었다는 사실은 의심할 여지가 없었다.

목록에 있는 세 번째 죄목은 스포츠도박업자 친구에게 우리가 에어 유나이티드를 꺾을 거라고 이야기한 죄였다. 어느 정도 상식이 있는 사람이라면 감독이 자기 팀이 이길 거라고 장담하는 게 업자들에게 있어 큰 가치가 있는 정보가 아니라는 사실을 알 것이다. 자기 팀이 질 거라고 하는 감독이라면 문제가 되겠지만. 문제의 도박업자 데이비 맥알리스터와는 오랫동안 친하게 지낸 사이였다. 우리는 자주 어울리며 괜찮은 내기라고 생각하면 서로의 의견을 주고받곤 했다. 나는 언제나 세인트 미렌의 편을 들었기 때문에 에어 유나이티드에 대한 내 의견은 소중한 내부정보로 볼 수 없었다. 그 일을 계약 위반행위라고 규정하는 것은 전적으로 말도 안 되는 일이었다.

나를 해고하는 나머지 12가지 이유는 웃음이 나올 정도로 어이없는 내용이었다. 그 안에는 구장 관리인에게 허락 없이 내 차를 빌려줘 웸블리 경기장에서 열린 1978년 유러피언컵 결승 브뤼헤 대 리버풀 경기를 (내 돈으로) 볼 수 있게 해준 죄목도 포함되어 있었다. 리스트에 적힌 항목을 다 읽을 즈음에는 더 이상 웃음을 참기 힘들 정도였다. 윌리 토드는 나에게 웃지 말라고 짜증을 냈다.

"어쩔 수 없어요." 내가 말했다. "난 사람을 자르려면 한 가지 이유만 있으면 되는지 알았거든요. 그냥 능력이 없다고 하면 되잖아요." 사무실로 돌아가 책상을 치우고 캐시를 보러 집으로 왔다. 생각이 정리되자 화가 치밀어 오르기 시작했지만, 구단 경영진에 대한 내 태도가 내 위치를 취약하게 만들 수 있다는 교훈을 얻었다. 설사 회장을 증오할지라도 잘 지낼 방안을 찾아내야 했다. 나의 외골수적인 성격은 언제나 내 입장을 지키기 위해 토드와의 언쟁도 불사하게 만들었다. 권력투쟁에서 약자의 입장인 나는 질 수밖에 없었다. 세인트 미렌 이사회에서의 기이한 행사는 애버딘으로 갈 수 있는 문을 열어준 결과가 되었기 때문에 그 점에 대해서는 감사하게 생각한다.

애버딘의 경이로운 회장 딕 도널드와 그의 사무실에서 10분간 면담을 가지며 우리는 계약에 합의했다. 그러고 나서 부회장인 크리스 앤더슨이 합류해 점심식사를 같이 했다. 오후에 내가 애버딘 감독이 되었다는 소식이 언론에 발표되었다. 이틀 후 나는 크리스 앤더슨과 함께 미국 여행길에 올랐다. 3주 예정의 여행은 1978년 당시 절정에 달했던 미국 프로축구의 상업적인 성공을 연구하는 것이 그 목적이었다. 미국에서 같이 시간을 보내며 나는 부회장의 사람됨에 대해 더 자세히 알게 되었고, 새로운 클럽에 대한 귀중한 정보도 모을 수 있었다.

앞으로 벌어질 일에 대한 만반의 준비가 되었다고 느낀 나는 말타로 가족여행을 떠났다. 텔레비전 앞에서 아르헨티나 월드컵을 보거나 수석코치 임명 건으로 스코틀랜드로 전화하는 외에는 대부분의 시간을 일광욕을 하며 보냈다. 데이비 프로반은 훌륭한 자격을 지녔지만 러브 스트리트의 관중석에서 보드룸까지 글래스고 커넥션에 대한 반감이 팽배했던 일을 생각하니 또 그런 일이 되풀이될까 염려되었다. 그에게 데려갈 수 없다고 말하는 일은 무척 힘들었지만, 그런 일에도 불구하고 우리는 여전히 가장 친한 친구로 남아 있다. 내 오른팔이 될 만한 사람을 고르는 데 가장 먼저 떠오른 후보는 던디 유나이티드의 짐 맥클린 밑에서 홀륭하게 임무를 수행했던 월터 스미스였다. 하지만 짐과의 교섭 과정에서 벽에 부딪쳤다. 그래서 선수에서 은퇴한 지 얼마 안 되는 팻 스탠턴으로 관심을 돌렸다. 비록 코치 경험은 없었지만 그 외 다른 것은 모두 갖고 있었다. 그리고 하이버니언에서 뛰어난 선수였다는 것은 특별한 장점이었다. 캐시는 애버딘으로 이사 가는 일에 대해 걱정했지만 언제나처럼 내 결정을 굳게 지지해주었다. 남자아이들은 애버딘행을 멋진 모험이라고 생각했다. 나 역시 같은 생각이었다.

10장

북부를 밝히다

금세기에 들어 레인저스나 셀틱 외의 팀이 스코틀랜드 리그를 우승한 횟수는 고작 15차례밖에 되지 않는다. 애버딘이 우승을 하려면 우선적으로 이 두 팀에 우위를 점하는 일이 필수라고 본 이유는 그 통계수치 하나만으로도 설명할 수 있을 것이다. 즉, 내 팀이 유력한 우승 후보가 되려면 올드 펌을 정기적으로 꺾을 능력을 갖추지 않는 한 전혀 희망이 없다는 이야기였다. 단순한 야망이었지만 그것이 가능하다는 생각을 선수들이 공유할 수 있도록 그들의 정신을 단련시켜야 할 필요가 있었다.

　스코틀랜드 프로축구가 출범했을 때부터 리그는 이 두 거인이 지배해왔다. 그러한 상황은 다른 팀들로 하여금 체념하는 마음가짐을 갖게 해 조연에 머무는 운명을 자연스럽게 받아들이게 만들었다. 그러한 종류의 소극적인 사고방식은 납득하기 힘들었다. 나는 애버딘을 잠깐 반짝하는 팀으로 만들고 싶지 않았다. 지속적으로 업적을 쌓는 팀으로 변모시킬 생각이었다. 우승컵을 여러 개 갖고 싶었다. 독점규제위원회가 되어 오랫동안 레인저스와 셀틱, 이 두 팀이 사이좋게 나누어 먹은 전리품을 빼앗고자 했다.

　그 후 8년의 세월을 피토드리에서 보내며 처음 세웠던 목표의 대부분을 실현했다. 올드 트래포드에서 아무리 큰 성공을 거두었어도 한낱 지방클럽에 지나지 않았던 애버딘을 스코틀랜드에서, 단 몇 시즌 동안만이라도, 우수한 축구의 대명사로 만들었던 만족감을 넘어서기 힘들 것이다. 애버딘을 우승 근처까지 끌어올렸던 빌리 맥닐이 남겨두고 간 건실한 토대를 감사히 여길 이유가 있긴 하지만, 북동부에서 보낸 부임 초기는 힘든 세월이었다. 우선 개인적으로 정신적 고통에 시달려야 했다. 그중 일부는 스스로 초래한 것으로, 윌리 토드가 나를 쫓아내기 위해 이용했던 괴상한 고발 목록 때문에 세인트 미렌을 노동재판소로 끌고 간 게 원인이었다. 오명을 씻어내겠다는 결의는 이미 급속히 악화되고 있는 아버지의 건강상태로 인해 스트레스를 받던 시기에 추가적인 부담을 주었다. 선수단을 가지고도 필요 이상으로 내 삶을 힘들게 만들었다. 사람들과 직접적으로 충돌하는 일은 피해야 한다는 교훈을 내 것으로 만들지 못했고 너무 성급하게 기강을 확립하려 했던 게 문제였다. 가족과 친구들의 굳건한 뒷받침이 그 어느 때보다도 절실했고, 특히 애버딘에서 나를 보좌하는 사람들의 능력이 고마웠던 시기였다.

팻 스탠턴이 수석코치로 오기 전에 코치진에서 테디 스코트만큼 중요한 사람은 없었다. 놀라운 능력을 가진 그는 2군 코치에 행정업무까지 담당했으며 피토드리의 해결사이기도 했다. 40년간 애버딘에서 선수와 코치로 있었던 테디가 클럽에 보여주는 헌신적인 태도는 감탄스러울 정도였다. 애버딘에서 26km 떨어진 엘론에 살던 촌사람이라 차가 없었던 시절에는 늦게까지 일하다 마지막 버스를 놓쳐 클럽의 당구대에서 자는 일이 비일비재했다. 1999년 1월 매진된 테디의 기념경기를 위해 맨체스터 유나이티드 주전들을 모두 데리고 애버딘까지 올라갔던 일은 무척이나 흐뭇한 추억이다

팻 스탠턴으로 말할 것 같으면 그보다 더 우수한 수석코치를 바랄 수는 없을 것이다. 선수들의 장점이나 팀에 도입하고 싶은 플레이 스타일 등을 논의하며 서로 생각을 교환하는 일은 소중한 경험이었다. 초창기 시절 내 걱정은 우리가 너무 밑으로 내려와서 수비에 치중한다는 점이었다. 핵심 수비선수들의 성향을 보면 이해할 수 있는 일이긴 했다. 견고한

파트너십을 형성하고 있었던 우리의 두 센터백 윌리 가너와 윌리 밀러가 수비위치를 페널티박스 안으로 잡은 것은 발이 딱히 빠르지 않은 그들이 뒷공간을 내주지 않기 위한 논리적인 선택이었다. 그러나 윌리 밀러는 나중에 그의 성장이 보여주듯 당시 자신을 과소평가하고 있었다. 지나치게 아래쪽에 틀어박힌 수비는 기본적으로 능동적인 축구를 지향하는 나로서는 받아들일 수 없었다. 우리 팀은 창조적인 공격으로 자신의 축구를 표현하기를 바랐다.

두 달 후 몇몇 좋지 않은 경기 때문에 나는 비난의 대상이 되었다. 드레싱룸에서는 내가 애버딘 선수들을 예전에 데리고 있던 세인트 미렌 선수들과 자꾸만 비교한다는 불평이 터져 나왔다. 이 일에 관해서는 내 판단 착오라고 할 수 있는 게 피토드리에 있는 선수들은 러브 스트리트에 있는 어린 소년들보다 훨씬 더 경험 많고 더 성공한 선수들이기 때문이었다. 나는 선수들에게 말할 때는 좀 더 말을 조심하기로 마음먹었다.

유일하게 장기적인 문제를 안겨줄 사람은 우리 팀의 조그만 스트라이커 조 하퍼였다. 조는 팬들에게는 영웅이었지만, 나에게는 두 발로 서 있거나 바퀴 네 개 달린 것을 타고 있거나 걱정만 끼치는 존재였다. 프리시즌 훈련 중 오래 달리기에서 나보다 한 바퀴 늦게 들어올 때부터 그에게 의구심을 갖게 되었다(나는 은퇴한 지 3년 반이나 지난 후였다). 혹시 뺀질거리며 훈련을 게을리하는 선수가 아닐까 하는 의심을 하던 어느 날, 드레싱룸 뒷문에서 나를 불러 세우고 선수들이 얼마나 즐겁게 내 훈련을 받고 있는지 말해주었을 때 더욱 확실해졌다.

"빌리가 여기 있었을 때는 제대로 된 훈련도 해주지 않았거든요."

그런 터무니없는 아첨을 상대할 기분이 아니어서 제대로 대꾸도 하지 않았지만, 하퍼의 속셈은 그 다음 주에 그의 무리한 부탁을 통해 드러났다. 이미 그를 요주의 인물로 찍어놓은 후였다. 경찰 지구대에서도 나와 같은 생각을 했던 것 같다. 애버딘에 온 지 얼마 안 된 어느 날 새벽, 전화벨이 울렸다. 경찰이었다. 조가 음주운전 행위로 붙잡혀 들어왔는데 그의 전화를 받아줄 수 있느냐고 물었다. 취해서 횡설수설하지는 않았지만 그의 부탁은 얼토당토하지 않은 것이었다. "알렉스, 모리슨 서장에게 고발을 취소해달라고 부탁 좀 해주실래요? 난 맥주 세 잔밖에 안 마셨다고요." 실례를 무릅쓰고 크리스 앤더슨 부회장을 깨웠고, 그는 당연히 조를 위해 서장에게 자비를 호소하는 미친 아이디어를 거절했다.

"꿈도 꾸지 마." 그가 말했다. "조는 예전에도 이런 문제가 몇 번 있었고 이런 식으로 자네를 이용하려고 하는 건 녀석의 인성이 어떤지 말해주는 거야. 잠이나 계속 자게." 곧 경찰로부터 다시 조의 혈중 알코올농도가 허용치의 두 배 반이 넘었다는 이야기를 듣고 나서 나는 부회장의 말을 따랐다.

1978년 12월은 머릿속에 특별히 선명하게 남아 있다. 던디의 홈인 덴스 파크에서 열린 힙스와의 리그컵 준결승전은 아버지와 함께한 마지막 경기였다. 지금도 내가 선물한 크롬비 코트[Crombie Coat, 영국의 최고급 의류 브랜드]를 입고 함박웃음을 지으며 귀빈석에서 내게 손을 흔들던 모습이 눈에 선하다. 아버지는 우리가 1-0으로 이기자 무척 자랑스러워하셨다. 2주 후, 노동재판소의 판결에 나는 머리를 한 대 맞은 것 같은 충격을 받았다. 내 변호사인 말콤 맥키버는 패소했다는 재판결과를 말해주기 전에 먼저 나를 의자에 앉게 했다. 도저히 받아들일 수 없는 판결이었다. 내가 경비를 받아들였다는 사실로 계약위반이 성립됐고, 비서에게 상소리를 한 상황이 인정되어 해고 요건을 충족한다는 이야기였다. 재판소로 가면 쉽게 이길 거라고 말콤은 주장했지만 그렇게까지 하기에는 아버지의 병세가 너무 걱정되었다. 아버지가 노동재판소의 판결로 심신에 엄청난 타격을 입을 거라는 염려로 이미 머리가 꽉 차버렸다. 캐시와 어머니도 큰 충격을 받겠지만 두 사람은 이겨낼 힘이 있었다. 아버지의 병세는 위중했다. 판결소식을 들은 아버지는 급격히 쇠약해지셨고 두 달 후,

66세의 나이로 세상을 떠났다. 러브 스트리트에서 세인트 미렌과 경기를 가진 날이었다. 금요일 날, 아버지를 보러 내려왔다가 두 주 동안 병세가 눈에 띄게 악화된 것을 보고 큰 충격을 받았다. 아버지 옆에 앉아 손을 잡아드리며 눈을 마주치는 것밖에 내가 할 수 있는 일이 없었다. 아버지의 흐려진 눈빛은 사실 매우 아름다웠다.

"별거 아니다, 알렉스." 떠나는 나에게 아버지는 이렇게 말했다.

토요일 오후 세인트 미렌과의 경기는 2-0으로 앞서며 순항하는 듯했으나 4시 20분에서 25분 사이에 불운한 사건이 연달아 일어났다. 심판이 윌리 밀러와 이언 스캔론을 퇴장시키는 등 우리에게 불리한 판정을 남발한 결과 세인트 미렌과 2-2 무승부를 거두었다. 경기가 종료된 후 내가 심판에게 거칠게 항의하자 그는 스코틀랜드 축구협회에 보고할 거라고 말했다. 잠시 후 러브 스트리트의 전기기사이자 옛 친구인 프레드 더글러스가 나를 작은 방으로 데리고 들어가 아버지의 죽음을 알렸다. 나는 그 자리에서 무너져 흐느꼈다. 프레드, 딕 도널드 애버딘 회장과 크리스 앤더슨은 성심껏 나를 위로했지만 우리 모두 그런 상황에서 그렇듯 내 슬픔을 덜어줄 수 없었다.

서던 종합병원에 도착해서 마틴에게 아버지가 돌아가신 시간을 물었다. "4시 23분"이라고 동생이 말했다. 러브 스트리트에서 온갖 불운이 덮쳤을 때 아버지가 생명의 끈을 놓고 있었다는 사실이 기이하게만 여겨졌다. 수요일 치러진 장례식에서 마틴과 나는 고반 공동체의 모든 계층의 사람들을 고맙게 맞았다. 특히 페어필드 조선소에서 아버지와 함께 일하던 동료들과 어린 시절 학교 친구들인 던컨 피터슨, 토미 헨드리와 짐 맥밀란이 찾아와서 기뻤다. 아버지에 대한 그들의 존경심은 오래전으로 거슬러 올라간다. 그날 오후, 애버딘으로 올라가는 길에(파틱 시슬과 밤 경기가 있었다) 임시 주차구역에 차를 세우고 아버지께 마지막 작별을 고했다.

1979년 3월 31일, 리그컵대회에서 감독으로서 첫 메이저대회 결승전을 치렀다. 우리 상대는 레인저스였으나 아이브록스에서 선수로 뛴 경험이 있는 나는 그들에게 압도될 위험이 없었다. 경기 준비를 위해 선수단을 라그스로 데려갔는데 경기 바로 전날 밤 이 에어셔 캠프에서, 뛰어난 재능을 지녔지만 감정적인 레프트윙인 이언 스캔론이 경기에 나가지 않겠다고 선언했다. 더 이상 축구를 즐길 수 없게 되어 클럽을 떠나겠다는 게 그의 이유였다. 자기감정(일시적이라는 게 밝혀지지만)을 털어놓는 데 아주 적당한 시간이었다. 그러나 어떤 선수를 잃어도 상실감을 겉으로 드러내지 않는 나는 선수단 계획과 전술을 다시 짜기 시작했다. 애버딘에 들어와 처음으로 영입을 마무리 지은 후였다. 그러나 뉴캐슬 유나이티드에서 7만 파운드에 데려온 마크 맥기는 경기를 뛸 만한 폼이 아니었기 때문에 팻 스탠턴과 의논 끝에 위험부담이 큰 결승전에 적합하지 않다는 결론을 내렸다.

햄든에서 우리는 좋은 플레이를 펼쳤고, 스티브 아치볼드는 톱클래스 스트라이커로 성장할 재목임을 입증했다. 스캔론 대신 왼쪽 윙으로 뛴 던컨 데이비슨이 넣은 골로 1-0으로 앞서나가던 우리는 후반전에 레프트백 더그 룩비가 논란의 여지가 있는 판정으로 퇴장당해도 투지를 잃지 않았다. 경기 종료 12분을 남겨두고 골문을 지키던 보비 클라크가 팔꿈치 부상을 입었다. 그는 우리 물리치료사인 브라이언 스코트에게 처치를 받을 수 있도록 경기를 멈춰달라고 미친 듯이 손을 흔들었다. 브라이언은 언제라도 뛰어들 수 있도록 골대 옆에 서 있었지만 레인저스의 다이내믹한 미드필더인 알렉스 맥도널드가 18m 밖에서 때린 슛이 보비의 몸을 맞고 나갈 때까지 경기는 멈추지 않았다. 여전히 재경기 가능성은 남아 있는 것처럼 보였지만 7분간의 추가시간이 주어진 후 콜린 잭슨이 레인저스의 결승골을 넣었다. 결승전은 존 그레이그 감독에게 첫 우승컵을 안겨주었고 그는 후에 스코티시컵까지 차지하게 된다. 스코티시컵에서 우리는 준결승까지 올라갔으나 비 내리는 수요일 햄든에 모인

9,900명의 단출한 관중 앞에서 힙스에게 2-1로 지는 바람에 꿈을 접어야 했다. 보비 클라크는 경기에 뛸 만한 몸 상태가 아니었고 후보 골키퍼인 조 가디너는 경험이 부족한 게 단점이었다. 사실 클라크의 적합한 후계자는 대기 중이었다. 짐 레이튼은 하츠를 상대로 타인캐슬의 형편없는 피치 위에서 이미 1군 데뷔를 마쳤다. 공이 미끄러운 운동장 표면을 제멋대로 튀어 오르는, 골키퍼에게는 치명적인 조건에서 그는 예외적인 재능을 보여주었다.

애버딘에서의 첫 번째 시즌이 끝나가는 시점에서 팀에 대한 걱정의 대부분은 미드필드에 분포된 재능의 균형을 맞추는 일이었다. 우리에게는 고든 스트라칸, 도미닉 설리번, 존 맥마스터와 드루 자비 같은 뛰어난 선수들이 있었지만 제대로 된 조합을 만들어내지 못했다. 팻 스탠턴 역시 내 진단에 동의했다. 그의 평가는 본인이 정상급 미드필더였다는 사실에 의해 뒷받침되었다. 그러나 우리는 가능성이 엿보인다는 데 의견이 일치했다. 내가 피토드리에 처음 왔을 때, 스트라칸이 기대에 못 미치고 있다는 의견이 팽배했었다. 회장이 직접 내게 "꼬마 고든을 팔고 싶냐"고 물을 정도였다. "훈련받는 걸 좀 더 지켜보고 판단하겠다"는 게 내 대답이었다. 몇 주 동안 관찰한 결과 그가 충분한 능력을 가졌으며 키워볼 가치가 있는 선수라는 결론을 내렸다. 프리시즌 동안 체력훈련 결과도 좋았고, 내가 지시하는 플레이를 깔끔하고 정확히 수행했다. 거기에 퍼스트 터치와 볼 컨트롤 능력까지 발군이었다. 시즌이 진행되며 주전으로 자리잡았지만 패스를 비롯해 여전히 개선되어야 할 부분이 있었다. 기본적으로 그는 옆의 동료에게 잠깐 몇 초 동안 공을 빌려주었다가 다시 돌려받는 타입의 선수였다. 한마디로 말해서 경기에 활력을 불어넣기는 하지만 정상급 선수라면 갖춰야 할 시야와 침투능력이 아쉬웠다. 좀 더 긴 패스를 시키고 효율적으로 주고받는 법을 익히게 하면 해결될 문제였다.

고든이 우리가 필요한 우측 미드필더의 조건을 충족시킬 거라고 확신했지만 중앙 미드필더 문제는 해결해야 했다. 공을 따내는 동시에 지킬 줄 아는 선수는 우리 팀에 없었다. 존 맥마스터는 내가 이제껏 데리고 있던 선수 중 패스가 가장 뛰어났다. 하지만 공을 상대방이 갖고 있을 때 쫓아갈 정도로 발이 빠르지 않았다. 그 때문에 밀러와 그의 동료 수비수들이 페널티박스를 벗어날 수 없었다. 한마디로 말해 수비가 빨리 이루어지지 않는다는 이야기였다. 어린 앤디 왓슨은 2군에서 인상적인 활약을 보이고 있었으나, 테디 스코트는 그가 충분한 자신감을 가지려면 시간이 필요하다고 생각했다.

유스에 중점을 두려고 했고 첫 시즌에 스카우트를 적극적으로 활용한 덕분에 많은 수의 재능 있는 학생들과 계약할 수 있었다. 내가 온 지 일주일 후 우리와 계약한 닐 심슨은 이제 1년차 수습생이었다. 이렇게 데려온 소년들 중에는 미드필더에 이언 앵거스와 닐 쿠퍼, 포워드에 이언 포티어스와 애릭 블랙, 그리고 골키퍼로 브라이언 건이 있었다. 또 내가 데려온 학생 센터포워드인 스티브 코원과 세인트 미렌에서 자유계약으로 온 10대 미드필더 더그 벨이 있었다. 이들 모두는 애버딘과 다른 클럽에서 성공적인 선수생활을 하게 되며, 이 중 다섯은 1983년 우리가 예테보리에서 유러피언 컵위너스컵에서 우승할 때 멤버다. 스웨덴에서의 그 멋진 밤에 기억할 만한 활약을 하게 되는 또 다른 어린 선수로는 존 휴잇이 있었다. 많은 클럽들의 추적을 뿌리치고 그를 영입한 것은 우리 스카우트로 활약하던 보비 칼더의 공이었다. 언제나 말끔한 차림에 늘 낮은 중절모자를 쓰고 다닌 그 온화한 신사의 슬로건은 "먼저 어머니를 공략하죠. 그럼 모든 게 다 해결돼요"였다. 가족의 신망을 얻는 그의 접근방식은 휴잇 가家로부터 다시 한 번 보상을 받았다.

1979-1980 시즌이 시작된 후, 수비에 일찍 돌입해야 한다는 내 요구에 따라 상대를 괴롭히는 책임을 분담해야 됐기 때문에 공격진의 부담이 가중되었다. 장기적으로 운동능력이 떨어지는 조 하퍼 같은 선수는 이

런 시스템에 맞지 않으리라는 사실을 미리 알았고, 따라서 조 맥기를 영입한 이유는 분명했다. 한창 떠오르던 센터하프 알렉스 맥리시를 데리고 온 효과는 즉각적으로 나타났다. 알렉스는 수비수처럼 생각했고 훌륭한 태클 기술을 가진 열정이 넘치는 젊은 선수였다. 그의 존재를 더하고 고든 스트라칸을 오른쪽 윙에 자리 잡게 하니 팀 밸런스가 향상되었다. 고든은 윙어로 불리는 일을 싫어해서 그렇게 부르지 않았지만 당시 그가 수행하던 임무는 정확하게 윙어의 일이었다. 그에게는 여전히 발전할 여지가 많이 남아 있었다.

안타깝게도 조 하퍼에게 닥친 불운은 팀에 돌파구를 제공했다. 선수가 부상에 시달리는 모습을 보고 싶어 하는 사람은 아무도 없다. 그러나 조가 뛸 수 없게 되자 나는 예전부터 마음에 두었던 아치볼드와 맥기의 스트라이커 파트너십을 추진할 기회를 얻었다. 두 사람은 애버딘에서의 내두 번째 시즌을 성공으로 이끄는 데 중요한 역할을 했다. 그러나 도중에 실망도 몇 번 맛봐야 했다. 그중에서 리그컵 결승전에서 던디 유나이티드와 재경기까지 간 후, 지난해에 이어 연속으로 우승을 놓친 일이 가장 쓰라렸다. 햄든에서의 1차전에서는 완전히 상대를 압도했으나 골을 넣지 못해 0-0으로 비겼다. 수요일 밤, 비에 젖은 덴스 파크에서 겪은 패배는 스코틀랜드 축구협회의 징계로 귀빈석에 앉게 되는 바람에 팻에게 지시도 전달 못하고 속만 태우며 경기를 봐야 했던 고통까지 더해져 더욱 비참했다. 유나이티드는 3-0으로 우리에게 손쉬운 승리를 거두었고, 짐 맥클린의 치밀함과 노력을 존경해왔던 나는 망설임 없이 그에게 진심에서 우러나온 축하인사를 건넸다.

그날 밤, 나답지 않게 좀체 잠을 이룰 수가 없었다. 감독 일로 아무리 압박을 받고 있어도 베개에 머리만 닿으면 스르륵 잠이 드는 나였다. 하지만 이번에는 백 가지도 넘는 상념들로 머릿속이 꽉 차 있었다. 이른 아침이 되자 원기를 되찾고 하루를 맞을 준비를 마쳤다. 선수들이 훈련을 받으러 나왔을 때 나는 그들 하나하나 손을 잡고 악수를 했다. 그리고 간단한 회의를 가지며 다시는 결승전에서 패배를 당하게 하지 않을 거라고 말했다. 진심이었다. 다음 주 토요일, 세인트 미렌전에서 어린 선수들에 대한 내 믿음을 보여주고자 16세였던 존 휴잇을 데뷔시켰다. 그는 뛰어난 활약을 펼쳤다. 테디와 팻의 지도 아래에서 발전하는 모습에 더할 나위 없이 흡족했다. 비슷한 나이의 다른 소년들도 마찬가지였다. 러브 스트리트의 유스 프로그램에서 느꼈었던 더없이 소중한 긍정적인 감정이 나를 가득 채웠다. 감독으로서 재능 있는 어린 선수들이 출현하는 것보다 더 희망을 주는 일은 또 없을 것이다. 그들이 가진 순수함과 활력은 우리가 축구를 시작하던 시절의 신선함과 흥분을 되돌려준다.

1980년이 시작되자 리그에서의 우리는 추진력을 얻었으나 몇몇 경기가 연기되는 바람에 리그 순위가 꼬이고 말았다. 셀틱보다 10점이 뒤지고 세 경기를 치르지 못한 상태에서 캐피로에서 까다로운 상대인 모튼과 붙어야 했다. 모든 원정경기가 다 어렵다지만 모튼 원정은 특히 악몽이었다. 모튼과의 상대 전적은 형편없었다. 그들을 극복하기 위해 상상할 수 있는 온갖 술책은 다 써봤지만 뚱보 천재 앤디 리치에게 몇 번이고 그림 같은 골을 먹으며 무너졌다. 이번 경기 역시 예외가 아니었다. 다만 이번에는 우리 레프트백인 더그 콘시다인의 심각한 실책이 그들을 도왔다. 애버딘에 왔을 때 라이트백 포지션은 폴커크 연습생으로 있던 시절부터 나에게 깊은 인상을 주었던 스튜어트 케네디에 의해 이상적으로 완성되어 있었지만, 레프트백 자리는 끊임없는 걱정거리였고 많은 선수들이 시험대에 올랐다.

그러나 더그 룩비가 곧 그 자리를 되찾았고, 2월 23일 킬마녹에게 당한 패배를 마지막으로 시즌이 끝날 때까지 무패 행진을 달렸다. 15연승을 거둔 덕분에 우리는 리그 챔피언까지 오를 수 있었다. 만약 우리의 가장 큰 희생자가 가장 중요한 라이벌이기도 했던 셀틱이라고 한다면, 그리녹에서 찾아온 지긋지긋한 모튼에게 마침내 승리를 거둔 일은 우리를 사기충천하게 만들었다고 할 수 있다. 1-0으로 승리한 것보다도 혹독한 겨울 날씨가 예정된 경기를 절대 취소하지 못하도록 온몸으로 저항한 일이, 그 어느 것도 우리의 리그 우승을 막을 수 없다는 굳은 결의를 더 잘 보여주었다고 생각한다. 클럽에 있는 가지각색의 사람들이 삽과 빗자루를 들고 모여들었고 그중에는 딕 도널드 회장까지 있었다. 우리는 토요일 아침 7시부터 피토드리에 15cm나 쌓인 눈을 치웠고, 그 보상은 드루 자비의 골로 방점을 찍은 우리 팀의 끈질긴 플레이였다. 셀틱 경기가 날씨 때문에 취소된 덕분에 우리와의 승점 차이는 줄어들었다. 이제부터 챔피언을 향한 진정한 도전이 본격화되었다.

우승으로 가는 길목에는 킬마녹과의 힘겨운 원정경기가 끝난 후 숨 돌릴 새도 없이 셀틱 원정으로 이어지는 일정이 두 번이나 반복되었다. 이 4경기를 모두 승리하며 최대한 많은 승점을 쌓는 위업을 달성한 것이 우승을 하는 데 많은 도움이 되었다. 럭비 파크 원정에서 우리는 마침내 3-1로 킬마녹을 꺾어 상승세를 탔고, 셀틱은 던디에게 5-1로 무참한 패배를 당한 뒤 상처를 핥으며 4연전의 마지막 경기로 들어가게 되었다. 글래스고의 온화한 밤에 셀틱 서포터들이 조금도 기죽지 않고 소리를 높여 응원해도 우리는 놀라지 않았다. 꽉 찬 경기장은 열광의 도가니였다. 우리 선수들은 전혀 위축되지 않고 적극적으로 공격을 펼쳤으며 3-1이라는 스코어는 그들에게 조금도 과분한 것이 아니었다. 스코틀랜드 리그에서 우승하는 유일한 길은 올드 펌을 꺾는 거라고 앞서 말한 바 있다. 우리는 그들을 꺾었다. 이제 우리를 누가 멈출 수 있을까? 한마디로 아무도 없었다. 강등 예정인 힙스를 이스터로드 원정에서 5-0으로 박살내며 우리는 우승을 확정했다. 같은 날 셀틱은 러브 스트리트에서 0-0 무승부에 머물렀다. 우리가 넣었던 골 중 하나는 앤디 왓슨의 작품이었다. 그가 우리 팀의 마지막 퍼즐이라고 믿고 죽 지켜봤던 테디 스콧의 인내심이 마침내 정당했다는 것이 입증된 것이다. 앤디의 적극성, 투지, 그리고 훌륭한 태클 능력은 미드필드에 있는 스트라칸, 맥마스터, 자비와 스캔론 같은 다른 선수들을 잘 보호해주었다. 더그 룩비는 레프트백에 확고한 고정이었고 중앙 수비 자리에 윌리 가너를 대체해 들어온 알렉스 맥리시는 윌리 밀러의 파트너를 이루었다. 이들로 이루어진 팀은 그 후 여러 해에 걸친 애버딘 성공시대의 기반이 되었다.

이스터로드전이 끝난 뒤 마틴과 나는 뜨겁게 포옹했다. 두 사람 다 아버지에 대한 이야기는 하지 않았지만 아버지가 우리와 함께 있다는 것을 느낄 수 있었다. 반드시 그래야만 했다. 마틴은 자기 차를 에든버러의 부모님과 함께 남은 고든 스트라칸에게 맡기고 우리와 함께 선수단 버스를 타고 애버딘으로 돌아왔다. 산드라 제수씨에게 전화를 해 마틴이 북쪽으로 가고 있다는 소식을 전해야 하는 달갑지 않은 임무도 함께 맡긴 채. 우리 두 형제는 새벽까지 잠도 자지 않고 축하파티를 하며 추억에 젖었다. 어떻게 알았는지 집까지 찾아온 두 명의 서포터들에게 도중에 방해를 받긴 했지만. 전혀 모르는 사람들이었지만 그날 밤 애버딘에서 벌어진 광란을 생각하면 그들도 자신들이 누군지 몰랐을 것 같다.

어쩔 수 없이 리그 우승은 선수들의 재능을 널리 알리는 계기가 되었다. 특히 아치볼드가 많은 주목을 받았다. 아치볼드는 이미 몇 달 전부터 이적을 알렸고, 이듬해에 자유계약이 도입되는 상황에 75만 파운드를 제안한 토트넘 홋스퍼를 거절할 수 없었다. 우리는 자주 충돌하는 관계였지만 나는 정말로 스티브를 높이 평가했다. 외골수에 고집이 세고 인간관계에 서투르지만 투지가 넘쳤다. 정말 누군가를 많이 빼닮았다! 게다가 얼마나 뛰어난 선수였는가! 나와 함께 일한 스트라이커들 중에서 의심할 여지없이 그는 최상위 골게터에 속한다. 반항적인 측면에서도 정상급이었다. 피토드리에서 벌어진 셀틱과의 경기에서 3-2로 승리했을 때 그는 해트트릭을 기록한 뒤 경기에 사용한 공을 가지고 돌아갔다. 당시에는 그런 일이 흔하지 않았기 때문에 다음 날 아침, 사무실에서 '아치볼드의 의자'에 앉아 있는 그를 야단쳤다. 그 의자에서 그가 야단을 맞는 일이 잦아 의자에 그런 별명이 붙었던 것이다. 24시간 뒤 팻, 테디와 함께 한가로이 차를 즐기고 있는데 사무실 문이 벌컥 열리더니 아치볼드가 공을 뻥하고 찼다. 공은 벽에서 벽으로 이리저리 쾅쾅 튀기다가 형광등까지 깨뜨렸다. "자, 망할 놈의 공 가져왔어요." 그는 이렇게 말하고 그대로 나가버렸다. 아치볼드와의 나날은 이렇게 심심할 틈이 없었다.

여름에 또 하나의 귀중한 인재를 떠나보내야 했다. 에든버러로 돌아가겠다고 결심한 팻 스탠턴을 붙잡을 수 없었다. 아마 그의 아내인 마가렛이 고향과 가족을 너무 그리워했던 모양이다. 그를 너무나 아꼈기 때문에 실망감은 어마어마했다. 정직하고 진정으로 믿을 수 있는 부하였다. 지금도 팻을 떠올리면 무한한 애정을 느낀다. 스탠턴 일가와는 대조적으로 우리 가족은 애버딘에 행복하게 정착했다. 축구감독의 기본적인 진리인, 팀을 장악하는 유일한 길은 승리라는 말을 입증이라도 하듯이 일은 순조로웠다. 캐시와 나는 주변의 친절한 사람들과 친해졌고 이들과의 우정은 그동안 더욱 깊어져왔다. 아이들은 무럭무럭 자라났고 그곳에서 아직까지도 친하게 지내는 친구들을 사귀었다. 이 멋진 도시에서 우리가 경험한 따스함은 더없이 소중했다. 우리에게 정을 준 사람들을 여기에서 일일이 이름을 대기에 너무 많을 정도라 생략하지만, 우리의 존경과 애정을 알아줄 것이다.

15연승 후에 첫 패배를 당했던 1980-1981 시즌의 첫머리는 지난 시즌 끝머리를 뒤집은 모양새였다. 우승컵을 들어 올릴 기회도 하나 더 생겼다. 오스트리아 빈Austria Vienna을 합산 스코어 1-0으로 탈락시킨 뒤 나는 더욱더 클럽의 첫 유러피언컵 도전에 집중했다. 우리의 다음 상대는 당시 잉글랜드에서 팀 중의 팀으로 손꼽혔고 그 후에도 한동안 지배를 유지했던 리버풀이었다. 물론 리버풀의 감독은 리그를 독식하던 명장 봅 페이즐리였지만 빌 샹클리 역시 아직 건재했던 때였다. 팻 스탠턴 후임으로 내 수석코치가 된 아치 녹스와 함께 리버풀 대 미들스브로 Middlesbrough전을 보러 안필드에 들르는 길에 에어셔 출신의 위대한 전설을 만나게 된 우리는 잔뜩 흥분해 있었다.

"만나서 반갑네, 알렉스. 윗동네에서 아주 잘 하고 있다고 하더군." 빌리의 인사말에 더듬더듬 고맙다는 말을 하자 그는 대화를 이어나갔다. "그래, 위대한 리버풀을 보러 내려왔다고?" 아치와 나는 완전히 아이돌 앞에 선 그루피[Groupie, 가수를 따라다니는 소녀팬] 계집애들처럼 굴며 그렇다고 웅얼거렸다. "그래, 모두 우리를 보러오고 싶어 하지." 그가 말했다.

필드 위에서 우리가 하려던 플레이는 모두 아무 쓸모가 없었다. 피토드리에서 가진 1차전에서 1-0으로 패배한 후 2차전에서 나온 4-0의 스코어는 너무나 확실한 참패라 부상으로 선수들이 빠졌다는 변명으로 덮을 수조차 없었다. 우리가 할 수 있는 일은 유럽대항전 수준에서 요구되는 테크닉과 규율을 고루 갖춘 대가들과 싸운 고통스러운 경험에서 배울 것을 찾는 게 전부였다. 무엇보다도 우리 선수들은 그런 경기에서 공을 쉽게 내주는 팀에게 용서는 없다는 교훈을 깨달아야 했다.

부상이 많았다는 사실이 머지사이드Merseside에서 대패한 이유를 설명해주지는 않지만 리그에서 폼이 지속되지 않은 데에는 그 요인이 컸다. 리그에서 몇 경기 치른 후, 보비 클라크가 허리부상으로 경기에 나올 수 없게 되었고, 맥마스터는 리버풀전에서 무릎부상을 당하며 시즌이 끝날 때까지 복귀가 불가능해졌다. 그것도 모자라 스트라칸까지 탈장 때문에 12월 30일 이후 뛰지 못했다. 작년 우승팀 전력이 반이나 빠진 상태에서 경기를 치른 적도 있었다. 결국 연말 전후로 우리가 지키고 있던 5점 차리드가 날아가 버리며 셀틱에 이어 2위에 만족해야 했다. 그러나 레이튼, 쿠퍼, 앵거스, 벨, 심슨, 코원, 그리고 휴잇 같은 어린 선수들이 귀중한 경험을 얻었다는 데서 위로를 얻었다. 애버딘에서 세 시즌을 보내며 비록 프리미어 리그 우승은 한 번밖에 못했지만 분명 많은 발전을 이루었다고 확신한다. 가장 기분 좋은 사실은 올드 펌과 정면으로 맞선 싸움에서 이기는 습관이 생겼다는 점이었다.

이론의 여지없이 스코틀랜드 축구의 권력구조에 지각변동이 이루어진 시기였다. 애버딘, 그리고 우리와 격렬한 라이벌 관계에 있던 동쪽 해안의 던디 유나이티드가 레인저스와 셀틱의 양강 구도에 자신 있게 밀고 들어온 것이다. 1982년 스코티시컵 결승전에서 레인저스와 격돌했을 때처럼 이제 우리는 이 두 팀과의 만남을 즐기게 되었다. 결승전 전반전은 상당히 팽팽한 접전이 펼쳐지다 후반전부터 우리가 압도하기 시작했다. 하지만 좋은 기회를 몇 차례 무산시키며 1-1 무승부로 전후반을 마치고 연장전에 돌입하게 되었다. 연장 30분 동안 우리는 압도적인 경기력을 골로 연결시키며 4-1로 레인저스를 박살낼 수 있었다. 이미 4라운드에서 셀틱을 꺾었기 때문에 우리가 우승컵의 정당한 주인이라는 사실에 아무도 의문을 가질 수 없었다.

지난 시즌 우승자인 보비 롭슨의 입스위치 타운에게 1, 2차전에서 손쉬운 승리를 거두며 우리의 첫 UEFA컵 도전을 시작했던 것도 1981-1982 시즌이었다. 하지만 사람들이 우리의 여정을 기억하는 이유는 2차전에서 벌어진 어떤 사건 때문이다. 원래는 드레싱룸에서 있었던 사소한 일에 점점 살이 붙어 나중에는 고반판 미친 모자장수의 티파티같이 괴상한 이야기가 되고 말았다. 3-0 리드를 지닌 채 아르게스 피테슈티와의 2차전을 위해 루마니아로 원정을 떠났을 때의 일이었다. 우리의 유리한 입장을 최대한 활용하기 위한 전술을 고안했고, 이를 실행하기 위해서는 고든 스트라칸과 피터 위어의 임무가 중요했다. 위어는 여름에 세인트 미렌에서 영입한 침투능력이 뛰어난 윙어였는데 그가 스트라칸과 함께 터치라인에서 뛰는 동안 마크 맥기가 원톱으로 움직여줘야 했다.

그러나 꼬마 스트라칸은 자기만의 생각이 있었고, 운동장을 온통 누비고 다니는 동안 죽어도 오른쪽 측면에는 얼씬도 하지 않았다. 우리는 극도의 혼란에 빠졌고 하프타임이 되기 전에 겨우 두 골만 먹은 것을 다행으로 생각해야 했다. 드레싱룸에서 나는 우리에게 측면 공간을 열어주는데 집중하라고 요구하면서 직설적이라고 표현할 수 있는 방식으로 고든을 야단쳤다. 그 조그만 녀석은 주제넘게 말대답을 하면서 계속 비아냥거렸다. 그가 재치 있는 응수라고 생각했던 건 나에게 의미 없는 주절거림이었고 화가 머리끝까지 치밀어 오른 나는 손을 번쩍 들어 옆에 있는 커다란 차 주전자를 내리쳤다. 주전자는 백납이나 철로 만든 것 같았는데 너무 단단해서 하마터면 손뼈가 나갈 뻔했다. 고통 때문에 뚜껑이 열린 나는 홍차를 놓은 차 쟁반을 스트라칸을 향해 던져버렸다. 쟁반은 그의 머리 위로 날아가 벽에 맞고 떨어졌다. 다른 선수들과 아치 녹스도 그가 앉은 쪽에 앉아 있었고 홍차가 주르륵 몸 위로 흘러내리는 동안 아치는 꼼짝도 하지 않았다. 후반전에는 스트라칸이 내 지시를 따랐고, 우리는 두 골을 넣으며 합산 스코어 5-2로 다음 라운드에 여유 있게 진출했다.

다음 라운드에서 우리는 위대한 베켄바워가 스위퍼로 뛰던 함부르크 Hamburg와 맞붙었다. 그들은 강한 팀이었고 그해 UEFA컵 결승전에서 우리가 패배하기도 했다. 우리는 피토드리에서 벌어진 1차전에서 좀 더 확실하게 그들의 숨통을 끊어놓았어야 했다. 스트라칸이 페널티킥을 실축했을 때 우리는 2-1로 앞서고 있었다. 그러나 휴잇이 종료 9분을 남겨두고 3-1로 만들었다. 그러나 정신을 놓은 자기 파괴적 플레이 때문에 우리는 함부르크에 마지막 순간 골을 내주었고 2연전의 양상은 완전히 바뀌어버렸다. 차가운 독일의 밤공기 속에서 우리는 3-1로 늘씬하게 두들겨 맞았고 그걸로 모든 것은 끝이 났다.

또 다른 실망스러운 2연전 패배는 리그컵 준결승전에서 일어났다. 우리는 태너디스에서 던디 유나이티드를 1-0으로 꺾었으나 홈경기에서 3-0 참패를 당했다. 컵대회에서 던디 유나이티드가 종종 우리보다 우위를 보이는 건, 리그에서 그들보다 압도하는 실력을 보여주는 우리에게 상당히 짜증나는 일이었다. 리그에서 그들은 각각 5-0과 5-1정도로 밟아주는 상대에 불과했다. 두 팀의 경기는 플레이가 막힐 때마다 상대보다 한 수 앞서 나가려는 나와 짐 맥클린의 지략대결이 큰 부분을 차지했다. 두 팀의 대결은 늘 흥미진진했으며 우리가 바로 뉴 펌New Firm이라는 사실을 확실히 보여주었다.

월드컵 결승전을 처음으로 관전한 일은 애버딘에서 경험할 가장 황홀한 시즌의 완벽한 서곡이었다. 1982년 여름, 스코틀랜드의 월드컵 경기도 볼 겸 말라가로 가족여행을 떠났다. 캐시는 평온한 휴가를 방해하는 '바보 같은 게임'이 질색이었지만, 아이들은 족 스테인의 팀이 브라질과 맞붙는 경기를 직접 보게 되어 나만큼이나 흥분하고 있었다. 세비야의 스타디움은 두 팀의 서포터들이 자아내는 축제분위기로 넘실댔다. 사람들이 서로 유니폼을 교환하는 와중에도 대런은 절대 스코틀랜드 셔츠를 브라질 셔츠와 바꾸려고 하지 않았다. 숀 코너리도 우리 일행과 같이 앉아 있었는데, 10년 후 다시 만난 자리에서 우리 아들의 소년다운 애국심이 인상 깊었다고 말해주었다.

세비야 경기장의 필드 위에서 우리 팀 선수 둘이 뛰고 있었기 때문에 내게는 특별한 의미가 있는 경기였다. 스트라칸과 윌리 밀러는 똑같이 자랑스러운 내 선수였으나 나라를 대표하는 중앙 수비수로서 확고하게 자리 잡은 윌리의 모습은 각별한 기쁨을 안겨주었다. 처음에 월드컵 대표로 선발되었을 때 물론 나는 그를 믿었지만 세상은 그렇게 보지 않았고, 그는 온갖 회의적인 의견과 맞서야 했다. 그는 정말로 뛰어난 선수였기 때문에 최근 전후 스코틀랜드 대표 드림팀을 선발해달라는 의뢰를 받았을 때도 로, 달글리시, 맥케이, 수네스와 박스터 같은 대스타들과 나란히 그를 집어넣었다. 태클에 들어가는 타이밍이 절묘했으며, 상대방의 플레이를 예상하는 능력이나 집중력도 발군이었다. 그러나 무엇보다도 그를 다른 이들과 갈라놓는 것은 선수로서의 강한 의지력이었다. 내가 길러낸 모든 제자 중에서도 윌리와 브라이언 롭슨은 이기는 걸 숨 쉬는 것만큼이나 중요하게 생각했다는 점에서 돋보였다. 꼭 이겨야 했던 러시아전을 2-2 무승부로 마친 스코틀랜드가 또다시 아슬아슬하게 16강 진출에 실패한 뒤 예전 스파링 파트너였던 스티브 아치볼드를 만나러 갔다. 대표팀 숙소는 우리가 빌린 아파트 바로 옆 건물이었다. 풀사이드에 있던 그는 햄버거와 돔 페리뇽 샴페인을 한 병 주문하는 중이었다. 그 두 개를 동시에 해치우려던 그는 또다시 '아치볼드의 의자'에 앉아야 했다.

축구에 아주 약간이라도 관심이 있는 사람이라면 애버딘의 1982-1983 시즌에서 유러피언 컵위너스컵 우승이 가장 큰 위업이었다고 이야기해줄 필요가 없을 것이다. 우리는 또다시 리그 우승에 가까이 갔었고 2년 연속 스코티시컵을 들어 올렸다. 그러나 우리를, 더 나아가 우리 도시와 나라 전체를 진정으로 뒤흔든 건 대륙에서의 모험이었다. 스위스의 숑Sion과 예선 라운드를 거치게 되어 실망했지만 홈에서 7-0, 원정에서 4-1로 대승을 거두며 단지 형식적 절차에 불과하다는 사실을 보여주었다. 두 번째 라운드는 훨씬 더 아슬아슬했고 단 한 개의 골로 알바니아의 디나모 티라나Dinamo Tirana와의 2연전을 빠져나온 걸 다행으로 여겼다. 폴란드의 레흐 포즈난Lech Poznan을 2연전 끝에 3-0으로 보내버린 뒤, 8강 상대로 바이에른 뮌헨이 걸리자 애버딘 전체에 술렁거림이 느껴지기 시작했다. 애버딘 사람들이 쩨쩨하다고 조롱하는 뮤직홀 코미디언의 농담은 현실과 전혀 동떨어진 이야기이지만, 1983년 3월 독일인들과 피토드리에서 맞붙게 되었을 때 경기티켓을 손에 넣은 사람은 수전노처럼 티켓을 아무에게도 내주지 않았다. 그 경기는 8강전의 두 번째 경기였고, 놀라울 정도로 절도 있는 경기력에 힘입어 뮌헨에서 0-0 무승부를 거둔 뒤였기 때문에 우리는 온몸을 짓누르는 기대 속에서 경기에 들어갔다.

경기 훨씬 전부터 아치 녹스와 나는 교대로 독일로 정탐을 나갔기 때문에 우리 홈에서 바이에른 뮌헨이 얼마나 위험한 상대인지 잘 알고 있었다. 첫 경기에서 경기 템포를 능수능란하게 조절하는 파울 브라이트너의 능력과 수비 진영까지 깊숙이 내려왔다가 뒤늦게 공격 포지션에 복귀하는 칼 하인츠 루메니게의 위협을 잘 봉쇄했었다. 그러나 피토드리에 오자 그들은 장신의 레프트백 한스 푀글러를 레프트윙으로 배치시키며 우리를 놀라게 했다. 골키퍼를 비롯한 바이에른의 모든 수비수들이 높은 공으로 그의 머리를 노렸고, 장신이 가진 이점은 우리 라이트백 케네디를 엄청나게 괴롭혔다. 경기가 시작한 지 불과 10분밖에 지나지 않았는데 우리의 문제는 위기로 발전했다. 브라이트너가 프리킥을 아우겐탈러에게 가볍게 연결했고, 거구의 센터백은 18m 밖에서 무시무시한 슛을 날려 골대 안으로 꽂아넣었다. 이제 우리는 뮌헨에서 골을 넣지 못한 것을 후회해야 했다. 무승부로 끝나면 그들이 올라가는 상황이었다.

전반전이 끝나기 직전에 닐 심슨이 잠시 독일 수비수가 멈칫한 틈을 타 날린 대포알 같은 슛이 골라인을 넘으며 1-1이 되자 우리는 회복하는 듯했다. 그러나 후반전이 시작되고 얼마 되지 않아 푀글러의 발리슛으로 다시 바이에른이 앞서 나갔다. 우리의 희망은 점점 사라져가고 있었다. 케네디는 여전히 힘겨워했고 필드 반대편에서는 단신의 빠르고 기술이 좋은 윙어 델 하예가 덕 룩비를 고문하고 있었다. 뭔가 과감한 수단이 필요한 시점이었다. 나는 맹렬히 도박을 걸었다. 케네디를 내보내고 푀글러의 고공폭격을 막기 위해 룩비를 라이트백 자리에 이동시켰다.

델하예를 좀 더 효과적으로 막을지도 모른다는 생각에 닐 쿠퍼를 레프트백 자리에 보낸 뒤 중원의 평정을 되찾기 위해 존 맥마스터를 중앙에 배치했다. 나의 모든 조치로 바이에른의 전술에 좀 더 나은 대응을 보일 수 있었고 공격도 전보다 확실히 이루어졌으나, 우리의 시도는 그들의 골키퍼 뮬러에 의해 모두 막혀버렸다. 그의 손을 지나친 에릭 블랙의 헤딩조차 크로스바가 막아주었다. 종료 13분을 남기고 나는 마지막 도박을 걸었다. 미드필더의 뛰어난 투사인 닐 심슨을 존 휴잇과 교체시키며 공격수를 하나 추가한 것이다. 그가 들어가자마자 우리는 상대편 페널티박스 오른쪽 지점에서 프리킥을 얻었고 스트라칸과 맥마스터는 몇 번이고 연습한 약속된 플레이를 시작했다. 두 사람 다 프리킥을 차러 나와 상대방을 방해하는 척하다 말싸움을 벌이기 시작했다. 그러고 나서 스트라칸이 골에어리어 안으로 공을 차 넣었고, 가짜 말싸움에 넘어가 방심하고 있던 독일선수들은 맥리시의 헤딩골을 막지 못했다. 2-2 동점이었다. 피토드리는 뒤집어졌다. 그리고 정확히 30초 후에는 폭발했다. 하프라인에서 드로인한 공을 맥마스터가 잡은 뒤 그의 정교한 왼발로 바이에른의 페널티박스 안으로 깊숙이 차 넣었다. 블랙이 뛰어오르며 헤딩을 시도했고 뮐러가 간신히 쳐낸 공은 휴잇의 발 앞에 떨어졌다. 골이었다. 두 번의 교체는 성공이었지만 너무 빨리 샴페인을 터뜨리고 싶지 않았다. 내 도박으로 인해 미드필드 지역에 태클에 능한 선수가 하나도 남지 않게 되었기 때문이었다. 남은 13분은 조마조마하기 짝이 없었다. 그러나 서포터들이 내지르는 열광에 찬 함성만으로도 적들의 플레이에 지장을 주기 충분했고, 격려의 함성은 곧 승리를 축하하는 광란의 함성으로 바뀌었다.

바이에른과 벌인 진땀나는 승부의 드라마를 펼친 후 벨기에의 바터셰이Waterschei와 일방적인 준결승전에서는 여유 있게 한숨 돌릴 수 있었다. 애버딘에서 거둔 5-1 승리는 2차전의 1-0 패배를 의미 없는 스코어로 만들어버렸다. 하지만 그 승부에서 우리가 겪어야 했던 고통은 컸다. 스튜어트 케네디의 빛나는 커리어에 종지부를 찍게 만든 경기였기 때문이다. 피치 가장자리 밖으로 난 담장에 붙은 나무판자에 스터드가 끼는 바람에 그는 끔찍한 부상을 입었다. 스튜어트는 일류선수였고 무조건 신뢰할 수 있는 남자였다. 자신에 대한 진정한 자긍심과 믿음을 가졌고, 축구계에서 내가 만나 이들 중 단연코 가장 강인하고 선량한 인간이었다. 레알 마드리드와의 결승전에서 그를 후보명단에 공식적으로 올린 것은 내 감독생활에서 가장 훌륭한 결단 중 하나라고 생각한다. 경기에 뛸 수 없는 선수를 후보에 포함시키는 일은 위험부담이 컸지만 그에게는 그만한 자격이 있었다.

예테보리에서 열리는 결승전에 앞서 선수들의 긴장을 풀어줄 필요가 있다고 생각하고 선수 부인들을 상대로 작은 장난을 꾸미기로 했다. 부인들에게 그들이 원정기간 동안 오두막에서 묵게 될 거라는 내용을 담은 일정표를 보냈다. 거기에는 오두막 번호와 반드시 가져와야 하는 준비물이 적혀 있었다. 머그잔 두 개, 포크와 나이프, 침낭과 그 밖의 기본적인 캠핑용품이었다. 내 장난은 예상외로 잘 먹혀들어갔던 것 같다. 부인들 사이에 클럽이 인색하기 짝이 없다고 불평하는 전화가 돌았다. 부인들 때문에 귀가 아플 지경이었던 선수들이 내게 와서 하소연하자 정 그렇다면 모두 피토드리에 와서 나와 회동을 갖자고 대답했다. 어느 날 오후, 아이들을 포함한 선수 가족들이 선수 라운지에 모이자 나는 남자들을 밖으로 내보냈다. 물론 그들이 엿들을 거라는 건 계산했다. 선수들이 들은 내용은 그들을 놀라게 했다. 곧 부인들은 일정표가 장난이라는 사실을 알게 되었고, 내가 일생에서 가장 중요한 경기에 임하는 선수들에게 부인들의 지지가 얼마나 중요한지 이야기할 때 모두들 조용히 경청했다. 클레어 밀러나 브렌다 룩비가 뭐라고 할 줄 알았지만 아무 질문도 하지 않았다. "만약 문제가 생기면 저에게 오세요"하고 내가 말하자 그들은 조용히 고개를 끄덕였다. 이런 게 승리가 아니라면 대체 뭐가 승리일까?

축구에 관심 없는 캐시조차도 애버딘 전역을 휩쓸고 있는 열기에 휘말려버렸다. 아이들이 학교공부에 집중하도록 하는 일이 아내에게 가장 큰 문제였다. 1만 4,000명의 팬들이 북해를 건널 수 있도록 상상할 수 있는 모든 교통수단이 동원되었다. 팬들의 존재는 선수들에게 큰 힘이 되어줄 터였다. 선수들은 경기 이틀 전 예테보리 근처의 작은 마을에 있는 쾌적한 호텔에 머무르고 있었다. 스웨덴에 있는 소중한 친구, 네스토르 로렌은 미리 우리를 위해 모든 것을 완벽히 준비해 놓았다.

나는 스코틀랜드 대표팀 감독인 족 스테인을 특별히 손님으로 초대했다. 그 여행으로 위대한 감독에 대한 내 존경심은 더욱더 깊어졌다. 그는 자신을 내세우지 않고도 소중한 충고를 수없이 해주었다. 도움이 필요한 사람 곁에서 도움을 주는 그만의 방식이었다. 그가 내게 흥미로운 제안을 하나 했는데, 내가 레알 마드리드의 위대한 알프레도 디 스테파노 감독에게 위스키 한 병을 선물로 줘야 한다는 것이었다. "그가 자신을 중요한 사람이라고 생각하게 만들게." 족이 말했다. "자네는 결승전에 오른 것만으로도 기뻐하고 있으며 단지 경기 숫자를 채우기 위해 와 있는 것처럼 구는 거야." 디 스테파노는 경기 전날 밤 나에게 위스키를 선물 받고 확실히 놀라긴 했다. 그때 팀 선발은 이미 마친 상태였다. 명단을 짜는 과정은 단순했다. 부상 중인 스튜어트 케네디와 더그 벨을 제외하고 나니까 실망해야 될 사람은 존 휴잇밖에 남지 않았다.

저녁 내내 내린 비로 결승전 피치는 무거워져 있었지만 우리는 상대를 압도했다. 첫 골은 약속된 세트피스 상황으로 고든 스트라칸이 레알의 페널티박스 가장자리를 향해 코너킥을 차면 맥리시가 될 수 있는 한 아주 늦게 뛰어들며 헤딩을 하기로 했다. 어차피 골이 들어가려고 했는지 상대편 선수 몸을 맞고 굴절된 공이 차 넣기 좋게 에릭 블랙 앞에 떨어졌다. 전반전 조금 지나 알렉스 맥리시가 다른 방식으로 경기에 기여했다. 그가 지미 레이튼에게 백패스를 했는데 조금 공이 짧아서 산티아나에게 기회가 왔다. 레이튼은 산티아나를 쓰러뜨렸고 페널티킥은 득점으로 연결되었다. 맥리시가 자신의 실수를 신경 쓸까 봐 걱정했는데 그토록 강인한 정신력을 가진 선수는 걱정이 필요 없었다. 자신의 실수를 만회하기로 결심한 그는 이후 거의 완벽한 플레이를 했다. 알렉스가 축구선수로 성장하는 모습을 옆에서 지켜보며 그의 향상심과 근면함에 감탄해왔다. 그런 선수가 큰 대회에서 자신의 잠재력을 모두 발휘하는 모습을 보는 일은 기쁘기 짝이 없었다.

경기가 연장전까지 넘어간 것은 레알의 끈질긴 수비 덕분이었다. 그중 하나가 독일대표팀의 기둥인 슈틸리케로 7주 동안이나 경기를 뛰지 못했던 선수라고는 볼 수 없는 놀라운 경기력을 보여주었다. 90분이 조금 못 되어 블랙이 부상을 당하는 바람에 어쩔 수 없이 그를 존 휴잇과 교체해야 했다. 존의 악몽 같은 경기내용 때문에 연장 후반전에 교체를 해야 하나 고민하고 있었다. 바로 그때, 휴잇은 자기 이름을 역사책에 남기기로 결심했던 모양이다. 그날 경기 내내 레알 마드리드의 라이트백을 괴롭히던 피터 위어가 우리 박스 근처에서부터 달리기 시작했다. 상대팀 선수들을 몇 번 제친 후 그는 터치라인 근처의 마크 맥기를 향해 공을 차올렸다. 마크는 힘과 체력이 워낙 뛰어났기 때문에 상대 선수들은 또 한 번 폐가 터질 것 같은 질주로 터치라인 근처에 좋은 지점으로 달리는 그를 쫓아갈 수 없었다. 한편 나는 페널티박스 안에 일직선으로 달려드는 휴잇을 주시하는 중이었다. 늘 주의를 주는 데도 그는 곡선으로 들어올 생각을 아예 하지 않았다. 맥기가 크로스를 올렸을 때 나는 한창 휴잇을 욕하는 중이었다. 당연히 공은 휴잇의 머리 위로 떨어졌고 그 덕분에 우리는 우승할 수 있었다.

2-1로 승리를 거두고 귀환한 우리에게 보내준 애버딘 시민들의 뜨거운 환영은 결코 잊지 못할 것이다. 북서부의 모든 학교는 임시휴교를 선포했고 영웅을 맞이하기 위해 50만 인파가 거리로 쏟아져 나왔다. 군중 사이에 흐르는 격렬한 감정의 파도가 선수들에게 전해지며 모두 하나가 되었다. 그 모습을 보며 경기가 끝난 뒤 디 스테파노가 한 말이 생각났다. 레알 마드리드가 싸운 것은 단지 하나의 축구팀이 아니라 멈출 수 없는 정신이었다고. 클럽에서 그 정신은 한 번도 필드 위에 서보지 못한 여러 충직한 직원들에 의해 떠받쳐지고 유지되었다. 선수들은 어떠한 축구단체에서도 가장 중요한 존재이지만 사실 그들은, 세상물정에 밝고 진지한

얼굴로 농담을 즐기는 우리 딕 도널드 회장으로부터 경기 후에 운동장을 치우다가 스태프로 인정받게 된 연금생활자들까지, 무대 뒤에서 헌신적으로 일하는 사람들로부터 엄청난 도움을 받고 있다. 피토드리에 있는 동안 직원들이 보여주었던 수고와 추억을 일일이 적으려면 종이가 몇 장이 있어도 모자랄 것 같다.

그중에서도 가장 놀라운 사람은 아마 바바라 쿡일 것이다. 그녀와 브렌다 고슬링은 클럽 총무인 이언 태거트의 비서였다. 이 세 사람은 모두 굉장한 일을 해냈지만 그중에서도 거의 혼자 힘으로 클럽을 돌아가게 만드는 사람은 바바라였다. 축구 쪽으로는 대체 불가능한 테디 스코트가 있었다. 롤런드 아노트 같은 뛰어난 물리치료사가 우리에게 있던 것도 행운이었다. 물론 나와 가장 가까운 위치에서 날마다 하루일과를 함께 소화했던 아치 녹스도 빼놓을 수 없다. 서로 의견이 일치되지 않을 때도 있었지만 우리는 대체로 잘 지냈고, 그에게 크나큰 존경심을 가지고 있다. 우리가 비슷하다는 이야기도 들었지만 그것은 말도 안 되는 이야기였다. 성공에 대한 불타는 욕망과 필요하다면 언제까지나 일에 매달릴 에너지가 있다는 점을 제외하고는 우리 두 사람은 닮은 구석이 전혀 없었다. 경기를 보기 위해서라면 우리는 어디라도 차를 몰고 갔고, 애버딘이 스코틀랜드에서 처음으로 지역 외의 장소에서 축구 클리닉을 실시했을 때 일주일에 한 번씩 글래스고로 출근하기도 했다. 셀틱 파크 옆에는 헬랜베일이라는 전천후 경기장이 있었고, 적의 코앞에서 우리는 재능 있는 어린 선수들을 코치해주었다. 어쩌면 그런 뻔뻔함이 우리의 공통점일지도 모른다.

예테보리에서 돌아온 후 우리에게는 아직 산술적으로 우승할 수 있는 가능성이 실낱같이 남아 있었다. 리그 마지막 경기에서 던디 유나이티드가 던디와 비기고 우리가 힙스를 7-0으로 꺾는다면 우리는 리그 타이틀을 차지할 수 있었다. 유러피언 컵위너스컵 결승전을 치른 지 겨우 3일 만에 지친 몸을 추스르고 다시 경기에 나선 우리는 힙스에게 5-0으로 승리하며 불가능한 목표를 거의 달성할 뻔했다. 그러나 덴스 파크에서 던디 유나이티드가 경기 후반 성공시킨 결승골 때문에 우리는 승점 1점 차이로 우승을 놓쳤다. 게다가 셀틱에게 골득실에서도 뒤져 3위에 머무르게 되었다. 돌이켜봐도 화만 나지만 시즌 중에 페널티킥 기회를 그토록 많이 날려버리지 않았다면 우리는 3위가 아니라 우승을 차지했을 것이다.

일주일 후 스코티시컵 결승에서 우리는 레인저스와 만나게 되었다. 준결승전에서 셀틱을 꺾은 후여서 그들을 간단히 학살할 수 있을 줄 알았다. 하지만 조금 늦게 찾아온 스웨덴 경기의 후유증을 어리석게도 과소평가했다. 경기는 골 없이 지루하게 흘러가다 연장전에 들어와 에릭 블랙의 골로 고착상태가 깨졌다. 내 모든 격려와 위협에도 불구하고 선수들은 맥없이 뛰었다. 종료 휘슬이 울리고 레인저스 선수들이 트로피를 받는 동안 TV를 통해 그들의 플레이를 비난하며 맥리시, 레이튼과 밀러가 우승시켰지 나머지 선수들은 보이지도 않았다고 말했다. 아주 치졸한 행위였으며, 다음 날 아침 애버딘에서 축하행사가 벌어지기 전에 나는 진심으로 사과했다.

다음 토요일 아침, 침대에 누워 신문을 읽고 있는데 전화가 울렸다. 레인저스의 이사 잭 길레스피였는데 그는 나에게 아이브록스의 감독으로 올 것을 제안했다. 기분이 으쓱해졌지만 레인저스의 감독 존 그레이그는 나의 친구였다. 친구를 쫓아내는 일에 가담하기 싫었기 때문에 고맙지만 사양하겠다고 거절했다. 그의 일은 절대로 쉬웠던 적이 없었다. 족월레스가 자신의 마지막 시즌에 트레블을 달성한 뒤 그 자리를 그레이그가 물려받았다. 클럽의 스타였던 만큼 그에 대한 압박감도 가중되었다. 그런 상황에 애버딘이 나타나 사태를 더욱 악화시킨 것이다. 인간적으로 존을 매우 존경하며 그가 아이브록스에서 자신의 의무를 수행한 방식을 높이 평가하고 있다. 그는 내게 있어 언제까지나 스코틀랜드 축구 역사상 가장 뛰어난 선수 중 하나로 남을 것이다.

11장

족 스테인, 대가의 가르침

축구에 대해 더 깊이 배우고 싶은 젊은 감독에게 족 스테인은 1인대학이나 다름없었다. 애버딘에서 리그, 스코티시컵, 그리고 유러피언 컵위너스컵까지 모두 차지한 나를 대학원생 정도로 봐줄 수도 있었겠지만 스스로는 여전히 배워야 할 게 많다고 느꼈다. 또한, 전 세계를 다 뒤진다해도 라나크셔의 거물보다 풍부한 축구지식을 가르쳐줄 사람은 없을 거라는 사실도 깨달았다. 짐 맥클린이 족 스테인이 지휘하는 대표팀 수석코치에서 물러난 후, 속으로 제발 나에게 코치 자리가 돌아오게 해달라고 기도했다. 애버딘 감독 일에 방해가 될 거라는 반대의견을 수없이 들었지만, 족과 함께 일하고 싶었던 마음이 너무나 강했던 나머지 다른 생각은 모두 머리 뒤편으로 치워버렸다. 며칠 후, 그가 나를 옆에 두고 싶어한다는 흥분되는 소식을 접했다. 코치 자리를 받아들이기 전에 그에게 딱 두 질문을 하고 싶었다. 내가 훈련 프로그램을 준비할 수 있는가, 그리고 선수 선발에 관여할 수 있는가, 그 두 가지였다. 족은 첫 번째 요구는 별 문제 없이 들어주었지만, 두 번째 요구를 듣고는 잠시 아무 말도 하지 않았다.

"선수 선발에 관여한다니 대체 무슨 뜻인가?" 마침내 다시 입을 연 그가 물었다.

"그러니까 명단을 짤 때 감독님과 대화를 한다든가 조언을 드리는 거죠." 내가 말했다.

"글쎄, 자네는 아치 녹스나 월리 가너가 선수를 선발하게 놔두지 않을 거 아닌가." 그가 말했다. "하지만 자네는 언제나 클럽 코치로서 마땅한 대우를 해줄 거고 그들의 의견을 존중하고 들어주겠지. 내가 원하는 것도 그거야. 선수 구성은 내가 하겠지만 기꺼이 자네의 말에 귀를 기울이겠네." 그리고 계약이 이루어졌다!

축구계에 있는 모든 사람들은 족 스테인이 셀틱 재임 당시 세웠던 각종 기록이 클럽축구 역사에 남아 있는 어떠한 놀라운 기록과도 맞먹는다는 사실을 알고 있다. 그의 천재성을 가장 잘 입증하는 기록은 셀틱의 리그 9연패나 그가 손에 넣은 셀 수도 없는 우승컵이 아니다. 셀틱이 영국 클럽팀 최초로 유러피언컵을 들어 올리며 역사적 전환점을 기록한 일조차 그의 진정한 업적에는 미치지 못한다. 무엇보다도 그를 확연히 구분 짓게 만든 것은 1967년, 리스본의 황홀한 밤에 인터 밀란을 초토화시켰던 팀이 글래스고와 그 주변 도시에서 온 선수들로 이루어졌다는 사실이다. 그들 중 10명은 셀틱 파크에서 20km 반경 안에서 태어났고, 유일한 외부인이었던 보비 레녹스는 에어셔로부터 50km 떨어진 작은 마을 출신이었다. 족은 글래스고 지역 선발팀으로 유러피언컵에서 우승한 것이다. 한 지역에서 나온 재능들만 가지고 가장 권위 있는 축구대회를 석권한 일은 그 이전에도 그 이후로도 없었다. 감독이 만들 수 있는 기적에 가장 가까운 일일 것이다. 그러니까 그 기적을 창조한 사람과 일하게 되어 좀 흥분했기로서니 누가 나를 탓할 수 있겠는가.

스테인은 위대한 감독이 갖춰야 하는 모든 덕목을 갖고 있었다. 그중에서도 선수의 실력뿐 아니라 인간됨까지 평가하는 능력은 가장 두드러졌다. 선수가 그를 위해 뛰든 그에 대항해 뛰든 상관하지 않고, 족은 선수의 약점과 장점을 면밀히 살피고 평가를 내리는 능력이 뛰어났다. 27살까지 탄광에서 일했던 까닭에 학창 시절 이후 클럽축구라는 고립되고 단절된 세계에서 공만 차던 사람들보다 인간의 속성에 관해 훨씬 더 넓고 풍부한 경험을 갖고 있었다. 나 역시 성장기에 훈련장과 경기장을 오가는 것 외에 직장에서 공구 제작공으로 수습생활을 하며 노동의 가치를 배웠던 일이 큰 도움이 되었다고 생각한다. 어떠한 종류의 사람이라도 상대할 수 있는 그의 능력은 축구에 대한 기술적인 지식과 진보적인 생각만큼이나 빠른 시간 안에 감독으로 성공하는 데 도움을 주었던 것 같다. 그는 급격하게 위대한 감독으로 성숙해갔다.

빅 족은 정식 코치 자격증을 취득하지 않았지만 이해가 가는 일이다. 스코틀랜드에서 코치교육이 처음으로 붐을 이루었을 때 그는 이미 유명한 감독이었다. 내 기억에 의하면 스코틀랜드에 제일 처음 코치양성학원이 생겼을 때가 1962년이나 63년 정도였다. 에디 턴불, 윌리 오몬드, 그리고 지미 본스론 같은 유명감독들이 강사로 나서게 된 1967~1968년 이후에나 코치교육이 활발하게 이루어지게 되었다. 사람들이 왜 족 스테인은 정식 자격증을 취득하지 않았는지 묻게 된 것도 그 즈음이었다. 선수 시절 뛰어난 라이트 윙어였고 은퇴 후 글래스고 레인저스의 감독이 된 윌리 와들 역시 마찬가지로 자격증이 없었다. 그냥 세대가 다르기 때문이다.

전업선수가 되자마자 나는 나중에 감독이 되겠다고 마음먹었고, 그때는 이미 감독지망생들이라면 당연히 코치학원을 거쳐야 되는 시대로 접어든 후였다. 그곳에서 훈련 프로그램 따위를 노트에 받아 적는 식으로 감독수업의 첫 걸음을 떼었다. 1964년 22세로 던펌린에서 전업선수가 되었고 다음 해 여름, 첫 코치수업을 들었다. 다음 해에는 정식 코치 자격증을 딸 수 있었다. 1966년은 마침 내가 결혼을 한 해이기도 했다. 그 후에도 여름마다 라그스에 가서 추가교육을 받곤 했다. 대개는 캐시와 두 주간의 휴가를 즐긴 후 다음 두 주간은 라그스에서 지냈다. 그런 식으로 나마 감독이 될 준비를 한 흔적을 남기려고 했다. 족은 자신이 최상의 능력을 지닌 감독임을 증명했지만 그의 자격을 증명할 것은 아무것도 없었다. 사람들이 지금 내게 코치학원에 다니라고 요구한다면 분명 불편함을 느낄 것이다. 최고 수준에서 경쟁하는 팀을 훈련시키는 일에 있어 나에게 미치지 못하는 사람들의 비판에 노출되어야 하기 때문이다. 족에게는 자격증이 필요하지 않았다. 그의 자격은 셀틱에서 일어나고 있는 일을 통해 모든 사람들이 볼 수 있는 곳에 놓여 있었다. 내가 라그스에 가서 정식 자격증을 따고자 한 것은 장차 그런 절차가 중요해지리라고 생각했기 때문이다. 자격증이 공식적으로 꼭 필요하게 될 거라는 말이 나오던 때였다. 족은 다른 시대에 감독이 되었고, 그런 까닭에 왜 라그스에 가지 않았냐고 비난해봤자 아무 의미도 없다고 생각한다. 그가 왜 가지 않았는지 난 충분히 이해가 가니까.

족은 모든 면에서 거물이라는 말이 어울리는 사람이었다. 그가 방에 들어오면 즉시 좌중을 휘어잡았다. 족이 어떤 곳에 있으면 언제나 즉시 그 사실을 알 수 있었다. 그는 모든 사람의 이름을 아는 것처럼 보였는데 실로 큰 이점이었다. 매트 버스비도 그랬었다. 족이 힙스의 감독을 맡기 위해 던펌린을 떠났을 때 한 마권업소에 약간의 지분을 남겨두고 갔다. 어느 날 나는 돈을 베팅하러 마권판매소에 들렀는데 그곳에 족이 있었다. "잘 있었나, 알렉스? 던펌린에서 뛰는 건 즐거운가?" 하고 내게 안부를 묻는 게 아닌가. 그가 말을 걸어주자 자신이 엄청나게 중요한 사람이 된 느낌이었다. 누군가가 그런 식으로 대접해주면 즉각 그 사람에게 호감을 가지게 된다. 족과 한 번도 이야기한 적이 없었지만 그는 내가 누구인지 알고 있었다. 물론 내게 있어서 그는 친숙한 존재였지만 그렇다고 해서 그에게 가서 "안녕하세요, 족? 잘 지내요?" 하고 말을 걸지는 못할 것이다. 당시 나는 그냥 애송이에 불과했고 그는 사회적인 지위가 있는 사람이었다. 모두 존경심에 관한 이야기다.

최근 올드 트래포드에서 계단을 올라가고 있는데 16살쯤 되어 보이는 어린 선수가 나를 알렉스라고 불렀다. 그에게 나와 같이 학교에 다녔느냐고 물으니까 그가 아니라고 대답했다. 그렇다면 나를 퍼거슨 씨나 보스라고 부르라고 그에게 말해주었다. 근처의 고참 선수들은 절망스러운 표정을 짓고 있었다. '16살밖에 안 된 녀석이 알렉스라고 하다니! 잰 이제 죽었다.' 그들은 아마 이렇게 생각하고 있었을 것이다. 그러나 족은 나에게 "그를 나쁘게 말하는 사람은 가만 두지 않을 거야. 그는 나에게 안녕, 하고 먼저 인사해준 사람이야" 하는 마음이 들게 만들었다.

내 생각에 그는 자신의 그러한 능력을 더 좋은 감독이 되는 데 사용했던 것 같다. 그가 가진 개인적인 정보망은 당시 스코틀랜드 축구계에서 일어나는 모든 일을 알게 해주었다. 내 경우, 그런 일을 할 만한 시간을 낼 수 없었다. 애버딘에 있을 때 클럽에 일어나는 모든 일을 알려고 했다. 거기에서는 나에게도 좋은 정보망이 있었다. 그러나 맨체스터 유나이티드에서는 때때로 정보가 나로부터 달아나는 느낌이었다. 클럽 운영규모가 너무 거대했기 때문에 주위에서 일어나는 모든 일의 세세한 뉘앙스까지 파악하는 일은 불가능했다.

족의 경우, 토요일 밤에 전화를 걸면 클럽 감독으로서 자신의 일에 관해 알고 있는 모든 사실을 말해줘야 할 의무가 있는 것처럼 느껴졌다. 어차피 그는 모든 것을 알고 있으리라고 생각되기 때문이었다. "자네 혹시 누구와 누구를 노리고 있는 건 아니겠지?" 하고 그가 물으면 "대체 어떻게 알고 있는 거야?" 하고 깜짝 놀라게 된다. 그러면 결국 모든 것을 털어놓게 된다. 어느 정도의 금액을 제안했으며 그 밖에 다른 세세한 일까지. 그의 정보망에 속한 기자들은 그가 자기들에게 정보를 준다고 생각한다. 물론 실제로도 그렇긴 했다. 하지만 실은 그가 얻어가는 정보가 훨씬 더 많았다. 대답이 필요 없는 질문을 던지거나 그의 제안을 받아들이는 것 외엔 다른 선택의 여지가 없는 조건으로 상대방을 옭아매는 등 족이 셀틱 이사회를 다루는 방식은 걸작이었다.

나 역시 그의 방법을 사용하곤 한다. 결정이 내려질 때까지 기다릴 수 없는 성격 덕분에 때때로 사람들에게 강요를 해버리는 경우가 있기는 하지만 대개는 이사회에 아무것도 요구하지 않는 편이다. 꼭 필요하면 곧바로 회장한테 가버린다. 예를 들어 유스 프로그램에 관한 거라면 보통은 별 말썽 없이 통과된다. 그 일이 내게 얼마나 큰 의미가 있는지 다들 알고 있는 데다 직접 그 성과를 목격했기 때문이다. "우리가 해주지 않으면 해줄 때까지 우리를 귀찮게 하겠지"라고 생각하는 게 분명하다. 족이 처음 셀틱에 감독으로 왔을 때 봅 켈리 회장은 자기가 직접 선수를 선발하려고 했다. 당시 많은 클럽에서 용인되던 관행과 같은 일이었다. 물론 족은 신속하게 그 문제를 해결했다.

그가 스코틀랜드 대표팀을 맡을 무렵, 셀틱의 전성기에 보여주었던 끝없는 혈기와 에너지는 건강문제 때문에 한풀 꺾인 상태였다. 심각한 협심증 발작과 1975년의 자동차 충돌사고로 목숨이 위험할 정도의 중상을 당했던 일은 어쩔 수 없이 그의 많은 것을 가져갔다. 그의 코치로 스코틀랜드 대표팀에 왔을 때 그의 목소리가 한결 작아진 것을 눈치챘다. 감독 시절 그와 맞대결을 펼친 것은 그가 훨씬 젊었을 때였고 고작 한 시즌 동안 만이었다. 내가 세인트 미렌 감독에 있을 때였다. 당시 그의 목소리는 훨씬 날카롭고 권위가 있었다. 물론 그의 표현을 빌리자면 영향을 낳는 능력은 잃지 않았다. 분노를 표출할 때나 할아버지다운 지혜를 전할 때, 그리고 무엇보다도 조용히 사람을 깔아뭉갤 때만큼 그의 메시지가 잘 전달될 때는 없었다. 그는 사람을 수치스럽게 만들어 품행과 경기력을 향상시킬 수 있었다. 스코틀랜드 대표팀에서 그의 정신은 여전히 예리하고 풍요로웠다. 그리고 기력은 쇠했으나 뛰어난 관찰자가 됨으로써 이를 보완했다. 그러나 그가 부드러워졌다고 하는 게 맞는 말일 것이다.

사람들이 나에게 부드러워졌다고 말하는데 세월이 흐르면 사람도 변하는 법이다. 나이가 들면 분노를 터뜨리는 일도 줄어들기 마련이다. 내가 젊었을 때는 경기 중에 패스를 잘못한 선수는 박살이 났다. 컵을 던진 일화는 과장되었지만 완전히 지어낸 이야기는 아니다. 젊은 시절, 특히 애버딘에 있었을 때와 맨체스터 유나이티드 초기에는 여전히 나에게 세상을 바꾸려는 불타는 욕망이 있었다. 그러면 의욕이 넘치게 된다. 스테인과 생클리는 의욕이 넘치는 사람들이었다. 실패에 대한 두려움은 그 일부지만 의욕은 무엇보다 걸출한 성공을 거두겠다는 긍정적인 투지에서 나오는 것이다. 그리고 자신의 일을 잘하고 싶다는 욕구이기도 하다. 하프타임에 들어오면 이렇게 말하곤 했다. "아까 한 패스는 뭐였어? 너한테 똑바로 패스하지 말라고 말하는 것도 지쳤다. 패스란 우리 편이 앞으로 나가는 걸 돕거나 상대방에게 해를 입히기 위해 하는 거야. 동료를 곤경에 빠뜨리거나 멈춰 세우기 위한 게 아니라고." 그렇게 소리 지르고 나면 우리는 보통 3-0으로 승리하곤 했다. 나이가 들면 사람이 실수에 대해 좀 더 너그러워지고 이해심이 많아진다. 그렇게 되면 그들에게서 원하는 것은 최종 결과물, 전체적인 효과다. 세월이 흐르면 역시 약간은 유연해진다. 실수를 너무 강조하다보면 선수를 위축시킬 수 있다. 자만심에 차 있는 선수에게는 결점을 논해도 되지만 다른 사람들에게는 격려를 해줘야 한다. 예를 들어 애버딘의 존 휴잇의 경우, 팀토크Team-talk 중에서 그를 쳐다보면 주눅이 든다는 사실을 알았다. 정신적인 타격을 입을까 봐 팀토크를 할 때 절대 그와 이야기를 하지 않았다. 휴잇은 정말로 나를 무서워했다. 그래서 선수들이 모두 나가고 없을 때만 그에게 넌지시 말했다. "이제 나가서 경기를 즐겨라. 넌 잘하고 있어." 그에게 필요한 말은 그게 전부였다.

내가 보기에 족은 나를 좋아했다고 생각한다. 몇몇 선수들도 예전에 그런 말을 했었다. 서부 스코틀랜드의 노동계급 출신이라는 공통점이 서로를 편하게 느끼게 했고, 그는 내 에너지를 마음에 들어 했다. 그에게 의욕 넘치던 젊은 시절을 떠올리게 했기 때문인 것 같다. 결과적으로 우리 두 사람은 대표팀에서 훌륭한 동반자 관계를 갖게 되었다. 축구에 대한 족의 지식은 어마어마했다는 사실은 굳이 말할 필요도 없을 것이다. 선수 자신보다 그의 능력을 더 잘 파악하고 있었던 그는 전술 하나하나를 선수들 능력에 맞추었다. 그는 자신이 맡았던 축구팀들의 모든 면에서 긍정적인 결과를 얻기를 바랐다. 그것은 나에게도 적용되는 원칙이다. '자, 나가서 이겨라.' 이게 내 철학이다. 최강의 셀틱팀을 가지고 족은 기술의 균형을 거의 완벽하게 맞추었다. 그의 팀은 상대방에게 타격을 주는 방법을 놀라울 정도로 다양하게 알고 있었고, 그 위에 빠른 축구를 했다. 템포를 유지하며 필요에 따라 속도를 조절해 상대를 교란했다. 족이 셀틱에 데려온 거의 모든 선수는 빠른 발을 가지고 있었다. 셀틱의 강점을 잘 파악하고 있는 그가 선수들에게 전하는 메시지는 간단했다. "상대가 우리에게 이기려면 겁나게 뛰어야 할 거야." 내 선수들에게도 똑같은 태도를 여러 번 강조했었다. 올드 트래포드에 오는 상대팀들은 우리에게 두들겨 맞을 각오를 하고 온다. 그럼 선수들에게 이렇게 말해준다. "그렇다면 놈들을 실망시켜서는 안 되지."

대표팀에서 족의 수석코치로서 처음으로 내가 맡았던 임무는 1984년 9월에 벌어진 유고슬라비아와의 친선전이었다. 나로서는 경기 준비가 잘 되었다고 생각했다. 적어도 나쁘지는 않았던 것 같다. 6-1로 이겼으니 말이다. 케니 달글리시와 그레이엄 수네스는 절정의 컨디션으로 위풍당당한 활약을 보여주었다. 클럽 감독이 짊어져야 하는 온갖 부수적인 책임에서 벗어난 나는 수석코치의 위치에서 일하는 기회를 한껏 즐겼다. 기자들을 상대하지 않아도 되고 이사들 때문에 골치를 썩일 필요도 없었다. 무엇보다 선수단 전반에 관한 책임을 맡고 있기 때문에 의무적으로 해야 하는 셀 수도 없는 업무에서 해방되어 더없이 행복했다. 족은 위의 말한 모든 분야에서 대가였다. 덕분에 위대한 선수들이 훈련하는 모습이나 그들이 어떻게 자기관리를 하는지 집중해서 볼 수 있었다. 대체적으로 그들은 매우 협조적이었고 어떠한 골칫거리도 안겨주지 않았다.

그레이엄 수네스는 내게 있어서 가장 흥미로운 선수였다. '샴페인 찰리[쾌락과 호사를 즐기는 방탕한 사람]'라는 별명 덕분에 그가 금주협회의 평생회원일 거라는 의심을 할 염려는 없었다. 그러나 경기를 준비하며 보여준 그의 절제력에 깊은 인상을 받았다. 수네스에 대해 세간이 가진 선입견 때문에 그가 얼마나 심각하게 평가절하되고 있었는지 곧 깨달았다. 스테인이 왜 그렇게 그를 신뢰했는지 알 수 있었다. 어리석은 자들만이 필드 위에서 보여준 수네스의 재능을 과소평가할 수 있을 것이다. 공을 따내고 효율적으로 이용하는 데 탁월한 실력을 보여주었던 그는 어떤 기준에서 봐도 훌륭한 미드필더였다. 그가 보여준 것처럼 수준 높은 플레이로 주변에 있는 사람들의 수준마저 끌어올리는 것이야말로 진정으로 뛰어난 선수들의 전형적인 특징이다. 사람들이 수네스의 기술에 진심으로 박수를 보내지 못한 이유는, 신체적 대결에서 그를 위협적인 상대로 만들어버린 무자비한 기질 때문일 것이다. 선수 시절 거친 플레이를 수없이 겪었던 나 같은 사람마저도 그가 암살자 모드에 들어가 있는 모습을 보면 소름이 오싹 끼쳤다. 그는 잔인해지려면 얼마든지 잔인해질 수 있었다. 하지만 그의 비판자들이 상상하는 것보다 훨씬 더 복잡한 인물이었다. 결국 족 스테인처럼, 나도 그를 좋아하게 되었다.

1986년 멕시코 월드컵 당시, 어쩌면 본선에 올라갈 수도 있을지도 모른다는 희망을 갖게 할 정도로 스코틀랜드 대표팀은 좋은 선수들로 이루어져 있었다. 스페인, 웨일즈, 그리고 아이슬란드가 있는 조에서 예선을 통과하기가 수월하지 않을 것으로 보였지만 낙관적인 전망을 가질 자격이 있다고 느꼈다. 그러나 선수를 선발하는 일이 얼마나 어려울지 훤히 보였다. 예를 들어 고든 스트라칸, 폴 맥스테이, 그리고 그레이엄 같은 창조적인 타입의 선수들이 몰린 미드필드에서 균형을 이루는 일은 쉽지 않을 것 같았다. 유고슬라비아 친선전에서 고든과 폴은 굉장히 좋았으나 동선이 겹쳐지는 경향을 보였다. 애버딘에서 이미 고든을 겪어본 바로는 그는 모든 플레이에 관여하고 싶어 하는 유형이었다. 또 다른 애버딘 선수인 짐 베트는 미드필드에 다양성을 가져올 수 있는 선수로 보였다. 그의 플레이에는 다양한 측면이 있었다. 덧붙여 가속능력과 운동장 끝에서 끝까지 뛰어다니는 활동량은 우리에게 유용한 장점이었다. 또한 수네스처럼 수비수들 앞에 자리 잡고 보호해줄 수도 있었고 인내심 있게 볼을 지킬 줄도 알았다. 나는 진정으로 그가 최상급 선수가 될 수 있었다고 생각한다. 그러나 폴 맥스테이처럼 그는 수줍음을 타는 조용한 성격이었다. 수네스, 달글리시, 알란 핸슨, 윌리 밀러, 리처드 고프 같은 성격이 강한 선수들과 있으면 자기 능력을 다 발휘하지 못하고 위축될 위험이 있었다. 그러나 그를 쓸 수 있어 든든했고, 탁월한 기술과 왼발이 뛰어난 데이비 쿠퍼에게도 단연코 같은 말을 해줄 수 있다. 그는 자연스럽게 왼쪽 공간에 넓이를 더해줄 수 있었다.

족과 조금 대화를 나눠본 후 족이 알렉스 맥리시와 윌리 밀러의 파트너십을 높이 산다는 사실을 알 수 있었다. 그들이 주전이 되기 전에 내가 족에게 말해준 것처럼 두 사람은 하늘이 낳은 파트너였다. 둘 다 주력이 뛰어나지는 않지만 내가 보기에는 영국 최고의 수비 콤비였다. 족도 얼마 안 있어 나와 생각을 같이 하게 되었다. 그러나 알란 핸슨은 자신이 센터백 중 한 명이 되어야 한다고 강력하게 주장했고 그 바람에 문제가 복잡해졌다. 우리 두 사람 다 그의 재능을 존중했고, 족은 그를 달래기 위해 최선을 다했다. 족은 은밀히 그를 주전으로 쓸 준비를 하고 있었던 것 같다. 윌리와 알란은 예전에 같이 손발을 맞춰본 경험이 있었으나, 1982년 스페인 월드컵 본선에서 러시아와의 중요한 경기에서 두 사람의 호흡이 잠시 어긋난 사이에 실점하고 말았다. 그 골은 스코틀랜드가 다음 라운드 진출에 실패하는 데 결정적인 역할을 했다(스코틀랜드인들은 아직도 그때 미세한 차이로 탈락한 사실을 뼈아프게 생각한다). 개인적으로 나는 핸슨과 밀러가 애초에 잘 어울리는 짝인지 의구심을 가졌지만 족은 그들의 파트너십을 한 번 더 실험해볼 요량이었던 것 같다. 대부분의 나라들은 핸슨, 맥리시, 밀러처럼 뛰어난 센터백을 셋이나 가지고 있는 것만으로도 행복해했겠지만 스코틀랜드는 그 위에 리처드 고프까지 있었다. 고프에게는 많은 장점이 있었다. 투지, 빠른 발, 활동력, 집념에 덧붙여 훌륭한 리더십까지 갖추었고 결국 그가 선발되었다.

선수들은 대체적으로 매우 만족스러웠지만 가장 강력한 조합을 만들어내는 과제는 코치로서의 내 임무를 훨씬 더 흥미롭게 만들었다. 그중 가장 뜨거운 논쟁은 팀을 좌우할 가장 근본적인 문제를 중심으로 벌어졌다. 대체 누가 킹 케니의 파트너가 될 것인가? 후보는 많았다. 모리스 "모" 존스턴, 찰리 니콜라스, 프랭크 맥카베니, 스티브 아치볼드, 마크 맥기, 그레이엄 샤프, 폴 스터록, 데이비드 스피디. 심지어 에버턴으로 이적한 뒤 오랜 무릎부상을 극복한 앤디 그레이까지 폼이 돌아오는 중이었다. 그들 모두에게 기회가 돌아갈 터였다. 그러나 멕시코 월드컵은 2년 후였고 그 과정에 많은 걸림돌을 만날 수 있었다. 전통적으로 스코틀랜드 축구선수들이 가지고 있는 자기 파괴적 성향을 고려하면 가장 큰 문제는 선수 자신들이 만들 터였다. 작은 집단의 통제가 상대적으로 용이한 해외 원정전은 선수들의 규율문제 면에서 그다지 걱정할 필요가 없었다. 그러나 홈에서는 전혀 양상이 달라지며 걱정스러운 사건이 빈번해진다. 글래스고를 떠나 에어셔로 갈 때 우리는 언제나 도중에 이스트우드의 맥도널드 호텔에 묵었다. 호텔은 매우 유능한 매니저인 존 맥기네스라는 사람이 운영하고 있었다. 족은 맥기네스와 친했기 때문에 선수들이 말썽을 부릴 조짐이 있으면 곧바로 그에게 보고가 들어갔다. 족의 인맥이 어디까지 뻗어 있는지 감탄을 금할 수 없었다.

스코틀랜드팀에서 족 스테인의 사고와 인품을 직접 접했던 귀중한 경험은 내 눈을 완전히 새로 뜨게 해주었다. 너무 많은 질문을 퍼부어서 족은 내가 지긋지긋했을 것이다. 축구 역사상 가장 위대한 감독 중 하나인 그에게서 알아낼 수 있는 것은 모두 알아내고 말겠다는 각오로, 틈만 있으면 나를 깨우칠 수 있는 지식을 구했다. 축구에 대한 전반적인 질문에는 언제나 기꺼이 교육적인 대답을 해주었지만 셀틱에 대해 조금이라도 부정적인 의도가 있으면 벽이 생겼다. 나뿐만 아니라 많은 사람들이 오랜 세월 그곳의 감독으로 일하며 클럽의 역사에서 가장 눈부신 위업을 달성했던 그에게 셀틱이 제대로 된 보답을 해주지 않는다고 생각했다. 그렇기 때문에 그에게 클럽의 개발자금을 관리하는 직책을 제안함으로써 뛰어난 감독을 기금 모금자로 격하시키는 모욕을 준 데 어떻게 생각하는지 도저히 묻지 않고는 배길 수 없었다. 그의 반응은 놀라울 정도로 차분했고 티끌만큼의 서운함도 보이지 않았다. "성공을 거두면 잠시 동안은 괜찮아. 그러다 그 상태가 지속되면 사람들은 내가 너무 잘 나가는 게 아닌가, 결국 나 때문에 성공한 게 아니라고 생각하게 되는 거지." 그걸로 끝이었다. 나와 함께 있는 동안 그는 어떠한 상황에서도 셀틱을 나쁘게 말한 적이 없었다. 이 일로 그가 얼마나 셀틱을 사랑했는지 깨달을 수 있었고, 그의 애정과 클럽에서 당한 취급이 대조되어 가슴이 아팠다. 빌 생클리와 돈 레비[리즈 유나이티드와 잉글랜드의 감독 역임] 역시 비슷한 일을 당했다고 들었다. 맨체스터 유나이티드에서도 매트 버스비 경이 정당한 평가를 받지 못하고 있다는 불평이 나돌았다. 만약 내가 말년에 셀틱에서 그런 처우를 받았다면 족처럼 관대하거나 철학적인 말을 하지 못할 것 같다.

족이 내내 언급을 피하려고 했던 또 다른 화제는 어떻게 그가 셀틱을 영국에서 최초로 유러피언컵 우승팀으로 만들 수 있었는가에 관한 질문이었다. 그가 무엇을 했는지는 모두가 알고 있다. 그가 선수를 발굴해 키워내고 그들의 장점을 최대한 살릴 수 있는 전술을 공급하는 등의 일이 매우 결정적인 것이었다는 사실은 모두 알고 있었다. 하지만 그는 자신에게 영광을 돌리는 그 어떠한 것도 사양했다. 그의 겸손함은 놀라울 정도였고 조금의 거짓도 없었다. 유러피언컵 이야기가 나오면 그는 대회에서 승리를 거둔 선수들을 칭찬하고 위대한 팀을 만든 개개인의 경탄할 만한 이야기를 꺼냈다. 새벽 2시에 호텔 로비에 앉아 꼬리에 꼬리를 물고 이어지는 흥미진진한 이야기를 시간 가는 줄 모르고 듣고 있곤 했다. 그중 많은 것이 지미 존스톤에 관한 이야기였다. 족에 의하면 금요일 늦은 시간에 전화벨이 울리면 즉시 그의 얼굴이 떠올랐다고 했다. 그러고 나서 "이번에는 어느 경찰서지?" 하는 생각부터 했다고 한다.

그와 함께 보낸 이런 소소한 시간들은 나에게 더없이 소중했다. 새벽까지 앉아서 토론하고 논쟁하며 그의 흥미진진한 이야기를 듣고 있는 시간이. 이야기 도중 가끔 술은 입에도 대지 않는 족이 다급하게 명령을 내리곤 했다. "스틸리, 빨리 홍차를 한잔 갖다 주게." 지미 스틸은 스코틀랜드 대표팀 스태프의 중심인물로 세계에서 가장 멋진 사람 중 하나였다. 셀틱에서처럼 그는 대표팀 공인 마사지사였지만 대부분의 시간을 마사지 받으러 온 선수들에게 자신의 무용담을 들려주는 데 소비했다. 체코슬로바키아 감독이 노발대발했던 이야기, 엡솜 경마장에서 만난 암표장사, 매디슨 스퀘어가든의 복싱해설자 등 그의 이야기는 다채롭기 그지없었다. 그가 주워섬기는 매디슨 스퀘어가든 복싱링 옆에 앉아 있는 유명인들의 리스트에는 꼭 우리 주변의 인물이 어울리지 않게 끼어 있었다. "그럼, 그들은 모두 오늘밤 여기 와 있지. 링 맨 앞줄에 누가 앉아 있었는지 알아? 바로 족 스테인과 알렉스 퍼거슨이야. 아마 공짜손님이겠지." 가장 혈기왕성한 때는 지났지만 지미는 내가 라크홀에 있는 그의 집에 전화를 할 때마다 꼭 나와 주었다. 한번은 족이 지미는 일생 동안 단 한번도 죄를 짓지 않았다고 말한 적이 있다. 그 말에 전적으로 수긍이 간다. 지미는 정말이지 대단한 사람이다. 업계 최고의 마사지사인 동시에 대표팀 오락부장이기도 했고, 모든 이들이 고민을 털어놓을 수 있는 친구이기도 했다. 그런데 족 스테인과 내가 이야기를 나누는 동안 그의 가장 중요한 임무는 바로 홍차를 대령하는 일이었다!

우리는 주로 토요일 밤에 대표팀을 소집하곤 했다. 선수들은 경기를 한 장소에 따라 각기 다른 시간에 도착했다. 하지만 대체로 9시 반이면 모두 호텔에 모였다. 체크인이 끝나면 그들 중 일부는 맥주를 마시러 나가 합의한 대로 자정까지 돌아왔다. 선수들은 귀가시간을 대체로 잘 지켰으나 우리에게는 찰리 니콜라스나 모 존스톤 같은 혈기왕성한 젊은이들이 있었고 그들은, 뭐랄까, 조금 달랐다. 룸메이트였을 때 두 사람은 여자가 없으면 제대로 된 호텔방이 아니라는 관점을 공유했다. 그들의 어처구니없는 장난이 언젠가 도를 넘어섰을 때 족은 한밤중에 눈물로 얼룩지게 된 아가씨를 달래줘야 했다. 당연히 사랑의 매를 들어야 할 시간이었다. 그런 상황이 되면 정의의 원칙은 실용적인 문제로 타협하게 될 수밖에 없다. 찰리가 멋지고 영리하며 절대로 나쁜 청년이 아니라는 사실을 알고 있었지만, 나와 마찬가지로 족은 그가 모에게 너무 큰 영향을 주고 있다고 생각했다. 모는 족의 계획 속에 확실히 들어 있었던 반면, 찰리는 케니와 상당히 스타일이 비슷해서 둘을 나란히 앞에 세우기 곤란했다. 일시적이라는 게 나중에 드러나지만 일단 찰리는 보내야 했다.

첫 월드컵 예선전은 아이슬란드가 상대였다. 선수들은 잘해주었다. 폴 맥스테이는 두 골을 기록해 3-0 승리의 주인공이 되었다. 폴은 뛰어난 재능에 다양한 패스가 가능했지만 그의 내성적 성격이 자신의 잠재성을 최대한 발휘하는 일을 방해할지가 관건이었다. 그가 크게 한 발을 내딛어 스트라칸과 수네스 같은 선수의 대열에 합류하는 일이 가능할까? 이런 생각들이 나를 괴롭혔지만, 그는 아직 젊었고 나는 희망을 놓지 말아야 했다.

그 다음 경기는 스페인이었고 우리는 달글리시의 전형적인 플레이로 중요한 3-1 승리를 거머쥘 수 있었다. 영국에는 그들이 속한 대표팀의 수준 때문에 월드컵 무대를 밟아볼 수 없었던 위대한 선수들이 많다. 그러므로 한 선수가 세계적 수준의 선수인지 판별하는 일은 때로는 혼란스럽고 의미 없는 행위가 될 수 있다. 그러나 월드클래스라는 단어에 의미가 있다면 축구 약소국 출신의 선수 중 그 안에 확실하게 들어갈 사람이 하나 있다. 북아일랜드의 조지 베스트는 월드컵 본선에 한 번도 나가보지 못했지만 단연코 세계 정상급 선수였다. 그리고 스코틀랜드 선수 중 내가 월드클래스로 꼽는 선수는 데니스 로와 케니 달글리시였다. 케니가 세 번의 월드컵, 1974년, 1978년, 1982년에 출전했지만 전혀 활약하지 못했다고 주장할 수 있다. 하지만 그는 선수 시절 후반에 진정한 월드클래스가 되었으며, 1986년 월드컵 예선전을 치를 당시 전성기에 있었다고 생각한다. 달글리시가 훈련을 하고 경기를 하는 모습을 보면 그의 뛰어난 기술보다 더 대단하게 느껴지는 자질이 있다. 바로 그의 열정이다. 그는 그저 축구하는 걸 좋아했고, 공을 가지고 필드에 나가면 마치 장난감을 가지고 노는 사내아이 같았다. 내가 보기에 그는 엉덩이를 가장 잘 쓰는 선수였다. 그의 커다란 엉덩이를 페널티박스의 수비수들에게 들이밀면 그들은 속수무책이었다. 확실한 건 그를 두렵게 할 수비수가 없었다는 사실이다. 그의 기술이 너무나 뛰어났기 때문에 그의 용기에 대해서는 별로 말하는 사람이 없지만 그는 사자처럼 용맹했다. 내가 하고 싶은 말은 그와 다른 선수들이 내가 있을 때 좋은 경기 태도를 갖고 있었다는 것이다. 당연히 족은 모든 사람들의 어마어마한 존경을 받았다.

멕시코로 가는 길에 놓인 예선전 첫 두 경기를 승리로 마감하자 사람들이 대표팀의 상업적인 가치에 눈을 떴다. 판촉행사 아이디어 하나 때문에 대표팀의 본부인 에어셔 해안의 턴베리 호텔에 난처한 상황이 벌어졌다. 유명한 홍차회사가 족에게 접근해서 회사관계자들이 대표팀과 사진을 찍게 해달라고 부탁했다. 그렇게 해주면 대표팀에게 5,000파운드를 지불하고 본선에 진출하면 다시 5,000파운드를 더 주겠다고 제안했다. 족은 수네스에게 전화를 걸었고 수네스는 이런 문제를 논의할 선수위원회를 만들었다. 월리 밀러, 리처드 고프, 로이 앳킨 같은 선수들이 포함되어 있었다고 생각되는 위원회는 제안을 받아들이기로 했다. 홍차회사 사람들이 사진을 찍으러 찾아오자 그들은 라운지로 안내되었다. 그곳에 카메라를 설치하는 동안 우리는 점심식사를 마쳤다. 그레이엄이 족에게 가서 케니가 단체사진에 참여하지 않고 혼자 사진 찍고 따로 돈을 받으려 한다고 말하기 전까지는 모든 것이 잘 되어가는 것처럼 보였다. 화가 난 족은 즉시 장비실에 선수들을 불러 모아 회의를 열었다. 나는 회의에 참석하긴 했지만 족이 케니에게 사진 한 장에 5,000파운드면 상당히 괜찮은 제안이라고 설득하는 동안 아무 말도 하지 않고 뒤에 서 있기만 했다. 케니의 생각이 재정적인 이유에서 나왔는지 아니면 단지 사전에 자기에게 제대로 된 설명이 없었던 데 대한 서운함의 표시인지 나로서는 가려내기 힘들었다. 어쨌든 논쟁은 거의 한 시간이나 이어졌고 경험 많은 선수들은 저마다 자기 의견을 토로했다. 한 번은 케니를 우상처럼 떠받드는 모 존스톤이 그의 견해를 밝혔다가 족의 퉁명스러운 반응에 더 이상 논쟁기술을 선보이지 않았다. 고맙게도 케니가 누그러지며 사태는 해결되었고 1시간 늦었지만 무사히 사진을 찍을 수 있었다. 그 사건으로 케니가 필드 위에서 보여주는 단호함이, 필드 밖에서 재정문제나 다른 것으로 자기 입장을 따질 때에도 마찬가지라는 것을 깨달았다.

족 스테인과 더 많은 시간을 보낼수록 그에 대한 흠모의 마음은 더욱더 커지기만 했다. 그가 왜 그렇게 큰 성공을 거둘 수 있었는지 알 수 있을 것 같았다. 그와 함께 있는 게 좋았으며 그의 신념이나 이상, 유머 감각이 나와 겹쳐지면 속으로 흐뭇했다. 정치적으로 우리는 영혼의 동반자였다. 족은 자신의 뿌리인 라나크셔의 탄광에 많은 애착을 갖고 있었다. 1984~1985년 광부들의 파업이 절정에 달했을 무렵의 일이다. 경기를 하러 스코틀랜드팀이 버스로 이동하고 있는데 파업 방해자들이 모는 트럭이 가까이 왔다. 트럭에는 벨기에 등지에서 들여오는 석탄이 실려 있었다. 족은 버스기사에게 트럭운전사의 주의를 끌어야 되니까 경적을 울리라고 지시했다. 그러고 나서 족은 파업 방해꾼들을 향해 주먹을 휘두르며 스코틀랜드 사람이 욕을 퍼붓는다는 게 어떤 건지 똑똑히 보여주었다. 또 한 번은 타인캐슬 파크Tynecastle Park에서 만나기로 했는데 내가 조금 일찍 나왔다. 그러다보니 족보다 조금 앞쪽에서 걷게 되었고 파업자금을 모금하고 있는 광부들을 지나쳤다. 족의 목소리를 들을 때까지 솔직히 그 사람들이 거기 있다는 것도 몰랐다.

"알렉스." 광부들 쪽을 가리키며 그가 말했다. "5파운드 있나?"

"네." 내가 대답했다.

"그럼 이리 줘." 그는 주머니에서 10파운드를 꺼내 내 5파운드와 함께 깡통 안에 집어넣었다. "다른 사람도 아니고 자네가 이 사람들을 모른 척하다니 놀랐네." 그에게 아무런 변명도 사과도 하지 않았지만, 그의 메시지는 그 후에도 절대 잊지 않았다. 지금도 그런 처지에 있거나 빅이슈Big Issue를 파는 사람을 보면 도와주려고 애쓰고 있다.

다음 예선 경기를 앞두고 스코틀랜드 국가대표팀에서 도저히 있을 수 없는 일이 일어났다. 족과 나는 이 사건에 깊은 분노를 느꼈다. 햄든에서 열리는 웨일즈전은 어쩔 수 없이 마크 휴즈와 이언 러시를 신경 쓸 수밖에 없었다. 전술회의를 가지면서 이 두 사람을 상대할 가장 좋은 방법을 논의하게 되었다. 나는 같은 리버풀에서 뛰던 케니에게 러시의 재능과 장단점에 대해 물어보았다. 하지만 우리가 들었던 대답은 기껏해야 이언은 좋은 선수라는 애매한 말이 전부였다. 역시 리버풀 동료인 알란 핸슨과 스티브 니콜도 마찬가지로 입을 다물었다. 방 안은 무거운 침묵에 휩싸였다. 한참 후, 족은 아서 알비스톤에게 맨체스터 유나이티드 동료인 마크 휴즈에 대해 물었다. 아서는 마크에 대해 자세한 평가를 해주며 회의의 분위기를 누그러뜨렸다. 전술회의가 끝나고 족과 나는 그레이엄과 함께 이야기를 나누었다. 그레이엄은 우리가 어떤 것에 대해서도 이야기하지 않는 리버풀식 오메르타[Omerta, 시칠리아 마피아가 내부 정보를 경찰에 발설하지 않도록 침묵의 맹세를 한 데서 유래]에 걸린 것 같다고 일러주었다. 그러면서 팀의 분위기를 위해 지금은 케니에게 많은 말을 하고 싶지 않다고 말했다. 케니의 기분을 좋게 유지하는 일은 이렇듯 중요했다.

그레이엄이 이언 러시에 대한 자신의 의견을 이야기해주었지만 리버풀 선수들의 전반적인 반응에 대한 실망감은 가시지 않았다. 경기 자체도 우리 기분을 나아지게 할 수 없었다. 전반전에 마크 휴즈와 이언 러시는 우리를 사정없이 두들겼고 웨일즈는 충분히 우리에게 리드를 지킬 만했다. 후반전에 핸슨을 세 번째 센터백으로 배치해서 이 두 사람을 저지하는 동시에 한 점씩 따라붙으려고 했지만 이기는 건 고사하고 비기는 것도 가망이 없어 보였다. 게다가 끝도 그리 좋지 못했다. 그레이엄 수네스와 웨일즈의 미드필더 피터 니콜라스 사이에 경기 내내 끓어오르던 악감정이 마침내 폭발해서 마지막 10분간은 두 사람의 격한 충돌 속에서 지나갔다. 니콜라스가 그를 적으로 선택한 것은 실로 용감했다고 할 수 있다.

이런 경기가 끝난 뒤 선수들이 밤공기 속으로 흩어지고 혼자 남아 생각에 잠긴 국가대표팀 감독의 좌절감을 충분히 이해할 수 있다. 족에게는 길고 긴 밤이었을 것이다. 내가 알고 있는 그라면 도저히 잠을 이룰 수 없었을 테니까. 그는 잠을 깊이 자는 편이 아니었다. 맥리시, 밀러, 그리고 레이튼과 함께 애버딘으로 돌아가며 화풀이를 할 수 있었던 내 처지는 그나마 나쁘지 않았다.

분명 무엇보다도 대표팀에게는 월드컵 예선이 우선시되어야 했지만, 단명했던 라우스컵[Rous, 심판 출신으로 피파회장까지 역임했던 스탠리 라우스 경을 기념해 1985년에서 1989년까지 치러졌던 영국 챔피언 결정전]이 창설되어 1985년 5월 스코틀랜드가 잉글랜드와 햄든에서 격돌하게 되자 여흥을 넘어선 전면전이 되어버렸다. 잉글랜드와 맞붙는 일은 언제나 스코틀랜드 사람의 피를 끓어오르게 만들지만 고프가 경기의 유일한 골을 헤딩으로 넣을 때 나는 간신히 기쁨을 억눌렀다. 잉글랜드가 골키퍼 정면으로 공을 보냈을 때는 겨우 세 번째 텀블링을 했을 뿐이었다. 오, 잘했어! 잉글랜드를 꺾어버리는 일에 참여함으로써 어느 정도는 내 꿈을 이루었다고 볼 수 있었다. 경기 후 드레싱룸은 축제 분위기였고 빅 족은 마냥 행복해했다.

경기 직후, 우리는 비행기에 올라 월드컵 예선을 치르기 위해 행복한 마음으로 아이슬란드로 향했다. 결코 퇴색되지 않는 아이슬란드의 기억 하나는 사가 호텔 옥상에 있는 레스토랑에서 대표팀과 함께 멋진 하루를 축하했던 일이다. 새벽 세 시의 환한 햇살 속에서 와인을 음미하며 정말로 멋진 인생이라고 생각했다. 아직도 축구인의 삶은 멋진 것이라고 생각하지만, 우리는 좋은 때를 즐기다가도 나쁠 때를 대비해야 한다. 그것은 겨우 사흘 뒤에 우리를 찾아왔다.

아이슬란드는 우리를 완전히 가루로 만들었지만 종료 4분 전 짐 베트의 골로 승리를 훔칠 수 있었다. 짐이 한때 아이슬란드에서 선수생활을 했고 부인도 아이슬란드 사람이었기에 기묘한 반전이 아닐 수 없었다. 짐 레이튼이 페널티킥을 막았고 전반 1분에 수네스가 푸른 눈을 가진 아이슬란드 소년 시그루드르 욘손에게 거친 태클을 했다. 파울이 더 늦은 시간에 일어났더라면 옐로카드 대신 레드카드를 받았을 것이다. 수네스가 상대팀 선수에게 부상을 입힌 뒤, 시야 가장자리로 한 아이슬란드인이 간접적인 보복을 하러 오는 모습이 보였다. 유럽대항전에서 애버딘과 그의 클럽이 만났기 때문에 낯이 익은 아크라네스의 회장이었다. 그는 험악한 기세로 족을 향해 다가갔다. 그러나 즉시 그의 앞을 스틸리가 막아섰다. 72세였던 스틸리는 상대보다 적어도 30살은 많았지만 주먹싸움도 불사할 태세였다. 그러나 스틸리의 뜨거운 혈기는 전형적인 족의 질책으로 식어버렸다. "자리에 앉아, 이 바보 같은 영감탱이야." 그는 마지 못해 앉으며 중얼거렸다. "그럼 그렇지." 며칠 전 햄든 파크에서의 환희와는 조금 다른 분위기였다. 모든 것이 끝난 뒤 스틸리의 싸움 실력을 분석하는 토론이 벌어졌다. 플로이드 패터슨[미국의 헤비급 세계 챔피언이자 올림픽 금메달리스트]의 피카부 스타일[Peek-a-boo, 얼굴을 방어하며 상대방의 안면을 노리는 기술]인지 아니면 그냥 얼굴을 가리고 있는 건지. 스틸리가 군에 있을 때부터 권투계와 오랜 인연을 이어왔으며 위대한 프레디 밀스[1948년 라이트헤비급 세계 챔피언에 오른 영국의 권투선수]의 경기에서 세컨드를 봤다는 사실을 아는 사람은 별로 많지 않았다.

석 달 전 세비야Seville에서 스페인과의 2차전에서 1-0으로 졌기 때문에 스코틀랜드의 월드컵 진출은 1985년 9월 10일 니니언 파크[2009년에 철거된 카디프 경기의 옛 홈경기장]에서 벌어질 예선 마지막 경기인 웨일즈전에 달려 있었다. 오세아니아 조의 승자인 오스트레일리아와 플레이오프라도 가지려면 최소 무승부는 거두어야 했다. 카디프는 무척 적대적인 장소인데다 우리는 아이슬란드전에서 경고를 받아 수네스가 결장해야 하는 불리한 조건을 안고 있었다. 하지만 9월 10일 화요일, 경기가 끝난 뒤 그 사실을 비롯해 여타 축구에 관한 모든 것들은 하찮은 일이 되어버리고 말았다. 뛰어난 기억력은 내 인생을 풍요롭게 즐길 수 있도록 만들었다. 장소나 사건에 대해서는 언제나 세세한 데까지 떠올릴 수 있다. 하지만 카디프만 생각하면 그날 있었던 모든 일을 잊고만 싶다. 그 경기의 비디오는 한 번도 본 적 없으며 앞으로 볼 생각이 없다. 그날 밤 벌어진 일을 반추해보면 고통스럽기만 하다. 경기 당일 있었던 일은 똑똑히 기억하지만 경기 자체는 뒤죽박죽 토막이 난 채로 희미하게 머릿속에 남아 있다. 선명함과 흐릿함의 묘한 조합인 셈이다.

우리는 브리스톨에 머물러 브리스톨 로버스의 훈련장에서 경기 준비를 하기로 했다. 로버스의 감독은 보비 굴드였는데 우리가 훈련하는 모습을 보러오기도 했다. 월요일에 족이 나보고 일부 선수들을 데리고 아무 훈련이나 시키라고 부탁했다. 족은 맥리시, 핸슨, 밀러를 최종 수비로 두고 고프와 니콜을 윙백에 배치하는 계획을 수비수들에게 설명할 필요가 있었다. 10분 정도 지난 뒤 웜업을 마치고 두 팀으로 쪼개지는데 족이 나에게 와보라고 소리쳤다.

"자네는 아마 믿지 못할 거야." 그가 말했다. "핸슨이 자기는 부상이라 리버풀로 돌아가서 치료받고 싶다고 하잖아!"

내가 바라보니 핸슨이 훈련장을 떠나고 있었다. 족이 맞았다. 믿지 못할 일이었다. 오늘은 시합 전날이다. 젠장, 왜 진작 말하지 않았던 거야? 우리 둘 다 기분이 좋지 않았지만 내 장점 중 하나는 선수가 부상을 입어도 불안함을 겉으로 드러내지 않는 능력이었다. 솔직히 말해서 뒤섞인 감정을 느꼈다. 지난번에 웨일즈와 경기를 가진 이후, 핸슨에게 러시에 대한 말을 어떻게 꺼내야 할지 알 수 없게 되었다.

핸슨이 이탈한 실질적인 여파로 족은 니콜을 우측 윙백으로 옮기고 모리스 말파스를 니콜의 파트너로 좌측 윙백에 배치했다. 최종 수비에서 고프가 러시를 맡고 맥리시가 휴즈를 맡은 반면 밀러는 자유롭게 놔두었다. 수네스의 징계는 그가 스탠드에서 경기를 볼 예정이란 의미였다. 그래서 고든 스트라칸과 짐 버트를 중원에 포진시켰다. 대응 자체는 단순한 처치였지만 핸슨이 우리를 떠난 방식은 좀 더 복잡한 파급효과를 낳을 것이 분명했다. 족은 늘 리버풀과 그 선수들의 스코틀랜드 대표팀에 대한 태도에 의혹을 품고 있었다. 핸슨은 벌써 몇 차례 대표팀에서 이탈한 전력이 있었다. 그날 밤 둘이서 브리스톨 로버스 경기를 보러갔을 때 족이 만약 월드컵에 나갈 수 있게 되면 핸슨을 데려가지 않을 거라고 말했다. 그때 아무 말도 하지 않았지만 나는 그의 말을 기억했다.

경기 당일 족을 언짢게 만든 사건이 몇 가지 있었지만 큰일이라 할 만한 건 없었다. 한두 신문이 우리를 공격했는데 족은 화를 내지는 않았고 가볍게 언급 정도만 했다. 웨일즈팀의 감독 마크 잉글랜드가 인터뷰에서 스코틀랜드를 비방한 일도 있었다. 그래도 스코틀랜드 축구협회에서 족의 조력자이며 친한 친구이기도 한 존 맥도널드가 인버네스에서 내려와 다함께 당구를 칠 때만 해도 그의 상태는 좋아 보였다. 나와 족이 한 팀, 그리고 존과 내 친구 윌리 퍼디가 같은 편이었고 이기는 팀이 20파운드를 갖기로 했다. 적은 금액이라도 승부가 걸리자 족은 물 만난 물고기처럼 변했고 맥도널드는 빅맨에게 사정없이 괴롭힘을 당했다. 천부적인 승부사의 모든 레퍼토리가 펼쳐졌다. 맥도널드가 공을 치려고 하면 그럼 안 되는데 하는 얼굴로 고개를 젓거나 혀를 차는 등 상대의 신경을 건드리는 온갖 다양한 수를 총동원해 방해했다. 그의 속임수가 결실을 맺어 우리는 20파운드를 가져갔다. 휴식을 취하기 위해 각자 방으로 돌아왔고 슬슬 낮잠에 빠져들려고 하는데 노크 소리가 들렸다. 족이었다. "그냥 이야기가 하고 싶어서……." 복서팬티만 걸친 그는 방에 들어왔고 경기에 관해 이런저런 이야기를 하는데 그가 지극히 긍정적으로 생각하고 있음에도 불구하고 살짝 긴장한 게 느껴졌다. 시간이 조금 지난 후에 낮잠이라도 자서 피곤을 풀자고 말하자 그는 수긍하고 자기 방으로 돌아갔다. 몇 초 후, 그가 돌아왔다.

"열쇠를 두고 나왔어."

포터porter를 전화로 부른 뒤에야 그는 방에 들어갈 수 있었다. 그러고 나자 낮잠이고 뭐고 자고 싶은 생각은 싹 사라져버려서 족을 따라 같이 방에 들어갔다. 족은 감기 증세가 심했고 경대 위에 물약과 알약이 작은 병으로 두 병 놓여 있었다. 족은 경기에 입고 나갈 옷을 침대 위에 전부 늘어놓았는데 초록색 천이 덧대어진 벅타[Bukta, 19세기 말에 창립된 영국의 스포츠 의류 브랜드] 반바지가 있었다. 당시 벅타는 이미 유행이 지났기 때문에 아마 행운을 위해 가지고 다니는 거라고 속으로 생각했다. 잠시 후 그는 약을 먹었고 우리는 또다시 경기 내용을 한 번 죽 짚었다. 카디프행 준비를 하기 위해 나오면서 자꾸만 그 벅타 반바지가 생각났다. 그렇게 위대한 사람조차도 작은 미신을 지니고 있다는 게 신기했다.

니니안 파크까지 가는 길은 평범했다. 음악을 트니까 죽은 늘 그러듯이 선곡이 이게 뭐냐고 투덜거렸다. "이건 대체 무슨 음악이야?" 특유의 못마땅하다는 어조로 그가 물었다. 그러고 나서 스틸리에게 레퍼토리 몇 개를 선수들에게 들려주게 했다. 버스 속 분위기는 화기애애했다.

햄든에서 러시와 휴즈 두 사람한테 막대한 피해를 당했기 때문에 이 중요한 경기에 앞선 내 팀토크는 당연히 그들에 대한 대비책에 할애되었다. 그러나 지난번 경기 전에 우리 리버풀 선수들이 팀 동료들에 대해 말해주길 거부한 까닭에 이번에는 그들에게 도움을 구하지 않았다. 그 대신 카디프에서 러시와 휴즈가 우리에게 할지도 모르는 일에 대해 선수들이 지나친 걱정을 하는 일을 막는 데 목적을 두었다. "러시에게 달려들어. 녀석은 겁쟁이니까." 내가 말했다. 물론 그 말을 조금도 믿지 않았지만 우리 선수들이 그들에게 겁을 먹지 않도록 하는 데 힘썼다. 이번에는 휴즈에 대해 말했다. "녀석은 느리니까 앞을 가로막아." 우리 선수들의 사기를 올리기 위해 나는 웨일즈에서 가장 무서운 선수를 폄하했다. 마크는 언제나 공을 따내기는 하지만 상대 선수를 주력으로 제치는 것은 그의 특기가 아니었다. 두 선수의 약점을 과장한 이유는 우리가 웨일즈를 상대하는 데 있어 열쇠가 되는 것이 그들이라는 사실에 의심의 여지가 없기 때문이었다. 그 두 사람이 바로 웨일즈팀이었다. 웨일즈에게는 피터 니콜라스나 케빈 래트클리프 같은 괜찮은 선수들이 있었지만 마크와 휴즈가 경기를 지배하도록 놔두지 않는다면 우리는 승산이 있었다.

경기가 시작할 때 당연히 약간의 불안감은 느꼈다. 다른 사람의 말은 신경 쓰지 않았지만 카디프에 있는 관중이 웨일즈 국가를 부르자 굉장한 분위기가 만들어졌다. 따라 부르지 않고는 도저히 배길 수 없을 정도로 장엄한 국가였다. 그날 밤, 경기장에 온 35,000명이 한목소리로 노래를 부르자 선수들은 흔들리지 않을 수 없었다. 실로 진정한 동기부여였다.

웨일즈팀은 전류가 흐르듯 활기를 띠었고 전반전 내내 우리를 고전하게 만들었다.

내용 면에서 경기의 드라마는 짐 레이튼을 중심으로 돌아갔다. 전반전에 녀석이 한쪽 콘택트렌즈를 잃어버린 것이다. 레이튼이 내 밑에서 7년간이나 선수생활을 했는데도 나는 그 녀석이 콘택트렌즈를 낀다는 사실을 조금도 눈치채지 못했다는 사실을 감안하면, 그 일을 극적이었다고 표현하는 것은 많이 봐준 것이다. 내가 콘택트렌즈에 대해 알고 있었는데도 말해주지 않아 팀을 낭패에 빠뜨렸다고 믿은 채로 족이 우리를 떠나갔다는 생각은 죽는 날까지 날 괴롭힐 것이다. 아직도 그토록 오랜 세월 동안 짐이 비밀로 간직하고 있었다는 사실이 믿어지지 않는다. 전반전에 그는 어딘지 이상하게 보였다. 그가 얼마나 고생했을지 상상도 할 수 없다. 자꾸만 공에 몸을 맞고, 찰 때는 엉뚱한 곳으로 차는 등 한마디로 엉망진창이었다. 박스 왼쪽에서 들어온 패스를 휴즈가 재치 있게 차 넣으며 웨일즈가 한 점 앞서나가게 되었다. 1-0으로 뒤진 채 하프타임으로 들어갔고 족은 드레싱룸에서 고든 스트라칸을 족쳤다. 경기 내내 고든은 별로 좋은 모습을 보여주지 못했다. 그 정도의 재능을 가진 선수에게 기대되는 만큼 경기에서 효율적으로 자신을 표현하지 못했다. 그렇기 때문에 족은 고든에게 벼락을 내렸던 것이다. 그 시점에서 족은 스트라칸을 데이비 쿠퍼와 교체하려고까지 했다. 그의 결정에 고든이 화를 내봤자 새삼스러운 일도 아니었다.

그때 갑자기 족이 드레싱룸을 나갔다. 물리치료사인 휴 알렌이 잠깐 화장실로 와보라고 불렀기 때문이었다. 방 안을 가로질러 나는 고든 옆에 앉았다.

"족이 하는 말은 다 팀을 위한 거야. 넌 오늘 네 실력만큼 플레이하지 못했다."

"감독이 나한테 그런 말을 하다니 믿을 수 없어요." 고든이 말했다.

"이봐." 내가 말했다. "감독의 말이 맞아. 일단 진정해. 교체되지는 않을 거다. 감독은 네게 10분 정도의 시간을 줄 거야. 그러니까 이번에는 잘 좀 해보라고." 그때 족이 나를 불렀다.

"알렉스, 이쪽으로 좀 와 보게."

화장실로 들어갔을 때 내 눈에 들어온 광경을 평생 잊을 수 없을 것이다. 나무로 만든 받침대 같은 것에 짐이 반쯤 걸터앉아 있었다. 그의 얼굴을 본 순간 심각한 사태가 벌어졌음을 직감했다. 죄를 지은 개처럼 풀이 죽은 모습이었다.

"이 녀석이 콘택트렌즈를 잊어버렸다는군."

마치 내가 다 알고 있는데 이야기를 해주지 않았다는 말투였다. 맹세컨대 나는 짐이 렌즈를 낀다는 것은 꿈에도 몰랐기 때문에 너무 놀란 데다 엄청난 분노와 곤혹스러움의 폭풍이 머릿속을 덮쳐 처음에는 아무 말도 하지 못했다. 욕을 퍼붓는 대신 짐을 노려본 일은 기억난다. 그 다음에 입을 열었을 때는 짐에게 다른 쪽 렌즈도 마저 뺀 채로 골대를 지키면 더 낫냐고 묻기 위해서였다. 한쪽만 빼면 사물이 심하게 왜곡되어 보이지만 양쪽 다 빼버리면 아예 골키퍼를 볼 수 없다고 그가 대답했다. "아마 공을 볼 수 없을 거예요." 그가 우리에게 말했다. 그렇다면 후반전에는 알란 러프를 골대 앞에 세우는 수밖에 없었다. 결과적으로 보았을 때 골키퍼 교체는 오히려 우리에게 전화위복으로 작용했다. 우리가 겪고 있는 어려운 상황에 러프의 느긋한 기질은 하늘이 보내준 거나 다름없었다. 하지만 처음 레이튼이 사고를 쳤을 때는 정말 끔찍한 일이었다. 족은 나를 오랫동안 무서운 눈으로 쳐다보았다. "자네가 설명해줘야 될 게 꽤 많을 거야"란 뜻이었다. 레이튼이 소속된 클럽의 감독인데다 선수단을 완벽하게 장악하고 선수 개개인에 대해 필요한 사실은 모두 꼼꼼하게 챙긴다고 정평이 나 있던 터였다. 내가 렌즈에 대해 숨겼다고 족이 의심하는 것도 무리가 아니었다. 사실 애버딘에서 그 사실을 아는 사람은 아무도 없었다.

애버딘으로 돌아와 우리 물리치료사에게 그 이야기를 했더니 내가 그랬던 것처럼 깜짝 놀랐다. 나중에 내 사무실로 레이튼을 호출한 뒤 박살을 냈다. 미리 알고 있었다면 그 이후 애버딘에서 그렇게 했듯이 예비 렌즈를 챙겨갔을 것이다. 렌즈 착용을 비밀로 한 짓은 이기적이기 짝이 없다. 무려 7년 동안 그는 나와 동료들, 그리고 클럽에 있는 모든 사람들을 기만했다. 자신의 커리어에 위협이 될까 걱정했는지(그 후 아주 오랫동안 선수생활을 했으니 근거 없는 걱정이었다) 아니면 허영심 때문에 그랬는지는 모르겠다. 하지만 하나는 모두를 위해 그리고 모두는 하나를 위해야 하는 축구에서 그런 종류의 행위는 미친 짓이라고밖에 할 수 없다.

렌즈 분실 사건은 드레싱룸을 패닉에 휩싸이게 했다. 한 골 뒤진 상태에 월드컵 본선 진출자격을 획득하기 위해서는 45분 안에 동점골을 넣어야 했다. 당연히 빅 족은 절실하게 월드컵에 나가고 싶어 했고 하프타임에 우리는 난관에 부딪쳤다는 사실을 알았다. 스트라칸 문제도 해결해야 했는데 거기에 레이튼 일까지 터지니 차분한 팀토크가 필요한 상태에서 그것이 불가능해졌다. 족과 나의 모든 경험을 가지고도 선수들을 진정시키는 일은 쉽지 않았다. 곧 우리는 러프의 도움을 감사히 여기게 되었다. 그의 골키퍼 능력을 높이 산 적은 없었지만 러프는 호감 가는 청년이었고, 특히 느긋한 태도는 우리가 처해 있던 곤경을 벗어나게 해주었다. 팽팽한 긴장 속에서 골대를 지키면서도 웃고 농담을 던졌는데, 그런 자질은 우리에게 매우 필요한 것이었다.

후반전은 극도의 중압감 속에서 지나갔다. 텔레비전에서 경기를 보고 있던 캐시는 카메라가 스코틀랜드 벤치를 비쳤을 때 내가 금방이라도 심장발작을 일으킬 것 같은 끔찍한 모습이었다고 나중에 말했다. 문제는 족이 걱정스러운 상태였다는 것이다. 식은땀을 흘리고 얼굴은 잿빛으로 변하기 시작했다. 족의 양쪽에는 휴와 내가 앉아 있었다. 내 옆에는 스틸리가, 그리고 그의 옆에는 우리 팀닥터인 스튜어트 힐리스가 대기했다.

너무 걱정된 나머지 스튜어트에게 족을 살펴봐 달라고 넌지시 부탁했다. 의사는 그가 앉은 쪽을 바라보더니 잘 보고 있겠다고 말했다. 후반 15분경 족이 선수교체를 결심했을 때 나는 그의 의도를 오해했다. 지금 생각해보면 그때 이미 그의 상태가 악화되어서 평소처럼 권위 있고 명확한 태도를 보이지 않았기 때문에 내가 그런 실수를 범한 것 같다. 경기 시작 전에 나는 그가 후반에 들어서면 스트라칸과 데이비 쿠퍼를 교체할 거라는 사실을 알고 있었다. 그는 데이비 쿠퍼에게 이렇게 말했었다. "이 경기에서는 네가 조커인 편이 더 좋겠어. 후반전이 되면 조이 존스는 체력이 떨어질 테니까." 웨일즈의 라이트백으로 합류한 지 얼마 되지 않은 존스가 계속해서 페이스를 유지할 수 없을 거라는 추측은 타당했다. 실제로 경기가 풀린 이유도 그 때문이었다. 쿠퍼가 레프트윙 자리에서 아주 잘 해주었으며 30분 동안 존스에게 악몽 같은 시간을 선사했다. 그러나 처음에 족이 교체하라고 말했을 때 스티브 니콜을 말하는 줄 알고 잘못된 전광판을 들고 나갔다.

"아냐, 니콜은 그냥 두고 스트라칸을 빼고 쿠퍼를 집어넣어." 족이 말했다.

그때는 우리가 좀 더 나은 팀이 되어 있었지만 간절한 동점골을 넣을 확신이 없었다. 20분 정도 남자 족은 나에게 지더라도 품위를 잃지 않아야 된다고 강조하기 시작했다. 그가 그 말을 몇 번이고 되풀이하며 얼마나 큰 중요성을 부여했는지 결코 잊지 못할 것이다.

"이봐, 알렉스." 그가 말했다. "만약 여기에서 우리가 패배를 당하더라도 자네는 선수들을 이끌고 센터서클로 가서 팬들에게 감사인사를 해야만 하네. 우리는 품위를 잃어서는 안 돼." 그는 계속해서 똑같은 말을 되풀이했다. "다른 건 다 무시해도 돼. 절대로 품위를 잃지는 말게."

모든 사람들이 알고 있는 사실대로 우리는 경기에서 패배하지 않았다. 경기 종료까지 10분 남긴 상황에 데이비드 스피디가 찬 슛이 데이비드

필립스의 팔에 맞았고 우리는 페널티킥을 선사받았다. 그 시간대에 이르러서는 우리가 웨일즈를 압도하며 경기를 장악하고 있었지만 상당히 후한 판정이었기 때문에 운이 좋았다고 할 수 있다. 공이 팔에 닿은 건 의도성이 없었어도 노골적인 핸드볼이었으며 네덜란드 심판인 케이저 씨는 망설임 없이 페널티를 선언했다. 쿠퍼는 침착함을 유지했고 그가 찬 공은 네빌 사우스올의 몸 좌측 방향으로 낮게 날아가 네트 구석에 꽂혔다. 이것으로 우리는 다음 해 여름 멕시코에서 열리는 월드컵 본선에 나갈 수 있게 되었다.

동점골이 들어갔을 때 족은 한마디도 하지 않았다. 잠시 후에 심판이 프리킥 휘슬을 불었는데 족은 종료 휘슬이라고 착각했다. 아직 몇 분 정도 더 시간이 남았지만 빅 족은 마이크 잉글랜드 웨일즈 감독에게 가기 위해 몸을 일으켰다. 족은 잉글랜드가 언론에 대고 스코틀랜드를 비방한 사실로 언짢아했다. 내 생각에 그는 잉글랜드에게 다가가 "운이 나빴네, 젊은이" 하고 말할 생각이었던 것 같다. 응당 해야 할 일을 하되 입을 함부로 놀리는 행위를 달가워하지 않는다는 사실을 마이크에게 전할 수 있도록 은근하게 날을 세운 고풍스러운 위로의 말이었을 것이다. 정중함 속에 상대를 공격하는 데 있어서는 족을 따를 사람이 없었다. 그러나 벤치에서 일어서던 족은 비틀거렸다. 후반전 내내 그에게서 눈을 떼지 않았기 때문에 나는 쓰러지려는 그를 붙잡을 수 있었다. 휴이 알렌에게도 얼른 부축하라고 소리쳤다. 의사도 와서 우리를 도왔고 즉시 의료요원들이 의무 대기실에서 뛰어나왔다. 휴이와 나는 다른 사람들이 와서 족을 안으로 데려갈 때까지 그의 몸을 받치고 있었다. 다시 벤치로 돌아온 뒤 경기가 끝났고 선수들에게 피치를 떠나지 말라고 지시했다. 족이 드레싱룸에 있는지 아니면 다른 곳에 있는지 그리고 대체 무슨 일이 벌어진 건지, 우리는 도저히 알 수 없었다. 안에 들어가도 된다는 신호가 왔고 그의 상태를 물었다. 처음에는 그가 회복하고 있다는 인상을 받았다. 드레싱룸에서는 축하하는 사람이 아무도 없었지만 마음이 놓이자 선수들에게 잘했다고 칭찬해줄 수 있었다. 그리고 보스는 심장발작을 일으켰지만 괜찮아질 거라고 말해주었다. 모든 것이 잘 해결될 것처럼 보였고, 나 보고 언론을 상대하라고 해서 인터뷰 준비를 했다. 몇몇 기자들이 족을 비판했었기 때문에 따끔하게 몇 마디 해줄 생각이었다. 그러나 밖으로 나오다가 의무실 앞에 서 있는 수네스를 봤다. 그는 울고 있었다.

"감독님이 돌아가신 것 같아요." 그가 말했다. 도저히 믿을 수 없었다.

"어디 계셔?" 수네스가 족이 의무실 안에 있다고 해서 문을 열게 하고 안으로 들어가려 했다. 그때 스코틀랜드 축구협회 총무인 어니 워커가 나와 들어갈 수 없다고 말했다. 처음에는 어니가 나를 쫓아내려고 하는 것처럼 보였지만 이해할 수 있는 행동이었다. 그는 엄청난 중압감을 느끼고 있었고, 족의 죽음에 따른 모든 즉각적인 후속조치를 취해야 하기 때문에 평정을 유지해야 했다.

"이봐요." 내가 말했다. "누군가 진한테 전화를 해줘야 하잖아요."

"맙소사, 그렇군." 어니가 말했다. "당장 알려줘야지. 알렉스, 자네가 연락해주겠나?"

전화를 걸었지만 아무도 받는 사람이 없었다. 그래서 족의 이웃인 잭 플린에게 전화했다. 그와 그의 아내 릴라가 스테인 부부와 아주 친했기 때문이었다. 잭은 릴라와 진이 빙고홀로 갔다고 말해주었다. 그러면서 진이 다른 방식으로 소식을 접하기 전에 차로 빙고홀로 가서 직접 데리고 오겠다고 했다. 그러나 잭은 그들과 길이 엇갈려 만나지 못했다. 한편 족의 딸인 레이는 텔레비전에서 아버지가 위독하다는 뉴스를 듣고 어머니 집 앞에 가서 기다렸다. 릴라와 함께 돌아온 진은 레이를 봤고 셋은 함께 집 안으로 들어갔다. 간신히 통화가 연결되었을 때 내 전화를 받은 사람은 레이였다. 레이가 나에게 말했다. "알렉스, 아무 말도 하지 마세요. 제발, 제발 아무 말도 하지 마세요." 그러나 그녀에게 아버지가 돌아가셨다는 말을 전해야 했다. 그때 스코틀랜드 축구협회 회장인 데이비드 윌이 내게서 수화기를 가져갔다. 축구협회 회장으로서 당연히 해야 할 일이었지만, 나는 족의 가족과 굉장히 친했기 때문에 비록 그들의 슬픔을 무엇으로도 위로할 수 없다 해도 전화선 너머로 친숙한 목소리가 있는 편이 그들에게 더 낫지 않을까 생각했다.

우리는 곧 돌아가서 선수들과 코칭스태프에게 슬픈 소식을 전했다. 스틸리는 이루 말할 수 없을 정도로 슬퍼했다. 늘 가까이서 족의 곁을 지켰던 그를 아무도 달래줄 수 없었다. 나는 간신히 감정을 억누를 수 있었다. 다음 날 카디프에서 글래스고로 비행기를 타고 돌아온 뒤 파틱 시슬과의 밤 경기를 위해 애버딘으로 올라갈 때까지 한 방울의 눈물도 흘리지 않았다. 올라오는 길에 고속도로의 일시정차구역에 차를 세우고 그 자리에서 무너져 흐느꼈다. 그러고 나서 늦게 집에 돌아왔을 때 캐시가 족의 죽음에 대해 묻자 나는 더 이상 슬픔을 주체하지 못하고 울음을 터뜨렸다. 그동안 벌어진 모든 일이 육중하게 나를 덮치며 감정에 자신을 내맡기게 했다.

니니언 파크Ninian Park에서는 평정을 잃지 않기 위해 필사적이었다. 품위를 유지하라는 족의 말을 지키며 선수들이 괜찮은지 살펴야 했다. 버스에 타는데 경기장 바깥에 수천 명이나 되는 인파가 모여 있었다. 모두 말없이 슬퍼하고 있었다. 한두 명의 사람이 "하느님의 은총이 있기를, 족!", "잘 했어. 족도 당신들이 자랑스러울 거야" 하고 소리치긴 했지만 기억에 남는 것은 엄숙한 침묵이었다. 왕이 죽은 것 같은 광경이었다. 축구에 있어서는 실로 왕의 죽음이었다.

12장

1986 멕시코 월드컵의 추억

족의 죽음은 축구계는 물론 스코틀랜드 전역을 뒤흔들었고 상실감에서 헤어나는 과정은 더디게 진행되었다. 족을 추모하기 위해서는 가장 먼저 1986년 멕시코 월드컵 본선 출전을 위한 마지막 티켓을 따야 한다는 데는 모두가 동의했다. 스코틀랜드 축구협회가 내게 파트타임으로 국가대표팀을 맡아달라고 제안했을 때 나는 자랑스러우면서도 기뻤다. 월드컵 이후의 거취는 양측의 평가 하에 결정될 예정이었다.

멕시코 월드컵 출전이 확정되려면 오세아니아 지역의 대표인 오스트레일리아와의 플레이오프에서 살아남아야 했다. 그러나 1985년 11월 20일 햄든에서 벌어진 플레이오프 1차전에서 2-0으로 낙승을 거둔 후였기 때문에 우리 모두는 14일 후 멜버른에서 있을 2차전을 승리로 마무리 지을 자신이 있었다. 그러나 공격수들의 해이한 품행이 문제로 드러났다. 마지막 예선전 준비는 술 때문에 늘 말썽이 끊이지 않던 모리스 존스톤과 프랭크 매카베니의 무책임한 행동으로 인해 많은 지장을 받았다. 의료진의 충고에 따라 12월 4일 수요일로 잡힌 경기날짜보다 훨씬 이른 전주 목요일에 선수단 본진을 기후적응을 위해 먼저 오스트레일리아에 입국시키기로 했다. 그리고 금요일에는 훈련을, 토요일은 휴식을 주기로 했다. 자유를 너무 많이 주는 위험성에 대해서는 알고 있었지만 젊은 청년들이 날이면 날마다 방에 얌전히 갇혀 있기를 기대하는 일 역시 비현실적이었다. 방종한 소수가 소동을 부리는 일을 방지하기 위해 우리는 주의를 기울여야 했다. 그래서 오랜 친구인 휴 뮤니가 멜버른에 있는 자신의 펍에 딸린 개인실을 우리에게 빌려주겠다고 제안했을 때 괜찮은 타협책을 발견한 듯 보였다. 세인트 미렌과 모튼에서 선수생활을 했던 휴는 소박하고 견실한 가정 출신으로 이런 상황에서 나를 실망시킬 리 없었다. 그는 선수들에게 방 하나를 통째로 주고 작은 악단을 불렀다. 문에는 경비원을 두어서 출입하는 모든 사람들을 검사했다. 이상적인 시스템이었다.

시드니에 있는 알렉스 종조부님을 뵈러 자리를 비우면서도 나는 별로 걱정하지 않았다. 종조부님은 아흔 살이었기 때문에 이것이 마지막 만남이 될 거라고 생각했다(마지막이긴 했지만 그 후 종조부님은 97살까지 사셨다). 종조부님과 멋진 하루를 보낸 뒤 시드니 공항에 도착하고 보니 비행기가 결항이라 호텔에서 하룻밤 자고 다음 날 아침 멜버른에 가야 되었다. 근사하고 널찍한 방에 여장을 풀고 텔레비전을 켠 뒤 캠프에 아무 일 없는지 수석코치에게 전화를 걸었다. 월터 스미스의 모든 게 잘 돌아가고 있다는 말에 나는 마음을 놓고 다시 텔레비전을 보기 시작했다. 30분 후, 다시 전화벨이 울렸을 때 월터는 아까처럼 안심시켜 주는 목소리가 아니었다. 평상시의 그는 웃음기 없이 진지한 어조로 말했지만 지금은 고통스러워하는 것처럼 들렸다.

"보스는 믿지 못할 거예요." 그가 말했다. "그 광대 놈들이, 존스톤과 매카베니가 여자 셋을 데리고 바에 들어와서 모두에게 잔을 돌리고 있어요. 전부 미쳤어요."

"멍청한 자식들. 돌아가면 전부 죽었다."

죽이긴 했지만 말로 죽였다. 나는 그들을 눈물 쏙 빠지게 야단쳤다. "너희 둘, 이게 마지막 경고다." 내가 말했다. "한 번 더 이러면 대표팀에서 내쫓아버릴 거다."

경기는 0-0으로 끝났고 승리는 거두지 못했지만 결과적으로 만족했다. 전반전은 다소 실망스러웠어도 하프타임이 끝난 뒤 경기내용이 훨씬 좋아졌다. 하지만 사실은 짐 레이튼이 4개의 선방을 하면서 본선으로 우리를 끌고 간 거나 마찬가지였다. 알렉스 종조부님은 시드니에서 아흔 살 나이에 14시간이나 기차를 타고 경기를 보러왔다. 경기가 끝난 뒤 우리는 종조부님을 버스로 역까지 데려다주기로 했다. 스코틀랜드 축구협회의 총무 어니 워커가 항상 그랬던 것처럼 앞좌석에 앉아 있는데 종조부님이 "이봐, 젊은이. 좀 비켜주게" 하고 말했다. 어니는 훌륭한 매너를 보여주었다.

"알렉스의 할아버지와는 다투고 싶지 않군요." 이렇게 말하고 어니는 다른 자리로 옮겼다.

알렉스 종조부님을 기차역에 내려드린 뒤 시드니행 기차까지 모셔다드렸다. 이제 모두 나가 즐길 시간이었다. 선수들은 토요일에 경기가 없었지만 적어도 이번만큼은 두 난봉꾼이 정신을 차렸기를 바랬다. 다음날 아침, 어니는 혼자 아침식사 테이블에 앉아 있었다. 어제 종조부님께 친절하게 대해줘서 고맙다고 인사하려고 갔더니 어니가 말했다. "그 쓰레기 같은 놈에게 경고했을 텐데. 존스톤 말이야." 그의 이야기에 의하면 한밤중에 누군가 문을 부셔져라 두들기며 욕설을 퍼부었다고 했다. 놀란 어니가 문으로 가서 열쇠구멍으로 내다보니 우리 스트라이커 모 존스톤이 홀딱 벗고 여자와 함께 서 있었다고 했다. 아마 그 여자도 옷을 입지 않았으리라고 나는 생각했다. 어니는 어젯밤 그 난리법석을 들었냐고 물었지만 나는 듣지 못했다.

"알렉스." 그가 말했다. "내가 충고를 하나 해주지. 녀석은 구제불능이야."

"알아요. 하지만 녀석은 축구 하나는 기가 막히게 잘해요. 그게 문제라고요. 그렇지만 그런 행동은 용납할 수 없군요."

나는 이미 멕시코에 데려갈 선수들 명단을 생각하고 있었고 모 존스톤은 스스로 그의 이름을 지워버린 셈이었다. 그는 실력이 있었다. 좋은 움직임과 훌륭한 득점기록을 갖고 있었지만 필드 밖의 행동 때문에 골칫거리였다. 선수들을 데리고 4주에서 6주 정도 멕시코에 머무는 일은 단순한 원정과는 차원이 다르다. 말 안 듣는 선수에게 버스를 타고 집으로 돌아가라고 말할 수 없는 것이다. 마침 찰리 니콜라스를 다시 대표팀에 부를까 하는 생각이 점점 커져가던 때였다. 월드컵에는 뛰어난 기술을 가진 선수가 필요했고 찰리 니콜라스는 충분히 그 조건을 만족시켰다. 존스톤에게는 주목할 만한 골 결정력이 있었지만 니콜라스만큼 다재다능하지 않았다. 월드컵 무대가 찰리에게서 최상의 모습을 끌어낼 수 있을 것 같았다. 또 모가 얼간이 같은 녀석이었다면 찰리는 영리하고 지적이었다. 거기에 호감 가는 성격에 주변 사람을 즐겁게 만드는 능력까지 갖추고 있었다.

강한 성격을 가진 사람들로 코치진을 꾸리는 일도 중요했다. 수석코치로는 월터를 데려가기로 했고, 내가 잘 알고 있으며 다른 스태프와 우호적으로 일할 것 같다는 이유로 크레이그 브라운과 아치 녹스를 코치로 선택했다. 월드컵 도전의 중요성과 그로 인해 예상되는 수입을 고려하면 필수적인 일을 해줄 인적자원을 충분히 갖추어야 했다. 어니는 그답게 돈을 절약하지 않겠다는 내 결정을 흔쾌히 수용했다. 내가 필요한 것이라면 뭐든지 말만 하라는 게 그의 태도였다. 또한 나에게 스코틀랜드 축구협회 코치교육과정 이사였던 앤디 록스버그를 코치진의 일원으로 데려가야 한다고 제안하기도 했고, 나는 그의 설명을 들은 후 동의했다. 팀닥터로는 언제나 우리에게 최상급 의료 서비스를 제공했던 스튜어트 힐리스 박사 말고는 생각할 수 없었다. 그리고 애버딘의 마사지사인 테디 스코트의 도움을 받으면 대표팀의 베테랑 지미 스틸을 데려가도 될 것 같았다. 이미 70대에 접어들었던 지미는 멕시코의 더위와 다른 낯선 환경 때문에 건강이 나빠질 가능성이 있었기 때문이다. 또한 기존에 있던 물리치료사 외에 던디의 에릭 퍼거슨을 추가로 부르기로 했다. 지난 월드컵, 특히 앨리 맥레오드의 아르헨티나 월드컵을 통해 내가 알게 된 것은 스코틀랜드는 늘 인력부족에 시달렸다는 사실이었다. 그러나 1986년에는 그럴 염려가 없었다. 망할 놈의 덴마크, 서독, 우루과이와 함께 상상할 수 있는 최악의 조에 걸렸지만, 매순간 즐기고 긍정적으로 내게 주어진 도전을 받아들일 생각이었다.

나는 조언을 구하러 잉글랜드의 월드컵 우승을 이끌었던 알프 램지 경의 자택이 있는 입스위치로 내려갔다. 램지 경은 매우 친절했고 그 이상 도움이 될 수 없을 정도로 많은 신세를 졌다. 그가 지적한 것 중 하나는 멕시코에서 익숙하지 않은 음식 때문에 곤란해질 수 있다는 점이었다. 그의 충고에 따라 우리는 충분한 식자재를 공수해가기로 했다. 그리고 고도적응훈련과 외국에서 오랫동안 합숙할 때 선수들을 다루는 방법에 대해서도 조언해주었다. 뉴멕시코의 산타페에 10일 동안 있다가 로스앤젤레스로 가서 힘든 체력훈련을 한 뒤 다시 뉴멕시코의 고지대로 돌아갈 예정이라고 하니, 그는 흐뭇해하는 한편 깊은 인상을 받은 것 같았다. 월드컵을 대비하는 모든 면에서 주도면밀하게 준비가 이루어졌으니, 우리가 좋은 성적을 거둘 자격이 있다는 말에 나는 고맙고 기뻤다.

선수단 구성이라는 가장 중요한 문제를 손대게 되자마자 알란 핸슨에 대한 조치가 뜨거운 감자로 떠오를 거라는 사실을 깨달았다. 이성이 있는 사람이라면 그가 우수한 중앙 수비수라는 걸 의심하지 않을 것이다. 그러나 걸핏하면 스코틀랜드 국가대표 경기에서 빠지는 경향 때문에 그가 과연 의지할 수 있는 선수인지, 그리고 대표팀 선수로서의 자세가 되어 있는지 의문을 갖게 했다. 뛰어난 선수라는 평판을 얻을 자격은 충분했지만 어디까지나 리버풀 선수로 뛰면서 쌓은 업적에 근거한 이야기였다. 내가 보기에 스코틀랜드 대표팀에서는 한 번도 그런 모습을 보여준 적이 없었다. 그래도 성급하게 그에게 등을 돌릴 필요는 없었다. 1986년

4월 말, 우리는 웸블리에서 잉글랜드, 그리고 에인트호벤에서 네덜란드와 한 주일 사이에 2회 연속 월드컵 전초전을 치를 예정이었고 핸슨은 이 두 경기 모두에 소집되었다. 루턴 타운 훈련장에서 잉글랜드와의 평가전을 위한 연습이 한창이었는데 알란이 월터 스미스에게 다가갔다. "무릎이 안 좋아요. 돌아가야겠습니다." 그러고 나서 나와 제대로 의논도 하지 않고 그대로 리버풀로 돌아가버렸다. 웨일즈와의 중대한 예선경기를 앞두고 뒤늦게 대표팀에서 발을 빼는 바람에 족 스테인을 곤경에 빠뜨렸던 카디프 사태의 재판이었다. 그 사건은 족이 그를 보는 시선에 결정적인 영향을 끼쳤었다. 만약 족이 살아서 계속 대표팀 감독으로 있었다면 결코 그를 멕시코행 비행기에 태우지 않았을 것이다. 나 역시 그를 데려가지 않는 쪽으로 급속하게 마음이 기울어져가고 있었다. 마음에 걸리는 건 핸슨을 제외했을 때 달글리시의 반응이었다. 당시 케니는 리버풀의 선수 겸 감독이었지만 두 사람의 유대는 단순히 그의 직함이 암시하는 것을 훨씬 넘어서 필드 밖에서도 가까운 친구사이였다. 스코틀랜드 팀에 관해서 달글리시의 입장을 존중하고 싶었다. 그는 얼마 전에 스코틀랜드 대표팀에서 100번째 경기를 가졌고 선수생활 후반기에 이른 그의 기술과 타의 추종을 불허하는 노련함이 그 어느 때보다도 우리에게 중요해질 것이라고 믿었다.

그렇지만 잉글랜드 경기를 앞두고 이탈한 핸슨의 태도는 중앙 수비진의 새로운 대안을 찾게 만들었다. 그러한 맥락에서 나는 던디 유나이티드의 데이비드 내리와 이야기를 나누었다. 내리는 스코틀랜드 대표팀에 참가하지 않기로 결정되었지만 클럽에서 보여준 폼은 인상적이었다. 빠른 발과 좋은 태클 기술을 갖고 있으며 경기를 읽는 눈이 날카로운 데다 다재다능함이라는 추가적인 장점은 우리에게 요긴한 것이었다. 수비형 미드필드로서 중원에서 뛰기도 했고 예전에는 대표팀에서 라이트백을 보기도 했다. 내가 보기에 그처럼 재능 있고 적극적으로 경기에 임하려는 선수는 월드컵 본선에서 빠져서는 안 되었다. 그를 만나 주전을 보장할 수는 없지만 공정한 기회를 보장할 테니 함께했으면 좋겠다고 말했다. 그의 열정이 다시 살아나는 모습에 만족한 나는 네덜란드와의 두 번째 친선전에 그를 내보냈고 그 경기에서 그는 뛰어난 활약을 펼쳤다. 네덜란드는 강팀이었고 우리는 그들을 상대로 0-0 무승부로 선전했다. 우리 팀은 좋은 모습을 보여주었다.

네덜란드 원정기간 중에 오랜 시간 관심을 벗어나 있었던 선수 하나가 내 시선을 끌었다. 6~7개월 동안 축구를 하지 못했던 스티브 아치볼드는 유명한 네덜란드 물리치료사의 치료로 재활기간을 앞당기며 나와의 면담을 요청했다. 스티브와 동행한 물리치료사는 그가 경기에 뛸 수 있을 정도로 폼을 회복했다고 보장했다. 어려운 결정이었으나 아치볼드는 언제나 스트라이커로서 높이 평가하던 선수였기 때문에 마음이 흔들렸다. 스티브는 모든 능력을 골고루 갖추고 있었다. 양발에 보디 밸런스가 좋으며 고공플레이와 속공에도 능했고, 결정력이 뛰어난 데다 배짱까지 두둑했다. 그의 몸 상태에 의구심이 있었지만 그가 지닌 모든 장점 때문에 고려할 가치가 있었다. 본선에 데려가기로 결정한 스트라이커 중 누군가 갈 수 없게 된다면 그가 있음으로 해서 우리의 걱정은 덜어질 터였다.

폴 스터록은 내게 주어진 선택 안에서 수비수들을 끌고 다니는 능력이 가장 출중했기 때문에 공격진 중 하나로 결정되었다. 그레이엄 샤프는 공중에서 차이를 만들어낼 수 있기 때문에 선발되었다. 찰리 니콜라스는 뛰어난 기술과 영감이 번뜩이는 플레이로 한 자리를 차지했다. 처음에는 달글리시와 너무 흡사하다는 이유로 그의 선발을 주저했지만 본선에서 두 사람이 함께 이루어낼 플레이를 생각하니 걱정이 사라졌다. 우리 스트라이커 중 매카베니처럼 중앙을 돌파할 선수가 없었으므로 품행에 문제가 있어도 그는 데려가야 했다. 모 존스톤은 포기했다. 니콜라스와 매카베니는 망나니일지는 몰라도 바보는 아니었다. 모에게는 같은 말을 해줄 확신이 없었다. 프랭크와 찰리는 내가 통제할 수 있었지만 모의 과거 행적은 그를 제외시키도록 했다. 데이비드 스피드는 불평이 많기 때문에 기용이 되지 않으면 팀의 분위기를 해칠 것 같아서 제외되었다. 데이비 쿠퍼는 작년 웨일즈와의 최종예선을 승리로 이끄는 데 결정적인 역할을 했지만 그를 선택한 이유에는 좀 더 깊은 의미가 있었다. 스코틀랜드는 전통적으로 진짜 윙어 자리에 다재다능한 선수, 예를 들어 필요할 때는 윙어 역할도 할 수 있는 미드필더를 선호했다. 데이비 쿠퍼는 그런 흐름에 저항하는 정당성을 부여해준 선수였다. 그는 훌륭하게 균형이 잡힌 레프트 윙어로 왼발이 뛰어났고 킥이 좋아 멋진 크로스를 날릴 줄 알았다. 주전으로 쓰일지 장담할 수 없었지만 중요한 역할을 담당할 수 있을 거라는 생각이 들었다. 그런 이유로 그를 데리고 가야 한다는 확신이 들었다.

수비수로 선택한 선수 중 하나인 아서 알비스턴은 타고난 왼발잡이라는 이유로 선발되었다. 선발과정에서 어쩔 수 없이 오른발잡이 선수들이 훨씬 더 많아지게 되었는데 그중에는 레프트백에서 주로 뛰는 스티브 니콜과 모리스 말파스도 있었다. 아서는 그런 상황에 균형을 가져올 선택의 여지를 주었다. 맥리시, 밀러, 내리 그리고 리처드 고프는 자신들이 센터백을 맡을 재목임을 납득시켰다. 또한 믿을 수 없는 열정과 에너지로 스쿼드에 활기를 불어넣는 로이 앳킨도 데려가기로 했다. 기술적으로 가장 뛰어나지는 않지만 언제나 최선을 다하고 궂은일을 도맡아하는 선수였다. 그레이엄 수네스, 고든 스트라칸, 폴 맥스테이와 짐 베트는 미드필드의 핵이 될 것이며, 짐 레이튼은 스스로 자신이 스코틀랜드 NO.1 골키퍼라는 사실을 입증해보였다.

완벽하다 생각될 때까지 스쿼드 구성을 요모조모로 검토한 뒤 나는 알란 핸슨이라는 골치 아픈 문제로 돌아왔다. 사실 그의 일은 이제 더 이상

문젯거리가 되지 않았다. 이미 그를 제외시키기로 마음먹었으니까. 굳이 이유는 따로 찾지 않았다. 내가 그와 사이가 벌어진 것도 아니고 뒤에서 칼을 갈 만한 상황도 없었다. 오히려 그는 내게 상당히 호의적이었다. 내 결정에는 개인적인 악감정이 더럽힐 만한 소지가 전혀 없었다. 순전히 축구감독으로서 내린 판단이며 카디프 경기와 잉글랜드 경기에서 빠져나간 기억이 내 사고의 큰 부분을 차지했다고 해도 원래 결정과 모순되는 점은 없었다. 한마디로 말해 그가 멕시코에 갈 자격이 없다고 느꼈을 뿐이다. 나와 의견이 다를 케니 달글리시에게는 명단발표 하루 전에 가장 먼저 연락을 하기로 했다. 애버딘에 있는 우리 집에서 장시간 통화를 하면서 오후를 보내기 위해 전화 옆에 앉았다. 케니에게 함께 멕시코에 갈 수 있게 되어 기쁘다고 말한 뒤 핸슨을 데리고 가지 않을 거라는 소식을 전했다. 케니의 반응은 예상한 대로였다.

"핸슨은 훌륭한 선수예요. 절대 빼서는 안 돼요."

"흠, 그럼 한 번 더 생각해보지." 케니의 의사를 존중한다는 것을 보여주기 위한 말이었다. 그리고 다른 선수들에게 선발인지 탈락인지 전화로 알려준 뒤 나는 다시 케니와 통화했다.

"알란에 대한 생각은 바꿀 수 없네." 내가 말했다. "자신의 감정을 거스르는 것은 어리석은 일이야. 슬프긴 하지만 원래 다 그런 거잖아."

케니의 반응은 차분했다. "뭐, 할 수 없죠. 감독님이 결정한 거니까."

알란 핸슨 본인에게 결과를 이야기해주었을 때 그의 태도는 훌륭했다.

"알았어요." 그가 말했다. "힘든 결정이었겠죠. 모두 다 데리고 갈 수는 없으니까요."

출국하기 며칠 전, 케니 달글리시가 월드컵팀을 걸어나갔다. 그가 무릎수술을 받을 예정이라는 통지를 받았다. 그의 자서전에서 케니는 당시의 상황을 이렇게 쓰고 있다. "사람들은 내가 알란 일로 알렉스 퍼거슨에게 앙심을 품고 대표팀을 거부했다고 주장한다. 전혀 사실이 아니다. 알란 핸슨이 선발되지 않았기 때문에 내가 나갔다고 하는 사람들은 나를 모욕하는 동시에 나에게 가지 말라고 권고했던 의사의 양심에 의문을 제기하는 것이나 마찬가지다. 인대가 무릎에서 분리된 상태에서 월드컵 본선에 갔다 하더라도 경기를 뛸 수 없었을 것이다." 달글리시의 이탈은 우리에게 막대한 전력손실이었다. 그는 30에 들어서서 선수로서 찬란하게 만개했고 세계 최정상의 선수들과 어깨를 나란히 했다. 사람들이 눈부신 기술을 가진 선수들에게 매혹될 때 흔히 그 중요성을 간과하곤 하지만 그에게는 놀라운 재능에 맞먹는 불굴의 투지가 있었다. 케니는 육체적으로나 정신적으로나 강인했고, 스코틀랜드팀에게는 너무나 소중했을 독보적인 아우라를 지닌 선수였다. 팀에 있다는 사실만으로도 다른 모든 선수들을 향상시킬 수 있었을 것이다. 그레이엄 수네스는 멕시코에서 그를 그리워했을 것이다. 그러나 수네스는 어깨를 으쓱하고 현실을 받아들이는 부류의 선수였다. "아, 뭐 할 수 없지. 케니가 여기 없으면 없는 거야. 우리는 우리가 할 일을 하자." 이런 식으로 장해를 이겨내는 성격이었다. 그러므로 수네스는 케니의 결장을 상당히 현실적으로 받아들였지만 실망감은 감추지 못했다. 일단 월드컵 본선이 시작되자 수네스는 자신의 문제와 부딪치게 되었다.

첫 경기에서 좋은 플레이를 펼쳤으나 앳킨의 완벽하게 정당한 골이 취소되는 지독한 불운으로 덴마크에게 1-0으로 패배하고 난 뒤, 두 번째 경기에서 서독에게 1-0으로 앞서고 있었다. 그러다 그들은 동점골을 넣었고 하프타임이 끝난 직후 루디 뵐러의 골로 그들이 앞서나가자 후반전 내내 추격전을 펼쳤지만 무위로 그쳤다. 2-1, 서독의 승리였다. 그때서야 나는 그레이엄 수네스가 경기를 치를 때마다 점점 체력이 고갈되어가고 있다는 사실을 깨달았다. 90분 동안 5킬로그램 이상 빠질 정도로 경기 중에 심한 체중 손실을 겪었고 후반전에 들어오면 체력이 저하되는 게 눈에 보였다. 삼프도리아에서 입은 부상으로 오랫동안 경기와 훈련을 하지 못해 멕시코에서는 신체적인 능력이 확연히 저하된 상태였다.

스코틀랜드가 월드컵 역사상 최초로 1차 라운드를 통과할 가능성이 아직 남아 있는 상태에서 우리는 세 번째 경기인 우루과이전에 돌입했다. 우리는 이겨야만 했다. 무승부는 우리 상대팀들을 다음 라운드로 진출시킬 뿐이었다. 우루과이 팀이 지독하게 냉소적인 스타일로 우리를 서서히 말려죽일 것은 이미 예상한 바였다. 수네스가 경기가 끝날 때까지 버틸 수 있을지도 걱정스러웠다. 그러나 그는 정상급의 선수였고, 나중에 후회하는 일 없이 그를 제외할 수 있는 감독은 없었을 것이다. 지난 4월 레인저스의 선수 겸 감독으로 임명된 수네스의 수석코치인 월터 스미스는 그를 선발명단에 넣을 것을 종용했지만 예측되는 경기양상은 그를 선택할 수 없게 만들었다.

"내가 보기에 이건 아주 지저분한 경기가 될 거야." 월터에게 내가 말했다. "우루과이는 목숨을 걸고 수비할 거야. 우리를 발로 차고 온갖 반칙을 하며 경기를 죽여 버리겠지. 그렇게 되면 90분 경기의 후반에 수네스가 필요해도 쓸 수 없을 거야. 차라리 그를 교체명단에 넣겠네." 수네스를 벤치에 앉히는 일은 그에게 참을 수 없는 모욕이 될 거라는 게 월터의 의견이었고 내 생각을 말해주었을 때 그레이엄 역시 그렇게 받아들였다.

"명단에 빠지는 건 괴롭지만 후보가 되는 건 절 죽이는 일이에요." 그가 이렇게 말했기 때문에 이 진정으로 위대한 선수의 감정을 존중해줘야 했다.

내 생각에 멕시코 월드컵에서 스코틀랜드의 첫 두 경기의 운영은 좋았다고 본다. 그러나 우루과이와의 결정적인 3차전에 대처한 방식에 대해서는 그리 만족스럽지 않다. 수네스의 체력문제나 찰리 니콜라스의 부상 같은 물리적인 어려움이 있었던 것은 사실이나 선수선발은 더 개선될 수 있었다. 덴마크나 서독 상대로 우리는 선전했지만 우리의 불운은 경기의 흐름이나 결과에 그치지 않고 덴마크인들을 괴롭히던 찰리 니콜라스의 활약을 끝낸 추악한 파울에까지 미쳤다. 스터록과의 좋은 호흡을 보이며 니콜라스는 그의 동료 뒤에 생긴 공간으로 파고들었으나 상대는 그를 저지할 방법이 없었다. 경기 시간이 30분이 남았지만 우리는 그를 교체해야 했고 그 경기와 잔여 경기의 전망에 심각한 타격을 입었다. 마지막 도박으로 우루과이 경기 후반부에 그를 투입했지만 부상이 없었더라면 훨씬 더 많은 시간 그를 쓸 수 있었을 것이다.

그러나 선발명단의 잘못된 점은 스쿼드에 포함된 선수 중 애버딘 출신 선수가 너무 많지 않은가 하는 어리석은 생각에 빠지기 시작한 데서 일부 원인을 찾을 수 있었다. 스티브 아치볼드는 선발로 넣어야 했다. 케니 달글리시가 물러난 뒤 데려온 스티브는 서독을 상대로 아주 좋은 활약을 했지만, 7달 동안 경기에 나오지 못했던 그가 5일 뒤의 우루과이전에서 또다시 최상의 폼을 보여줄 수 있을지 염려되었다. 그리고 또 하나 애버딘 커넥션에 대한 쑥스러움도 어느 정도 작용했을 것이다. 적어도 짐 베트를 미드필드에 배치해야 된다는 본능적인 직감을 거스른 원인은 거기에 있었다. 대신 나는 폴 맥스테이를 선택했고 훌륭한 재능에도 불구하고 그날 그의 활약은 실망스러웠다. 그레이엄 샤프에 대해서는 그런 말도 아까울 지경이었다. 공에 대한 집념이 대단하고 거친 선수라고 생각했지만 그 경기에서 그는 놀랄 정도로 유순했다. 경기가 시작된 지 겨우 40초 만에 고든 스트라칸에게 시도한 필사적인 태클로 호세 바티스타가 퇴장당한 뒤 페널티박스를 촘촘하게 메운 우루과이 선수들은 우리에게 헤딩이나 날리라고 소리치는 것 같았다. 그레이엄 샤프가 공격을 이끌어 줄 것이라고 생각했지만 그는 남미인들의 잘 훈련된 반칙성 플레이에 굴복하고 말았다.

그날 나의 팀토크가 좀 더 영감을 주는 것이었다면 선수들은 우루과이의 짜증스러운 파울에 보다 효과적으로 대응할 수 있을지도 몰랐다. 고백하건대 평소 내 수준에 훨씬 미치지 못할 정도로 형편없었다. 팀토크를 하러 가는 길에 후보명단에 오른 걸 고분고분하게 받아들이지 못한 아치볼드와 심하게 말싸움을 했다. 스티브의 그런 태도는 놀라운 게 아니었다. 그는 이기적인 사람이 아니었지만, 성격이 대쪽 같아서 자신이 옳지 않다고 생각하는 일에는 입을 다물고 있지 못했다. 언쟁이 끝난 후, 선수들 앞에 서기 전에 다시 노트를 들춰보고 생각을 정리하며 잠시 시간을 가져야 했지만 나는 곧바로 팀토크에 들어갔다. 그 결과 경기의 중요한 포인트를 강조하지 못했다. 결국 실력대로만 싸워준다면 누구든지 이길 수 있다는 윈스턴 처칠 같은 말만 하고 말았다. 팀토크에는 언제나 현실을 충분히 반영하되 선수들이 자신의 강점을 깨닫고 이를 활용할 수 있도록 격려하는 내용이 포함되어야 한다. 우리 팀에는 우수한 선수들이 있었으므로 그들에게 인내와 점유율의 중요성, 역습을 시작하는 법, 도발에 이성을 잃지 않는 법 그리고 상대의 교활함에 넘어가 비생산적인 행위를 하지 않는 법 등에 대해 성숙한 충고를 해주었어야 했다. 평범한 선수들에게 자신들의 한계를 넘을 수 있다고 설득하는 용도로 쓰이는, 판에 박힌 말을 할 때가 아니었다. 그런 말은 내가 세인트 미렌의 감독일 때는 괜찮지만 스코틀랜드 대표팀과는 어울리지 않았다.

이 모든 것을 시인하면서 선수들이 자신의 플레이를 자랑스러워할 수 없었다고 말할 수 있다. 선수들은 자신의 진정한 수준 근처에도 미치지 못하는 모습이었다. 우루과이가 10명으로 줄어든 뒤 우리는 오히려 불안해졌고 결정력 부족이라는 스코틀랜드의 고질적인 병폐를 그대로 드러냈다. 엔조 프란체스콜리는 막강했고 재기 넘치는 플레이로 침착하게 홀로 공격을 도맡았다. 악의와 수치를 모르는 전술로 악명 높은 팀에서 그는 단연 돋보이는 선수였다. 프랑스 심판인 조엘 퀴뉴는 전반 1분에 퇴장을 명령하며 영웅처럼 등장했지만 경기가 진행될수록 우루과이 선수들의 대담한 파울에 위축당하는 기색이 역력했다. 우루과이는 무승부만 거두면 올라가는 상황에서 결과를 얻기 위해서 어떠한 속임수와 반칙도 묵인하는 수준으로 기꺼이 추락할 태세가 되어 있었다. 그리고 심판은 그 희생물이 되었다. 그들은 탈수를 막기 위해 제공되는 작은 원추형의 물주머니를 정통적이지 않은 방식으로 활용했다. 주심과 부심이 하프타임에 들어올 때 우루과이 후보 선수들은 물주머니를 쌓아 막았다. 90분이 다 되어가자 대부분의 우루과이 선수들은 퀴뉴를 밀치거나 상의를 잡아당기고 시계를 가리키면서 종료 휘슬을 불라고 다그쳤다. 결국 그는 압력을 이기지 못해 추가 시간을 최소 5분은 줘야 되는 상황에서 휘슬을 불었다. 경기 후 기자회견에서 그들의 감독인 오마르 보라스는 역사에 남을 위선적인 발언을 했다.

"대체 왜 이리 야단인지 모르겠다. 우리는 공정한 경기를 했다."

나는 화가 치밀어 올라 그와의 악수를 거부했다. FIFA는 우루과이에게 벌금 2만 5천 스위스 프랑을 부과하고 그들의 행동이 나아지지 않으면 탈락시킬 거라고 경고했다. 보라스의 항변을 그들이 어떻게 생각하는지 보여주었던 것이다. 다음 라운드에 그들이 아르헨티나에 의해 탈락하면서 축구는 구원받았다. 그렇지만 그 어떤 것도 우리를 도울 수 없었다. 짧았던 스코틀랜드의 월드컵 도전은 또 한 번 영광과는 거리가 먼 형태로 끝이 났다. 우울할 정도로 낯익은 각본을 고치는 데 실패해서 괴로울 뿐이었다.

13장

실버시티에 더 많은 트로피를

축구팀에 있어 성공은 초기에는 동료들을 강력하게 결속시켜 주지만 결국에는 와해시켜 버릴 수도 있다. 명예가 쌓이고 개인적인 야심이 커지면서 자신의 재능으로 돈을 더 많이 벌 기회를 찾아 떠나는 행위를 탓할 수는 없다. 충성심이 없다는 비난도 현실 앞에서는 빛이 바래고 가장 인정 많은 클럽조차 쓸모없는 선수는 가차 없이 버리게 된다. 함께 많은 것을 이루어냈던 감독과 선수가 제 갈 길을 가게 되면 쌍방이 기대할 수 있는 최선의 결과는, 이별이 상호존중 속에서 투명하게 이루어지는 것이다. 고든 스트라칸이 애버딘을 떠나기로 마음먹었을 때는 이런 것들이 그의 우선순위 안에 들어 있었다고 볼 수 없었다. 1983-1984 시즌에 그의 의도는 바보 같은 말에 의해 내게 전해졌다. "심심해요. 나 여기 그만 둘래요." 내 충고는 단순했다. "그럼 나가서 심심하지 않게 해 봐." 그러나 그가 전력을 다하지 않는다는 증거는 확실했고, 몇 번인가 나는 그를 명단에서 제외시킬 생각을 했다.

이번이 애버딘과의 마지막 시즌이라는 사실을 그가 분명히 밝혔기 때문에 반드시 그를 잉글랜드 클럽에 팔아야 했다. 만약 해외로 나가면 당시 적용되던 소위 '승수법칙'이라는 것에 의해 우리가 받을 이적료가 제한되기 때문이었다. 영국 밖으로 나가는 선수들이 받을 수 있는 이적료의 최대치는 연봉 곱하기 이적 당시의 선수 나이에 따라 부여되는 숫자에 의해 정해졌다. 그러므로 21세 이하 선수들은 연봉 곱하기 10이고 나이가 많아질수록 뒤의 숫자는 내려간다. 내 기억이 확실하다면 고든은 연봉에 7을 곱해야 했다. 26세였던 고든에게 내가 책정한 이적료인 80만 파운드의 4분의 1에 지나지 않는 금액이었다. 때문에 그에게 관심을 보인 맨체스터 유나이티드와 아스널과 협상을 진전시키는 일이 간절했다. 내가 정한 가격에 맨체스터 유나이티드는 흥미를 잃은 듯이 보였지만, 아스널은 상관하지 않고 계약을 진척시키고 싶어 했다. 그러나 그들은 그의 의료기록을 살펴본 후 골반 부위의 상태가 마음에 들지 않으니 관심을 철회하겠다고 알려왔다. 라치오Lazio는 애매한 문의를 넣었고 퀄른은 우리가 고려할 수 없는 제안을 들고 나왔다.

시즌이 끝날 무렵이 되자 우리는 고든에 대해 관심을 갖는 잉글랜드 팀이 이 정도밖에 안 된다는 사실에 놀라움 반 걱정 반이었다. 대륙팀에 이적시켜 우리가 손해를 보게 될 위험이 점점 커져갔다. 너무 많은 소문이 나돌았기 때문에 우리는 그에게 혹시 외국 클럽의 합의서에 사인했는지 노골적으로 캐물어야 했다. 그가 강력하게 부인했기 때문에 나는 계속해서 남쪽에 있는 잠재적인 구매자들을 부추겼다. 어쨌든 그 작은 친구는 애버딘에서 뛰어난 선수였고 상대에게 바가지를 씌울 생각은 아니었으니까. 맨체스터 유나이티드의 론 앳킨스에게 전화해 외국 클럽이 끼어들기 전에 계약하는 편이 양측에 다 좋을 거라고 지적하며, 그럴 경우 이적료를 50만 파운드로 깎아주겠다고 제안했다. 그날 오후, 론이 내가 내건 금액을 받아들였기 때문에 그에게 스트라칸과 그의 회계사인 에든 버러의 알란 고든의 전화번호를 넘겨주었다. 다음 날 알란 고든이 내게 전화로 문제가 생겼다고 말했다.

"무슨 일인데요, 알란?"

긴 침묵이 흘렀다.

"고든이 퀄른과 가계약을 했대요."

축구에서는 놀랄 일이 많지만 이번 일은 도가 지나쳐도 너무 지나쳤다. 너무 놀란 나머지 성질을 부릴 수도 없었다. 스트라칸이 교활한 구석이 있는 녀석이라는 사실은 진즉에 알았지만 내게 이런 비열한 짓을 할 줄은 몰랐다. 그에게 얼마나 많은 일을 해주었던가. 특히 애버딘 부임 초기에 그가 아직 2군에 있던 시절, 피토드리에 있는 대부분의 사람들은 그를 포기했었을 때 내가 얼마나 많이 도와주었는가. 퀼른 건이 밝혀지자 애버딘, 맨체스터 유나이티드 그리고 스코틀랜드 축구협회 간에 기나긴 회담이 이루어졌다. 고든에게 이 모든 말썽을 무릅쓰고서라도 영입할 가치가 있다고 독일인들이 생각하지 않을 거라는 추정 하에(상당히 타당한 추정이었다) 올드 트래포드행을 계속 추진하라는 결정이 내려졌다. 유나이티드에 입단한 첫 주에 고든은 자신의 행동에 대해 사과했고 나는 사과를 받아들였다. 불안을 느꼈거나 경험이 없는 탓이라고 그의 입장을 합리화시켜 주었지만, 여전히 나를 좀 더 신뢰해야 했었다고 느꼈다. 그의 값어치를 모든 잉글랜드 클럽에 납득시키려고 내가 고군분투한다는 사실을 알고 있었다면 더더욱 믿어야 했다. 절차를 마무리하기 위해 나는 올드 트래포드로 함께 내려갔다. 그가 계약서에 사인하는 모습을 보니 자랑스러웠다. 또한 세계적인 선수로 확고하게 자리 잡을 수 있도록 키워준 나 자신도 약간은 자랑스러웠다. 티격태격하던 때도 있었지만 모두 지난 일이었다. 나는 생각했다. "이제 다시는 내 뒤통수를 칠 일이 없겠지." 이렇듯 나는 못 말리는 낙천주의자였다.

스트라칸의 이적 소동이 벌어질 무렵 애버딘은 스코티시컵과 유러피언 컵위너스컵의 준결승전에 각각 진출해 있었고 리그에서는 1위를 달리고 있었다. 스코티시컵은 과거 혈맹이었던 아치 녹스와 나를 적으로 재회하게 만들었다. 내 수석코치였던 아치는 1983년 도널드 맥케이를 갑작스럽게 해임했던 던디의 감독으로 부임하게 되면서 피토드리를 떠났다. 아치에게서 마음의 동요를 느끼며 나는 그와의 이별을 예감했다. 그러면 테이사이드[Tayside, 스코틀랜드 중동부의 주] 클럽의 자랑스러운 전통을 되살리는 도전에 마음이 끌렸을 것이다. 그 일을 할 수 있는 사람이 있다면 아마 녹스일 것이다. 그러나 우리는 던디를 2-0으로 쉽게 이기며 그의 포부를 잠재웠고, 3년 연속으로 스코티시컵 결승에 오르게 되었다.

유러피언 컵위너스컵을 지킬 수 있을 거라는 조용한 확신은 포르투갈 클럽인 포르투와의 준결승 1차전에서 지면서 흔들렸다. 스트라칸의 플레이는 눈에 띄게 활기가 없었고 그나마 겨우 1점차로 진 게 다행이었다. 애버딘에서 같은 점수 차로 패배하며 실망스러운 결말을 맞았던 밤은 날씨마저 불길했다. 피토드리에 내려앉은 짙은 안개는 서포터들의 응원을 빨아들이는 듯했고 선수들 역시 제 기량을 발휘하지 못했다. 애버딘에 있는 동안 유럽대항전에서 홈 패배는 딱 두 번밖에 없었는데 그중 한 번이 이 포르투전이었다.

리그 경기는 하츠와의 타인캐슬 원정에서 크리스마스 직전 하츠에서 데려온 빠르고 공격적인 레프트백 스튜어트 맥키미의 골로 승리했고, 덕분에 셀틱과의 스코티시컵 결승을 홀가분하게 맞이하게 되었다. 그러나 우리의 도전은 햄든에 도착하기도 전부터 사건의 연속이었다. 경기 3일 전 짐 레이튼은 집에서 잔디 깎는 기계로 정원을 손질하다 칼날을 청소하기 위해 전원을 껐다. 그가 칼날을 살피는 사이 어린 딸이 전원을 켜는 바람에 하마터면 그의 손가락이 죄다 날아갈 뻔했다. 더그 룩비의 폼을 저하시킨 교통사고도 있었지만 그는 컵을 따기 전까지 입을 다물었다. 레이튼의 손은 여러 바늘 꿰매야 했고, 토요일 아침 물리치료사가 테이핑을 해주었지만 그는 심한 불편을 느껴야 했다. 그 경기에서 짐 레이튼은 놀라운 활약을 보이며 용기와 투지가 뭔지 여실히 보여주었다. 예전부터 그 두 가지 면에서 그가 우리를 실망시킨 적은 단 한 번도 없었다. 경기 내용 자체는 마크 맥기를 넘어뜨린 셀틱의 로이 앳킨이 퇴장당하며 과잉판정 논란으로 얼룩졌다. 에릭 블랙의 골로 우리가 1-0으로 앞서갔지만 1명 퇴장당한 후 흔히 그러듯 남은 10명이 결사적으로 저항하는 바람에 오히려 겁을 먹은 건 우리 쪽이었다. 경기가 끝나기만을 애타게 기다리고 있는데 종료 4분을 남겨놓고 폴 맥스테이가 셀틱의 동점골을 넣었다. 추가 시간에 덕 벨을 투입하자 경기의 흐름이 우리 쪽으로 왔다. 마침내 우리다운 경기력이 나오기 시작했고, 상대 수비수를 멋지게 제친 벨이 슛을 날렸지만 골포스트 안쪽을 맞고 튀어나왔다. 결승골이 터진 것은 그 다음이었다. 리바운드된 공을 스트라칸이 잡아 크로스를 넣은 것을 맥기가 그대로 골로 연결했다. 그가 애버딘에서 넣은 마지막 골이었다.

우리에게는 휘황찬란한 시즌이었다. 올드 펌 외의 팀으로는 처음으로 스코틀랜드에서 리그와 스코티시컵을 우승하는 더블을 달성했다. 동시에 이는 어릴 때부터 같이 성장해 거의 가족과 마찬가지인 선수들이 각자 다른 팀으로 떠나며 뛰어난 팀이 분열되는 신호이기도 했다. 고든 스트라칸이 맨체스터 유나이티드로 떠난 데 이어 마크 맥기가 30만 파운드에 함부르크로 이적했다. 두 사람 다 팀에 지대한 영향을 가진 선수들이었지만 맥기의 부재가 더 우려되었다. 이유는 단순했다. 떠나고 싶어 안달이었던 스트라칸은 시즌 거의 대부분 예전의 자신에 미치지 못하는 경기력으로 일관했기 때문이었다. 맥기 역시 자신이 떠날 거라는 사실을 알고 있었지만 여전히 팀을 위해 열과 성을 다해 뛰며 애버딘에 있는 마지막 순간까지도 팀에 큰 보탬이 되어 주었다. 진정으로 성실한 선수였던 그는 멋진 보디밸런스와 파워와 주력까지 갖췄다. 천성적으로 타고난 골잡이는 아니었지만 우리를 위해 백 개도 넘는 골을 넣었다. 그를 잃게 되면 전력에 커다란 구멍이 뚫릴 터였다.

세 번째로 떠난 선수는 첼시행이 결정된 더그 룩비로 그의 이적 역시 우리에게 큰 손실이었다. 그러나 우리가 그를 그리워하는 이상으로 그는 애버딘을 그리워했을 것이다. 선수 중에는 특정 클럽에 특화되어 다른 곳으로 가면 존재감이 흐려지는 부류가 있다. 토미 겜멜은 족 스테인의 셀틱에서는 거인과 같았지만 노팅엄 포레스트에서는 그저 그런 선수였다. 더그 룩비가 첼시에서 애를 먹을 거라고 애초에 예상했었다. 의심의 여지없이 애버딘으로서는 더 많은 돈을 받고 맥기와 룩비를 팔았어야 했지만 클럽 보드진은 예테보리 쾌거와 그 중요성을 제대로 인식하지 못한 상태였다. 어떻게 보면 갑작스럽게 이루어진 신분상승과 지명도가 높아진 선수들이 더 많은 수입을 벌어들일 수 있게 된 상황에 대처하지 않았다고 볼 수 있다. 어찌되었건 룩비가 우리 클럽을 떠난 것은 현명하지 못했다. 팀에서 가장 뛰어난 선수는 아니었지만 팬들에게 사랑받는 컬트적인 영웅이었던 만큼 끝까지 남았더라면 애버딘에서 성대한 은퇴경기를 치렀을 것이다. 그가 나에게 소중한 기여를 해준 것은 고마운 일이지만 얼마나 내 속을 썩였는지는 또 이루 말할 수 없다.

하루는 휴가에서 돌아왔더니 〈애버딘 이브닝 익스프레스〉 1면에 '더그 룩비 T. T.레이스[맨 섬에서 해마다 열리는 세계 최대의 모터사이클 레이스] 출전 예정'이라는 제목 아래 룩비가 모터사이클과 함께 포즈를 취한 사진이 떡하니 실려 있었다. 자기가 저돌적인 모험가인 줄 아는 그의 어리석음에 말문이 막혔다. 기사 마지막 문단에 있는 그의 인터뷰는 룩비의 순진함을 한마디로 요약해주었다. "감독님이 어떻게 생각할지 모르지만 내일 반응이 기대되는군요." 다음 날 아침 가죽점퍼와 헬멧 차림으로 나타난 그는 동료들에게 큰 웃음을 선사해주었다. 사무실로 불려나온 그는 내가 전혀 재미있어 하지 않는다는 사실을 알게 되었다. "바이크를 없애버릴 때까지 널 이적 명단에 올려놓겠다"라고 나는 으름장을 놓았다. 깜짝 놀라며 그는 대체 왜 모터사이클을 타지 못하게 하냐고 진심으로 물었다. 믿을 수 없었다.

"왜냐고?" 나는 버럭 소리를 질렀다. "네가 애버딘을 바이크로 질주하고 다니는 동안 내가 집에서 가만히 걱정만 하고 있을 거라고 생각하나? 그렇다면 넌 단단히 착각한 거야! 그건 그렇고 넌 보험이라도 제대로 들은 거야?" 알고 보니 그는 가계약만 했고 실제로 들어갈 보험금 액수를 말해주자 정신이 번쩍 든 것처럼 보였다. 일주일도 안 되어 그는 모터사이클을 처분하고 자전거로 갈아탔지만 그마저도 재난을 불러왔다. 1984년 셀틱과의 스코티시컵 결승전을 앞둔 화요일에 그는 자전거를 타다 트럭에 부딪치는 사고를 당해 병원에 실려 갔다. 그다운 행동이지만 룩비는 나에게도 물리치료사에게도 입을 싹 다물었다. 당연히 그는 끔찍한 경기를 했고 교체당해 필드를 떠나야 했다.

트로피를 수집하는 일은 그 자체로 근사하지만 역사를 만들 기회가 오면 특별히 더 짜릿해지는 법이다. 애버딘은 1984-1985 시즌에 바로 그런 기회를 맞았다. 그 어떤 클럽도, 셀틱과 레인저스조차도, 스코티시컵 4연패를 달성하지 못했다. 1985년 봄, 던디 유나이티드와 준결승을 치르게 되면서 우리는 대기록에 한 발 다가섰다. 그러나 토너먼트에서 유나이티드만 만나면 고전하는 고질병이 도져 우리는 재경기 끝에 2-1로 지고 말았다. 여느 패배와는 차원이 달랐기 때문에 경기 후 드레싱룸은 마치 시체안치소를 방불케 했다. 우리 선수들은 이길 수 있었다는 사실을 잘 알고 있었다. 재정비한 팀의 주축이 된 프랭크 맥두걸이 부상으로 준결승전 직전에 이탈하지만 않았으면 결과가 달라졌을지도 몰랐다.

프랭크는 세인트 미렌에서 나오는 싸고 우수한 선수들에 대한 내 정보력에서 애버딘이 얼마나 많은 이득을 얻었는지 보여주는 최근 사례였다. 바로 전 시즌에는 불과 7만 파운드로, 발디 린지의 가장 뛰어난 발견이었던 빌리 스타크를 러브 스트리트에서 데리고 왔다. 얼마 안 있으면 떠나갈 고든 스트라칸의 이적에 대비한 장기보험이었고, 빌리는 내 기대 이상으로 활약해주었다. 피터 위어, 더그 벨, 그리고 스티브 코원 등 세인트 미렌에서 데리고 온 다른 선수들도 성공적인 영입이었다. 그러므로 골을 넣어줄 수 있는 센터포워드가 필요했을 때 그동안 많은 수확을 낸 밭을 찾아간 것은 당연한 수순이었다. 축구계에 들리는 소문으로는 맥두걸은 신뢰할 수 없는 선수였고, 많은 이들이 10만 파운드로 골칫덩이를 사는 셈이라고 말해주었다. 그러나 세인트 미렌의 감독 알렉스 밀러의 수석코치였던 내 동생 마틴은 나를 안심시켜 주었다. 마틴은 그의 능력을 침이 마르게 칭찬하며 품행 따위는 심각한 문제가 되지 않는다고 말했다. 필요한 것은 단지 확실한 통제라는 거였다. 그 정도야 문제없다고 생각한 나는 가장 성공적인 계약으로 손꼽히는 그의 이적을 진행시켰다.

클럽에 발을 디딘 후부터 내가 애버딘을 떠나기 직전에 입은 척추부상으로 이른 은퇴를 할 때까지 프랭크 맥두걸은 팀의 커다란 자산이 되었다. 골잡이로서 한결같은 결정력은 세 번째 우승을 거두는 데 결정적인 역할을 했다. 우리가 함께했던 두 번의 우승 중 첫 번째에는 8경기, 두 번째에는 7경기 연속으로 골을 넣었다. 물론 경기장을 벗어나면 그에게는 감시가 필요했다. 내가 볼 때 프랭크가 어울리는 친구들은 형편 좋을 때만 친한 척하는 부류였는데, 그는 그들의 부탁을 거절하지 못했다. 덕분에 때때로 그를 불러 호되게 야단쳐야 했다. "두고 보자, 젠장!"이 통상적인 그의 반응이었는데 그럴 때마다 경기에서 더 멋진 모습을 보여주었다. 요즘 그는 맨체스터에서 가까운 클리더로Clitheroe에 살고 있으며 만날 때마다 예전에 티격태격하던 일을 떠올리면서 웃음을 터뜨리곤 한다.

맥두걸에 들어간 10만 파운드와, 지칠 줄 모르는 체력과 훌륭한 왼발을 지닌 스타일리시한 레프트백 토미 맥퀸을 데려오기 위해 클라이드에 지불한 7만 파운드의 경비를 제하고 난 뒤에도 스트라칸, 맥기와 룩비를 판 백만 파운드가 넘는 돈의 대부분이 남았다. 딕 도널드는 좋아서 어쩔 줄 몰랐다. 유러피언컵에서 좋은 성적을 거두는 데 실패했기 때문에 나는 그보다는 기뻐하지 않았다. 1라운드 탈락(디나모 베를린Dynamo Berlin과 승부차기에서 패배했다)만 해도 괴롭기 짝이 없는데, 리그컵 1라운드에서 나의 옛 스승인 앨리 맥레오드가 이끄는 에어드리에 밀려 탈락하자 부끄러움은 하늘을 찔렀다. 그것도 모자라 스코티시컵 준결승에서 던디 유나이티드에 쓰라린 패배까지 당해버렸다. 그러나 스코티시 유스컵에서 우리 어린 선수들의 분전으로 셀틱에게 짜릿한 역전승을 거두며 토너먼트에서 탈락하는 습관에서 벗어나자 안도감을 느꼈다. 5-3으로 승리한 뒤 선수들이 드레싱룸으로 돌아왔을 때 1군 선수들이 모두 기다리고 있다가 축하해주었다. 클럽의 가족적인 분위기를 말해주는 감동적인 일화다. 그런 1군이 우승을 했을 때는 리그를 완전히 평정하다시피 했다. 최대한 딸 수 있는 승점이 72점인데 우리는 27승을 거두고 단지 4번만 패하며 59점이라는 어마어마한 승점으로 우승을 차지했다.

1985년 9월 족 스테인이 세상을 떠난 뒤 스코틀랜드 축구계에 일어난 모든 일은 그의 죽음에 가려졌다. 족은 진정한 노동계급의 영웅이었고 온 나라가 그의 죽음을 애도했다. 족과 나의 특별한 관계는 이미 이 책의 다른 곳에서 언급한 바 있다. 책 한 권을 모두 그와의 이야기에 할애하더라도 그 중요성을 과장할 수 없을 만큼 내게 큰 의미를 지녔다. 바로 다음 토요일 애버딘은 스테인을 축구계의 전설로 만든 셀틱 파크에서 리그 경기를 치렀다. 감정적으로 힘든 한 주일을 보낸 여파가 쌓인 탓인지는 모르지만, 토요일에 가슴이 무겁고 답답해서 셀틱 팀닥터에게 가서 진찰을 받아보았다. 피츠시몬즈 박사는 내가 건강하다고 진단을 내리면서 잠시 긴장을 풀고 쉬면 좋을 거라고 충고했다. 경기는 1분간의 진심 어린 묵념을 제외하고는 손쉽게 기억 속에서 사라졌다.

애버딘에 있어서는 그간 되풀이되어온 리그컵에서의 부진을 씻어내야 할 시간이었다. 잡힐 듯 집히지 않아 짜증났던 리그컵 트로피를 1985-1986 시즌에 단 한 경기도 골을 내주지 않는 전례 없는 업적을 남기며 거머쥐게 되어 만족스러웠다. 역사를 한번 만들어보자는 의욕이 생긴 나는 힙스와의 결승전을 무실점으로 마치기 위해 3명의 중앙 수비수를 세웠다. 힙스의 공격은 주로 고든 듀리와 우리의 옛 전사였다가 이스터 로드로 떠난 스티브 코윈에 의해 이루어지고 있었는데, 그들은 맥리시와 닐 쿠퍼에 의해 완벽하게 틀어 막혔다. 밀러가 빈 공간을 메우며 공격의 기점이 되어 주며 우리는 별 탈 없이 3-0으로 승리했다. 그즈음 윌리는 이미 스코틀랜드에서 손꼽히는 선수로 성장해 과거 셀틱의 맥닐이나 레인저스의 그레이그 같은 위대한 캡틴들에 비해도 손색없는 존재감을 지니게 되었다. 그들과 마찬가지로 윌리의 장악력은 경기를 넘어서 심판에게까지 미치고 있었다. 외부인들이 그를 비난하는 한 가지 이유는 축구협회가 미처 생각해내기 전에 그가 대기심의 개념을 소개했기 때문이다.

리그컵을 캐비닛에 장식할 수 있게 된 후, 우리는 사기충천해 있었다. 리그 순위는 2위였고 또 한 번 스코티시컵을 노리는 위치에 놓였다. 거기에 유러피언컵도 8강전을 앞둔 상태였다. 얼핏 피토드리의 일상은 여느 때와 다름없어 보였다. 내게 있어 평상시와 달랐던 이유는 족 스테인이 세상을 떠난 후 월드컵 본선까지 스코틀랜드 대표팀을 맡기로 했지만(여기에 관한 이야기는 책의 다른 장에서 다루고 있다) 두 가지 임무를 결합하는 일이 생각보다 더 힘들었기 때문이었다.

본선 진출 티켓을 따내기 위해 멜버른에 가서 오스트레일리아와 싸워야 했다. 국제경기로 인한 긴 부재는 아치 녹스의 후임으로 윌리 가너를 클럽의 수석코치로 임명한 내 선택에 의구심을 깊어가게 만들었다. 애버딘의 센터백이었던 윌리는 좋은 청년이고 축구에 대한 지식 등 여러 좋은 자질을 지녔다. 그러나 그는 젊었고 당시 너무 느긋해서 내 기준에 맞는 감독임무를 수행하기에 적합하지 않았다. 내가 좋아하는 감독 타입은 탐욕스럽고 쉬지 않고 일하는 사람이다. 나이든 선수들의 눈에 윌리는 여전히 동료 중 하나였고 감독에게 필요한 존경심을 불러일으키지 못했다. 좀 더 빨리 권위 있는 코치로 그를 대체했더라면 대표팀 감독으로서의 임무가 애버딘의 트레블 도전에 지장을 주지 않을 수도 있었을 것이다.

우리의 목표는 에릭 블랙이 팀을 떠날 거라는 소문이 더해져 더욱 험난해졌다. 블랙은 시즌이 끝나면 계약이 종료될 예정이었다. 점차 나를 회피하며 비밀스러워지더니, 1월이 되자 그가 대륙 쪽 클럽들과 접촉하기 위해 아무도 모르게 몇 차례 여행을 했다는 믿을 만한 정보가 내게 들어왔다. 그가 떠난다는 사실을 받아들이려고 한 시점이라 '승수법칙'으로 손해를 보지 않기 위해 여러 잉글랜드 클럽에 이적을 타진해보는 한편, 유러피언컵같이 보다 긍정적인 사안에 더 신경을 집중했다. 스타크, 맥마스터, 피터 위어와 짐 베트로 이어지는 재능 있는 선수들이 포진한 공격진에 덧붙여 밀러와 맥리시가 중심이 된 견고한 수비진을 구축하고 나니 이번 시즌 토너먼트에서는 좋은 성적을 낼 수 있다는 자신감이 생겼다. 베트는 내성적인 성격이 결점이지만 대단한 재능을 가지고 있었다. 뛰어난 공간 활용능력을 타고난 데다 패스를 해야 할 때와 드리블을 해야 할 때를 정확하게 파악했으며 공을 거의 빼앗기지 않았다. 윙어로 말할 것 같으면 그가 펄펄 날 때는 애버딘은 엄청난 팀이 되었다. 필드 왼쪽을 관통하는 힘 있는 질주는 스트라칸과의 파트너십으로 더욱 빛났고, 꼬마 고든이 팀을 떠난 지금은 피터가 선수로서 성숙해져 그의 능력에 걸맞은 영향력을 팀에서 가지게 될 때를 나는 기다렸다. 그러나 그는 자신의 능력에 의구심을 갖고 있는 것 같았고 기대를 한 몸에 받으면 움츠러들곤 했다. 1983년 예테보리에서 열린 위너스컵이 그러했듯이 나는 유러피언컵이 그에게 좋은 자극이 되기를 바랐다.

공교롭게도 1986년 유러피언컵 8강전에서 우리가 맞붙을 상대는 바로 그 스웨덴 도시의 긍지를 짊어지고 온 팀이었다. 첫 번째로 날 실망시킨 것은 3월의 어느 수요일 아침 피토드리를 찾은 17,000명밖에 안 되는 단출한 관중이었다. 애버딘 팬들이 호사에 겨워 승리를 당연히 여기는 게 아닌가 하는 생각이 머릿속을 스쳤고 의구심은 그들을 원망하는 마음으로 번져나갔다. 경기는 굉장히 흥미진진했다. 우리에게 온 기회를 모두 살렸다면 다득점으로 멀찌감치 도망갔겠지만 경기 종료 1분을 앞둔 시점에 불과 2-1로 앞서는 중이었다. 그때 윌리 밀러가 그답지 않게 공을 몰고 공격 진영으로 뛰쳐나간 뒤 본래 위치에서 한참 먼 곳에서 공을 빼앗겨버렸다. 공은 즉시 미드필드를 넘어와 예테보리의 폭격기 조니 엑스트룀에게 전달되었고, 그는 경기의 마지막 킥과 동점골을 동시에 기록했다. 예테보리는 약삭빠르게도 원정골 우선 원칙을 이용해 지루한 경기 끝에 2차전을 0-0으로 만들며 우리를 탈락시켰다. 경기 결과는 두 주 전, 17,000명밖에 오지 않은 홈 관중 때문에 내 마음에 뿌리박기 시작한 불만을 조금도 덜어주지 못했다.

1984년 나는 레인저스의 접촉을 두 번째로 거절했다. 제의한 당사자는 당시 이사였고 훗날 구단의 회장이 된 존 패튼이었다. 은사였던 스콧 사이먼에게 조언을 구했을 때 그는 윌리 와들이 직접 나오지 않는 이상 어떠한 접근도 불안하게 생각할 거라고 말했다. 사실 아이브록스에서 선수 시절 내가 당했듯이 우리 가족을 또다시 종교적 편견에 노출시키는 건 싫었다. 스콧 사이먼이 조심하라고 하지 않아도 캐시의 종교 하나만으로도 레인저스에 돌아가지 않을 이유가 되었다. 레인저스 말고도 애버딘에 있을 때 아스널, 토트넘 홋스퍼, 그리고 울버햄턴 원더러스로부터 본격적인 제의를 받았으나 모두 거절했다.

그러나 이제 변화를 갈망하는 마음은 점점 커져가고 있었다. 피토드리에서의 오후가 점점 따분해지기 시작했다. 클럽이 너무나도 건실하게 운영이 되고 있어서 내가 도전할 구석이 별로 없었다. 다시 한 번 성공적인 팀을 만들어나가며 고통스러운 자극을 받고 싶었다. 스코티시컵 준결승전에서 힙스를 3-0으로 가볍게 꺾은 애버딘이 5년간 4번째의 결승에 오른 일은 내게 작은 위안을 안겨주었다. 어느 날, 일일 회의시간에 딕 도널드에게 시즌이 끝나면 팀을 옮기고 싶다고 말했다. 그렇다면 지금 내가 맡고 있는 애버딘보다 더 나은 클럽은 하나밖에 없다고 딕이 단정적인 어조로 말하는 바람에 나는 조금 동요했다. 어디냐고 묻자 그가 대답했다. "맨체스터 유나이티드. 자네가 진정으로 도전을 원한다면 거기야말로 가장 큰 축구클럽이지." 인생의 중요한 시점에 그런 놀라운 말을 들으니 왠지 기운이 났다.

하츠와의 스코티시컵 결승을 2주 앞두고 사무실에서 가진 에릭 블랙과의 면담은 그런 기분을 싹 달아나게 했다. 그는 나에게 프랑스의 메츠 Metz와 계약을 했다고 말하러 왔다. 당연히 나는 화를 냈다. 에릭은 내가 열세 살 때부터 돌봐온 선수였다. 그런데도 나를 믿고 의논하기보다 몰래 애버딘을 그만둘 계획을 세우고 있었던 것이다. 클럽이나 나나 그런 취급을 받아서는 안 되었다. 그런데 그의 뒤통수치기는 서로 제일 잘 알고 있다고 생각하던 선수들에게까지 악영향을 미쳤다. 컵 결승전 2주 전에 나에게 통고함으로써 멋지게 퇴장할 수 있을 거라고 생각했다면 에릭은 단단히 착각한 것이다. 그날 훈련이 끝난 뒤 나는 그를 사무실로 불러 이제 클럽에 나올 필요가 없다고 일렀다. 이렇게 해서 그는 애버딘과 슬픈 종말을 고했지만, 헤어진 방식이 좋지 않았다고 해서 그의 공헌을 폄하할 수는 없다. 실로 대단한 업적이라고 할 수 있다. 애버딘을 위해 나선 네 번의 결승전에서 그는 중요한 골을 넣었다. 그중에는 예테보리에서의 골도 포함된다. 속도와 컨트롤이 뛰어났고 공중부양이라도 하듯 긴 체공시간을 이용해 터뜨리는 벼락같은 헤딩을 날리곤 했다. 불운한 척추부상만 아니었다면 국가대표로도 많은 활약을 했을 선수였다.

스코티시컵 결승전에서 승리를 얻으려는 우리의 과제는 상대방의 사기가 꺾이는 바람에 좀 더 용이해졌다. 리그 마지막 경기에서 던디에게 2-0으로 패배하면서 하츠는 아쉽게 우승을 놓쳐버렸고 그 결과 리그 우승컵은 셀틱 차지가 되었다. 하츠의 감독인 알렉스 맥도널드와 그의 수석코치인 샌디 자딘에게 진심으로 동정이 가는 상황이었다. 결승전에서 마저 그들이 우울한 기분을 떨칠 기회는 날아가버렸다. 출발은 좋았으나 크로스바를 맞췄고 곧 이어진 역습에서 존 휴잇의 골로 우리가 앞서나가기 시작했다. 경기가 끝날 무렵 하츠는 낙심해서 기진맥진해졌고 최종 스코어인 3-0보다 훨씬 더 큰 점수 차로 질 뻔했다.

그 다음 월요일에 캐시와 나는 운동신경과 세포가 서서히 약화되는 모터뉴런병으로 죽어가고 있던 애버딘의 부회장 크리스 앤더슨을 찾아갔다. 들고 간 우승컵을 보여주자 그는 매우 감격했다. 전신을 시들게 만드는 끔찍한 병으로 쇠약해진 그를 보니 가슴이 저몄다. 생전의 그를 본 것은 그때가 마지막이었다. 1986년 월드컵을 준비하기 위해 스코틀랜드 대표팀과 뉴멕시코 주의 산타페에 있을 때 그는 세상을 뜨고 말았다. 그는 진정한 신사였고 언제나 변함없이 진보적인 사고방식으로 클럽의 발전을 견인했다. 그의 열린 태도는 딕 도널드의 보다 전통적인 접근방식과 완벽한 균형을 이루었다. 뒤늦게 깨달았지만 그토록 훌륭한 두 남자 밑에서 감독을 할 수 있던 것은 나로서는 정말 행운이 아닐 수 없다.

멕시코에서 열린 월드컵 본선에서 돌아온 나는 윌리 가너를 더 이상 수석코치로 둘 수 없다고 결정했다. 수석코치의 책임을 수행하기에 그는 너무 어렸다. 윌리가 어쩔 수 없는 내 입장을 이해하고 아무런 원망도 하지 않은 것은 다행스러웠다. 아치 녹스는 다시 애버딘으로 돌아오고 싶어 했고 그의 복귀는 당연히 나에게는 이상적인 해결책이었다. 바로 얼마 전까지 아치는 던디의 감독 자리에 있었기 때문에 피토드리에서 그의 직책을 확실히 해둘 필요가 있었다. 공동감독으로 부르자는 내 제안이 받아들여지며 문제는 일단락되었다.

가이 포크스[Guy Fawkes, 제임스 1세의 암살과 반란음모가 실패로 돌아가 이듬해 처형됨]의 이야기를 기억한다면 그의 거사일이었던 11월 5일이 비밀스러운 행동을 하기에 적합하지 않은 날이라는 것을 알아야 했다. 같은 날 1986년, 맨체스터의 회장, 그리고 세 명의 이사진과 회동을 가졌다. 우리의 접촉을 외부에 알리지 않기 위해 캐시의 언니 브리짓의 자택이 있는 글래스고 외곽에 위치한 브릭스빌로 그들을 데려갔다. 하지만 축구계에서 가장 유명한 사람 중 하나와 함께 있으면서 사람들의 눈에 띄지 않기란 힘들었다. 보비 찰튼이 브리짓의 집 앞에 내리자마자 이웃 사람 하나가 그를 알아보았다. 그래도 다행히 언론에는 발각당하지 않아 내 감독생활 중 가장 중대한 회동은 비밀을 유지할 수 있었다.

그동안 맨체스터 유나이티드가 나를 처음으로 접촉한 시기와 방식에 관해 많은 억측이 나돌았기 때문에 이 기회에 기록을 바로잡고자 한다. 그동안 세부적인 내용을 밝히지 않았던 것은 이 일에 관련된 다른 사람들, 특히 딕 도널드의 감정을 상하지 않게 하기 위해서였다. 내 전임으로 올드 트래포드에 있었던 론 앳킨슨은 자서전을 통해 1986년 월드컵에서 보비 찰튼 경이 내게 감독직을 제의했다고 주장했다. 사실이 아니다. 우루과이와의 재난 같은 경기 직전에 사이드라인 옆에서 나에게 찰튼 경이 말을 건 것은 맞지만 기껏해야 잉글랜드로 올 결심이 서면 자기에게 알려달라고 한 정도다. 이 정도의 말로 감독직을 의뢰했다거나 유나이티드행에 대한 모종의 암시를 던졌다고 볼 수 없었다. 보비와의 스쳐 지나간 만남 말고는 11월 5일 이전에 나와 올드 트래포드를 연결하는 것은 모두 소문에 불과했다.

고든 스트라칸은 이제 거의 매주 한 번씩 나에게 전화를 하며 맨체스터에서는 후임 감독으로 내가 오는 게 거의 기정사실화되어 있다고 전해주었다. 이러한 움직임을 뒷받침해줄 어떠한 공식적인 접근도 없었기 때문에 나는 그저 고든이 전해주는 그 위대한 클럽이 운영되는 방식에 대해 혼자 골똘히 생각에 잠기기만 했다. 그는 클럽이 안고 있는 온갖 문제를 거론하며, 특히 선수들의 음주가 통제되고 있지 않고 론은 알코올의 악영향에 대해서는 아무런 관심도 없다고 이야기했다. 고든의 말에 의하면 훈련은 엉망진창이며 론이 일광욕을 마치고 미니 게임을 시작하기 전에는 아무것도 진행되지 않는다고 했다.

정작 접촉이 이루어졌을 때는 아무런 예고도 없었다. 11월 4일 텔레비전 뉴스의 자막을 통해 맨체스터 유나이티드가 델에서 사우스햄턴에 4-1로 패했다는 사실을 알고 론이 상당한 압박을 받고 있다는 사실을 깨달았다. 유나이티드의 순위는 잉글랜드 1부 리그에서 꼴찌에서 두 번째였고, 사우스햄턴전 참패는 그들이 얼마나 몰락했는지 단적으로 보여주었다. 그러나 다음 날 오후 두 시에 사무실로 들어오니 스트라칸의 회계사인 알란 고든의 전화인데 받을지를 물었고, 그 일을 염두에 두지 않고 전화를 받았다. 알란과는 언제나 잘 지냈기 때문에 얼른 수화기를 들고 그가 기대할 만한 종류의 인사말을 했다. "야, 니 어떻게 지내나?" 수화기 저편에서 들리는 목소리의 주인은 알란이 아니라 스코틀랜드 억양을 괴상하게 흉내 내고 있는 누군가였다. 나중에 그가 유나이티드의 이사인 마이크 에델슨이라는 사실을 알았다. 그는 잠깐 기다리라고 하더니 다른 사람을 바꿔주었다. 그 사람은 다름 아닌 마틴 에드워즈 회장이었다. 전화가 진짜라는 걸 증명하기 위해 그는 내게 번호를 주고 다시 걸라고 말했다. 맨체스터 번호를 돌리며 나는 흥분을 주체할 수 없었다. "맨체스터 유나이티드 감독 자리에 관심이 있나요?" 그가 말했고, "네" 하고 나는 망설이지 않고 대답했다. "오늘 저녁 스코틀랜드에서, 호기심 많은 눈들을 피할 수 있는 곳에서 만날 수 있을까요?" 그에게 한 시간 안에 다시 전화하겠다고 말했다.

나의 다음 행동은 아치 녹스에게 사태의 추이를 알리는 것이었다. 만약 내가 잉글랜드 클럽의 감독이 되면 수석코치로 같이 가자고 합의를 보았다. 그 다음은 집으로 전화를 해서 어려운 일, 즉 캐시에게 알리는 문제를 해결해야 했다. 엄청난 충격을 받은 아내는 사랑하는 애버딘을 떠나는 데 격렬하게 반대했다. 우리 아들들은 그곳에서 성장했고, 더 이상 바랄 수 없을 정도로 완벽한 이상적인 생활방식을 누리고 있었다. 그러나 캐시는 맨체스터 유나이티드가 나에게 무엇을 의미하는지 알고 있었기에 라나크셔의 해밀턴에 있는 고속도로 휴게소에서 저녁 7시에 만나기로 한 마틴 에드워즈 일행과의 회동이 어떤 결과를 가져올지 짐작했다. 그러고 나서 나는 오랜 기자 친구인 짐 로저에게 전화해서 잉글랜드에서 그 문제에 관련해 실제로 관측이 이루어지고 있는지 문의한 뒤, 그 자리를 수락한다면 언론을 어떻게 다루어야 하는지 조언을 구했다.

7시 정각에 마틴 에드워즈 일행이 휴게소 주차장에 나타나 내 차에 올라탔다. 그의 일행인 보비 찰튼, 마이크 에델슨, 그리고 유나이티드의 이사이자 법률자문인 모리스 왓킨스는 마틴의 차를 타고 내 뒤를 따라 비숍브릭스에 있는 처형인 브릿짓의 집으로 왔다. 그곳에서 가진 회의는 선수들, 스태프, 이적 자금 등 주요 관심분야를 모두 망라했다. 이적에 투입할 수 있는 자금은 놀랍게도 0파운드였지만 마틴 에드워즈는 내가 정 곤란하면 어느 정도는 융통할 수 있다고 말했다. 급여는 실망스러웠다. 풍부한 보너스 체계 때문에 그해 애버딘에서 그보다 훨씬 더 많은 돈을 받은 상태였다. 나는 집을 빨리 처분하는 건 어려운 일이라고 말하며 맨체스터 유나이티드에서 구입해줄 수 있는지 물었다. 나의 제안은 침묵으로 돌아왔다. 거기에 애버딘으로부터 대출받은 4만 파운드의 문제도 있었다. 유나이티드가 대신 맡아줄 수 있느냐고 물어봤지만 다시 거절당하며 애버딘에게 직접 문의해보라는 소리만 들었다.

이 모든 정황을 보면 내가 올드 트래포드행에 적극적이었던 게 금전적인 매력과는 전혀 관계가 없다는 사실을 알 수 있다. 나는 처음부터 그들에게 사로잡힌 감독 후보였고 그 상태에 만족했다. 맨체스터 유나이티드는 감독이 되겠다고 결심했을 때부터 품어온 거대한 야망을 실현시킬 수 있는 꿈같은 기회였고, 나는 흔쾌히 내게 제시된 조건을 수락했다. 형식상의 절차는 다음 날 마틴 에드워즈와 모리스 왓킨스가 비행기로 애버딘까지 날아와 딕 도널드와 크리스 앤더슨이 세상을 떠난 후 피토드리 보드진의 중요한 일원이 된 그의 아들 이언과 만나 보상 액수에 합의하며 완료되었다.

나를 붙잡아두려는 마지막 시도로 딕이 말했다. "자네가 원한다면 이 클럽을 가져도 되네." 우리 둘 다 그 말이 진심이 아니라는 것을 알고 있었지만 매우 감동적인 제스처였다. 전적으로 그다운 행동이었다. 회장으로서 딕은 클럽에 커다란 발자취를 남겼으며 굳이 다른 이가 말해주지 않아도 그런 대단한 사람과 또 함께 일하기 힘들다는 사실을 안다. 아버지가 돌아가셨을 때 그가 도와주었던 일을 언제까지나 소중히 여길 것이다. 일에서도 부임 초기에 뜻대로 풀리지 않았을 때 그는 내 든든한 보호막이 되어 주었었다. 애버딘이 끌어들인 이사들은 모두 대단한 인재들이어서 결코 보드룸이 혼란스러운 적이 없었다. 딕 도널드는 지원 면에서 귀감이 되어 주었다. 경기에서 패배한 뒤 기자들이 비탄한 얼굴을 기대하며 로비에 진치고 있으면 딕이 그들 앞에 등장해 "안녕하시오, 신사 여러분? 정말 좋은 경기였소" 하고 말하며 보란 듯이 춤을 추었다. 젊었을 적 무도회장에서 뛰어난 댄서로 이름을 날렸던 그는 댄스홀 비즈니스를 통해 사업기반을 닦은 뒤 영화관과 빙고홀, 그리고 부동산까지 분야를 확대해 많은 재산을 모았다. 그래서인지 아무 예고 없이 현란한 스텝을 밟을 때가 있었다. 선수들이 경기를 준비하고 있는 드레싱룸에도 가끔 탭댄스 스텝을 선보이며 들어오곤 했다.

"좋은 밤이오, 퍼거슨 씨."

"안녕하세요, 회장님?"

"오늘 우리 팀은 어떻게 되지?" 명단에 적힌 이름을 죽 듣고 있다가 마음에 들지 않는 선수가 나오면 딕은 말을 멈추게 했다. 마치 의식처럼 항상 있는 일이었다.

"설마 얘를 내보낼 생각은 아니겠지?"

"내보낼 건데요, 회장님."

"뭐, 할 수 없지, 자네 팀이니까." 이렇게 말하고 나서 그는 춤을 추며 방을 나갔고 이 모든 동작은 거의 쉴 틈 없이 물 흐르듯 이루어졌다.

덕은 굉장한 자산가였지만 워낙에 구두쇠라 자신의 부를 거의 밖으로 드러내는 법이 없었다. 어느 날 우연히 그의 구두에 눈이 갔다가 검은색 신발 끈에 밤색 신발 끈을 묶어서 이은 뒤 다시 검은색 신발 끈을 이어놓은 것을 본 적이 있다. 캐시와 내가 처음 애버딘에 와서 카펫을 사려고 했을 때였다. 낯선 도시에 온 우리 부부를 딕이 도와주겠다고 자청했다.

"우리 집 창고에 한번 와 보게." 그가 인심 좋게 말했다. "카펫 같은 건 산처럼 쌓여 있으니까."

캐시는 선택의 폭이 좁아지는 게 마음에 들지 않았지만 어느 정도로 좁아질지는 상상도 못했다. 딕이 우리에게 보여준 카펫은 모두 커다랗게 C자가 새겨져 있었다. 전부 그의 영화관이었던 캐피톨Capitol 극장에 깔았던 카펫이었다. 캐시와 나는 창고를 빈손으로 탈출하게 된 것을 다행으로 여겨야 했다. 밤색 중절모를 어떻게 썼는지를 보면 딕의 기분을 정확하게 파악할 수 있었다. 기분 좋고 만족스러운 상황이면 옆으로 비스듬히, 뭔가 마음에 걸리는 일이 있으면 모자를 뒤로 꽉 눌러 썼다. 재직 시절 4번의 스코티시컵 결승에서 모두 이겼던 우리가 햄든에서 돌아오는 길에 그의 모자 각도가 어땠는지는 말하지 않아도 될 것이다. 그러나 최고로 행복한 때에도 그의 빈틈없는(내가 아는 한 그는 누구보다도 빈틈없는 사람이었다) 성격은 여전해서 자신이 아무것도 빼먹은 게 없다는 걸 상기시켜 주며 짓궂은 즐거움을 느끼곤 했다.

컵 결승전을 앞두고 있으면 샴페인을 구단버스에 얼마나 싣고 가느냐 하는 문제로 그와 언제나 어처구니없는 줄다리기가 벌어졌다. 나는 보통 6상자를 주문하는데, 결승 하루 전에 글래스고로 떠나며 원정 준비를 하느라 분주한 틈을 타서 회장이 총무인 이언 태거트에게 5상자는 창고에 들여놓고 버스에 1상자만 실어놓으라고 지시한다. 딕이 출발하기 전에 옷을 갈아입으러 들어가면 나는 얼른 5상자를 버스 안에 숨겨두고 1상자만 창고에 남겨놓는다. 결승전마다 이런 일이 반복되었다. 1984년 결승전에서 셀틱을 누르고 애버딘으로 돌아가는 길에 선수들과 그 아내들은 넉넉하게 공급된 샴페인을 즐기면서도 딕에게 들키지 않도록 침묵 속에서 병을 돌렸다. 캐시와 나는 딕과 그의 부인인 베티와 함께 버스 앞쪽에 앉아 있었다. 우리 뒤편으로 축하파티가 조용하게 무르익어 가는데 딕이 나에게 몸을 기울이고 속삭였다.

"퍼거슨 씨." 그가 말했다.

"네, 회장님?"

"오늘 우리가 우승컵을 몇 개 딴 건가?"

14장

술은 실패를 부른다

바짝 긴장하고 있던 내 머릿속에는 술 생각밖에 없었다. 긴장을 씻어 내기 위해 술에 의지하자는 미친 생각이 아니었다. 맨체스터 유나이티드 로 첫 출근한 날, 내가 생각하고 있던 것은 술이 부르는 모든 해악에 관한 문제였다. 몇몇 선수가 지나치게 술을 마신다는 고든 스트라칸의 증언은 마틴 에드워즈 회장이 뒷받침해주었다. 문제가 너무 심각해서 지체 없이 행동에 나서야 했다. 시작부터 선수들과 대립해야 되는 상황은 내게 초 조함을 더해주었다. 세인트 미렌과 애버딘에서의 첫날, 불안감 같은 것 은 전혀 느끼지 않았고 어서 일을 시작해서 내 능력을 보여주자는 의욕 에 가득 차 있었다. 자신의 능력에 대한 믿음이 줄어든 것은 아니었지만 선수들에게 내가 어떻게 비칠지 불안했다. 잉글랜드의 클럽을 맡는 건 처음인데, 그것도 모자라 잉글랜드에서 아니 세계에서 가장 큰 축구클럽 에 온 것이다. 그곳에서 기다리고 있는 세계적인 선수들이 나를 따뜻하 게 환영해준다는 보장이 없었다. 게다가 그중 일부는 술잔을 들고 입으 로 팔꿈치를 굽히는 건 운동이 아니라는 충고를 내게 들을 예정이었다.

어느 누구도 기억하지 못하는 먼 옛날부터 음주는 영국 축구선수들의 기강을 망치는 주범이었다. 더 윗세대에서는 음주문화가 선수들의 노동 계급 배경에서 비롯했을지도 모른다. 많은 선수들이 공장이나 광산에서 힘든 하루를 보내고 나면 맥주 몇 잔으로 피로를 씻어내는 게 당연하다 고 생각하는 가정에서 자랐다. 어떤 축구선수들은 이런 노동자들의 사고

방식에 매달리려고 작정한 나머지 훈련이 끝나면 곧바로 술집으로 가도 괜찮다고 자신을 납득시키는 것처럼 보였다. 토요일 밤은 한 주일의 근무가 끝나는 날이므로 엉망으로 취해도 상관없다는 생각이 팽배했다. 직업적인 운동선수라면 언제 어느 때라도 몸 상태를 좋지 않게 하는 행위를 해서는 안 된다는 당연한 사실을 이 나라의 축구선수들은 선뜻 받아들이지 못했다. 대륙의 클럽에 간 영국선수들은 자신들의 사교생활을 즐기는 방식에 감독뿐 아니라 동료선수들까지 눈살을 찌푸린다는 사실을 알게 되면 충격을 받는다. 밤늦게까지 계속된 유흥의 결과로 경기능력이 떨어지면 누군가에게 의존하게 되고 그때 동료들의 원망을 사게 되는 것이다. 영국의 클럽들과 감독들은 음주의 해악에 대처할 때 종종 나약한 모습을 보여왔다.

유나이티드에 도착했을 때 "경기 전 48시간 이내에 술을 마시면 안 된다"는 규칙이 있다는 사실을 알고 깜짝 놀랐다. 그 자리에서 미약한 금주령을 훈련 기간 동안 술을 마시면 안 된다고 뜯어고쳐 버렸다. 물론 선수들이 음주금지 규정을 따를 거라고 생각하지 않았다. 그래도 기존의 규칙은 때에 따라 음주가 허락될 수 있다고 해석할 수 있기 때문에 새로운 단어선택을 통해 내 입장을 선언해야 했다. 그러나 내가 물려받은 선수들 중 일부는 예전 규칙도 너무 엄하다고 생각했다.

감독 임명 과정은 화요일 애버딘에서 공식적인 절차를 밟아 그날 밤 맨체스터에서 끝났다. 선수들과 첫 대면을 앞둔 밤, 바로 이틀 후에 옥스퍼드와 원정경기를 해야 했지만 선수들 몇몇은 술을 퍼마시고 있었다. 알고 보니 론 앳킨슨이 퇴임 감독으로서 작별파티를 벌인 것이다. 론이 선수 전원을 초대하지 않았지만 초대받지 않은 이들도 자기 나름대로 충분히 즐기고 있었다. 토요일에 원정경기가 있을 예정이었으므로 론의 시간 선택이 적절하지 않았다. 론은 자기 밑에서 뛰는 선수들 중 일부는 술 두세 잔 가지고는 만족하지 않는다는 사실을 잘 알고 있었다. 이 일을 들었을 때(맨체스터 유나이티드 같은 클럽엔 감독에게 정보를 전해줄 사람들이 항상 대기한다), 관련된 선수들이 내가 다음 날 감독으로 오는 사실에 콧방귀도 뀌지 않는다는 생각은 차마 할 수 없었다.

내가 받은 모욕을 깨닫지 못한 채 금요일에 그들과 처음으로 만난 자리에서 나는 아주 짧은 인사로 만족했다. 내 야망을 보란 듯이 늘어놓지도 않았다. 클리프 훈련장의 체육관에 선수들을 모이게 한 이유는 론 앳킨슨이 떠나간 걸 후회하고 있기를 바랐기 때문이었다. 그렇다면 적어도 그들이 자신들을 감독하는 이에게 대한 제대로 된 충성심을 가졌다는 의미이기 때문에 가망이 있었다. 내가 자신에 대해 별로 할 이야기가 없다고 생각했을 것이다. 만약 그들이 그렇게 의심했다면 짜증나지만 맞는 말이다.

목요일에 선수들이 술을 마신 것을 알고 2-0으로 옥스퍼드에 졸전 끝에 패배하는 꼴을 끝까지 지켜본 뒤 주말이 지나 체육관에서 그들이 만난 퍼거슨은 첫 대면 때와는 완전히 다른 사람이었다. 선수들 앞에서 사교클럽 같은 축구클럽이라는 맨체스터 유나이티드의 평판을 완전히 바꾸어놓고 말겠다고 선언했다. 내 방식을 바꿀 생각이 전혀 없으니까 너희들이 지금까지의 방식을 바꾸어야 할 거라고. 호전적인 방식은 몇몇 선수의 심기를 거슬렸지만 신경 쓰지 않았다. 그런 중요한 문제를 비위를 맞춰가며 해결할 생각은 없었다. 옥스퍼드전에서 선수들의 형편없는 체력 때문에 충격을 받았지만 예전보다 훨씬 더 엄격한 지구력 훈련을 도입하는 일은 점진적으로 진행되어야 한다는 사실을 받아들여야 했다. 그렇다고 해서 파멸적인 음주습관에 대해서도 똑같은 인내력을 보일 생각은 추호도 없었다. 물론 문제를 해결하려고 노력하는 것과 문제를 뿌리 뽑는 것은 완전히 다르다. 맨체스터 유나이티드에 온 뒤 이삼 주 동안 발견한 다른 문제들과 마찬가지로 고치려면 시간이 필요했다.

체력 문제도 심각했지만 무엇보다 우리 팀에는 체격이 부실한 선수들이 너무 많았다. 그들은 한마디로 리그 타이틀을 향한 장기간의 레이스 내내 격렬하게 경쟁할 육체적 힘이 모자랐다. 필드에서 강한 존재감을 내뿜어야 할 선수들이 늘 병원 치료대 위에 누워 있었다. 상대팀이 우리 선수들에게 총을 쏴댔어도 부상자가 이보다 적었을 것이다. 또 하나 걱정스러운 약점은 주전선수들의 노쇠화에도 이들의 자리를 차지할 준비가 된 젊은 선수를 기르지 않았다는 것이다. 후진양성에 관한 문제는 형편없는 스카우트 시스템과 포괄적이고 체계화된 유소년 정책의 부재라는 측면과 맞물려 가중된 상태였다. 여러 해 동안 아니 몇 십 년 동안 성공적인 클럽으로 남아 있을 수 있도록 기반을 닦는 일은 감독으로서 언제나 나의 목표였다. 가끔 결승에 얼굴을 내밀거나 컵대회에서 우승을 하며 반짝 성공을 거두는 것으로는 결코 나를 만족시킬 수 없었다. 컵대회는 흥분되고 사기진작에 놀라운 효과를 거두지만 진정한 성공은 매 시즌마다 리그 우승을 노리는 위치에 서는 것이다.

1986년 11월 6일 맨체스터 유나이티드에 부임했을 때 그들은 19년 동안 우승을 못 해본 처지였다. 이 가뭄을 끝내지 못한다면 실패라는 것을 굳이 내게 따로 말해줄 필요도 없었다. 꾸준히 우승을 넘볼 수 있는 팀으로 탈바꿈시키려면 많은 시간이 필요했다. 밑바닥부터 차근차근 눈에 띈 결점을 바로잡으면서 나의 영향력과 자신감을 클럽의 모든 곳에 불어넣어야 했다. 선수와 코치진뿐만이 아니라 사무종사자, 구내식당의 요리사와 급사, 세탁실 아주머니들까지 클럽 안에 있는 모두와 인간적인 유대를 맺고 싶었다. 이 모든 사람들이 자신이 클럽의 일부이며 부활이 다가오고 있다는 걸 가슴 속으로부터 느껴야 했다. 그러나 클럽을 재건하는 과정에서 어느 정도 성과를 보이지 않는다면 내 계획을 실현시킬 충분한 시간이 주어지지 않을 터였다.

대개의 외부 사람들은 과거를 돌아보며 만약 1990년 1월, FA컵 3라운드 원정에서 노팅엄 포레스트를 1-0으로 꺾지 못했다면 내가 경질되었을 거라고 말한다. 그런 가정은 이해할 만하다(그 시즌 우리의 리그 경기력은 암담한 수준이었다). 그러나 일요일 컵경기가 있기 전 금요일에 마틴 에드워즈가 나를 사무실로 불러 말한 내용은 그 가정을 뒤집는다. 축구클럽이 지금처럼 거대한 기업이 되기 전, 기업회장과의 담소는 하루 일과 중 즐거운 휴식시간이었지만 이번만큼은 그보다 훨씬 중대한 의미가 있었다. "만약 지더라도 감독 자리를 잃게 되지 않을 겁니다." 마틴 에드워즈가 내게 말했다. 그의 말은 위안이 되었지만 포레스트전 승리의 여파로 일어난 일련의 사건들이 없었다면 나를 경질시키라는 압력이 저항할 수 없을 정도로 거세졌을 거라는 건 바보라도 알 수 있다. FA컵에서 우승하고 다음 시즌 유러피언 컵위너스컵 결승에서 바르셀로나를 꺾음으로써 클럽 안에서 내 위치가 확고해진 덕분에 맨체스터 유나이티드가 미래에 성공할 수 있는 토대를 닦을 수 있었다. 그러므로 부임 후부터 로테르담에서 위너스컵에서 우승할 때까지의 시기를 내 맨체스터 유나이티드 감독시절 1기로 나누는 게 적절하다고 여겨진다. 이 4년 반 동안 앞에서 말한 문제들을 해결하려 애쓰면서 성적 면에서도 성공보다 실패를 훨씬 더 많이 겪었다.

첫 5년간의 우리 리그 순위를 쓱 훑어보면 1보 전진 2보 후퇴라는 말이 실감이 날 것이다. 1987년에 11위로 마친 것은 부임 당시 우리 순위가 끝에서 두 번째였으니 그럭저럭 참을 만했다. 1988년 리버풀에 이어 2위를 차지한 것은 9점이라는 승점 차이가 우리와는 등급이 다르다는 사실을 보여주긴 했지만 엄청나게 고무적인 결과였다. 그러나 1989년 11위, 1990년에는 13위라는 비참한 성적을 거두었고 1991년은 대륙에서 우승컵을 들어 올리게 만든 경기력을 보여주지 못하고 6위로 만족해야 했다. 당연한 말이지만 통계숫자만으로는 그 기간 동안 클럽에 밀려들어온 변화의 물결이나, 1992년의 아쉬운 준우승이 우리가 전력이 강화되는 과정에 있다는 증거였음을 말해줄 수 없다. 대부분의 변화는 고통을 수반했다. 유명한 선수들이 방출되고 유망한 젊은 선수들이 부상 때문에 꿈이 박살 날 때는 특히 더했다. 하지만 그런 일에 주의를 쏟기에 당시 나는 한 개인이 감내하기에는 너무나도 큰 고통을 겪고 있었다.

맨체스터 유나이티드의 감독이 된 지 불과 두 주가 막 지났을 무렵 글래스고에 계시는 어머니에게 매일 드리는 문안전화를 드렸는데 받지를 않으셨다. 그해 초엽에 어머니가 폐암 선고를 받았던 터라 두 번째 전화도 받지 않자 걱정이 되기 시작했다. 얼마 안 있어 제수씨인 산드라로부터 어머니가 서던 종합병원으로 실려 갔다고 연락이 왔다. 곧장 글래스고행 비행기를 예약한 뒤 대런과 제이슨이 학교를 마치는 다음 여름까지 애버딘에 머무르던 캐시에게 나쁜 소식을 전했다. 북쪽으로 날아가며 어머니가 암이라는 말을 마틴에게 듣고 나서 처음으로 했던 대화를 떠올렸다. "참, 나 담배 끊었단다." 어머니는 아무 일도 아니라는 듯이 말했다. "잘 했어요, 엄마. 그런데 50년 늦었네요." 어머니는 열네 살 때부터 담배를 피우셨고 이제 그 대가를 치르고 있었다.

병원에 와 담당의사로부터 어머니가 4~5일을 넘기지 못할 거라는 말을 듣자 무력감이 더욱 깊어갔다. 어머니는 쾌활함과 체념이 묘하게 뒤섞인 태도로 나를 맞았다. 마틴과 나를 세상에 내보내고 줄곧 바위처럼 우리를 지탱해주던 여인이 세상을 떠날 준비를 하고 있다고 생각하니 몸이 굳어졌다. 어머니는 준비가 되었을지 모르지만 우리는 아니었다. 매일 어머니께 들를 수 있도록 글래스고의 동생네 집에 있기로 했다. 어머니의 생은 대체 어디로 가버렸을까, 하는 생각이 문득 들었다. 어머니는 거의 하루 종일 일했고 아버지, 마틴 그리고 나를 위해 모든 것을 다 바쳤다. 우리 가족을 아는 사람들은 가끔 내가 아버지와 판박이라고 오해를 하곤 한다. 물론 아버지와 닮은 점이 무척 많긴 하다. 아버지의 지성도 유전되었길 바라지만 내 성질과 고집은 의심의 여지없이 아버지에게 받은 것이다. 그러나 우리 어머니는 놀라울 정도로 용기 있고 의지가 강한 분이었다. 만약 내가 성공하는 데 있어 그 두 가지가 큰 역할을 했다면 나는 어머니에게 감사드려야 한다.

어머니가 입원해 있던 동안 서던 종합병원을 방문했을 때 한번은 어머니의 친한 친구 분이 내게 같이 기다려달라고 부탁한 적이 있다. 복도에 서서 주변을 둘러보며 한때 위대했던 병원이 얼마나 쇠락했는지 깨닫고 충격을 받았다. 끔찍한 일이었다. 제대로 돌보지 않아 방치되고 노후한 병원의 모습을 잊을 수 없다. 그 후, 나는 국민 의료서비스 체계를 파괴해 버린 보수당 정권에 대한 비난을 멈춘 적이 없다. 마거릿 대처는 이 나라의 의료서비스를 공격적으로 민영화하며 우리 사회의 가장 자랑스러운 업적 중 하나였던 분야를 완전히 초토화시켰다. 설비는 노쇠했고 사람들은 의사와 간호사를 당연한 존재로 알았다. 서던 종합병원 복도에서 어머니가 생의 마지막 나날을 이런 곳에서 보내야 한다는 사실에 수치스러웠다. 어머니는 더 좋은 곳에 있을 자격이 있었다. 어머니와 누추한 병원에서 성심성의껏 의료행위를 하는 의료진들이 불쌍했다.

입원한 지 3일이 지나 금요일이 되었을 때 너무나 작아진 어머니의 모습에 마틴과 나는 충격을 받았다. 원래 아담했던 어머니의 몸은 안타까울 정도로 앙상해졌으며 단지 정신과 신앙만 건재했다. 아버지가 돌아가신 후 어머니는 먼저 나에게 양해를 구한 후에 가톨릭 신앙에 열렬하게 매달렸었다.

"세상에, 내게 물어볼 필요도 없잖아요, 엄마."

"어떤 식이든 네게 폐가 되면 안 되잖니." 어이 없어하는 내 말에 어머니의 대답이었다.

"폐라니, 그럴 일 없을 테니 엄마는 하고 싶은 대로 하면 돼요. 엄마가 교회로 돌아가는 건 저도 바라는 일이에요. 마음의 위안이 될 테니까요."

침대 옆에 앉아 있는 우리 형제에게 어머니는 죽음이 어서 왔으면 좋겠다고 말했다. 그러면 아버지를 다시 만날 수 있다면서. 어머니는 마지막 부탁을 우리에게 했다. "장례는 간소히 하고 가끔 날 생각해주렴."

어머니의 정신이 멀쩡했다는 사실은 우리에게 다음 날 경기가 있으니까 책임을 다하려면 집에 돌아가서 푹 쉬라고 했던 데에서 드러난다. 한밤중에 마틴의 침실에 전화가 울리자마자 우리는 그것이 무엇을 의미하는지 알았다. 나는 가만히 침대에 누워 새벽까지 어머니를 생각했다. 눈물은 흘리지 않았다. 눈물 흘릴 시간은 나중에 얼마든지 있을 테니까. 지금은 단지 어머니에 대한 추억만 음미하고 싶었다.

다시 축구의 세계로 뛰어드는 것은 쉽지 않았지만 어쩔 수 없는 일이었다. 1986년 맨체스터 유나이티드의 체력적인 약점이 낱낱이 드러날 게 빤한 경기에 나는 돌아왔다. 당시 윔블던Wimbledon은 공중폭격을 강조하는 플레이와 상대방을 위협하는 데서 노골적으로 즐거움을 느끼던 팀이었다. 그들은 약골들을 이끌고 리그를 우승하는 건 장난감총으로 전쟁을 이기려고 하는 것과 같다는 점을 가르쳐주었다. 우리 팀에서 거친 상대를 감당할 수 있는 세 선수가 걸핏하면 부상을 당한다는 사실은 조금도 위안이 되지 않았다. 이 세 명이 동시에 몸 상태가 좋은 건 거의 있을 수 없는 호사였고 셋 다 경기에 나설 수 없을 때도 드물지 않았다. 브라이언 롭슨, 폴 맥그라스, 노먼 화이트사이드를 하나로 묶는 것은 어리석은 짓일 것이다. 그들은 다른 개성을 지닌 선수들이며 성격도 매우 다르지만, 의무실에서 오랜 시간을 보내는 성향은 공유하고 있었다. 그 외에 공통점은 셋 중 누구도 술을 입에도 안 되는 사람으로 오해받을 염려는 없다는 것이다. 그러나 술에 관해서는 뚜렷하게 다른 점이 존재했다.

치열한 프로정신과 승부욕으로 늘 최고의 경기력을 선보이려는 롭슨은 다른 두 사람과 달리 극단적인 폭음까지는 가지 않았다. 어떠한 감독이라도 롭슨을 영웅이라고 생각할 것이다. 그는 믿을 수 없을 정도로 헌신적이었고, 필드 위에서는 상상할 수 있는 모든 한계를 넘도록 자신을 밀어붙일 수 있는 선수였다. 축구계에서 40년도 넘도록 감독을 하는 동안 나에게 가장 깊은 인상을 준 선수를 꼽을 때 그는 서너 번째 안에 드는 선수였다. 엄밀히 따져서, 사람을 감탄시킬 정도로 능력 자체가 뛰어나다고 볼 수 없었지만, 그가 특별한 선수가 될 수 있었던 것은 그의 다재다능함 때문이었다. 좋은 컨트롤과 과감한 태클 능력을 갖추었으며 준수한 패스 능력에 어마어마한 체력의 소유자였다. 스태미나와 경기를 읽을 줄 아는 능력이 합쳐져 전성기에는 미드필드에서 상대 진영까지 갑자기 치명적인 침투를 해 결정적인 골을 기록하곤 했다.

무엇보다도 그는 우리 팀에서 가장 우수한 선수였다. 올드 트래포드에서는 특별한 아우라가 그를 감싸고 있었던 만큼 내가 처음 부임했을 당시, 그의 출장여부가 경기의 승패를 좌우한다고 선수들이 여겼던 것도 이해가 갔다. 원맨팀이라는 개념은 늘 나에게 거부감을 불러일으켰다. 원맨팀이 된다면 결국 기다리는 것은 비탄뿐이기 때문이다. 그러나 평소에 아무리 뛰어난 활약이 기대되는 선수가 있어도 롭슨 쪽이 필드 위에서 훨씬 더 큰 영향을 미쳤다. 잉글랜드에 종종 그러했듯이 우리에게 그는 캡틴 마블이었다. 가끔 자신의 역할을 다해야 한다는 결의 때문에 공을 따낼 때 너무 성급해질까 봐 걱정이 되었다. 좀 더 약삭빠른 플레이를 했더라면 부상에 그렇게 시달리지 않았을지도 모른다. 하지만 그의 용기는 선수 자신과 플레이의 근간을 이루고 있는 만큼 통제하려 해봤자 아무 소득이 없을 터였다.

대신 그의 음주를 통제하는 일에는 망설이지 않았다. 그 문제에 관해 따끔하게 일침을 놓았다. 특히 부상회복 기간에 술을 마시는 것이 얼마나 해로운지 강조했다. 그가 건강할 때는 거의 자학적인 열성으로 훈련을 소화했기 때문에 그보다 덜 열성적인 맥그라스와 화이트사이드보다 알코올을 훨씬 더 효율적으로 몸 밖으로 배출할 수 있었다. 음주는 어느 때에도 용납될 수 없지만 어쩔 수 없이 음주를 금해야 될 때는 훨씬 더 몸에 많은 해악을 끼치며 재활과정을 지연시켰다. 술을 완전히 끊지 않으려는 브라이언은 때로 우리 관계를 걱정스럽게 만들었다. 그러나 가끔 걱정하는 정도는 브라이언의 엄청난 기여에 대해 내가 치러야 하는 작은 대가에 불과했다.

알코올이 결국 내게 손 댈 수 없는 문제가 된 것은 물론 다루기 힘든 두 아일랜드인 때문이었다. 노먼 화이트사이드의 음주문제는 폴 맥그라스에 비해 심각하게 보이지 않았지만 술자리에서는 이 덩치 큰 수비수에 필적할 수 있는 좋은 동료였다. 두 사람 다 극소수의 엘리트 축구선수들에게만 주어지는 재능을 타고 났기에 그들이 자신의 몸을 망치는 꼴을 보면 화도 났지만 슬프기도 했다. 클리프 훈련장에서 처음 노먼을 봤을 때 최상급 선수를 봤을 때 느끼는 흥분으로 몸이 떨려왔다. 축구신동으로 17살 때 북아일랜드 대표팀의 부름을 받았을 때 그를 처음 알게 되었고, 그 후 멕시코 월드컵 본선에서 그가 뛰는 모습을 보았지만 눈앞에서 자세히 보고 나서야 얼마나 뛰어난 선수인지 알게 되었다.

그의 자신감은 21살 어린 선수라고는 믿기 힘들 정도였다. 뛰어난 기술로 공을 편하게 다루었고 무엇보다 일류선수의 특징인 시간을 멈추는 재능이 있었다. 경기가 숨 가쁘게 전개되고 집중 마크를 당하는 속에서도 그는 고고한 외딴섬처럼 평정을 잃지 않고 위를 한 번 쳐다본 뒤 침착하게 결정을 내렸다. 좀처럼 공을 빼앗기는 법이 없었고 패스의 각도와 무게를 정확하게 재서 보냈기 때문에 공을 받는 상대방은 발만 갖다 대면 되었다. 그의 두 눈은 강철과 같이 차가웠고 그의 기질은 이에 걸맞게 냉정했다. 필드 밖에서는 사악함이라고는 찾아볼 수 없었지만 일단 경기가 시작되면 적을 공포에 질리게 만들 수 있을 정도로 거칠었다. 화이트사이드가 팀에 얼마나 보탬이 될 수 있는지 직접 확인하자 대체 왜 그렇게 부상을 자주 당하는지 알아보기로 했다. 선수로서 그는 천재에 가까운 부류였다. 그를 경기에 좀 더 자주 내보내는 방법이 있다면 그것을 알아내 실행하고 싶었다.

노먼에 의하면 그의 수난은 15살 때 물리치료사가 치료를 잘못해서 골반과 주위 관절에 영구적인 손상을 입게 되며 시작되었다고 했다. 그 후 그는 수술을 열 번은 받았고 그중에서도 양쪽 무릎수술이 가장 심각했지만 연이은 부상을, 눈에 띄는 유일한 결점, 즉 성인이 된 후 떨어진 스피드 탓으로 돌렸다. 학생시절 육상 챔피언이었다는 소리를 듣고 스피드가 가미된 그의 모습을 떠올려봤다. 별로 어려운 수수께끼가 아니었다. 노먼은 그야말로 모든 것을 다 갖춘 무결점 선수가 되었을 것이다. 정말로 부상만 없었다면 그는 세계에서 가장 뛰어난 선수의 반열에 올랐을 거라고 진지하게 믿고 있다. 따라서 완벽한 선수가 될 수도 있었던 그가 현재 불만스러운 모습에서 오는 고통 때문에 음주를 하는 게 아닐까 추측해보는 것은 자연스러운 수순이었다. 그는 영리했으며 술을 마신 데 대한 해명을 요구하면 잘못을 인정했다. 내가 질책해봤자 달라지는 것은 아무것도 없었지만 적어도 그와는 소통이 가능하다고 느꼈다.

폴 맥그라스의 경우는 반대로 한 번도 내 말이 그에게 닿는다고 느낀 적이 없었다. 몇 번이고 사무실로 불러내 알코올이 인생을 망치고 있다는 경각심을 불러일으키려고 했다. 그렇게 하면 고개를 끄덕이며 가만히 앉아 있다가 알았다고 말한 뒤 문을 닫고 밖으로 나가면 다시 원래 하던 대로 돌아갔다. 고질적인 무릎부상으로 이미 선수생활이 위협받고 있는데도 그는 자신의 행동이 끼치는 해악에 무관심한 것처럼 보였다. 그동안 선수들의 심각한 개인문제를 해결할 때 그렇게도 잘 통용되던 방식이 그에게는 전혀 쓸모가 없었다. 그러나 그를 위해서 뿐만이 아니라 나 자신을 위해서도 설득을 계속해 나갔다.

몸과 정신이 멀쩡한 맥그라스는 맨체스터 유나이티드에 막대한 전력이 된다는 사실을 알고 있었다. 뛰어난 기술과 세련된 플레이 방식에 타고난 운동능력까지 더해져 그 어떤 중앙 수비수와도 견줄 수 있는 선수였다. 그러나 그의 무절제한 생활방식은 마침내 그에게 타격을 주었다.

유나이티드 감독으로서 첫 경기였던 옥스퍼드전에서 우리가 2-0으로 패배했을 때 그를 미드필더로 기용하라는 충고를 들었지만 그 자리에서 뛰기에는 체력이 부족했다. 그가 너무 기진맥진해 보여서 나는 그를 교체해야 했다. 그에게 적합한 자리는 센터백이었고 1987년 12월, 노르위치 시티Norwich City에서 불과 80만 파운드로 스티브 브루스를 데리고 와 그의 든든한 파트너로 삼았던 만큼 기회만 주어진다면 대성할 것으로 보였다. 하지만 맥그라스는 여전히 금주를 멀리 했다. 그의 문제를 더 이상 감당할 수 없다는 사실을 받아들이고 좀 더 설득력이 있을 거라고 생각되는 사람들에게 도움을 청했다. 매트 버스비 경은 그와 이야기했지만 노감독의 따뜻함과 지혜조차도 아무런 효과를 보지 못했다. 클럽닥터인 프란시스 맥휴와 교구 목사까지 대화를 시도했고 나는 그의 아내와도 몇 차례 이야기를 나누었다. 모두 헛된 노력이었다. 우리 덩치 큰 수비수는 아무런 이야기도 듣지 못한 양 여전히 술에 취해 비틀거렸다. 어쩌면 전문적인 심리상담사의 도움을 받았어야 했을지도 모른다. 그러나 음주 마라토너의 뒤처리를 하느라 골머리를 썩으면서 오히려 내가 상담을 받으러 가야 될 것 같은 기분이 들었다.

최악의 술판은 맥그라스와 화이트사이드가 힘을 의기투합해 술집으로 향할 때 벌어졌다. 술꾼으로서 그들은 W. C. 필즈[W. C. Fields, 모주꾼으로 유명했던 30년대 보드빌 코미디언]나 랍 C. 네즈빗[Rab C. Nesbitt, 동명의 알코올중독자를 주인공으로 내세운 80년대 스코틀랜드 TV 코미디 시리즈]에 비견할 만했다. 언젠가 포시즌즈 호텔에서 한바탕 마신 맥그라스가 헤일[Hale, 그레이터 맨체스터 주 트래포드 구의 한 마을]에서 차를 몰고 남의 집 정원으로 돌진하는 바람에 상당히 큰 부상을 입었던 적이 있었다. 부상도 걱정이었지만 병원에서 퇴원한 뒤 아킬레스 건 부상으로 쉬고 있던 그의 아미고Amigo, 화이트사이드와 어울리면 어떤 일이 벌어질지 겁이 났다. 직업적인 선수 활동이 활발하지 않은 만큼 그들의 사교활동은 활발해졌다.

아픈 이별이 다가오고 있음을 예감했다.

1989년 1월, 올드 트래포드에서 있을 퀸스 파크 레인저스와의 FA컵 3라운드를 한창 준비하는 기간에 두 아일랜드 남자가 이전까지 그들의 무책임한 행각을 모두 뛰어넘는 사건을 일으키자 추측은 현실로 다가오게 되었다. 내가 그들의 대형 음주사건을 처음 알게 된 것은 화요일 오후로, 체셔 지역의 술집을 순회하는 그들의 모습을 보고 환멸을 느낀 서포터들의 전화를 통해서였다. 이를 토대로 하루 종일 이 술집 저 술집으로 돌아다닌 그들의 행적을 표로 그릴 수 있었다. 수요일 아침 훈련에서 나는 그들을 호되게 질책하면서 감독의 처벌 권한을 제한하기 위해 프로축구선수연맹이 정한 바보 같은 규정이 허락하는 최대한의 벌금을 매겼다. 일류급 선수들의 급여를 감안하면 노먼과 폴이 저지른 위법행위에는 한층 엄중한 억제책을 쓰는 것이 당연했다. 그들은 수요일 저녁 또다시 흥청망청 퍼마셔버리며 얼마나 벌금에 신경 쓰고 있는지 보여주었다. 다음날 아침 훈련에서 맥그라스는 제대로 뛸 수도 없었다. 한눈에도 훈련을 받을 몸 상태가 아니었기 때문에 그를 돌려보내야 했다. 책임을 우습게 여기는 이 두 사람에게 그들 자신이나 클럽에 대한 배려심이 얼마나 결여되어 있는지 충격적일 정도였다. 이미 컵경기에 내보낼 수 있는 선수들의 숫자가 걱정스러울 정도로 줄어든 상태였기 때문에 그들의 어릿광대짓은 즉각적이고 현실적인 문제를 초래했다. 이제 맥그라스를 팀에 포함시키려는 희망은 사라지고 있었다. 그러나 워낙 멀쩡한 선수가 부족했기 때문에 스쿼드 가장자리에라도 그의 자리를 남겨놔야 했다.

그런 와중에 금요일 저녁, 그라나다 방송은 엉망으로 취한 두 사람의 인터뷰를 내보냈다. 역겨운 사건이었고 인터뷰를 진행시킨 그라나다는 미친 게 틀림없었다. 방청객들도 똑똑히 알 수 있을 정도였는데 방송국이 그들이 고주망태로 취한 걸 몰랐을 리가 없었다. 퀸스 파크 레인저스 전까지 상황이 더 이상 악화될래야 악화될 수 없다고 생각했을 때 그런 일이 실제로 일어났다. 토요일 점심 무렵, 선수 한 명이 독감으로 빠지게 되면서 쓸 수 있는 선수는 더 줄어들고 말았다. 이제 남은 선수가 13명밖에 없었는데 맥그라스가 물리치료사인 지미 맥그레거에게 뛸 수 없다고 알리면서 수치스러웠던 한 주일에 정점을 찍었다. 화가 머리끝까지 났다. 녀석을 스쿼드에 포함하는 것, 아니 생각해주는 것만으로도 나는 자신의 원칙을 희생한 거나 마찬가지였다. 결국 내가 배신을 자초한 셈이다. 킥오프를 불과 몇 시간 남겨놓고 경기를 팽개칠 정도로 녀석이 클럽을 무시할 거라고 대체 누가 상상했겠는가? 양심이 있다면 스쿼드에 포함된 것만으로도 감지덕지해야 했다. 대신 다시 한 번 녀석은 나와 동료들을 실망시켰다. 어쩔 수 없이 녀석이나 화이트사이드나 더 이상 올드 트래포드에서는 미래가 없다는 결론을 내려야 했다.

마침 화이트사이드가 약 80만 파운드로 에버턴Everton으로 옮긴 지 이틀 만인 8월 첫째 주에 맥그라스는 40만 파운드에 애스턴 빌라Aston Villa로 이적했다. 나는 그들의 행운을 빌어주었다. 두 사람이 떨어지고 환경이 바뀐 만큼 자극을 받아 축구에 다시 전념하기를 바랐다. 모든 일에도 불구하고 나는 화이트사이드를 좋아했다. 에버턴에서의 첫 시즌에 열세 골을 기록해서 진심으로 기뻤다. 그러나 얼마 안 가 오랫동안 싸워왔던 부상이 마침내 손쓸 수 없을 정도로 커져서 내가 본 중에 손꼽힐 정도로 뛰어난 재능을 가지고 있던 축구선수는 20대 중반에 어쩔 수 없이 은퇴하게 되었다.

다행히 폴과 애스턴 빌라는 좀 더 길고 행복한 이야기를 써내려갔다. 그의 새 감독인 그레이엄 테일러는 맥그라스가 마음을 다잡게 만드는 놀라운 일을 해냈고 덕분에 그는 빌라와 잭 찰튼의 아일랜드 대표팀에서 몇 시즌 동안 눈부신 활약을 펼쳤다. 알고 보니 테일러는 맥그라스가 예전의 악습에 다시 빠지지 않도록 사람을 붙였으며 만신창이가 된 그의 다리를 보호하기 위해 실내체육관 훈련만 받도록 했다. 훈련량을 가볍게 해주는 일은 모든 경기가 컵대회처럼 격렬하고 신체적 능력을 극한까지 끌어올리기 위해 철저한 훈련을 소화해야만 하는 유나이티드에서는 불가능한 일이었다. 미드랜즈[Midlands, 브리튼 섬의 허리에 해당하는 지역으로 중세왕국 머시아의 영토와 거의 일치한다]로 간 이후 맥그라스의 기록이 좋아진 것은 육체보다 정신적 문제를 해결했기 때문일 것이다. 그는 유나이티드를 떠나기 싫어했지만 강제로 이적하게 된 후 충격을 받아 자신이 급락할 수 있는 위험한 처지라는 사실을 인정하고 우선사항이 뭔지 다시 검토해보았던 것 같다. 우리가 본 변화한 맥그라스는 올드 트래포드에서는 볼 수 없었을 것이다. 그곳에서는 비현실의 고치 안에 틀어박혀 알코올이라는 은신처로 도피하기를 부추기는 사람들에게 둘러싸여 있었으니 말이다. 결국 환상이 만들어낸 세계에 대한 애착이 맨체스터 유나이티드에 머물고 싶어 하게 만든 주요 원인이었을 테지만, 그대로 있었더라면 그 자신도 팀도 힘들어졌을 것이다. 나는 언제나 그에게서 연약함을 감지했고, 그가 자기 성격의 희생물이 되어 유감스러웠다. 내 곁을 떠난 뒤 그가 누린 성공에 대해 일말의 시새움도 느낀 적이 없다. 우리 둘 사이의 악감정은 〈뉴스 오브 월드〉에 나와 비난을 퍼부은 사실에서 볼 수 있듯이 모두 그쪽에서 나왔다.

그의 어처구니없는 행각에 대해 그토록 오랫동안 참아준 것은 내 잘못이었을지도 모른다. 그가 빌라에서 이룬 성과를 보고도 그를 떠나보낸 것을 후회한 적이 없다. 그를 이적시킨 것은 4개월 전인 1989년 3월 고든 스트라칸을 놓아준 일과 마찬가지로 타당한 결정이었다. 스트라칸은 리즈에서 예전의 뛰어난 기량을 되찾았지만 맨체스터에 계속 있었다면 그런 식의 회춘을 맞지는 못했을 것이다. 당시 많은 정황에서 보듯 우리 팀에 대한 열정이 돌이킬 수 없을 정도로 줄어든 상태였다.

처음으로 내가 고든을 맡은 것은 1978년이었고 우리 두 사람은 애버딘에서 여러 시즌 동안 영광을 함께하기도 했다. 1984년 고든은 올드 트래포드로 떠났고 몇 년 후 그곳에서 다시 만났을 때는 피토드리에서 봐왔던 그의 모습을 찾아볼 수 없어서 매우 실망스러웠다. 스코틀랜드에서 뛸 때 보여주었던 그만의 거만한 자신감이나 열정은 필드 위에서 보이지 않았다. 입으로는 예전보다 더 확신에 차 있었고 특유의 신랄한 위트는 주로 팀메이트의 험담을 할 때 쓰였다. 그러나 정작 경기에서 그는 롭슨, 화이트사이드와 맥그라스 같은 선수들의 그늘 속에서 두각을 나타내지 못했다. 애버딘은 개성이 강한 선수들이 넘쳐나던 팀이었지만 스트라칸은 그중에서도 늘 두드러져서 언론의 표적이 되었다. 그는 자신의 독보적인 지위에서 자양분을 얻어왔는데 유나이티드에서는 다른 선수들에게 묻혀버린 탓에 괴로운 나날을 보내는 것처럼 보였다. 그러나 그의 능력을 높이 평가하고 있었기 때문에 최상의 폼을 되찾아주려는 노력을 계속해야 한다고 생각했다. 그 작은 친구의 계약이 1987-1988 시즌으로 만료가 될 예정이라 우리는 어떻게 해서든지 그를 붙잡고 싶었다. 그래서 우리 회장은 여름 내내 재계약 협상을 하느라 분주하게 보냈다. 프리시즌 훈련에 들어간 직후 마틴 에드워즈가 전화로 스트라칸이 수정된 계약을 받아들였으며 내일 사인하러 나올 예정이라는 소식을 전해주었다. 대체선수를 구하지 않아도 된 나는 안도의 한숨을 내쉬며 기뻐했다. 그가 다음 날 나타나기는 했는데, 내게 좀 있다 프랑스의 RC 랑스R.C. Lens와 계약을 하러 떠난다는 통고를 하기 위해서였다.

"무슨 소리야?" 내가 소리쳤다. "어떻게 이럴 수 있나? 어제 회장에게 계약하겠다고 확실히 이야기했잖아?" 대수롭지 않다는 투로 그가 대답했다. "그건 회장님이 혼자 상상한 거겠죠." 이렇게 말을 마치자마자 그는 내 방을 나가버렸다.

잠시 말없이 앉아 이 짧고 기이했던 대화를 곱씹어본 후 마틴 에드워즈에게 전화해 그쪽 이야기를 들어보았다. 그는 아주 분명하게 이야기했다.

"고든 스트라칸과 나는 분명히 합의했어요. 다음 날 아침에 사인하러 나온다고 약속했다고요."

문득 과거 애버딘에서 스트라칸에게 비슷한 방식으로 당한 게 생각났다. 잉글랜드 안에 있는 클럽에 이적시키기 위해 동분서주하고 있는데 뒤에서 슬쩍 쾰른하고 계약하려 했던 녀석이다. 그때 나는 이게 모두 녀석이 성숙하지 못하고 불안정한 탓이라 돌리며 용서했고, 그 사건으로 인해 인간적인 평가를 바꾸지 않으려고 했다. 그러나 연륜이 쌓일 대로 쌓인 30대 프로선수가 아무런 거리낌 없이 약속을 어기는 것은 역겨운 일이다. "얘는 티끌만큼도 신뢰해서는 안 된다." 그것이 내 결론이었다. 거의 10년을 동고동락하던 사이였지만 그 일로 섣불리 녀석에게 마음을 놓으면 큰일 난다는 것을 알았다. 이제 더 이상 녀석과 얽힐 일은 없을 거라고 여겼지만 그 뒤에 반전이 있었다.

그 주의 일요신문에 랑스의 감독이 경질되고 새 감독은 스트라칸을 원하지 않는다는 기사가 실렸다. 사실이라면 똥줄 꽤나 타게 생겼다고 생각했는데 아니나 다를까, 그날 저녁 전화벨이 울렸다. 스트라칸이 쾌활하게 말했다. "혹시 다 늙은 윙어 하나 필요하세요?" 랑스의 새 감독이 그의 계약을 거부한 이상 그는 여전히 우리 선수였다. 복잡한 감정을 느끼며 일단 내일 훈련에 나오면 회장하고 이야기해보겠다고 말했다. 마틴 에드워즈와 나는 그의 프랑스 이적이 결렬되어 속이 뒤집힐 지경이었다. 선수로서 그를 소중히 여기지 않아서가 아니라 만약 더 좋은 행선지가 있었더라면 우리에게 돌아오지 않았을 게 뻔했기 때문이다. 그렇지만 모든 게 다 정리되고 고든이 재계약에 응한 뒤에는 그를 더 이상 원망하지 않았다. 두 번 다시 그를 전적으로 신뢰하는 일은 없을 테지만, 그가 예전의 고든 스트라칸으로 돌아오기 위해 필드 위에서 전심전력으로 노력한다면 선수와 감독으로서 생산적인 관계는 가능하다고 보았다.

1988-1989 시즌이 시작되고 얼마동안 그에게 큰 기대를 가졌다. 웨

스트햄West Ham 원정에서 3-1로 이겼던 경기가 특히 기억에 남는다. 거기에서 그는 영감이 넘치는 플레이를 보여주며 재치 있는 골을 기록했으며 볼 다루는 기술로 상대방 선수들을 농락했다. 우리는 리그에서 고전하고 있었지만 대신 FA컵에서 그가 도움을 줄 수 있을 거라고 믿었다. 재경기를 두 번 거친 뒤 우리는 맥그라스와 화이트사이드의 음주 마라톤으로 영원히 기억될 QPR과의 3라운드전까지 살아남아 있었다. 그 후 우리는 옥스퍼드와 본머스Bourne Mouth를 꺾었고 노팅엄 포레스트와의 8강전을 앞두게 되었다.

경기 전 기자회견에서 나는 우리를 웸블리로 데려다줄 선수로 고든 스트라칸을 지목했다. 스스로를 우리 팀의 스타로 인식하게 해 정신적으로 북돋아주려는 의도로, 애버딘 시절 그에게 많은 의미가 있었던 것처럼 보였던 자신이 특별하다는 감각을 돌려주기 위해서였다. 내 계략에 혼선이 생겼다고 말하는 건 너무 심하게 절제된 표현이다. 1-0으로 패배한 유나이티드는 한탄스러울 정도였고 스트라칸은 마치 입단 테스트를 받으러 온 수준 미달의 풋내기 같았다. 경기 내내 그는 포레스트의 레프트백인 스튜어트 피어스에게 압도당했다. 두 사람의 체격차를 감안하면 대역죄까지는 아니었지만, 내가 알던 진짜 스트라칸은 어떠한 상황에서도 공에 달려들고 결코 물러서려고 하지 않는 녀석이었다. 그 후, 내 밑에서 너무 오래 선수로 있었으며 맨체스터 유나이티드에서의 생활이 따분해졌다고 그가 주장하기 시작했다. 애버딘 말년의 기분이 또 도졌다는 걸 감지했다. 꼬마 고든은 따분함에 관한 문제라면 꽤나 따분할 수 있었다.

그런데 나는 노팅엄 포레스트와의 경기를 보며 따분함을 느끼지 않았다. 분노와 창피함은 느꼈지만. 알렉스 퍼거슨의 팀을 흐르는 열정은 대체 어디에 있는가? 이 팀은 괜찮은 능력을 가졌지만 승리자가 되겠다는 불타는 욕망이 결여된 선수들이 너무 많았다. 집단으로서의 사기는 형편없었다. 매주 격렬한 경쟁이 펼쳐지는 리그를 지배하는 데 필요한 상호

존중심과, '하나는 모두를 위하고, 모두는 하나를 위하는' 정신이 부재했다. 언젠가 생각이 많았던 시기에 높은 곳을 지향하는 팀이라면 갖추어야 할 정서에 대해 정의를 내리게 되었다. "드레싱룸을 둘러봤을 때 그곳에 있는 모든 선수들이 나와 함께 필드에서 한마음으로 승리를 위해 싸울 거라는 확신이 들 때 진정한 의미에서 우리는 팀이 되었다고 할 수 있다." 양심적으로 말해 당시 맨체스터 유나이티드의 드레싱룸을 둘러보면 내 철학을 반영하는 모습 같은 건 찾아볼 수도 없었다. 내가 보기에 그들 중 대부분 우승타이틀에 도전하는 데 필요한 의지나 인내심이 부족했다. 이제 행동할 시간이었다. 조금 손보는 걸로는 부족했다. 어려운 결단을 여러 번 내려야 했다. 스트라칸은 다른 팀으로 가 선수생활을 계속하는 편이 그를 위해서나 우리를 위해서나 더 낫다는 게 그중 하나였다.

그에 대해 문의하는 구단은 금방 나타났다. 포레스트에 우울한 패배를 당한 그 다음 월요일 셰필드 웬즈데이Sheffield Wednesday를 맡고 있던 론 앳킨스가 스트라칸을 사고 싶다고 전화했다. 팀의 패배로 타격을 입은 감독을 압박해 거래를 성사시키는 케케묵은 수법으로 나 자신이 그 희생자가 되는 건 조금 언짢았다. 그러나 웬즈데이의 관심은 반가운 소식이기에 큰 문제가 아니었다.

1998년에 낸 자서전을 보면, 론 앳킨슨은 고든을 셰필드로 데려가려 한 것 때문에 그를 비난한 나에게, 모자라는 축구선수 대하듯 자기를 대하지 말라고 전화로 욕설을 마구 퍼부었다고 주장했다. 론 앳킨스가 폭언을 늘어놓고 있는데 내가 가만히 듣고만 있었다는 이야기는 너무 어처구니가 없어서 웃음이 나올 지경이었다. 사실은 스트라칸이 어느 클럽을 가든지 마찬가지였고 론에 대해서도 아무 편견이 없었다. 그와는 언제나 사이가 좋았다. 문제가 복잡해진 원인은 그로부터 몇 달 전에, 하워드 윌킨슨이 스트라칸을 살 수 있는지 물어왔기 때문이었다. 그에게 고든은 팔 예정이 없지만 상황이 변하면 리즈에 알려주겠다고 안심시켰다. 약속한 대로 말해주면서 30만 파운드를 제시했다. 론보다 10만 파운드가 많은 액수였으나 하워드는 그 자리에서 받아들였다. 시즌 종료와 함께 계약이 끝나는 32살 선수를 가지고 맨체스터 유나이티드는 좋은 장사를 한 셈이다.

론은 하워드가 내는 만큼 금액을 맞춰주겠다고 제안했고, 이제 선택권은 스트라칸에게 넘어가게 되었다. 처음에 고든은 하워드에게 아예 이야기도 하지 않으려고 했다. 아마 그는 예전 감독이 있는 힐스보로[Hillsborough, 셰필드 유나이티드의 홈구장. 1989년 96명이 사망하는 힐스보로 참사가 일어났다]로 떠나기로 이미 마음을 굳힌 듯했다. 그래도 예의상 한 번 이야기를 들어서 해가 될 건 없다고 설득했다. 일단 윌킨슨의 매력적인 구애 내용을 듣게 되자 이번에는 하루 빨리 리즈와 사인하고 싶어 했다. 리즈와 선수 모두 후회 없을 결합이었다.

스트라칸은 그들이 1990년 2부 리그 챔피언으로 팀이 승격하는 데 많은 기여를 했고, 1992년 그들이 맨체스터 유나이티드를 간발의 차이로 제치고 1부 리그 우승을 할 때에도 결정적 역할을 수행했다. 25년간 계속된 우승 가뭄을 끝내기 직전에 우리가 쓰디쓴 좌절을 맛보자, 많은 사람들은 영향력 있는 선수를 리즈에 넘겨 스스로 적을 도운 나의 어리석음을 비웃었다. 그런 단순한 논리는 말도 안 되는 것이라 나는 조금도 신경 쓰지 않았다. 특정 환경에서 한 선수가 보인 활약이 다른 환경에서도 되풀이된다는 법은 없다. 훗날 나에게 에릭 칸토나를 넘긴 하워드 윌킨슨 본인만큼 이 사실을 잘 아는 사람은 없을 것이다. 엘런드 로드에서 스트라칸이 부활한 것은 그가 늘 식이요법과 훈련을 주의 깊게 실시한 탓이며, 이는 축구계의 모든 이에게 찬사를 받아야 마땅한 일이다. 한 개인이 자신의 잠재력을 남김없이 만개시키는 모습을 보고 감동을 받지 않는 사람은 구제할 수 없을 정도로 심보가 고약한 사람일 것이다. 그 과정에 스트라칸이 우리를 막아섰다면 어쩔 수 없는 일이다. 그를 이적시키면서 이 일이 우리에게 장기적으로 이익이 될 거라고 믿었던 나의 신념은 그 정도로 흔들리지 않았다. 리즈에게 타이틀을 빼앗긴 일은 쓰라리긴 했지만 우리의 목표는 트로피 하나로 끝나는 게 아니었다.

그 목표를 좇기 위해 맨체스터 유나이티드 감독 초기 시절에는 들어오는 쪽이나 나가는 쪽이나 선수들의 이동이 많을 수밖에 없었고, 축구에서 이별은 종종 고통을 동반하기 마련이다. 가끔 팔린 이들의 원성을 듣는 건 상관없었다. 그들은 선수로서 앞으로 나아가는 것뿐이며 맥그라스나 스트라칸처럼 운이 더 나아질 가능성도 언제나 있다. 그보다 부상으로 축구선수로서 성공하겠다는 꿈을 빼앗기는 모습을 보는 편이 더 괴롭다. 레미 모제스의 경우는 특히 애석한 사례였다. 클럽에 처음 왔을 때부터 나는 그에게서 깊은 인상을 받았다. 경쟁을 즐기고, 경기운영이나 좋은 패스를 뿌리는 능력이 돋보여 리빌딩 계획에서 중요한 부분을 차지할 선수였다. 그러나 고질적인 발목부상으로 기껏해야 몇 경기 내보내는 데 그쳤고, 무릎부상으로 그의 악몽이 완성되며 어쩔 수 없이 은퇴수순을 밟게 되었다. 뛰어난 미드필더였던 그는 인간적으로나 직업적으로나 그리운 선수다.

떠나보내게 되어 슬펐던 선수로 또 니키 우드가 있는데 당시 막 20대에 접어들었던 그는 1군에서 두 경기를 뛰며 뛰어난 잠재력을 보여주었다. 그러나 고질적인 척추부상으로 축구를 그만두어야 했다. 토니 길은 우드보다 조금 어렸던 우측 미드필더였다. 혜성같이 나타나서 최고 수준의 팀에서 주전 자리를 굳히는 도중에 다리에 끔찍한 골절상을 입어 선수생명이 끝나버렸다. 재능 있는 센터백이었던 빌리 가턴이 원인이 알려지지 않은 난치병인 근육통 뇌척수염에 걸렸을 때 그는 20대 중반이었다. 불의의 부상으로 선수생활을 마쳐야 했던 골키퍼도 두 명이나 있었다.

1986년 멕시코 월드컵을 위해 잉글랜드 대표팀에서 훈련을 받다 부상을 당해 그 다음 시즌 말에 축구를 그만두어야 했을 때 개리 베일리는 오랜 선수생활을 한 중견이었다. 1군에서 주전 골키퍼가 된 지 얼마 되지 않아 불운하게도 부상을 당했을 때 개리 월시는 겨우 열아홉 살이었다. 1987-1988 시즌 중반에 머리에 두 차례 심한 타박상을 입은 뒤 그의 어머니가 나에게 은퇴시켜 달라고 부탁할 정도로 그는 격심한 고통을 겪었다. 그가 두 번째로 머리를 다친 건 버뮤다로 여행을 갔을 때였다. 선수들의 리그에 대한 긴장을 풀어주기 위해 떠난 여행이었지만 불행한 사건의 연속이었다. 개리는 머리를 차였고, 그것은 버뮤다 스트라이커의 발목이 부러졌을 정도로 강한 타격이었다. 부상의 여파로 젊은 월시는 시즌이 끝날 때까지 뛰지 못한 것은 물론 회복할 때까지 여러 해가 걸렸다. 경기 감각을 되찾기 위해 에어드리 임대를 보냈더니 발목부상을 안고 돌아왔고, 그 후에도 몇 차례 재기에 실패하자 그의 미래는 암담해보였다. 첨단 골膏이식 수술을 받고 발목이 회복되었지만, 그때는 이미 페터 슈마이켈이 주전 골키퍼로 확고하게 자리를 잡은 후였기 때문에 개리는 미들스브러로 이적했다. 그곳에서 브래드포드Bradford로 임대된 그가 1999년, 팀의 프리미어 리그 승격에 혁혁한 공을 세운 모습을 보게 되어 마음이 뿌듯했다. 필드에서 언제나 보여주던 활약 못지않은 용기를 그는 역경을 극복하며 보여주었다.

개리의 끔찍한 사고는 버뮤다에서 우리를 덮친 유일한 악재가 아니었다. 그 다음 재난은 우리가 묵고 있던 엘보 비치 호텔에 돌아왔을 때 내게 걸려온 한 통의 전화로 시작되었다. 어떤 남자가 스코틀랜드 억양으로 자신을 버뮤다의 수도 해밀턴에 있는 경찰청 소속의 월리스 경사라고 소개하자, 즉시 사기가 아닌가 하는 생각이 들어 허튼 수작을 하면 우리 물리치료사 지미 맥그레거가 가만두지 않을 거라고 경고했다. 그러나 곧 그가 진짜 월리스 경사라는 걸 알았고 내 몸의 피를 얼어붙게 할 만한 말을 전해 들었다.

클레이턴 블랙모어가 강간혐의로 체포되었다는 소식이었다. 다행히 클럽의 이사이자 변호사인 모리스 왓킨스와 당시 우리 총무였던 레스 올리브가 일행 중에 있었다. 우리 세 사람은 즉시 경찰청으로 뛰어갔고, 기소 내용과 함께 유죄판결을 받는다면 블랙모어는 최소 10년을 감옥에서 살아야 한다는 말을 들었다. 면회를 허락받고 들어가자 클레이턴은 내 품에 안겨 엉엉 울었다. 그가 우리에게 이야기해준 정황을 살펴보니 그에 대한 기소는 두 소녀의 증언을 합한 내용을 토대로 이루어졌고, 우리는 그가 두 소녀에 의해 누명을 쓴 거라고 확신할 수 있었다. 시간이 허락할 때까지 곁에 머물러 위로해주다 죄수복 차림으로 멀어지는 그의 뒷모습을 보니 얼마나 끔찍한 곤경에 빠졌는지 실감이 났다.

클럽에 있는 동안 모리스 왓킨스를 늘 존경해왔는데 이 비상사태를 맞아 그는 평소 이상으로 전심전력을 다해 쉬지 않고 클레이턴의 석방을 위해 일했다. 나와 마찬가지로 그 청년이 결백하다고 100% 확신했기에 그가 그토록 열정적으로 움직였던 것 같다. 그런 파렴치한 죄목에 관계된 만큼 조금이라도 유죄가 의심되는 상황이었다면 우리는 아무 일도 하지 못했을 것이다. 내가 맡은 임무 중 가장 힘들었던 것은 언론에 기사가 나기 전에 그의 아내에게 상황을 일러주는 일이었다. 아무리 누명을 썼다고 해도 남편이 강간혐의로 수감 중이라는 말을 대체 어떻게 전한단 말인가? 모리스가 열심히 뛰어다닌 덕분에 상황은 빠르게 해결되었고 클레이턴은 무죄방면이 되었다.

다음 날 호텔 베란다에 앉아 섬에 온 뒤 처음으로 느긋하게 바다를 바라보며 애버딘의 회장 딕 도널드에게 했던 말을 떠올렸다. 자신의 극한까지 시험받는 괴로움이 그리워졌기 때문에 북쪽 도시의 멋진 삶을 포기하는 거라고 말했었다. 다만 그때 내가 생각했던 괴로움은 버뮤다에서 겪었던 괴로움의 종류와는 그 성질이 달랐다.

Alex Ferguson Managing My Life

15장

약간의 성공과 끔찍한 슬럼프

커다란 불행이 닥치면 일상의 자잘한 걱정이 오히려 위안이 될 수 있
다. 버뮤다 사건 이후, 덜 불행한 리그인 1987-1988 시즌으로 다시 돌
아오자 안도감이 느껴졌다. 리그에서 우리는 썩 괜찮은 경기력을 유지했
고 결국 리버풀에 한참 뒤처진 2위를 차지했다. 그러나 트로피를 들어 올
리는 꿈은 FA컵 5라운드인 하이버리Highbury 원정에서 벌어진 어이없는
해프닝으로 물거품이 되어버렸다. 종료 직전 페널티킥을 얻어 동점을 만
들 기회가 생겼지만 브라이언 맥클레어가 공을 차려는데 나이젤 윈터번
이 방해가 되는 행위를 했고 공은 크로스바를 넘어갔다.

하지만 나는 그보다 런던에서 중요한 컵경기가 벌어지기 3일 전에 이
스라엘에서 잉글랜드의 친선전을 계획한 보비 롭슨에 더 화가 났다. 설
상가상으로 브라이언 롭슨이 국가대표팀 훈련 도중에 정강이 부상까지
입어 그해 시즌의 분수령이 되었던 아스널전에 결장해야 했다. 왜 국가
대표팀 감독들은 불필요한 짐을 선수들에게 지워서 우리 클럽 감독들의
삶을 힘들게 하는가? 다른 사람도 아니고 보비 롭슨이라면 좀 더 우리 입
장을 배려해줄 줄 알았기에 더 실망스러웠다. 진정한 축구인인 그라면
알아주었어야 했다.

브라이언 맥클레어는 그 페널티킥 사건을 그냥 짜증나는 일로 넘길 정
도로 영리한 친구였다. 1987년 7월에 들어온 그는 내가 유나이티드에
와서 데려온 두 번째 선수였고, 10년이 지난 후에도 성공적인 영입이라

고 생각할 이유가 넘치도록 있었다. 클럽을 위해 처음으로 산 선수는 비브 앤더슨이었다. 라이트백으로 뛸 때는 확고한 프로 정신으로, 드레싱룸에 있을 때는 주변 사람까지 감화시키는 쾌활하고 열정적인 성격으로, 아스널에 지불한 25만 파운드 이상의 값어치를 해준 선수였다. 지금도 비브는 언제 보아도 반가운 사람이며 부상만 아니었다면 우리를 위해 훨씬 더 많은 일을 했을 것이다. 맥클레어의 여러 장점 중 하나는 거의 부상을 당하지 않는다는 것이었다. 셀틱에서 그를 데려올 때 쓴 85만 파운드가 아깝다고 생각한 적은 한 번도 없었다. 단단한 체구에 우수한 체력, 그리고 스코틀랜드 리그에서 보여주었듯이 득점력도 있었다. 필드에서 끊임없이 뛰어다녔고 경기를 읽는 눈이 뛰어나서 항상 적재적소를 찾아갔다. 축구선수로서 그의 가치는 주변에 있는 다른 선수들을 빛나게 해주는 데 있었다. 올드 트래포드에서 그가 뛰는 동안 팀을 위해 브라이언에게 다양한 임무를 맡겼다. 그가 가진 다재다능함을 이용하려는 경향 때문에 그날그날의 경기에서 필요한 역할에 따라 기용될 때도 있었지만 안 될 때도 있었던 것은, 어찌 보면 불공평한 처사였을지도 모른다. 하지만 어떠한 상황에서도 브라이언은 100% 헌신할 거라고 믿었다. 외부인들이 그의 기여를 평가절하할 때도 있었지만 나는 결코 그렇게 생각하지 않았고, 그는 나의 신뢰를 잘 알고 있었다. 90년대에 맨체스터 유나이티드가 정상급 클럽이 되었을 때 충실한 병사인 맥클레어는 그 누구보다도 영광을 누릴 자격이 있었다.

1987년 여름, 유나이티드 감독으로서 첫 시즌을 마치며 맥클레어의 영입을 준비하고 있을 무렵, 나는 마틴 에드워즈에게 새 선수가 8명이 필요하다고 말했다. 놀랍게도 그는 내 말에 깜짝 놀랐다. 그가 얼마나 충격을 받았는지 내가 다 충격을 받을 정도였다. 꼭 필요한 영입을 하려는데 클럽에 자금이 없다는 말을 회장에게 직접 듣는 일은 전혀 고무적인 일이 아니었다. 그러면서 우리에게는 개인자금으로 무한정 돈을 대줄 잭 워커[Jack Walker, 영국의 철강 재벌로 블랙번 로버스의 팬인 그는 클럽회장에 오른 뒤 막대한 자금력을 이용, 알란 시어러, 크리스 서튼 등을 영입했고 94년 맨체스터 유나이티드를 제치며 우승한다] 같은 사람이 없다고 상기시켜 주었다. 이런 대화는 외부인들에게는 충격으로 다가올 것이다. 그 당시에도 맨유는 문제가 있으면 돈으로 해결할 수 있는 부자구단이라는 이미지를 갖고 있었다. 현실은 그렇지 않다는 걸 알게 된 나는 모든 질병을 고치는 걸 단념하고 가장 급한 부분부터 정하기로 했다. 그래서 우선 스트라이커 문제에 집중했다.

당시 내가 데리고 있던 두 스트라이커인 피터 데이븐포트와 테리 깁슨은 재능은 있었지만 내가 생각하는 리그 우승팀에 적합한 체력이 없었다. 내가 원하는 것은 강하고 지치지 않는 선수였다. 맥클레어를 손에 넣는 일은 간단했지만 바르셀로나에서 마크 휴즈를 복귀시키는 일은(그는 확실히 불만에 차 있었다) 세금 문제 때문에 시간이 걸리게 되었다. 뉴캐슬 유나이티드에서 멋진 활약을 보여주던 피터 비어즐리에게로 주의를 돌리자 윌리 맥폴 감독은 유독 싸늘하게 대응하며 우리가 300만 파운드를 준다고 해도 그를 넘길 수 없다고 말했다. 다음 주에 그 작은 포워드는 190만 파운드에 리버풀로 넘어갔다. 황당함과 실망감을 느꼈다고 날 탓할 수 있을까?

다사다난했던 1987년 여름에 나는 리버풀에 넘어갈 공격수를 또 한 번 가로챌 수도 있었다. 오랫동안 리버풀의 스타로 각광받게 되는 그를 놓친 데엔 내 잘못이 컸다는 점을 인정한다. 그레이엄 테일러 감독은 왓포드가 더 이상 존 반스를 지킬 수 없다는 사실을 깨닫고 나에게 전화를 걸어 굉장한 젊은 윙어를 90만 파운드에 살 수 있다고 귀띔을 해줬었다. 그런데 나는 기회를 그냥 넘겨버렸다. 변명을 하자면 예스퍼 올센에 대한 과도한 신뢰 때문이었다. 그 덴마크 선수는 우리와 함께 있으면서 몇몇 경기에서 번뜩이는 활약을 보여준 바 있었다. 장기 부상에서 회복한 뒤, 훈련장에서의 훌륭한 플레이는 아직 최고는 보여주지 않았다는 기대로 가슴 설레게 하기에 충분했다. 하지만 헛된 약속에 그치고 말았고 얼마 안 있어 올센은 보르도로 떠나버렸다. 그의 대체자로 랄프 밀른을 사들인 건 내 생각이었다. 그의 이름은 팬들의 기억 속에 망한 영입의 상징으로 깊이 새겨져 있다. 최선의 영입이었다고 말할 수는 없지만 던디 유나이티드에 있을 때 랄프는 정말 놀라운 윙어였다. 그러나 올드 트래포드는 너무 버거운 무대였고 그는 그늘 속으로 사라졌다. 호감 가는 청년이었기 때문에 훗날 개인적인 문제로 불행이 덮쳤을 때 슬펐다.

한편 존 반스는 그를 놓친 대가를 몇 번이고 톡톡히 필드 위에서 치르게 했다. 변명할 생각은 아니지만 감독으로서 잉글랜드 축구계에 막 발을 들여놓았기 때문에 좀 더 많은 조언이 필요했던 것 같다. 반스가 처음으로 계약에서 풀려났을 때 나는 그의 경기를 보지 못한 상태였다. 그래서 그가 실제로 경기에서 뛰는 모습을 살피기 위해 우리 치프 스카우트인 토니 콜린스를 노리치Norwich전에 파견했다. 빅 존은 좋은 플레이를 선보였고 골도 넣었다. 그러나 스카우트 부서는 플레이에 기복이 있고 꾸준함이 부족하다는 의견을 내놓았다. 그 후 올드 트래포드에서 우리와 맞붙었을 때는 센터포워드로서 괜찮은 모습을 보여주었다. 그는 확실히 내 관심을 끌었지만 그를 영입하라고 추천해주는 사람이 없었다. 너무 조심스러워서 내 스타일과 맞지 않았던 토니 콜린스는 그 후 우리를 떠났다. 후임 치프 스카우트로 들어온 리 커쇼는 현재 우리 아카데미의 책임자가 되었는데 일단 뛰어들고 나서 판단을 내리는 방식이 나와 잘 맞았다.

존 반스라면 맨체스터 유나이티드에서 뛰어난 활약을 펼쳤을 것이다. 폴 개스코인도 마찬가지지만 그의 경우는 확연하게 달랐다. 붉은 유니폼을 입지 못한 것은 그의 잘못이지 우리 탓이 아니었다. 내가 아는 한, 그는 우리와 계약하겠다고 확실히 약속했었다. 그의 변심은 우리뿐 아니라 자신에게도 나쁜 결과를 가져왔다. 세인트 제임스 파크에서 뉴캐슬 유나이티드 선수로, 무자비한 플레이로 우리를 괴롭혔을 때부터 반드시 그를 데리고 오리라 마음먹었다. 우리는 모제스, 롭슨, 화이트사이드로 이루어진 강력한 미드필드진을 내보냈지만 개스코인은 그들을 가지고 놀았다. 오만한 플레이에 마침표를 찍는다는 듯 마치 교장선생이 학생을 훈계하는 모습으로 그는 레미 모제스의 머리를 쓰다듬었다. 경험 많은 베테랑을 깔보는 듯한 그의 행위에 레미 못지않게 분노한 나는 더그아웃을 박차고 나와 그 건방진 애송이에게 버릇을 가르쳐주라고 호통 쳤다. 그러나 아무도 그에게 가까이 갈 수 없었다. 얼마나 대단한 플레이인가! 얼마나 대단한 선수인가! "그 녀석을 꼭 데리고 오고야 말겠어." 집으로 돌아가는 길에 나는 수석코치인 아치 녹스에게 말했다.

시즌을 마친 1988년 여름, 맹세를 현실로 만들기 위한 행동에 들어갔다. 뉴캐슬은 예전에 비어즐리에게 접근했을 때처럼 비협조적으로 나왔으나 두 번이나 좌절할 수는 없었다. 나는 곧바로 개스코인과 그의 에이전트인 멜 스테인과 접촉했다. 폴 같은 선수를 놓칠 생각 따윈 없었다. 캐시와 아이들과 함께 몰타로 가족휴가를 떠나기 전에 어떻게 해서든지 동의를 얻어내기 위해 그의 에이전트와 여러 번 만나며 협상을 했다. 그러던 중 캐시가 위중한 병을 얻어 거의 일주일이나 중환자실에 입원하는 일이 생겼다. 3주 동안 아이들과 나는 치들에 있는 알렉산드라 병원에 거의 살다시피 하며 좋은 소식이 있기를 날마다 기도했다. 우리의 기도에 응답했는지 캐시는 회복되었고, 우리 모두 햇살 아래 휴가를 즐기게 되길 고대하고 있었다. 휴가를 떠나는 날 밤에 폴 개스코인으로부터 걸려온 전화는 즐거운 마음을 더욱 들뜨게 했다.

"퍼거슨 감독님, 걱정 말고 휴가를 즐기고 오세요." 그가 말했다. "돌아오시면 맨체스터 유나이티드와 계약하겠습니다."

"잘 했어. 절대 후회하지 않을 거야." 그에게 내가 말했다. "자네라면 이

클럽이 생긴 이래 가장 위대한 선수 중 하나가 될 걸세. 내가 장담하지."
그리고 나는 몰타로 날아가 우리 가족의 친구가 된 멋진 사람들의 융숭
한 대접을 받았다. 모든 게 완벽한 어느 날, 수영장 밖에 누워 다음 시즌
의 라인업을 구상하고 있던 중이었다. "개스코인과 롭슨을 가졌으니 이
제 휴즈만 온다면 무적이겠다." 혼자 생각에 잠겨 있는데 스피커에서 내
게 전화가 왔다는 메시지가 나왔다. 호텔 안으로 터덜터덜 걸어 들어오
던 나는 잠시 후에 들을 충격적인 전갈은 상상도 하지 못했다. 회장으로
부터의 전화였다.

"개스코인이 스퍼스와 계약했어요."

너무나 충격을 받아 마틴 에드워즈가 자초지종을 이야기해도 거의 귀
에 들어오지 않았다. 토트넘이 그의 부모님에게 집을 사주면서 그가 막
판에 마음을 돌리게 했다는 것이다. 그의 조언자들이 폴 같은 성격과 배
경을 가진 사람에게 이 결정이 얼마나 바보 같은 짓인지 이야기해주었는
지 모르겠다. 그의 자기 파괴적 성향은 어디를 가도 말썽을 일으켰을지
도 모르지만, 맨체스터와 사인을 했더라면 런던에서처럼 많은 문제를 일
으키지 않았을 거라고 생각한다. 그를 관리하는 일이 녹록치 않으리라는
것은 진즉에 알고 있었지만, 그의 재능에 따라오는 위험 정도는 어디까
지나 끌어안고 가려고 했다. 아직도 폴을 잘 알지 못하지만 그와 만났을
때 호감을 느꼈다. 그에게는 기묘한 매력이 있었다. 어쩌면 그의 연약함
때문일지도 모른다. 아버지나 형이 되어 돌봐주고 싶은 마음이 들게 했
다. 야단치고 싶어질지 안아주고 싶어질지 사람에 따라 다르겠지만, 그
에게는 내버려둘 수 없는 치명적인 뭔가가 있었다. 그의 천재적인 재능
을 더욱 찬란하게 꽃피울 수 있도록 도울 기회를 놓친 일은 지금까지도
나를 후회에 젖게 한다.

개스코인 때문에 실망한 지 1주일이 지난 후에 150만 파운드로 마크
"스파키" 휴즈를 바르셀로나에서 데려오게 되어 그나마 위로가 되었다.

휴즈라면 팀을 현저히 강하게 만들어줄 거라는 믿음이 갔다. 그 외에 서포터들에게 그들의 영웅을 돌려줌으로써 그동안 보여주었던 열렬한 충성심에 보답하는 긍정적인 측면 역시 가져올 거라고 보았다. 그를 판 이유를 두고 온갖 이야기를 들었다. 가장 인기 있던 것은 회장이 처음으로 거금을 제시한 구단의 제안을 덥석 받아들였다는 설인데, 마틴 에드워즈가 마틴 휴즈를 도로 데려오는 방식에 아무런 반대도 하지 않았다는 이야기도 함께하는 게 형평에 맞을 것 같다. 회장이 내가 클럽을 운영하는 방식에 아무런 간섭을 하지 않으면서도 든든하게 지원을 해준다는 의미였으므로 그때 일은 맨유 초기시절에 내게 많은 힘이 되어 주었다. 우리 두 사람이 함께 일해 나가는 데는 아무 문제가 없었지만, 그와 서포터들의 관계에는 그런 말을 할 수 없었다. 서포터들 중에 대다수는 그에게 증오라고 부를 수 있는 강한 감정을 품고 있었다. 나는 중간에 낀 입장이 되었고, 올드 트래포드에 도착한 지 얼마 지나지 않아 클럽과 그 지지자들 사이에 다리를 놓아야 할 필요성을 느끼게 되었다.

맨체스터 유나이티드는 1967년 이후 단 한 번도 리그 우승을 차지해보지 못했지만, 잉글랜드에서 가장 굳건한 지지를 받는 구단의 지위를 유지할 수 있었던 것은 오로지 팬들 덕분이었다. 클럽과 그들의 유대는 보다 더 강화되어야 했다. 하지만 본인이 무슨 짓을 한다 해도 마틴은 그들을 자기편으로 만들 수 없을 터였다. 그를 향한 서포터들의 불만은 너무 뿌리가 깊었다. 어쩌면 버스비 경 시절 아버지가 회장을 지낸 데다 혈연에 의해 현재의 위치에 오르게 된 사실과도 관계가 있을지 모른다. 그런 문제에 대해 판단을 내리는 것은 외부인으로 들어온 내 몫이 아니었다. 회장에 대한 평가를 내리기에는 그에 대해 아는 게 거의 없었다. 그런 일은 훨씬 시간이 지나야 가능한 것이었다. 당분간은 위대한 클럽을 부활시키는 임무를 수행하며 그와 좋은 관계를 유지하고 매일 갖는 회의를 즐기는 걸로 충분했다.

공격진에 휴즈를 다시 데려온 일은 상당한 전력 강화를 가져왔다. 체력이나 기술적인 측면에서 휴즈는 어떠한 수비수도 괴롭힐 수 있었고, 고통을 두려워하지 않고 자신의 단단한 몸을 밀어붙였다. 드레싱룸에서 마크는 과묵하고 내성적이었다. 그리고 폼이 안 좋을 때는 자신감을 잃어버리는 문제도 있었다. 하지만 그는 상대방의 어떠한 위협에도 굴하지 않았고 역경에 처할수록 강해졌다. 큰 경기에서 중요한 골을 넣는 게 그의 특기였던 건 우연이 아니었다. 그의 결의에 찬 강인한 이목구비를 보는 것만으로도 상대방은 자신이 웨일즈 전사와 맞붙고 있다는 사실을 알 수 있었다.

물론 전방에서 아무리 효율적인 공격을 펼친다 해도 후방이 불안하면 아무 소용이 없었기 때문에 나는 꾸준히 수비 강화를 위해 노력했다. 오랜 기간 함께 정기적으로 경기를 뛰며 압박 속에서 유기적인 팀으로 기능하는 법을 발전시키는 일은 필수적이었다. 포워드들도 서로 같은 주파수를 공유하며 뛰어야 하지만, 그들에게 있어서 소통의 실패란 대개 기회를 놓치는 것으로 끝난다. 하지만 골문 앞을 지키는 수비수들이 비슷한 실패를 하면 패배로 돌아오기 마련이다. 끝도 없이 이어지는 부상의 연속에 내가 물려받은 수비수들은 계속해서 조합이 바뀌었고, 특히 중앙 수비의 경우 그런 상황이 더욱 심각하게 나타났다. 한번은 수비진에 비상이 걸려 브라이언 롭슨에게 중앙 수비를 맡긴 적도 있었다. 그는 자신의 역할에 불만을 품었지만 훌륭하게 의무를 다해냈다. 하지만 그는 다른 곳에 필요한 자원이었고, 좋은 팀을 만들려면 팀의 척추를 단단하게 가다듬어야 했다. 그렇게 하기 위해서는 매주마다 꾸준히 경기를 소화할 수 있는 중앙 수비 조합을 찾을 필요가 있었다.

그러한 수비 동맹을 위한 첫 선수는 스티브 브루스였다. 내가 올드 트래포드에서 거둔 성공에 지대한 공을 세웠던 스티브의 장점 중 하나는 내구성이었지만, 공교롭게도 막상 계약 전에 가진 메디컬 테스트에서는 의심스러운 결과가 나왔었다. 그의 무릎을 찍은 X레이 사진에 변색된 부위가 감지된 것이다. 그러나 나는 그가 있었던 길링엄Gillingham과 노리치 시티의 출장기록이 더 확실한 증거가 된다고 생각했다. 건강한 몸으로 얼마나 자주 경기에 나섰는지 보는 것보다 선수의 몸 상태에 대해 더 확실하게 알 수 있는 지침은 없다. 노리치 시티에서 스티브가 뛴 경기 수는 유나이티드에서 폴 맥그라스와 케빈 모란이 센터백으로 출장한 횟수를 합친 것보다 더 많았다. 위험 부담은커녕 이 덩치 큰 타인사이드 [Tyneside, 잉글랜드 북동부의 타인 강 일대지역으로 뉴캐슬이 대표적인 도시] 남자는 확실한 패였고, 아마 우리 클럽에서 뛰었던 수비수 중 가장 과묵하고 의지할 수 있는 선수였을 것이다.

그는 엄격한 동시에 따뜻하고 겸손한 성격으로 팀원들로부터 존경과 애정을 동시에 받았다. 솔선수범을 보이며 팀을 이끌었던 그는 롭슨이 은퇴한 뒤 유나이티드 역사상 가장 큰 성공을 거둔 주장이 될 자격이 충분했다. 브루스처럼 능력 있는 선수를 우리 팀으로 데려온 일은 내게 커다란 만족감을 안겨주었다. 반면 케빈 모란처럼 훌륭한 인격을 가진 선수를 떠나보내는 일은 괴로움을 안겨주었다. 수지타산을 맞추기 위해 그레이엄 호그와 골키퍼 중 하나인 크리스 터너도 다른 팀으로 팔았다. 케빈은 내가 아는 한 가장 용감하고 선량한 사람 중 하나였는데, 그처럼 충성심이 강한 선수로부터 이적료를 챙기는 일은 모두 부당하다고 생각했다. 케빈은 다른 팀에서 계속 선수생활을 할 수 있었고, 올드 트래포드에서 성장하고 뼛속까지 유나이티드였던 풀백 아서 알비스톤에게 해주었던 것처럼 그에게도 기념경기를 열어줄 수 있어서 특히 기분이 좋았다.

모란과 호그가 팀을 떠났고 젊은 빌리 가턴의 몸 상태는 경기에 간간히 나올 수 있을 정도밖에 되지 않았기 때문에 다른 센터백이 필요했다. 1988년 10월, 루턴과 협상을 해서 베테랑이지만 여전히 뛰어난 체력을 유지하던 얼스터 출신의 말 도나히를 데려왔다. 그러나 그토록 그리던 우수한 센터백 조합이 가능해진 것은 10개월 후의 일이었다. 개리 팔리스터의 계약은 늦은 밤까지 종종 거친 말이 오가던 협상 끝에 이루어졌다. 모리스 왓킨스는 미들스브러의 회장인 콜린 헨더슨의 공격적인 전략에 맞서도록 도와주었고, 협상을 마치고 난 후 우리는 그들이 요구했던 2백 30만 파운드를 내주었다. 처음에 협상을 시작했을 때는 우리가 생각했던 상한선을 몇 십만 파운드 넘긴 금액이었다. 하지만 사람 진을 빼놓는 협상 테이블에서 우리가 패배자로 물러났다고 생각하는 사람들은, 90년대에 우리가 거머쥔 수많은 트로피에 팔리스터가 얼마나 큰 기여를 했는지 살펴보기를 바란다. 처음 우리에게 왔을 때 그는 풍부한 재능을 지녔으나 가끔 미숙함을 보여주던 24살의 말라깽이 청년이었다. 그러나 그의 체격과 축구실력은 급속하게 향상되었고, 빠르면서도 균형 감각이 특출 났던 그는 어느 누구와도 바꾸고 싶지 않은 센터백으로 변모했다. 브루스와 개리의 조합으로 수비진은 안정성과 지배권을 가지게 되었고 팀 전체에 자신감이 전파되었다.

당시 그들의 뒤에는 애버딘에서 나와 함께 많은 것을 이루었던 짐 레이튼이 있었다. 부상이 개리 월시의 미래를 불투명하게 만들자, 1988년 여름 나는 짐을 남쪽으로 데리고 왔다. 그는 재능 있는 골키퍼였고 전혀 겁이 없었다. 게다가 오랫동안 공이 오지 않는 상황이 계속되어도 눈부신 선방을 해낼 정도로 집중력이 뛰어났다. 다만 잉글랜드 축구로 온 그가 크로스를 다루는 능력이 걱정될 뿐이었다. 노팅엄 포레스트에서 스튜어트 피어스까지 데려올 수 있었다면 더 바랄 나위가 없었을 것이다. 그러나 브라이언 클러프 감독은 자신의 레프트백을 데려갈 수 없다고 단단히 못 박았다. 그의 용기, 자신의 능력에 대한 자신감, 그리고 경쟁을 즐기는 기질은 유나이티드의 유니폼을 입기에 이상적인 자질이었기에 오랫동안 탐내오던 선수였다.

실제로 클러프는 나와 아예 이야기조차 하려들지 않았다. 언젠가 마틴 에드워즈와 선약 없이 충동적으로 시티 그라운드 구장에 들른 적이 있었는데 우리는 리셉션 데스크 너머로는 들어갈 수 없었다. 그들은 우리의 신원을 확인하고 10분 정도 기다리게 한 후에야 브라이언이 우리를 만날 수 없다고 전했다. 축구계에 몸담은 사람들이 상대를 대하는 방식이 아니었지만, 브라이언에게 애초에 정중함 같은 것을 기대한 게 잘못이었다. 그의 응대방식을 처음 경험했던 건 애버딘에서 나의 수석코치였던 아치 녹스와 함께 노팅엄에서 벌어진 포레스트 대 셀틱의 UEFA컵 경기를 보러 갔을 때였다. 경기가 끝난 뒤 우리는 브라이언의 수석코치인 로니 펜턴과 이야기를 나누게 되었다. 로니와는 세인트 미렌 시절 그가 노츠 카운티Notts County의 감독으로 있을 때부터 안면이 있던 사이였다. 매우 친절했던 그는 내가 아직 그의 보스를 만나지 못했다는 사실을 알자 이렇게 말했다. "들어오시죠. 감독님에게 잠시 시간을 낼 수 있느냐고 물어볼 테니까." 마치 교황을 알현할 특권을 하사하는 분위기였다. 클러프의 사무실로 짐작되는 곳으로 안내된 뒤 최소한 30분은 기다려야 했다. 한참 즐겁게 대화를 나누고 있는데 위대하신 분이 문틈으로 고개를 내밀었다.

"애버딘의 알렉스 퍼거슨 감독이에요, 브라이언." 로니가 말했다. 아무런 대답도 하지 않고 브라이언은 안으로 들어와 우리와 악수를 나눈 후 내 옆에 앉았다. 지친 모습의 그는 밖에서 벌어지는 난장판으로부터 휴식이 필요해 보였다. 중요한 경기 중에 감독은 온갖 극심한 감정 변화를 겪게 된다. 거기에 덧붙여 경기 전에는 준비하느라, 경기 후에는 텔레비전, 라디오 그리고 신문을 상대로 시달려야 한다. 피곤하기 짝이 없는 일이 아닐 수 없다. 그래서 브라이언이 앉아 있는 모습을 보자 동정이 갔지만 그 생각은 오래 가지 않았다.

"오늘 경기는 어떻게 봤나?" 그가 나에게 물었다. 셀틱이 졌지만 사실은 이겼어야 하는 경기였기 때문에 정직한 대답이 환영받을 리는 만무했다. 그래도 나는 솔직하게 말했다.

"제 생각으로는 셀틱이 좋은 경기를 했고 포레스트는 운이 좋았던 것 같습니다." 내가 말했다. "하지만 셀틱 파크에서 벌어지는 2차전에는 포레스트가 더 나아질 거라고 생각합니다." 클러프는 벌떡 일어나 문으로 향했다.

"아, 자네 이야기는 충분히 들었네." 어깨를 젖히며 그가 말했다. 사무실에 남겨진 아치와 나는 웃음을 터뜨렸다. 브라이언이 대체 무슨 의도였는지 평생 알 수 없을 것이다. 그가 한 행동의 결과로 펜턴은 우리에게 거듭 사과하며 민망해서 어쩔 줄 몰랐다. 브라이언 클러프는 자신이 잉글랜드 축구에서 가장 위대한 감독 중 하나라는 사실을 충분히 증명했다. 잉글랜드에서 그가 가장 무례한 감독이라는 타이틀을 자랑스럽게 차지하고 싶다면 거기에 대해 반론을 제기할 생각은 없다.

시티 그라운드 리셉션 창구에서 마틴 에드워즈와 내가 문전박대를 당했던 다음 주에 나는 스튜어트 피어스를 사려고 했지만 클러프는 전화를 받으려 하지 않았다. 스튜어트는 파는 선수가 아니라고 귀띔해준 건 친절한 로니 펜턴이었다. 나중에 내가 포레스트의 미드필더인 닐 웹에게 관심을 가졌을 때도 클러프는 그와 이야기하는 것도 불가능하게 만들었고, 내 신조에 의해 나 역시 그를 상대하려는 노력을 포기해버렸다. 웹에 관한 한, 그의 계약이 만료되는 다음 해까지 가만히 앉아서 기다리면 되는 일이었다. 우리는 적법한 절차를 밟아 1989년 7월, 150만 파운드에 그와 계약했다. 양발잡이에 미드필더로서는 준수한 득점력이 있는 창의적인 선수와 계약하게 되어 기뻤다. 그러나 우리와 계약한 뒤 겨우 두 달 후, 맨체스터 유나이티드에서 영향력을 떨치기도 전에 잉글랜드 대 스웨덴전에서 치명적인 아킬레스건 부상을 당했다. 선수가 겪을 수 있는 가장 최악의 부상 중 하나로, 나중에 회복되긴 했지만 그는 두 번 다시 예전의 모습을 되찾지 못했다.

웹과 계약하기 3주 전에 우리는 노리치에 75만 파운드를 주고 마이크 펠란을 샀다. 정직한 장인 타입의 마이크는 필드 위에서 보여주는 엄청난 활력과, 미드필드와 수비에서 여러 포지션을 볼 수 있는 다재다능함으로 자신의 가치를 더했다. 우리는 다목적형 선수로 쓰기 위해 그를 데려왔고 그는 주어진 의무를 훌륭하게 소화했다. 두 달 후인 1989년 9월, 그보다 더 큰 야심을 가지고 우리는 21살 선수를 가세시켰다. 수석 스카우트인 리 커쇼는 아주 오랫동안 웨스트햄의 폴 인스를 칭찬해왔고, 나 역시 그의 플레이가 마음에 들었다. 능숙한 양발잡이에 민첩하고 공중볼에 강한 데다 태클 기술마저 뛰어났다. 무엇보다도 승부욕이 대단했다. 그의 체력에는 의문부호가 붙었지만 개선시킬 자신이 있었다. 웨스트햄에서 오랫동안 감독 자리에 있었던 존 라이얼과는 아주 친한 사이였기 때문에 인스에 대한 이야기를 꺼내려면 에섹스에 있는 그의 집을 직접 찾아가는 것이 제일 좋은 방법이라고 생각했다. 그를 보러간 날은 구름한 점 없이 맑고 화창한 날씨였고, 아름다운 정원은 우리의 만남을 더욱 기분 좋게 만들어주었다. 클럽 감독으로서 시간의 압박에 대처하기 위해 평소에 내가 어떻게 지냈는지 생각해보면, 내게 가장 아름다운 이적 협상의 무대를 만들어준 사람은 존의 아내 이본느였다. 라이얼은 인스를 북쪽으로 데려가려는 나의 의도에 대해 알게 되자 협상은 짧게 끝날 것으로 보였다.

"절대 안 돼." 라이얼이 딱 잘라 말했다. "그 애는 내 아들이나 마찬가지야."

"하지만 아들들은 언젠가 부모 곁을 떠나야 하지." 내가 말했다. 벌써한 시간도 넘게 그의 완고함을 꺾으려고 부질없는 노력을 하고 있는데, 이본느가 홍차와 샌드위치를 가지고 왔다. 그 모습을 본 나는 갑자기 존의 가족사가 생각났다. 그의 아버지는 스코틀랜드 사람이었다. 존과 그의 아내가 정찬과 맞먹을 정도로 푸짐한 샌드위치를 대접하는 스코틀랜드의 전통을 따르고 있다는 건 분명했다. 그러나 그가 나에게 만족스러운 식사를 대접할 요량이었던 데 반해, 인스와 계약하려는 내 바람을 만족시킬 준비는 되어 있지 못했다. 라이얼에 대한 존경심과 상관없이 나는 공식적으로 인스에 대한 영입 제의를 하기로 결심했다. 여기에 나는 단지 금액과 시기만 결정하면 되었다.

그런데 며칠 후, 영입 세부사항이 결정되기도 전에 온 축구계가 웨스트햄이 존을 해고했다는 청천벽력 같은 소식으로 발칵 뒤집어졌다. 나처럼 오랫동안 축구계에 몸담아온 사람이라면 충격적인 퇴출에 익숙해지기 마련이다. 하지만 그의 해고는 충격 중의 충격이었고 클럽 보드진 말고는 믿을 사람도 납득할 사람도 없는 일이었다. 대체 왜 이사라는 사람들에게 FA나 리그 같은 축구기구를 운영할 권한을 주는지 의문을 품게만드는 결정이었다. 존을 위로하기 위해 전화를 걸었을 때 그가 자신에대한 처사를 부당하다고 생각한다는 게 느껴졌다. 그토록 오랜 세월 봉사해온 감독에게 웨스트햄은 용서받지 못할 대우를 했다. 헤아릴 수 없는 시간을 일에 쏟고 그들을 위해 쉬지 않고 길을 떠났다. 스코틀랜드에서 감독을 하고 있을 때 스카우트 때문에 왔다고 전화하면 얼른 차를 몰고 나가 존과 그의 수석코치인 에디 베일리와 함께 경기를 보러가곤 했다. 그가 찾아와 같이 경기를 보는 밤을 늘 고대해왔는데, 이 선량한 남자의 감독경력이 이런 형태로 종말을 맺을까 걱정이 되었다.

웨스트햄이 라이얼을 추악한 방식으로 내쫓은 덕분에 인스의 계약을 진행하는 데 양심의 거리낌이 없어진 나는 무자비하게 밀고 나갔다. 우리가 입찰한 사실이 알려지자 존은 폴의 배경과 다른 중요한 정보를 가르쳐주면서 무엇보다도 중요한 것은, 언제나 그의 어깨에 팔을 두를 준비를 하면서 애정을 보여주는 일이라고 강조했다. 몇 년의 세월이 지나도 그의 충고는 결코 잊지 않았다. 이적 자체가 너무 험난하게 이루어지는 바람에 관련자들은 모두 기진맥진해질 지경이었다. 게다가 폴은 우리에게 제의도 받지 않은 상황에서 유나이티드 유니폼을 입고 돌아다니며 일을 더욱 어렵게 만들었다. 업튼 파크Upton Park의 새 감독으로 온 루 마카리나 웨스트햄의 서포터들의 심기를 건드릴 만한 행동이었다. 그의 몸 상태 때문에 더욱 심각한 우려가 제기되었다. 우리가 예전에 입었던 부상에 대해 가벼운 질문을 하자 그는 자진해서 가끔 심한 고통을 느낀다는 사실을 입 밖에 냈다. 내가 보기에 걱정이 과한 탓에 벌어진 일이었지만 덕분에 우리 정형외과 전문의인 조너선 노블은 난처한 입장에 놓였고 이적 협상은 중단되었다.

폴은 절망에 빠졌으나 그의 여자 친구였고 지금은 부인이 된 클레어의 노력으로 회복할 수 있었다. 다른 사람들도 그를 위로해주려고 애썼지만 그가 이 모든 일을 이겨낼 수 있게 된 것은 오로지 클레어의 힘이었다. 계속해서 그에게 일이 아직 끝난 게 아니라고 안심시켜 주었고, 웨스트햄은 미래에 생길지도 모르는 신체적 문제를 감안한 타협안을 내놓음으로써 내 의견이 맞았다는 것을 입증했다. 그들은 150만 파운드를 분납해서 내라고 제안했다. 내 기억으로는 선금으로 50만 파운드를 낸 뒤 그가 15경기를 뛸 때마다 25만 파운드를 내는 내용이었다. 당시 맨체스터 유나이티드로는 매우 흡족한 조건이었다. 우리에게 많은 이익을 남긴 계약이라는 사실을 확인하는 데는 몇 해 걸리지 않았다.

22살 생일을 한 달 남겨 놓고 있던 인스의 영입에 열정을 쏟은 것은 노쇠한 유나이티드를 유스 육성를 통해 새롭게 극복하려는 내 의지를 반영한 것이었다. 숙성된 경험이 성공에 필수적이라는 사실은 인정하지만, 나는 배움에 목마르고 도전을 두려워하지 않는 젊은 선수들이 많아지기를 바랐다. 1988년 5월, 토키Torquay에서 뛰던 리 샤프는 그의 17세 생일에 우리와 계약했고 입단과 거의 동시에 1군에 진입했다. 리의 입성은 클럽에 대해 호의를 가진 사람들이 비공식 스카우트로서 엄청난 일을 해낼 수 있다는 증거였다. 렌 노드는 그런 사람들 중 하나였다. 맨체스터 출신의 렌은 저널리스트로 일하다 은퇴 후 토키에서 살고 있었다. 그는 일과 처럼 지역 팀의 경기를 보러 가던 어느 날, 유스에서 센세이션을 일으키고 있는 선수가 있다는 말을 들었다. 그 소년이 바로 리 샤프였다.

렌은 선수를 보는 눈이 탁월하므로 그가 주는 정보라면 주의를 기울여야 한다고 주위에서 충고했기 때문에 우리는 리의 성장을 관찰했다. 그에게 점점 흥미를 갖게 되면서 마침내 나는 아치 녹스, 토니 콜린스(그때까지는 여전히 우리 수석 스카우트였다)와 함께 그가 뛰는 모습을 지켜보기 위해 토키로 내려갔다. 그곳에서 내가 확인한 그의 경기력은 한시도 지체 없이 계약서에 그의 사인을 받고 싶게 만들었다. 비둘기도 잡을 수 있을 정도로 민첩했고 멋진 골격은 장차 그가 뛰어난 운동선수가 되리라고 예견하게 했다. 거기에 절묘한 크로스를 날릴 줄 알았고 자신의 장점과 능력을 활용하는 걸 두려워하지 않았다. 상대 선수를 따돌리는 데는 각별히 영리한 움직임을 보여주지 못했지만, 그날 밤의 상대가 베테랑 프로 선수라는 점을 감안해 일단 그를 믿어보기로 했다. 긍정적인 측면이 부정적인 측면을 압도한 것을 확인하자 이제 행동에 들어갈 때였다. 토키의 감독이 토트넘 홋스퍼에서 풀백으로 뛰었던 시릴 놀스였던 만큼 런던의 친정 클럽이 샤프의 잠재성에 대해 알게 될 위험이 높았다. 그러므로 계약은 그날 밤 당장 이루어져야 했다. 우리 맨체스터 유나이티드의 기습 부대에 합류한 렌 노드가 시릴 놀스를 데리러 갔고 그가 자리를 비운 동안 아치에게 이런 말을 했다. "계약서에 서명을 받기 전에는 시릴을 이 차에서 내보내지 않을 작정이야." 그 뒤에 정확하게 같은 일이 일어났다. 우리는 사면초가에 몰린 시릴이 우리의 요구를 들어줄 때까지 들들 볶았다. 선금으로 6만 파운드를 낸 다음 샤프가 1군으로 올라가면 최대 18만 파운드의 돈을 추가로 지급하기로 했다. 리는 그해 9월에 1군에 합류하며 예전 고용주들이 추가 대금을 너무 오래 기다리지 않도록 해주었다.

샤프처럼 어린 선수를 사는 건 매우 드문 일이다. 프로축구 상위 단계에서 뛸 수 있을 정도의 능력을 갖춘 십 대 선수를 원한다면 대부분 구단 내 유스 안에서 직접 만들어내야 한다. 유나이티드의 감독이 된 순간부터 나는 영국 내 모든 축구클럽에서 부러워할 만한 유스 정책을 만들기로 결심했다. 우선적으로 해야 할 일은 유망주의 발굴이었다. 처음 왔을 때 나는 구단의 스카우트 조직망이 너무 엉망이라 경악했다. 맨체스터와 그레이터 맨체스터 주의 지도를 가져오라고 한 후, 어떤 스카우트가 어떤 지역을 책임지고 있는지 점검했다. 조 브라운은 유스 스카우트와 육성을 책임지고 있었다. 맨체스터 시와 거대하고 인구가 밀집된 그 주변 지역을 총괄하는 그를 도울 스카우트는 겨우 5명에 불과했다. 내가 애버딘의 감독으로 있을 때, 인구가 500만이 조금 안 되는 스코틀랜드에 17명의 스카우트를 두었었다. 그레이터 맨체스터 주는 그와 비슷한 인구를 가졌고 수많은 축구선수를 길러내고 있는 지역이므로 내가 애버딘에서 거느리고 있던 스카우트 수의 3분의 1밖에 안 되는 인원으로 모두 포괄한다는 것은 말도 되지 않는 일이었다. 스카우트 부족 현상을 해결하기로 한 나는 스카우트들을 소집해 회의를 열고 나를 위해 스카우트 활동을 하고 있는 이들에게 우선사항을 주지시켰다.

"내가 흥미 있는 것은 당신 동네에서 제일 공을 잘 차는 소년이 아니오." 나는 그들에게 말했다. "지역에서 가장 공을 잘 차는 소년을 원하는 것이오. 의욕이 넘쳐서 별 볼 일 없는 선수를 내게 데려오지 마시오. 좋은 선수를 데려올 때까지 충분히 기다려줄 테니까. 무엇보다도 '넌 수준에 미치지 못한다'는 말을 해줘야 하는 일은 별로 기분 좋은 일이 아니오." 그들은 정직한 사람들이었다. 필요한 것은 단지 클럽을 위해 중요한 임무를 수행하고 있다는 점을 인정하며 격려하는 한편, 내가 그들의 노고를 이해하고 있다는 확신을 심어주는 일이었다. 유나이티드에 있는 모든 사람들은 나의 감독철학이 단지 1군 선수단을 꾸리는 것을 넘어서 축구클럽 전체를 건설하려는 데 목적을 두고 있다는 사실을 알게 되었다. 새로운 결의가 클럽에 퍼져가는 게 느껴졌고, 우리가 발굴해낸 재능 있는 학생들을 훈련시키는 곳처럼 그것이 강하게 느껴지는 장소는 없었다.

축구계에서 유소년 시스템에 종사하는 사람들에게 궁극적인 만족과 보상이란, 눈부신 가능성을 지닌 선수가 눈앞에 나타나는 일일 것이다. 많은 사람들이 맨체스터 유나이티드에 라이언 긱스가 오게 만든 것은 자기 공이라고 주장하지만, 내가 보기에 가장 큰 역할을 한 사람은 해롤드 우드다. 1987년 당시 해롤드는 우리 안전요원이었는데, 어느 날 재미있는 이야깃거리를 들고 클리프로 찾아왔다.

"딘 스포츠에서 뛰는 애가 하나 있는데, 맨체스터 유나이티드 광팬인데도 훈련은 맨체스터 시티Manchester City에서 하고 있대요." 해롤드가 내게 말했다. "정말 말도 안 되는 일이잖아요." 한두 명의 스카우트가 라이언 윌슨을(아버지의 성을 버리고 어머니의 성을 사용하기 전까지 그는 이렇게 불렸다) 주목하긴 했다. 하지만 해롤드의 추천이 있기 전까지 나는 아무런 행동도 취하지 않았다. 조 브라운에게 그 아이를 지켜본 뒤 깊은 인상을 받으면 나에게 데려오라고 지시했다. 보고 내용이 호의적이었기 때문에 클리프에서 실시되는 입단 테스트를 받도록 조치했다.

테스트를 받으러 온 그는 내게 감독의 임무에서 오는 모든 노고와 좌절과 고통이 헛된 게 아니라는 사실을 깨닫게 하는 진기하고 소중한 순간을 선사했다. 금싸라기를 찾아 강과 산을 구석구석 뒤진 채굴업자가 우연히 황금덩어리와 맞부딪쳤을 때조차도 그날 긱스를 본 나보다 더 가슴 벅찬 흥분을 느끼지 못했을 것이다. 나는 언제까지나 그의 첫 플레이 모습을 잊지 못할 것이다. 힘 하나 안 들이고 피치 위를 날아다니던 모습을 봤다면 그의 발이 땅에 닿지 않았다고 맹세했을 것이다. 공원에서 바람에 날리는 은박지를 쫓아다니는 개처럼 고개를 들고 뛰던 그는 여유 있고 자연스러워 보였다. 그때부터 우리는 그를 보물처럼 애지중지했고 아치, 조 브라운 그리고 나는 그의 집에 정기적으로 드나들게 되었다. 우리는 그를 유스 아카데미에 등록시켰고 그 후 1987년 11월 그의 14번째 생일에 연습생 신분으로 계약했다. 지금 돌아보면 라이언을 영입함으로써 유나이티드가 올드 트래포드에서 보낸 13년 동안 나에게 준 보수를 한 방에 갚은 느낌이 든다.

학생선수들을 샅샅이 뒤져 놀라운 보상이 돌아오자 그 분야에 대한 노력을 좀 더 강화하는 건 당연한 수순이었고, 1988년 나는 브라이언 키드를 유소년 육성 책임자로 임명했다. 지역에 있는 최고의 재능들을 클럽에서 모두 파악하도록 만드는 것이 그의 임무였다. 1968년 유나이티드가 유러피언컵에서 우승했을 때 결정적인 활약을 펼쳤고, 최근에는 지역 축구 활동으로 이름을 얻고 있던 그는 맹렬한 기세로 책임을 수행했다. 그는 맨체스터와 그 주변 지역을 총괄하기 위해 스카우트를 17명 더 충원했고, 그들 모두는 맨체스터 유나이티드의 서포터들이었다. 그들을 바탕으로 삼아 아치와 나는 유스 아카데미를 제대로 만들어보기로 했다. 시간을 많이 빼앗는 작업이었지만 우리는 즐거운 마음으로 일했다. 유나이티드의 스카우트 활동은 개선되었고 그 결과 정기 워크숍에 나오는 선수들의 수준이 눈에 띄게 높아졌다. 그러한 자리에서 우리가 스카우트들의 의견을 존중한다는 사실을 보여주기 위해 세미나의 마지막 날 평가가 내려질 때는 직접 그들을 초대했다. 스카우트들은 소년들이 처음 스카우트될 당시만큼의 실력을 발휘하지 못하게끔 했던 여러 요인들에 관해 우리에게 설명했다. 긴장감은 종종 어린 축구선수들의 능력에 관한 진실을 가릴 수도 있기에, 그들의 의견 제시는 우리에게 매우 중요했다.

1989년 여름 맨체스터 유나이티드를 갑자기 습격한 예기치 않은 인물에게 불안감이란 전혀 어울리지 않는 단어였다. 마이클 나이턴은 자신감의 화신이었다. 그를 클럽에 데려온 일련의 기이한 사건들에 대해 뭔가 이상한 낌새를 처음으로 느낀 것은 1988-1989 시즌이 끝날 무렵이었다. 어느 날, 마틴 에드워즈가 전화로 자기 사무실로 와보라고 말했다.

나는 그가 털어놓은 뉴스에 아연한 나머지 아무 말도 하지 못했다. 솔직히 그해 여름 축구계에는 별 다른 정치적 변화나 필드 위의 사건도 없는 것처럼 보였다.

1989년 4월 15일, 힐스버러 참사는 리버풀과 노팅엄 포레스트의 FA컵 준결승전을 보러 셰필드에 갔던 리버풀 팬 95명의 목숨을 앗아갔다. 재난과 그것이 불러온 거대한 애도의 물결은 축구계에 몸담고 있는 우리 모두에게 그동안 중요하다고 생각했던 문제들이 사실은 매우 하찮은 것이란 사실을 깨닫게 해주었다. 힐스버러의 희생자들에 대한 추모는 결코 끝나서는 안 된다. 그러나 축구는 많은 이들의 삶에서 매우 중요한 관심사였고, 그 사실을 가장 극명하게 보여주는 곳이 리버풀 자신이었다. 오래 지나지 않아 축구의 하찮은 드라마는 서서히 사람들의 삶 속으로 다시 파고들기 시작하게 되었다. 순수하게 축구적인 의미에서 마틴 에드워즈의 말은 나에게 충격을 주려는 목적으로 계산되었다는 사실을 의심할 여지가 없다.

"전 이 클럽을 팔 겁니다." 그가 말했다. "내 지분을 천만 파운드에 사고, 추가로 천만 파운드에 스트렛포드 엔드[Stretford End, 올드 트래퍼드의 웨스트 스탠드의 별칭으로 1992년 시즌이 끝나고 입석에서 좌석으로 바뀜]를 보수할 준비가 되어 있는 사람이 나온다면 이 클럽을 줄 겁니다."

그에게 왜 팔고 싶은지 이유를 물었다. 팬들의 마음을 잡지 못하는 게 분명한 이상 자신에게 선택의 여지가 없다고 그가 대답했다. 나는 그에게 동정을 느꼈다. 우리는 좋은 관계를 유지했고, 내가 감독을 맡은 2년 반 동안 보여준 그의 인내심을 감사하게 생각했다. 그에게 일 년 정도 휴식을 취한 뒤 다시 돌아오라고 말했지만, 그는 이미 클럽을 팔기로 마음을 굳힌 뒤였기 때문에 나는 스코틀랜드 쪽에 사람이 있나 알아보겠다는 말로 회의를 끝냈다. 나는 나의 말을 지켰지만 휴가에서 돌아와 마틴의 사무실을 방문했더니 이미 클럽이 팔렸다는 말을 들었다. 며칠 후 마틴은 나를 맨체스터 유나이티드의 새 주인에게 소개하며 그가 잠시 코벤트리 시티Coventry City에서 선수생활을 하기도 했다고 말했다. 그는 어떠한 부분에서도 변화가 없을 거라고 나를 안심시켰다. 말끔한 옷차림에 통통한 체구, 공군장교 같은 콧수염 등 나이턴의 외견에서 선수 시절을 떠올릴 만한 요소는 거의 없었다. 하지만 그에게서 어떤 카리스마 같은 게 느껴졌으며, 그가 클럽에 대해 품고 있는 야망에 대해 깊은 인상을 받았다. 이미 계약은 끝난 걸로 보였으며, 내 앞에 있는 사람이 클럽의 새 경영자라는 사실을 믿어야만 했다.

시즌 개막일이 된 올드 트래포드는 낙관적인 분위기가 넘쳐흘렀다. 뜨거운 오후, 보드룸에는 새로운 수장이 있었고 챔피언 아스널에 대항할 새로운 선수들도 들어온 후였다. 경기 당일 내 일과는 언제나 똑같았다. 경기 전 회의를 1시 30분에서 2시까지 가진 뒤 나머지는 선수들끼리 알아서 준비하게 했다. 경기 직전까지 선수들 옆에 있으며 이것저것 참견하면 그들을 신뢰하지 않는다는 보증이라고 생각했다. 일단 전술의 요점과 선수들에게 무엇을 기대하고 있는지 알려주고 나면 그들이 내가 말한 것을 수행할 수 있다는 믿음을 보여줘야 했다.

그 특별했던 날, 나는 평소에 하던 대로 경기 준비를 마치고 차 한 잔 하려고 사무실로 들어갔다. 가끔 상대팀 감독이 들르기라도 할 때는 이런저런 이야기를 나눌 좋은 기회가 되었다. 경기 후에는 두 사람 모두 신경이 날카로워져 있고, 모든 것을 내려놓고 푹 쉬기 전에 한 시간 정도는 언론과 씨름해야 되기 때문이다. 드레싱룸과 같은 복도 선상에 있던 내가 사용하던 작은 사무실로 찾아온 사람은 조지 그레이엄이었다. 조지와는 친했기 때문에 두 사람이 함께 있을 때는 화기애애하게 농담을 주고받곤 했다. 한참 그렇게 이야기꽃을 피우고 있는데 문이 열리며 우리 주무이자 나의 충실한 조력자인 노먼 데이비스가 들어왔다. 우리 새 회장이 1군 유니폼을 달라고 했다는 이야기였다. 나는 조지와 한바탕 웃고 나서 유니폼을 갖다 주는 것은 좋은데 이미 출전 명단은 정해졌다고 이야기하라고 말했다. 대체 회장은 무슨 생각일까 궁금해하고 있는데 노먼이 뛰어 들어왔다.

"도저히 믿지 못하실 거예요. 회장님은 지금 피치로 나가서 공 다루기 묘기를 보이고 있어요." 나는 깜짝 놀라 피치를 비춰주는 텔레비전 모니터를 켰다. 마이클은 대담무쌍하게도 스트렛포드 엔드 앞에서 공을 다루고 있었다. 서포터들은 즐거워했지만 나는 새 회장에 대한 좋지 않은 예감을 느꼈다. 조지 그레이엄은 내 생각을 놓치지 않았다.

"인생은 정말 멋지지 않은가?" 그가 씩 웃으며 말했다. 경기가 시작되기 전까지 나는 가라앉아 있었지만 아스널을 4-1로 완파하자 기분이 좋아졌다.

다음 경기인 더비 원정에서 마이클 나이턴을 둘러싼 열기는 절정에 달해 미처 못 들어온 원정 팬들을 입장시키기 위해 경기 시작을 늦춰야 할 정도였다. 당연히 우려가 되었던 경찰은 우리 드레싱룸에 찾아와 관중들이 이렇게 흥분한 상태에서 경기를 시작하면 위험할 거라는 말을 전했다. 그때 사태를 알게 된 마이클 나이턴이 등장해 경찰에게 자신이 직접 나가 관중들을 진정시키겠다고 제안했다. 그의 무모함은 감탄할 만했지만, 오히려 사태를 악화시켰다. 마이클이 트랙을 돌며 관중들에게 질서를 지켜달라고 외치자 그와 악수를 하려는 사람들이 펜스로 밀려들었다. 그는 자신의 인기를 즐겼다. 나이턴과 팬들 사이의 화기애애한 분위기와는 대조적으로 경기장 인수에 필요한 그의 경제적 능력을 의심하는 유나이티드의 이사들의 시선은 냉랭했다.

포츠머스Portsmouth 전은 필드 밖에서 벌어지는 드라마에 비하면 하찮았지만, 그래도 새로운 공격수 대니 월리스가 데뷔하며 3-2 승리를 거둠으로써 서포터들에게 이야깃거리를 제공해줄 수 있었다. 마이클 나이턴 현상은 결국 잦아들었고 그는 비탄에 잠긴 채, 그러나 훗날 칼라일Carlisle

에서의 행보가 보여주듯, 굴복하지 않고 물러났다. 올드 트래포드에서 이사 회의의 긴장된 분위기 속에서 그가 집중포화를 당할 때 나는 그에게 조금 동정이 갔다. 그의 편은 전혀 없는 것처럼 보였고 혼란 속에서 클럽은 주식회사로 전환한다는 논란을 불러일으킬 만한 결정을 내렸다. 표결 결과는 만장일치였던 것 같다. 기업계로 진출한다는 생각이 나에게는 거북하게 느껴졌지만 실제 주식 상장까지는 좀 더 기다려야 했다. 한편 내게는 신경을 써야 하는 자잘한 걱정거리가 잔뜩 있었다.

9월 말이 되자 우리 팀은 들쭉날쭉한 경기력을 보이기 시작했고 최악의 시점에 최저점을 찍었다. 메인 로드에서 가진 맨체스터 시티와의 더비전은 1-5로 끝나며 내 감독 사상 가장 수치스러운 패배를 당했다. 경기가 끝나고 곧바로 집에 가서 침대로 들어가 베개를 머리에 뒤집어썼다. 캐시가 돌아올 때까지 나는 죽 그 상태로 있었다. 아내는 결과를 알지 못했기 때문에 무슨 일이냐고 물었다. 죄책감에 사로잡힌 나는 내게 남은 얼마 되지 않은 자원을 극한으로 활용해야 한다는 사실을 깨달았다. 유나이티드는 부상 병동이었지만 그것이 모든 것을 설명해줄 수는 없었다. 내가 무엇을 잘못하고 있었을까? 훈련은 정상적으로 진행되고 있다고 확신했다. 선수들의 전반적인 체력 역시 문제가 없었다. 선발 명단과 경기 준비 그리고 전술 면에서 중대한 실책을 발견할 수 없었다. 나의 불안감이 드레싱룸에서 드러나지 않도록 최대한 노력했으며 내 태도는 괜찮았다고 생각한다. 그러나 우리는 충분한 승리를 거두지 못하고 있었으며, 특히 11월 말에서 12월 말까지 단 한 번도 경기에서 이겨보지 못했다. 내가 곧 경질되리라는 추측이 돌고 있었고, 그중 몇몇은 내 후임으로 하워드 켄달을 거론하기까지 했다. 보비 찰턴 경은 이사들은 나를 유나이티드를 부흥시키는 데 적합한 인물이라고 생각하며, 결코 해임하지 않을 것이라고 말하는 것으로 내내 나를 안심시켰다. 위안이 되긴 했지만 10년 전 그 암울했던 나날 나는 난생 처음 내 위치에 불안감을 느꼈다.

11월에 우리는 세인트 존스톤의 새 경기장 개막경기를 위해 퍼스로 갔다. 선수들의 사기를 북돋아주기 위해 던블레인으로 가 며칠 간 골프 휴가를 즐기게도 해주었다. 매트 버스비 경과 보비 찰턴 경도 여행에 초대했다. 언제나 의논 상대가 되어주고 좋은 충고를 해주기 때문이었다. 휴가는 무난히 지나갔지만 경기 자체는 또 한 번의 망신스러운 참패로 끝났다. 우리 경기력은 눈 뜨고 봐줄 수 없을 정도로 형편없었고, 단지 친선전에 불과하다는 사실도 고통을 덜어주지 못했다. 의기소침해진 나는 호텔 라운지에 오래 머무르지 않고 침대에서 혼자 생각에 잠기기 위해 방으로 올라갔다. 이해하지 못할 패배를 당할 때마다 나는 자기반성의 고치 속에 틀어박혀 스스로를 돌아보는 버릇이 있었는데, 이런 행위는 좌절감을 떨치는 데 도움이 되었다.

그날 밤, 아치 녹스가 내 방에 찾아와 나에게 문제를 충분히 공유하지 않고 있다고 말했다. 그의 말이 옳았지만 내가 할 수 있는 일은 별로 없었다. 내 기질이 그 길을 택하게 만들었고 이제 와서 돌아서기란 불가능했다. 우울한 나날을 보내는 동안 아치는 브라이언 키드와 함께 밖에 나가서 기분전환이라도 하자고 종종 나에게 권유했지만 나는 그럴 수 없었다. 일을 떠나면 나는 은둔자였다. 내가 원하는 해답을 밖에서 즐기는 일로 찾을 수 있게 될 것 같지 않았다. 맨체스터 유나이티드가 곤경을 벗어날 방법을 반드시 알아내야 했고, 내 스태프가 아무리 도움을 준다 해도 결국 클럽을 일으켜 세우는 일은 나 한 사람의 손에 달린 일이었다.

1989년 12월, FA컵 3라운드 추첨이 우리 상황을 극복하는 데 도움이 될 줄이야 상상도 못했다. 우리 상대로 지명된 팀은 당시 컵대회에서 맹위를 떨치던 노팅엄 포레스트였고 게다가 원정이었다. 그러나 그 경기는 나와 유나이티드를 전성시대로 이끌어준 계기가 되었다.

16장

우승컵 수집가들

1990년 1월 7일 시티 그라운드에서 벌어질 노팅엄 포레스트와의 FA 컵 3라운드 경기가 다가오며 올드 트래포드에서 내 시대가 끝났다는 기사가 연일 스포츠 면을 장식했다. 리그에서의 부진으로 축구전문가들은 내 종말이 멀지 않았다는 논평을 쏟아냈고, 컵경기에서 좋은 성적을 거둬 자리를 보전하리라고 보는 사람은 거의 없었다. BBC 텔레비전에서 지미 힐은 킥오프 전에 우리가 경기장에서 몸을 풀던 모습까지 신통치 않다며 비평의 대상으로 삼았다. 몇 년 후, 얼간이라고 욕하며 지미 힐과 한판 했을 때 그는 나를 진정시키려 했고, 나와 언제나 좋은 관계를 유지했다고 신문에 쓰기까지 했다.

힐과는 달리 나는 우리가 노팅엄 포레스트를 꺾을 수 있다고 믿었다. 1군의 절반이 부상으로 빠졌어도 내가 승리를 낙관한 이유는 아마 논리보다 본능에서 비롯했을 것이다. 웹, 롭슨, 인스, 도나키, 월리스, 그리고 샤프는 모두 관중석에 서 있었고, 1985년에 애스턴 빌라에서 이적해온 유용한 풀백인 콜린 깁슨 역시 마찬가지였다. 그러나 내 안의 뭔가가 우리가 승리할 것이며 다음 라운드에서도 계속해서 다른 팀들을 쓰러뜨릴 거라고 말했다. 포레스트와의 경기 당일 아침에 올드 트래포드의 경영진인 대니 맥그레거는 나를 대신해 우리가 승리한다고 베팅을 했다. 배당은 16 대 1이었다. 나는 한 번도 스포츠 베팅을 한 적이 없었지만 반대하기에는 내 예감이 너무 강했다. 우리의 1-0 승리가 나이 어린 마크 로빈스의 결승골로 기억되는 것은 이해할 만한 일이지만 불굴의 투혼으로 우리를 응원하던 서포터들을 결코 잊을 수 없을 것이다. 그동안 인고의 나날을 보냈음에도 불구하고 그들의 활기에 넘친 응원은 끊이지 않았으며 선수들에게 열정과 자신감을 불어넣었다. 우리는 시종일관 경기를 지배했으나 후반전에 와서는 창의적인 플레이가 눈에 띄게 줄어들었다. 아직도 종종 브라이언 클러프가 간접적으로 우리의 승리에 기여하지 않았나 생각하곤 한다. 브라이언은 우리 미드필더 중 하나가 공을 지키지 못한다고 비판했고 결국 나는 그를 교체시켰다. 교체가 이루어진 것과 거의 동시에 마크 휴즈가 로빈스에게 패스했고 결국 골로 이어져 승리를 결정지었다.

이제 컵경기의 승리로 서포터들은 다시 기대에 부풀게 되었다. 모든 관문을 거쳐 웸블리Wembley까지 간다는 꿈은 피를 끓게 만드는 일임이 분명했지만, 나의 기쁨 속에는 어쩌다가 맨체스터 유나이티드 같은 팀이 단기 토너먼트에 목을 매게 되었나 하는 서글픔도 섞여 있었다. 지난 10여 년간 FA컵에서는 세 번 우승해봤기 때문에 북런던 외곽의 낡은 스타디움에 가는 일이 그들이 승리감을 느낄 수 있는 유일한 기회라고 여기게 되었다. 나에게 컵대회 우승이란 클럽의 진정한 목표를 상기시켜줄 수 있는 도구에 불과했다.

그렇다고 내게 시간을 벌어줄 수단인 FA컵의 가치를 평가절하 하지는 않았다. 4라운드 상대인 헤리퍼드의 질척질척한 피치에서 한 골을 넣어 살아남은 것에 제대로 고마워했다. 미드필드에서 엄청난 거리를 뛰어다닌 마이크 덕스버리는 승리의 일등공신이었다. 정직하고 투철한 프로정신을 갖고 있던 마이크의 주 포지션은 풀백이었으나 어떤 위치에 세워놔도 제 몫을 할 수 있는 다재다능함도 갖추고 있었다. 그가 우리와 함께 뛸 수 있는 시간은 얼마 남지 않았었지만 그 시즌 컵대회에서 이룬 업적의 많은 부분이 그의 공이었다. 우리의 다음 시험무대는 뉴캐슬 원정이었다. 컵대회의 전형적인 승부답게 행운이 널뛰기를 하며 혼란스러운 양상으로 경기가 흘러갔지만 우리는 3-2로 간신히 빠져나올 수 있었다. 브레이몰 레인에서 벌어진 셰필드 유나이티드와의 8강전 스코어는 1-0이었지만 어렵지 않은 승부였다. 이제 우승까지 가는 관문은 두 개밖에 남지 않게 되었다.

올덤 애슬래틱Oldham Athletic과의 준결승전을 준비하는 동안 짐 레이튼의 폼에 대한 우려가 대두되었다. 그는 자신감을 상실했고 판단력 문제가 생겼다. 그를 준결승전에 기용해야 하는지 의문이 갔지만, 아치 녹스가 주전 탈락은 짐에게 너무나 큰 충격을 줄 테니 선발에 넣어야 한다고 강력하게 주장했다. 아치는 거의 10년 동안 나의 부사령관이자 충실한 심복이었으므로 그가 무슨 말을 하든지 설사 내 뜻과 반대라고 할지라도 진지하게 귀를 기울였다. 결국 나는 레이튼의 기용에 관해 그의 손을 들어주었다.

올덤과의 대결은 뉴캐슬전보다 훨씬 흥미진진했지만, 재미있는 경기를 엉망진창으로 만든 것은 양 팀의 실수에서 나왔다. 신경이 곤두서는 플레이가 연속되는 와중에 장기 부상에서 돌아온 브라이언 롭슨, 닐 웹과 콜린 깁슨을 데려와서 다행이라고 생각했다. 브라이언은 준결승전 이전에 리그에서 한 경기도 뛰지 못했지만, 그는 그날 거인과 같았고 동료들을 위협하고 얼러가며 그들이 모든 도전에 맞서게 만들었다. 롭슨, 웹, 그리고 깁슨이 모두 한 골씩 기록하며 연장전까지 간 마라톤 승부의 최종 스코어는 3-3이었다. 다시 한 번 짐 레이튼은 불안함을 드러냈다. 눈에 띄는 큰 실수를 저지르지 않았지만 올덤의 골 중 두 개는 그가 좀 더 분발했다면 막을 수도 있었다. 재경기 역시 신경이 너덜너덜해질 정도로 정신없는 혈전이었지만 마크 로빈스의 결승골이 우리를 살리며 2-1로 결승에 진출하게 되었다. 이 경기에서 짐은 좀 더 나은 모습을 보여주었지만 포레스트와의 리그 경기에서 전반전에만 4골을 먹으며 내 의구심을 깊게 했다.

　FA컵 결승전 상대인 크리스탈 팰리스Crystal Palace에 대한 내 평가는 근면하고 공격적인 팀이라는 것이었다. 선수들은 신체능력이 뛰어났고 열심히 뛰어다녔지만 클래스가 부족했다. 결승에 대해서는 어떠한 섣부른 추측도 삼가야 하지만 우리 팀은 준비가 되어 있다고 확신했다. 당시에는 구단 버스가 웸블리 로路를 지나갈 수 있었다. 웸블리의 유명한 쌍둥이 타워로 이어지는 진입로에 들어서자마자 붉은 옷을 입은 서포터들의 함성이 우리를 맞았다. 그 순간을 결코 잊을 수 없을 것이다. 무더운 오후, 피치 위의 선수들은 점유율을 빈틈없이 유지하라는 나의 지긋지긋한 설교를 어쩔 수 없이 경청하고 있었다. 팰리스의 강점은 뛰어난 세트피스 플레이에 있었으므로 우리는 지난 한 주일간 세트피스 대책 연습에 많은 시간을 할애했다. 물론 레이튼의 역할이 중요했고, 우리는 상대방이 프리킥을 찰 때 확실하게 공을 받을 자신이 없으면 골문을 비우지 않기로 결정했다. 각본은 그렇게 짜였지만 현실은 조금 달랐다.

　팰리스의 프리킥이 골 에어리어 안으로 떨어지며 그들의 장신 센터백 개리 오라일리의 머리에 맞고 골로 연결되었다. 그 순간 짐은 골대를 비우고 무인 지대에 서 있었다. 우리는 실점 상황에 침착하게 대처했고 롭슨은 절묘한 타이밍에 박스 안으로 뛰어들며 우리에게 동점골을 선사했다. 우리는 계속해서 경기를 지배했고 마크 휴즈가 역전골을 성공시키며 2-1로 앞서나가게 되었다. 그때부터 우리가 패배할 거라는 생각이 들지 않았다. 나는 중요한 경기를 할 때마다 내게 가장 전율을 불러일으키는 행동에 들어갔다. 우리 선수들이 승리를 위해 충분히 제 할 일을 다 해주었고 내가 원한 대로 점수가 나오게 되면, 나는 계속 손목시계를 흘긋흘긋 쳐다보며 어서 마지막 휘슬을 불어 내 만족감을 채워달라고 심판에게 압력을 넣는다. 그러한 상황에서 휘슬 소리는 축구경기에서 가장 달콤한 클라이맥스이지만 그날 웸블리에서 내게 그러한 기쁨은 허락되지 않았다. 교체로 들어온 이언 라이트가 후반에 골을 넣으며 팰리스를 구했고 경기는 연장전으로 접어들었다.

연장 전반에 팰리스는 이언 라이트의 추가골로 3-2로 앞서나갔고 갑자기 우리는 힘겨운 싸움을 하게 되었다. 웸블리의 피치와 더위는 우리를 더욱 지치게 만들었다. 경기 내내 뛰어난 플레이를 보여주던 폴 인스는 쥐가 난 다리의 부담을 덜어주기 위해 라이트백 위치로 이동해야 했다. 인스만 쥐가 난 게 아니었다. 유나이티드에서 빠른 성장세로 1군에 진입해 주전 자리를 꿰찬 어린 풀백, 리 마틴 역시 비슷한 문제로 경기장을 벗어났다. 시간이 흘러가면서 좌절이 현실로 다가오고 있다는 끔찍한 기분에 사로잡혔다. 그때 큰 경기에 강한 성향을 가진 탓에 언제라도 혼자 힘으로 팀을 구해낼 수 있는 마틴 휴즈가 대니 월리스의 재치 있는 패스에 반응하며 우리에게 재경기를 벌어주었다. 경기 종료를 알리는 휘슬이 울리자 양 팀 다 불평할 이유가 없었다. 관중조차 기진맥진하게 만든 치열한 경기에 무승부라면 괜찮은 결과였다.

경기 후 자신감을 완전히 상실한 짐 레이튼이 드레싱룸에서 손으로 머리를 감싸 쥐고 앉아 있는 모습을 보았다. 그에게 다가가 어깨를 다독였지만 아무 반응이 없었다. 내 눈에 그는 심각한 좌절감에 빠져 있는 걸로 보였기 때문에 아치 녹스에게 그로부터 눈을 떼지 말라고 일렀다. 짐은 자신이 또 한 번 큰 실수를 저질렀다는 사실을 알고 있었고 아마 지독한 무력감을 느꼈으리라 생각한다. 경기 후 리셉션에서 나는 혹시 그의 기분이 나아지지 않을까 계속해서 그를 관찰했지만 그날 밤 내내 그는 우울해 보였다. 그에게 동정을 느꼈지만 내 머릿속에는 그에게 더 큰 상처를 입힐 결정이 구체화되고 있었다. 내 결정이 논쟁을 불러일으킬 게 빤했지만 나는 내 자신이 옳다고 확신했다.

1989년, 부상으로 골키퍼들이 모자랄 경우를 대비해 루턴 타운에서 임대해온 레스 실리는 결승으로 가는 길목에 레이튼에게 휴식을 줘야 했을 때 두어 번 골대를 지켰다. 재경기에서는 이 런던 동부 출신 남자가 스코틀랜드 남자보다 골대 앞을 안정적으로 지킬 가능성이 더 컸다. 레스는 건방진 구석이 있었고 때로는 대놓고 오만했기 때문에 웸블리라고 딱히 더 불안해할 것 같지 않았다. 그가 짐보다 더 나은 골키퍼였냐 하면 아니었다. 하지만 그는 자신이 더 낫다고 생각했고 컵 결승전에서는 그러한 생각이 큰일을 낼 수도 있었다. 수비 조율에는 그가 더 능했다고 보지만 레이튼만큼 대담하지는 않았다. 두 사람의 장단점을 모두 고려해봐야 했지만 자꾸만 첫 번째 경기가 끝난 후 드레싱룸에서 풀이 죽어 있는 짐의 모습이 머릿속에 떠올랐다. 재경기에서 그를 내보내 또 실수를 저지른다면 그는 재기불능에 빠질 것이고, 우리는 FA컵을 놓칠 터였다. 그를 내보내지 않아도 똑같은 정도의 충격을 받겠지만, 만약 그것을 이겨낼 용기가 있다면 어떻게 해서든 시련을 떨쳐버리고 다시 건재함을 되찾을 수 있을 것이다. 어쨌든 해야 할 질문은 하나밖에 없었다. 유나이티드가 FA컵을 우승하려면 레이튼이 있는 편이 더 가능성이 높을까, 아니면 그 반대일까? 짐에게 불리한 증거가 압도적으로 많았다. 그가 웸블리에서 치러질 또 한 번의 혹독한 시험을 견딜 만한 정신상태가 아니라는 결론이 내려졌다.

짐의 탈락이 얼마나 큰 논란을 불러올지 알기 때문에 두 번째 경기를 준비할 때까지 내 결정을 비밀에 붙였다. 아치 녹스에게만 내 생각을 털어놓았다. 아치는 반대였다. 코치는 감독보다 드레싱룸의 대화를 보다 긴밀하게 접할 수 있는 위치에 있다. 그의 말에 따르면 드레싱룸에서 레스는 선수들에게 신망을 얻지 못하고 있다고 했다. 아치의 염려는 이해할 수 있었지만 여기에 대해서 최상의 팀은 자기가 좋아하는 선수들로만 이루어질 수 없다는 의미에서 나온 족의 명언이 있다. "우리 팀 절반은 같이 밥 먹기도 싫은 놈들이지만, 그래도 그 팀으로 나는 경기를 이겼어." 족의 말이 옳다. 팀을 선발할 때 선수의 인간성에 판단이 좌우되어서는 절대로 안 된다. 여기에 인간인 짐에 관한 평가는 전혀 개입되어 있지 않다. 나는 맨체스터 유나이티드를 위해 일하는 사람이고, 클럽과 서포터들에 대한 존경 때문에 그들에게 이익이 되는 결정을 내릴 의무가 있었다. 나는 맨체스터 유나이티드를 사랑했고 이곳에서 오랫동안 감독생활을 즐기고 싶었다. 그러려면 이번 FA컵을 반드시 우승해야 했다. 내 처지는 분명히 알고 있었다. 재경기 전날, 저녁식사를 하기 전에 짐에게 명단에서 제외되었다는 소식을 전하자 그는 큰 충격을 받았다. 그에게 매우 미안했다. 실리를 택한 이유를 최선을 다해 설명했지만 당연히 귀에 거의 들어오지 않았을 것이다. 하지만 적어도 우리 대화는 다른 팀원들이 없는 자리에서 이루어졌다.

팰리스 선수들은 체격과 힘을 앞세워 지나치게 거친 플레이로 우리를 괴롭혔지만 리 마틴이 골을 넣으며 우리는 재경기에서 1-0으로 승리했다. 그들은 과격한 태클로 우리 선수들을 차례로 쓰러뜨렸다. 앨리 건 심판은 토요일 경기에서는 흠잡을 데 없었지만 팰리스 선수들의 돌연한 변화를 미처 예상하지 못한 것 같았다. 사실 그 덕분에 우리가 우승할 수 있었다. 그들이 원래 가지고 있는 장점에 집중했다면 오히려 우리는 더 고전했을 것이다. 앤디 그레이의 프리킥 외에 그들은 한 번도 제대로 된 기회를 잡지 못했고 우리는 상당히 편하게 경기를 이길 수 있었다. 경기가 끝난 후 운동장의 분위기는 황홀했고, 내 모든 고통과 노력이 보답받은 것 같은 만족감을 느꼈다. 맨체스터 유나이티드 선수들이 우승을 자축하는 모습을 볼 수 있어서 기뻤다. 그런 장면을 보기 위해 나는 이 클럽에 온 것이다. 내 아들 제이슨이 어떻게 했는지 모르지만 피치 위로 올라왔다. 내 아들이라고 말해줄 때까지 아들은 안전요원들과 경찰들에게 쫓겨다녀야 했다. 두 형들은 제이슨이 테라스에 그들을 남겨놓고 혼자서 담장을 뛰어넘어 가는 바람에 기절할 정도로 놀랐다고 한다.

웸블리의 드레싱룸은 경기에 이겼을 때는 더할 나위 없이 멋진 곳이다. 이 경기장에서 컵대회에 참가하는 건 처음이었다. 앞으로 이런 경험을 몇 번 정도 더 할 수 있으면 나쁘지 않겠다는 생각이 들었다. 기자회견장에서는 레이튼의 결장에 대한 질문이 주를 이루었다. 이미 예상하고 있었기 때문에 기자들의 다그침에도 별로 거북하지 않았다. 정말 난처했을 때는 웸블리 역에서 선수들의 가족과 한자리에 모였을 때였다. 짐 레이튼의 아내인 린다에게 인사하러 가자 그녀는 나를 향해 V사인을 보낸 뒤[영국에서 손등을 보이는 V사인은 엿 먹으라는 뜻이다] 홱 돌아서서 가버렸다. 뜨끔했다. 다음 날 아침, 신문의 헤드라인은 각양각색이었지만 가장 지독했던 건 내가 레이튼을 배신했다고 비난하는 기사였다. 그러한 주장은 몇 년이 지나도 가라앉으려 들지 않았고 레이튼은 어느 정도 미화된 선수로 남게 되었다. 그 사건에 대한 내 의견은 세간과는 전혀 다르다.

짐을 희생자로, 날 악당으로 생각하는 사람들에게 묻고 싶다. 만약 우리가 FA컵을 우승하지 못해 내가 경질되었다면 짐은 죄책감을 느꼈을까? 그가 내게 사과했을까? 그 두 질문에 대한 대답은 노라고 생각한다. 솔직히 말해 짐이 이기적이었다고 본다. 내가 아는 한 한 번도 그가 손을 들어 비난을 자처하는 걸 본 적이 없다. 모두 나, 알렉스 퍼거슨의 잘못이었다. 골키퍼들에게 흔히 볼 수 있는 자기보호적인 사고방식의 일환이다. 모든 골키퍼는 자기 포지션을 전문가의 포지션이라고 생각한다. 사소한 실수가 재난으로 이어지기 때문에 적극적으로 자기 이해관계를 보호할 권리가 주어지는 것이다. 그러나 그것이 그들의 폼이 하락했을 때 비난에서 자유롭다는 이야기는 아니다. 우리는 모두 비판을 받을 수 있지만 짐은 그 사실을 받아들이는 것 같지 않았다. 우리 관계가 서먹해진 건 진심으로 유감이지만 그렇다고 내 행동을 후회하지는 않는다.

1990년 월드컵이 열리고 있을 때 이탈리아에 베이스캠프를 차린 스코틀랜드팀에서 훈련하고 있던 그에게 전화를 걸어 관계를 회복하려고 노력해봤다. 브라질에 골을 헌납해 패배한 뒤 쏟아지는 비난에 의기소침해 있을 그를 위로하기 위해 최선을 다했지만 그와 연락이 되지 않았다. 올드 트래포드에서 우리 두 사람의 거리는 다음 시즌에 주전 골키퍼로 레스 실리를 낙점하며 더욱 멀어졌다. 짐은 아스널과 셰필드 유나이티드에서 임대생활을 한 뒤 헐값에 던디로 이적했다. 잠시 동안 침체기를 겪었으나 곧 예전의 폼을 회복하고 40회 생일을 한 달 앞둔 1998년 프랑스 월드컵에 스코틀랜드 대표로 참가했다. 1990년 웸블리에서 입었던 상처에서 그가 벗어나서 다행이라고 생각한다.

FA컵 결승전은 맨체스터 유나이티드의 변화에 아무런 영향도 주지 못했지만 한 가지 소득은 있었다. 선수들이 컵대회 우승팀의 교만한 사고 방식을 가지게 될지도 모른다는 나의 염려는, 트로피를 들어 올렸던 일이 장기적으로 팀에 긍정적인 효과를 미친다는 확실한 증거에 의해 금방 사그라졌다.

팔리스터와 인스 같은 신인들은 자기 자신과 클럽을 더 높은 단계로 끌어올려줄 수 있는 우승에 대한 열망을 더 강하게 품게 되었다. 사람들은 이제 다재다능함이 돋보이는 마이크 펠란 같은 선수의 자질을 인정하기 시작했다. 선수로서 성장하는 데 자신감이 유일한 약점이던 대니 월리스 같은 선수의 경우 이번 우승으로 새로운 계기를 얻었다. 그는 아주 선량하고 모범적인 청년이고 뛰어난 재능의 소유자였지만, 자신에 대한 믿음이 약해서 맨체스터 유나이티드 같은 빅 클럽에서 뛰는 데 지나친 부담감을 느끼지 않을까 늘 걱정이 되었다. 닐 웹에 대해서는 염려할 만한 좀 더 구체적인 이유가 있었다. 끔찍한 아킬레스건 부상으로 이탈했다가 복귀한 뒤 그는 예전의 번뜩임을 잃어버렸다. 프리시즌 동안 철저히 훈련을 받으면 좀 더 나아질 거라고 나 스스로를 위로했다. 우리가 영입한 성숙한 선수들의 발전은 대체로 만족스러웠고, 몇몇 어린 선수들은 그들의 뛰는 모습을 보고 흥분을 안 하는 게 이상할 정도로 엄청난 재능을 가지고 있었다. 리 마틴은 자신이 세계적인 선수가 될 소질을 가졌다는 사실을 증명하려 하고 있었고, 지난 시즌의 탈장 부상에서 회복한 리 샤프는 왼쪽 측면 공격에 놀라운 속도를 더할 준비를 마쳤다. 학생 신분 으로 우리와 계약했던 내 아들 대런은 순조롭게 성장하며 1군과 함께 훈 련할 자격을 얻었다.

세 아들 모두 축구에 재능을 보였지만 그중에서도 대런이 가장 뛰어났 다. 첫째인 마크는 좋은 테크닉을 가진 센터포워드로 애버딘 2군에서 뛰 었다. 대런의 쌍둥이 동생인 제이슨 역시 센터포워드였으나 나를 닮아 테리어처럼 뛰어다니며 필드를 휘저어놓는 타입이었다. 스코틀랜드에 서는 유소년 레벨에서 상을 받았고, 나중에 맨체스터 유나이티드 유스에 서 1년간 활동했다. 그러나 마크와 마찬가지로 제이슨도 축구 밖에서 좀 더 많은 미래가 있다는 사실을 깨달았다. 제이슨은 텔레비전에서 경력 을 쌓고 있고, 마크는 재정분석가로 시티[런던에서 금융가가 밀집한 구역]에 서 높은 명성을 얻고 있다. 침착하게 공을 다루고 창의적인 패스를 정확 하게 넣는 기술을 지니고 있는 대런은 축구에 전념할 이유가 충분했고, 18살이 되던 1990년에는 1군에 합류할 수 있는 전망이 보이게 되었다. 만약 그렇지 않다면 감독으로서 나의 판단은 애들 엄마의 의견이 옳다는 이야기다.

올드 트래포드에 있는 대부분의 어린 축구선수들이 조심스럽게 낙관 론을 펴보게 만드는 정도인 데 반해, 방금 축구도제생활을 시작한 한 말 라깽이 소년의 경우에는 칭찬을 멈출 수 없었다. 라이언 긱스를 본 다음 정직한 반응은 열에 들뜬 흥분밖에 없을 것이다. 유스에서 성인축구로의 전환은 물 흐르듯 이루어졌고 같은 해 10월 말쯤에는 이미 팀 내에서 눈 부신 활약을 보여주고 있었다. 클럽의 주요 선수들 역시 클리프에서 벌 어진 2군 대 1군 경기가 끝나고 나서 나만큼이나 긱스에 대한 찬사를 늘 어놓았다. 라이언의 상대는 패기만만한 비브 앤더슨이었다. 경기 시작 전에 비브는 윙 자리에 우두커니 서 있는 저 말라깽이 꼬마는 아침부터 먹고 와야 하는 게 아니냐고 말했다. 그는 곧 자기가 한 말을 후회했다. 라이언이 힘들이지 않고 그를 제친 뒤 근사한 슛을 날리자 비브는 돼지처럼 울부짖었다. "대체 쟨 누구야?" 질문의 요지는 그런 내용이었지만 화가 나 있던 탓에 이보다 훨씬 불손한 표현을 사용했다. 그날부터 1군 선수들은 긱스가 언제 합류하게 되느냐고 내게 묻게 되었다.

올드 트래포드의 분위기는 확실히 긍정적으로 변화하고 있었다. 데니스 어윈이 올덤으로부터 영입되어 수비진이 더욱 강화된 이번 시즌에는 기대해도 되겠다는 생각이 들기 시작했다. 그러나 우리가 아스널과 리버풀의 꾸준함에 대적할 수 있을지는 별개의 문제였다. 시즌이 시작한 후 겨우 세 번째 경기에서 선덜랜드Sunderland에게 패한 뒤 안필드Anfield에서 4-0 참패를 당한 일은 앞으로 우리가 갈 길이 멀다는 사실을 인식시켜 주었다. 유러피언 컵위너스컵에서 헝가리의 펙시 무스카Pecsi Munkas와 웨일즈의 렉섬Wrexham을 꺾고 순조롭게 8강전에 진출해 그나마 위로가 되었다. 우리는 두 경기에서 8골을 넣는 동안 한 골도 내주지 않았다.

리그컵 역시 위안거리였다. 리버풀과의 3라운드 홈경기에서 우리는 3-1로 통쾌한 승리를 거두었다. 4라운드는 하이버리에서 아스널을 6-2로 몰아치며 맨체스터 유나이티드에서 보낸 13년을 통틀어 가장 놀라운 승리를 거두었다. 아스널전은 양 팀 모두 추가적인 압박감을 느꼈던 경기였다. 바로 얼마 전인 10월 중순, 올드 트래포드에서 맞붙었을 때 두 팀의 선수들이 축구보다 싸움을 하겠다고 마음먹은 경기를 보여준 후에 다시 만나는 자리였기 때문이다. 난장판은 믿을 수 없게도 안데르스 림파와 데니스 어윈의 언쟁으로 시작되었다. 거기에 나이젤 윈터번이 끼어들고 브라이언 맥클레어가 가세했다. 아마 그는 몇 년 전 하이버리의 페널티킥 사건 이후 쌓인 해묵은 감정을 분출시키려고 했던 것 같다. 얼마 지나지 않아 집단 충돌로 이어졌고, 필드는 사태를 진정시키려고 노력하는 좀 더 분별 있는 선수들과 싸움을 벌이는 선수들이 분간이 되지 않는 아수라장으로 변했다. 그 후 두 클럽은 벌금을 물어야 했다. 그 위에 예전의 불미스러운 행위까지 고려해 아스널은 2점, 우리는 1점의 승점이 삭감되었다. 그러한 배경으로 인해 런던에서의 리그컵 경기는 이상적인 분위기가 만들어질 수 없었지만, 양 팀은 지난번과 같은 어이없는 사태는 벌어지지 않을 거라고 보장했다. 그날은 모두 제대로 된 축구경기를 했고 우리는 펄펄 날아다녔다. 대니 월리스는 유나이티드 선수가 된 후 최고의 플레이를 보여주었지만 그날의 진정한 스타는 리 샤프였다. 아무도 그의 해트트릭을 막을 수 없었다.

또 다른 해트트릭이 우리를 다음 라운드로 진출시켰다. 사실 사우스햄턴과의 2연전은 마크 휴즈 개인의 승리였다. 델 원정에서는 막판 동점골을 넣어 1-1을 만들어 우리를 살렸고 3-2로 이긴 올드 트래포드의 재경기에서 우리가 넣은 골은 모두 그의 발끝에서 나왔다. 마크 바로 다음으로 큰 활약을 펼친 사람은 젊은 알란 시어러였다. 그는 델에서 한 골, 올드 트래포드에서 두 골을 넣었다. 두 번째 경기에서 페널티킥을 차기 전에 보인 그의 침착함은 그가 확고한 자신감을 가졌으며, 앞으로도 계속해서 눈여겨봐야 할 선수라는 사실을 각인시켰다. 보다 당면한 관심사로는 엘런드 로드에서 벌어질 리즈 유나이티드와의 리그컵 준결승 2차전이 있었다.

문제는 그곳의 관중들은 언제나 우리 선수들에게 린치라도 가할 듯이 험악하다는 것이다. 종종 서포터들의 위협적인 분위기가 우리보다 리즈 선수들을 더 위축시키는 것처럼 보였는데, 내 의구심은 첫 경기에서 얻은 2-1 스코어에서 점수를 벌려나가는 과정에서 사실로 증명되었다. 리즈는 우리를 거의 위협하지 못했고, 우리는 마지막 순간에 논쟁의 빌미가 된 골을 굳이 넣을 필요도 없었다. 리 샤프의 골은 얼핏 오프사이드인 것처럼 보였지만 TV로 확인해보면 달리기 시작한 출발점이 우리 진영이었으므로 정당한 골이었음을 알 수 있다. 당연히 그런 세세한 것까지 서포터들이 알 리 없었고 몇 군데에서 관중들이 피치로 침범하려는 시도를 했다. 우리 유스 코치인 에릭 해리슨은 그때 벤치에 있다가 메인스탠드에 있는 팬들에게 공격을 받았다. 에릭은 요크셔 남자였지만 공교롭게도 나와 외모가 흡사했다. 내 생각에 그는 감독 대신 봉변을 당했던 것 같다. 고마워, 에릭! 그의 희생은 헛되지 않았다. 보도된 바에 의하면 우리 이사들과 부인들이 관중석에서 날아온 홍차와 다른 음료수 세례를 받기도 했다고 한다. 정말 멋진 곳이다, 리즈는.

두 개의 컵대회에서 우승을 노리고 있었던 상황이라 리그에서 고른 경기력을 보여줄 수 없었다. 꾸준했던 시기가 두 번 있었는데, 한 번은 10경기 동안, 다른 한 번은 7경기 동안, 한 번도 패배하지 않았다. 그렇다고 해도 우승을 넘볼 수준에는 어림도 없었다. 결국 그해 시즌을 6위로 마감한 사실은 우리의 경기력이 얼마나 들쑥날쑥했는지 말해준다. 그러나 조직력이 단단해지고 우승 경쟁에서 끼어들 수 있는 단계에 다가간다는 징후가 여기저기서 보였다. 토너먼트에서의 성공은 그 단계에 도달하는 동안 사람들이 인내심을 갖게 할 수 있었다.

셰필드 웬즈데이와의 리그컵 결승이 수요일로 다가왔을 때 우리는 몽펠리에Montpellier와의 유러피언 컵위너스컵 8강전 준비에 여념이 없었다. 유럽대회를 앞두고 있을 때는 가능하다면 미리 상대방의 경기 모습을 봐두고 수석 스카우트인 리 커쇼의 보고서도 참고하면서 그들의 강점과 약점에 대해 샅샅이 캐냈다. 3월에 잉글랜드를 떠나서 프랑스 남부로 떠나는 건 그리 힘든 일이 아니었다. 몽펠리에 여행은 라 블랑쉬 메종이라는 작고 예쁜 호텔에 묵게 되어 더욱 즐거워졌다. 장 필립 카살타라는 흥미로운 인물이 호텔의 주인이었는데, 그가 나에게 다양한 프랑스 와인을 소개해준 덕분에 이후 내게 많은 즐거움을 준 취미가 하나 생기게 되었다. 장 필립의 융숭한 대접에도 나는 자신이 이곳에 온 원래 목적을 잊지 않았다. 몽펠리에는 좋은 팀이었지만 다행히 눈길을 끄는 선수 한두 명만 조심하면 되는 수준이었다. 가장 뛰어난 선수는 콜롬비아 출신의 미드필더로 다채로운 헤어스타일의 소유자, 발데라마였다. 그러나 나에게는 그가 팀의 주력이라기보다 화려함을 주는 존재라고 여겨졌고 결과를 낙관하며 경기에 나섰다.

8강전의 첫 경기에서 우리는 완벽한 출발을 했다. 경기 시작 1분이 채되기도 전에 리 샤프는 그의 특기인 뛰어난 스피드로 가로챈 공을 브라이언 맥클레어에게 패스했고 그의 골로 우리는 1-0으로 앞서나갔다. 얼마 동안 우리는 프랑스팀을 금방이라도 제압할 것처럼 보였지만, 쉬운 경기를 멜로드라마로 둔갑시키는 유나이티드의 버릇이 재발해 자폭스위치를 눌러버리며 자책골을 허용했다. 리 마틴이 몽펠리에에게 동점골을 선물해준 것은 지독한 불운 탓이었다. 그가 공에 발을 갖다 댔을 때는 위험해 보이지 않았던 공은 난데없이 꺾어져 레스 실리 옆을 지나갔다. 리는 그다지 자신만만한 선수가 아니었고 자책골은 이미 부상으로 엉망이 된 그의 시즌에 최악의 타격을 주었다. 지난 시즌 웸블리에서 FA컵 우승을 결정짓는 골을 넣었을 때 보여주었던 엄청난 장래성은 갑자기 멈춰서게 되었다.

비슷한 일이 유나이티드가 위너스컵으로 가는 길목에 일어날 수 있다는 징조가 간간이 엿보였다. 플레이에 질서를 회복하려고 우리가 허둥지둥하는 동안 펼쳐지는 상대방의 우월한 전술과 기술은 그동안 유럽대항전에 나오지 못한 대가가 얼마나 혹독한지 보여주었다[헤이젤 참사로 잉글랜드 프로팀이 유럽대항전에 5년 동안 참가가 금지되었음]. 아무리 준비를 철저히 하고 조언을 구했어도 실제 대회에 참가하는 것에는 비길 수 없었다. 대륙축구에 익숙하지 않은 잉글랜드팀들의 가장 당혹스러운 문제 중 하나는 상대방의 갑작스러운 페이스 변화에 적응할 수 없다는 점이었다. 우리 선수들이 경기를 지배하며 좋은 플레이를 하고 있는 것처럼 보였다가도 상대방이 갑자기 기어를 올리고 나면 한순간에 우리 진영은 혼란에 빠졌다. 갑자기 템포를 올릴 경우를 대비해 선수들에게 집중력을 시종일관 유지해야 한다고 철저히 주입시켜도 때때로 허를 찔리게 될 거라는 사실을 안다. 올드 트래포드에서 무승부를 거둔 충격이 가시지 않은 상태에서 원정 골로 상당히 유리한 고지에 오르게 된 몽펠리에를 상대로 유나이티드는 남프랑스에서 혹독한 도전에 직면하게 되었다. 인내심을 가지고 공 소유권을 빈틈없이 지키는 일이 필수적으로 이루어져야 했다. 물론 약간의 행운이 따르면 고마울 것이다. 그리고 실제로 그 일이 이루어지려 하고 있었다.

행운은 2차전 초반에 폴 인스가 부상으로 교체되는 불운을 겪은 다음에 찾아왔다. 나는 클레이튼 블랙모어를 레프트백에서 미드필드로 옮겼고 클레이튼의 자리에는 리 마틴을 세웠다. 클레이튼이 새 포지션에 적응하자마자 골대에서 30m쯤 되는 지점에 있던 그의 앞에 공이 사뿐히 떨어졌다. 당연히 그는 자신의 엄청난 슈팅력을 사용하는 데 조금도 주저하지 않았다. 그의 킥은 강력했고 이때 행운이 우리와 함께해 공은 프랑스 골키퍼인 클로드 바라베의 양손 사이를 뚫고 네트 안으로 떨어졌다. 하프타임에 들어가는 몽펠리에는 전의를 상실한 것처럼 보였고 이럴 때 팀토크의 주제는 딱 하나밖에 없었다. "공을 뺏기지 마라." 나 자신조차 듣기 지긋지긋한 주문이지만 선수들에게는 아무리 강조해도 지나침이 없을 정도로 중요했다. 우리 선수들은 스스로를 실망시키지 않았다. 스티브 브루스의 추가골로 2-0으로 편안하게 앞서나가며 그날 밤 선수들은 경기를 즐겼다. 종료 후, 드레싱룸에서는 상대팀의 나라에서 치러지는 유럽대항전 승리만이 줄 수 있는 독특한 분위기가 펼쳐졌다. 뭔가 이루어냈다는 성취감에 코치, 선수들, 그리고 스태프까지 모든 사람들이 한껏 고무되었다. 거기에 위대한 미셸 플라티니까지 우리의 승리를 축하하러 드레싱룸에 들르며 자리를 더욱 빛내주었다.

준결승 조추첨을 할 때 우리는 유벤투스나 바르셀로나는 피하고 싶었

다. 우리의 바람은 이루어져 레기아 바르샤바Legia Warsaw와 준결승에서
붙게 되었다. 폴란드에서 열리는 1차전 경기를 준비하기 위해 나는 아치
녹스와 리 커쇼에게 정탐 임무를 맡겼다. 이러한 정탐 임무를 나누는 과
정에서 아치는 언제나 손해를 보는 쪽이었다. 나에게 좋은 행선지는 다
내가 차지하고 자기는 변방지역으로만 보낸다고 불평할 정도였다. 이번
바르샤바 여행도 별로 즐거운 나들이가 아니었다. 체류하는 내내 폴란드
경호원이 그를 그림자처럼 따라다녔고 이틀 동안 침실을 같이 썼다. 그
동안 아치는 불편해서 등을 벽에 대고 잤다고 이야기했다.

  원정팀이 폴란드에서 쉬운 경기를 하는 적이 거의 없었기 때문에 레기
아를 상대로 섣불리 승리를 장담해서는 안 되었다. 하지만 자신감을 가
질 이유는 있었다. 우리의 경기력이 향상되었고 젊은 리 샤프는 펄펄 날
아다니고 있었으며, 그들의 크고 넓은 피치는 우리에게 유리하게 작용할
것이기 때문이었다. 철의 장막 너머의 팀들이 흔히 그러하듯 레기아는
경직된 플레이를 하는 팀이었지만, 경기에 영향을 줄 수 있는 재능 있는
선수들이 한두 명 있었다. 우리의 임무는 그런 선수들의 기세를 꺾어버
리는 것이었다. 우리는 공을 앞으로 보내 샤프에게 연결하며 적들을 괴
롭히는 상당히 공격적인 작전으로 그 일에 착수했다. 몇 번의 기회가 있
었으나 놓쳐버렸고, 전반전 시간이 다 되어가며 걱정이 되기 시작했다.
그리고 나서 원정경기에서 흔히 그렇듯, 레기아의 역습으로 골을 내주었
다. 또다시 우리가 유럽대항전에서 경쟁할 실력이 모자란 게 아니가 하
는 두려움이 밀려들었다. 경기 직전 체력 테스트 실패로 합류가 좌절된
브라이언 롭슨의 경험과 리더십이 없는 우리가 얼마나 불리해질지 몰랐
다. 킥오프와 함께 물밀듯 상대 진영으로 밀고 올라간 뒤 브라이언 맥클
레어가 동점골을 넣자 즉각 마음이 놓였다. 깔끔하지 못했지만 멋진 골
이었다. 몇 분 후, 좋은 득점 기회를 잡은 리 샤프를 쓰러뜨린 레기아의
선수가 퇴장 당했다. 퇴장으로 기가 꺾인 그들은 휴즈와 브루스에게 연

이어 골을 허용했고 이로서 우리는 넉넉한 점수 차이를 가지고 올드 트래포드에 돌아갈 수 있게 되었다.

컵위너스컵의 준결승 2차전은 웸블리에서 셰필드 웬즈데이와 리그컵 결승을 치른 뒤 3일 후에 벌어졌다. 그 유명한 경기장에서 경기하는 일이 선수들을 얼마나 지치게 하는지 생각해보면 당연히 문제가 되었다. 그러나 우선은 리그컵 결승에서 셰필드 웬즈데이와 그들의 감독인 론 앳킨슨과 싸우는 일에 전념해야 했다. 그들이 피지컬이 좋은 선수들을 내세워 거친 경기를 할 거라는 사실은 쉽게 예상이 되었다. 내 생각에는 선발 명단을 잘못 짰던 것 같다. 다른 라인업이 다른 결과를 냈을지 알 수 없지만 적어도 더 좋은 경기를 할 수 있었을 것이다. 선수 선발은 웹, 인스와 롭슨, 세 명의 미드필더를 중심으로 이루어졌다. 이유는 간단했다. 세 선수들이 클럽에 있던 2년간 패배한 경기에서 이 조합이 사용된 적이 없었기 때문이었다. 마이크 펠란을 벤치에 앉게 한 것도 합당한 결정같이 보였다.

그러나 그날 미드필드 우측에서 공격이 제대로 풀리지 않았고 왼쪽 윙을 맡은 샤프는 경험 많은 롤란드 닐손에게 막혀버리며 전체적으로 부진한 경기력을 보여주었다. 게다가 맨체스터 출신이며 유나이티드의 팬이기도 한 존 쉐리던에게 골을 내주며 우리는 추격하게 된 입장에 놓이게 되었다. 그들의 골문을 포위하고 맹공을 퍼부었지만 우리 골키퍼였던 크리스 터너는 끝까지 저항했다. 1-0 패배는 엄청난 실망을 안겨주었지만 우울한 기분을 질질 끌며 수요일에 있을 경기까지 영향을 미치게 할 수는 없었다. 폴 인스는 부상 때문에 유럽대항전에 불참하게 되었으나 그의 결장이나 웸블리에서의 허무한 패배도 레기아에 대한 2점차 리드를 뒤집을 만한 영향력은 없을 것으로 보였다. 그리고 리 샤프의 골로 앞서 나가자 결과에 대한 일말의 의구심도 들지 않았다. 경기 후반 레기아의 동점골은 별 의미가 없었고 우리는 바르셀로나와의 대결이 벌어질 결승에 순조롭게 안착해 로테르담으로 향하게 되었다.

준결승전에는 스코틀랜드 시절부터 나를 응원해준 사람들을 포함해 많은 친구들이 찾아와 드레싱룸에서까지 축하의 자리가 이어졌다. 아치 녹스와 나에게는 한없이 만족스러운 밤이었다. 애버딘에서부터 많은 일을 함께 겪었던 우리 두 사람이 올드 트래포드에서 힘을 합쳐 마침내 맨체스터 유나이티드라는 클럽을 제 위치로 되돌려놓은 기분이 들었다. 그러나 평소에는 분위기를 띄우던 아치가 조금 가라앉은 듯이 보였다. 약간 의아했지만 나는 크게 신경 쓰지 않았다. 사람이라면 주위의 소란스러움에서 한 발 물러나 조용히 생각에 잠기고 싶을 때가 있는 법이니까. 다음 날 새로 레인저스의 감독으로 임명된 월터 스미스가 나쁜 소식을 알리기 위해 전화했을 때, 그 전날 밤 아치의 침묵에 대한 궁금증이 풀렸다. 아치에게 아이브록스의 수석코치 자리를 제안했고 그가 받아들였다는 것이다. 월터는 좋은 친구였기 때문에 그와 다투고 싶지 않았다. "레인저스를 위해 최선의 결과를 가져와야 하는 선택을 해야 했고, 그를 데려오면 성공의 가능성이 최대한 높아지게 되네." 월터의 말이었다. 그의 의견에 이론의 여지가 없었다. 아치와 이야기 끝에 아이브록스에서 받게 될 급여 체계가 우리에게 받는 것보다 훨씬 많은 금액을 받게 해준다는 사실을 알아냈어도 나는 쉽게 포기할 수 없었다. 그래서 회장에게 가서 그의 계약조건을 개선해달라고 부탁했다. 그 후, 24시간 동안 아치와 되도록 함께 있으면서 많은 이야기를 나누도록 노력했고, 그에게 유럽대항전 결승에서 바르셀로나 같은 팀하고 붙는 일이 얼마나 매력적인지 거듭 강조했다.

"앞으로 이런 경기를 할 기회가 두 번 다시 오지 못할지도 몰라." 내가 말했다. 이것으로 그가 적어도 결승전이 끝날 때까지는 떠나지 않을 거라고 생각했지만 그는 망설이지 않고 글래스고로 떠났다.

많은 이들이 이후 우리 두 사람의 관계에 대해 제멋대로 결론을 내렸다. 어떤 사람들은 아치가 팀을 떠난 뒤 우리 두 사람은 한 번도 말을 섞지 않았다고 주장하기도 했다. 정말 어처구니없는 이야기다. 내가 실망한 건 사실이다. 올드 트래포드에서 함께 역경을 이겨냈기 때문에 그가 좀 더 머물러 우리 노력이 결실을 맺는 모습을 봐야 한다고 생각했다. 또 한 가지 밝혀야 할 사실은 그가 떠나기 얼마 전부터 나와 이미 멀어졌다는 것이다. 애버딘에 있을 때 우리는 주말마다 함께 어울렸으나 여기온 뒤 그가 브라이언 맥키드와 점점 친해지면서 이제 일을 벗어나면 나와 아치는 소원한 사이로 변했다. 그러나 아직 두 사람 사이의 우정은 공고하다고 여겼다. 그러나 그에게 느낀 실망감은 상당한 시간 지워지지 않았고 그가 떠났다는 사실을 받아들이기가 힘들었다. 사람들은 흔히 나정도 위치에 있는 감독들은 코뿔소 같은 신경을 가져서 차질이 생겨도어깨를 으쓱하며 쉽게 넘겨버린다고 생각하지만 세상에 꺾이지 않는 사람은 없다. 아치의 이탈은 잠시 나를 의기소침하게 만들었지만 그에게나쁜 감정은 내비치지 않았다. 그럴 시간이 없었다. 가장 중요한 것은 그의 이탈이 팀정신에 나쁜 영향을 끼치는 일을 막는 일이었다.

로테르담에서 바르셀로나를 만나기 2주 전, 애버딘의 뛰어난 스트라이커였던 스티브 아치볼드로부터 흥미로운 전화를 받았다. 스티브는 바르셀로나에서 뛰어봤고 여전히 그곳에 살고 있다고 했다. 그의 연락으로나는 바르셀로나에서 상대팀이 리그 경기에서 뛰는 모습을 직접 볼 기회가 생겼다. 비디오로 바르셀로나 대 유벤투스의 준결승 두 경기를 모두검토한 뒤였지만, 축구를 눈앞에서 보는 걸 대체할 수 있는 것은 없다. 그스페인 리그 경기는 그들에게 불운을, 내게는 행운을 안겨주었다. 경기중 재능 있는 불가리아의 스트라이커 흐리스토 스토이치코프는 마치 총을 맞은 것처럼 멈춰 섰다. 햄스트링[허벅지 뒤쪽에 있는 대퇴 이두근 등의 근육을 통틀어 이르는 말] 부상이었다. 이걸로 그가 컵위너스컵 결승에 뛸 수없다는 건 확실하게 되었다. 이미 그들의 스타 골키퍼 안도니 수비사레

타 역시 징계로 경기에 출장할 수 없는 상황이었다. 덕분에 아치볼드 부부와 함께 식사하러 레스토랑에 올 즈음에는 기분이 아주 좋아져 있었고, 경기에 나올 바르셀로나 선수들에 대해 그에게 온갖 종류의 질문을 퍼부을 준비가 되어 있었다.

필드 안이나 필드 밖에서 팀에서 가장 영향력이 큰 선수는 누구인가? 예민한 성격이라서 이용하기 좋은 선수는 누구인가? 그의 대답은 굉장히 도움이 되었다. 그러고 나서 스티브는 요한 크루이프 역시 나에 대해 물어보았으며 특히 전술적으로 내가 얼마나 효율적인 감독인지 집중적으로 캐물었다고 말해 나를 놀라게 했다. 스티브에게 그에게 어떤 대답을 했냐고 물었고, 그는 내가 전술적으로 부족함이 없을 거라는 자신의 솔직한 의견을 말해주었다고 했다. 바르셀로나 감독에게 내가 형편없다고 말해주었다면 더욱 좋았을 거라고 넌지시 이야기했지만, 일단 경기가 시작되면 예전에 무슨 말을 했던 별 상관이 없게 될 거라는 사실을 알고 있었다. 그 후, 내가 없었다면 선수로서 이 정도로 성공하지 못했을 거라는 식의 농담을 던지며 아치볼드 부부와 대단히 즐거운 저녁을 보냈다. 나의 낙관주의는 조금도 손상을 입지 않은 채 맨체스터 유나이티드에서 보낸 4년 반 만에 맞게 되는 가장 큰 경기가 다가왔다. 결승까지 가는 여정은 매우 평탄했던 것처럼 내게는 느껴졌다. 오히려 그랬기 때문에 바르셀로나 같은 강적을 상대할 준비가 되어 있다는 보장이 없었다. 그러나 일단 결승에 오른 이상 우리에게도 이길 기회가 있다고 나는 언제나 생각해왔다.

중요한 것은 필드 밖에서 선수들이 느낄 압박감에 대처하는 일이었다. 도전에 자극을 받되 중압감에 위축되지 않는 마음가짐을 유지시켜야 했다. 나의 네덜란드 친구 톤 판 달렌은 로테르담의 외곽에 있는 한 호텔을 전부 전세할 수 있도록 주선하며 우리의 준비과정에 귀중한 도움을 주었다. 호텔 스태프로부터 우리가 받은 대접은 상상을 초월할 정도로 극진했다. 어느 누구도 우리에게 그보다 잘해주지 못했을 것이다. 팀의 휴식을 위해 커다란 라운지에 당구대, 다트판, 퀴즈게임판과 커다란 텔레비전을 비치하고 다양한 영화와 스포츠 비디오를 준비했다. 지인들은 종종 퀴즈게임 매너가 나쁘다고 나를 몰아붙이기도 했는데, 나는 때때로 정답의 당위성에 대해 격렬한 논쟁을 벌이는 경향이 있을 뿐이다. 선수들의 긴장을 풀어주는 데 지미 스틸만큼 도움이 된 사람은 없었다. 그는 셀틱과 스코틀랜드 대표팀에서 마사지사로 오랜 세월 일하면서 자신의 재능이 선수들의 육체와 사기에 건전한 영향을 준다는 사실을 입증한 바 있다. 지미는 이미 70대에 접어들었지만 스태프의 한 사람으로 그를 초청할 때 나는 조금도 망설이지 않았다. 훈련은 호텔 옆에 있는 소규모 지역 아마추어팀의 시설을 이용했고 그곳에서도 우리는 많은 보살핌을 받았다. 큰 대회의 결승전이 갖는 문제점은 일단 그곳에 도착하면 언론사 사람과 외부인들에 둘러싸이게 되면서 상대에 대한 대처법을 고안하거나 그 밖의 경기에 관한 실무를 보기 어렵다는 것이다. 그러므로 세부적인 경기 계획은 도착 전에 이미 형태를 갖추어놓아야 한다.

경기 전 갖는 전술 회의에서 내 자신감은 조금도 줄어들지 않았다. 바르셀로나에 대항하려면 두 개의 필수적인 조건이 갖추어져야 했다. 경기에서 그들의 주요 목표는 로날트 쿠만이 배후에서 전진하거나 미카엘 라우드루프가 공격진에서 상대방 미드필드진 뒤의 빈 공간으로 이동하며 미드필드에서 수적 우위를 창출하는 것이다. 스티브 브루스와 개리 팔리스터에게 내린 지시는 미드필드로 유인되지 않는 대신 라인을 올려 수비함으로써 라우드루프가 침투할 만한 공간을 내주지 말라는 것이었다. 쿠만의 위협을 상쇄하기 위해서는 브라이언 맥클레어에게 마크 휴즈 뒤에 자리 잡고 쿠만이 수비진에서 전진할 기미가 보이면, 그가 차지할 수 있는 공간을 선점해서 네덜란드인의 뛰어난 패스 능력이 발휘될 기회를 감소시키라고 주문했다. 당연히 브라이언에게 수비적인 역할에 한정된 플레이만 요구한 건 아니었다. 공 소유권이 우리에게 넘어오면 그는 뛰어난 주력과 위치 선정 능력을 이용해 바르셀로나를 괴롭힐 예정이었다.

버스가 라이벌 팬들의 청색과 적색의 팀컬러 물결로 물들여진 거리를 지나가며 내 마음에 가장 큰 위안이 된 것은 바로 매트 버스비 경의 미소 띤 얼굴이었다. 그의 얼굴은 자긍심으로 빛나고 있었다. 경기장의 주 진입로에 들어서자 우리 서포터들은 광기에 휩싸여 버스 옆면과 창문을 두드리거나 주먹을 불끈 쥐고 구호를 외치며 팀에 대한 애정을 표현했다. 그러나 버스 문이 열리고 제일 먼저 버스비 경의 모습이 보이자 이 모든 소란은 일시에 가라앉았다. 사람들은 존경심에서 우러나온 박수를 보냈고 버스비 경은 품위 있게 손을 흔들며 감사를 표시했다. 바티칸 광장의 교황에게도 이보다 더 큰 존경심을 보여줄 수 없었을 것이고, 언제까지라도 그 광경은 내 기억 속에서 사라지지 않을 것이다. 차에서 내린 나는 그저 매트 버스비 경 뒤만 따라갔다. "난 이분 편이야"라는 게 내 보디랭귀지의 핵심이었다.

스타디움 안에 들어온 뒤 딱히 갈 만한 곳이 보이지 않아 킥오프 직전에는 선수들 옆에 가지 않는다는 내 지침을 지키는 일이 고역으로 변하고 있었다. 복도를 이리저리 서성이던 나는 요한 크루이프와 마주쳤고 예테보리의 결승전에서 애버딘이 레알 마드리드를 꺾기 전에 내가 알프레도 디 스테파노에게 했던 것처럼 그에게 싱글 몰트 위스키를 건넸다. 8년 전 스웨덴에서 그랬듯 그날 저녁도 만족스러운 결과를 내길 바라며. 필드 위로 나갈 준비를 하는데 예기치 못한 문제로 킥오프가 지연되는 바람에 우리 선수들은 다시 드레싱룸에 앉아 대기해야 했다. 폴 인스가 너무 불안해하고 있는 걸 보고 우리 유스 코치인 에릭 해리슨에게 그와 조용히 이야기를 해보라고 부탁해야 할 정도로 분위기가 가라앉고 있었다. 그때 지미 스틸이 갑자기 노래하며 춤을 추기 시작했다. "음악과 흥겨

움이 넘치는 무도회로 오라." 젊은 선수들에게는 생소한 가사였지만 놀
란 얼굴은 웃는 얼굴로 바뀌며 긴장이 풀어졌다. 인스조차도 희미한 미
소를 띠게 되었다.

전반전은 두 팀 다 조심스러운 탐색전이었지만 내 생각에는 우리가 지
배했다고 생각했다. 우리 팀의 유일한 문제는 젊은 샤프가 전형적인 윙
어의 위치를 고수하며 상대방으로 하여금 그의 플레이에 대한 예측을 가
능하게 했다는 것이다. 그의 선택은 리와 맞먹을 정도로 발이 빠른 바르
셀로나의 라이트백 미구엘 앙헬 나달의 일을 쉽게 만들어주었다. 리는
굉장한 시즌을 보냈지만 그 때문에 체력적으로 문제가 있을 가능성이 컸
다. 하지만 우리 공격이 실패했을 때 그가 민첩하게 반응할 수 있다면, 인
스와 롭슨에게 재빨리 붙어 미드필드에서 수적으로 밀리는 사태를 방지
할 수 있었다. 쿠만이 뒤에서 전진할 수 없게 된 바르셀로나는 그 지역에
서 수적 우위를 창출하기 위해 라우드루프에게 전적으로 의지해야 했다.
또한 리가 과거 인사이드 레프트 위치인 공격 진영 안쪽에서 달리기 시
작한다면 공격 전개를 할 때 더 많은 기회를 잡을 수 있을 거라고 생각했
다. 그날 맥클레어의 활약은 날 놀라게 했다기보다 흐뭇하게 했다. 어떤
역할을 맡겨도 그는 쉽게 적응하는 능력을 가졌다. 그날 그는 쿠만 앞에
서 문을 닫는 역할만 수행한 게 아니었다. 오프 더 볼[공을 소유하고 있지 않
을 때 선수의 움직임] 상황에서 그의 움직임은 전반전 상대방을 당혹하게
만드는 데 충분했다.

후반전에 들어와 우리 경기력은 더 좋아졌고 이제 리 샤프까지 경기장
안쪽에서 뛰기 시작하라는 내 충고를 충실히 이행하자, 나달은 그를 다
루는 데 애를 먹게 되었다. 리의 공격이 다양한 방면에서 이루어지자 상
대 진영으로 침투하는 횟수가 늘어났다. 우리가 그들보다 더 공격적인
팀이라는 것은 의심의 여지가 없었지만, 거기에 대한 보상은 전혀 예상
하지 못한 곳에서 이루어졌다. 30m 전방에서 프리킥이 주어지자 팔리

스터와 브루스, 이 두 센터백은 평소 하던 대로 공격에 가세하기 위해 상대의 페널티박스 안에 들어왔다. 각도와 거리로 봐서는 골을 넣기 어려운 상황이라 상대방에게 압박을 주려는 시도로 그칠 것 같았다. 브라이언 롭슨이 찰 준비를 할 때 상대 골키퍼가 조금 앞으로 나오는 모습이 눈에 띄었다. "녀석이 공을 가로채지 못하게 해." 나는 생각했다. 롭슨이 찬 공은 골키퍼를 유인하기에 딱 좋았다. 브루스가 공을 따내기 위한 경쟁에 뛰어들 수 있을 만큼 너무 멀지 않게 날아갔다. 그 상황에서 한 가지는 분명했다. 브루스는 절대 멈춰 서지 않을 것이라는 거. 그의 용기에 의심을 표시하기에는 그의 코뼈가 너무 많이 부러졌다. 그는 가장 먼저 롭슨의 공을 차지했고 골키퍼는 빈 공간에 혼자 남겨졌다. 스티브의 골로 확신했는데 느린 화면으로 확인해보니 골라인을 넘어서기 직전에 마크 휴즈가 발을 갖다 댔다. 자신을 버린 클럽을 상대하던 휴즈에게는 얼마나 짜릿한 순간이었을까? 어느 정도 인과응보였다고 나는 생각했다.

우리의 두 번째 골은 오프사이드였을지도 모르지만 중립 팬들은 휴즈의 뛰어난 골 결정력만 기억할 것이다. 그가 페널티박스 오른쪽 가장자리에서 공을 잡았을 때 각이 거의 없었기 때문에 득점할 가망이 없어 보였다. 그러나 휴즈는 불가능해 보인다고 해서 단념할 사람이 아니었고, 마치 아주 쉬운 일이라는 듯 빈 골대 안으로 공을 꽂아 넣었다. 골키퍼는 어디 꽂이라도 꺾으러 나갔는지 또다시 보이지 않았다. 15분을 남겨 놓고 우리가 두 골 앞서가기 시작하자 우승컵은 틀림없이 우리 것이라고 생각했다. 하지만 이렇게 쉽게 이기는 것은 맨체스터 유나이티드 스타일이 아니었다.

종료 10분 전, 쿠만의 프리킥이 성공하며 바르셀로나에게 추격의 발판을 마련해주었다. 내가 걱정하는 것은 3주 전 리그컵 결승에서 부상을 입었던 레스 실리가 체력적으로 지친 모습을 보였기 때문이다. 연장전에 들어가는 상황을 대비해 개리 월시에게 몸을 풀고 있으라고 지시했으나 당연히 그럴 가능성이 없기를 바라고 있었다. 바르셀로나가 동점을 만들기 위해 밀고 들어오는 동안 나는 기도하고 있었다. 그동안 경기를 편하게 치르던 우리가 이제는 벼랑 끝에 몰리고 있었다. 그때 클레이튼 블랙모어가 붉은 셔츠를 입은 뒤로 최고의 순간을 경험했다. 클럽 안에서 성장한 이 웨일즈 남자는 뛰어난 실력을 가지고 있었으나, 타고난 재능에 최적화된 미드필더로서 뛰기에는 발이 느렸다. 그러나 새 시즌에 들어와 레프트백 자리에 정착했던 그는 경기가 몇 분 안 남은 상황에서 라우드루프의 슛을 골문 앞에서 걷어내며 생애 최고의 시즌을 완성했다. 맨체스터 유나이티드가 존재하는 한, 팀을 구한 그의 영웅적 행위는 길이 기억될 것이다.

심판의 마지막 휘슬이 울리며 유럽 대항전 결승에서 승리가 확정되는 순간 무엇을 해야 할까? 내가 기쁨에 겨워 경중경중 뛰어다니는 모습에 아무도 놀라지 않았다. 선수들과 스태프도 나와 마찬가지로 제정신이 아니었으니까. 나는 신이 나서 우리의 새 주제가가 된 '언제나 인생의 밝은 면을 봐라[영국의 전설적인 코미디팀 몬티 파이손의 영화, 〈브라이언의 일생〉 중 삽입곡]'를 부르는 서포터들 앞에 서서 지휘자 흉내까지 냈다. 맨체스터 유나이티드와 연관된 모든 사람에게 소중히 간직될 밤이었다. 호텔에서의 축하파티는 입이 다물어지지 않을 정도로 성대해서 아직도 사람들과 만나면 그날 밤에 대해 이야기하곤 한다. 뷔페에 차려진 음식만으로도 잊지 못할 것이다. 잠은 다른 날 자면 되었다. 그날 밤은 파티를 위한 밤이었고, 파티는 끝을 모르고 계속 이어졌다.

결승전 다음 날, 다음 시즌 계획을 발표할 때 나는 낙관적인 기분에 푹 젖어 있었다. "우리는 리그에서 우승할 겁니다." 구름처럼 모여든 군중 앞에서 나는 자랑스럽게 포부를 알렸다. 위험한 선언이었지만 내 솔직한 심정이었다. 이제 장갑을 벗고 내 팀에 도전할 때가 왔다는 것을 느꼈다. 〈맨체스터 이브닝 뉴스〉를 위해 우리 구단 취재를 오랫동안 하면서 거의 올드 트래포드의 일원이 된 데이비드 미크는 나의 자신감에 대해 우려를 보였다.

"퍼거슨 씨, 아까는 허풍이 좀 심했다고 생각되지 않나요?" 그가 나에게 물었다. 과거에 수많은 허황된 약속을 봐왔던 그는 내가 스스로 화를 좌초한 게 아닌지 염려했다.

"데이비드, 맨체스터 유나이티드가 유럽대항전에서 우승했는데 리그 우승을 못 할 이유가 뭐죠?" 내가 말했다. "이제 클럽의 판돈을 높일 시기가 왔어요."

폭우가 쏟아졌지만 맨체스터 시ffi는 우리에게 감동적이고 성대한 환영 퍼레이드를 베풀어주었다. 네덜란드로 갔던 모두는 여전히 아드레날린이 넘쳐흘러 장시간의 승전 퍼레이드가 끝나고도 한 바퀴 더 돌 기세였다. 캐시와 나는 결혼 25주년 기념으로 한 달간의 미국여행을 떠나기로 했다. 유나이티드에 온 뒤 가장 즐거운 여름휴가를 즐길 기회가 찾아온 것이다. 뒤돌아보면 FA컵 우승을 한 뒤 컵위너스컵 우승을 할 때까지 유나이티드가 얼마나 큰 발전을 이루었는지 알 수 있었다. 우승컵을 들어 올리면서 감독의 임무를 수행하고 선수를 통제하는 내 권위도 같이 올라갔다. 예전에 한 말을 또 다시 하지만, 감독으로서 필수적인 지배력을 얻기 위해서는 반드시 성공이 우선되어야 한다. 리그 성적에 대한 나의 약속을 지키는 일은 쉽지 않겠지만 두 건의 여름 영입으로 전망은 한층 밝아졌다. 이번 이적을 통해 나는 처음으로 국제 에이전트들과 정식 거래를 해야 했다. 내가 경험했던 그들의 기이한 세계는 별도의 장을 마련해 언급할 만한 가치가 있다.

17장

에이전트들의 기이한 세계

"절 기억하시나요?"라며 내게 말을 건넨 금발의 청년은 1991년 유나이티드의 텔레비전 중계용 A보드 광고계약을 하기 위해 찾아온 노르웨이 광고회사 직원이었다. 내가 기억해내지 못하자 그는 직접 자기 이름을 댔다. 루네 하우게. 90년대 영국 축구에 관여했던 사람이라면 잊을 수 없는 이름일 것이다. 그렇게 해서 축구 역사상 가장 악명 높은 에이전트와 나의 관계는 그가 에이전트를 하기 전부터, 아니 공식적으로 에이전트 업무를 개시하기 전부터 시작되었다.

루네 하우게는 1995년 2월, 1986년부터 아스널에서 놀라운 업적을 남겨온 감독 조지 그레이엄을 해고당하게 만든 42만 5천 파운드 규모의 뇌물 스캔들의 주인공이었다. 조지는 돈을 전부 아스널에 돌려준 것은 물론 추가로 4만 파운드의 이자까지 지불했지만 직장을 잃어야 했고, 1년간 자격정지를 당했다. 지금은 토트넘을 맡아 다시 날개를 펼쳤지만 아마 하우게와 관계한 일을 두고두고 후회할 것이다. 1997년 〈데일리 메일〉에 '악명 높은 에이전트와 그의 친구라 알려진 퍼기의 기묘한 이야기'라는 제목으로 기사가 실렸을 때 나는 너무 화가 나서 맨체스터 유나이티드의 변호사인 톰 쉴즈에게 법률상담까지 받았다. 그는 나에게 고소는 하지 말라고 충고했다.

"당신이 악당이라고 말한 건 아니에요." 그가 말했다. "그들은 단지 당신이 추문에 연루된 에이전트와 친구라고 한 것뿐이니까 명예훼손으로 볼 수 없어요. 맨체스터 유나이티드에 있는 모든 사람들은 당신을 한 점의 거짓도 없는 사람이라고 생각한다는 사실을 잊지 마세요." 내가 원한 조언은 그게 아니었다. 내 이름을 더럽히는 사람이 누가 되었던 간에 항상 싸워왔던 대로 나는 갈 데까지 가볼 작정이었다. 톰 쉴즈가 현실적으로 올바른 방안을 제시했다는 건 의심의 여지가 없다. 그가 말한 대로 축구계에 있는 어느 누구도 나의 양심을 의심하지 않으니까.

솔직히 말해 루네와 우정이라 할 정도로 가까운 사이는 아니지만, 그와 거래를 한 번도 망설이지 않은 건 사실이다. 선수를 보는 눈이 탁월했고, 최고의 재능을 발굴하는 데는 철저한 프로였다. 프리미어 리그의 회장이나 감독이라면 누구나 한 번쯤은 그의 도움을 받았을 것이다. 딱 한 번 그가 돈 이야기를 에둘러서 한 적이 있다. 나는 그의 말을 딱 잘랐다. 그때 내가 한 말을 정확하게 기억한다.

"이보게, 루네. 나에게 돈 이야기는 하지 말게. 그런 건 회장에게 해야 할 이야기야."

그 후 한 번도 그는 돈에 관한 일은 입에 담지 않았다. 물론 '뇌물'을 쓰는 에이전트는 소수라고 생각한다. 이적과 관계해 생기는 금전적 유혹을 경험한 것은 불과 두세 차례 정도였고, 하우게에게 했던 것과 비슷한 대답으로 대화가 더 이상 진전되지 못하게 했다. 어떤 이탈리아인 에이전트가 필사적으로 라이언 긱스를 이탈리아에 데려가려고 한 적이 한 번 있었는데, 어떤 금액에도 그를 팔지 않겠다고 말하자 그는 다른 방법이 있을 거라고 넌지시 나를 떠봤다. 어떠한 상황이 와도 긱스가 유나이티드를 떠나는 일은 없을 거라고 재차 말하자, 그 에이전트는 내게 자녀가 몇 명이냐고 물었다. "아들만 셋이요." 이렇게 말한 뒤 왜 그런 일을 알고 싶은지 그에게 물었다.

"퍼거슨 씨. 만약 내게 라이언 긱스를 판다면 우리는 당신과 당신의 아들들을 돌봐드릴 겁니다." 그가 말했다. "당신 아들들은 두 번 다시 일을 할 필요가 없게 됩니다." 축구의 이런 측면은 내게 너무 생소한 것이었기 때문에, 그의 말이 농담이 아니라는 것을 깨닫는 데는 조금 시간이 걸렸다. 그의 제안을 가지고 뭘 해야 할지 내가 퍼부어주었을 때 그는 내 말이 진담이라는 사실을 똑똑히 알았고, 두 번 다시 돈 이야기를 꺼내지 않았다.

1991년 올드 트래포드에서 루네가 자신을 기억하냐고 물었던 건 근거 있는 질문이었다. 1984년 애버딘이 프리시즌 친선전을 치르기 위해 뉘른베르크로 갔을 때 잠시 만난 적이 있다. 당시 루네는 뉘른베르크의 유스 코치로 일하고 있었다. 7년 후 만난 그가 광고회사에서 일하고 있다는 충분한 근거가 있었지만, 내게 필요한 선수가 있냐고 물었던 사실로 봐서 이미 에이전트로 활동할 기반을 닦고 있었다고 생각된다. 라이트 윙이 급했던 내가 그 사실을 시인하자, 젊은 러시아 선수인 칸첼스키스를 언급하며 필요하다면 이탈리아와의 국가대표 친선전에서 윙어로 활약하는 그의 모습을 담은 비디오를 보내주겠다고 제안했다. 비디오를 검토하며 깊은 인상을 받은 나는 즉각 하우게에게 전화를 걸어 칸첼스키스 건을 진행하려면 어떻게 해야 하느냐고 물었다. 그렇게 되어 나는 국제 축구 에이전트라는 이상한 세계에 발을 들여놓게 된 것이다.

알고 보니 우리의 목표물은 그리고리 에사울렌코라는 러시아인, 독일인, 그리고 스위스인, 이렇게 3명의 에이전트에 속해 있었다. 우리는 마치 존 르 카레의 스파이 소설 한가운데 놓인 것 같은 기분이 들었다. 그러나 우리에게 제시된 몸값은 매력적이었고 마틴 에드워즈와 함께 프랑크푸르트에서 열린 독일과의 평가전에서 그의 실력을 직접 확인한 후, 나는 그 가격이면 횡재나 다름없다는 것을 깨달았다. 그날 밤 그는 놀라운 체력과 빠른 발을 가진 선수라는 사실을 입증했다. 60만 파운드에, 빠르고 좋은 체격을 지닌 뛰어난 어린 선수를 얻게 되는 거라고 나는 회장을 안심시켰다. 나중에 팔게 된다면 적어도 원금은 건질 수 있었으므로 우리가 손해 볼 일은 없었다.

그날 밤, 경기가 끝난 뒤 우리는 에이전트들과 계약을 마무리 짓기 위해 호텔로 돌아갔다. 그들은 칸첼스키스의 클럽인 샤흐타르 도네츠크로부터 거래를 성사시킬 권한을 부여받았고 계약은 일사천리로 이루어졌다. 만약 해당 선수가 특정 경기 수 이상을 출장하게 된다면 60만 파운드의 몸값은 두 배 가까이 뛰게 되지만, 그 정도로 많은 출장 횟수를 채우는 선수라면 몸값을 추가로 얹어주는 일은 합당해 보였다. 칸첼스키스의 개인적인 요구를 맞춰주는 일은 모든 금액을 총액으로 계산해야 했기 때문에 좀 더 복잡했다. 대개의 외국인 선수들은 총액으로 협상하려고 한다. 불법이라는 의심을 피하기 위해 맨체스터 유나이티드의 관행은 언제나 정해진 가격에 세금을 더하는 방식으로 진행되고 있었다. 그렇게 하면 더 많은 금액을 지불하게 되지만 모든 과정이 투명해진다. 돈에 대한 모든 문제를 해결하고 안드레이의 취업비자를 취득하게 되면 우리는 새로운 영입선수를 1990-1991 시즌의 마지막 경기에 내보낼 수 있었다. 그의 파워와 속도는 그동안 눈에 띄게 부진했던 우측에서 파괴력 있는 공격을 가능하게 해줄 전망이었다.

루네 하우게는 칸첼스키스 계약의 후반 절차가 이루어진 프랑크푸르트에서 주변인물로 참여했다. 유나이티드를 협상 테이블로 끌어낸 당사자로서 모습을 보였다고 생각한다. 그가 좀 더 주도적인 위치를 차지한 것은 1991년 여름 대륙에서 이루어진 몇 건의 중요 이적 건에서였다. 덴마크의 브론드비에서 우리에게 온 피터 슈마이켈의 대리인으로 계약에 관여하며 축구 에이전트로서 그의 경력이 시작되었다고 본다.

슈마이켈에 눈독을 들이기 시작한 것은 우리 선수들과 휴가차 스페인으로 단체여행을 떠났을 때로 거슬러 올라간다. 그때 브론드비가 우리와 같은 호텔에 묵었다는 것을 알았다. 그들과 지역 축구훈련 시설을 같이 사용하게 되어 서로 훈련시간이 겹치지 않도록 일정을 조절해야 했다.

예전에도 덴마크의 장신 골키퍼에 대한 이야기를 들었지만 스페인의 훈련장에서 그를 볼 때까지 관심을 두지 않았다. 그의 플레이 모습을 본 순간 나는 그의 비범한 실력을 알아챘다. 즉시 우리 골키퍼 코치인 알란 호지킨슨을 보내 슈마이켈이 뛰는 경기를 지켜보게 했다. 그에 대한 높은 평가를 내릴 때마다 알란은 그가 다른 외국인 골키퍼들과는 달리 잉글랜드 축구에 문제없이 적응할 거라는 점을 강조했다. 얼마 되지 않아 우리가 그 덴마크인에 대해 관심을 가지고 있다는 사실이 스칸디나비아 내에 널리 퍼졌고, 그의 대리인을 자처하는 많은 에이전트들이 우리에게 전화나 팩스를 보냈다. 그러한 주장은 에이전트 세계에서는 가장 오래된 수법 중 하나다.

X라는 에이전트가 나에게 특정 선수의 대리인으로서 접촉해서 그 선수를 살 생각이 있느냐고 묻는다. 만약 언급된 축구선수가 좋은 선수라면 나는 관심이 있다고 말하게 된다. X는 자기가 대리인이라고 주장했던 선수에게 가서 알렉스 퍼거슨과 맨체스터에게 계약을 진행할 권한을 부여받았다고 주장한다. 매우 편리한 수법이지만 요즈음은 대개의 감독들이 그러한 속임수에 걸리지 않도록 조심하기 때문에 최종결과가 클럽의 뜻에 부합될 경우만 속아주는 척한다.

슈마이켈의 계약에 끼어들려고 하던 에이전트들이 성공할 가망은 애초에 없었다. 브론드비와의 협상은 우리가 피터의 계약이 11월에 만료되는 사실을 알기 때문에 간단했다. 1990년 여름, 브론드비는 우리가 준비했던 액수보다 훨씬 더 높은 액수를 요구했지만, 이듬해인 1991년 8월에 계약을 마쳤을 때는 50만 5천 파운드로 이적료가 내려갔다. 그토록 좋은 선수를 그토록 낮은 가격에 데려온 사례는 20세기를 통틀어 거의 없을 것이다. 바르셀로나에서의 챔피언스 리그 우승으로 완벽한 결말을 맞는 우리의 황금시대를 함께했던 피터 슈마이켈은 단연코 세계 최고의 골키퍼였다.

내가 안드레이 칸첼스키스의 러시아측 대리인인 그리고리 에사울렌코를 좀 더 경계했더라면, 에이전트와 얽힌 최악의 경험을 하지 않았을지도 모른다. 그리고리는 언제나 이적 협상의 주무대인 보드룸이나 호텔 스위트보다 위험하고 수상쩍은 세계를 잘 알고 있다는 분위기를 풍기고 다녔다. 그가 협상가로서 얼마나 정도를 벗어날 수 있을지 1994년까지는 미처 알지 못했다. 그해 칸첼스키스는 우리와 4년간 재계약을 맺으면서 올드 트래포드에서 가장 높은 주급수령자 중 하나가 되었다. 당시 나는 새로운 계약서에 향후 이적에서 발생하는 이적료의 3분의 1이 선수에게 돌아간다는 조항을 삽입했다는 사실을 모르고 지나갔다. 그 조항을 미리 알았더라면 그 후 몇 달 동안 이어질 칸첼스키스와 맨체스터 유나이티드의 불화로 인한 골치 아픈 상황에 보다 잘 대처할 수 있었을 것이다. 그러나 말썽이 일어나기 훨씬 전에 그리고리와 나 사이에 있었던 일 때문에 나는 커다란 곤경에 빠지게 된다.

1994-1995 시즌이 막 시작되었을 무렵이었다. 우리는 월요일 저녁, 첫 텔레비전 중계 경기인 노팅엄 포레스트와의 원정전을 치르기 위해 시티 그라운드로 갔다. 우리는 칸첼스키스의 멋진 발리골로 1-1 무승부를 거두었다. 나쁘지 않은 결과여서 만족스러운 마음으로 버스를 타고 맨체스터로 돌아갈 수 있었다. 올드 트래포드에 도착했을 때는 새벽 1시였기 때문에 모두 서둘러서 각자 차를 타고 집으로 돌아갔다. 나는 어차피 가는 길이었기 때문에 공항 근처에 있는 포 시즌스 호텔까지 모리스 왓킨스를 태워주기로 약속했었다. 주차장을 벗어나려는데 그리고리 에사울렌코가 차를 세웠다. 나는 무슨 일인지 알아보기 위해 창문을 내렸다. 그리고리는 내게 줄 선물을 준비했다고 말했다. 그에게 내일 아침 가지러 가겠다고 말했지만, 그는 자기가 새벽에 떠나야 하기 때문에 조금 있다 다시 전화해서 만나자고 했다. 모리스를 내려주자마자 내 휴대폰이 울렸다. 러시아인이었다.

"오늘밤 이 선물을 꼭 드려야겠습니다." 그가 말했다. 집에 거의 다 온 상태라 곤란하다고 대답했다. "지금 공항의 엑셀시오르 호텔에 있습니다. 댁에서 몇 분 안 걸리는 곳입니다." 그는 집요하게 나와 만나려고 했다.

그의 말대로 조금만 돌아가면 되었기 때문에 나는 그의 호텔로 향했다. 정문에 차를 세우려다 근사하게 포장된 상자를 들고 나를 기다리는 그리고리의 모습을 발견했다. 차에 올라 탄 그는 나에게 상자를 건네주었다.

"감독님과 부인께 드리는 선물입니다." 그가 말했다. "마음에 들었으면 좋겠군요." 그러고 나서 잘 자라는 인사를 한 뒤 그는 차에서 내렸다. 아무 생각 없이 상자를 뒷좌석에 던져놓고 나는 집으로 향했다. 집에 돌아와 보니 새벽 1시 30분 정도 됐지만 여느 때처럼 캐시는 자지 않고 나를 기다리고 있었다. 몸에 밴 습관대로 짐을 풀고 캐시는 더러운 유니폼을 세탁실로 가지고 갔다. 그 사이에 나는 전통 찻주전자인 사모바르나 다른 러시아 민속품이겠지 하면서 상자를 열어보았다. 충격이었다. 상자에는 지폐뭉치가 들어 있었다. 소리쳐서 캐시를 부르자 아내가 달려왔고 우리 두 사람은 지폐더미를 말없이 노려보고만 있었다.

잠시 후 우리는 돈을 세기 시작했다. 모두 4만 파운드였다. 처음에는 어떻게 해야 될지 갈피를 잡지 못했지만, 아내가 즉시 돈을 에사울렌코에게 돌려줘야 한다고 말했고 나도 그렇게 하는 게 현명한 것 같았다. 그때 불길한 생각이 머리에 떠올랐다. 만약 그와 만나고 있을 때 누군가 그 현장을 촬영하고 있었다면? 이 미친 사태에 내 편이 되어줄 증인이 필요했다. 의논 끝에 다음 날 아침 일찍 클럽 사무실로 돈 상자를 가져가기로 했다. 그날 밤 우리는 거의 한숨도 제대로 자지 못했고, 다음 날 아침 9시에 올드 트래포드에 와 있었다. 그 상자에 돈이 아니라 폭탄이 들어 있는 편이 더 날 편하게 했을 것이다.

클럽 총무인 켄 메렛의 사무실로 상자를 가지고 간 나는 그의 눈앞에서 내용물을 비워버렸다. 그가 책상 위에 쏟아진 몇 만 파운드의 돈을 말없이 바라보다 충격에서 깨어나자, 나는 자초지종을 이야기했다. 우리는 모리스 왓킨스에게 전화를 걸어서 조언을 구했다. 그는 나에게 클럽 금고에 돈을 집어넣은 뒤 클럽 변호사들과 애버딘에 있는 내 개인 변호사인 폴과 윌리엄슨의 레스 달가르노에게 우리가 한 일을 서류로 작성하게 하라고 일러주었다. 우리와 마찬가지로 레스도 이 사태가 믿기지 않는 눈치였다. 왜 에사울렌코가 나에게 돈을 주려고 했는지 생각했다. 애초에 그를 돕기 위해 내가 나서서 뭔가 특별한 일을 해준 적은 한 번도 없었다. 안드레이의 계약문제로 그와 회장이 협상할 때 그곳에 있지도 않았다. 칸첼스키스 때문에 일어날 일을 미리 알았더라면, 그 돈이 과거 내 도움에 대한 감사의 표시가 아니라 앞으로 협조를 부탁한다는 성의의 표시라는 것을 알았을 것이다. 4만 파운드는 그리고리가 다시 올드 트래포드에 나타날 때까지 거의 1년 동안 맨체스터 유나이티드의 금고에 잠들어 있었다. 내 결백을 나타내는 모든 증거를 문서화했음에도 불구하고 돈을 돌려줄 때까지 마음이 편하지 않았다.

에이전트를 상대하는 감독들은 항상 위험에 맞부딪칠 수 있으며, 이런 모든 부정이 모두 루네 하우게로부터 비롯되는 것은 아니다. 그러나 정직한 사람이라 해도, 결백을 보장할 수 있는 조치를 마련해놓아야 두려움에서 벗어날 수 있을 것이다.

18장

거의 다 그러나 아직은

1992년, 프리미어 리그로 개명되기 전 마지막 1부 리그 우승을 차지하겠다는 나의 약속을 지키지 못한 데에는 많은 이유가 있다. 그중 가장 중요한 원인으로 하워드 윌킨슨의 리즈 유나이티드가 놀라운 시즌을 보냈다는 사실을 들 수 있다. 그들은 단호하게 버티면서 트로피 경쟁에서 냉정을 잃지 않았다. 우리보다 승점 4점 앞선 채 그들이 시즌을 마쳤을 때 그들에게 축하의 전언을 보낸 건 진심에서 우러나온 행동이었다. 그때 견뎌내야 했던 실망감이 맨체스터 유나이티드에 찬란한 태양이 떠오르기 전의 마지막 어둠이었다는 걸 알게 된 지금은 1992 시즌을 실패라고 생각하지 않는다.

그러나 계획에 차질이 생긴 뒤 변명 뒤에 숨는 것과 원인을 규명하는 것은 다르다. 무엇이 잘못되었는지 솔직하게 분석한 뒤 나는 기회를 놓친 것에 실망해 침체에 빠지는 대신 1991-1992 시즌을 스프링보드로 이용했다. 유나이티드가 25년간 리그 우승 없이 시즌을 마치는 걸 본 서포터들은 우리 팀의 도전이 후반기에 들어와 좌절된 사실을 재난으로만 받아들였고, 기자들은 내 실수가 실패를 불렀다고 느꼈다. 물론 비난받을 사람은 나였지만 내 잘못은 비판자들이 말하는 것과는 다른 쪽에 있었다.

내가 했던 행위가 아니라 어떤 행위를 망설이다 하지 못한 걸 후회한다는 이야기다. 결정적인 순간에 내가 적극적으로 개입을 했더라면 우리는 경쟁자로부터 유리한 고지를 차지하며 우승할 수 있었을 것이다. 쉽게 말해, 그럴 생각이 들었을 때 나는 루턴Luton의 믹 하포드와 계약했어야 했다. 많은 사람들에게 30대에 접어든 믹은 이상적인 맨체스터 유나이티드 선수로 보이지 않을 것이다. 그러나 놀라울 정도로 좋은 컨트롤을 바탕으로 간결한 센터포워드 플레이를 한다는 점은 차치한다고 해도, 그는 우수한 헤더 능력 하나만 가지고도 우리에게 소중한 자원이 될 수 있었다. 시즌을 마친 지금은 그의 강력한 헤더가 세 개의 장애요인 중 하나를 극복하는 데 도움을 줄 수 있었다고 확신한다. 그 세 가지 요인이란 올드 트래포드의 논두렁 같은 피치, 시즌 말에 미친 듯이 몰려 있는 경기 일정, 부상병동으로 신세를 지면서 심할 때는 7일 동안 4개의 경기까지 치러야 하는 스케줄을 감당할 선수의 부족이다.

경기장 잔디는 우리 경기력을 저해한 첫 번째 요인이었다. 1986년 처음 왔을 때도 끔찍했지만, 스코틀랜드에서 전문가를 불러와 문제를 해결한 뒤 1988년부터 1991년이 끝날 무렵까지는 괜찮았다. 그러나 1991년 12월부터 파헤쳐진 잔디가 복구가 안 되고 완전히 엉망이 되었다. 우리 상대도 마찬가지로 불리한 게 아니냐고 말하는 것은 어리석으리만치 단순한 발언이다. 우리만큼 패스의 리듬과 흐름을 중요시한 팀은 별로 없었기 때문이다. 그라운드에서 공을 부드럽게 다루며 연결하는 데 중점을 두는 훈련을 받아왔던 선수들에게 그런 피치는 악몽과도 다름없었다.

시즌 초반만 해도 우리는 엄청난 기세로 크리스마스와 새해 전까지 단한 경기에서만 패배하며(셰필드 웬즈데이와의 원정경기였다) 승점 30점 중 26점을 얻었다. 새해 첫날 퀸스 파크 레인저스 상대로 형편없는 경기를 하며 4-1 참패를 당했지만 우리 폼이 나빠진 것은 피치상태에 비하면 아무것도 아니었다. 그 영향으로 우리는 이길 경기들도 비기기 시작했고 더 이상 패싱 게임에 의존하는 것은 위험할지 모른다고 생각이 들었다.

당연히 대안으로 키 큰 센터포워드의 머리를 향해 크로스를 올려 공중볼을 노리는 전술이 타당해 보였다. 공중에서 파괴력을 더해줄 수 있는 선수로 믹 하포드가 적임자였기 때문에 루턴의 감독이었던 데이비드 플리트에게 그를 데려갈 수 없냐고 물었다. 불행하게도 나는 계약을 이끌어낼 정도로 강한 의지를 보이지 않았다. 그때 내가 좀 더 강하게 밀어붙였더라면 우리는 리그에서 우승했을 것이다.

1992년 4월 12일 노팅엄 포레스트 상대로 리그컵 결승전을 치르기 위해 웸블리에 갔을 때 우리는 리그 1위를 달리는 중이었다. 결승전 스코어는 1-0이었지만 경기내용을 보면 우리가 쉽게 이긴 경기였다. 그때만 해도 시즌의 행복한 추억들이 그렇지 않은 추억보다 더 많을 줄 알았다. 이미 올드 트래포드에서 유러피언컵의 우승팀 레드스타 베오그라드Red Star Belgrade를 꺾고 슈퍼컵을 차지한 바 있었다. 그 경기를 보러 갔던 사람들은 어떻게 우리가 이겼는지 여전히 궁금해할 것이다. 나도 역시 그렇다.

전반전에 유고슬라비아의 스타인 데얀 사비체비치가 너무나 압도적이었기 때문에 하프타임 전까지 우리가 0-0으로 버틸 수 있었던 것은 기적이나 다름없었다. 나는 전술을 바꿔야 했고 다시 한 번 언제나 신뢰할 수 있는 브라이언 맥클레어에게 의지했다. 그에게 미드필드로 물러나서 레드스타가 장악한 공간을 압박하라고 주문을 내렸다. 그가 훌륭하게 임무를 수행한 덕분에 우리는 점유율을 되찾고 어느 정도 경기를 지배할 수 있게 되었다. 그 후, 맥클레어가 그날의 유일한 골을 넣으며 우리는 믿을 수 없는 승리를 거두었다. 라이언 긱스를 출전시켜 유럽대항전의 분위기를 경험할 수 있게 만든 것은 덤이었다. 시즌 초반, 리그에서 우리가 좋은 성적과 높은 득점력을 유지할 수 있었던 것은 측면 공격이 살아났기 때문이었다. 라이언 긱스가 왼쪽 윙에서, 우크라이나에서 수입한 안드레이 칸첼스키스는 우측에서 경기를 지배했다. 피터 슈마이켈은 꾸준

히 자신이 뛰어난 골키퍼라는 사실을 증명했고, 폴 파커는 퀸스 파크 레
인저스에 2백만 파운드를 주고 데려왔을 때 확신했던 것처럼 자신이 강
하고 민첩한 수비수임을 보여주었다. 그러므로 지난 여름 이적시장에서
만족할 만한 성과를 거두었다고 자신할 이유가 충분했다.

슈퍼컵의 승리는 유러피언 컵위너스컵에서 수비라인이 일찍 붕괴되
어 패배한 것을 보상해주지 못했다. 그리스의 파나티나이코스Panathinaikos
를 탈락시키며 상큼하게 출발했지만 2라운드에서 스페인의 아틀레티코
마드리드와 붙어 막판 2분 동안에만 내리 두 골을 먹으며 패배한 탓에
3-0이라는 점수 차를 안고 올드 트래포드에서 2차전을 치러야 했다. 우
리는 홈에서 1-1로 비기며 깨끗하게 탈락했다.

FA컵에서도 우리는 쓸쓸히 퇴장해야 했다. 4라운드 사우샘프턴
Southampton 원정에서 0-0으로 비긴 뒤 가진 올드 트래포드 재경기는 연
장전 끝에 2-2로 비기며 탈락했다. 그 경기로 우리는 승부차기로 패배한
첫 1부 리그 팀이란 불명예스러운 기록을 세우기도 했다. 지난 라운드에
서 리즈를 엘런드 로드 원정에서 1-0으로 이기며 기대가 커졌기 때문에
패배의 충격은 더욱 컸다. 1월 15일 가졌던 FA컵 3라운드 경기로 우리
는 18일 동안 리즈와 엘런드 로드에서만 3번이나 붙었다. 기묘한 우연으
로 리그컵 추첨결과는 1월 8일 8강전을 위해 우리를 또 한 번 그 호전적
인 경기장에 가게 만들었고, 리그에서는 끔찍한 일정이 시작되었다.

우리는 두 경기는 승리, 다른 경기에서는 무승부를 거두었는데 물론
12월 29일 치명적인 승점이 걸린 경기에서였다. 그로부터 불과 3일 후,
QPR과 홈그라운드에서, 아니 그라운드라고 부를 수도 없는 논두렁에서
재난을 맞은 것이다.

그들의 센터포워드인 데니스 베일리는 경기가 끝난 후 해트트릭을 가
능하게 해준 하느님께 감사했다. 그를 탓하지 않는다. 올드 트래포드에
서 상대방 선수가 해트트릭을 기록하는 일은 초자연적인 힘이 개입된 게

아닐까 생각할 정도로 드문 일이었으니까. 그러나 베일리가 경기가 끝난 뒤 기뻐 어쩔 줄 모르는 얼굴로 우리 드레싱룸까지 찾아와 선수들에게 공에 사인해달라고 부탁한 것은 자신의 행운을 지나치게 믿은 처사였다. 그 경기를 둘러싸고 수많은 가십이 흘러나왔지만 모두 악의적인 거짓말이다.

그중 특히 인기가 있었던 소문은 선수들이 50이 되는 내 생일을 축하하느라 밤늦게까지 파티를 즐겨 제대로 된 몸 상태가 아니었다는 것이다. 우리는 물론 미드랜드 호텔에 다 함께 투숙해 있었지만 혹시라도 흥미 있는 사람들에게 밝혀두는데 선수들은 모두 일찍 잠자리에 들었다. 캐시는 깜짝 파티를 열었고 애버딘에서 많은 친구들이 내려왔다. 그러나 그 파티 때문에 다음 날 경기 준비나 선수들의 컨디션에 지장을 받을 위험은 전혀 없었다. 우리가 QPR을 상대로 맥을 못추었던 진짜 이유는 간단하다. 선수 몇 명이 독감으로 고생하고 있었기 때문이다.

1991-1992 시즌의 중반, 특히 리즈와의 세 경기를 되돌아보면, 리그 경기가 아니라 우리가 1-0으로 승리했던 엘런드 로드에서의 FA컵 재경기가 우리의 우승기회를 좌절시킨 가장 큰 요인을 제공했다고 본다. 그 과정에서 리 채프먼은 손목이 골절되는 부상을 당했다. 하워드 윌킨슨 감독은 자기 팀의 장신 스트라이커가 상당 기간 경기를 못 뛸 것을 예상하고 한 프랑스 선수를 영입해왔다. 리 채프먼이 부상당하지 않았다면 에릭 칸토나가 리즈에 올 일도 없었을 것이다. 불운한 사건의 결과로 그들은 리그 우승을 위한 부적이 될 선수를 데리고 올 수 있었던 셈이다. 그의 이적은 1992년 2월 우리에게 나쁜 소식이었다. 그러나 칸토나가 잉글랜드 리그로 오게 된 사건의 최대 수혜자가 머지않아 우리가 될 거라는 사실을 당시에는 알 도리가 없었다.

그해 시즌에 성적은 부침을 겪었지만 예전에 내가 정했던 유나이티드의 수준에 팀이 점점 다가가고 있는 모습이 보여 안심이 되었다. 1991년

8월 아치 녹스가 떠난 뒤 공석으로 남아 있던 수석코치 자리에 브라이언 키드를 승진시킨 일은 즉각적인 성공을 가져왔고, 우리 두 사람의 유대 관계는 그 후 7년 동안 공고하게 유지되며 많은 결실을 거두게 된다. 장기적으로 봤을 때, 브라이언의 승진은 클럽의 유러피언컵 우승팀 멤버로 키드의 동료였던 노비 스타일즈에게 안 좋은 결과를 가져오게 된다. 노비 스타일즈를 유스 코치로 임명한 뒤 그는 임무를 잘 수행해나갔고 브라이언이 유스 육성 책임자 자리에서 물러나게 되자 나는 맨체스터 출신의 소년으로 영웅의 자리에 오른 노비가 후임에 적합한 인재라고 생각했다. 하지만 그는 그 일에 맞지 않았고 유스 코치 자리는 이미 채워졌기 때문에 그 작은 사내는 사랑했던 클럽과 헤어지게 되었다. 그가 자리를 옮기게 한 것은 내 잘못이었다. 그는 뛰어난 능력을 가졌고 훌륭한 인격의 소유자였다. 내 잘못된 판단으로 그에게 고통을 준 사실에 대해 진심으로 미안한 마음을 금할 길이 없다.

리그 경기가 6경기 밖에 남지 않은 상태에서 일주일에 4경기를 하는 끔찍한 일정조차도 시즌 대부분 1위를 지켜왔던 우리를 막을 수 없을 거라고 여겼다. 그 시점에서 부상자 숫자는 감당할 수 있을 정도였다. 마크 로빈스는 연골재생수술을 받았고 브라이언 롭슨은 장딴지 부상으로 팀을 이탈했지만 그 외에는 그럭저럭 시즌을 꾸려나갈 수 있는 상태였다. 그러고 나서 선수들이 기관총 사격을 당한 것처럼 픽픽 쓰러지기 시작했다. 몰려 있던 4경기 중 첫 경기에서 우리는 사우샘프턴에 1-0으로 승리했으나 폴 인스가 부상을 입었다. 그 다음 우리는 루턴으로 내려갔고 1골을 먼저 넣은 뒤 편하게 이길 줄 알았던 경기는 간신히 1-1 무승부로 끝났다. 폴 파커는 그 경기에서 심한 부상을 입어 남은 경기를 뛰지 못하게 되었다. 리 마틴은 오래된 부상이 도졌고 대니 윌리스도 부상의 희생자가 되었다. 눈 깜짝할 사이에 앞서 말한 롭슨과 로빈스, 이 두 명의 이탈자들 위에 4명의 선수를 추가로 잃은 것이다.

커다란 대가를 치러야 했던 루턴 원정으로부터 이틀이 지난 뒤, 우리는 올드 트래포드에서 노팅엄 포레스트와 만났고, 가뜩이나 경기에 뛸 만한 체력을 가진 선수가 부족한 상황에서 마크 휴즈까지 폼이 하락하며 내게 걱정거리를 더했다. 그는 14경기 동안 골을 넣지 못하고 있었고 유달리 자신감에 영향을 받는 유형이기 때문에 부진상태를 스스로 헤쳐 나오는 데 어려움을 겪고 있었다. 시즌 말미를 향해가며 그의 경기력은 더욱 저하되었고 부활절 월요일에 포레스트와 결정적 한판을 치르게 되자 나는 투톱으로 리 샤프[원서에는 McClair]와 라이언 긱스를 세워 그를 명단에서 제외하기로 결심했다. 그 경기에서 우리 경기력은 최근 몇 달 동안 보여준 경기력 중 최고였다고 생각하지만 상대 골키퍼 마크 크로슬리의 영감이 넘치는 플레이에 가로막혀(후반전 맥클레어의 발리슛을 막은 선방은 믿지 못할 정도였다) 2-1로 패배했다.

경기 후, 나는 우울해하는 선수들에게 다가가 최선을 다해 위로했다. 당시 많은 이들이 내가 드레싱룸에서 성질을 너무 자주 부려서 선수들을 위축시킨다고 비판하고 있었다. 말도 안 된다. 물론 선수들의 플레이가 마음에 들지 않으면 그 사실을 밖으로 표출하는 경우가 있긴 했지만 그게 내 방식이다. 이제까지 할 말이 있으면 언제나 그때그때 선수들에게 말하는 게 옳다고 느껴왔다. 그래야 그 다음 날부터 새로운 마음으로 다음 경기를 준비할 수 있다. 나는 감정을 폭발시키지 않도록 2, 3일간 마음을 가라앉힌 뒤 느꼈던 것을 말하는 사람이 아니다. 당장 그때그때 스케줄을 쫓아가는 것만으로도 너무나 바쁜 사람이다. 선수들은 충분히 자부심을 느낄 만했다. 선수들에게 충분한 휴식을 취하라고 강조한 뒤 특히 리 샤프에게 따로 꼼짝하지 말고 누워서 푹 쉬라고 일렀다. 얼마 전부터 경기장 밖에서 그의 품행을 걱정하고 있었지만 시즌의 중요한 고비인 만큼 내 말을 따라줄 것으로 믿었다.

수요일 저녁, 7일간 4번째 경기를 치르기 위해 웨스트햄West Ham으로 갔을 때 우리는 완전히 녹초가 된 상태였고 게다가 나는 닐 웹으로부터 오는 불길한 신호 때문에 신경이 곤두 서 있었다. 그의 플레이는 나빠지고 있었고 포레스트전에서 교체당한 뒤 화를 참지 못하는 모습까지 보였다. 헌신적으로 경기에 임할 선수만 웨스트햄과의 전투에 필요하기 때문에 나는 웹을 제외했다. 내가 내보낸 선수들은 힘든 스케줄과 심판들의 괴상망측한 판정을 극복하기 위해 최선을 다했다. 전반전에 나온 판정 하나는 아마 우리의 승리를 날려버린 일등공신이었을 것이다. 리 샤프가 우리 진영에서 1-2 패스를 하며 슛을 하기 위해 전진하고 있을 때 심판은 휘슬을 불었다. 그의 오프사이드 판정은 우리에게 큰 타격이었다.

경기 막판에 우리 팀은 나도 알 수 없는 곳에서 마지막 힘을 끌어내어 웨스트 햄 골문 앞에서 맹공을 퍼붓고 있었다. 마크 휴즈의 오버헤드킥은 루덱 미클로스코 골키퍼의 멋진 선방에 막혔고, 곧이어 우리에게 주어진 코너킥을 가로채 역습에 나선 그들은 가장 운 좋은 골을 넣었다. 우리 박스 안으로 들어온 평범한 크로스가 곧바로 개리 팔리스터 앞에 떨어졌는데 그가 자신 있게 박스 밖으로 걷어낸 공이 골대 앞 16미터 거리에 있던 웨스트햄의 케니 브라운의 무릎에 정통으로 맞고 슈마이켈 옆을 지나쳐 골대 안에 꽂혀버린 것이다. 끝까지 상대 진영에서 압박을 멈추지 않았지만 선수들에게서 희망이 사라지는 모습이 눈에 보였다. 대런을 투입한 후 현저한 변화가 일어났다. 아들은 정확하게 패스를 전개시키며 보는 이의 눈을 즐겁게 했다. 경기 종료 직전, 말끔한 차림에 중절모를 쓴 신사 하나가 "알렉스, 알렉스!" 하고 소리쳐서 뒤돌아봤다. "엿 먹어!" 신사는 내게 두 손가락을 들어 올리며 소리쳤다. 모자 쓴 신사가 뭔가 시사해주는 바가 있었다.

우승 기회가 거의 사라졌음을 깨닫자 드레싱룸은 마치 장례식장 같은 분위기였다. 선수들이 그렇게까지 괴로워할 필요가 없었기 때문에 선수들을 다독여야 했다. 그들은 이 나라에서 제일가는 팀이었다. 시즌 초반만 해도 다른 팀들은 감히 따라올 수도 없는 경기력을 보여주었다. 보비 찰튼은 방 안을 돌며 선수 한 명 한 명에게 고맙다고 자상하게 말했다. 정말 그다운 행동이었다. 이제 우리는 고속도로를 4시간 동안 달려 맨체스터로 올라가야 했다. 업튼파크를 벗어나려는데 인도 가장자리에 주저앉아 구슬피 울고 있는 한 서포터의 모습이 보였다. 그는 하늘을 쳐다보며 "대체 어떻게 된 거야?"라고 말하듯이 손을 벌렸다. 다름 아닌 앤디 그레고리였다. 몇 번이고 그의 맹활약으로 위건[영국 역사상 가장 성공한 럭비팀으로, 현재 위건 워리어스Wigan Warriors라 불린다]과 영국을 위기에서 구해내 럭비리그에서 가장 존경받는 영웅 중 하나였다. 나는 매우 착잡한 상태였지만 앤디 그레고리가 그토록 비통해하는 모습을 보자 그를 위해 울고 싶어졌다. 그래도 슬픔에 빠지기 전에 행동을 취하는 게 먼저였다. 나는 지도력을 보여주어야 했고 낙심에 빠지는 대신 결의에 차 있음을 사람들이 알게 해줘야 했다. 다음 날 아침 여느 때와 마찬가지로 이른 시간에 클리프에 도착해 선수들이 오기를 기다렸다. 어쨌든 아직도 실낱같이 희미하지만 우승의 가능성은 열려 있었다. 셰필드 유나이티드Sheffield United나 노리치Norwich 중 어느 한 팀이 엘런드 로드의 남은 두 경기에서 리즈를 잡아주고, 나는 완전히 지친 우리 팀을 정비해 앤필드에서 리버풀과 일전을 벌일 준비를 해야 했다.

힘든 시간이었던 만큼 내 주위에서 누군가 추가적으로 불필요한 말썽을 일으키는 일은 절대 막고 싶었다. 하지만 문 하나가 닫히면 눈앞에 열려 있던 다른 문도 쾅하고 닫히는 법이다. 웨스트햄에 뼈아픈 패배를 당한 다음 날 저녁 잉글랜드 학원 축구연맹의 행사에 참석하기 위해 모어컴에 갔을 때 얼마나 큰 분노를 느끼게 될지 나는 꿈에도 몰랐다. 당연히 그런 행사에 참석할 여유 같은 건 없었지만 이미 가겠다고 약속한 뒤였기 때문에 어쩔 수 없이 만찬회에 나갔다. 식사 도중 내게 동정적이었던 연맹회원이 월요일 밤 블랙풀에서 리 샤프와 라이언 긱스를 봤다고 불쑥 말했다. "그럴 리 없어요," 내가 단호하게 말했다. "우리는 그날 오후에 경기를 했고 지금은 수요일 경기를 준비하는 중이에요. 두 사람은 집에서 쉬고 있을 겁니다." 하지만 그는 완강하게 자기 말이 옳다고 주장했다.

"아니에요, 퍼거슨 씨. 난 분명히 두 사람을 봤다고요. 리 샤프는 레인지 로버에 타고 있었어요." 그의 말이 끝나기도 전에 이미 내 귀에서는 연기가 치솟아 오르고 있었고 나는 서둘러서 모어캠을 빠져나왔다. 곧바로 리 샤프의 집으로 차를 몰고 가 그의 집으로부터 30미터 정도 떨어진 곳에 주차시켰다. 그의 집 앞에 차들이 죽 늘어서 있었기 때문이었다. 실내에서 쿵쾅거리는 음악소리가 새어나왔다. 문이 열리자 나는 씩씩거리며 안으로 쳐들어갔다. 집 안에서는 성대한 파티가 열리는 중이었고 20명도 넘는 손님 중에는 긱스와 연습생 세 명이 섞여 있었다. 연습생 세 명을 본 순간 피가 거꾸로 솟아버린 나는 미친 듯이 날뛰었다. 모든 사람에게 나가라고 명령한 뒤 연습생들이 내 앞을 지나갈 때마다 뒤통수를 한 대씩 갈겨주었다. 정치적인 올바름을 신봉하는 사람들이 봤을 때 바람직하지 못한 일이라는 것을 알지만, 소년들의 부모들이라면 반드시 내 편을 들었을 것이다. 샤프는 어디에도 보이지 않았다. 2층 자기 방에 숨어 있을 게 뻔했다. 2층에 올라가지 않아도 나는 충분히 화가 나 있었다. 결국 리는 제 발로 내려와 내 앞에 섰고, 나는 그와 라이언을 라운지로 데리고 가 실컷 야단쳤다.

내 분노는 라이언보다 주로 리를 향한 것이었다. 경기장 밖에서 그의 품행문제가 도를 넘었다는 징조가 여기저기서 나타나는 중이었기 때문이다. 너무 어린 나이에 자기 집을 갖도록 허락한 내게도 그런 경향을 부채질한 책임이 있을지 모른다(그 파티 사건이 일어났을 때 그는 아직 20살이었다). 되돌아보면 리에 대한 일은 내가 유나이티드에 있는 동안 벌어진 실망스러운 사건 중 하나였다. 그를 둘러싼 경험은 폴 맥그라스 때보다도 나를 더 괴롭게 만들었다. 여기 있는 이 소년은 위대한 선수가 될 기회가 있었다. 그에게는 드리블로 상대선수를 젖히는 기술 빼고도 최고 수준의 윙어로서 축구에서 성공할 수 있는 모든 자질을 갖고 있었다. 속도, 골결정력, 크로스와 패스능력이 모두 발군이었고 체격과 체력도 그에 맞먹을 만했다. 그는 축구에서 빠르게 두각을 나타냈지만 그의 라이프스타일은 그보다 더 급격하게 화려해졌다. 그의 품행에 대한 정보가 조금씩 여러 사람들로부터 내게 흘러들어왔다. 내가 추궁하자 그는 얼른 부정했지만 블랙풀 나들이와 흥청망청한 파티에 내가 쳐들어간 사건 이후, 그에 대한 신뢰는 별로 남아 있지 않았다. 방탕한 생활이 그의 발목을 잡을 수 있다는 사실을 그에게 새겨주려고 애썼다. "샤피, 최고의 축구선수가 되려면 희생이 있어야 하는 법이야." 나는 그에게 말했다. "네 엄청난 속도를 잃게 된다면 넌 그냥 평범한 선수로 변해버릴 거다. 빠른 발은 네가 가진 최고의 자산이고 그것 때문에 넌 성공했어. 하지만 그걸 당연한 거라고 생각해서는 안 돼."

리는 지금 브래드포드Bradford에 있으며 나는 팀의 프리미어 리그 승격이 그의 커리어를 부활시키는 데 도움이 되기를 바라고 있다. 그는 환한 미소를 가진 착한 청년이었고 최고가 될 수도 있는 잠재력을 지녔는데도, 우리와 함께 있을 때 재능을 만개시키지 못한 일은 슬픔으로 남는다. 올드 트래포드에서 그는 팀의 핵심이 될 수도 있었으나, 1996년 리즈 유나이티드에 4백 5십만 파운드로 이적하기 전에 이미 우리와 끝난 상태였다.

리 샤프와 같은 사례를 보면 젊은 선수들은 축구의 영역을 넘어선 곳까지 통제할 수 있어야 한다는 생각이 들게 만든다. 그들의 사생활까지 간섭할 의지는 없지만 그들의 커리어가 진행되면서 마주치게 되는 온갖 위험에 대한 교육은 필요하다고 본다. 특히 알코올에 대한 자유분방한 태도가 한 선수를 얼마나 망칠 수 있는지 알려주고 싶다. 언젠가는 매일 아침 음주 측정 테스트를 실시해 술을 마신 선수들을 곧장 집으로 돌려

보내게 될 날이 올 거라고 믿는다. 미래의 계약서에는 선수가 책임을 최대한 이행할 수 있는 가능성을 저해하는 행위에 대한 안전조항이 삽입될지도 모른다. 과거에 횡행되던 방종함을 참아주기에는 축구에 너무 많은 돈이 들어와 버렸다.

블랙풀에서의 해프닝에 대해 곧 다른 선수들도 알게 되었고, 그들은 긱스와 샤프가 포레스트와 웨스트햄 경기 사이에 '휴식'을 선택한 일을 그다지 좋게 생각하지 않았다. 그들은 자기 자신뿐 아니라 팀 동료들까지도 실망시켰다. 젊은 혈기 탓이라고 하는 것은 변명이 되지 않는다. 그들은 자신들의 행동이 얼마나 무책임한 일인지 모를 정도로 멍청한 친구들이 아니었다. 그 후로 라이언은 두 번 다시 그런 문제로 날 속 썩이지 않았다. 그는 반듯한 젊은이로 성장했고, 지난 몇 년간 나는 그를 매우 자랑스럽게 생각해왔다. 그의 어머니 린에게도 그는 자랑스러운 아들이다.

4월 26일 벌어진 리버풀전의 세세한 설명은 생략하고 싶다. 선수들은 젖 먹던 힘까지 짜내어 뛰었지만 경기를 주도했음에도 불구하고 그것이 골로 연결되지 않았다. 우리는 2-0으로 패배했고 리즈는 공식적으로 우승이 확정되었다. 그 즈음 나는 이미 달관의 경지에 이르러 있었다. 경기가 끝난 뒤 나는 선수들의 수고에 감사를 표하고 다음 시즌은 반드시 우승할 거라고 다짐했다. 진심에서 우러나온 말이었지만, 우리가 확실하게 타이틀을 거머쥐고 싶다면 팀에 새로운 차원을 부여해줄 수 있는 선수를 추가로 영입해야 한다는 사실을 잘 알고 있었다. 이제 여름이 끝날 때까지 우리 팀에 필요한 엄청난 선수를 찾기만 하면 되었다.

19장

마침내 대망의 리그 우승

한창 전화로 담소를 나누고 있는데 제3자가 팔이 닿을 거리에서 뭔가 끄적인 종이를 불쑥 내밀며 화제를 바꾸라고 다그친다면 기분 좋을 사람이 있을까? 하지만 맨체스터 유나이티드의 회장은 1992년 11월의 어느 우중충한 수요일에 내 요구를 들어주었고, 우리 두 사람 다 그때 내가 개입해서 천만다행이라고 생각할 이유가 있다. 걸려온 전화는 리즈 유나이티드에서 온 것으로 마틴 에드워즈의 사무실로 연결되었다. 마침 우리는 25년이 넘게 고통스러울 정도로 손에 넣을 수 없었던 리그 우승에 도전하기 위해, 반드시 선행되어야 할 공격력 강화방안을 의논하던 중이었다. 모든 국내대회 중 가장 권위가 있던 대회는 이제 프리미어 리그로 명칭이 바뀌었지만, 비록 이름은 새 것이더라도 거기에서 우승하려는 우리의 열망은 해묵은 것이었다. 아슬아슬한 차이로 2위에 그쳤던 지난 시즌의 폐허 속에서 내 직감은 올드 트래포드의 태양이 되어 팀을 새로운 황금시대로 이끌어줄 누군가를 데려오거나, 그게 어렵다면 적어도 팽팽한 경기에서 중요한 골을 넣어주는 재주가 있는 선수를 찾으라고 말해주었다. 마틴의 노트패드에 나는 그 선수의 이름을 적었고 훗날 그는 맨체스터 유나이티드와 관계를 맺었던 사람들 중 가장 큰 족적을 남긴 인물로 손꼽히게 된다.

새해가 시작된 뒤 우리의 득점력은 갈수록 떨어져서 시즌 전반의 42골에서 후반기에는 21골로 격감했다. 두 명의 잉글랜드 스트라이커가 내 관심을 끌었고 그들이 살 수 있는 선수인지 어떻게 해서든 알아내기로 결심했다. 알란 시어러의 경우, 지난 1월에 이미 그의 감독에게 연락을 취했었다. 그와 이야기를 마친 뒤 나는 1991-1992 시즌이 끝나고 나면 그쪽에서 시어러의 입장에 대해 자세히 알려주겠다는 합의가 이루어졌다고 믿었다. 초여름에 나온 이야기로는 알란이 잉글랜드 대표팀과 함께 투어를 떠날 예정이라고 했다. 사우샘프턴에 돌아오고 나서 그가 미래에 대한 결정을 내리면 그쪽에서 나에게 전화를 주기로 되어 있었다. 만족할 만한 소식은 아니었지만 상황을 그대로 받아들일 수밖에 없었다.

보험을 드는 셈치고 내 관심을 끌었던 또 다른 스트라이커인 셰필드 웬즈데이의 데이비드 허스트의 영입 가능성을 타진했다. 솔직히 말해 그 단계에서 더 마음이 쏠렸던 것은 시어러가 아니라 허스트였다. 두 사람 모두 역동적인 골잡이들이었으나 순전히 경험적인 측면에서 24세로 시어러보다 거의 3살이 많았던 허스트에게 우위가 있다고 생각했다. 허스트에 대해 셰필드 웬즈데이의 감독인 트레버 프란시스에게 문의했을 때 그쪽은 나의 자세한 사정 따위는 아무런 상관도 하지 않고 딱 잘라 거절했다.

그러고 나서 잉글랜드 대표팀 투어가 끝나고 얼마 되지 않아 타블로이드 신문 하나가 시어러는 블랙번 로버스Blackburn Rovers와 교섭 중이라는 기사를 실었다. 사우샘프턴으로부터 행동에 들어갈 최적의 시기를 알려주겠다는 다짐을 받고 그와의 접촉을 자제해오던 나는 그 소식에 화가 날 수밖에 없었다. 델에 있던 사우샘프턴의 감독 이언 브랜푸트와 다시 이야기했을 때 그는 매우 난해한 변명을 했다. 블랙번의 회장인 잭 워커는 시어러에게 마구 돈을 뿌리고 있을 게 뻔했으므로 빨리 행동에 들어가야 했다. 알란의 에이전트와 회동을 갖기로 했던 모리스 왓킨스 앞에 나타난 것은 다름 아닌 개스코인 사건의 주인공인 우리의 오랜 친구

멜 스테인이었다. 예상했던 대로 금전적인 요구는 상당히 높은 수준이었지만 우리가 감당할 수 있는 선이었으므로 다음 단계로 들어가야 했다. 다음 날 블랙번에 최종 결정을 알려주기로 했던 선수 당사자와 대화를 해보기로 했다. 사우샘프턴까지 내려가 알란을 직접 만날 시간적 여유가 없었기 때문에 전화통화에 의지할 수밖에 없었다. 이런 문제에 전화로만 이야기하는 것은 절대 이상적인 해결책이 될 수 없었다. 대화는 오래 지속되지 않았다. 그는 매우 까다롭고 무례한 태도로 나왔다. 그가 나에게 처음 한 말은, "왜 이제서야 나에게 관심을 갖게 된 거죠?"였다. 그로서는 타당한 질문이라 생각되어, 실은 지난 1월부터 그의 클럽과 접촉을 했고 그들로부터 이쪽의 관심을 당사자에게 알려주겠다는 다짐을 받았다고 말했다.

"그런데 아무도 그런 사실을 나에게 말해주지 않았다고요." 그가 말했다. 말투만 들어도 그가 이미 블랙번에 가겠다고 마음을 굳혔으며, 이미 구두로 승낙했거나 사인을 한 상태라는 것을 알 수 있었다. "케니 달글리시는 제게 꼬박꼬박 전화를 해주고 있는데 말이죠." 그가 내게 말했다. 그에게 이런 상황에서 선수 당사자에게 빈번하게 전화를 거는 것은 내 방식이 아니며 공식적으로 협상 테이블이 차려지기 전까지 알란에게 접근하지 않기로 그의 감독에게 약속했다고 해명했다. 새삼 그런 약속을 한 것이 후회스럽기만 했다. 1992년 여름 알란의 마음을 돌리기 위해 강조한 논점이 또 하나 있었다.

"케니가 선수였다면 블랙번과 계약했을까?" 나는 그에게 물었다. "유나이티드와 블랙번이 동시에 그에게 접근해 왔다면 그가 어떻게 했을지 난 알고 있네." 그는 내 말에 퉁명스럽게 쏘아붙였다.

"난 케니가 어떤 결정을 내리건 전혀 관심 없어요." 그가 말했다. "케니가 아니라 내가 무엇을 원하는가가 더 중요하잖아요."

회담은 종결되었다.

여름이 끝나기 전에 골잡이를 하나 영입하긴 했지만 조금 특이한 경위를 거쳐 이루어졌다. 케임브리지 유나이티드Cambridge United의 감독 존 벡이 나에게 전화해 지금 그들의 가장 뛰어난 선수인 디온 더블린을 팔아 치워야 하는 상황인데 가급적이면 내가 그를 사주었으면 좋겠다고 말했다. 존은 디온에 대한 찬사를 늘어놓고는 그의 플레이를 담은 비디오테이프를 볼 의향이 있느냐고 물었다. 별로 어려운 이야기도 아니어서 일단 승낙은 했지만 우리가 이야기하던 선수가 맨체스터 유나이티드에서 성공할 거라고 상상하기 힘들었다. 하지만 스크린 위의 영상은 나를 깜짝 놀라게 했다. 그동안 축구팀이나 선수들의 비디오라면 수 천 개도 더 봐왔지만 그만큼 인상적인 비디오는 거의 없었다. 그의 비디오를 보며 즉각적으로 감탄한 것은 그가 넣은 다양한 방식의 골들이었지만 그의 전반적인 경기력 또한 깜짝 놀랄 정도로 뛰어났다. 그에 대한 모든 보고서를 모아서 검토한 뒤 스카우트들마다 그의 주요 장점에 대해 서로 다른 말을 하고 있다는 흥미로운 사실을 발견했다. 즉, 그가 다양한 분야에 걸쳐 특출한 능력을 발휘한다는 뜻이었다. 다만 민첩성이 뛰어나지 않다는 게 눈에 띄는 유일한 단점이었다. 그의 민첩성은 평범한 수준에 불과했다. 그래도 23살에 몸값이 백만 파운드라면 이 젊은 장신 선수를 아주 싸게 사는 거라고 판단하고 서둘러 계약을 마무리 지었다.

디온이 클럽에 온 뒤 우리가 요구하는 수준에 빨리 도달할 수 있도록 돕기 위해 나는 상당히 많은 시간을 그와 함께 보냈다. 시즌이 시작되고 세 경기를 치르고 나자 그가 데뷔할 준비가 되었다고 느꼈다. 시즌 초반 비참한 경기 결과는 그의 첫인사를 미루는 구실이 되지 못했다. 브레이몰 레인에서 가진 셰필드 유나이티드와의 시즌 첫 경기에서 우리는 2-1로 졌고, 그 다음 올드 트래포드에서 애버턴에게 3-0으로 패배한 뒤, 입스위치Ipswich와는 홈에서 무승부를 거두며 승점 9점 중 불과 1점만 따는 부진을 겪었다. 우리가 두려워하던 최악의 출발이었다. 4번째 사우샘프턴 원정경기에서 디온은 우리가 작은 전환점을 만들어내는 데 많은 기여를 했다. 공격진을 이끌며 마크 휴즈와의 연계도 효율적으로 이루어냈다. 특히 89분에 대런 퍼거슨의 프리킥에 머리를 갖다 대어 결승골을 넣은 것은 그의 노력에 대한 멋진 보너스였다. 그 다음 경기에서도 그가 좋은 경기력을 선보이며 노팅엄 포레스트 원정의 2-0 승리에 이바지하자, 백만 파운드의 이적료가 헛되게 쓰이지 않았다는 확신이 굳어졌다. 그의 열정과 자신의 직업에 대한 양심적인 태도는 그의 성공이 일시적이지 않을 거라는 믿음을 내게 주었다. 다른 선수들도 그의 헌신적인 태도를 높이 샀으며 그는 곧 클럽 안의 사람들에게 많은 인기를 얻게 되었다.

이 모든 것은 그가 당한 불행한 사고를 더욱 비극적으로 만들었다. 겨우 세 번째 경기만에 크리스탈 팰리스와의 원정경기에서 디온은 끔찍한 다리 골절 부상을 입었다. 태클을 한 크리스탈 팰리스 선수를 비난할 수는 없었다. 악의적인 태클이 아니라 단지 서툴렀을 뿐이다. 그러나 디온이 그라운드에 쓰러져 움직이지 못하자 그의 부상이 매우 심각하다는 걸 즉각 알 수 있었다. 그의 시즌은 9월 2일에 이렇게 끝이 났다. 만약 그가 그 끔찍한 부상을 당하지 않았더라면 올드 트래포드에서 스쿼드 플레이어[핵심선수 외에 상대팀의 성향에 따라 베스트 11에 기용되는 선수]로서 뛰어난 활약을 펼쳤을 거라고 믿는다. 그는 우리 공격진에 이제까지 없던 무언가를 더해주면서, 여름 내내 분석한 결과 우리가 모자라다고 느꼈던 부분을 채워주었다. 그렇기 때문에 그가 유나이티드에 계속 있었어도 우리가 리그에서 우승했을 거라고 생각한다.

그러나 디온의 가장 열렬한 숭배자라 할지라도 그가 거대한 규모의 변화를 일으킬 촉매가 될 수 있다고 주장할 수는 없을 것이다. 정말로 그런 능력이 있는 사람이 곧 우리에게 올 거라고 예측하는 건 당시에는 불가능한 일이었다. 더블린을 잃고 난 후 내 다음 행동은 데이비드 허스트에게 다시 접근해보는 것이었다. 이번에는 트레버 프란시스가 아예 내 전화를 받지도 않았기 때문에 최후의 수단으로 팩스를 보내자 트래버는 공개적으로 나를 비난했다. 굳이 그런 수고를 하지 않아도 되었지만, 적어도 웬즈데이의 저항을 무너뜨리려고 시도하는 건 헛수고에 불과하다는 사실을 똑똑히 알게 해주었다. 불행하게도 몇 주 지나지 않아 허스트는 심한 부상을 입어 그의 커리어 전체가 엉망이 되었다. 나는 그에게 깊은 연민을 느끼면서도 그를 우리에게 보내주었더라면 과연 그의 앞날이 어떻게 되었을까, 하는 의문을 지울 수 없었다. 생각해 보면, 그들의 운명을 가지고 노는 운명의 여신은 매우 가혹했던 것 같다.

비가 부슬부슬 내리는 11월의 우중충한 수요일 오후 사무실에 앉아 있던 마틴 에드워즈와 나는 우리에게 다가올 운명의 장난을 전혀 예상하지 못했다. 우리는 우승을 하는 데 걸림돌이 되는 부족한 부분을 개선할 현실적인 방안에 대해 고민하고 있던 중이었다. 일단 우리의 라이벌 선수들은 제외해야 했으므로 과정은 매우 단순해졌다. 리버풀, 아스널, 맨체스터 시티, 리즈와 그 밖에 두 팀 정도를 접근불가 영역에 집어넣어야 했다. 내가 관심 있었던 선수는 에버턴에서 예상 외로 두각을 나타내지 못하고 있던 피터 비어즐리였다. 회장과 내가 비어즐리에 대해 의논하고 있을 때 마틴의 개인용 전화가 울려서 그는 리즈의 회장인 빌 포더비와 이야기하게 되었다. 포더비는 데니스 어윈을 살 수 있나 물어보려고 전화한 것이었다. 그는 절대 팔 선수가 아니었기 때문에 용건이 끝난 뒤 두 회장은 화기애애하게 이런저런 이야기를 나누었다. 그때 내 머릿속에 불현듯 떠오른 생각에 도저히 가만히 앉아 있을 수 없었다. "에릭 칸토나에 대해 물어볼 것." 나는 회장의 노트패드에 이렇게 갈겨썼다. 어리둥절한 표정으로 마틴이 나를 쳐다보자 나는 고개를 힘차게 끄덕였고 그는 내가 하라는 대로 물어봤다. 빌은 처음에는 주저했지만 칸토나를 팔 수도 있다는 사실을 인정했다. 일단 하워드 윌킨슨에게 물어본 뒤 한 시간 안에 다시 전화해주겠다고 약속하고 그는 전화를 끊었다. 수화기를 내려놓자마자 마틴이 물었다. "왜 칸토나인가요? 무엇 때문에 그에게 관심을 가지는 거죠?"

"그러니까 시즌 초반에 우리가 리즈를 2-0으로 이겼을 때 브루스와 팔리스터는 목욕탕에서 그에 대한 칭찬을 늘어놨어요. 그리고 지난주에는 제라르 울리에[비선수 출신으로 프랑스 대표팀과 리버풀 등의 감독을 지냈고 현재 레드불 글로벌 풋볼의 수장]와 이야기 했었는데 그가 뛰어난 능력을 가진 선수라고 높이 평가하더군요." 그 후 칸토나의 파격적인 성향으로 팀에 방해가 될지도 모른다는 이야기로 몇 분간을 보냈다. 분명 우리는 그가 곤란한 문제를 너무 많이 가지고 들어올 가능성에 대해서 고려해볼 필요가 있었다. 하지만 울리에의 이야기에 따르면 그는 언론에서 그려내는 것처럼 심한 망나니는 아닌 것으로 보였기 때문에 나는 프랑스 남자에게 돈을 걸 준비를 했다. 핵심적인 사안은 이제 리즈가 과연 그를 팔 것인지, 판다면 과연 얼마에 팔 것인지, 그것이 문제였다. 해답을 알아낼 때까지 그리 오래 기다리지 않아도 되었다. 30분도 안 되어 빌 포더비가 다시 전화를 걸어와 하워드는 기꺼이 칸토나를 팔 생각이라고 전해주었다. 필수절차인 이적료 흥정도 마틴이 대단한 수완을 발휘하는 바람에 그리 오래 끌지 않았다. 그는 리즈가 처음 요구한 1백 3십만 파운드를 백만 파운드로 깎으며 깔끔하게 협상을 마무리 지었다. 이렇게 해서 맨체스터 역사상 가장 화려한 시대가 열리게 된 것이다.

다음 날, 마틴 에드워즈와 나는 에릭과 그의 에이전트인 장 자크 베르트랑을 미드랜드 호텔에서 만났다. 거래는 매끄럽게 이루어졌고 마틴과 장 자크가 스위트 한쪽 구석에 앉아 계약서에 관해 의논하고 있을 때 에릭과 나는 방 건너편에서 팀에서 그가 맡을 역할에 관해 이야기를 나누었다. 내 프랑스어는 엉망이었고 영어로 이야기할 때조차도 낯선 스코틀랜드 악센트 때문에 그는 내 말을 쉽게 알아듣지 못했지만, 내가 그를 얼마나 원했는지 또 얼마나 그를 높이 평가하는지, 이 두 가지는 확실하게 이해시켰다. 그것은 에릭에게 매우 큰 의미가 있었다. 그는 다른 사람들이 그를 필요로 해주기를 원하는 사람이었고 처음부터 우리에게 오고 싶어 했던 게 분명했다. 그런 이야기를 할 때는 대부분 말하는 역할은 감독의 몫이고 선수는 느긋하게 감독을 관찰할 기회를 갖는다. 그러나 나는 이야기를 늘어놓으면서도 선수를 자세히 관찰하는 법을 익혔고, 그의 눈빛에서 그가 간절히 우리에게 오고 싶어 했음을 알 수 있었다. 에릭은 올드 트래포드가 자신의 재능을 펼칠 이상적인 장소라고 느꼈던 것 같다. 계약을 마친 뒤, 나는 장 자크에게 공항까지 태워주겠다고 제의했다. 새로운 선수에 대해 될 수 있는 한 많은 것을 알고 싶었던 내게 베르트랑은 좋은 정보원이었다. 그는 에릭이 열정적인 사람이며 감정이 너무 풍부한 탓에 문제가 생길 수도 있다고 확실하게 말해주었다. "그러나 에릭은 정직한 친구입니다." 장 자크가 강조했고, 그의 단호함은 논란을 불러일으킨 칸토나의 영입을 추진한 나에게 자신감을 주었다.

칸토나의 이적료가 디온 더블린과 똑같았다는 사실을 생각하면 이후 이틀간 그의 영입에 보여준 언론의 뜨거운 관심은 믿을 수 없을 정도였다. 불행히도 내가 에릭의 선수등록을 제때 마치지 못한 탓에 토요일 아스널전에 그를 출전시킬 수 없었지만 그는 우리와 함께 런던까지 와서 경기를 관람했다. 토요일 아침 9시 반에 브라이언 키드가 내 호텔방으로 와 에릭이 훈련을 하고 싶어 한다고 말했다. 스코틀랜드 사람 특유의 의심 많은 기질 때문에 속으로 대체 무슨 수작인가, 하고 생각했지만 키드에게 그가 원하는 대로 해주라고 이야기했다. 정오에 프리매치 런치를 위해 팀이 집합했을 때 에릭과 브라이언은 아직 훈련에서 돌아오지 않은 상태였다. 그들은 12시 20분에 들어왔고 에릭이 선수들 쪽에 가서 앉자마자 브라이언에게 훈련이 어떠했냐고 캐물었다. 그는 굉장했다고 대답하고 나서 에릭이 무엇을 했는지 세세하게 설명해주었다.

문득 제라르 울리에가 에릭에 대해서 한 이야기가 떠올랐다. "그는 훈련하는 것을 좋아하고 훈련할 때는 철저히 한다." 만약 울리에의 이야기가 사실이라면 그는 그에게 딱 맞는 클럽에 온 것이다. 아스널에게 1-0으로 손쉽게 승리를 거둔 후 맨체스터로 돌아온 뒤 에릭이 훈련하는 모습을 직접 보고 싶어서 월요일이 빨리 오기를 바랐다. 나는 실망하지 않았다. 그는 더할 나위 없이 성실하게 훈련을 소화해냈지만 정말로 나에게 깊은 인상을 준 것은 훈련이 끝난 후였다. 동료들이 클리프의 피치를 떠나고 있는데 그는 나에게 와서 개인 훈련을 도와줄 선수 두 명만 붙여달라고 부탁했다.

"뭐 하려고?" 내가 물었다.

"연습하려고요." 그가 대답했다. 그의 대답은 날 깜짝 놀라게 했다. 흔히 있는 요구가 아니었기 때문이다. 내 훈련 프로그램은 언제나 단체연습을 중심으로 구성되었고, 강조하고 싶은 부분이 무엇인가에 따라 매일 내용이 달라졌다. 대개는 패스, 크로스, 슈팅, 점유율 유지 등 여러 기본 요소를 훈련내용에 포함시키며 쉴 새 없이 몸을 움직이게 만들었다. 거기에는 선수들이 멀뚱멀뚱 서 있다가 영국의 기후에서는 큰 문제인 감기에 걸리는 일을 예방하려는 목적도 있었다. 이 접근법의 문제는 선수들을 코치하다가 전술적인 설명을 하기 위해 잠깐 멈춰야 될 때가 간혹 생긴다는 것이다. 이런 일이 되풀이되다 보면 종종 연습량 자체가 부족해지기도 한다.

그렇기 때문에 에릭의 요청을 들었을 때 나는 매우 기뻤고 얼른 선수 두 명을 불러서 한 사람은 사이드라인 근처에서 크로스를 올려주고 후보 골키퍼는 골문을 지키게 했다. 에릭은 그 후 30분 동안이나 발리슛을 연습했다. 굉장한 일이었다. 한편 건물 안으로 들어간 선수들은 칸토나가 돌아오지 않은 것을 깨달았고 얼마 뒤 그의 친구들에게 이유를 전해 들었다. 다음 날 훈련이 끝나자 서너 명의 선수들이 에릭과 함께 남았고, 개인 훈련은 점차 프로그램의 필수적인 부분으로 자리 잡게 되었다. 많은 사람들이 칸토나가 우리 클럽에 온 뒤 성공의 촉매로서 결정적인 영향을 끼쳤다고 찬사를 보냈는데 전적으로 합당한 지적이다. 경기에서 보여준 활약도 활약이지만 개인 연습의 중요성을 깨닫게 만든 것이 클럽에 훨씬 더 근본적인 영향을 주었다고 본다. 연습이 선수를 만드는 것이다.

1992년 12월 6일 맨체스터 시티와의 더비전은 맨체스터 유나이티드에서 칸토나 시대의 개막을 알린 경기였다. 비록 라이언 긱스의 교체선수로 그라운드를 밟았지만 그의 존재감은 올드 트래포드를 환하게 밝혔다. 큰 키에 군인처럼 꼿꼿한 자세, 트레이드마크가 된 목 뒤로 세운 칼라, 그에게서는 제왕과 같은 권위가 뿜어져 나왔고 공을 만질 때마다 스타디움은 환성으로 떠나갈 듯했다. 가능하면 쉬운 패스를 고집하는 그의 스타일은 즉각 나를 사로잡았다. 그의 특징인 간결한 플레이는 우리와 함께 뛰는 동안 그 자체로 큰 위력을 발휘했다. 불가능해 보이는 킬패스의 기회를 포착하거나 탁월한 기술로 밀집한 수비수들 사이로 공을 통과시킬 때 보여주는 상상력은 아무도 따라갈 수 없었다. 그러나 진정으로 뛰어난 창조성을 지닌 선수들이 모두 그렇듯이 칸토나는 딱 필요할 때만 화려한 플레이를 했다. 중요한 고비에 중요한 골을 넣는 귀중한 능력이 맨유에 와 처음으로 발현되었던 건 12월 말 첼시전으로, 우리는 그 덕분에 무승부를 거둘 수 있었다. 우리는 영감 넘치는 팀으로 환골탈태했다. 지난여름, 이미 엄청나게 성장한 우리 팀을 또 다른 차원으로 끌어올릴 수 있는 누군가를 절실히 원했을 때 내가 상상하던 것은 아마 에릭 칸토나 같은 선수였을 것이다. 그러므로 놀라운 플레이가 곧 터져줄 거라는 사실을 이미 알고 있었다.

그동안 우리는 노르위치와 애스턴 빌라와의 승점을 좁힐 수 있었지만 1992년에 우리 도전이 어떻게 무너졌는지를 기억하는 많은 이들은 우리가 과연 끝까지 올라갈 수 있을지 의문을 품고 있었다. 그러나 나는 우승이 우리의 운명이라고 확신하고 있었다. 물론 1월 말 입스위치에서

2-1 패를 당하거나, 그로부터 1주일 후 홈에서 용맹한 셰필드 유나이티드를 맞아 힘겨운 경기를 펼치다가 에릭 칸토나가 막판에 넣은 골로 간신히 승리를 거두었을 때처럼 일시적인 침체를 겪기도 했다. 다음 경기인 엘런드 로드 원정에서도 에릭이 비슷한 일을 해주기를 기도했지만 그의 첫 친정 나들이는 고난의 연속이었다. 그날 맨체스터 유나이티드와 에릭에 대한 홈팬들의 적의는 상상을 초월했다. 그는 리즈의 덩치 큰 센터백 존 뉴섬과 사소한 다툼 끝에 레드카드를 받았는데, 아마 이 프랑스 친구는 경기장을 벗어날 수 있어서 다행이라고 생각했을 것이다. 그런 상황에서는 0-0 무승부도 감지덕지였다.

우승을 노리는 팀에게 있어 진정한 시험은 안필드 같은 요새에서 원정승을 거두는 일일 것이다. 그리고 3월 6일 우리는 그들의 홈에서 리버풀을 상대로 2-1로 정당한 승리를 거두었다. 안필드전 승리는 우리 자신을 포함해 모든 사람들에게 우리가 타이틀을 향해 가까이 가고 있다고 납득시켰을 것이다. 그러나 3일 후, 우리는 올덤에서 1골차 패배를 당했다. 우리는 중압감에 시달리고 있었으나 나는 선수들에게 다른 팀 역시 압박감을 느끼고 있을 거라고 계속 주지시켰다. 그러면서 선수들에게 자기 자신과 능력을 믿는다면 모든 일이 잘 될 거라고 말해주었다.

시즌의 고비가 된 대결은 3월 14일 애스턴 빌라 홈경기였다. 우리는 여전히 빌라에게 2점 차로 뒤지고 있었지만 우리는 그들보다 조금 나은 경기력을 보여주고 있었다. 일주일 내내 전술훈련을 중점적으로 실시하며 침투임무를 맡은 긱스의 역할을 강조했다. 그는 이때까지 라이트 윙에서 활약했지만 이제 평소 선호하던 왼쪽 윙에서 유용하게 쓰일 터였다. 견실한 수비수인 얼 바렛과 맞붙게 되지만 리 샤프에게도 많은 것을 바라고 있었다. 우리의 전술은 공격수를 빌라의 수비수인 폴 맥그라스와 숀 틸의 뒷공간으로 침투시키는 데 초점을 맞추었다. 그들은 뛰어난 수비수였지만 자기 골대를 바라보며 플레이하는 건 좋아하지 않았다. 많은 점수 차로 이겼어도 우쭐해지지 않았을 정도로 유나이티드의 경기력은 최고였지만, 초보적인 실수와 마크 보스니치의 눈부신 선방으로 후반전 8분경 경기가 과열될 때까지 0-0 스코어가 이어졌다. 그때 스티브 스타운튼이 내가 헉하고 놀랄 만한 대포알 같은 슛을 성공시키며 빌라가 앞서 나가기 시작했다. 그때 경기장의 카메라는 일제히 특유의 멋진 포즈를 취하고 있는 론 앳킨슨을 향했다. 내 눈에 이 모든 게 그저 일상이라고 말하는 듯한 그의 태도는 거의 우리를 깔보는 걸로 보였다. 4분 후, 우리는 동점골로 정당한 보상을 받으며 그에게 생각할 거리를 좀 더 많이 안겨주었다. 마크 휴즈가 칸토나가 헤더로 넣어준 크로스를 다시 머리로 받아 골로 만든 뒤, 양 팀 다 교착상태에서 벗어날 수 없었다.

경기 후 기자회견에서 나는 오늘 우리가 더 나은 팀이었다고 말했다. 기자들보다 리그 안의 다른 라이벌 팀들을 향한 발언이었다. 우리가 얼마나 강해 보였는지 그리고 시즌의 결정적인 시점에서 가장 좋은 경기를 펼칠 팀이라는 속내를 내비친 셈이었다. 마음속 깊은 곳에서 나는 우리가 더 많은 승리를 거둘 거라고 확신하고 있었지만, 시즌 막바지 단계에서 시간이 부족하지 않기만 바랐다. 우리는 여기저기에서 승점을 잃고 있었지만 빌라나 노리치같이 여전히 우승 가능성이 있는 다른 경쟁자들도 역시 마찬가지였다. 노리치는 3월 24일 애스턴 빌라를 꺾으며 자신들뿐 아니라 우리에게도 도움을 주었고, 그때의 스코어는 4월 5일 캐로우 로드에서 오래간만에 선보이는 최고의 경기력으로 그들을 꺾으며 얻었던 3-1 스코어에 기분 좋고 행복하게 더해졌다.

부활절 주간에 리그는 이길 수도 질 수도 있다. 많은 팀들의 야망이 날아가 버리는 지뢰밭 같은 시기다. 이 기간에는 도저히 쉬운 경기를 가질 수 없다. 우리는 올드 트래포드에서 노련한 셰필드 웬즈데이를 맞아야 했고 빌라는 코벤트리와 더비전을 치르게 되었다. 통계만 보면 코벤트리는 도저히 이길 수 없어 보였기 때문에 토요일 밤에도 빌라가 여전히

1위를 유지할 거라고 예상했다. 한 치 앞도 내다볼 수 없는 우승 레이스에서 탈락하지 않으려면 우선 홈경기를 놓치지 않는 것이 중요했다. 전반전에 웬즈데이를 눌러버렸어야 했지만 도무지 골을 넣을 수 없었고 그렇게 경기는 후반전으로 접어들었다. 그토록 많은 기회를 놓쳐버린 대가를 치르게 될 위험이 점점 커져갔다. 공격 일변도로 나서는 팀은 문을 열어놓는 위험을 감수하게 되는데 우리가 바로 그랬다. 크리스 와들에게 가한 폴 인스의 신중하지 못한 태클로 우리는 페널티킥을 내주고야 말았다.

존 셰리던이 페널티킥을 성공시킨 뒤 경기가 걸핏하면 중단되며 흐름이 끊어지자 이 경기는 애초에 이길 운명이 아니었다는 생각이 들기 시작했다. 양 팀의 물리치료사는 확실히 자기 밥값을 하고 있었다. 선수들 서너 명을 봐주고 나서 마이클 펙 심판까지 부상을 입어 존 힐디치 부심과 교체되어야 했다. 힐디치는 운동장에 들어온 지 겨우 4분 만에 웬즈데이에게 페널티킥을 선사했지만 우리는 항의하지 않았다. 그만큼 노골적인 반칙이었다. 심판교체로 인해 우리가 본 유일한 이득은 내가 하프타임과 교체 사이에 상대팀이 시간을 끌거나 부상이 발생해 경기를 오랫동안 멈추는 일이 생길 때마다 힐디치에게 추가시간을 늘려야 한다고 불평을 늘어놓았다는 것뿐이었다. 나중에 한바탕 논란이 벌어진 원인이 되긴 했지만, 내가 열심히 로비를 한 결과 추가시간이 늘어났다고 확신한다.

경기종료를 20분 남겨놓고 캡틴 마블, 아니 브라이언 롭슨을 격전장 한가운데로 내보냈고 그의 에너지와 투지는 즉각 효과를 나타냈다. 모 아니면 도였지만 충분히 가치가 있는 모험이었다. 우리는 그들의 골문을 폭격했고 시간이 사정없이 흘러가는 속에 우리는 또 한 번 스트렛포드 엔드의 오른쪽 구석에서 코너킥을 얻었다. 우리에게 주어진 마지막 기회라고 생각했고 롭슨이 골대 앞 공간을 파고드는 특유의 움직임을 보여주자 내 시선과 희망은 오롯이 그에게로 집중되었다. 거의 모든 선수들이 이 경기에서 득점을 할 기회가 있었지만 한밤중까지 뛰게 해도 골을 넣을 것 같이 보이지 않을 무렵이었다. 그때, 자신이 얼마나 용감한지 보여주기라도 하듯 스티브 브루스가 상대 수비수들 앞에 머리를 내밀었고 그와 동시에 롭슨은 골대를 지키던 웬즈데이의 레프트백, 필 킹에게 달려들었다. 브루스의 머리에 맞은 공은 골대 구석에 박혔다. 이제 1-1이 되었고, 잉글랜드에서 벌어지는 다른 모든 경기가 끝났어도 우리에게는 여전히 7분 정도의 시간이 남았다고 생각했다.

빌라의 홈경기가 0-0 무승부로 끝났다는 반가운 소식이 들어오자 브라이언 롭슨에게 알려줘서 선수들을 진정시키려고 했다. 무엇보다도 우리는 더 이상 실점하지 않아야 했다. 그러나 이렇게 올드 트래포드의 함성이 모든 소리를 삼킬 때에는 선수들이 감독의 지시사항을 이해하려면 독심술사가 되어야 했다. 동점골이 들어간 뒤부터 나는 터치라인에 서서 선수들을 회유하고 격려하는 한편, 내 목소리가 들릴 만한 거리에 있는 선수들에게는 무조건 칭찬을 아끼지 않았다. 우리가 왼쪽 사이드라인 근처에서 프리킥을 얻자 웬즈데이 감독 트레버 프란시스는 심판에게 손짓으로 종료시간이 되었다고 항의했다. 라이언 긱스가 찬 공은 상대 수비수를 스치고 피치 바깥으로 나갈 것처럼 보였다. 개리 팔리스터는 소유권을 되찾기 위해 고개도 들지 않고 미친듯이 질주해서 페널티박스 안으로 아주 근사한 크로스를 넣어주었다. 웬즈데이의 나이젤 워딩턴의 몸에 맞고 튀어나간 공은 브루스 앞에 떨어졌다. 거대한 뉴캐슬 사내는 절호의 기회를 놓치지 않았다. 공은 내 시선에서 일직선으로 네트 구석으로 빨려 들어갔고 크리스 우즈는 몸을 날려 잡아보려 했지만 헛수고였다. 경기장의 분위기는 아수라장이라는 말밖에 할 수 없었다. 거기 있던 모든 이들은 브라이언 키드가 격하게 기뻐하는 모습을 잊지 못할 것이다. 이제 5경기를 남겨놓은 상태에서 승점 1점 차이로 선두에 오르며 우리는 유리한 고지를 차지하게 되었다.

나중에 내 사무실에서 농담조로 "맨유는 결승골을 2차전에서 넣은 거죠"라고 말했지만, 경기 직후 기자회견에서 트레버 프란시스는 추가시간에 대해 불만을 표시했다. 사실, 추가시간은 완전히 정당했다. 그날 밤, 비디오로 후반전을 보며 스톱워치로 부상과 교체 때문에 경기가 중단된 시간을 모두 재본 결과 추가시간이 12분이 나왔다.

리그 정상에 올랐다는 실감도 제대로 못한 채 바쁜 일정을 소화했던 것은 오히려 우리에게 득이 되었다. 이틀 후인 월요일, 우리는 하이필드 로드 원정에서 코벤트리를 1-0으로 꺾으며 1위 자리를 공고히 했다. 애스턴 빌라는 같은 날 하이버리 원정에서 아스널에 승리하며 추격의 불씨를 꺼뜨리지 않았지만, 우리와 상극이었던 첼시와의 골치 아픈 홈경기가 공원에서 산책하듯 쉽게 풀리며 3-0 대승으로 끝나자 우리의 자신감은 하늘을 찔렀다. 다음 상대는 강등 위기에서 벗어나려 몸부림치던 크리스탈 팰리스였다. 그들은 당연히 극단적인 수비전술로 나왔고 덕분에 전반이 끝날 때까지 양 팀 다 골을 기록하지 못했다. 하프타임에 내가 선수들에게 전해준 소식은 아드레날린 주사를 맞은 효과를 가져왔다. 블랙번이 빌라를 3-0으로 이기고 있었다. 긴장이 풀리자 우리는 팰리스를 사정없이 공격했다. 마크 휴즈가 64분에 자신의 특기인 멋진 발리로 골을 넣었고 경기가 끝나기 직전에 프랑스에서 온 천재는 폴 인스에게 번뜩이는 패스를 찔러주며 골을 만들어주었다. 종료 휘슬이 울리자 원정을 온 팬들은 광란에 휩싸였다. 그들은 마지막 홈경기에서 블랙번 로버스를 꺾으면 26년 만에 처음으로 우승 트로피를 올드 트래포드에 가져올 수 있다는 사실을 알고 있었다.

텔레비전이 이 기억할 만한 시즌의 클라이맥스를 연일 내보내는 와중에 우승의 향방은 5월 2일 일요일 애스턴 빌라와 올덤, 그리고 그 다음날 저녁 벌어질 우리 경기에서 결정되게 되었다. 승점 한 점이 프리미어리그 잔류 또는 강등을 가르게 되는 올덤이기 때문에 빌라로서는 어려운 경기가 될 것을 알고 있었다. 그런 이유로 경기를 보며 고문에 시달리지 않기로 일찌감치 마음을 정했다. 대신 나는 장남 마크와 함께 체셔의 집에서 가까운 모트람 홀의 골프코스를 돌았다. 처음 몇 홀 동안은 도무지 집중을 할 수 없었다. 내 신경이 온통 빌라 파크Villa Park에 가 있는 것을 눈치 챈 마크가 말했다. "신경쓰지 마요, 빌라가 이겨도 내일 경기에 이기면 우승할 수 있잖아요. 올드 트래포드에서도 이길 수 없다면 챔피언의 자격이 없는 거예요." 골프에 집중하게 만들기 위해 마크는 5파운드 내기를 하면 홀마다 한 타씩 더 얹어주겠다며 내 경쟁심을 부추겼다. 그때부터 우리는 골프를 제대로 즐길 수 있었다. 14번 홀은 골프장에서 제일 전망이 좋은 곳으로 체셔의 전경을 한눈에 내려다볼 수 있었다. 우리 앞에 있던 4명의 일본인들이 게임을 끝내는 동안 굽이굽이 펼쳐진 언덕을 바라보며 기다리고 있는데 마크가 말을 걸었다. "아무래도 빌라가 이긴 것 같아요. 졌다면 이미 누군가 우리에게 말해줬을 거예요." 그 애의 말이 옳다고 생각했지만, 다음 날 저녁 우리의 운명을 스스로 결정지을 수 있다는 마크의 말에 이미 긴장이 풀어진 후라서 아무렇지도 않았다. 그보다 내기의 승패를 가르는 중요한 시점이 다가왔다. 마크와 같은 타수로 17번 홀을 끝내기만 하면 내 5파운드를 지킬 수 있었다. 내가 친 공이 홀에서 6미터 정도 되는 거리에 안착하자 나는 아버지답게 마크를 무자비하게 약 올리기 시작했다. 그때 갑자기 차 한 대가 끼익하고 멈춰서는 소리가 들리더니 잔디밭 옆 자갈길을 올라오는 발소리가 뒤따랐다. 그리고 낯선 남자가 환한 미소를 띠며 모습을 드러냈다.

"퍼거슨 씨?" 내 이름을 부르는 소리에 몸을 돌렸더니 그가 소리쳤다. "맨체스터 유나이티드가 리그에서 우승했어요." 그의 말을 듣자마자 마크와 나는 부둥켜안았고 반가운 소식을 전해준 남자도 포옹에 합세했다. 맙소사, 정말 끝내주는 기분이었다. 내기는 그 자리에서 내팽개쳐졌다. 18번 홀의 페어웨이[티와 그린 사이의 기다란 잔디밭]를 걸어 내려오는데

1962년 아놀드 팔머가 스코틀랜드의 트룬 오픈에서 우승했을 때로 기억이 거슬러 올라갔다. 구름같이 몰려든 팬들 사이로 마지막 홀을 향해 당당하게 걸어가는 그의 모습은 영영 잊지 못할 것이다. 페어웨이를 걷던 내 심정이 딱 그랬다. 진짜 챔피언이 된 기분이었다. 페어웨이를 지나가는데 일본인 일행이 마주쳤고 그중의 한 사람이 우리 스폰서인 샤프의 로고가 새겨진 골프 모자를 쓰고 있었다. 유나이티드 팬이 틀림없다고 생각한 나는 그에게 자랑스럽게 말했다. "유나이티드가 리그를 우승했어요."

"아…… 무슨 말?" 어리둥절한 그의 얼굴에 자리를 뜨며 조금 바보 같은 기분이 들었다.

"좋은 반응이네요." 마크가 짓궂게 말했다. 흥, 누가 상관이나 한대? 휴대폰을 들어 캐시에게 전화를 했다. 나의 삶에서 가장 소중한 사람이 누구인지 깨닫는 순간이었다. 오랜 세월 동안 아내는 많은 것을 인내했으며 나를 대신해 걱정을 도맡아 했다. 이제 아내도 기쁨의 순간을 만끽할 때가 온 것이다.

집으로 돌아오니 기자들이 진을 치고 있었고 난생 처음으로 나는 그들의 존재가 거슬리지 않았다. 그들이 실컷 사진을 찍고 돌아간 뒤 시작된 축하연은 올드 트래포드에서 밤새도록 끝나지 않았고 다음 날에도 하루 종일 이어졌다. 블랙번에 거둔 3-1 승리는 축구경기라기보다 마치 파티 같았다. 그 누구도 매트 경보다 더 행복할 수 없었다. 자신의 클럽이 다시 리그 우승을 차지하게 되어 너무나 감개무량해 했다. 브라이언 롭슨은 타블로이드 신문과 인터뷰를 하며 끔찍한 실망감을 느낀 지난 시즌과 우승을 하게 된 이번 시즌의 차이는 나에게 있다고 말했다. 1993년에는 내가 좀 더 느긋한 것처럼 보였다고 한다. 딱히 의식한 건 아니지만 우승 시즌에는 선수 개개인을 보다 자세히 관찰하고 관심을 쏟은 것은 사실이다. 압박감이 가중되는 기간에 몇몇 선수를 주의 깊게 관리하고 격려가 필요한 선수를 체크하다보니 매 경기마다 좀 더 효율적인 준비가 이루어졌다. 한 번에 한두 명의 선수에게 초점을 맞춰야 그들을 진정으로 파악할 수 있게 된다. 내 경영법은 진화하고 있었다. 오랫동안 나는 훈련에 대한 모든 것을 혼자 도맡아서 처리했다. 코치를 하고, 훈련 프로그램을 고안하고, 프리시즌 스케줄을 짜고, 심지어 웜업 운동까지 내가 직접 시켰다. 그러나 일의 우선순위가 명확하게 잡혀가면서 선수 관찰이 더 큰 부분을 차지해야 한다는 사실을 깨닫게 되었다.

브라이언 롭슨이 말한 대로, 유나이티드가 우승팀의 요건을 갖추게 된 이유가 내가 감독으로서 발전했기 때문이라면, 그 원동력이 된 것이 에릭 칸토나라는 데 아무도 반론을 제기할 수 없을 것이다. 그는 비할 데 없는 존재감과 스타일을 클럽에 선사했다. 칸토나가 우리 클럽에 들어왔을 때 나는 그를 앙팡테리블로 포장하려는 과거의 모든 시도를 무시하기로 작정했다. 나를 대하는 태도에 기초하여 그를 판단했고, 자주 소통하며 이해하려고 애썼다. 그가 다른 사람들이 생각하는 만큼 자신만만한 사람이 아니라는 사실도 곧 알게 되었다. 그는 격려가 필요한 유형이었고 대부분의 선수처럼 자신이 특별하다는 말을 듣고 싶어 했다. 부정할 수 없는 사실은 그가 성공할 자격이 있는 선수라는 점이다. 단지 재능이 뛰어나기 때문이 아니다. 그는 축구에 전심전력을 다했다. 그의 훈련을 보며 따분함을 느낀 적은 단 한 번도 없었다. 한번은, 그가 훈련하는 모습을 처음부터 끝까지 자세히 관찰하다 그의 엄청난 집중력에 새삼 감탄한 적이 있었다. 에릭에게 그 점을 언급했더니 그는 이렇게 대답했다.

"모든 위대한 선수는 집중력이 좋았어요." 그가 말했다. "그리고 상상력이 풍부했죠." 그의 말대로 축구를 할 때나 이야기를 할 때나 에릭의 풍부한 상상력에 의문을 제기한 사람은 아무도 없었다.

20장

첫 더블을 달성하고

맨체스터 유나이티드를 맡은 사람이 새롭게 출범한 프리미어 리그의 다른 감독보다 적은 급여를 받는다는 게 말이 될까? 1993-1994 시즌이 시작될 무렵, 내 의문은 정당해 보였고 6년이 흐른 지금도 그 생각은 변함이 없다. 그러나 내 논점은 클럽회장에게 설득력이 부족하다고 느껴졌던 것 같다. 처음으로 나는 마틴 에드워즈와 계약문제로 의견을 달리하게 되었다. 그러나 이것이 마지막은 아니었다. 설사 유나이티드가 26년간의 가뭄을 끝내는 리그 우승을 차지하는 데 실패했다 할지라도, 그가 자신의 제안은 협상불가라고 못 박았다면 나는 당혹감을 느꼈을 것이다.

영국에서 가장 큰 클럽이며 전 세계에서도 세 손가락 안에 든다고 간주되는 맨유가 감독의 급여 면에서 같은 잉글랜드 리그 안의 주요 라이벌 팀에게 뒤처지는 걸 당연하게 받아들이는 것을 납득할 수 없었다. 조지 그레이엄이 아스널과의 계약조건을 내게 소상하게 알려주었기 때문에 내 주장이 사실이라는 것을 알고 있었다. 축구계에는 비밀이 존재하기 힘들다. 조지와 나는 매우 친한 사이였지만 개인적인 정보를 모두 알려준 것은 지극히 너그러운 행동이었다. 계약서의 숫자는 내가 조지보다 반도 안 되는 급여를 받고 있다는 사실을 보여주었다. 내 회계사인 알란 베인스가 마틴에게 사실을 제시했지만 그는 조지 그레이엄의 계약조건이 확실한 건지 의심스러워했다. 그는 아스널의 부회장인 데이비드 데인에게 정확한 내용을 알아보겠다고 말했다.

그의 반응에 기분이 나빴다. 조지의 경우를 차치한다 해도 우리 선수인 에릭 칸토나가 나보다 세 배나 많은 연봉을 받고 있었다. 내가 보기에 공정하지도 합리적이지도 않은 처사였다. 그렇다고 그동안 내가 계속해서 계약에 불만을 제기한 것도 아니었다. 솔직히 자신의 이익을 위해 싸우는 쪽에는 난 지독히도 소심했다. 이제 51살이 된 지금, 자신이 재정적인 안정을 거의 이루지 못한 것을 깨닫게 되었다.

올드 트래포드에서 7년도 넘는 세월 동안 헌신적으로 일해 왔기 때문에 새삼 충성심을 증명할 필요도 없었고, 지난 3년 동안 내가 이룬 것을 살펴보면 만족스럽지 못한 성과를 냈다고 주장하기도 힘들었다. 그럼에도 회장은 조금도 물러서지 않았고 결국 상향조정되었다고는 하나 여전히 그레이엄과 칸토나에 비하면 훨씬 낮은 수준의 연봉을 제시한 계약서에 서명할 수밖에 없었다. 내가 사인한 이유 중 하나는 맨체스터의 감독으로 일하는 걸 좋아했기 때문이다. 오랫동안 지속될 무언가를 만들어가는 과정에 있었으므로 자신이 닦아놓은 기반을 스스로 내팽개친다는 것은 생각조차 할 수 없었다. 아마 클럽과 자신의 일에 쏟아 붓는 열정에 사로잡힌 상태였던 것 같다.

그러한 열정은 그해에 맨체스터 유나이티드 역사상 처음으로 리그와 FA컵에서 우승하는 더블을 달성하면서 더욱 달아올랐다. 1993년 7월, 우리는 로이 킨을 미드필더로 데려오며 여전히 스스로의 수준을 높이려는 노력을 아끼지 않고 있다는 사실을 보여주었다. 아일랜드 코크 출신의 21살 청년은 오랫동안 내가 눈독을 들여왔던 선수였다. 강등을 당하게 된 노팅엄 포레스트가 더 이상 그를 붙잡고 있을 수 없게 되었다는 사실을 인정하자마자 우리는 행동에 나섰다. 시즌이 끝나가던 어느 토요일 아침, 타블로이드 신문에서 케니 달글리시를 만난 로이 킨이 블랙번으로 이적할 것 같다는 기사를 읽었다. 곧장 포레스트의 감독 프랭크 클락의 자택에 전화를 걸어 그에게 기사의 진위를 물었다. 프랭크는 펄펄 뛰며 로이에게 접근할 수 있는 허락을 아무에게도 내린 적이 없으며, 만약 기사가 사실이라면 케니는 규칙위반을 한 셈이라고 말했다.

"난 이 선수를 절대로 놓칠 수 없어, 프랭크." 내가 말했다. "내가 얘를 손에 넣고 싶어서 오랫동안 얼마나 안달복달했는지 잘 알고 있지 않나. 그래도 난 자네가 팔 준비가 될 때까지 끼어들지 않겠다는 약속을 깨뜨리지 않았네." 그는 우리에게 매우 협조적으로 나왔으며 그 점에 관해서는 늘 고마움을 느낄 것이다. 일단 킨과 이야기해도 좋다는 허락이 떨어지자 나는 회장과 모리스 왓킨스에게 알린 뒤 그의 에이전트와 변호사, 마이클 케네디를 즉시 맨체스터로 부르는 일은 그들에게 맡겼다.

나는 로이에게 연락해서 다음 날 남의 눈에 띄지 않게 우리 집으로 오라고 말했다. 날 찾아온 그에게 맨체스터 유나이티드의 앞날에 영광의 세월이 펼쳐지리라고 확신하고 있으며, 그러기 위해서는 그의 역할이 중요하다는 점을 확실하게 말해주었다. 킨과 케니 달글리시 사이의 이야기가 어디까지 진전되었던 간에 알란 시어러 사건의 재판만은 무슨 수를 써서라도 피하고 싶었다. 킨은 최고의 축구팀에서 뛰기로 결심한 선수였던 만큼 이번에는 내가 엄청나게 유리했다. 이 젊은 아일랜드 청년의 결의에 찬 모습에 나는 깊은 인상을 받았고, 그가 잭 워커의 달콤한 꼬드김에 절대 넘어가지 않으리라고 느꼈다. 킨을 손에 넣은 뒤, 나는 우리가 잉글랜드 축구의 절대 강자로 군림하는 시대에 들어서고 있음을 예감했다.

오랜 시간 동안 리그 우승을 차지 못한 데서 오는 중압감에서 해방된 선수들은 자신에 찬 태도로 경기를 풀어나가게 되었으며, 유나이티드 셔츠를 입었던 팀 중에서 가장 뛰어난 팀이라는 평가에 어울리는 모습으로 탈바꿈하기 시작했다. 버스비 경이 감독으로 있던 시절에 여러 번 우승을 차지했던 만큼 1994년 팀이 가장 위대하다는 주장은 강한 의구심을 불러일으킬 수 있겠지만, 나로서는 이들이 누구와 견주어도 결코 뒤지지 않는 팀이라고 확신한다. 1999년에 우리가 기적 같은 트레블을 달성하고 캄프 누에서 나를 흥분시켰던 뛰어난 선수들마저도, 5년 전 그들의 선배들보다 더 낮다고 단언할 수 없을 정도다. 예전에 나는 현재 스쿼드가 1994년 빈티지 팀과 나란히 서려면 후자의 정신력과 성숙한 승부욕을 지녔다는 사실을 증명해야 한다고 말한 적이 있다. 트레블을 달성한 해에 그들은 FA컵에서 아스널, 그리고 유러피언컵의 믿기지 않는 경기에서 유벤투스와 바이에른 뮌헨과 맞붙어 꺾이지 않는 투혼으로 몇 번이고 역경에서 다시 일어서며 내가 언급한 자질을 그들도 가지고 있음을 보여주었다. 그렇게 되어 1994년 팀과 1999년 팀은 내가 감독한 최고의 팀으로 같이 묶이게 되었다. 그러나 캄프 누에서의 위업은 그들을 계속해서 새로운 봉우리로 인도할 것이라고 믿는다.

두 팀의 현저한 차이점은 더블을 이루어낸 팀이 필드 위에서 돌출 행위로 나에게 훨씬 더 많은 골칫거리를 안겼었다는 것이다. 지금 팀에도 성격이 불같은 친구들이 존재하지만(로이 킨과 폴 스콜스는 징계로 유러피언컵 결승전에 나갈 수 없었다) 1994년은 팀 자체가 일촉즉발의 성격을 띠고 있었다. 이 뛰어난 팀의 구성을 분석해보면 특정한 근본적인 자질이 많은 선수들에게서 공통적으로 나타나고 있었다.

뛰어난 기술 외에 대부분의 선수들이 체력, 용기, 강건한 정신, 스피드, 힘 그리고 투지를 겸비했다. 그들은 승자였으며 동시에 많은 경우 동전의 양면처럼 추악한 패자이기도 했다. 집단난투를 벌일 정도로 성질이 급한 선수들은 넘칠 정도로 많았다. 물론 냉정한 선수들도 있었다. 팔리스터, 파커, 어윈, 그리고 맥클레어는 승부욕이 강했어도 좀처럼 거친 플레이를 하지 않는 상당히 차분한 선수들이었다. 하지만 브루스, 인스, 롭슨, 킨, 휴즈, 칸토나와 슈마이켈은 아무도 없는 집에서도 능히 난투극을 벌일 수 있었다. 내가 보기에 그들이 가진 투쟁심은 그들을 진정한 유나이티드 선수로 만드는 소중한 자질이었다. 다만 모두 한곳에 몰아넣으면 그들의 공격적인 성향을 통제하기 힘들어질 수 있었는데, 1993-1994

시즌에 들어서자 팀의 징계 횟수가 더 이상 용납할 수 있는 수준을 넘어서 버렸다. 문제가 되는 선수들을 모두 사무실에 불러 엄중한 경고를 줄 때가 왔다. "더 이상은 안 돼." 나는 그들에게 경고했다. "그걸로 끝이야, 알았나?" 눈앞에 고집스러운 얼굴로 앉아 있는 건장한 장정들에게 강압적인 태도로 야단을 치고 나서, 자신이 이 세상에서 가장 용감하거나 가장 정신 나간 감독일지도 모른다는 생각이 들었다.

당연히 역사에 남을 업적을 남긴 시즌답게 실망스러운 경기도 별로 없었지만, 유러피언컵의 실패는 우리에게 상상할 수 있는 최악의 우울함을 선사했다. 헝가리의 혼베드Honved와 치른 첫 라운드는 홈과 원정 모두 승리를 거두며 깔끔하게 마무리를 지었으나, 우리의 두 번째 라운드 상대인 터키의 갈라타사라이Galatasaray는 우리를 악몽으로 몰아넣었다. 올드 트래포드에서 겪게 된 고난은 우리 스스로가 자처한 셈이었다. 2점 차로 앞서나가고 있던 우리는 15분 이후 순항 중이었지만, 그 후 자기파괴라는 우리의 낯익은 특기를 선보이며 절도 있는 공격은 방만한 플레이로 대체되었다. 선수들이 공을 끌다 걸핏하면 빼앗기는 사태가 벌어지기 시작했다. 우리의 플레이에서 모든 추진력과 리듬이 사라졌고, 갈라타사라이는 한결 같은 역습을 펼친 끝에 3-2로 경기를 뒤집었다. 경기 막판에 에릭 칸토나의 골로 우리는 간신히 무승부를 건질 수 있었다.

이스탄불과의 2차전에서 우리는 이제까지 원정에서 겪었던 중 최악으로 꼽힐 만한 괴롭힘과 적대감에 노출되었다. 공항에 발을 들여놓자마자 우리는 군중이 쏟아내는 야유와 온갖 비방내용이 적힌 깃발이 물결치는 아수라장을 뚫고 가야 했다. 경기장에서 우리에게 향한 공격은 최고조에 달했다. 현지 경찰은 팬들보다 더 겁나는 존재였다. 스위스 심판이 온갖 수단을 동원해 터키 팀을 도와준 것은 어쩌면 당연한 일일지도 몰랐다.

경기가 끝나자 에릭 칸토나는 심판을 향해 판정에 대한 그의 생각을 몸짓으로 표현해 화를 자초했다! 종료 휘슬이 울린 뒤였지만 칸토나는 레드카드를 받았고 덕분에 다음 시즌 유러피언컵 경기에서 우리는 불리함을 안고 출발해야 했다. 0-0 무승부는 1994년 우리의 희망을 꺾었고(갈라타사라이가 맨체스터에서 넣은 원정 3골은 그들을 다음 라운드로 진출시켰다) 에릭의 불행은 필드를 떠나려는 순간, 경찰이 곤봉으로 그의 머리를 무자비하게 때려 상처를 입힘으로써 마무리되었다. 그 후 이어진 시즌 동안 칸토나가 언제나 결백했던 것만은 아니라고 말해둬야 할 것 같다. 1993-1994 시즌 후반에 우리가 거둔 통탄할 만한 징계 기록에 그는 지대한 기여를 했다. 그가 한 최악의 파울은 FA컵 4라운드 노리치와의 캐로우 로드 원정에서 승리했을 때 벌어졌다. 칸토나는 노리치의 미드필더 제레미 고스에게 끔찍할 뿐 아니라 도무지 의도를 알 수 없는 파울을 했다. 고스는 우리에게 전혀 위협이 되지 않았기 때문이다. 그가 뛰어난 기술을 가진 스윈든Swindon의 미드필더 존 몬커를 밟은 것은 더 심한 행위였고 이때 나는 처음으로 그에게 화를 냈다. 나는 그와 같은 행위를 절대 용납할 수 없었다. 그 다음 주에 토니 아담스와 공을 빼앗으려다 어이없는 퇴장을 당했을 때는 그를 동정했다. 그때는 에릭의 편을 드는 게 절대적으로 옳았지만 셰필드 유나이티드와의 FA컵 3라운드에서 퇴장당한 마크 휴즈의 행동에 대해 너그러운 입장을 표명했을 때는 도저히 감싸줄 수 없는 걸 감싸준 결과가 되었다.

셰필드의 덩치 큰 수비수 데이비드 터틀은 경기 내내 휴즈를 발로 차며 괴롭혔다. 스파키가 보복행위로 인해 드레싱룸으로 퇴출당했을 때 나는 가혹한 처사라고 생각했다. 솔직히 말해 그 장면을 제대로 보지 못했는데 경기 후 기자회견에서 휴즈를 옹호한 일은 조금 경솔했다. 그날 밤 늦게 비디오로 다시 돌려봤을 때 내 눈을 믿을 수 없었다. 휴즈는 터틀의 고환을 거의 터뜨릴 뻔했던 것이다. 팀에서 호전적인 선수들에게 더 이상 레드카드를 받는 건 지긋지긋하며 이제 거친 행동에 선을 그을 때라고 이야기해줄 필요가 있다고 내가 생각한 것도 무리가 아니다.

1994년의 뛰어난 팀이 그들의 놀라운 재능과 투쟁심을 합법적으로 발휘했다면 우리는 리그컵에서도 우승했을 것이다. 그들은 결승전까지 올라갔지만 내 올드 트래포드 전임자인 론 앳킨스가 이끄는 애스턴 빌라에게 실망스럽게도 3-1로 패배하고 말았다. 웸블리에서 레드카드를 또 한 장 받은 것도 우리에게 도움이 되지 못했다. 그러나 중립주의자들마저도 안드레이 칸첼스키스를 핸드볼로 퇴장시킨 판정은 가혹하다는 데 동의할 것이다.

우리가 국내 리그에서 실망스러운 일을 겪을 운명이었다면 그래도 리그컵에서 당하는 게 제일 나았다. FA컵은 조마조마한 순간이 많았지만 우리의 성공적인 레이스는 위대한 팀의 진면목을 보여주는 여러 명장면으로 기억될 것이다. 다만 안타깝게도 전성기에 이들이 함께한 것은 고작 한 시즌에 불과했다. 윔블던 전사들을 3-0으로 그들의 홈에서 짓밟은 5라운드 경기를 눈앞에서 본 사람이라면 그들이 도달한 믿을 수 없는 경지를 잊기 힘들 것이다.

경기를 결정지은 순간은 비니 존스가 칸토나에게 격렬한 태클을 가했을 때 찾아왔다. 그는 에릭이 그 즉시 환상적인 발리로 골을 만들어내는 것을 무력하게 지켜봐야 했다. 비니에게 있어서 왕을 위협하는 것은 의미 없는 짓이라는 것을 상기시킨 사건이었다. 세 골 중 마지막은 텔레비전에서 수도 없이 보여주었다. 데니스 어윈이 능숙하게 마무리를 짓기 전까지 아마 패스가 27회 연결되었을 것이다. 그날 우리는 천하무적으로 보였지만 8강 경기에서 피터 슈마이켈은 골에서 36미터나 떨어진 곳에서 찰튼 선수를 쓰러뜨린 행위로 퇴장당해 우리를 무방비하게 만들었다. 흔들리는 팀을 다시 일으켜 세워 3-1로 손쉬운 승리를 거두게 한 일등공신은 마크 휴즈였다. 준결승전에서도 그는 마지막 순간에 끈질긴 올덤을 상대로 동점골을 터뜨려 웸블리에서 팀을 살렸다. 메인 로드에서 벌어진 재경기에서 우리는 올덤을 4-1로 압도했다.

이제 첼시와의 준결승전은 리그 2연패를 결정짓는 동안 잠시 미뤄 둬야 했다. 지난 시즌과 마찬가지로 짜릿한 승리의 연장선에서 나와 서 포터들을 계속 긴장시키기 위한 충격적인 패배가 몇 경기 끼어 있었다. 그러고 보면 모든 유나이티드 팀은 내게 조금 사디스틱한 부분이 있었다. 그중에서도 분수령이 되었던 승부는 칸토나의 벼락같은 프리킥으로 1-0으로 승리한 아스널전과, 3-2로 승리한 시티와의 더비전이었다. 우리는 하프타임까지 2-0으로 뒤지고 있었지만 프랑스에서 온 마에스트로가 두 골을 몰아넣으며 코치교육용 비디오에 실어야 마땅한 근사한 플레이를 선보였다. 3월에는 셰필드 웬즈데이를 상대로 환상적인 5-0 승리를 거두며 모든 이들에게 우리가 시즌의 제일 중요한 시기에 펄펄 날고 있다는 걸 보여주었다. 그 후 리버풀에 1-0, 맨체스터 시티에 2-0, 그리고 무엇보다도 엘런드 로드에서 리즈에 2-0으로 승리하는 위업을 달성했다. 5월 1일, 우리는 다음 경기인 포트먼 로드 원정에서 입스위치를 2-0으로 꺾으며 우승을 결정지었고, 제이슨의 아내인 타니아가 캐시와 나에게 첫 손자인 제이크를 선사하며 주말 홈경기는 우리 가족의 길고 긴 축하연으로 변해버렸다.

FA컵 결승에서 첼시를 상대로 4-0이라는 스코어로 완승을 거둔 후 웸블리를 돌며 카퍼레이드를 펼친 것은 잊지 못할 시즌의 더할 나위 없이 완벽한 마무리였다. 칸토나가 페널티킥을 두 번 성공시켰고, 휴즈와 맥클레어가 한 골씩 기록하며 경기는 거침없는 행진으로 변했다. 유일하게 유감스러웠던 부분은 브라이언 롭슨을 결승전에서 제외시켜야 했다는 점이었다. 많은 사람들이 그토록 충실한 신하를 벤치에조차 앉지 못하게 한 건 냉혹한 처사라고 생각했지만 그날 맥클레어와 샤프를 교체멤버로 정한 데에는 합당한 이유가 있었다. 왼쪽 측면을 모두 커버할 수 있는 샤프는 언제나 자동적으로 선택되었다. 남은 빈자리 하나는 맥클레어와 롭슨 사이에서 결정해야만 했다. 두 사람 모두 나를 한 번도 실망시킨 적이 없었지만 로보는 선수겸 감독으로 미들스브러행이 결정이 난 반면 맥클레어는 계속 우리 팀의 일원으로 남아 있을 예정이었다. 당시에는 직업적으로 올바른 결정이라고 생각했지만, 솔직히 말해서 지금은 감정에 치우친 결정을 내렸어야 했다고 믿는다.

맨체스터 유나이티드는 1992년에 FA 유스컵에서 우승했고 우리는 1군 합류를 재촉하는 뛰어난 재능을 가진 어린 선수들을 갖게 되었다. 클럽의 미래는 더 이상 밝아 보일 수 없었지만, 새로운 선수들이 아무리 뛰어난 선수로 성장한다 해도 1994년 내 밑에 있던 엄청난 축구선수들로 이루어진 팀을 능가하기는 힘들 것이다. 슬픈 일이지만 첼시와의 결승전은 우리 위대한 팀의 마지막 경기가 되었다.

21장

나락으로 추락하다

감독생활을 하던 모든 세월을 통틀어 1994-1995 시즌 초반에 올드 트래포드에서 성숙해가던 일단의 십 대 선수들만큼 긍정적인 전망을 갖게 한 적은 한 번도 없었다. 그들의 가능성은 선배들이 일궈낸 더블이라는 업적만큼 내가 도착한 이후 클럽을 가장 강력한 위치에 놓이게 했다. 눈앞에는 맑게 갠 푸른 하늘밖에 보이지 않았다. 실은 우리 앞에 온갖 불행이 기다리고 있었지만 돌이켜봐도 재능 있는 선수들의 출현으로 낙관적인 전망을 품었던 것은 어쩔 수 없었다고 생각한다. 그들의 가파른 성장세는 우리의 인재풀에 드라마틱한 보탬이 되었기 때문에 어떠한 차질이 생겨도 오래가지 못할 거라고 여기게 했다. 논란으로 얼룩진 트로피 없는 시즌은 견디기 힘들었지만, 새해 초 우리의 사기가 최저로 떨어졌을 때에도 내가 만든 기반이 확고한 데에서 큰 위안을 얻을 수 있었다.

1993년 1월에 이미 나는 8명의 십 대 축구영재들과 프로계약을 맺었다. 이듬해, FA 유스컵 결승에서 그들의 활약은 내 믿음이 옳았다는 확신을 가져다주었다. 그러나 진정으로 나를 흥분시킨 것은 그들 중 최고의 재능을 가진 선수들이 1군 자리를 위해 경쟁할 단계까지 발전했다는 사실이었다. 몇몇은 라이언 긱스가 그랬던 것처럼 성인팀으로 순조롭게 진입할 조짐을 보여주고 있었다. 니키 버트, 폴 스콜스, 그리고 개리 네빌의 경우는 확실했다. 키스 길레스피, 개리 네빌의 동생 필, 그리고 데이비드 베컴 역시 조만간 고려 대상이 될 수 있을 만큼 기량이 늘고 있었다. 포트

베일과의 리그컵 1라운드 원정경기는 대부분 유스팀 졸업생으로 채워졌고(그 위에 경험이 풍부한 어윈, 킨, 메이 그리고 맥클레어로 팀을 보강했다) 폴 스콜스가 두 골을 넣으며 2-1로 승리를 거두었다. 두 번째 경기에도 크리스 캐스퍼와 존 오케인이라는 유스 출신 선수들을 두 명 더 소개했다. 다음 라운드에서 그들은 세인트 제임스 파크에서 뉴캐슬 유나이티드와 맞붙었고 굉장히 좋은 활약을 보여주었지만, 종료 10분을 남기고 체력이 떨어져 패배하고 말았다. 최고 수준의 축구를 할 수 있는 어린 선수들을 지니고 있다는 사실은 이제 확실해졌다. 그들은 지나친 요구에 무너지지 않도록 면밀히 관찰되어야 했다. 모든 유망주들은 연약한 날개로 날아오르는 데 비상한 재주가 있지만, 감독이 그들의 의욕에 찬 모습에 넘어가 지나치게 노출시킬 경우 추락할 수도 있다. 세인트 미렌과 애버딘에서 재능 있는 소년들을 키워본 결과 나는 그러한 위험을 의식하고 있었다. 스코틀랜드의 소년들 중 일부는 확실히 재능이 있었고 그중 많은 수가 만족스러운 선수생활을 했지만, 너무 빨리 소진되어버린 이들도 있었다. 그들에게 일어난 일을 봐오면서 나는 절대 잊지 못할 교훈을 얻었다.

1994년 가을, 유러피언컵 도전에 다시 나서게 되었을 때 UEFA는 필드에서 뛰는 외국인 선수를 5명으로 제한하는 규칙을 만들어 우리를 골치 아프게 만들었다. 처음 그 소식을 들었을 때 칸토나, 슈마이켈, 그리고 칸첼스키스를 함께 출전시키는 데 큰 문제가 없을 거라고 생각했다. 물론 실제는 그보다 더 복잡했다. 외국인 선수의 기준은 영국 국적의 비잉글랜드 선수까지 포함되었기 때문에 엄청난 고민거리를 안겨주었다. 출전 1순위 선수들은 대부분 비잉글랜드 계였다. 킨, 어윈 그리고 길레스피는 아일랜드인이었고, 휴즈와 긱스는 웨일즈 그리고 맥클레어는 스코틀랜드인이었다. 새로운 규칙을 위반하지 않고는 최강의 라인업으로 경기에 나설 수 없게 되었고, 결국 우리가 가장 우승하고 싶었던 대회에서 탈락하는 원인이 되었다. 대회 자체도 새로운 형식으로 바뀌었다.

챔피언스 리그로 개편되면서 4팀으로 이루어진 4개 조로 경기를 치른 뒤 상위 두 팀만 8강에 진출하게 되었다. 우리 조에 바르셀로나가 있는 걸 보고 짜릿함을 느꼈다면 터키의 갈라타사라이는 진저리를 치게 했다. IFK 예테보리가 우리 조 마지막 팀이었고 유럽대항전의 새로운 모험 길에 오른 우리는 스웨덴팀을 올드 트래포드에서 4-2로 꺾으며 상쾌한 출발을 했다. 이스탄불 원정은 지난번만큼 지옥은 아니었고 0-0 무승부는 받아들일 수 있는 결과였다.

바르셀로나가 맨체스터로 올 무렵, 우리는 스페인의 거인들보다 1점이 앞선 상태였다. 1991년 로테르담에서 열린 컵위너스컵 결승전에서 상대했던 요한 크루이프는 평소의 공격진을 내보냈다. 두 명의 윙어를 터치라인에 두고 전광석화같이 빠른 센터포워드인 호마리우가 단독으로 중앙을 공략하게 했다. 이 코브라처럼 빠른 브라질 선수가 걱정이었다. 나는 공격축구의 기조를 유지하며 승리를 포기하지 않는 동시에 호마리우를 묶어둘 수 있는 방법을 집중적으로 연구했다.

우리 공격진의 능력 정도면 바르셀로나를 꺾을 수 있다는 자신이 있었지만, 이를 위해서는 견고하고 절도 있는 수비가 선행되어야 했다. 나의 신뢰를 받는 팀의 주장이자 센터백인 스티브 브루스를 제외하기로 한 결정은 대부분의 사람들에게 놀라움으로 다가왔다. 그러나 그 뒤에는 전술적인 이유가 있었다. 폴 파커가 호마리우를 다루기에는 더 적당하다는 데 한 치의 망설임도 없었다. 작지만 끈질겼고 지극히 민첩한 파커는 퀸스 파크 레인저스 시절부터 대인 마크에 익숙했다. 그 역할을 맡길 정도로 성실한 선수는 유나이티드에서 그밖에 없었다. 우리가 꼭 이겼어야 했던 경기였고 딱 두 번의 집중력과 절제력이 흐트러지는 일이 없었다면 이길 수도 있었던 경기였다.

첫 25분 동안 경기를 완전히 지배한 우리는 마크 휴즈가 헤더로 넣은 한 골보다 더 많은 골을 기록해야 했다. 그러나 호세 마리 바케로가 폴 인스를 따돌리며 뒤에서 공을 가로챈 뒤 팔리스터와 어윈 사이로 스루패스를 넣어 호마리우가 수비를 뚫고 득점을 올릴 때 우리 미드필드진은 멍하니 보고만 있었다. 파커에게 호마리우를 놓치지 말고 딱 붙어 있으라고 지시했었기 때문에 그가 골을 넣자 나는 화가 치밀어 올랐다. 영국축구의 지역방어 관행과 상대방 공격수를 상대할 때 그가 피치의 다른 곳으로 갈 때마다 수비수가 다른 동료 수비수에게 책임을 떠넘기는 버릇은 우리를 곤경에 빠뜨렸다. 빅 개리 팔리스터가 파커에게 호마리우를 막을 준비가 되었다고 말한 직후, 호마리우는 뒤에 홀로 그를 남겨둔 채 사라졌다. 정말로 화가 났던 것은 우리가 지난 3일 동안 지역방어와 호마리우를 막을 대인마크를 결합시키는 전술훈련을 해왔다는 사실 때문이었다. 우리의 플레이를 변화시킬 필요가 없다고 생각했다면 애초에 그런 수고를 하지 않았을 것이다.

그동안 유럽대항전에서는 집중력을 완벽하게 유지하는 일이 필수라고 우리 선수들에게 귀에 못이 박히도록 이야기했었다. 게임플랜에 철저히 따르는 절제력을 갖춘 것이 대륙팀들이 우리에게 우위를 점하는 부분이었다. 우리가 그들에게 패배했을 때 능력부족을 탓하는 것은 우리 자신의 가치를 스스로 떨어뜨리는 행위다.

바르셀로나와 홈경기는 2-2로 끝났고, 올드 트래포드의 열광적인 분위기를 승리로 장식할 황금 같은 기회를 날려버린 우리에게는 후회만 남았다. 그 결과, 나는 에릭 칸토나의 빈자리가 얼마나 큰지 실감하게 되었다. 지난 시즌 갈라타사라이 원정에서 심판에게 폭언을 퍼부었다는 이유로 받은 징계는 여전히 유효했고 바르셀로나 원정전까지 지속될 예정이었다. 정말 크나큰 손실이었다. 에릭은 유럽대항전에서 중요한 활약을 펼치지 못했다는 이유로 비판받아왔다. 물론 그가 잉글랜드 대회에서 보였던 수준에 못 미친 건 사실이지만, 굳이 변명을 하자면 팀 경기력에서 나타나는 전반적인 결점에 부분적인 이유가 있다고 본다. 그가 캄프 누에서 뛸 수 있었다면 아마 우리에게 상당한 보탬이 되었으리라고 믿는다.

선수선발, 전술, 교체를 비롯한 모든 것에 걸쳐 감독의 결정은 경기에서 이기지 않는 한 거의 정당성을 인정받지 못한다. 바르셀로나에서 4-0으로 참패를 당한 후 내가 해온 모든 일이 잘못된 것으로 평가되었다. 가장 먼저 비난을 받은 것은 슈마이켈을 제외시키는 대신 나이 어린 개리 월시를 골문 앞에 세운 결정이었다. 나는 다만 골키퍼보다 필드 플레이어 자리에 외국선수를 쓰는 편이 더 이익이라고 생각했기 때문에 그런 결정을 내렸다. 월시는 실점에 책임이 없었고 자신의 임무를 훌륭하게 수행했지만, 비판자들은 그러한 사실을 받아들여 공격을 삼가는 법이 없었다. 바르셀로나가 경기를 압도한 이유는 그들이 우리보다 더 예쁘게 공을 찼고 더 참을성 있게 전술을 수행했기 때문이다. 하프타임 때 드레싱룸에서 내가 폭발한 것은 미드필드에서 우리가 보여준 순진함 때문이었다.

전술준비에는 3가지가 우선적으로 이루어져야 했다. 첫 번째는 바르셀로나가 올드 트래포드에 왔을 때 관찰한 사실에 기반을 둔 것으로, 그들의 풀백인 알베르 페러와 세르지는 우리 윙어들이 드리블하며 지나갈 때는 쉽게 막았지만 공이 없는 상태에서 위협적인 지점으로 뛰어가는 선수들을 쫓아가야 할 때는 매우 어려워했다. 칸첼스키스와 긱스에게 기회가 날 때마다 중앙에 공을 패스한 뒤 풀백 뒤에서 달리기 시작하라고 주문했다. 두 번째 선결조건으로 니키 버트가 주제프 과르디올라가 로날드 쿠만과 완벽한 호흡을 자랑하며 활동하는 지역인 백포[4인 수비] 앞 공간을 압박해야 했다. 쿠만의 영향력을 줄이기 위해 마크 휴즈는 종종 밑으로 내려와 그를 견제해야 했다. 마지막으로 세 번째 가장 중요한 조건은 폴 인스에게 달렸다. 그는 경기 내내 바케로나 기예르모 아모르가 전진하지 못하도록 막아서 로이 킨이 둘 중 하나만 상대하게 만들어줘야 했다. 폴이 그런 식의 지시에 보이는 반응은 우려스러웠다. 그는 더 이상 수비형 미드필더로 남아 있길 원하지 않는 것으로 보였다. 이제 그는 자신을 공격형 미드필더로 여기고 있었고 이는 자신의 장점을 전혀 모르는 오해의 소치였다. 페널티박스에서 페널티박스로 뛰어다니는 체력소모가 큰 플레이를 경기 내내 지속적으로 할 수 있는 선수들은 희귀한 보석과 같다. 로이 킨을 맨체스터 유나이티드로 데려온 이유는 그런 선수들 중 하나였기 때문이다. 엄청난 체력의 소유자인 그는 브라이언 롭슨 같은 유형의 선수였다. 폴은 두 사람의 지구력을 갖추지 못했다. 그러나 백포 앞에 포진시켜 놓으면 강력한 태클로 공격을 저지하거나 상대방이 득점기회라고 생각했을 때 깔끔하게 공을 빼앗는 일을 그보다 더 잘 할 선수는 없었다. 그의 강점은 수비에 있었으나 그는 현실을 받아들이기를 거부했다. 바르셀로나와의 재난 같은 경기가 있던 날 그러한 거부행위는 뚜렷하게 눈에 보였고 패배의 원인을 폴에게 전가하는 것은 지극히 부당한 일이기는 해도, 자신의 포지션에 대한 모호한 해석은 우리의 악몽에 어느 정도 기여했다고 볼 수 있다.

이제 우리는 예테보리에서 열리는 다음 챔피언스 리그 경기에서 무조건 승리해야 하는 부담을 짊어지게 되었다. 그들의 경기장은 매우 뛰기 힘들었고, 선수들의 인내력과 절제력 부족은 또 한 번 우리 발목을 잡았다. 비록 경기력은 형편없었지만 우리는 사력을 다했고 마크 휴즈의 골로 1-1 동점을 만들었다. 그 후 선수들이 지나치게 흥분하는 바람에 역습으로 두 골을 더 먹고 말았다. 거기에 폴 인스가 이탈리아 심판에게 항의했다가 퇴장당하는 불운까지 겹쳤다. 1-1 상황에 무모하게 허세를 부린 대가는 컸다. 무승부만 거두었어도 8강에 진출할 수 있었던 것이다.

이러한 종류의 실패는 비탄의 구렁텅이에 빠지게 하거나 다시 일어서려는 의지를 불태우게 만드는데, 대부분 우리 선수들은 클럽축구에서 가장 영광스러운 상을 다시 한 번 쟁취하기를 간절히 소망했다. 케니 달글리시가 만들어낸 블랙번이 우승후보로 버티고 있는 한 결코 쉬운 일은 아니었다. 우리 스쿼드는 만족스러웠지만 다른 팀들이 우리를 상대할 때, 특히 올드 트래포드 원정을 오면 평소의 전술을 사용하지 않는다는 사실을 깨달았다. 대부분의 팀은 앞으로 나오지 않고 수비만 했다. 고약했지만 예상하던 일이었다. 칸첼스키스와 긱스라는 두 명의 빠른 윙어와 수비수 뒷공간으로 패스를 찔러넣어줄 수 있는 칸토나의 존재는 상대가 자기 진영 깊이 자리 잡고 페널티박스를 지키게 만들었다. 이 문제를 해결하기 위해서는, 박스 안 좁은 지역에서 공간을 만들어낼 수 있을 정도로 빠르거나, 골대 앞에서 등지는 플레이에 능숙하고 돌아서서 골문을 열 수 있는 스트라이커가 필요했다.

여기에 해당하는 자질을 가진 포워드를 영입하려면 엄청난 이적료가 필요하겠지만 실은 이렇게 큰돈을 쓰는 영입은 시즌이 시작하기 전에 생각했어야 하는 문제였다. 팀이 잘 나갈 때 스쿼드를 강화하는 게 정석이며 더블을 달성했던 우리는 경쟁에서 앞서기 위해 대책을 강구해야 했다. 내가 "모든 장벽을 허물어라"라고 부르는 철학을 실현시키기 위해서였다. 공격에서 우리의 선택지를 넓힐 수 있는 스트라이커 외에도 우리는 수비진을 강화해야 했다. 폴 파커의 무릎은 나날이 악화되어 메우기힘든 빈자리를 남긴 채 선수생활을 마감할 것으로 보였다. 여름에 두 명의 선수를 사놓았더라면 프리시즌 동안 우리 식의 축구에 익숙해지게 만드는 엄청난 이점이 생겼을 것이다. 실제로는 새해를 넘기고서야 스트라이커를 진지하게 찾기 시작했다. 결코 마크 휴즈가 못 미더워서가 아니었다. 마크는 31살이었고 이제는 미래에 대해 생각해야 했다. 다만 개인적으로는 그가 방출될 염려는 없다고 생각했다.

우리 공격진의 공격력을 강화시킬 후보로 나에게 깊은 인상을 남긴 두 명의 스트라이커, 뉴캐슬 유나이티드의 앤디 콜과 노팅엄 포레스트의 스탠 콜리모어는 서로 상반되는 자질을 갖고 있었다. 앤디는 스피드와 움직임이 뛰어나 칸토나의 숏패스를 효과적으로 이용할 수 있었던 반면, 콜리모어는 등진 플레이를 하다 상대 진영에 뛰어드는 플레이에 능했다. 케빈 키건에게 콜에 대해 문의했을 때 단칼에 거절당한 뒤 곧바로 콜리모어로 넘어갔다. 포레스트 감독인 프랭크 클락과 거래를 하기 위해 많은 공을 들였다. 내가 처음 연락한 날, 그는 독감으로 일찍 귀가해 전화를 받지 못했다. 다시 케빈에게 돌아가서 콜에 대해 끈질기게 캐물었고 전화로 몇 차례 설전이 오간 후, 그는 600만 파운드와 키스 길레스피를 주면 앤디를 넘기겠다고 말했다. 그의 제안을 검토하도록 한 시간만 여유를 달라고 한 뒤 전화를 끊었으나 실은 그 자리에서 답할 수 있는 문제였다.

애초에 길레스피 하나 때문에 놓칠 수 있는 계약이 아니었다. 키스를 선수로서 높이 평가하긴 하지만 솔직히 그가 톱선수가 될 가망은 없었다. 어쨌든, 안드레이 칸첼스키스가 얼마 전에 새 계약서에 사인한 이상 이 아일랜드 청년은 후보 위치에 머물게 될 예정이었다. 몇 달 후에 칸첼스키스가 무슨 일을 저지를지 알았다면 나는 키스를 보내지 않았을 것이다. 케빈이 이미 그를 팔기로 마음을 굳힌 게 확실히 보였기 때문에 분명 콜의 영입은 다른 방법을 찾았을 것이다. 이 모든 일이 벌어지는 동안, 나는 키스의 어머니에게 아들을 버리는 게 아니라고 안심시켜야 했다. 지난 몇 년 동안 봐오면서 길레스피 부인이 나를 신뢰하고 있다는 사실을 잘 알고 있었기 때문에 도저히 실망시킬 수 없었다. 그래서 나는 케빈에게 그 애를 잘 돌봐주겠다는 다짐을 받았다. 우연히도 콜의 이적 이후 곧바로 세인트 제임스 파크에서 뉴캐슬과 맨체스터 유나이티드가 맞붙게 되는 바람에 콜과 길레스피의 활약에 대한 언론의 뜨거운 관심은 피할 수 없게 되었다. 케빈과 나는 그들을 배려해주기 위해 혹독한 신고식을 치르지 않도록 명단에서 제외시키기로 결정했다.

일주일 후, 콜은 블랙번 로버스 상대로 조용하게 올드 트래포드 데뷔전을 치렀다. 그 경기는 에릭 칸토나의 마법 같은 플레이가 지배했고 그는 늦은 시간에 결승골을 터뜨리며 리그 1위를 달리던 블랙번과의 승점차를 좁혀놓았다. 다음 날, 에릭의 에이전트인 장 자크 베르트랑은 회장과 만나 새로운 계약에 대해 의논했다. 모든 일이 잘 되어가는 것처럼 보였다. 에릭은 유나이티드에서 행복했고, 우리는 그가 선수생활을 마칠 때까지 남아 있고 싶어 해서 행복했다. 누구도 곧 우리를 덮칠 재앙을 예측할 수 없었다.

자부심 강한 스코틀랜드인으로, 나는 로버트 번스의 탄신일인 1월 25일을 언제나 특별하게 여겨왔다. 1995년 그날은 스코틀랜드의 국민 시인과는 아무 상관없는 사건 때문에 기억에 남게 되었다. 시인 번스조차도 수요일 런던 남부의 셀허스트 파크Selhurst Park에서 벌어진 사태에 대해 서정의 감정을 갖기가 힘들었을 것이다.

크리스털 팰리스와의 경기준비는 더할 나위 없이 평범했고, 우리는 블랙번과의 승점차를 좁힐 또 하나의 기회를 고대하는 중이었다. 팰리스가 피지컬을 앞세워 도전해올 거라고 예측했지만 지나친 걱정은 하지 않았다. 우리 팀의 강점은 기술이었지만 상대가 거칠게 나온다 해도 맨체스터 유나이티드 선수들은 위협에 굴복하지 않고 맞설 역량이 있다고 생각했다. 사방에서 축구화로 걷어차려고 해도 우리 선수들이 언제나 공을 차지하면서 용기를 보여주기를 원했다. 심판이 제대로 판정을 내리며 상대의 압박에 휘둘리지 않을 정도로 강하다면 나는 불만이 없었다. 그렇지 못하다면 클럽과 선수 개인의 장기적인 야망을 망가뜨릴 수 있는 심각한 부상이 발생할 위험은 물론이고, 경기장은 무정부상태로 변하고 말 것이다. 불행하게도 이번에 배정된 심판은 약한 범주에 속했다. 개인적으로 알란 윌키를 아는 것은 아니지만 분명 선량한 사람일 것이다. 하지만 내 기억 속의 그는 형편없는 심판이다.

그는 크리스털 팰리스의 두 중앙 수비수 리처드 쇼와 크리스 콜먼의 뻔뻔스러운 태클을 제지하지 않아 그 후에 일어날 사고를 필연적인 것으로 만들었다. 쇼가 다른 선수들보다 더 인성이 더럽다고 생각하지 않지만 창의적인 공격수를 좌절시키고 분노하게 만드는 셔츠 잡아당기기를 믿지 못할 정도로 자주 사용했다. 그날 밤 그는 평소의 레퍼토리에 살인 태클을 더해 콜과 칸토나를 공격했다. 콜먼도 질세라 중앙선에서 콜에게 끔찍한 태클을 했다. 이 모든 행위가 윌키 심판에게 보이지 않았는지 아무 제재도 받지 않고 넘어갔다. 만약 내가 선수로서 그와 같은 행위를 당한다면 아마 가만 있지 않았을 것이다. 그러나 감독으로서 경기에 대한 내 관점은 완전히 달랐기 때문에 보복은 용납할 수 없는 선택이었다. 늘 모든 선수들에게 상대를 괴롭히려면 플레이로 압도하라고 강조해왔으며, 셀허스트 파크의 드레싱룸에서 특별히 칸토나에게 그 점을 주지시켰다.

"절대 상대하지 마." 내가 말했다. "놈이 원하는 건 바로 그거야. 녀석이 공을 붙잡지 못하게 주위에서 공을 빙빙 돌리라고. 태클을 많이 하면 좋은 플레이를 한다고 생각하는 놈이야."

후반전이 시작될 때 나는 심판에게 다가가 전반전의 태클에 대해 불만을 제기했다. 윌키는 대체 무슨 헛소리를 하는 거야, 하는 표정으로 날 쳐다보았다. 그는 전반에 벌어졌던 일의 심각성을 전혀 이해하지 못하는 것처럼 보였다. 후반전이 시작한 지 불과 4분밖에 되지 않았을 때 뭔가 보복을 하려던 칸토나의 결심은 노골적으로 쇼를 걷어차게 만들었고, 갑자기 정의의 사자로 변한 윌키는 달려와 레드카드를 흔들었다. 에릭의 어리석음에 화가 치밀어 올랐다. 다혈질적인 성격 때문에 자기 자신과 클럽을 난처하게 만들고 뛰어난 축구선수로서 그의 평가에 오명을 남긴 일은 그때가 처음이 아니었다. 이번이 유나이티드에 와서 5번째의 퇴장이었다. 그에게 온갖 도발행위가 가해졌다는 사실을 감안해도 어리석고 유감스러운 행동이었다고 말할 수밖에 없다. 그의 생애 최악의 위법

행위는 절대 계산이나 계획을 거친 게 아니라 순간적으로 통제력을 잃었기 때문에 벌어졌다. 다만 그가 난폭한 행위를 저질렀을 때는 거의 대부분 부당한 일을 당하는 데도 심판이 아무런 일도 하지 않을 경우였다. 자기 스스로 정의를 구현하려는 시도는 언제나 노골적이고 서툴러서 곧장 자폭하는 결과로 이어졌다.

그날 저녁, 그의 퇴장이 불러일으킨 기이하고 끔찍한 사태에 대해 예상했던 사람은 아무도 없었을 것이다. 그가 막 필드를 떠나려고 할 때 나는 우리 팀의 장비 담당자인 노먼 데이비스에게 피치 반대편 70미터 정도 떨어진 터널까지 칸토나와 동행하라고 지시했다. 나는 10명으로 싸워야 하는 불리함을 보완할 수 있도록 팀을 재정비하는 데 모든 생각이 쏠려 있는 상태였고, 경기를 지켜보느라 메인스탠드 앞에서 벌어진 폭력사태의 도입부를 놓쳤다. 에릭이 펜스를 훌쩍 뛰어넘어 스터드가 박힌 발바닥을 야유꾼의 가슴팍에 찍어버리는 걸로 팰리스 팬의 욕설에 직접 대응한 것을 알게 된 것은 한참 후였다. 내가 소요사태를 깨달았을 때는 우리 프랑스 남자는 주먹을 휘두르는 중이었고 질서가 회복될 때까지는 몇 분 정도 걸렸다. 이제 경기는 자칫 잊어버릴 수 있는 부차적인 것으로 변해버렸다. 데이비드 메이의 골로 우리가 앞서나갔고 경기 막판 상대편의 동점골로 경기는 1-1로 끝났다.

경기가 끝난 후 나는 노발대발하며 칸토나를 박살냈다. 우리 둘 사이에 내가 이런 식으로 그에게 분노를 표출한 것은 지난 시즌에 그가 스윈든 타운의 존 몬커를 축구화로 밟았을 때 말고는 한 번도 없었다. 에릭은 제 자리에 가만히 앉아서 한마디도 대꾸하지 않았다. 어처구니없는 일이지만 나는 관중과의 폭력사고로 인한 사건의 중요성을 미처 깨닫지 못한 상태였다. 경찰간부가 나를 불러내더니 전면적인 수사가 이루어질 거라고 말해도 나는 앞으로 닥칠 폭풍의 크기를 짐작도 하지 못했다. 맨체스터로 돌아오는 비행기 속에서도 생각에 잠겨 있느라고 여전히 진상을 파악하지 못한 채였다. 사람들은 어떻게 내가 그렇게 오랜 시간 동안 아무런 정보도 없이 있을 수 있느냐고 의문을 가질 것이다. "분명 누군가 말해 줬을 텐데." 이렇게 말하는 이들이 있겠지만 모두 틀린 이야기다.

집에 도착했을 때, 캐시의 표현을 빌리자면 나는 여전히 다른 세계에 빠져 있었는데 제이슨이 와 있는 걸 보고도 조금도 기분이 나아지지 않았다.

"텔레비전 봤어요?" 아들이 물었다.

"안 봤다." 이렇게 대답하고 나는 침실이 있는 위층으로 곧장 올라갔지만 제이슨은 여전히 내 뒤를 졸졸 따라왔다.

"정말 끔찍한 일이에요." 제이슨이 말했다.

"제이슨, 그 이야기는 더 이상 듣고 싶지 않구나." 나는 아들의 말을 딱 잘랐다. "내일 아침이면 질리도록 뉴스가 나올 테니까." 그리고 나는 곧장 침대로 들어갔다.

평상시라면 몇 분 안에 잠이 들었겠지만 그날 밤은 예외였다. 새벽 4시가 되자 나는 자리에서 일어나 경기 비디오를 봤다. 테이프에 기록된 영상은 굉장히 끔찍했다. 그 후 여러 해가 흘렀지만 아직도 나는 에릭에게서 사건에 대한 해명을 듣지 못했다. 그러나 내 추측으로는 심판이 이전의 반칙상황을 전혀 개입하지 않았던 데다 퇴장까지 겹치자 그만 자제할 수 있는 선을 넘어섰던 것 같다. 나 역시 성질을 폭발시키고 자기 자신을 통제하지 못한 것에 깊은 후회를 하곤 하지 않았던가.

아침이 되자 클리프 훈련장은 텔레비전 방송국과 신문기자들에 점령당해 있었다. 건물 정문 밖으로는 숨을 곳이 전혀 없었다. 그날은 하루 종일 온갖 회의와 전화통화로 쉴 틈이 없었으나 가장 중요한 회의는 저녁에 앨덜리 에지 호텔에서 있었다. 마틴 에드워즈와 맨체스터 유나이티드 주식회사의 회장 롤란드 스미스 교수, 모리스 왓킨스와 나는 한자리에 둘러앉아 클럽이 취해야 할 행동을 의논하기 위해 만났다. 우리는 맨체스터 유나이티드의 명성을 보호하기에 충분할 정도로 강력한 제재를 취해야 할 필요성이 있다는 결론을 내리고, 그러기 위해 에릭에게 4개월간 출장정지 처분을 내리기는 것에 만장일치로 동의했다. 시즌이 끝날 때까지 에릭은 복귀하지 못한다는 의미였다.

회의 중에 FA로부터 전화가 걸려왔다. 우리가 내린 출장정지 처분이 그들에게 충분한 처벌로 받아들여질 거라는 내용이었다. 그러나 며칠 후, 그들은 에릭을 소환해 경기를 더럽힌 책임을 물었다. 징계 청문회가 세인트 알반스의 한 호텔에서 열렸고, 이 우스꽝스러운 행사의 성격은 진행을 맡은 올덤의 이사인 이언 스코트의 질문에서 단적으로 드러났다.

"당신이 쿵푸 유단자라는 게 사실인가요?" 그는 에릭에게 이렇게 물었다. 당연히 에릭은 질문에 당황했고, 모리스와 나는 한참 동안 웃다가 대신 대답했다.

"아뇨, 에릭은 쿵푸 유단자가 아닙니다."

판결내용은 충격이었다. FA는 우리가 에릭에게 내린 4개월 출장정지에 4개월을 더하기로 결정했다. 처벌이 너무 과하다고 느꼈고, 선수들을 보호한다고 폼 잡는 프리미어 선수연맹은 여기에 대한 항의를 표시해야 했다. 형사처벌을 받기 위해 또 한 번 언론의 호들갑을 뚫고 크로이든 형사법원에 출두한 칸토나에게는 더 많은 시련이 기다리고 있었다. 맨체스터 유나이티드의 경비요원인 네드 켈리는 호전적인 군중들에게서 에릭을 보호하느라 진이 빠질 지경이었지만 자신의 임무를 훌륭히 수행했다. 법원은 2주간의 실형을 선고했지만 항소 후에 사회봉사 120시간으로 바뀌었다.

칸토나는 좀처럼 끝나지 않는 자신의 시련을 견디는 과정에서 자신의 굳은 의지와 투지를 보여주었다. 지역사회봉사는 의외로 상당한 스트레스를 그에게 안겨주었다. 원래는 어린 학생들에게 축구를 가르치기로 되어 있었고 그대로 실행되었더라면 아마 그에게는 즐거운 시간이 되었을 것이다. 그러나 나이와 성별을 한정하지 않자 제대로 된 교습을 해주는 것이 불가능해졌다. 축구교습은 그저 많은 사람들이 그를 만날 수 있게 해주는 구실에 불과했다. 나는 잉글랜드 축구계에서 그가 살아남을 가능성에 대한 생각이 바뀌기 시작했다.

1994-1995 시즌이 재난의 연속이 되는 일을 막기 위해 나는 고군분투했다. 마치 손가락으로 제방에 난 구멍을 막는 네덜란드 꼬마 같은 기분이었다. 다만 나를 덮치는 것은 물이 아니라 오물이었다. 안드레이 칸첼스키스는 타블로이드에 나를 비난하는 인터뷰를 했다. 그가 분노한 근거는 충분한 출장기회를 얻지 못했다는 사실이었다. 그가 정기적으로 출장하지 못한 건 사실이었으나 내가 그를 제외한 것은 그가 복부부상을 안고 있었기 때문에 휴식을 주기 위해서였다. 처음 칸첼스키스가 복부의 통증을 우리 물리치료사인 데이브 피버에게 호소했을 때 아무런 이상도 발견할 수 없었고, 전문의에게 보냈으나 같은 결과가 나왔다. 부상은 선수의 태도변화와 극적으로 맞물려 있었다. 올드 트래포드에 왔을 때 지니고 있던 사랑스러운 미소와 상냥하고 감사하는 마음은 대체 어디로 간 걸까?

이 남자는 내가 주급 6파운드를 받던 우크라이나에서 건져낸 소년과 같은 인물이 아니었다. 찡그린 얼굴에 불만이 가득한 젊은이였다. 신문에서 선수가 자기를 비난하는 기사를 읽고 싶어 하는 감독은 없다. 하물며 그 내용에 전혀 근거가 없을 경우라면 더욱 그러했다. 나는 클럽규칙을 위반한 칸첼스키스에게 주급에 해당하는 액수의 벌금을 물게 했다. 병원에서 검사를 받아도 여전히 원인이 모호한 가운데 그는 여전히 부상에 대해 불평을 늘어놓고 있었다. 결국 그는 탈장 수술을 받게 되었다. 그가 제출한 이적요청서는 그 자리에서 거부당했고 우리 관계는 급속도로 싸늘해졌다. 그의 행동은 우리를 어리둥절하게 만들었다. 바로 얼마 전에 그와 새로이 3년 계약을 맺었다. 향후 이적 발생 시 이적금의 3분의

1을 선수가 가져가게 되어 있는 조항이 그의 계약서에 삽입되었다는 사실을 알고 있었더라면, 그의 행동을 이해할 수 있었을 것이다.

현대축구계에서 에이전트의 득세는 많은 상심과 골칫거리를 가져다주었지만, 이런 권모술수꾼들도 혼란스러운 이적 시장에서 무슨 일이 벌어지고 있는지 알고 싶을 때는 쓸모가 있는 법이다. 그렇기 때문에 네덜란드에 있는 내 지인이 전화로 이렇게 물었을 때 흥미가 동했다. "칸첼스키스와 인스를 판다는 게 정말입니까?" 나는 그에게 그럴 가능성은 전혀 없다고 말했다. 칸첼스키스에 대한 소문은 내가 한 말은 고사하고 내 생각과도 달랐다. 그와 문제가 있었지만 전혀 그를 팔려는 생각은 없었다. 그러나 인스의 소문에는 호기심이 생겼다.

"대체 어디서 나온 이야기야?" 내 질문에 그는 폴이 이적을 원한다고 말하고 있으며, 그의 대리인이 이탈리아 클럽들과 이야기 중이라고 전했다. 그의 말이 어디까지 사실인지 알 방법은 전혀 없었으나 그런 소문을 언급한 사실 자체가 폴의 행동변화에 대비해야 할 필요성을 일깨워주었다.

이미 드레싱룸에서 보여주는 그의 태도가 거슬리던 참이었다. 그는 꽤 바보 같은 호칭을 스스로 붙였다. "날 인시[인스의 애칭]라고 부르지 마. 앞으로는 거브너[Guvnor, 보스 또는 주인님]라고 부르라고." 그는 이렇게 말했고 당연히 동료들의 반응은 좋지 않았다. 올드 트래포드에 처음 왔을 때에도 건방진 구석이 있던 녀석이었지만, 불안정한 자신을 감추려는 나름의 방법이라고 생각했다. 겉으로는 오만방자해도 마음속 깊은 곳에서는 그는 항상 걱정을 했다. 아직 어리고 성숙하지 못했던 시절에는 그의 그런 행동을 기꺼이 용납했다. 젊은 시절엔 누구나 가상의 세계를 오가는 법이니까. 나 역시 하루는 내가 윌리 와들[39년에서 55년까지 활약했던 레인저스의 원클럽맨이자 전설적인 수비수]이라고 생각했다가 다음날에는 스탠리 매튜스[선수생활 중에 작위를 받은 유일한 선수. 잉글랜드 최고의 선수로 손꼽힌다]라고 생각하는가 하면, 나의 영웅인 데니스 로라고 여긴 적도 상당히 많았다. 그러나 사람은 어른이 되는 법이다. 폴 인스는 성인이 되었고 치기 어린 행동은 이제 장난감 상자에 넣어야 했다. 그는 점점 앞으로 나가는 시간이 많아졌으나 제 시간에 돌아오지 못했다. 그가 완전히 착각 속에 빠져 있다는 사실이 명백했다.

칸토나가 없어진 뒤 리그 우승 경쟁이 어려워졌다. 그러나 블랙번 진영의 멘탈이 흔들리고 있다는 반가운 징조가 보였고, 당연한 이야기이지만 나는 라이벌의 긴장을 풀어주려는 어떠한 시도도 하지 않았다. 나는 우리와 경쟁을 벌이고 있는 감독들과 경기 후 인터뷰를 할 때는 특별히 신경을 쓰는 버릇이 있다. 그의 입에서 나오는 말 자체는 별로 흥미가 없다. 내가 유심히 관찰하는 것은 얼굴인데, 케니 달글리시의 표정이 시즌 초와 확연하게 달라져 있었다. 케니는 교과서적인 인터뷰를 했지만 자신이 한 말에 확신이 없어 보였다. 그래서 몇 마디를 한다고 해서 나쁠 게 없다는 느낌이 들었다. 나는 블랙번은 월등한 경기력을 보여주고 있으며 이제 우승을 못하는 경우는 스스로 망치는 수밖에 없다고 말했다. 모후 폐하의 장애물 경마 기수로, 그랜드 내셔널[리버풀에서 열리는 연례 장애물 경마대회]에서 낙마한 데본 로크를 빗대서 한 말이었다. 촌스러운 심리전술일지는 몰라도 해볼 가치는 있었다.

블랙번과의 대결은 시즌의 마지막 날까지 계속되었다. 직접 맞붙었다면 매우 좋았겠지만 블랙번은 리버풀, 맨체스터 유나이티드는 웨스트 햄과 원정경기를 치르게 된 어색한 상황이었다. 리버풀 역사상 가장 추앙받는 선수였던 케니가 안필드에서 이득을 얻게 되리라는 바보 같은 소문이 돌았다. 나는 말도 안 되는 소리라고 일축했다. 리버풀의 전통, 긍지, 그리고 직업정신을 언제나 높이 사왔던 나는 블랙번이 머지사이드에서 어려움을 겪을 거라는 사실을 추호도 의심하지 않았다. 나뿐만 아니라 케니도 그 사실을 알고 있었다.

업튼 파크 원정에서 마크 휴지를 벤치에 둔 것은 전술적인 실수일지도 모른다. 그들의 영리한 미드필더들이 경기를 장악하기를 원치 않았기 때문에 중원에 3명의 미드필더를 세워 그들을 상대하기로 했기 때문이다. 시간이 흐르면 우리의 적은 반드시 지칠 것이고 그렇게 되면 스파키를 내보내 타격을 줄 수 있게 된다는 계산이었다. 휴즈를 따로 불러 나의 의도를 설명했고, 그는 실망했지만 내 입장을 이해했다. 전술이란 성공적일 때에만 쓸모가 있는 것이다. 유감스럽게도 그날은 그렇지 못했다.

전반전은 웨스트햄이 골대 앞을 인해전술로 틀어막으며 묘하게 흘러갔다. 그들은 간간이 역습 상황에만 움직였고 우리는 대부분 공을 소유하고 있었음에도 앤디 콜이 골포스트를 맞춘 게 유일하게 위협적인 장면이었다. 그러다가 난데없이 그들은 마이클 휴즈의 골로 리드를 하기 시작했다. 하프타임이 끝나고 나는 마크 휴즈를 들여보냈고 그때부터 우리는 웨스트햄을 사정없이 두들겨 팼다. 그러나 압도적인 점유율에도 불구하고 브라이언 맥클레어의 골이 득점의 전부였다. 우리는 절망스러울 정도로 운이 없었다. 안필드로부터 리버풀이 동점골을 넣었다는 뉴스가 들어오자(결국 리버풀이 2-1로 승리했다) 우리는 다시 챔피언이 되려면 단지 한 골만 더 넣으면 된다는 사실을 알았고 흥분을 주체하는 데 애를 먹었다. 거기에 상대의 핸드볼로 페널티킥이 명백한 상황인데 심판은 인정하지 않는 일까지 겹쳤다. 그렇지만 그걸 탓하기에는 우리는 이미 10경기는 이길 수 있는 수많은 득점기회를 날려버렸다. 마지막 15분 동안 유나이티드 선수 전원이 한 번 이상 득점기회가 있었으나 공은 고집스럽게 네트 안에 들어가기를 거부했다. 경기 후에 드레싱룸에서 우리 선수들은 완전히 기진맥진한 채 실의에 빠져 있었지만 나는 그들이 자랑스러웠다. 그들은 자신의 모든 것을 쏟아부었다. 클럽을 대표해 열정적인 연설을 한 보비 찰턴은 따뜻한 박수를 받았다. 당연히 우리는 의기소침한 채로 있을 여유가 없었다. 지난 몇 개월 동안 온갖 시련을 겪었어도 우리는 한 걸음 한 걸음씩 FA컵 우승을 향해 나아갔으며, 이제 일주일만 있으면 웸블리에서 에버턴과의 결전이었다.

　FA컵을 향한 도전은 3라운드가 시작되는 1월에 시작되었다. 첫 두 경기 사이에는 셀허스트 파크에서 벌어진 칸토나 사건이 샌드위치처럼 끼어 있었고, 운명의 장난인지 우리의 준결승 상대 역시 크리스털 팰리스였다. 양 팀에 얽힌 사연으로 인해 빌라 파크에서 관중소요가 일어날 위험이 컸기 때문에 팰리스의 감독인 알란 스미스와 나는 연설을 통해 질서를 호소했다. 두 시간에 걸친 경기에도 승부는 나지 않았고, 2-2 스코어는 유나이티드 팬에게 팰리스 서포터가 살해된 사건에 비하면 아무 의미도 없었다. 재경기에서 우리는 브루스와 팔리스터의 골로 쉬운 승리를 거두었다. 다만 가레스 사우스게이트의 위험한 태클에 축구화로 밟아버리는 보복을 한 로이 킨이 퇴장당한 것은 옥에 티였다. 설사 경기 내내 거친 태클을 일삼던 팰리스를 더 이상 참을 수 없었다 해도 그가 한 행동은 변명할 수 없었다. 아일랜드 사람 특유의 불같은 열정은 그가 축구선수로서 갖는 엄청난 가치의 기반이었지만, 용인할 수 있는 범위를 쉽게 넘어서는 경향은 억제되어야 했다.

　FA컵 결승전이 있기 전 화요일에 가진 이사회는 전반적으로 가벼운 분위기였다. 이사들은 모두 웸블리 행을 고대하고 있었으며 시종일관 화기애애한 분위기로 농담이 오갔다. 그러나 1995년 에버턴과의 결승전 4일 전인 그날, 내가 일상적인 화제라는 듯 회의 말미에 폴 인스를 팔겠다고 발표하자 돌연 분위기가 싸늘해졌다. 가장 흔했던 반응은 충격과 경악이었지만 나는 지난 5개월간 폴을 자세히 관찰한 결과 그의 태도와 경기력이 더 이상 참아줄 수 없을 정도로 나빠졌다고 설명했다. 이것은 충동적인 결정이 아니었다. 가슴을 무겁게 짓누르는 고민 끝에 나는 팀을 통제할 수 있는 위치에 있어야 한다는 결론을 내렸다. 폴은 더 이상 내가 요구하는 수준의 절제력을 보여주지 못했다. 그는 전혀 나쁜 사람은 아니었고 오히려 마음씨가 너그러운 편이었지만, 축구선수가 자신이 감독의 통제 위에 있다고 생각한다면 해줄 수 있는 말은 안녕밖에 없다. 그를 팔겠다는 결정을 전혀 후회하지 않을 거라고 확신했고, FA컵 결승전은 그러한 신념을 더욱 굳게 만들었다. 에버턴이 FA컵을 들어올리게 만든 골은 폴이 경기 전에 내가 내렸던 지시를 무시했다는 사실을 또 한 번 증명해주었다. 그가 공을 가진 채 앞으로 밀고 올라가는 바람에 등 뒤로 경기장 절반에 해당하는 공간을 무주공산으로 만들어버렸다. 그가 제발 측면의 어원에게 공을 패스하게 해달라고 기도하는 동안 그는 에버턴의 덩치 큰 센터백 데이브 왓슨을 따돌리려고 하고 있었다. 왓슨은 깔끔하게 공을 따낸 후 스웨덴 국적의 윙어인 안데르스 림파에게 패스를 찔러주었다. 림파 주변의 공간은 텅 비어 있었다. 폴은 돌아올 생각도 안 하는데 림파가 두 중앙 수비수와 맞서게 되자 위험하다고 생각했다. 결국 폴 라이드아웃이 헤더로 골을 만들어낸 것은 전혀 놀랄 일이 아니었다.

결승전에서 당하는 어떠한 패배라도 고통스러운 법이지만, 에버턴처럼 평범한 팀에게 패배한 것은 도저히 받아들일 수 없는 결과였다. 이런 말을 한다고 해서 에버턴의 감독 조 로일의 공로를 폄하하려는 건 아니다. 그가 팀을 웸블리로 이끌고 갔던 자체가 기적이었다. 그는 영광을 누릴 자격이 있었고 그에게 찬사 외에는 해줄 말이 없다. 에버턴의 골키퍼인 네빌 사우설 역시 따뜻한 박수를 받아 마땅한 활약을 했다. 그는 신들린 것 같은 플레이를 보여주었다. 승자의 드레싱룸에서 떠들썩한 환호성이 울려 퍼지는 동안 나는 그날 선수들의 경기력에 직격탄을 퍼부었다. 만약 어떤 선수가 경기장 안이나 밖에서 동료들을 실망시켰다면, 그는 올드 트래포드에 오래 남아 있지 못할 것이다.

22장

공공의 적

폴을 팔겠다는 결정은 나 혼자만의 생각이었고, 올드 트래포드의 모든 사람들은 그러한 사실을 한순간도 잊을 수 없도록 만들었다. 서포터들은 지난번 우승에 크게 기여를 했던 선수를 버리는 것에 분노했고, 모든 이들로부터 고립당하는 경험은 전혀 유쾌하지 않았다. 그에 대한 평가에는 전적으로 동의하지만, 태도에 근본적인 변화가 생기고 자신에게 맞지 않는 역할을 맡겠다고 고집을 부리면서 예전보다 팀에 기여하는 바가 줄어들었다. 그렇다면 이제는 이적이 답인 상황이었다.

인터 밀란과 유나이티드의 협상이 급물살을 타게 되면서 이탈리아 클럽의 회장 마시모 모라티가 수행단을 거느리고 올드 트래포드를 방문했다. 그들은 6백만 파운드의 이적료를 받아들였고 향후 2년 동안 두 클럽이 4경기를 가짐으로써 유나이티드에 더 큰 수익을 안겨줄 것을 보장했다. 다음 단계는 인스를 협상 테이블로 데리고 오는 일이었고, 모트람 홀에서 골프를 치고 있는 그에게 연락하는 것은 내 몫의 일이었다. 막 코스를 마치고 나오던 그는 기다리고 있는 나를 봐도 별로 놀란 것 같지 않았다. 나는 현재 상황을 설명해주고 회장실에 있는 모라티가 전화를 기다리고 있다고 말했다. 마틴 에드워즈와 연락이 닿았을 때 이탈리아인들이 폴과 이야기하고 싶어 한다고 말해서 폴에게 전화를 건네주었다. 그 후 이어진 대화내용이 어딘가 낯익은 것처럼 들린다는 것에 놀랐다.

폴은 서포터들에게 유나이티드가 자신을 쫓아내려고 한다는 인상을 주고 있었다. 말도 안 되는 이야기였다. 그렇다, 내가 그를 팔고 싶어 한 것은 사실이다. 하지만 그가 정 떠나고 싶지 않았다면 억지로 이적시킬 수 없었다. 폴 인스에게 자신의 의사에 반하는 행위를 강제로 시킬 수 없다는 이야기다. 그와 그의 에이전트는 지난 몇 달 동안 이탈리아 축구 관계자들과 이야기가 오가고 있었다고 믿는다. 1995년 FA컵 결승전에서 패하고 올드 트래포드에 돌아왔을 때 폴이 자기 입으로 이탈리아에 간다고 선언했다는 이야기를 들었다. 그렇지만 이 모든 것에도 불구하고 나는 폴을 몰아낸 공공의 적으로 낙인이 찍혔다. 나는 혼자서 모든 비난을 받았고 올드 트래포드 안에서 내 편을 들어주는 사람은 아무도 없었다. 축구감독이 되려고 하는 사람들은 그때 내가 받았던 상처에 대해 생각해 보는 게 좋을 것이다.

다시 한 번 나는 혼자만의 생각에 빠져들었다. 휴가는 더 이상 적절한 시기에 갈 수 없었다. 캐시와 나는 미국으로 탈출했다. 그곳에서 나는 언제나 익명의 편안함 속에 휴식을 즐길 수 있었다. 그러나 인스 문제가 대서양 너머까지 날 쫓아왔다. 클럽과 거의 날마다 연락을 취해야 할 필요가 있다고 생각했었는데 하루는 회장에게 엄청난 걱정거리가 있다는 사실을 깨달았다. 맨체스터에서 인스를 판 후폭풍을 피부로 느끼고 있던 마틴 에드워즈는 나에게 이적을 재고해보라고 종용했다. 브라이언 키드도 폴을 팔지 말았어야 한다고 조언해 그의 의견에 힘을 실어주었다. 놀랄 만한 일이었다. 브라이언은 내게 그런 의견을 표출한 적이 없었다.

"인스와 이야기해볼 수 있어요?" 회장이 물었다. "떠난다는 마음이 바뀌도록 설득할 수 있잖아요." 그의 요구는 내 생각을 돌아보게 만들었다. 내가 인스의 상황을 너무 가혹하게 해석한 게 아닌가? 나는 자신이 때때로 너무 외골수가 될 수 있다는 사실을 안다. 이 경우 너무 원리원칙대로 다루는 것은 좋지 않았다. 맨체스터에서 발생한 감정은 너무나 다른 대륙에 있는 나에게까지 전해졌지만, 이에 대응해 냉정하고 객관적인 평가가 필요했다.

하지만 그 문제를 분석하면 할수록 내 원래 결정이 옳다는 확신이 커졌다. "왜 초짜 감독도 아닌 내가 이런 괴롭힘을 당하는 걸까?" 나는 끊임없이 나 자신에게 물었다. 감독으로서의 성공은 내게 팀의 체계와 경기 방식을 통제할 수 있는 권한을 가져다주었다. 나는 그것을 포기할 준비가 되어 있지 않았다. 하지만 회장에게 인스한테 전화하겠다고 약속을 했다. 사실 그에게 해준 말은 유나이티드에 남으라는 설득과는 조금 거리가 있었다. "폴, 대체 무슨 생각을 하는 거지? 넌 이탈리아식 축구에는 맞지 않아. 넌 잉글랜드식 축구 외에는 안 맞는다고." 나의 조금은 도발적인 주장이 인터 밀란으로 가려는 그의 결심을 굳히게 될지 그 반대가 될지 나 자신도 알 수 없었다. 온 맨체스터가 패닉에 빠졌어도 나로서는 그가 사인하는 편이 나았고, 얼마 후에 그의 밀라노 행이 확정되었을 때 나는 다행이라고 생각했다.

마틴 에드워즈가 전화를 걸어 마크 휴즈가 첼시와 계약했다는 말을 전하자 느긋한 휴가를 보낼 가망은 없어졌다. 실로 충격적인 뉴스였다.

"대체 어쩌다 그렇게 되었죠?" 나는 마틴에게 물었다.

마크의 연금방식에 문제가 있었기 때문에 새로운 계약서에 사인을 하는 걸 주저했던 것으로 보였다. 자유계약선수가 된 그는 이제 떠날 수 있게 되었다. 흔히 아는 사실과는 반대로 나는 그가 떠나기를 원치 않았다. 물론 마크의 입장을 이해할 수 있었다. 내가 앤디 콜을 데려온 뒤 자신의 입지가 걱정되었겠지만 나로서는 이 웨일즈 남자가 남는 편이 더 좋았다. 그가 떠났다는 소식을 들은 뒤 온 세상이 나에게 등을 돌렸다는 느낌이 들었다.

그러고 나서, 일어날 수 있는 일이지만 갑자기 축구에 대한 걱정은 뒷전으로 밀려났다. 캐시와 나는 한밤중에 맨체스터 유나이티드의 켄 메렛에게 걸려온 전화에 잠이 깼다. 조카 스티븐이 19살의 나이에 사고로 세상을 떠났다는 소식을 전해 들었다. 끔찍한 비극 소식에 우리는 미국 휴가를 끝내고 캐시의 언니인 브리짓과 형부인 존을 위로하기 위해 즉시 글래스고로 떠났다.

올드 트래포드에서는 여름 내내 휘몰아쳤던 광풍이 1995-1996 시즌 초에 에버턴으로 이적한 안드레이 칸첼스키스를 둘러싸고 좀 더 심각한 양상으로 변하고 있었다. 그의 계약서에 삽입된 조항에 의하면 어떠한 종류의 수수료라도 선수가 3분의 1을 가져갈 권리가 있었다. 게다가 이적료의 상당한 부분이 그가 있던 우크라이나의 샤흐타르 도네츠크 Shakhtar Donetsk에 가도록 명기되어 있었다. 그 덕분에 에버턴과의 협상은 험악한 분위기 속에서 질질 늘어졌다. 5백만 파운드의 이적료를 챙기기까지 온갖 요구가 조정을 거쳤고, 모리스 왓킨스의 러시아 출장까지 포함해 양측 사람들의 빈번한 왕래가 이루어졌다. 그러나 머릿속에 가장 선명하게 남아 있는 건 선수 당사자, 그리고 그의 대리인과 만난 자리에서 그를 풀어주지 않으면 맨체스터 유나이티드는 끔찍한 일을 당할 거라는 협박을 당한 일이었다. 처음에는 칸첼스키스의 에이전트인 그리고리 에사울렌코가 다시 나타나서 잘 됐다고 생각했었다. 그의 방문이 원하지 않던 4만 파운드를 돌려줄 기회를 가져다주었기 때문이었다. 내가 클럽 금고에서 돈을 꺼내 그에게 건네주게 되어 기뻤던 반면, 그는 돈을 다시 받으려고 하지 않았다.

"제발, 알렉스. 이건 감독님에게 준 돈입니다." 그가 말했다. "그동안 저를 위해 해주신 모든 일에 대한 감사의 표시일 뿐입니다." 나는 사업 상대에게 흔히 베풀어주는 기본적인 친절 외에는 그에게 아무것도 해준 게 없었다. 계속해서 내가 돈을 가져야 한다고 상대방이 우기는 바람에 결국 나는 회장을 불러야 했다. 마틴은 이 어려운 상황을 능숙하게 처리했다.

"이봐요, 그리고리. 알렉스는 이 선물을 받을 수 없어요. 그랬다면 명성에 흠집이 날 거요." 사건이 일단락되어 한숨 놓았지만 대체 애초에 왜 내게 돈을 건넸는지 황당할 뿐이었다. 일단 내가 회장실에서 마틴, 모리스 왓킨스, 그리고리와 안드레이, 그리고 리버풀 폴리테크닉의 현대 언어학 학과장이자 선수의 현지 자문이기도 한 조지 스캐니언과 함께 회합을 가지게 된 이상 그에 대한 이유라도 짐작할 수 있었다. 그리고리가 끈질기게 안드레이를 팔라고 요구하자 곧 서로 언성이 높아지기 시작했다. 험악한 언쟁은 그리고리가 회장에게 호통을 치며 오싹한 클라이맥스를 맞았다. "만약 당신이 지금 당장 안드레이를 이적시키지 않는다면, 이 자리에 오래 붙어 있지 못할 줄 알아." 심각한 협박이라는 데 의심의 여지가 없었다. 다행스럽게도 회의는 금방 끝이 났다. 이제 우리에게는 이 우려스러운 회담이 의미하는 바가 무엇인지 생각할 시간이 필요했다. 당연히 가장 생각을 많이 해야 할 사람은 방금 협박을 당한 마틴이었다.

"이제 어떻게 하죠, 모리스?" 마틴은 우리의 현명한 친구에게 답을 구했다.

"팔아버려요." 모리스는 딱 잘라 대답했고 나 역시 전적으로 그 말에 동의했다. 키스 길레스피를 뉴캐슬로 보내고 바로 칸첼스키스까지 판다면 우측 공격수 자리에 세울 마땅한 선수가 없다는 사실을 잘 알고 있었다. 그러나 그의 태도는 너무나 실망스러워서 데리고 있어봤자 얻을 게 별로 없었다. 칸첼스키스의 소속클럽을 정식으로 바꾸는 작업은, 샤크타르 도네츠크가 백만 파운드를 요구하면서 마무리가 늦어졌지만 마침내 그는 8월 26일 에버턴에서 데뷔전을 치를 수 있었다. 측면에서 그의 속도와 힘은 그가 열정을 잃지 않았던 시절에는 우리에게 큰 도움이 되었다. 하지만 그의 행동이 다른 사람처럼 변한 이상 머지사이드에게 기꺼이 내줄 수 있었다.

스타 선수가 세 명이나 순식간에 클럽을 떠나자 언론은 나를 거침없이 괴롭혔다. 〈맨체스터 이브닝 뉴스〉는 날 해고시켜야 할지 설문에 붙였다.

그동안 내가 제공한 모든 편의에 대한 독특한 감사의 표시였다. 꽤 오랫동안 나는 내 입장을 타협하면서까지 맨체스터 유나이티드 담당기자인 데이비드 미크에게 클럽 안의 모든 기삿감이 될 만한 정보를 받도록 도움을 주었다. 데이비드는 전적으로 신뢰할 수 있는 인물이었고, 그의 경험은 기사화시킬 필요가 있거나 기사화해서는 안 되는 소재를 가려낼 수 있게 했다. 그러나 그의 동료들이 아무렇지도 않게 나에게 추가적인 고통을 안겨주려는 데 놀라움을 금할 수 없었다. 나에 비하면 '하이 눈High Noon'의 개리 쿠퍼는 지지자가 넘칠 정도로 많았다.

이미 유나이티드 안에서 내 위치를 걱정할 이유가 충분했는데 마틴 에드워즈에게 새로운 계약 건으로 찾아갔을 때 나는 또 한 번 충격을 받아야 했다. 시기를 잘못 잡았을지 몰라도 나는 여전히 조지 그레이엄에 한참 못 미치는 임금에 대한 합의가 늦춰지는 바람에 심각한 심적 고통을 겪고 있었다. 마틴 에드워즈와의 대화는 대개 단도직입적이었고 화기애애하게 이루어졌다. 하지만 연봉 인상에 대한 이야기를 꺼내자 그 순간 문제가 생겼다. 평소와 달리 이번에는 처음부터 두 사람의 의견이 일치할 가망이 없었고, 그는 대답을 하는 대신 나에게 롤란드 스미스 교수와 모리스 왓킨스에게 이야기해 보라고 제안했다. 예전에 마틴과의 면담에서 얻었던 것보다 좀 더 생산적인 협상을 할 수 있을 거라는 전망에 나는 고무되었다.

내 회계사인 알란 베인스가 만남을 주선한 뒤 우리 두 사람은 개정된 조건을 직접 논의하기 위해 맨 섬에 있는 롤란드 경의 자택에 찾아갔다. 그 화창했던 날에 모리스 왓킨스가 합류했고, 스미스 교수의 아내인 레이디 조운은 우리를 따뜻하게 맞아주며 시원한 음료와 샌드위치를 내주었다. 완벽한 무대라고 생각했으나 그 느낌은 오래 가지 않았다. 롤란드 경은 내가 원하는 임금과 계약기간을 묻는 걸로 이야기를 시작했다. 나는 현재 내 나이가 54살이므로 클럽에 봉사할 수 있는 세월이 6년 정도 남았다고 보며 맨체스터 유나이티드가 적어도 내가 60살이 될 때까지 계약을 보장해주기를 바란다고 설명했다. 임금문제에 있어서는 적어도 리그에서 가장 많은 금액을 받는 감독과 같은 수준으로 받아야 마땅하다고 말했다. 얼마 전에 해임되기 전까지 그 타이틀은 조지 그레이엄이 갖고 있었고, 아스널을 떠나며 조지는 친절하게도 자신의 계약서 사본을 나에게 전해주었다. 나는 맨 섬 회의에서 그 사본을 정식으로 모리스에게 건넸다. 내 행동은 회의를 좀더 흥미롭게 만들었다.

1993년에 마지막으로 임금협상을 할 때 똑같은 비교를 한 적이 있었다. 그때 클럽은 아스널의 부회장 데이비드 데인에게 상의를 한 뒤 조지의 주장은 믿을 수 없다고 일축했다. 이제는 그들 앞에 증거가 놓여 있었다. 더도 말고 덜도 말고 아스널에서 조지가 받았던 액수만큼만 받으면 나는 만족했다. 나는 그것이 전혀 부당한 요구가 아니라고 생각했지만, 롤란드 경이 노골적이고 상당히 당혹스러운 질문을 내게 던지자 회의 분위기는 완전히 달라졌다.

"공에서 눈을 뗀 적이 있다고 생각하나?" 그가 말했다. 나는 그에게 무슨 뜻인지 물었다. "올드 트래포드에 있는 몇몇 사람들은 자네가 예전만큼 집중하고 있지 않다고 생각하네." 나는 그에게 어떻게 그런 말이 나올 수 있는지 도저히 이해할 수 없다고 말했다.

"회장이나 클럽 안의 다른 어떤 사람도 내가 내 일에 쏟아붓는 정성을 의심한 적이 없습니다. 만약 문제가 있었다면 마틴이 제게 말했겠죠."

예기치 못한 주제가 나오자 회의는 원래의 목적과는 다른 방향으로 흘러갔고 내 계약문제는 옆으로 치워졌다. 나는 롤란드 경에게 그가 한 질문의 배경에 대해 물었다. 그는 나에 대한 전혀 근거 없는 오해의 출처를 말해주지 않았다. 폴 인스를 팔기로 했던 결정은 좋게 받아들여지지 않았고, 나에 대한 평가는 이제 내 사고력을 의심받는 데까지 왔다. 결국 클럽은 내게 새로운 계약을 제시할 수 없다는 결론으로 회의를 매듭지었다. 그 일은 급여산정위원회가 계약을 제시하는 다음 6월까지 기다릴 수밖에 없다고 했다. 계약기간을 6년으로 보장해달라는 나의 요구는 그 자리에서 거절당했다. 어떠한 감독도 4년 이상 장기 계약을 맺어본 역사가 없다는 게 그들의 이유였다. 그렇다면 할 수 없었다. 그리고 그때 내가 또하나 알게 된 사실은 감독 일에서 은퇴한 후에 클럽에서 다른 역할을 맡을 가능성은 전혀 없다는 거였다. 그들은 매트 버스비 경 현상을 또다시 반복하는 걸 원하지 않는다고 말했다. 그들의 태도에 나는 어이가 없었다. 맨체스터 유나이티드의 감독을 하며 얻은 나의 모든 경험을 단칼에 잘라내고 나의 후계자가 필요할 때 아무런 도움을 줄 수 없게 만드는 것이 온당한 일이라고 생각하는 걸까?

유나이티드로부터 새로운 금전적인 계약을 약속받고 기분 좋게 집에 돌아가기를 원했지만, 대신 나는 낙담한 채 혼란스럽고 걱정스러운 마음을 안고 맨 섬에서 나와야 했다. 내 머릿속은 맹렬하게 돌아가고 있었다. 그 회의라고 하는 난장판 속에서 잔해를 걸러내며 내 일을 계속 해나갈 수 있도록 동기를 부여해줄 희망의 파편을 찾았다. 바로 다음 날, 올드 트래포드의 가까운 친구가 나에게 경고했다. "이곳이 어떤 곳인지 알겠나? 모든 사람이 가십에 귀를 기울이지. 영웅조차도 그걸 피해갈 수 없어." 맨체스터 출생의 롤란드 경이 언젠가 나에게 한 말이 생각났다. "맨체스터 사람들은 다른 사람들을 끌어내릴 때만 행복을 느끼네. 그들은 진심으로 그런 일을 즐기지. 누군가가 너무 큰 성공을 거두는 걸 용납 못하는 사람들이야."

불만에 가득찬 서포터들을 달래는 확실한 방법은 이적시장에 적극 뛰어들어 인스, 휴즈 그리고 칸첼스키스 트리오를 대체할 선수를 찾는 것이었고 실제로 선택을 심각하게 고려해보기도 했다. 특히 칸첼스키스가 빠진 라이트윙 포지션은 보강이 절실했다. 그러나 스카우트 시장에 적당한 선수가 없었다. 토트넘 홋스퍼의 대런 앤더튼은 내가 상당히 좋아하는 선수였지만, 방금 화이트 하트 레인White Hart Lane에서 새로운 계약서에 사인했다. 다른 곳에서는 우리의 필요에 맞는 라이트윙이 보이지 않았다. 중앙 미드필더 자리는 니키 버트가 채울 거라는 자신이 있었고 데이비드 베컴의 가능성도 나를 안심시켰다. 그는 또래 중 뒤늦게 빛을 본 경우였지만 서서히 두각을 나타내고 있었다. 라이트윙과 중앙 미드필더 중 어느 포지션에서 뛰게 될지 나도 알지 못했으나, 스쿼드에서 점점 더 중요한 위치를 차지하게 될 건 확실했다. 그리고 나에게는 폴 스콜스도 있었다. 그는 칸토나처럼 밑에서 공격할 수도 있었고 휴즈처럼 전방공격수 역할도 할 수 있었다. 두 사람의 파워나 경험은 분명 없었지만 강한 전투본능을 가진 뛰어난 축구선수였다. 그가 천식만 극복할 수 있다면 우리와 함께 밝은 미래를 손에 넣을 선수였다.

1995-1996 시즌을 애스턴 빌라에게 3-1로 패배하며 시작하자 예상한 대로 언론은 부정적인 의견을 쏟아내었다. 알란 한센은 이제는 매우 잘 알려진 발언을 했다. "아이들을 데리고 우승을 거둘 수 없다." 사실 그의 말은 크게 틀린 게 아니다. 주로 젊고 경험 적은 선수들로만 이루어진 팀은 가장 치열한 대회에서 좀처럼 성공을 거두기 어렵다. 하지만 버스비 베이브즈는 올드 트래포드에서 이미 모든 규칙엔 예외가 있다는 사실을 증명했고, 이제 우리는 또 하나의 뛰어난 젊은 선수들의 집단이 축구의 일반적인 통념을 넘어서는 것을 보게 될 터였다.

빌라 파크에서 패배한 이후 터무니없이 쇄도하는 비난에 우리의 대답을 보여줄 기회를 오래 기다리지 않아도 되었다. 그 다음 주 토요일 홈경기에서, 스콜스와 킨의 골은 웨스트 햄 상대로 2-1 승리를 거두게 했고, 이후 4연승을 거두며 축구전문가들을 미치게 만들었다. 이제 나의 젊은 팀은 기적을 보여주고 있었고, 섣부른 낙관은 금물이라는 사실을 경험을 통해 배운 서포터들까지도 11월에 두 번째 패배를 당하기 전까지 연승 행진을 이어나가자 자신들이 정말로 버스비 베이브즈의 부활을 목격하고 있다고 확신하게 되었다. 몇 달 만에 처음으로 나는 일하는 게 즐거워졌다. 그러나 여름에 있었던 시련의 중압감이 사라져 갈 동안에도 내 자리가 올드 트래포드에 온 후 가장 위험에 처해 있다는 위기감을 느꼈다(지금도 그것이 틀린 느낌이었다고 생각할 이유가 없다). 아마 약간의 피해망상일지도 모른다. 내 느낌으로 회장은 너무 많은 사람들의 말을 듣고 있는 것 같았다. 클럽의 회장에게 환심을 사려는 사람들은 언제나 줄을 서고 있는 상태였고, 누구나 쉽게 접근할 수 있는 마틴은 자잘한 가십에 노출되기 일쑤였다. 분명 그중의 대부분은 무시하는 게 나은 부류였다. 인스와 칸첼스키스를 파는 걸 찬성하지 않았던 사람들이 있었다고 치자. 정말로 그들은 내가 맨체스터 유나이티드의 이익을 위해 최선의 선택을 할 거라고 믿지 않는단 말인가? 정말 황당하기 이를 데 없는 생각이다.

어린 선수들로 이루어진 나의 팀이 승승장구하는 걸 보는 것은 흐뭇하기 한량없는 일이었다. 단순히 그들의 재능을 믿은 내가 옳았다는 사실을 넘어 진정한 축구에 다가가는 정직하고 진지한 그들의 모습 그 자체가 기쁘게 했다. 긱스, 버트, 베컴과 네빌 형제는 모두 시즌 동안 대부분의 경기를 소화했고 스콜스도 출장기록 면에서 그들에게 크게 뒤지지 않았다. 그들은 많은 찬사를 받았고 모두 전적으로 합당한 결과였다. 모든 것이 순조롭다고 생각했을 때 우리는 또 다른 문제에 부딪쳤고, 이번에도 그 중심은 우리의 사랑하는 프랑스 남자 에릭이었다.

지난 1월 셀허스트 파크에서의 폭력행위에 적용된 출장금지 조건에 의하면 그는 친선이든 자선 목적이든 간에 어떠한 경기에도 뛰는 게 허락되지 않았다. 그러나 훈련의 일환으로 연습을 위한 경기라면 뛸 수 있었다. 허용범위가 주어지자, 우리는 올덤, 로치데일Rochdale, 배리Bury 등 지역 팀들과 클리프 훈련장에서 몇 차례의 경기를 계획했다. 그의 사기를 북돋워주기 위해 에릭에게 프로그램에 대해 말해준 후, 정식으로 복귀가 허락되는 10월 초까지 이러한 경기를 일주일에 한 번씩 갖겠다고 통보했다. 첫 훈련 경기를 마친 뒤 언론에서 다루게 되자, 곧 랭카스터 게이트에 있는 FA에서 그들이 친선전이라고 규정지은 경기에서 칸토나가 뛰었다고 우리를 질책하는 편지가 날아왔다. 이미 심하게 좌절한 칸토나에게는 최후의 일격이었고, 그는 프랑스로 돌아가겠다고 클럽에 통보했다. 워슬리에 있는 그의 호텔로 달려갔을 때 그는 자기 방에 혼자 있었고, 침대 옆에는 빈 접시가 담긴 쟁반이 놓여 있었다.

"레스토랑에서 식사를 하지 않나?" 내가 물었다.

"아뇨, 거기에서는 마음 편하게 있을 수 없어요. 차라리 방을 나가지 않는 편이 나아요." 징계가 그에게 얼마나 나쁜 영향을 끼치고 있는지 알 수 있었다. 그리고 FA의 새로운 제재에 그가 보인 예민한 반응이 이제야 이해가 되었다. 나는 고국에 돌아가겠다는 그의 결정에 찬성했다. 그날 밤 침대 위에 앉아 에릭의 시련에 대해 캐시와 이야기를 나누었다. 아내는 칸토나를 잃게 되는 상황에도 순순히 수긍하는 내 모습에 깜짝 놀랐다.

"그렇게 쉽게 단념하다니 당신답지 않아요, 더군다나 기득권을 상대로." 아내가 말했다.

아내의 조언으로 생각할 게 많아진 나는 쉽게 잠들지 못했다. 다음 날 아침 나는 에릭의 자문인 장 자크 베르트랑에게 연락해 당장 파리로 가야겠다고 말했다. 그에게 에릭은 꼭 나를 만나 내 말을 들어야 한다고 이야기했다. 캐시는 내가 마음을 굳히게 만들었고, 우리를 떠나려는 에릭의 계획을 얌전하게 받아들이려는 생각은 더 이상 하지 않았다.

파리로 떠나기 전날 밤, 나는 런던에서 출판기념회에 참석했다. 몇몇 일간지 대표들 역시 만찬에 출석해 있는 상태였다. 느긋한 저녁 시간을 즐기며 좋은 음식과 와인으로 경계심이 충분히 낮아진 나는, 다음 날 에릭을 만나기 위해 파리로 갈 예정이라고 무심코 이야기했다. 참석자들은 술렁였고 플릿 가[런던의 신문사들이 모여 있는 거리]는 히드로 공항과 비행기 안에 사냥개들을 풀어놓았다. 파리에 내렸을 때 그들의 지원부대가 나를 기다리고 있었다. 나는 내 빠른 발로 기자들을 상당히 멋지게 따돌리고 시내로 들어갔다. 조지 5세 호텔에 여장을 풀자마자 칸토나의 변호사가 나에게 전화했다. 그도 이름이 장 자크였다. 그는 저녁 7시 30분에 나를 데리러 오겠다며 방으로 찾아온 포터porter를 따라가라고 말했다. 정확히 약속한 시간에 노크 소리가 들리자 나는 문을 열었다. 문제의 포터가 나를 인도했다. "절 따라오십시오, 무슈 퍼거슨." 그를 따라 복도를 지나 계단을 내려간 뒤 주방으로 들어가 호텔 뒷문으로 빠져나오니 장 자크가 헬멧 두 개를 들고 서 있었다. 그는 나에게 그중 하나를 건네주며 말했다. "서둘러요, 어서 헬멧을 쓰세요." 그는 이렇게 말했고, 곧 우리는 할리 데이비드슨을 타고 뒷길을 이용해 목적지에 당도했다. 그곳은 레스토랑으로, 에릭은 장 자크 베르트랑과 그의 비서와 함께 우리를 기다리고 있었다.

가게 안에는 아무도 없었고 주인은 문에 영업종료 푯말을 걸어두었다. 가게 주인은 분명 하룻밤 수입을 포기할 정도로 에릭을 소중하게 여기는구나, 하는 생각이 머리를 스쳤다. 우리는 즐거운 시간을 가졌다. 에릭은 나를 만나 무척이나 기뻐했으며 내가 무슨 말을 해줄지 많은 기대를 하는 듯했다. 그에게 아내와 했던 대화를 들려준 뒤, 그 덕분에 자극을 받아 파리에 오게 되었으며 그가 사방의 압력에 굴하지 않도록 격려해주고 싶다고 말했다. 그리고 우리는 그의 어려운 상황을 완화할 방법을 찾아내고야 말 거라고 그를 안심시켰다. 모리스 왓킨스가 지금 그의 사건을 해결하기 위해 매달리는 중이며 그를 동정하는 여론이 급속히 높아지고 있다는 말도 덧붙였다.

그는 분명 내가 어깨를 안아주며 모든 것이 잘 될 거라는 확신을 주길 바랐을 것이다. 어떻게 보면 내가 하고 있던 일이 그런 일이었을지도 모른다. 또한 그에게 호텔을 나와 집으로 들어가라고 충고하면서 이미 그 문제에 대해 내가 예비조사를 해놓았다고 말했다. 그런 변화는 꼭 필요하다는 내 말에 에릭은 선뜻 동의했고, 나머지 저녁 시간은 과거의 명 경기를 회상하며 즐겁게 보냈다. 팀, 득점자, 날짜 등에 관한 기억력이 비상하다는 게 내 자랑이었는데 그 역시 50, 60년대 축구에 대해 나와 맞먹는 지식을 가지고 있어서 놀라웠다. 아무도 없는 레스토랑에서 에릭 일행과 함께 보낸 시간은 바보 같은 감독생활 중 내가 했던 가장 보람 있는 일 중 하나가 되지 않을까 생각하곤 한다.

1995년 10월 리버풀전은 칸토나가 맨체스터 유나이티드에 복귀한 경기인 만큼 언론의 관심이 집중될 수밖에 없었다. 리버풀의 감독 로이 에반스는 당연히 자기들도 경기에 나온다는 걸 사람들이 기억했으면 좋겠다고 인터뷰를 했다. 그러나 그가 경기에서 처음으로 영향력 있는 플레이를 보여주었을 때 그것이 그대로 골로 연결되면서, 에릭은 자신이 아닌 다른 선수가 헤드라인을 차지할 약간의 여지도 남겨놓지 않았다. 넓은 공간을 찾아 측면으로 나간 그는 공을 다루다 위를 쳐다보고는 니키 버트에게 놀라운 패스를 연결했다. 니키는 공을 툭 차서 리버풀 수비수 필 밥의 머리 위로 띄운 뒤 재차 그들의 골키퍼인 데이비드 제임스의 머리 위를 넘겼다. 대체 누가 그런 각본을 쓸 수 있단 말인가? 리버풀은 자신들이 들러리가 아니라는 사실을 보여주겠다는 감독의 공언에 미치지 못했으나, 두 뛰어난 라이벌의 흥미진진한 결투는 후반전 중반까지 그들이 2-1로 앞서고 있었다. 그 상황에 종지부를 찍은 것은 바로 에릭이었다. 긱스가 태클에 걸려 넘어진 뒤 그는 페널티킥을 성공시키며 2-2 무승부를 이끌어냈다.

시즌은 서서히 맨체스터 유나이티드의 믿기지 않는 승리로 형태를 갖춰나갔고, 복귀한 에릭은 우리 셔츠를 입은 이후로 최고의 경기력을 보여주었다. 1월 22일부터 리그 챔피언 자리에 오를 때까지 우리는 7경기를 1-0으로 이겼고 그 중 5경기에서 칸토나가 골을 넣었다. 그의 기여도는 정말로 엄청났지만 어떠한 우승 시즌도 그렇듯이 팀 전체의 경기력이 최고였고, 모든 선수들이 훌륭한 활약을 보여주었다. 우리의 어린 선수들은 계속해서 나라 전체를 열광의 도가니로 몰아넣었고, 그들 뒤에는 지금껏 내가 본 가장 뛰어난 골키퍼라는 사실을 증명하듯 꾸준하게 선방을 펼치는 슈마이켈이 있었다. 많은 1-0 승리는 골대 앞을 철통같이 막고 있는 우수한 골키퍼가 없었다면 불가능했을 것이다. 적절하게도 그는 자신의 가장 빛나는 선방을 우승 레이스의 주요 라이벌인 뉴캐슬 유나이티드를 위해 아껴두었다.

뉴캐슬은 시즌 내내 무서운 파괴력을 보였지만 세인트 제임스 파크에서 우리를 만나기 전까지 한두 번의 패배를 겪었다. 그와 반대로 우리는 이전 5경기에서 승리를 거두었고, 바로 전 경기는 북동부로 올라가 볼튼 원더러스Bolton Wanderers에게 번던 파크Burnden Park에서 6-0 대승을 거두었다. 우리는 당연히 승리를 점쳤으나 전반전에서 경기를 날려버릴 수도 있었다. 초반 20분 동안 실점을 당하지 않은 것은 가히 기적이었다. 피터는 믿을 수 없는 활약을 보이며 뉴캐슬의 매서운 공격을 수도 없이 좌절시켰다. 선수들과 내가 전반전이 끝난 뒤 드레싱룸에 모여 포지션을 재점검할 수 있어 다행이었다.

흔히 감독은 하프타임에 선수들과 보내는 10분에서 15분의 시간 때문에 보수를 받는다고들 말한다. 너무나도 단순화시킨 이야기이지만 그때는 어느 정도 맞는 말이었다. 동기부여란 단순히 미친 듯이 고함친다고 생기는 게 아니다. 당연히 모든 축구선수들에게 같은 방법으로 자극을 줄 수 없다. 어떤 선수는 스스로 자신에게 동기를 부여하기도 하지만, 그런 부류조차도 때때로 그들의 수준을 상기시켜 줄 필요가 생긴다. 그 경기가 그런 경우였고, 내가 한 말의 많은 부분은 방 안에 있는 모든 선수들에게 주는 일반적인 메시지를 담고 있었다. 본질적으로, 나는 그들에게 전반전에 우리가 보여준 경기력에 만족하는가, 그 45분간의 경기력을 보고 우리가 뉴캐슬만큼 우승을 간절히 원한다고 주장할 수 있는가,

하고 질문을 던졌다. 우리는 하프타임 후에 완전히 다른 팀이 되었고 마침내 효율적으로 경기를 할 수 있게 되었다. 경기력이 좋아지자 얼마 안 있어 골이 터졌다. 필 네빌의 크로스를 에릭이 그대로 발리로 골대 구석에 때려 넣은 것이다. 그 일격으로 상대방의 자신감이 사라져버렸다. 그즈음 그들의 경기에서는 이미 정신적인 피로감이 눈에 보이고 있었으며 (시즌 초반에 찬사를 받았던 용맹스러운 플레이는 거의 찾아볼 수 없게 되었다) 나는 그들이 우리에게 패배하면 그러한 경향은 더욱 가속화되리라는 사실을 알고 있었다. 리그 우승팀들은 종종 우승을 결정짓는 중요한 길목인 3월과 4월 동안 꾸역꾸역 1-0 승리를 거두곤 한다.

멋진 플레이나 재미있는 경기를 보여주지는 못해도 그들이 필요한 결과를 위해 경기 전에는 선수들만큼이나 감독들도 중압감을 느낀다. 그 때문에 우승에 도전하는 팀 간에 심리전이 벌어질 수도 있다. 나는 종종 라이벌들을 도발한다는 비난을 받곤 했는데 때로는 근거가 있는 것일 경우도 있었다. 그러나 1996년 4월 17일 리즈 유나이티드 홈경기가 끝난 뒤 내가 했던 발언이 뉴캐슬 유나이티드의 감독 케빈 키건의 신경을 건드리기 위한 의도였다는 많은 사람들의 추측은 전혀 맞지 않는 것이었다. 나는 평평한 땅 위에서라면 언제든지 뉴캐슬을 이길 수 있다는 자신이 있었다. 우리 팀은 조금도 흔들리지 않은 반면 그들은 금방이라도 추락할 것 같았다. 내가 우려했던 것은, 리즈가 우리에게는 격렬하고 맹렬하게 달려들었는데, 4월 29일 엘런드 로드에서는 뉴캐슬을 상대로 맥없는 경기를 펼칠지도 모른다는 점이었다.

홈경기 전날 아침, 나는 구단에서 〈데일리 메일〉의 데이비드 워커로부터 전화를 받았다. 사면초가에 빠진 리즈의 하워드 윌킨슨 감독이 평소 친하게 지내던 내게 격려의 몇 마디 말을 부탁했다는 이야기였다. 데이비드 워커와 나는 리즈의 최근 결과와 비참한 리그 순위에 대해 이야기를 나누었고, 하워드의 선수들이 예전처럼 그를 위해 죽을 각오로 뛰지 않는다는 것 같다는 데 의견이 일치했다. 나는 무슨 말을 하든지 그것은 리즈와의 경기가 끝난 후에 하는 게 낫다는 결론을 내렸다. 그에게 훈계하는 듯한 인상을 피하기 위해서였다.

그날 우리에게 이기기 위해 사력을 다하던 리즈는 지난 몇 달간의 모습과는 완전히 달라진 모습이었다. 맨체스터 유나이티드가 또 한 번 트로피를 들어 올릴 가능성을 조금이라도 줄이겠다는 일념으로 새로이 투지를 불태울 수 있었던 것 같다. 경기 후에 시즌 내내 오늘 같은 태도로 경기에 임했다면 리즈는 프리미어 리그에서 훨씬 더 높은 순위를 차지하고 있었을 것이며, 12일 후에 있을 뉴캐슬전에서도 우리에게 했던 것처럼 끈질긴 모습을 보여주었으면 좋겠다는 발언을 한 건 옳았다고 생각한다. 그들은 엘런드 로드에서 전력으로 뉴캐슬과 싸워 1-0으로 패배했다. 맨체스터에서 우리와 경기했을 때와 같은 스코어였지만 그들에게 주의를 집중시켜 결의를 굳히는 데 내가 도움을 주었다고 생각하고 싶다.

4월 17일에 내가 한 발언은 케빈 키건과는 아무 상관없다. 전적으로 하워드 윌킨슨의 선수들을 겨냥한 말이었다. 그러나 케빈은 이를 개인적으로 받아들여 리즈에게 승리한 뒤 카메라 앞에서 억눌렀던 분노를 폭발시켰다. 올드 트래포드 밖에 있는 모든 이들이 한마음으로 그를 응원하는 만큼 사람들은 그가 정신적으로 좀 더 안정되어 있을 거라고 생각했을 것이다. 내 생각에는 리즈와 뉴캐슬 경기 전날, 우리가 노팅엄 포레스트를 5-0으로 박살낸 게 케빈을 극한까지 몰아붙였던 것 같다. 시즌의 중요한 고비에 우리의 파괴력을 보여준 셈이었고, 아마 그에게 리그 챔피언 자리는 우리의 손 안에 있다는 현실을 깨닫게 해주었을 것이다.

4월 29일, 리버풀 감독인 로이 에반스, 그리고 〈메일 온 선데이〉의 봅 캐스, 조 멜링과 함께 곧 다가올 유나이티드 대 리버풀의 FA컵 결승전을 다루는 기사를 신문에 싣는 문제에 관해 의논하기 위해 점심식사를 같이 했다. 캐스와 멜링이 있으면 흔히 그렇듯이 점심모임은 저녁까지 이어졌다. 캐시의 분노를 한 몸에 받기 위해 집에 돌아왔는데 엘런드 로드 경기가 거의 끝나가고 있었다. 종료 휘슬 전에 동점골이 들어가기를 바라면서 나는 텔레비전으로 마지막 몇 분을 보기 위해 제일 좋아하는 의자에 앉았다. 경기가 끝난 뒤 캐시에게 늦은 이유를 설명하다 케빈이 인터뷰 중간에 분노를 터뜨리자 말을 멈췄다. 맙소사, 그가 정말로 불쌍해 보였다. 그 장면을 재방송으로 다시 보니까 그가 했던 말을 좀 더 잘 이해할 수 있었고 처음에는 조금 죄책감도 느꼈다. 그러고 나서 내가 잘못했다는 생각이 들었다. 내가 거론한 것은 경기의 양심이었고 나에게는 그런 말을 할 권리가 있었다. 그리고 뉴캐슬이나 케빈을 겨냥한 게 아니라 리즈 선수들을 향한 발언이라는 점을 거듭 강조한다. 나는 언제나 케빈과 사이가 좋았고 뉴캐슬 초기에는 그에게 조언도 하며 도움을 주었다. 그가 나를 공격했을 때 조금 실망했으나 그건 중압감 때문이었다고 생각한다.

리그가 마지막 날로 돌입하며 중압감은 여전히 우리를 무겁게 짓눌렀다. 적어도 미들스브러에 무승부를 거두어야 4년간 3회 우승이라는 위업을 자력으로 달성할 수 있었다. 초반에 위험한 순간을 몇 번 맞은 후에 우리는 손쉽게 3-0 승리를 거두었다. 8개월 출장정지에서 돌아와 우승팀의 주장을 맡은 에릭 칸토나에게는 개인적인 승리를 의미했다. 이제 다음 주말 웸블리에서 FA컵을 들어 올리면 그에게 더욱 마법 같은 5월이 될 수 있을 것이다. 아니면 두 번째 더블은 너무 큰 꿈인가?

토너먼트 초기 우리의 행보는 그다지 여유롭지 않았다. 3라운드에서는 재경기까지 치르고서야 선덜랜드를 간신히 떨어뜨릴 수 있었고 4라운드의 레딩에게는 낙승을 거두었지만 다음 라운드 상대는 맨체스터 시티였다. 그들이 앞서나가면서 경기는 긴장감에 휩싸였고, 우리는 동점 상황을 만들어준 미심쩍은 페널티킥 판정에 감사해야 했다. 후반전에 들어와 템포를 빠르게 가져간 우리 팀은 리 샤프의 골로 정당한 승리를 거두었다. 우리의 6라운드 상대는 사우샘프턴으로 올드 트래포드에서 2-0으로 보내버릴 수 있었다. 첼시와의 준결승전은 브루스와 팔리스터라는 두 충실한 센터백이 부상으로 빠진 상황에서 루드 굴리트의 골로 전반전에 리드를 당한 충격을 극복했다. 앤디 콜과 데이비드 베컴의 득점으로 우리는 결승에 진출할 수 있었다. 골라인까지 내려와 머리로 공을 걷어내던 에릭 칸토나의 모습은 오래도록 기억에 남아 있을 것이다.

웸블리에서 맞는 FA컵 결승전은 영광스러운 자리이지만 그것은 단지 승리할 때만 통하는 이야기다. 지난해에 에버턴에게 1-0으로 패배하면서 우리는 준우승이 고통스러운 경험이라는 사실을 이미 깨달았다. 1996년, 머지사이드의 최강자와 붙게 된 우리는 패배할 가능성은 염두에 두지 않을 작정이었다. 리버풀이 대진표 반대편에서 올라오는 걸 본 우리는 준비에 더욱 만전을 기했다. 센터백을 3명 세운 가운데 윙백이 공격에 가세하고, 스탠 콜리모어가 전방에서 필드 깊숙한 곳까지 자유롭게 오가며 맥마나만이 미드필드에서 치고 올라오는 그들의 경기방식은 솔직히 조금 우려가 되었다. 나는 경기하기 힘든 피치에서 점유율이 밀리지 않기 위해 그들의 시스템에 대항할 방법을 연구했다.

경기를 앞두고 목요일에 나는 슈마이켈, 백포 수비진, 에릭 칸토나 그리고 로이 킨과 회의를 가졌다. 그런 식으로 선수들과 내가 가진 생각에 대해 논의하는 일은 없었지만 포메이션을 변경하는 아이디어에 대한 그들의 반응을 미리 확인하고 싶었다. 두려워했던 대로 그들은 불만스러워했다. 피터는 리버풀이 최근 경기에서 점유율이 높았지만 그것 때문에 힘들었던 적은 없었다고 말했다. 내 의견은 달랐다. 그들은 올드 트래포드에서 2-2로 비기고 안필드에서 우리에게 2-0으로 이겼지만 실점상황은 두 팀의 경기방식과는 별 상관이 없었다. 4골은 모두 로비 파울러의 작품이었고 그 정도로 위험한 골잡이라면 포메이션을 초월해 상대방에게 문제를 안겨줄 능력이 있다고 봐야 했다. 그나마 그들의 윙백들은 별

위력이 없다는 게 다행이었지만 우리 미드필드진이 그들을 막기 위해 진영을 넓게 잡으면 그 사이로 콜리모어, 파울러, 그리고 맥마나만이 쉽게 공을 잡을 수 있는 위험이 있었다.

에릭은 로이 킨이 백포 앞에 버티고 서고 그의 앞에 미드필더 3명을 세워서 콜리모어가 우리 센터백을 따돌릴 위험을 덜어야 한다고 제안했다. 매우 좋은 생각이었기 때문에 우리는 그 방식으로 경기하는 훈련을 시작했다. 그날 웸블리에서 맨 오브 더 매치가 누구였는지는 의심할 여지가 없다. 로이 킨은 믿을 수 없을 정도로 멋진 활약을 보여주었지만 그를 비롯한 모든 선수들은 경기가 시작되기 전부터 크림색 양복을 입고 빵집주인 같은 몰골로 나타난 상대팀의 모습을 보고 사기가 치솟았다는 사실을 인정해야 할 것이다. 로이 에반스는 민망한 기색이 역력했고, 그 사실을 증명이라도 하듯 그와 코치들은 짙은 색 양복을 입고 있었다.

결승전은 아무리 상상력을 동원한다 해도 좋은 경기라 할 수 없었다. 하프타임에 경기템포를 좀 더 빨리 가져가야 한다고 여러 번 강조했다. 템포가 늘어지면 그들의 중앙 미드필더인 제이미 레드냅과 존 반스에게 유리해지기 때문에 절대 금물이었지만 하프타임 후에도 큰 변화가 없었다. 쓰레기 같은 경기는 행운이 개입되기 전까지 이어졌다. 그때 일어난 일이 리버풀에게 부당했다고 생각하지 않는다. 그들이 우리보다 나을 것도 못할 것도 없었으니까. 그러나 에릭 칸토나에게는 인과응보를 의미했다.

내가 이제껏 본 선수 중에서 정지된 상황에서 가장 정확하게 공을 찰 수 있는 건 아마도 데이비드 베컴이겠지만, 형편없는 경기수준에 기분이 상했는지 코너킥을 찰 때마다 곧바로 리버풀 골키퍼 데이비드 제임스의 손 안에 안겨주었다. 베컴이 종료 직전에 또 한 번 코너킥을 찰 준비를 하자 나는 옆에 있는 브라이언 키드에게 말했다. "저 녀석이 또 한 번 제임스의 품 안으로 공을 보낸다면 교체시켜서 연장전을 못 뛰게 할 거야." 놀랍게도, 공은 다시 한 번 골키퍼가 막을 수 있는 코스로 날아갔지만 제임스가 공을 향해 뛰어갈 때 데이비드 메이도 뛰어들었다. 그가 저돌적으로 덤벼드는 바람에 제임스는 공을 깔끔하게 처리하지 못하고 박스 가장자리로 쳐내기만 했다. 칸토나가 잠복해 있던 곳이었다. 그때 에릭이 훈련에 바친 성과가 드라마틱하게 우리 눈앞에 펼쳐졌다. 공은 어정쩡한 높이로 그가 있는 곳으로 날아왔고 득점을 하려면 정확한 발동작과 완벽한 자세가 요구되는 상황이었다. 그는 훈련장에서 수도 없이 보여준 흠잡을 데 없는 발리 테크닉을 발휘했다. 결승전을 이런 식으로 이길 수가 있다니! 리버풀은 더 이상 경기를 뒤집을 수 없었고, 곧 우리는 또 한 번의 더블을 달성하는 쾌거를 이루게 되었다. 로이와 그의 코치진은 당연히 속을 뒤집어질 것 같은 표정이었으나 그들의 실망감을 실로 우아하게 대처했다.

저녁에 열린 우리의 파티는 이제까지 맨유에서 열렸던 어떠한 파티보다도 훌륭했고, 그 전날 밤 클럽의 새로운 계약서를 가지고 모리스 왓킨스와 험악한 언쟁을 벌였던 것보다 훨씬 즐거운 경험이었다. 그때 나는 지독한 환멸감을 느꼈다. 그 문제에 관해 시즌 마지막까지 미룬 것만 해도 짜증이 났는데, 이제 와서 "당신을 돌봐주겠다"라는 그들의 말은 완전히 공허하게 들렸다. 그 다음 주, 내가 집에서 그들이 제시한 조항의 세부 내용을 기다리고 있는 동안 나의 회계사인 알란 베인스는 급여산정위원회와 만남을 가졌다. 솔직히 말해 한심한 상황이었다. 그 외에는 이 사태를 묘사할 다른 말이 없었다. 내가 잘못한 부분도 어느 정도 있었다. 이사들은 내가 클럽을 떠나고 싶어 하지 않는다는 지식으로 무장한 상태였다. 그동안 맨체스터 유나이티드를 재건하는 데 내 모든 것을 쏟아부은 만큼 떠난다는 것만 생각해도 괴로워졌다. 그러나 더 이상 바보 취급을 당하는 데 신물이 난 이상 최악의 경우 자신의 신조에 따라 사임해야 할지도 모른다고 생각했다. 무슨 일이 있어도 재계약을 둘러싼 지난 전철을 반복하지 않을 작정이었다. 타협에 이르기까지 회의는 6시간이나 이어졌다. 내 가치에 합당한 금액까지는 미치지 못했어도 기존 계약내용에 비하면 엄청난 개선을 이루어낸 결과였다.

22년의 감독생활 중 가장 힘겨웠던 시즌을 헤치고 나오면서 많은 사람들이 내가 지난해에 내렸던 어려운 결정을 옹호해준 일이 큰 힘이 되었다. 축구계에서 팀을 완전히 통제할 수 있는 위치까지 오른 감독은 극소수이며 그런 이들마저도 현재의 통제권을 유지하려면 많은 노력을 기울여야 한다.

폴 인스는 내 통제권을 위협했다. 나는 한 번도 자만에 빠진 적이 없으며 다만 올드 트래포드 안이나 밖에 있는 사람들이 내 판단을 신뢰해주기를 바랐다. 우리가 계속해서 성공한 클럽으로 있기 위해 나보다 더 많은 시간을 투자해 분석하는 사람은 없다. 우리의 당면 목표는 유럽대항전에서 더 좋은 성적을 거두는 것이며 뛰어나고 젊은 선수들이 중심이 된 우리 팀은 이를 달성해낼 잠재력을 지니고 있다. 진정으로 잊지 못할 시즌에서 유일하게 가슴 아팠던 사건은 노병 스티브 브루스를 버밍엄으로 떠나보낸 일이었다. 스티브가 회장과 협상해 자유이적 신분을 얻어냈다는 소식을 들었을 때 나는 프랑스에서 휴가 중이었다. 그는 맨체스터 유나이티드의 충실한 일꾼이자 인간적으로도 훌륭한 남자였다. 진정으로 유감스럽고 슬픈 이별이었다.

23장

부적을 떠나보내다

1997년 봄, 이틀 동안 연달아 충격적인 일이 벌어졌다. 배를 주먹으로 맞자마자 머리에 훅이 들어온 꼴이었다. 4월 23일 저녁, 우리는 챔피언스 리그 준결승전에서 보루시아 도르트문트Borussia Dortmund에 패배해 짐을 싸야 했으며, 그 다음 날 아침에는 에릭 칸토나가 나에게 축구를 그만두기로 결심했다고 말했다. 5년 동안 4번째 프리미어 리그 타이틀을 손에 넣기 직전이었음에도 잇단 비극을 달래기에는 역부족이었다. 목요일에 에릭이 나를 찾아오자마자 그가 무슨 이야기를 꺼낼지 직감했다. 그러나 쉽게 받아들일 수 있는 내용이 아니었다. 그동안 나는 칸토나에게서 감지되는 변화의 기운이 걱정스러웠다. 그는 말수가 적어졌고 축구를 즐기지 않는 것처럼 보였다. 원래 다른 선수들과 있을 때 활달하게 어울리는 성격이 아니었지만, 조용한 카리스마로 헌신적인 마음가짐을 전파하며 존재 자체만으로도 주변에 생기를 불어넣곤 했다. 이제는 왠지 그런 것이 사라져버렸다. 마치 그의 일부가 벌써 다른 곳에 가 있는 것 같았다. 이 모든 것은 특히 그해 초 바르셀로나와의 자선경기를 마치고 돌아왔을 때 더욱 두드러지게 눈에 띄었다.

경기가 우리 일정에 지장을 주지 않았기 때문에 나는 그가 경기에 뛰는 데 동의했고 요르디 크루이프와 그는 우리와 함께 스페인으로 갔다(네덜란드인과 체코의 칼 포보로스키는 1996년 여름, 잉글랜드 유로에서 인상적인 활약을 보인 뒤 우리의 주요 영입대상이 되었다). 스페인에서 칸토나와 크루이프가 돌아왔을 때 이미 둘은 뗄 수 없는 친구가 되어 있었다. 훗날 바르셀로나에 정착하게 된 칸토나가 그곳에서 살겠다고 마음먹은 계기는 그때 여행에서 비롯되었을 것이다. 처음 나는 에릭의 평상시 기분이나 그의 기준으로 볼 때 기대 이하의 경기력 때문에 걱정하기 시작했다. 그러다가 그의 몸에 나타난 미묘한 변화를 깨닫고 우려는 더욱 깊어졌다. 그의 거구를 날렵하게 유지하려면 철저한 훈련을 꾸준하게 해야 했지만 이제 삼십 대에 들어선 그는 살이 붙기 시작하고 있었다. 그를 괴롭히고 있는 게 무엇인지 알아내고 싶었다. 너무 걱정이 된 나머지 나는 그에게 만나서 이야기를 좀 하자고 청했다. 유럽축구에 대한 전반적인 이야기든(그는 이 분야에 백과사전 같은 지식을 보유했다) 현재 경기력에 대한 분석이든 상관없이 우리는 언제나 긍정적이고 유익한 시간을 보냈었다. 그러나 이번에는 그의 대답에서 예전의 생기를 느낄 수 없었다. 그럼에도 그는 아무 문제도 이야기하지 않았다. 다음 몇 주 동안은 우리 팀에 있어 매우 중요한 시기라고 나는 말했다. 특히 유럽대항전을 강조하며 그의 망설임을 걷어내고 위대한 프랑스인이 다시 의욕을 충전하기를 바랐다.

시즌 일정을 보면 그의 낭만적인 면을 이끌어내고 자신의 재능은 더 큰 무대를 위한 것이라는 그의 믿음에도 부합할 수 있을 것 같았다. 초반에는 가끔 기복이 있기도 했지만 4월 초가 되자 우리는 극적인 기회를 맞게 되었다. 지난 가을 우리는 챔피언스 리그 조별예선 홈경기 무패라는 맨체스터 유나이티드의 자랑스러운 40년 기록이 깨지는 아픔을 겪어야 했다. 터키의 페네르바체fenerbahce는 10월 말 우리를 1-0으로 꺾으며 내 경력에 오점을 찍어버렸다.

11월 중순, 유벤투스도 홈에서 똑같은 스코어로 우리에게 이기며 상처에 소금을 뿌렸다. 토너먼트로 올라가는 8팀의 생존자 그룹에 들려면 우리는 오스트리아의 라피드 빈Rapid Wien을 이겨야 했고 혹독하게 추운 밤에 모든 선수들이 도전에 선뜻 응했다. 그중에서도 독보적인 활약을 펼친 선수는 전반전에 몸을 날려 골과 다름없는 슛을 한 손으로 막아낸 피터 슈마이켈이었다. 1970년 월드컵에서 고든 뱅크스가 기적적인 반사 신경으로 펠레의 헤더를 가로막았던 장면이 연상되는 슈퍼 세이브였다. 긱스와 칸토나의 골로 우리는 꼭 필요했던 승리를 거둘 수 있었으나 그 경기에서 가장 선명하게 남은 기억은 그리 썩 유쾌하지 않았다. 로이 킨은 상대의 스터드에 찍혀 무릎 뼈가 드러날 정도로 심한 부상을 당했다. 나는 이런 광경에 상당히 약해서 드레싱룸에서 팀닥터가 벌어진 부위에 응급처치를 하는 동안 제대로 쳐다보지도 못했다. 놀랍게도 로이는 단지 몇 주 후에 다시 경기에 복귀했다.

챔피언스 리그 조별예선과 8강 사이의 석 달 동안은 매우 소중한 시간이다. 유럽대항전에 대한 지속적인 기대감을 느끼는 것은 흔치 않은 호사다. 이로 인한 고양 효과는 리그 경기력에 건강한 영향을 끼치곤 한다. 1996년 10월 한 주일 사이에 뉴캐슬에게 5-0, 사우스햄턴에게 3-0으로 참패를 당하며 리그 우승 타이틀을 방어할 능력에 의문을 품게 된 터라 전환점이 절실한 상황이었다. 재난은 계속 이어져 홈에서 첼시에게 2-1로 패배하자 전문가들은 너도나도 우리를 무덤 속에 집어넣으려 했다. 그러나 나는 지난 시즌에 더블을 달성한 팀이 갑자기 펀칭백으로 변했다는 이야기를 단 한순간도 믿지 않았다. 다른 사람들에게는 우리가 베컴, 버트, 스콜스, 긱스 그리고 네빌 형제에게 쏟는 정성이 유스를 지나치게 믿는 과오로 비칠 수도 있었겠지만 나는 이 어린 선수들이 위대한 선수가 될 재능뿐만이 아니라 기질 또한 지니고 있다고 믿었다. 그들은 곧 내 믿음이 옳았다는 사실을 증명하게 된다. 세 경기에서 연속으로 패배한 합산 스코어는 13-4였다. 다음 경기에서 우리는 아스널에게 승리했다. 16연승의 첫 단추를 꿴 경기로, 이후 리그 타이틀을 향한 경주의 양상이 완전히 바뀌게 된다.

1996년 말, 나는 올드 트래포드에 온 지 10년이 되었다. 그것을 계기로 그 기간 동안 내게 일어난 변화를 곰곰이 따져보았다. 캐시의 관점에서 보면 가장 마음에 안 드는 변화는, 내가 유나이티드 감독으로서 내 의무의 일부라고 생각하는 사교적 행사에 참석하는 일이 늘어나며 집에서 보내는 시간이 꾸준히 줄어들었다는 것이다. 홍보대사 역할을 하는 것은 피곤한 일이지만 피할 수 없다.

1986년 이후 내가 겪었던 경험을 좀 더 넓은 관점에서 보면 끊임없이 증가하는 선수들의 권력, 에이전트들이 일으키는 트러블, 만족할 줄 모르고 기삿거리를 요구하는 언론 등, 미래 감독들에게 고통과 좌절을 가져다주는 여러 요인의 씨앗을 감지할 수 있었다. 내가 가장 싫어하는 직업군이 있다면 그것은 축구기자일 것이다. 특히 온갖 수단을 써서 기삿거리를 얻어내려는 타블로이드 기자들은 무자비하기 짝이 없다. 얼마나 피곤한 인생인가! 10주년을 맞자 이 일을 그만두어야 할 때가 아닌가 생각해보게 되었던 것은 사실이다. 그러나 고민은 오래가지 않았다. 아침에 일어나 훈련장에 가지 않게 되는 날이 온다는 생각만 해도 끔찍했다. 정년이라는 개념에 나는 절대 반대의 입장이다. 나이는 한 개인이 어느 정도로 기민하고 활기 있는가를 판단하는 근거가 될 수 없다. 55세가 되어서도 내 몸과 정신은 예전과 다름없었고, 언제 은퇴할 거냐는 질문에는 더 이상 시달리고 싶지 않았다.

잉글랜드 국가대표 경기로 잠시 시간이 났을 때 나는 10주년을 축하하기 위해 캐시와 함께 이틀 예정으로 런던으로 갔다. 당시 알버트 피니[영국 뉴웨이브 시네마의 대표적인 배우 중 하나로 열렬한 맨유의 팬이며 뮌헨 참사를 다룬 다큐멘터리에서 내레이션을 맡음], 톰 코트니 그리고 켄 스토트 같은 최고의 거물 배우들이 총출연해 웨스트엔드에서 화제를 모으던 연극 '아트'는 평단의 극찬을 받고 있었다. 우리는 무슨 일이 있어도 그 연극을 꼭 보고 싶었다. 피니는 맨체스터 유나이티드의 텃밭인 솔포드에서 태어났고 스토트는 스코틀랜드인이었기 때문에 나에게는 문화적인 이유 외에도 연극을 봐야 할 이유가 하나 더 있었다. 그러나 표를 구하는 것은 악몽과도 같았고, 결국 내 그리스인 친구인 소티리오스 하시아코스가 온갖 어려움을 뚫고 티켓을 구해주었다.

캐시와 내가 극장에 갔을 때 지배인이 다가와서 놀랄 만한 말을 전했다. 알버트 피니의 아내인 페니가 우리와 만나고 싶어 한다는 이야기였다. 대체 피니 부인은 어떻게 우리가 온다는 것을 알았을까? 페니의 설명은 흥미로웠다.

그날 아침 알버트 피니는 아파트 초인종이 울려 문을 열었더니 열렬한 유나이티드 팬인 동네 신문가게 주인이 서 있었다. 알렉스 퍼거슨이 연극표를 구하려고 백방으로 애를 쓰고 있으나 어려움을 겪고 있다는 소식을 우연히 들은 가게 주인은 굉장히 불안해하고 있었다. "선생님이 퍼거슨 씨에게 표를 구해줄 수는 없나요?" 그가 배우에게 말했다. 비슷한 부탁을 여러 차례 받았던 내가 그랬듯이 알버트는 그 문제를 해결할 아무런 힘이 없었다.

그러나 신문가게 주인의 개입 덕분에 캐시와 나는 연극이 끝나고 스타의 드레싱룸에 초대받게 되었다. 피니는 언제나 내가 가장 좋아하는 배우 중 하나였고 그때까지 한 번도 직접 만나본 적이 없었어도, 그의 가까운 친구이자 솔포드 출신의 유명한 화가 해롤드 라일리에게 그가 있는 술자리는 언제나 즐거울 거라는 이야기를 익히 들어왔다. 과연 그 말은 사실이었다. 캐시와 나는 연극을 무척 즐겁게 봤지만 솔직히 말해 드레싱룸에서 이루어진 작은 모임이야말로 런던 방문의 하이라이트였다. 알버트는 돔페리뇽 샴페인을 터뜨리며 내 10주년을 축하했다. 곧이어 톰 코트니와 켄 스토트가 우리와 합류하더니 영국 최고의 여배우 중 하나인 조운 플로우라이트까지 찾아왔다. 그녀는 여전히 아름다운 모습이었다. 그날 밤의 경험이 무엇보다도 내게 인상적이었던 것은 연예계 사람들이 서로를 달링으로 부르며 가식되고 과장된 언행을 즐긴다는 편견을 싹 씻어주었다는 점이다. 그들은 매우 견실한 사람들이었다.

그곳이 맨체스터 유나이티드의 시즌이 중요한 국면에 접어들 때 내가 있어야 할 장소였다. 유러피언컵의 8강 대진을 결정하는 조추첨은 유벤투스를 피해가게 했지만 조별예선에서 또 하나의 무패팀인 포르투와 맞붙게 했다. 포루투갈 리그 챔피언은 브라질 대표 선수들을 많이 데리고 있었기 때문에 팬들과 언론은 3월 5일 올드 트래포드에서 벌어질 1차전에서 우리가 그들을 감당할 수 있을지 우려를 표시했다. 경기를 이기는 데 전술은 매우 중요해질 터였다.

라이언 긱스를 평소에 활동하는 왼쪽 측면에 배치하지 않고 살짝 다른 역할을 주면 경기에 중요한 영향을 끼칠 수 있다는 확신이 들었다. 또한 공격수를 세 명 세운 뒤 에릭을 밑으로 내려서 그들에게 공을 배급해주면 포르투가 긱스와 칸토나에게 느끼는 불안감을 증폭시킬 수 있다고 믿었다. 내 지시는 간단했다. 칸토나에게 공을 주고 두 명의 스트라이커, 콜과 솔샤르가 남긴 공간에 긱스가 침투해 휘젓고 다닌다. 그날 밤, 우리는 놀라운 경기력을 보여주었고 상대팀 골키퍼까지 우리의 승리를 도우며 상대를 4-0으로 압살했다. 메이, 칸토나, 긱스, 콜이 터뜨린 골은 우리가 2차전에 정상적으로 임하기만 하면 준결승은 보장된 거나 마찬가지라는 의미였다. 우리는 인상적인 평정심을 보이며 포루투갈 원정에서 0-0 무승부를 이루어내며 적절하게 과제를 완수했다.

올드 트래포드에서의 압도적인 경기는 경기력의 정점을 보여준 한판이었으며, 우리 스태프는 그토록 엄청난 일을 해낸 팀의 일부라는 데 짜릿한 흥분을 느꼈지만 거기에는 즉각적인 대가가 따랐다. 그들이 이루어낸 위업에 정신적으로나 육체적으로 모든 것을 쏟아낸 선수들은, 너무 과하게 축하파티를 벌였고 돌아온 토요일 경기에서 프리미어 리그 무패 행진이 멈추게 된 것이다. 선덜랜드에게 2-1로 패배한 뒤 그들은 드레싱 룸에서 고개를 푹 숙이고 말았다. 아무도 그들에게 그들 스스로 자신들을 실망시킨 거라고 이야기해줄 필요가 없었다. 선수들이 회복할 시간을 주기 위해 모험적인 선발명단을 짰던 내게 가해진 비난도 이해할 수 있었다. 크게 개의할 일은 아니었다. 선수들이 아니라 내가 모든 욕을 먹는 게 차라리 나으니까.

리그 우승 도전은 곧 제 궤도로 돌아왔으나 우리의 큰 야망은 조지 베스트, 보비 찰튼, 그리고 데니스 로가 있던 1968년 이후 처음으로 맨체스터 유나이티드가 다시 유럽 챔피언 자리에 오르는 것이었다. FA컵조차도 우리에게 예전처럼 중요하지 않았고 4라운드 재경기에서 윔블던에 의해 탈락했을 때도 그리 큰 타격을 입지 않았다. 준결승전의 1, 2차전인 보루시아 도르트문트와의 경기에서 벌어진 일은 땅이 꺼진 것 같은 실망감을 안겨주었다. 유나이티드 역사에서 가슴 아픈 한 페이지를 차지하고 있는 뮌헨[1958년 2월 6일, 베오그라드에서 유러피언컵 경기를 끝내고 돌아가던 맨체스터 유나이티드 선수단을 태운 비행기가 중간 급유를 위해 들른 뮌헨에서 이륙 사고를 당해 8명의 선수를 포함해 23명이 사망]의 올림픽 경기장에서 열리는 결승전까지 단 한 계단만 오르면 된다는 사실에 생전 처음 맛보는 흥분을 느꼈다. 그 마지막 한 걸음을 떼지 못하게 된 일은 고통스럽기 짝이 없었다.

도르트문트와의 경기 전날 마지막 훈련에서 피터 슈마이켈과 데이비드 메이를 부상으로 잃은 일을 시작으로 우리는 그 두 경기에서 온갖 불운을 다 겪었다. 골대 앞을 지킨 레이몬드 판 데르 고우와 중앙 수비를 맡은 로니 욘센의 활약은 칭찬할 만했지만, 전반전에는 갑작스러운 변화에 팀 전체가 불안한 모습을 보이며 현저하게 전력이 우세한 데도 불구하고 그 점을 적극 활용하지 못했다. 그러나 우리가 실패한 원인은 한 가지로 규정지을 수 있다. 정상급 축구팀 간의 경기에서는 기회를 잡았을 때 그 기회를 어느 정도는 성공시켜야 한다. 준결승전에서 우리는 너무 많은 기회를 날려버렸다. 두 경기 모두에서 우리가 더 나은 팀이라는 사실은 분명했어도 우리는 1-0 패배를 두 번 당한 패배자일 뿐이었다.

도르트문트에서 에릭 칸토나는 너무나 눈에 띄지 않았고, 경기에도 큰 영향을 끼치지 못했기 때문에 나는 그 원인이 무엇인지 고민에 빠졌다. 그를 대하는 방식에 변화가 생긴 게 아닌지 스스로에게 물었다. 예전에는, 특히 처음에 클럽에 왔을 때와 8개월 출장정지를 당했던 힘든 시기에는 정기적으로 그와 이야기를 나누는 게 내 방침이었다. 그는 그러한 개인적인 만남에 호의적인 태도를 보였었다. 독일을 떠나면서 최근에 그와 이야기하는 게 뜸해지지 않았는지 생각해보았다. 우리 사이가 소원해진 것보다는 그가 최근 우리의 연승 행진에서 팀의 중심 선수로서 점점 커지는 부담감을 다루는 법을 자신만의 방식으로 익히는 편이 낫다고 생각했다.

도르트문트와의 경기가 끝나고 나는 의문에 빠졌다. 왜 그렇게 그는 경기에서 눈에 띄지 않았을까? 물론 유럽대항전 같은 큰 경기에서 그의 활약이 기대에 미치지 못했다는 비판도 있었다. 전적으로 틀린 말은 아니다. 에릭이 뛰어난 경기력을 보여준 경기도 종종 있었다. 그러나 뭔가 있다는 말에는 수긍한다. 어쩌면 그가 세계 최고의 선수가 되지 못하게 했던 정신적인 걸림돌일지도 모른다. 그에게 그런 위치에 오를 능력이 충분히 있었다고 나는 확신하지만, 자신의 놀라운 재능을 완전히 꽃피우는 데 실패하게 만든 요소가 그의 성격 속에 있었다고 생각했다.

올드 트래포드에서 벌어진 준결승 2차전에서 우리가 득점 기회를 수도 없이 날리는 걸 본 도르트문트는 자신들의 행운을 믿을 수 없었을 것이다. 적어도 15번은 골키퍼만 제치면 되는 상황을 맞았어도 우리는 공을 네트 안에 집어넣지 못했다. 마치 사악한 마법에 걸린 것 같았다. 그러나 좀 더 현실적인 측면에서 나는 또다시 칸토나의 경기력에 실망했다. 그날 저녁 그는 골대 앞이 비었어도 무기력하게 대응했다. 몇 달 전만 해도 상상할 수도 없는 일이었다.

음모론자들은 그의 플레이가 날카로움을 잃은 이유가 앤디 콜과의 불화 때문이라고 떠들었다. 그러한 주장이 사실인지 아닌지 나는 아무런 해답도 줄 수 없지만, 그 두 사람이 골대 앞에서 수없는 득점기회를 날려버린 주범이었다는 점은 사실이다. 어쩌면 아직 유나이티드에 완전히 뿌리내리지 못한 상태였던 앤디가 무뚝뚝한 프랑스 남자와 함께 뛰는 데 불편함을 느꼈을지도 모른다. 또 어쩌면 두 사람이 서로 잘 맞는 짝이 아니었을지도 모른다. 두 사람은 모두 내성적인 사색가들이며 신뢰를 할수록 능력을 보여주는 유형의 선수였다. 처음에는 앤디의 사람됨을 파악하기 힘들었으나 적어도 언제나 의심할 수 없었던 것은 그가 매우 양심적인 인간이라는 사실이었다. 그의 경기력은 자신감을 가질 때 개화했고, 그러기 위해서는 나 같은 위치에 있는 사람들이 그를 믿어줘야 했다. 앤디나 에릭 칸토나가 개인적인 반감 때문에 팀을 희생했다고는 단 한순간도 믿지 않는다.

우리의 유러피언컵에 대한 희망이 또 한 번 좌절되고 나서 이틀 후에 에릭이 나를 찾아왔을 때 왜 서른 살의 나이에 축구를 그만두려 하는지 물었다. 그의 대답은 속마음을 슬쩍 내비치는 정도로 모호했다. 축구에서 자신이 이룰 수 있는 것은 다 이루었으므로 이제 다른 인생을 살겠다는 이야기였다. 그에게 이런 문제는 결과를 진지하게 생각해야 하니까 그가 애정을 갖고 신뢰하는 아버지에게 조언을 구해보라고 말해주었다. 이때까지는 그의 아버지가 그의 마음을 돌려놓을 수 있을지도 모른다는 작은 희망을 품고 있었다.

아스널, 리버풀, 그리고 뉴캐슬은(케니 달글리시가 새 감독으로 온) 프리미어 리그 시즌 마지막 몇 주 동안 모두 우리를 압박해왔다. 그러나 우리는 약간의 여유를 만들어놓았기 때문에 한 번도 경쟁에서 중압감을 느끼지 않았다. 우리가 시즌을 승점 75점으로 마칠 때 주요 라이벌 세 팀은 사이좋게 68점에 몰려 있었다. 5년간 4번 우승을 차지하고 상대적으로 젊은

1997년 팀이 많은 발전을 이룬 것을 확인한 것은 매우 흡족한 성과였다. 상승곡선을 그리는 그들의 기량을 고려하면 유러피언컵 우승은 머지않은 꿈이었다.

에릭 칸토나에 대해서는 그만큼 낙관할 수 없었다. 시즌이 끝날 무렵에도 그는 여전히 축구에 관심을 잃은 사람처럼 다녔다. 예전의 광채를 잃은 눈빛과 체격에 나타나는 변화를 보며 기량이 급격하게 쇠퇴해서 그의 남다른 자존심에 상처를 입기 전에 선수생활을 끝내는 게 옳은 결정일지도 모른다고 인정해야 했다. 그러나 나는 그의 문제에 근본적인 원인이 있을지도 모른다는 희망에 매달렸다. 일단 원인을 찾아내어 바로잡으면 타국에서 그를 레전드로 만들었던 원래의 수준을 다시 찾을지도 모른다고 생각했다. 그러나 마지막 리그 경기가 끝나고 다음 날 아침, 비서인 린이 전화로 모트람 홀에서 이틀 후에 만나고 싶다는 에릭의 말을 전했을 때 나는 최악의 상황을 예견했다.

호텔의 개인 사무실에서 마주보고 앉은 우리는 이야기를 어떻게 시작해야 할지 주저했다. 그러나 에릭의 얼굴을 보자마자 그의 결심이 확고하다는 사실을 알 수 있었다. 그는 단도직입적으로 솔직하게 말했다. 그는 이미 상당기간 동안 그 문제에 관해 심사숙고한 뒤 축구를 그만두겠다는 최종결론을 내린 것이다. 내가 왜 그런 생각을 하게 되었는지 다시 이유를 물었을 때 그는 지난번보다 분명하게 이유를 말했다. 최근 올드 트래포드에서 볼 수 있는 두 가지 경향 때문에 환멸을 느꼈다고 했다. 그는 자신이 맨체스터 유나이티드의 판촉활동에 노리개가 되어버린 느낌을 받았으며 그런 취급을 더 이상 받아들이지 않겠다고 말했다. 그의 두 번째 불만은 유나이티드가 선수를 영입하는 데 있어서 야망을 드러내지 않는다는 사실이었다. 나는 그 두 가지 경우 모두에 충분히 공감이 갔다.

내 선수 중 가장 재능 있고 흥미로우며 창의적인 선수인 칸토나를 놓아줘야 하는 현실을 받아들이며 나는 그가 지적했던 문제, 즉 가장 뛰어난 선수들을 영입할 가능성을 제한해버리는 이사회의 태도에 대해 생각하는 시간을 가졌다. 그동안 올드 트래포드에서 클럽의 임금상한선 정책 때문에 많은 고초를 겪었다. 급여문제는 합리적인 접근방식이 필요하며 클럽은 임금구조를 일률적으로 고려해야 한다는 점은 이해가 간다. 그러나 재능은 평등하지 않으며 두세 명의 뛰어난 선수가 그들 없이는 이르지 못할 수준까지 팀을 끌고 갈 수 있다면, 이들의 급여는 별도의 등급이 적용되어야 한다. 맨체스터 유나이티드를 리그 최고의 팀으로 만드는 데 이들의 존재가 필수라면 분명 그들보다 적게 받는 동료 선수들도 차이를 받아들일 것이다. 1위에 오르면 모든 사람들이 혜택을 받는다.

최근 나는 호나우두, 가브리엘 바티스투타 그리고 마르셀 드사이에 관심을 가지고 있었지만 맨체스터 유나이티드의 급여정책으로는 이런 위대한 선수들의 계약에 따르는 금전적 패키지를 제시하는 일이 불가능했기 때문에 아무것도 할 수 없었다. 주급에 적용되는 각종 제한은 우리가 90년대에 유럽축구의 강력한 세력으로 군림할 가능성을 차단했다. 주식회사로 변모한 일은 당연히 클럽의 모든 분야에 영향을 미쳤고, 돈이 관련된 문제는 모두 강력한 제한 속에서 일정한 절차를 밟게 되었다. 주식회사의 방식은 종종 내게 매우 큰 불만을 갖게 했다.

주주의 이익, 특히 클럽에 거액을 투자한 단체들을 고려해야 하는 것은 이해할 수 있다. 그러나 홈경기에 빠짐없이 나오는 5만 5천 명의 팬들에 대해서는 고려하고 있는가? 그들이 투자하는 것은 자신의 열정과 충성심이며 그중 일부는 우리 경기를 보러 전 세계를 돌아다니기 위해 남은 돈을 모두 쏟아붓는다. 팀이 좋은 성적을 거두어 기쁨을 느끼는 것이 그들이 원하는 전부다. 팀이 좋은 성적을 거두지 못하게 되면 더 이상 경기장이 자동적으로 채워지지 않게 되고, 관련 용품이나 레스토랑의 매상도 뚝 떨어질 것이다. 아무튼 투자자들은 이미 클럽을 통해 많은 돈을 벌어들였다고 생각한다. 맨체스터 유나이티드에게 남은 길은 오직 하나밖에 없다. 유럽 최고의 클럽으로 굳건하게 자리 잡는 일이다. 그러나 그렇게 하려면 돈이 든다. 우리가 있어야 할 곳까지 날아오르려면 급여상한선의 천정 밑에 갇혀서는 불가능하다는 사실을 언젠가는 클럽도 깨닫게 될 것이다.

한편, 나는 주식회사가 정한 울타리 안에서 악전고투를 벌이며 영입활동을 하고 있었다. 올드 트래포드에 온 후 훌륭한 매매기록을 기반으로 내게 더 많은 재량권이 주어질 줄 알았다. 1996-1997 시즌이 시작하기 전에 나는 리 샤프를 리즈에 4백 5십만 파운드에 팔았고 휴즈, 인스, 그리고 칸첼스키스를 일찌감치 보내며 2년도 안 되는 시간 동안 1천 9백만 파운드를 클럽에 안겨주었다. 거의 10년을 유나이티드의 감독으로 있으면서 이적시장에서 총 400만 파운드의 순이익을 거두어들였다. 우리와는 비교도 할 수 없을 정도로 성과가 미약한 다른 클럽이 사용한 액수와 비교하면 대단한 이익을 남긴 셈이다. 더구나 중요한 선수들이 빠져나갔어도 조금도 전력손실이 이루어지는 일 없이 생존능력을 발휘한 것만큼 나를 고무시킨 것은 없다. 세 시즌 동안 우리는 파커, 브루스, 인스, 롭슨, 휴즈, 칸첼스키스 그리고 샤프를 잃었지만 여전히 잉글랜드 최고의 클럽으로 남았다. 그러나 훗날 지난 일을 회상하며 에릭 칸토나의 경우에도 똑같은 말을 할 수 있을까? 이제 우리는 단순히 한 명의 선수가 아닌 팀의 부적을 떠나보내고 있었다.

24장

아스널의 질주

맨체스터 유나이티드를 대표해서 선수에게 접근할 때 나는 전력을 다하지만 거절당했다고 상심하지는 않는다. 조금 더 기다리면 새로이 유익한 관계를 맺을 선수가 찾아오리라는 사실을 알기 때문이다. 폴 개스코인이 1988년 여름, 애정의 대상을 갑자기 우리에서 토트넘으로 바꿔버렸을 때는 차인 느낌이 잠시 들었지만, 곧 폴 인스가 들어와서 클럽 역사상 가장 뛰어난 팀의 중요한 구성원이 되었다(그리고 돈을 밝히는 것처럼 들리겠지만, 그를 인터 밀란에 팔았을 때는 550만 파운드의 이익을 남겼다).

　개스코인에게 퇴짜를 맞고 1년 뒤에는 스웨덴 수비수 글렌 히센을 영입하기 위해 이탈리아까지 먼 길을 찾아갔지만 결국 농락당하고 말았다. 히센이 리버풀에서 엄청난 성공을 거두지 못한 반면, 그를 데려오지 못한 일은 미들즈브러의 개리 팔리스터를 데려오는 데 전력을 다하게 만들었다. 팔리가 클럽의 충실한 일꾼으로 우리에게 얼마나 보탬이 되었는지는 다들 알 것이다. 유나이티드에 있는 모든 이들은 알란 시어러가 우리 대신 블랙번 로버스를 택했을 때 속상하고 당혹해했으나 이 역시 전화위복으로 돌아왔다. 우리가 시어러를 손에 넣었다면 에릭 칸토나를 영입하려 들지 않았을 것이다. 시어러가 위대한 프랑스 선수 에릭처럼 올드 트래포드를 환하게 밝힐 수 있었을까? 나는 아니라고 생각한다. 이 모든 경험 때문에 나는 축구에서 거절당하는 것은 별로 큰 난관에 속하지 않는다고 생각하게 되었다. 그래서 젊고 재능 있는 네덜란드의 센터포워드

패트릭 클라위버르트가 1998년 우리의 접근에 아무런 답도 주지 않을 정도로 무시했을 때, 나는 당연히 손해를 보는 것은 그쪽이라고 생각했다.

이 글을 쓸 무렵에도 이미 네덜란드인의 무관심이 간접적으로 우리에게 커다란 행운을 선사했다는 증거가 속속 나타나고 있다. 그의 거절로 내가 오랫동안 탐내오던 애스턴 빌라의 드와이트 요크를 영입하는 데 망설임이 완전히 사라지게 되었다. 클라위버르트와 요크 두 사람 다 영입했으면 더 좋았겠지만, 그중 한 선수를 데려올 가능성이 없어지자 다른 하나마저도 손에 넣지 못하게 될지도 모른다는 생각을 아예 머릿속에서 지워버렸다. 절반의 성공이었지만 더 나은 절반이었다. 우리와 함께한 첫 시즌 동안 드와이트는 유럽 최고의 테크니션이자 골잡이로 급속하게 부상했다.

요크를 데려오는 데 걸림돌이 생기리라는 것은 충분히 예상하고 있었다. 빌라 감독 존 그레고리가 그토록 뛰어난 선수를 순순히 내줄 리 없었다. 나를 놀라게 한 것은 내가 극복해야 될 장해물의 일부가 우리 진영에서 나왔다는 사실이다. 프랑스 남부에서 가족여행과 1998년 월드컵에서 스카우트 활동을 겸하면서 텔레비전 해설과 칼럼을 쓰고 있던 나는 요크를 둘러싼 복잡하고 지지부진한 협상과정의 추이를 묻기 위해 잉글랜드에 있는 회장에게 전화를 걸었다. 나의 단순한 질문에 전화 상대는 대답을 망설였다. 마틴 에드워즈의 입에서 한참 만에 나온 대답은 나에게 충격을 던져주었다.

"글쎄요, 우리는 요크가 유나이티드에 어울리는 선수라고 생각하지 않고 있어요." 그가 말했다.

"어울리는 선수라고 생각하고 있지 않다니 그게 무슨 뜻이죠?" 나는 그에게 따져 물었다. "여기서 우리가 누굽니까?"

"이사 중 한두 사람과 브라이언 키드요." 그의 대답이었다.

"브라이언 키드?" 나는 그에게 쏘아붙였다. "대체 누가 빌어먹을 감독이요?" 브라이언은 요크가 내가 간주하는 만큼 돌파력이 좋은 선수가 아니라고 생각한다고 마틴이 말했다.

"브라이언은 나에게 한 번도 그런 말을 한 적이 없어요. 단 한 번도 말이요. 그렇다면 왜 내가 아닌 회장에게 그런 말을 한 거죠?" 나는 정말로 알고 싶었다. 회장은 브라이언이 자기에게 직접 그런 게 아니라 클럽에 있는 다른 사람에게 한 이야기라고 말했다. 내가 그 다른 사람이 대체 누구냐고 추궁하자 마틴은 말해줄 수 없다면서 내 수석코치가 "지난 시즌에 불만이 많았다"고 덧붙였다. 불만의 내용이 무엇이었는지 캐묻자 브라이언은 우리 훈련내용이 충실하지 않다고 느끼고 있었다고 마틴이 말했다. 나는 브라이언 자신이 팀의 훈련을 대부분 책임지고 있는 상황에서 그런 불평을 하는 건 이상하다고 지적했다. 그러자 마틴은 폭탄을 떨어뜨렸다.

"내 생각에 감독님은 브라이언과 문제가 있는 것 같으니 그에게 이야기를 해보는 게 좋을 것 같군요. 브라이언은 오늘 아침 나를 찾아와 에버턴과 협상을 허락해달라고 요청했으니까요." 페라 곶의 절벽 꼭대기에 있는 임대 별장에 앉아 지중해 풍광을 내려다보면서 맨체스터에서 펼쳐지고 있는 불편한 드라마를 전해 듣고 있자니 이상한 기분이 들었다.

"브라이언을 절대 에버턴에 보낼 수 없어요." 나는 회장에게 말했다. "놀라서 말이 안 나오는군요. 브라이언은 나에게 한 번도 감독을 해보고 싶다고 말한 적이 없지만 그 문제는 제쳐두고 드와이트 요크와 훈련에 대한 이야기는 이해가 가지 않아요." 브라이언은 원래 불평이 많은 편이었다고 마틴이 말했다.

"브라이언을 보내고 싶지 않다면 한번 둘이서 이야기를 해보는 게 좋을 것 같군요." 마틴이 말했다. 나는 수석코치가 나에게 전적으로 헌신하면서 자기 일에 만족하는지 확실히 해두고 싶을 뿐이라고 강조했다. 그러고 나서 나를 괴롭히던 다른 문제로 돌아왔다. 나는 브라이언이 요크를 못 미더워했다면 그가 영입용으로 관심을 보인 공격수가 있는지 물었다.

"음, 그는 웨스트햄의 존 하트슨을 원하더군요." 마틴이 내게 말했다.

"하트슨이라니, 지금 농담해요?" 나는 소리쳤다. "회장, 이거 농담이 죠? 하트슨이 맨체스터 유나이티드급의 선수라고 생각해요?" 마틴은 하트슨을 언급해서 솔직히 놀랐다고 인정했다.

이제 다음 행동은 신중하게 생각해야 했다. 나는 우선 브라이언의 행동을 분석해서 그의 머릿속에서 무슨 생각이 오가고 있는지 알아내려 했다. 그는 올드 트래포드에 있는 다른 사람들에게 불평을 늘어놓고 있던 것일까? 만약 그랬다면 다른 사람들이란 누구이며 나는 대체 거기에 대해 무엇을 해야 할까? 판단에 앞서 브라이언 본인의 이야기를 먼저 들어 보는 게 중요했다. 그에게 전화해 마틴이 내게 해준 이야기를 그대로 들려주자 늘 그러듯이 머뭇거리며 대답을 회피했다. 그래서 나는 질문을 되풀이했다.

"그동안 누구에게 이야기하고 다닌 건가?"

"아무하고도 이야기 안 했는데요." 그가 대답했다. 그에게 드와이트 요크를 데려오는 걸 원하지 않느냐고 물었다.

"난 요크가 감독님이 생각하는 만큼 대단한 드리블러가 아니라고 생각해요." 그가 말했다. 그래서 나는 영국에서 요크보다 더 뛰어난 드리블러가 있으면 한 명이라도 대보라고 말했다. 어쨌든 왜 이 문제를 조금 더 일찍 꺼내지 않았는가? 요크를 데려올 수 있든 없든 간에 파트릭 클라위버르트는 최근 우리 공격진에 부족한 장신 공격수의 존재를 더해 줄 수 있다는 데 우리는 의견이 일치하지 않았던가. 에버턴과 이야기를 하게 해달라고 요청한 데 대한 브라이언의 해명은 더 없이 솔직했다. "에버턴이 준비한 금액이 맨체스터 유나이티드에서 받는 돈보다 세 배나 되는데 내가 여기서 일할 이유가 있나요?" 그의 태도는 충분히 이해가 갔다.

"돈 문제라면, 왜 나한테 오지 않았나? 내가 자네의 급여를 올려달라고 이야기하기를 원하나?" 그는 급여문제에 관해 내가 중간에 힘을 써준다면 고마울 거라고 말했다.

회장에 연이어 브라이언과 통화를 하다 보니 한 시간이나 전화기에 매달려 있었다. 전화 마라톤이 끝날 무렵 느낀 몇 가지 감정 중 하나는 브라이언에게 맨체스터 유나이티드의 훈련에 대한 발언권을 너무 많이 준 나 자신에 대한 분노였다. 문제의 원인은 감독직에 따른 부차적인 책임이 너무 많이 쌓였기 때문이었다. 나의 아침일과는 언제나 회의와 전화로 꽉 차 있다. 선수들이 매일 무엇을 할지 세부적인 부분까지 결정했던 습관은 더 이상 지속할 수 없게 되었다. 몇 년 전만 해도 수석코치가 클럽에 있는 다른 사람들에게 불평을 늘어놨다는 사실을 알게 되면 훨씬 더 강한 반응을 보였을 것이다. 나이를 먹으면 사람이 유해지고 이해심이 많아진다는 것은 틀림없는 사실이다. 브라이언 키드는 복잡한 성격의 소유자였고 건강문제를 지나치게 걱정하는 등 종종 불안정한 면을 보이기도 했다. 또한 코치 일을 잘 수행하고 있는지, 내가 여전히 그를 필요로 하고 있는지, 내가 은퇴하게 되면 자기는 어떻게 될지 늘 걱정하고 있었다. 그래서 나는 종종 그를 안심시키며 아무런 걱정도 할 필요 없다고 말해줘야 했다. 은퇴할 생각은 조금도 없었다. 그는 선수 조련에 뛰어났기 때문에 당연히 코치로 남아 있어야 했다. 지금 전개되는 상황 속에서 일단 브라이언에 대해서는 판단을 보류하고 싶었다. 그는 7년 동안 내 곁을 지켰고 솔직히 이제 와서 코치를 또 바꾸고 싶지 않았다. 아마 이런 게 나이를 먹었다는 증거일지도 모른다.

나는 회장에게 브라이언과 나누었던 대화의 요점과 그의 요구사항을 전했다. 회장이 내게 브라이언의 문제와 요크의 영입 건에 관한 논의를 위해 이틀 안으로 런던에 와달라는 부탁으로 이야기를 마쳤다. 휴가를 망치게 되어 캐시가 화를 내리라는 건 뻔했고 나 역시 하루 동안 런던으로 가 있게 되어 기분이 썩 좋지 않았다. 자식들 내외와 함께 온 손주들이 수영장에서 행복하게 뛰노는 모습을 보며 캐시와 나는 리비에라에서 근사한 시간을 보내고 있었던 참이었다.

하지만 클럽에서 벌어지고 있는 일은 중요했기 때문에 그 주 금요일 나는 시간에 맞춰 히드로 공항에 도착했다. 마중 나온 차는 나를 공항에서 곧바로 홍콩&상하이 은행으로 데리고 갔다. 맨체스터 유나이티드 주식회사의 회장 롤랜드 스미스 경은 셋이서 이야기를 할 수 있도록 방을 잡았다. 브라이언과 요크 일을 의논하기 위한 자리이겠거니 하고 생각했지만 마틴은 나에 대한 발언만 길게 늘어놓았다. 감독으로서 내 능력은 찬사를 보내 마땅하지만 올드 트래포드에서 성공을 거둬 유명인사가 된 탓에 예전에 비해 일에 집중을 하지 않는다고 말했다. 내가 최근 경마에 흥미를 갖고 경주마의 주인이 된 사실을 못마땅하게 보았던 게 분명했다. 마틴이 그런 말을 하다니 믿을 수 없었으나 그와 롤랜드 경의 용건을 다 듣고 난 뒤에 질문을 던졌다.

"내가 그만두기를 바랍니까?"

"아니, 아니 그런 뜻이 아니오." 두 사람은 얼른 입을 모아 대답하고는 내가 거둔 성과에 대해 또 찬사를 늘어놓더니 그저 충고를 하려고 했을 뿐이라고 변명했다. 나는 그들에게 물어볼 게 있었다.

"이 클럽에서 11년 하고 6개월 동안 감독을 한다는 게 얼마나 힘든 일인지 짐작이라도 하십니까? 내가 간절히 원하는 소원이 축구에서 떨어져 한숨 돌리는 시간을 갖는 거라는 사실을 알기나 해요?" 그동안 마틴이 내게 종종 일주일에 하루 정도는 쉬는 날을 가지라고 간곡히 부탁했다는 점을 상기시켰다. 그는 자신이 그랬다는 사실을 인정했지만 휴식을 취하라는 이야기였지 허구한 날 바쁘게 돌아다니라는 뜻은 아니라고 설명했다. "하지만 경마 같은 다른 흥밋거리에 몰두하는 게 나한테는 휴식을 취하는 방법일지도 모르죠." 내가 말했다.

그 문제에 관한 한 어떠한 합일점도 찾지 못할 게 뻔했기 때문에 우리는 요크 건으로 넘어갔다. 나는 그들에게 맨체스터 유나이티드에 관련된 사람 중에 나 자신보다 축구선수들을 더 정확하게 평가할 능력을 갖춘 사람은 없다는 점을 분명히 했다. 나는 내가 부임한 뒤 데리고 온 걸출한 선수들의 목록을 내보였다. 그들은 클럽에서 키운 선수들과 함께 유나이티드를 잉글랜드 축구계에서 지배적인 세력으로 군림하게 만들었다. 휴즈, 맥클레어, 브루스, 팔리스터, 어윈, 슈마이켈, 샤프, 인스, 칸첼스키스, 킨 그리고 칸토나 등 두 사람이 목록의 어느 부분을 본다 해도 놀라운 이름들뿐이었다. 또한 1998년 여름이 되기 바로 전에(이미 야프 스탐이라는 훌륭한 네덜란드 센터백을 수비수로서는 기록적인 몸값으로 영입한 후였다), 나의 부임 기간 동안 선수들을 팔면서 유나이티드에 들어온 금액은 재정적으로 들어간 금액을 상쇄했다. "클럽이 선수를 영입해야 할 때 어떤 선수가 좋은지 가장 적절한 판단을 내릴 수 있는 사람이 나라는 사실을 인정하지 않는다면 난 당장 떠나겠습니다." 나는 마틴과 롤랜드 경에게 말했다. 그 한마디로 요크에 대한 논의는 일단락 지어진 듯했지만 내가 놓인 상황에 불쾌함을 느낄 수밖에 없었다. 다시 한 번 곰곰이 생각해보니, 만약 이런 일이 몇 년 전에 일어났다면 그때 내 자존심과 성질로는 이런 우스꽝스러운 처사를 도저히 참을 수 없었을 것이다.

회의의 다음 순서는 브라이언 키드의 입장문제였다. 때맞춰 브라이언은 문 밖에서 불러주기를 기다리고 있었다. 마틴에게 우리 수석코치가 내 짐이 되고 있다고 생각하는지 단도직입적으로 묻는 게 마땅하다고 생각했다.

"내 생각에 브라이언은 기본적으로 불안정하고 툴툴대는 타입인 것 같아요." 클럽 회장의 말이었다. "그렇지만 올드 트래포드에 있는 사무실들을 돌면서 사소한 불만을 시시콜콜하게 늘어놓는 일은 그만뒀으면 좋겠군요." 그러고 나서 마틴은 내 의견을 물었다.

"브라이언이 다른 스태프에 대해 늘 불평하고 투덜거리고 있다는 건 알지만 드와이트 요크 건에 관해 내게 말하지 않았다는 것은 좀 실망스럽군요." 내 대답을 들은 마틴은 브라이언이 계속 있어야 될지 그 결정을 나에게 맡겼다.

"전적으로 모든 건 당신 마음에 달려 있어요. 하지만 그를 내보내고 싶다면 지금 이 자리에서 이야기해서 재계약 건으로 시간낭비하지 않게 해주세요." 나는 마틴에게 이 모든 소동에 대한 내 개인적인 심경을 설명한 뒤 2인자를 새로 찾아다니는 일만은 피하고 싶다고 말했다. 선수들은 브라이언을 좋아했고 우리의 공동 작업은 좋은 결과를 낳았다. 이 사실에 근거하면 굳이 변화를 줄 필요가 없다는 것은 명백했다. 그를 둘러싼 사태의 여파가 심각해진 지금, 브라이언을 진정시킬 만큼의 충격은 주었을 거라는 게 내 의견이었다. 우리는 그에게 얼마나 줄 것인지 의논했고 내가 내놓은 제안이 받아들여졌다. 브라이언이 들어왔을 때, 나는 롤랜드 경과 마틴 앞에서 나와 맨체스터 유나이티드가 조금이라도 신의 없는 행동을 하는 수석코치를 받아들일 여유가 없다는 점을 분명히 해야 될 것만 같았다. 브라이언은 불같이 화를 냈다.

"나를 의심하다니 어이가 없습니다." 그가 말했다. "나는 늘 당신에게 충성을 다해왔어요." 그러한 대답에 내가 보일 반응은 하나밖에 없었다.

"자네 말이 진심이라면 어서 일 이야기로 넘어가세." 내가 말했다.

조금 있다가 브라이언의 계약서 세부사항을 셋이서 알아서 조율하도록 남겨두고 나는 다시 프랑스행 비행기에 올라탔다. 돌아오는 동안, 브라이언이 나보다 훨씬 쉽게 처우 개선을 받아냈다는 사실이 떠올랐다. 지난 3월, 그는 4년 재계약을 약속받았고 불과 3개월 후, 또 다른 요구사항이 받아들여졌다. 지난 1월, 롤랜드 경은 1997-1998년 시즌이 끝날 무렵 내 재계약 문제를 다시 봐주겠다고 약속했었다. 그러나 그때 우리는 리그 1위로 승승장구하는 중이었다. 아스널은 리그에서 우리를 추월했고 결국 FA컵과 리그 우승을 거두며 더블로 시즌을 마감하게 되었다. 그런데 계약서를 수정하는 문제가 여전히 고려만 하는 단계라는 이야기를 들었다. 그들이 그렇게 미적거리는 이유는 런던 미팅이 시작되었을 때 내게 가해진 비판처럼 시즌 후반기 성적이 떨어진 것과 많은 관계가 있는 게 분명했다. 부당한 처사였다. 아스널이 후반기에 상승세를 탄 것은 사실이지만 우리가 추진력을 잃은 것은 선수들이 연이어 부상당한 탓이 컸다. 내가 리그에 집중하지 못하고 있다는 마틴의 지적이 있은 뒤 나는 그에게 이렇게 말했다. "우리가 우승했다면 내게 이런 말을 하지 못했겠죠. 그리고 회장이 솔직한 사람이라면 리그에서 우승을 못한 이유가 부상이라는 사실을 인정할 텐데요." 그것이 내가 바라보는 진실이었다.

새로운 주장인 로이 킨이 엘런드 로드에서 벌어진 9번째 리그 경기에서 오른쪽 무릎에 끔찍한 부상을 당했을 때 우리는 1997-1998 시즌에 대한 불길한 징조를 눈치챌 수도 있었다. 사실 우리는 가장 큰 영향력을 가진 선수를 장기부상으로 잃은 것치고는 선전하고 있었고, 시즌 후반에 여러 선수들이 부상으로 신음하게 되기 전까지는 프리미어 리그의 압도적인 리더로 군림했다. 그러나 팀을 견인할 수 있는 선수를 잃고 멀쩡할 팀은 없으며, 특히 유럽컵 도전의 중요한 고비에서 뚜렷한 악영향을 끼쳤다.

결국 우리의 도전은 8강에서 멈추고 말았다. 로이 킨의 십자인대 부상은 너무 심각해서 시즌 내에 복귀할 수 없는 것은 물론이고 긴 회복기간 동안 면밀한 관리가 필요했다. 그런 경우에는 선수와 그의 미래가 무엇보다도 최우선이었다. 완치에는 엄청난 인내력이 필요했지만 클럽 사람들은 그것이 우리의 아일랜드 전사와 별로 어울리지 않는 단어라는 사실을 알고 있었다. 그러나 놀랍게도 그는 완벽한 환자였다. 모든 치료과정을 양심적으로 소화한 것을 넘어 로이는 같은 종류의 부상을 입은 테리

쿡이라는 어린 후배에게 귀감이 되었다. 경기를 뛸 수 있는 몸으로 돌아올 때까지 길고 힘든 여정을 걷는 동안 두 사람은 서로 좋은 의지가 되었다.

킨이 부상당한 리즈전에서 1-0으로 패배하면서 리그 타이틀 방어에 나섰던 우리의 연승행진은 멈춰 서게 되었다. 우리는 화이트 하트 레인에서 2-0 승리로 시즌을 시작했다. 토트넘에서 새로 영입한 테디 셰링엄은 친정팀 관중으로부터 예상한 대로 거친 환영을 받았다. 그에게 퍼부어진 온갖 욕설 중 그나마 '유다'가 가장 점잖은 편에 속했다. 그에게 야유를 보내던 홈팬들은 후반전에 그가 페널티킥을 실축하자 좋아서 어쩔 줄 몰랐다. 그러나 우리가 경기 말미에 두 골을 연달아 넣었을 때 그들은 별로 즐거워하지 않았다. 셰링엄은 이미 서른을 넘긴 선수였지만 우리 팀의 전력에 적절한 보탬이 되었다. 좋은 결정력을 지녔고 특히 헤더에 강했다. 패스능력과 전술의 이해도 역시 뛰어나서 다른 공격수들이 골을 넣을 수 있는 위치로 움직이게끔 패스를 찔러주었다. 그의 합류는 에릭 칸토나의 공백을 메우는 어려운 문제를 상당부분 해결해주었다.

로이 킨은 유럽대항전에서 단 한 경기만 뛸 수 있었다. 슬로바키아의 코시체에게 3-0으로 가볍게 꺾은 경기였다. 그 승리로 인해 우리는 올드 트래포드에서 지난 시즌의 이탈리아 라이벌 유벤투스와 맞붙게 되었다. 페예노르트Feyenoord도 우리와 같은 조에 포함 되었으나 예선을 통과하는 데 가장 큰 위협이 되는 팀은 막강한 유벤투스였다. 최상위의 대륙 팀과 맞붙기 전에 나는 언제나 의식처럼 선수들에게 완벽한 집중을 경기 내내 유지하는 것이 무엇보다도 중요하다고 귀에 못이 박히도록 이야기하곤 했었다. 1997년 10월 1일, 선수들은 딱 40초간 내 지시에 따랐다. 이른 시간의 실점은 설사 알레산드로 델 피에로의 황홀한 플레이에 의한 골이었다 할지라도 속이 뒤집힐 정도로 결정적인 타격을 선사했다.

우리의 불운은 그것으로 끝나지 않았다. 니키 버트는 격렬한 편두통

증세로 운동장을 떠나야 했다. 맨 처음 니키가 편두통을 일으켰을 때 너무나 고통스러워했기 때문에 우리는 뭔가 심각한 병에 걸렸을까 두려워했다. 편두통으로 진단이 내려지자 거의 안도의 한숨이 나올 정도였다. 그러나 편두통 증세를 겪는 동안 환자는 일시적으로 활동이 불가능해지며(머리가 깨질 것 같은 두통과 시야 왜곡이 흔하게 나타나는 증상이다) 당연히 그는 더 이상 경기를 뛸 수 없었다. 다행히 선수들은 강제적인 포메이션 변화에 훌륭하게 적응했고, 다시 한 번 유럽대항전만이 갖는 마법 같은 분위기에 고양된 그들은 테리 셰링엄에 의해 동점골을 기록했다. 곧 상대팀은 곤경에 빠졌다. 유벤투스의 주축인 지네딘 지단은 로니 욘센이 훌륭하게 막고 있었고, 후반전에 들어서자 우리 팀의 경기력은 폴 스콜스와 라이언 긱스의 골을 필두로 눈에 띄게 향상되었다. 경기가 끝날 무렵 지단은 멋진 프리킥을 성공시켰지만, 3-2 승리는 우리가 가장 뛰어난 팀을 상대로 훌륭한 경기를 펼칠 수 있다는 증거를 보여주었다.

페예노르트에게도 유벤투스전과 유사한 경기력으로 홈과 원정 승리를 모두 챙길 수 있었다. 앤디 콜은 로테르담에서 해트트릭을 기록했지만 그날 밤 내내 네덜란드팀은 시종일관 필사적이고 거친 태클을 시도했다. 누군가 큰 부상을 입을지도 모른다는 우려를 했으나 막상 그 주인공이 데니스 어윈이 되자 클럽의 팬들을 넘어서 많은 사람들이 경악했다. 폴 보스펠트는 그의 다리를 스터드로 무자비하게 찍어서 쓰러뜨려 버렸다. 최고의 프로이자 모든 위대한 팀들의 기반이 되는 숨은 영웅들의 부류에 속하는 이 겸손한 아일랜드 남자보다 더 많은 사랑을 받는 선수는 없었다. 보스펠트의 행위는 한마디로 범죄였다. 그러나 경험 많은 심판인 폴 산도르는 네덜란드 미드필더에게 옐로카드도 주지 않았다. UEFA가 나머지 챔피언스 리그 경기에서 그를 제외시킨 것은 전혀 놀라운 일이 아니었다. 조별예선 마지막 경기를 토리노에서 치르기 전에 우리는 이미 8강 진출을 확정지었다. 리그 경기를 염두에 둔 나는 유벤투스전에 두 명의 주축 선수를 쉬게 했다. 이탈리아의 거인을 탈락시키는 편이 이롭다는 의견이 분분했지만 솔직히 그들을 토너먼트에서 만난다 해도 전혀 걱정이 되지 않았다. 델레 알피 경기장에서 우리는 한 시간 정도는 준수한 플레이를 펼쳤지만 마지막 20여 분을 남겨놓고 유벤투스에게 주도권을 넘겨주었다. 그들은 골을 넣고 2위로 슬그머니 8강에 끼어들었다.

챔피언스 리그와 프리미어 리그로 인한 부담을 조절하는 일은 절대 쉽지 않으며 1997년 후반 그 과제를 훌륭하게 수행해낸 우리 선수들은 나를 뿌듯하게 했다. 몇몇 리그 경기에서 보여준 번뜩이는 플레이와 폭발적인 득점력은 유럽대항전에서 우리가 거둔 위업과 비견할 만했다. 반즐리를 상대로 7골, 셰필드 웬즈데이를 상대로 6골, 윔블던에서 5골(홈에서 그들에게 많은 골을 넣을 만한 팀은 별로 많지 않다) 그리고 블랙번 로버스 상대로 4골을 넣었다. 1998년에 들어서자 우리는 다른 팀들을 훨씬 앞서고 있었고 FA컵 첫 경기를 스탬포드 브리지Stamford Bridge 원정으로 시작해도 전혀 거리낌이 없을 정도로 사기충천한 상태였다. 우리는 첼시를 집어삼키며 5골을 몰아넣었다. 후반에 들어서 여유가 생긴 우리는 그들이 세 골을 집어넣으며 점수 차를 좁히도록 허용했다.

2월 마지막 날 런던 서부에 돌아왔을 때 첼시는 리그 우승 경쟁에서 우리의 최대 라이벌처럼 보였다. 아스널은 경기력이 살아나고 있었지만 우리와 여전히 많은 차이가 있었다. 필 네빌의 골이라는 희귀한 현상이 일어난 이후 우리는 줄곧 경기를 지배하며 스탬포드 브리지 원정에서 승점 3점을 따냈다. 그러나 승리에는 대가가 따랐다. 고질적인 척추통증이 악화되어 개리 팔리스터까지 이탈하게 되자 갑자기 부상이 우리가 우승하는 데 발목을 잡을지도 모른다는 생각이 들기 시작했다. 2월은 잔인한 달이었다. 그때까지 킨이 시즌 초에 낙오된 것을 제외하면 부상문제는 그리 심각하지 않았고 우리는 그의 부재를 인상적으로 극복했다. 그러나 팔리스터의 척추부상은 우리가 몇 주 동안 팀에서 가장 경험 많은 수비수 없이 버텨야 한다는 것을 의미했다. 그러나 이미 일주일 전에 라이언 긱스가 더비와의 리그 경기에서 데이비드 베컴의 크로스를 받기 위해 왼쪽 다리를 뒤로 젖히다가 햄스트링 부위를 움켜쥐면서 주저앉았다. 진단 결과 햄스트링이 찢어져 긱스는 몇 주 동안 경기에 나올 수 없게 되었다. 이것이 모나코와의 유러피언컵 8강전을 망치고 마침내는 프리미어 리그까지 심각한 지장을 준 연이은 부상사태의 시초였다. 그 후 시즌이 끝날 때까지 우리 물리치료사들은 격무에 시달렸다. 핵심 선수가 빠지는 건 흔한 일이었고 폴 스콜스와 개리 네빌처럼 몸이 멀쩡하지 않아도 용기 있고 고통을 잘 참는다는 이유로 경기에 내보낸 선수들도 있었다.

3월 4일, 가용선수가 줄어든 상태로 모나코 원정을 떠난 우리는 0-0으로 경기를 마친 것만으로 만족해야 했으나 주차장을 덮어 조성한 철판처럼 딱딱한 피치는 우리에게 타격을 안겨주었다. 부상 여파로 데니서 어윈은 토요일, 셰필드 웬즈데이 원정에서 빠져야 했고 우리는 2-0으로 패배했다. 모나코와의 2차전을 나흘 앞두고 아스널이 올드 트래포드로 찾아왔다. 모든 사람들이 리그 우승의 향방을 결정짓는 중요한 한판으로 간주한 경기였다. 그들은 12월 중순 이후 한 번도 패배한 적이 없었고 우리보다 더 많은 경기가 남아 있었다. 그러므로 만약 그들이 우리에게 승점을 얻으면 프리미어 리그 개편 후 첫 우승을 차지하게 될 터였다. 경기가 끝날 무렵 터진 오베르마스의 골로 그들이 정말로 우리를 꺾었을 때 우리는 결과를 불평할 수 없었다. 그들이 90분 동안 우리보다 더 나은 팀이었기 때문이다. 그것만으로는 충분히 불행하지 않다는 듯이, 피터 슈마이켈이 최후의 순간에 동점골을 돕기 위해 아스널의 페널티박스로 나갔다가 서툰 몸싸움 끝에 오금근육을 접질렸다. 덕분에 수요일, 우리는 슈마이켈, 긱스 그리고 팔리스터 없이 유럽대항전에서 생존하기 위한 싸움을 나서야 하는 처지가 되어버렸다. 스콜스와 개리 네빌마저도 평소라면 결장시킬 만한 부상을 안고 있었다.

선수선발과 전술로 우리의 약점을 감출 수 있지 않을까 하는 나의 희망은 겨우 6분밖에 지속되지 않았다. 우리는 박스 가장자리에서 부주의하게 공을 빼앗기며 모나코의 젊고 호리호리한 센터포워드, 다비드 트레제게에게 득점 기회를 선사해주었다. 그가 냅다 갈긴 공은 숨 막히게 멋진 궤적을 그리며 네트 지붕에 그대로 꽂혔다. 올레 군나르 솔샤르가 후반 초반에 동점골을 넣은 뒤 선수들은 포기하지 않고 승리를 위해 애를 썼지만 우리의 노력에는 열정과 신념이 모자라 보였다. 그 경기를 치르기 전까지 우리가 거쳐야 했던 힘겨운 여정을 생각하면 전혀 놀랍지 않았다. 앤디 콜과 테리 셰링엄은 17일 동안 무려 6경기에 출전했고 그 영향은 그들의 플레이에 고스란히 드러났다. 그들에게, 그리고 나 자신에게 동정을 느낄 뿐이었다. 다행히 잉글랜드 국가대표 경기 때문에 10일간 휴식기간이 생겼고 그동안 스태프와 나는 우리의 리그 상황을 검토할 기회를 갖게 되었다.

우리 팀에 신선함과 활력을 불어넣어줄 누군가를 영입할 수 있을까? 내가 염두에 두었던 선수는 아르헨티나의 아리엘 오르테가였다. 스페인의 발렌시아 소속이었지만 최근 감독과 사이가 벌어졌다는 소식이 나왔다. 발렌시아가 다음 12월까지 임대를 추진하고 있다는 사실을 내게 알려왔지만 조건이 복잡했다. 우선 1백만 파운드를 선금으로 내놓은 뒤 1998년 말에 그를 사고 싶다면 6백만 파운드를 더 지불해야 했다. 맨체스터 유나이티드 이사회는 그들의 제안을 못마땅하게 여겨 협상은 무산되었고 새로운 재능을 도입해 리그 우승 도전을 재개하려는 아이디어는 시작하자마자 무너졌다. 나는 실망했지만 이제 내가 가진 선수들로 프리미어 리그 1위를 달리고 있던 아스널을 앞지르는 과제에 힘을 쏟을 수밖에 없었다. 적어도 슈마이켈, 팔리스터와 긱스는 완전히 회복이 되었고 우리는 리즈와 크리스털 팰리스에게 3-0, 블랙번 원정에서 3-1, 윔블던과 반즐리는 2-0으로 꺾으며 계속해서 많은 점수 차로 승리를 거둘 수 있었다. 그러나 리버풀과 뉴캐슬에게 홈에서 연거푸 무승부에 그친 것으로 아스널을 추격할 가능성은 사라지고 말았다. 우승팀의 선수들과 아르센 벵거 감독에게는 칭찬 외에는 달리 할 말이 없다. 시즌 말에 그들은 10연승을 거두었다. 우리처럼 치열한 리그에서 그런 성적을 거두는 것은 진정으로 특별한 팀만 가능한 일이다. 아스널은 전 포지션에 거쳐 뛰어난 재능을 보유한 선수들을 거느렸으며 잉글랜드와 프랑스 선수들을 성공적으로 결합해 하나의 팀으로 만든 아르센 벵거는 최고의 찬사를 받아야 마땅하다. 그의 동포인 파트릭 비에이라와 에마뉘엘 프티는 중원에서 놀라운 활약을 펼쳤고 후방은 나이를 먹는다는 건 단지 경험이 쌓이는 것뿐이라는 사실을 몸소 증명해보이고 있는 사내가 지키고 있었다. 팀을 이끄는 리더는 고전적인 잉글랜드 수비수 토니 애덤스였다. 그는 용감하고 신뢰할 수 있었으며 자신의 책임을 다하는 것을 넘어 필드의 사령관으로서 전열을 정비하고 다른 선수들에게 영감이 되어 주었다.

 피곤하기 짝이 없던 1997-1998 시즌이 끝나자, 나는 리비에라에서 보낼 휴가가 그 어느 때보다도 절실했지만, 전에 말했듯이, 맨체스터에서 벌어진 사건은 가족과의 휴식을 방해했다. 월드컵 경기를 관전하는 것은 그만큼 짜증나지는 않았지만 그렇다고 즐겁지도 않았다. 미국과 이탈리아 월드컵과 마찬가지로 1998년 프랑스 월드컵은 가슴이 두근거릴 만큼 뛰어난 재능 있는 선수가 거의 전무하다시피 했다. 현대축구의 중압감이 과거 월드컵 본선에서 우리가 봐오던 매혹적인 재능을 가진 선수의 출현을 막게 된 것일까? 1986년 멕시코 월드컵의 디에고 마라도나 같은 선수는 더 이상 나오지 않게 된 걸까? 호나우두는 이러한 월드컵 전통의 적자로 추앙받았지만 젊은 브라질 선수가 프랑스에서 겪은 일은 축구계에 몸담고 있는 감독과 의료인들을 경악하게 만든 동시에 축구를 상업적으로 이용해온 거대기업들에게 더 이상 선수에게 터무니없는 요구를 해서는 안 된다는 사실을 깨닫게 했다. 월드컵 본선을 관전하러 온 코치진 전원에게 아직 각광을 받지는 못하지만 스타가 될 잠재력을 갖춘 선수를 발굴하라는 지시를 내렸었다. 불행히도 무슨 일이 있어도 꼭 데리고 와야 된다는 생각이 들 정도로 우리의 흥미를 끈 선수는 단 한 명도 없었다. 월드컵이라는 위대한 대회의 미래가 걱정되는 사건이었다.

〈선데이 타임스〉에 내가 기고한 칼럼은 상당한 논란을 불러일으켰다. 특히 데이비드 베컴에 대한 가혹한 처사로 글렌 호들 잉글랜드 감독을 비판한 부분이 문제가 되었다. 여전히 잉글랜드의 첫 경기인 튀니지전에서 명단 제외된 충격에서 벗어나지 못한 데이비드를 굳이 기자회견에 끌고 나온 호들의 결정은 어떻게 봐도 정당화할 수 없다고 생각했다. 국가대표 선수로 뛰며 가장 커다란 실망감을 맛본 선수에게 따로 격려를 해주는 것이 보다 분별 있는 행위였을 것이다. 방 안을 가득 메운 기자들로부터 질문세례를 받는 것은 자신의 자리를 되찾는 싸움에 정신을 집중해야 하는 선수에게 결코 도움이 되지 않았다. 글렌은 나에게 동료감독을 비난하는 일은 프로답지 못한 행위라고 비난을 퍼부었다. 말도 안 되는 이야기였다. 그가 축구에 관련해 내린 결정에 대해서는 아무런 비판도 하지 않았기 때문이다. 만약 대런 앤더튼이 데이비드 베컴보다 더 좋은 활약을 보여줄 거라고 생각했다면 팀 선발에 관해서는 더 이상 아무 말도 하지 않겠다는 말로 칼럼을 시작했다. 호들의 주장에 부합되는 부분은 그게 전부였다. 그러나 감정적으로 큰 충격을 받은 스물세 살짜리를 수십 명의 기자들 앞에 세운 채 그가 느꼈을 실망감을 세세한 데까지 파헤치고 상처를 다시 헤집게 만든 행위는 전혀 다른 범주에 속하는 이야기다. 인간관계에 대해 제대로 이해를 하지 못하는 전형적인 예로 여겨졌기 때문에 그 문제를 거론한 데 어떠한 후회도 하지 않는다.

몇몇 언론은 호들과 나의 싸움을 부추기려 했지만 우리 사이에는 사실 문제랄 것도 존재하지 않았다. 국가대표 감독으로서 그에 대한 내 기본적인 견해는 그가 엄청난 자리에 필요한, 충분한 경험을 갖추지 못했

다는 것이다. 한순간도 그가 능력이 부족하다고 생각해 본 적이 없다. 축
구에 대한 그의 근본적인 생각은 견실했고 그가 10살 정도 더 나이가 많
았다면 잉글랜드 감독으로 성공을 거두었을 것이다. 보비 롭슨이나 테리
베너블스 정도의 경험을 쌓은 사람이 아니라면 잉글랜드의 감독을 맡을
수 없다. 내가 보기에 테리 베너블스는 온갖 다양한 요구와 중압감에 자
신감을 가지고 효율적으로 대응했다. 어떠한 클럽이라도 국가대표 평가
전에 소속선수들이 호출당하는 일에 불만을 갖기 마련이다. 그가 이들과
의 갈등을 해결하는 방식은 그의 감독 스타일만큼이나 빈틈없고 실용적
인 면모를 보여준다. 애초에 그는 자신이 원하는 선수를 모두 가질 수 없
다는 사실을 잘 알고 있었다. 그래서 그는 미리 감독들에게 전화를 걸어
가장 내주기 싫은 선수가 누구냐고 물어보곤 했다. 이런 식으로 친분과
신뢰를 쌓아놓게 되면 양식 있는 감독은 가장 중요할 때, 즉 유로나 월드
컵 같은 대회에서 그를 실망시키는 일은 꿈도 꿀 수 없게 된다. 테리의 경
험, 특히 그가 바르셀로나 같은 거대 클럽을 맡으며 해외에서 보낸 시간
은 그보다 연배가 낮은 글렌 호들이 가질 수 없었던 이점을 가져다주었
다. 글렌이 FA로부터 해고당한 상처에서 하루 속히 회복되기를 바란다
[장애는 전생에 지은 죄의 벌이라는 인터뷰 발언이 공분을 일으켜 경질되었으나 실제
로는 장애인을 위한 자선활동에 적극적이었음]. 문제가 된 그의 발언은, 부적절
하게 인용되어 그에 대해 잘못된 인상을 초래했다고 생각한다. 그가 잘
되기를 바랄 뿐이다.

　6월의 마지막 날, 니스에서 맨체스터로 날아가는 동안, 아르헨티나와
의 16강전에서 데이비드 베컴이 퇴장당한 사실을 알았다. 순간 최악의
사태라는 생각이 들었다. 조별예선 마지막 경기였던 콜롬비아전에서 데
이비드는 글렌 호들에게 그의 진정한 능력을 증명해보였고 대회가 토너
먼트 단계로 접어들면서 가장 흥분을 불러일으키는 스타가 될 채비가 되
었다. 그러나 그는 멍청하게 디에고 시메오네에게 대놓고 발길질을 했

고 아르헨티나 수비수는 어이없을 정도로 과장된 반응을 보이며 생테티엔에서 베컴을 퇴장시키는 데 일조했다. 잉글랜드는 남은 열 명으로 용감하게 버티었음에도 불구하고 승부차기 패배를 막을 수 없었다. 베컴의 어리석은 행동에 언론과 소위 축구팬이라는 사람들이 보인 반응은 영국인들이 스포츠를 대하는 태도가 완전히 미쳐버린 게 아닐까 하는 의구심이 들 정도였다. 베컴이 대역죄나 살인을 저질렀어도 그보다 더 비난받지는 못했을 것이다. 신문에 실린 대부분의 비난기사는 폭력적인 충동으로 쓴 것처럼 보일 정도였다. 그러한 행태에 나는 역겨움을 느끼며 월드컵이 끝난 후에도 오랫동안 그칠 줄 모르는 악의에 찬 괴롭힘을 데이비드가 어떻게 극복할지 걱정했다. 이제 우리는 그가 훌륭하게 자신에 대한 공격을 이겨냈다는 사실을 안다. 나 역시 최대한 그의 도움이 되어 주려 했으며 맨체스터 유나이티드의 모든 이들도 마찬가지였다. 그의 가족이 그에게 크나큰 위안이 되었다는 사실은 의심할 여지가 없다. 그러나 작년 한 해 동안 개인적이고 직업적인 중압감을 극복해낸 것은 전적으로 그 자신의 노력 덕분이었다. 그가 필드에서 보여주는 놀라운 용기와 스태미나는 몇 달이고 그칠 줄 모르고 그에게 퍼부어졌던 온갖 부당한 비난을 뚫고 다시 일어선 그의 의지력과 인내심에 비견할 수 있었다. 이제 그는 잉글랜드 대표팀의 핵심멤버로 당당히 자리 잡았으며 지난여름, 악마 섬[19세기 중반부터 20세기 중반까지 유배지로 사용되던 프랑스령 기아나의 섬]으로 유형을 보내는 것도 과분한 매국노라고 저주 섞인 기사를 써 갈기던 이들은 온갖 미사여구를 동원해 그를 칭찬하기 바빴다. 이런 위선 어린 행동은 고난을 통해 드러난 데이비드의 인성을 더욱 도드라지게 할 뿐이었다.

프랑스에서의 재난이 있고 나서 자신의 경기력이 별로 좋지 않았다는 사실을 처음으로 인정한 것도 데이비드 본인이었다. 그럼에도 절대로 도전을 피하지 않고 언제나 공을 원하며 위대한 선수의 자질을 보여주었다. 브라이언 키드는 언젠가 자신의 유나이티드 선수 시절 이야기를 해준 적이 있었다. 1966-1967 시즌이 거의 끝나가던 시점에 리그 우승을 다투던 중 그들은 골치 아픈 원정경기를 앞두고 있었다. 선수들은 눈에 띄게 불안해했고 그중 한두 명은 당장이라도 도망칠 것처럼 보였다. 그러나 그들이 경기장에 나서기 전에 보비 찰튼이 말했다. "나에게 공만 주면 모든 게 다 괜찮아질 거다." 브라이언은 보비 덕분에 그해 유나이티드가 우승할 수 있었다고 확신했다. 데이비드 베컴이 뛰는 모습을 본 사람이라면 그가 언제나 책임을 짊어질 채비가 되어 있다는 사실을 알고 있다. 그는 얼핏 순진해 보이지만 소년 같은 외모와 트렌디한 이미지 이면에 불굴의 투지를 숨기고 있었다. 그렇지 않았다면 지난 2년 동안 그의 삶을 뒤흔든 혼란 속에서 그토록 높은 수준의 경기력을 유지할 수 없었을 것이다.

지금은 그의 아내가 된 빅토리아와 연애를 시작한 뒤, 그는 연예계의 관심을 한 몸에 받는 동시에 뛰어난 축구선수라는 직업에 요구되는 엄격한 생활방식을 계속해서 유지해 나가야 하는 딜레마를 안게 되었다. 첫 만남이 있은 지 얼마 되지 않아 그는 그녀에게 열렬하게 빠져들었고 자연히 그의 감정이 다른 모든 것보다 우선시되게 되었다. 1997년, 보루시아 도르트문트와의 챔피언스 리그 준결승전을 위해 독일로 향하던 구단 버스 안에서 나는 그에게 휴대폰을 끄라고 명령해야 했다. 새 여자친구를 맹렬하게 그리워한 나머지 그는 뉴욕에 가 있는 그녀에게 계속해서 국제전화를 걸고 있었다. 세계적으로 유명한 팝스타와 애인 사이가 되는 것은 처음엔 흥분될지 몰라도 두 사람의 명성이 결합되면 거기에 쏟아지는 언론의 관심은 곧 참기 힘든 것이 될 거라고 예상했다. 연애는 데이비드를 완전히 다른 사람으로 바꿔놓았다. 몇 년 전만 해도 유쾌하고 사람들과 어울리기를 좋아하던 청년은 극소수의 사람에게만 속내를 허락하는 지극히 폐쇄적인 인간으로 변해버렸다. 게다가 그의 개인적인 여행이 너무 잦아진 나머지 제대로 휴식을 취하는지 우려스러울 지경이었다. 빅토리아를 보러 일주일에 아일랜드를 두세 번 왕복하는 일은, 체력적으로 많은 것이 요구되는 경기에 늘 대비태세로 있어야 하는 축구선수에게 절대 이상적인 상황이 아니었다. 나는 그에게 자신의 재능과 동료들에게 책임을 져야 한다고 타일러야 했다. 다행히 이제 더 이상 그런 일로 걱정하지 않아도 된다. 빅토리아와 아들 브룩클린과 함께 체셔에 보금자리를 꾸린 뒤 데이비드는 정상적인 생활습관을 되찾았다.

　데이비드 베컴은 절대 폄하해서는 안 될 선수다. 때로 경기장 밖에서 그가 내린 선택이 마음에 들지 않았던 적도 있지만, 이 고집 센 녀석은 알렉스 퍼거슨의 생각이 어떻든 간에 절대 자기 뜻을 굽히는 법이 없었고 자기 일은 반드시 스스로 결정해야 했다. 나로서는 성인으로 성장하는 선수들을 여전히 통제하고 싶지만 그의 단호한 의지를 칭찬하지 않기란 불가능했다. 막상 경기가 시작되면 데이비드가 언제나 전력을 다할 거라는 건 틀림없는 사실이니까.

25장

불가능한 트레블

감독이 하는 일 중에 한 축구 클럽을 위대한 클럽으로 탈바꿈시킬 수 있다고 보장할 수 있는 일은 하나도 없다. 그러나 꼭 필요한 일이라는 건 알지만 감독이 한 발 물러나주면 실패는 필연적으로 찾아들게 되어 있다. 더 이상 예전 같은 활약을 보여주지 못하는 스타 선수를 내보내거나 성공을 가로막는 이사회의 정책에 도전하는 등, 우리 같은 일을 하는 이들 중 골치 아픈 일을 피하려고 하는 사람은 성공할 가망이 거의 없다고 보면 된다. 1998년 초여름, 나는 맨체스터 유나이티드가 더 좋은 성적을 거두려면 이적시장에서 돈을 풀어야 한다고 강력하게 밀고 나가기로 결심했다. 너무나도 오랫동안, 회사니 배당금이니 비즈니스의 냉혹한 현실 운운하는 금융업자들의 논조를 당연히 받아들이며 맨체스터 유나이티드 주식회사에 아무런 반기도 들지 못했었다. 우리가 경기를 할 때마다 관중석을 가득 채우는 팬들보다 더 많은 투자를 하는 사람들은 없다는 나의 오랜 신념을 이제 새로운 열정으로 그들에게 주장할 때였다. 돈 한 푼 돌려받지 못하는 그들은 올드 트래포드에서 뛰는 선수 모두에게 최고가 되겠다는 욕망을 몸으로 보여주어야 한다고 요구할 자격이 있었다.
 우리가 명목상 세계에서 가장 큰 축구클럽이라면 그 지위를 유지하기 위해 해야 할 일이 있었다. 유나이티드는 30년도 넘게 유러피언컵에서 우승하지 못하고 있었고 근래에 아무리 많은 국내 우승컵을 긁어모았어도 결코 그 빈틈을 완전히 메워줄 수 없었다. 신문들은 유러피언컵 우승이 우리에겐 잡히지 않는 성배와 같다고 비유했고 우리의 간절함을 고려하면 그 정도의 과장은 용서할 만했다. 1986년 유나이티드의 감독이 된 후 이미 5번째나 가장 권위 있는 클럽대회에 팀을 이끌고 나간 나는 더 이상 실망을 맛볼 여유가 없었다. 지난 2년 동안 4강과 8강에 오른 것은 끝까지 올라가야겠다는 내 갈망을 더욱 자극했지만, 시즌이 끝난 뒤 우리는 잉글랜드 최강자의 자리를 아스널에게 넘겨줘 버렸다. 아스널은 1994년과 1996년 유나이티드가 그랬던 것처럼 프리미어 리그와 FA컵에서 우승하며 더블을 차지했다. 아스널은 곧바로 챔피언스 리그 본선에 참가할 수 있지만 우리는 6개 조의 한 자리를 차지하려면 예선에서 살아남아야 했다. 만만하게 본다면 치명적인 결과를 낳을 수도 있었다.

우리는 잉글랜드에서 다시 아스널을 앞지르고 유러피언컵에서 오랜 좌절의 역사를 마침내 끝낼 수 있도록 전력을 다해야 했다. 이 목표를 성취하기 위해 나는 스쿼드를 강화해야 했고, 그러려면 충분한 자금을 제공하도록 회사를 설득해야 했다. 1997-1998 시즌 말엽에 나는 마틴 에드워즈, 재정 관리자인 데이비드 길과 자리를 같이 한 적이 있었다. 마틴과 데이비드는 나에게 이적을 위해 동원할 수 있는 자금이 1천 4백만 파운드라고 알려주었다. 이미 내가 1997년 말부터 조용히 영입을 추진해온 네덜란드의 중앙 수비수 야프 스탐에게 1천만 파운드를 쓴 뒤라 애스턴 빌라로부터 요크를 데려오기에 남은 돈이 턱없이 부족했다. 비록 올드 트래포드의 다른 사람들은 내가 내린 평가와 전혀 다른 의견을 내놓았어도 나는 이 트리니다드 토바고 스트라이커를 무슨 일이 있어도 꼭 사고 싶었다.

1998년 7월, 우리는 내가 오랫동안 눈여겨보던 스웨덴 출신 윙어 예스퍼 블롬크비스트와 4백만 파운드에 계약했다. 요크의 이적료 문제는 8월 중순 이적기간 마감 이틀 전에 1천 250만 파운드로 협상을 마치며 해결되었다. 그렇게 되면 이적료는 다음 회계연도 예산으로 넘어가기 때문이다. 이상적인 상황이라면 무기창고에 세계적인 수준의 스트라이커를 한 명 더 영입했겠지만 적어도 성공적인 시즌을 보내려면 꼭 필요하다고 생각하는 포지션에 보강이 이루어졌다. 트레블은 불가능으로 보였던 것을 실현한 셈이지만 뒤돌아보면, 상업적인 문제 때문에 스탐, 요크, 그리고 블롬크비스트를 사지 않았더라면 여전히 불가능으로 남아 있었을 것이다.

이들이 클럽으로 오는 동안, 우리는 지난 9년 동안 유나이티드의 성공에 핵심적인 역할을 수행했던 선수와 이별을 나누어야 했다. 개리 팔리스터는 내가 매우 높이 평가하는 선수이며 그와 헤어지는 것은 매우 슬픈 일이었다. 그러나 그는 팀에서 자신의 입지가 점점 좁아질 것이라는 사실을 알았고 미들스브러에서 제시한 250만 파운드는 거절하기 힘든 액수였다. 팔리에게 있어서는 고향 클럽으로 돌아간다는 게 위로가 되었을 것이다.

우리에게 찾아올 영광의 조짐은 초반에는 보이지 않았다. 아스널은 프리시즌에 웸블리 경기장에서 벌어진 채리티 실드 경기에서 유나이티드를 가볍게 제압했다. 3-0으로 참패를 당하자, 비판자들은 야프 스탐에게 거금을 쓴 우리를 조롱했다. 그는 프랑스 월드컵 본선에서 부진했는데 네덜란드의 수비 포메이션이 그에게 불리했던 탓이었다. 게다가 아스널전에서 그의 경기력을 보고 많은 사람들이 프리미어 리그에서 고전을 면치 못하리라 확신을 가졌다. 그가 뛰는 모습을 충분히 봐온 나는 이 네덜란드인이 최고수준의 수비수라는 걸 알아봤기 때문에 그들의 의견을 무시했다. 야프는 민첩하고 과감한 동시에 육체적으로 무시무시할 정도로 강인했고, 수비 진영에서 효과적으로 공을 걷어내는 테크닉까지 갖추었다. 성격도 차분하고 분별력이 있었다. 이런 모든 장점은 차츰 잉글랜드에서 가장 인상적인 센터백으로 떠오르면서 자연히 드러날 터였다. 필수적인 포지션에 그와 같은 불세출의 수비수를 얻는 것은 감독들의 꿈이지만 좀처럼 실현되기 힘들다. 스탐이라면 천만 파운드는 싸게 먹힌 셈이었다.

채리티 실드의 패배는 그다지 날 걱정시키지 않았지만 9월 20일 하이버리에서의 리그 경기에서 현 챔피언에게 똑같은 점수차로 지는 일은 훨씬 견디기 어려웠다. 시즌 전반에 프리미어 리그에서 우리가 당한 세 번의 패배 중 하나였고, 그 후 세 번째 패배는 우리 홈에서 벌어졌다(12월 19일 미들스브러에게 3-2패). 타이틀을 되찾기 위한 추진력을 얻기까지는 시간이 필요했다. 그 이유 중 하나는 다른 대회 때문에 중압감이 가중되었기 때문이었다. 챔피언스 리그 본선에 진출하기 위해서라면 난 국내 리그 경기에서 가끔 비틀거리는 정도는 기꺼이 감수할 생각이었다. 챔피언스 리그 예선에서 폴란드의 LKS 로츠를 가볍게 꺾고 난 후, 우리는 바르셀로나, 뮌헨, 그리고 피터 슈마이켈의 친정클럽인 덴마크의 브뢴비와 함께 죽음의 조에 속하게 되었다. 홈과 원정 합계 11-2로 패배한 브뢴비에게는 우리가 장의사나 마찬가지였을 것이다.

그 후, 바르셀로나와 두 번 비겼고 바이에른 뮌헨과도 두 번 비겼으나 점수만 보고 재미없는 경기였을 거라고 착각해서는 안 된다. 바이에른과의 마지막 경기는 손에 땀을 쥐는 클라이맥스와는 거리가 있었지만 이해할 만했다. 올드 트래포드에서 마지막 경기를 가지기 전에 1-1 무승부만 거두면 8강에 진출할 수 있다는 사실을 두 팀 모두 알고 있었기 때문이다. 다른 경기장에서 들리는 소식도 같은 결론이었지만 이 사실을 전혀 모르는 것처럼 구는 단 한 사람이 있었으니 바로 슈마이켈이었다. 필드에서 뛰는 다른 모든 사람들은 마지막 10분 동안 건성으로 경기에 임하는 동안 피터는 계속 미친 듯이 우리 선수들에게 공격하라고 몰아댔다. 마치 자기가 공격형 골키퍼라고 생각하는 것 같았다.

위대한 슈마이켈은 이미 시즌을 마치고 올드 트래포드를 떠나기로 결심한 후였다. 그가 자신의 결심을 통고한 것은 11월이었고 클럽의 모든 이들은 충격을 받았지만, 프리미어 리그보다 육체적인 부담이 적은 리그에서 선수생활의 마지막을 보내려는 그의 소망을 존중해야 했다. 1999년 여름, 그는 우리가 행운을 빌어주는 속에서 스포팅 리스본 Sporting Lisbon으로 떠났다. 그의 공로를 우리가 절대 잊지 않으리라는 사실을 그 자신도 알고 있었으리라. 그는 8년간의 선수생활을 통해 유나이티드 역사에 거대한 발자취를 남겼으며 트레블은 그에게 어울리는 완벽한 마무리였다.

챔피언스 리그에서 보여준 우리의 득점력은 유럽을 흥분시키기에 충분했다. 바르셀로나와의 두 경기에서 거둔 3-3 무승부는 수비에 대한 매뉴얼에는 실리지 않을지도 모르지만, 그들의 긍정적인 정신과 개방적인 태도는 멋진 엔터테인먼트를 만들었다. 비록 최고의 경기력은 의심할 여지없이 바이에른과의 뮌헨 원정에서 나왔지만, 캄프 누에서 우리가 보여준 투지와 열정은 나를 흥분시켰다. 뮌헨전 마지막 순간에 바이킹 사내답지 않은 실수만 나오지 않았더라면 기억될 만한 승리를 거두었을 것이다. 바르셀로나에서 요크와 콜은 두 사람의 조합이 얼마나 큰 파괴력을 지닐 수 있는지 증명해 보였다. 우리 팀에 들어온 순간부터, 드와이트가 놀라울 정도로 다양하고 뛰어난 능력을 가진 공격수라는 나의 믿음을 증명했다. 그는 뛰어난 골결정력을 지녔을 뿐 아니라 큰 어려움 없이 깔끔하게 공을 다루었으며 재빠른 드리블이나 재기 넘치는 패스로 적을 따돌릴 줄 알았다. 상대가 아무리 강해도 그에게는 이를 이겨낼 수 있는 육체적인 힘과 정신력이 있었으며, 경기를 진정으로 즐기는 마음은 언제나 얼굴에서 떠나지 않는 미소로 나타났다.

그의 합류가 앤디 콜에게 엄청난 도움이 되었다는 것은 의심할 여지가 없었다. 두 사람은 경기장 안에서나 밖에서나 영혼의 동반자였다. 드와이트의 기민함과 정교함은 앤디가 자신의 속도와 포식자 본능을 발휘할 기회를 주었다. 앤디와 요크는 시즌이 끝날 때까지 53골을 만들어냈다.

1998년 12월 초, 바이에른과의 마지막 챔피언스 리그 조별예선 경기가 다가올 무렵이었다. 브라이언 키드가 올드 트래포드를 떠나 블랙번 로버스의 감독으로 취임할 생각을 가지고 있다는 소식을 우회적으로 접하게 된 나는 충격을 받았다. 〈맨체스터 이브닝 뉴스〉의 스튜어트 매티슨은 나에게 마틴 에드워즈가 브라이언과 접촉하려는 블랙번 로버스의 요청을 거절했다고 말해주었다. 브라이언과 이야기를 나누었을 때 나는 그가 우리와 함께 남아 있고 싶어 한다는 인상을 받았다. 훈련 도중 회장으로부터 온 긴급한 전화를 받으러 나갔는데, 마틴은 런던에서 개업 중인 변호사로 브라이언과 로이 킨의 에이전트인 마이클 케네디가 블랙번과의 협상을 진행시켜줄 것을 요청했다고 말했다. 회장은 내게 어떻게 생각하는지 물었다.

"바이에른 경기가 코앞이라 브라이언이 나가기에는 최악의 타이밍이네요." 내가 대답했다. 마틴은 이사 중 한 사람인 피터 케넌과 근래에 많은 이야기를 나누었다고 말했다. 브라이언을 다른 팀에서 데려가려고 할 때마다 새로운 계약을 제시해줘야 될 것 같은 느낌에 사로잡힌다는 게 두 사람의 공통된 의견이었다. 그렇게 보인다는 건 인정하지만 내가 걱정하는 것은 그의 이탈로 생기는 혼란이었다. 다음 날 우리는 리그컵 경기 때문에 토트넘 홋스퍼와 런던에서 맞붙게 될 예정이었고 그곳에서 브라이언과 마이클 케네디를 만날 회장이 그런 결과가 나오는 일만은 피하게 해주기를 바랐다. 다음 날 오후, 브라이언이 내게 전화로 문제가 해결되지 않았다고 알렸다. 그의 말에 의하면 마치 협상이 불가능해졌다는 식으로 들렸다.

"그들은 맨체스터 유나이티드에게 어떻게 보상해줄 건가 하는 이야기밖에 안 하고 있어요." 그가 말했다. 브라이언이 화이트 하트 레인에 도착한 것은 킥오프 시간이 다 되었을 무렵이었고 그는 내가 이미 들었던 말만 되풀이했다. 몇 분 후, 회장이 드레싱룸에 와서 나를 밖으로 불러냈다.

"브라이언은 떠나고 싶어 해요." 마틴이 내게 말했다. "마이클 케네디가 오늘 밤 블랙번에 전화해서 내일 약속을 잡을 겁니다." 그에게 브라이언을 붙잡을 만한 유인책을 제시해봤는지 물었다. "물론이죠, 우리는 일 년치 월급에 해당되는 금액을 추가해 선불로 주겠다고 했지만 브라이언은 돈에는 흥미가 없고 단지 자신을 증명할 기회를 원한다고 했어요." 그가 자신을 증명하기 위해 떠나려 한다는 상황은 전혀 기대하지 못했다. 브라이언은 한 번도 감독을 하고 싶다는 소망을 입 밖에 내본 적이 없다. 경기가 끝나고, 나는 그를 드레싱룸 근처의 작은 방으로 데려가 큰 결정을 내리기 전에 잘 생각해보라고 충고했다. 헤어지면서 우리는 다음 날 아침에 다시 이야기하기로 했다. 다음 날 그에게 전화를 했을 때 그는 이미 결정을 내리고 블랙번으로 가는 중이었다.

당연히 1군 선수들은 그가 떠나서 서운해했다. 그는 뛰어난 코치였고 늘 꼼꼼하게 훈련준비를 했다. 언제나 그의 노고를 인정했고 경기에 대비해 팀을 준비시키는 중요한 역할을 맡고 있는 그를 격려하는 데 인색하지 않았다. 7년이라는 세월을 함께하는 동안 우리는 맨체스터 유나이티드의 황금기를 이끌었다. 그는 선수훈련에 탁월한 강점을 보였고 타고난 친화력으로 선수들이 기꺼이 마음을 터놓게 만들었다. 선수들은 저마다 키드가 자기를 팀에 꼭 필요한 선수로 여기고 있다고 믿었다. 사실, 브라이언에게 누구를 내보낼지 물으면 당연히 선호하는 선수가 있었다. 놀라운 일이 아니지만 그들 대부분은 그가 유스팀 코치로 있을 때 키우다가 클럽으로 데리고 온 선수들이었다. 그의 전임자인 아치 녹스가 나의 임기 첫 5년 동안 클럽의 기초를 다지는 일을 훌륭하게 보좌했던 것처럼 브라이언도 그 후 열린 성공시대에서 꼭 필요한 인물이었다. 선수 시절 쌓았던 업적과 함께 나의 수석코치로 있으면서 클럽에 기여한 공로는 유나이티드의 역사에 영광스러운 한 자리를 차지하는 데 충분하다. 유나이티드의 안락한 자리를 버리고 강등이 유력한 블랙번의 감독으로 부임하며 온갖 압력에 노출되기를 택한 것은 확실히 위험한 모험이다. 아마 50세에 가까워지며 언젠가 감독으로 독립하기를 원한다면 더 이상 늦출 수 없다는 생각이 들었을 것이다. 더 늦기 전에 자신이 원하는 바를 찾아 나선 그에게 찬사를 보낸다.

다만 걱정되는 것은 새로운 일에 대한 브라이언의 기대치가 새 감독에 대한 잭 워커의 기대치와 다르다는 점이다. 잭 워커 구단주는 참을성과는 담쌓은 인물로 알려져 있고, 1995년 블랙번의 프리미어 리그 우승을 재현하는 게 거의 불가능한 일이라는 걸 알게 된다면 호의적인 반응을 보여주지 않을지도 몰랐다.

비록 1995년과 1998년 여름처럼 클럽 안의 다른 사람들에게 불평을 하고 다니는 그의 행동 때문에 조금 불쾌했던 적은 있지만, 그가 올드 트래포드 밖에서는 그와 같은 행동을 하지는 않았을 거라고 믿고 브라이언과 나는 그동안 계속 양호한 관계를 유지해왔다. 나는 그저 성격이 별난 탓이려니 했다. 그동안 내가 브라이언에게 해주었던 것을 생각할 때 나에게 배은망덕한 행동을 하지 않기를 바랐다. 맨체스터에서 지역사회활동을 하던 그를 데려왔을 때 그는 일 년에 1만 파운드를 벌어들이고 있었다. 유나이티드를 떠났을 때 그의 급료와는 비교도 할 수 없는 액수였다. 앞으로 몇 년 동안 그는 자신이 감독에 적합한지 알게 될 것이다. 물론 블랙번 로버스를 감독하는 일은 맨체스터 유나이티드를 맡는 것과는 커다란 차이가 있다. 솔직히 브라이언이 유나이티드를 맡게 되는 일이 생기면 매우 우려스러울 것 같다. 사람들이 싫어하는 힘든 결정을 내려야 하는 자리이기 때문에 그와 같은 성격에는 견딜 수 없을 정도로 엄청난 부담을 안겨줄 것이다.

브라이언 키드가 블랙번으로 갈 가능성이 높다는 사실을 알게 되었던 토트넘 경기는 그해 우리의 마지막 리그컵 경기였다. 스퍼스는 우리에게 3-1로 이겼고, 그 후 우승을 하게 되었다. 리그컵 탈락으로 가슴 아파하는 사람은 없었다. 리그컵의 목적은 어린 선수들에게 경험을 주는 데 있었고 충분히 그 역할을 다 하고 난 뒤였다. 챔피언스 리그 8강 진출 여부를 가리는 일전이 다가오고, 프리미어 리그 우승경쟁은 점차 치열해지고 있었다. 거기에 FA컵 경기를 눈앞에 둔 상황에 더 이상 스케줄이 빡빡해지지 않는 편이 나았다. 그러나 12월 경기기록만 놓고 본다면 전혀 만족스럽지 않았다. 우리가 치렀던 리그와 각종 컵경기를 포함 8경기 중에서 우리는 2패, 5무 그리고 겨우 1승만을 거두었다. 노팅엄 포레스트 상대로 3-0으로 이긴 경기였다. 선수들은 지친 기색이 역력했다. 기동력이 뛰어난 첼시와의 홈경기에서 처음부터 끝까지 압도당한 뒤 1-1 무승부에 안도의 한숨을 쉬어야 할 정도였다. 3일 후에는 행운이 계속되지 않았다. 12월 19일 미들스브러는 우리에게 충격적인 패배를 안겨준 뒤 승점 3점을 챙겨 올드 트래포드를 떠났다. 나는 그날 경기장에 없었다. 전날 저녁, 동생의 아내인 산드라가 암으로 세상을 떠났다는 소식을 듣자마자 나는 마틴과 조카인 로라의 곁에 있어 주기 위해 글래스고행 비행기에 올랐다. 진정으로 슬픈 일이 벌어질 때마다 왜 우리는 축구를 그토록 대단하게 여기는지 의구심을 가지게 된다.

클리프에 돌아오자마자 어쩔 수 없이 예전처럼 축구라는 하찮은 드라마에 다시 몰두할 수밖에 없었다. 미들스브러에 패배한 비디오를 본 후 내 안에 뭔가 치밀어 올라 선수들에게 몇 마디하고 싶어졌다. 나는 선수들에게 토요일 경기에서 그들이 보여준 집중력 결여와 용납할 수 없는 엉성한 플레이가 '우스꽝스러운' 골을 허용하는 결과를 초래했다고 지적하며, 더 이상 낭비할 시간이 없으니 당장 정신을 차려야 한다고 일침을 놓았다. "너희들의 실력과 노력 자체는 아무 흠잡을 데 없다." 내가 그들에게 말했다. "그러니까 새로운 마음으로 경기에 임하자." 그들의 반응은 적절했던 것 같다. 그 후 남은 시즌 동안 그들은 단 한 번의 패배도 허용하지 않았다. 무패 기록을 33경기 동안 써내려가며 축구에서 가장 비중이 큰 트로피 세 개를 모두 손에 넣었다. 그 여정에서 우리는 리버풀, 첼시, 아스널, 인터 밀란, 유벤투스 그리고 바이에른 뮌헨 같은 거인들을 쓰러뜨렸다.

1998년이 끝날 무렵만 해도 그 뒤 우리 시즌이 어떻게 전개될지 아무도 예측하지 못했다. 그러나 날마다 선수들과 동거동락하는 생활로 돌아온 나는 상승세가 오고 있다는 걸 감지할 수 있었다. 다시 주도적으로 훈련을 맡게 되어 나는 매우 즐거운 나날을 보내고 있었다. 새해부터 지구력 강화 프로그램을 시작한다는 소식을 선수들이 환영했는지 그 여부는 모르지만 그들은 강도 높은 훈련의 이점을 알게 되었다. 체력은 트레블을 향한 여정에 가장 효과적인 무기 중 하나가 될 터였다.

브라이언 키드의 후임자를 구해야 한다는 의견이 거셌으나 나는 서두르지 않았다. 축구에 대한 짐 라이언의 경험, 지식과 양심적인 태도는 그를 훌륭한 대역으로 만들었다. 친숙한 인물, 그것도 짐처럼 충성스럽고 능력 있는 사람이 수석코치의 역할을 맡는다면 나에게도 좋았을 것이다. 그러나 50대라는 나이가 걸림돌이었다. 내 기준에 정식 수석코치는 좀 더 젊고, 튼튼한 다리의 소유자여야 했다. 내 생각대로 그는 내 입장을 이해해주었다.

나는 새로운 코치가 들어왔을 때 상태가 올라와 있는 팀을 넘겨주기로 마음먹었다. 그렇게 해야 그가 상승 분위기를 타며 일을 시작할 수 있게 되기 때문이다. 1월에 들어와 5경기에서 전부 승리하고 16골을 집어넣는 등 좋은 출발을 하면서 우리는 목표를 이루는 데 한 발 다가섰다. 특히 FA컵 3라운드는 미들스브러를 탈락시켜 최근 리그에서 당했던 수치스러운 패배를 갚아줄 수 있었던 한판이라 의미가 각별했다. 그렇지만 우리가 전례 없이 엄청난 기세를 타고 있다는 첫 번째 징후는 올드 트래포드에서 리버풀을 상대한 FA컵 4라운드 경기에서 나타났다. 경기의 시작은 최악이었다. 마이클 오웬의 헤더로 3분 만에 리버풀은 선제골을 넣으며 앞서나갔다. 그로부터 하프타임까지 우리는 머리를 쓰지 않고 열정만으로 리버풀을 추격했다. 하프타임에 경기 분석을 하며 나는 상대가 공격루트를 요크에게 집중하도록 우리를 유도하는 동시에 다수의 수비수를 동원해 그를 무력화시키고 있다고 지적했다. 우리는 좀 더 필드를 넓게 사용하면서 제이미 레드냅과 폴 인스를 중앙에서 끌어내야 했다. 리버풀 페널티박스 안에 들어갈 때까지 스트라이커를 이용하는 일은 머리에서 지워버려야 했다.

후반전에 들어와 이러한 전술을 적용하기 시작하자 그들의 중앙 미드필더들은 엄청나게 많이 뛰어다니게 되었고 종료 15분을 남겨놓고 인스는 교체를 당했다. 부상 아니면 피로 때문이었을 것이다. 그러나 교체를 통해 팀을 가다듬고 공격에 전력을 다해도 우리는 종종 수비인원이 부족했고 스타디움의 광적인 함성에 응답할 돌파구를 찾을 수 없었다. 로이 킨이 골대를 두 번 맞추자 오늘은 우리가 승리할 날이 아니라는 생각이 들기까지 했다. 바로 88분이 되는 그때, 데이비드 베컴의 기가 막힌 프리킥이 앤디 콜의 머리를 절묘하게 맞췄고 골대를 가로지른 공을 요크가 가볍게 밀어 넣어 동점골을 만들었다. 열광의 도가니 속에서, 대부분의 팬들은 재경기를 예상했다. 추가시간 2분에 들어섰고 머지사이드 서포터들은 종료 휘슬이 늦다고 확신하던 중이었다. 그해 우리 시즌의 전형적인 양상이 될 역습을 완성시키는 골이 터졌다. 야프 스탐의 롱패스를 폴 스콜스가 끝까지 쫓아가며 올레 군나르 솔샤르에게 약간의 공간이 생겨났다. 노르웨이인의 전광석화 같은 대응이 나머지 일을 해냈고 FA컵을 노리던 리버풀의 야망은 좌절되었다. 유나이티드의 향후 5개월 동안 모든 측면에서 높은 수준의 기술만큼이나 중요한 역할을 했던 사기의 발현을 우리는 그날 목격했다.

축구전문가들이 한 팀이 다른 팀들을 압도하게 만드는 요인에 관해 피력할 때마다 거의 기술이나 전술적인 면만 거론하는 걸 보고 늘 신기하게 생각해왔었다. 종종 그들은 축구를 추상적인 용어로 논의하면서 피와 살과 감정을 가진 선수들이 축구를 한다는 현실을 무시해버리곤 한다. 전술은 중요하지만 그것만으로 축구경기를 이길 수 없다. 인간이 축구경기를 이기게 만드는 것이다. 최고의 팀이 최고가 되는 이유는 그들이 팀으로 임하기 때문이다. 구성원 하나하나가 진정으로 팀에 녹아들어 하나의 영혼으로 움직이기 때문이다. 선수들은 시종일관 서로를 지지해주며 힘을 얻고 부족한 부분을 채워주었다. 그들은 서로를 의지하고 신뢰했다. 감독이라면 그런 식의 화합을 이루어내야 한다. 감독과 선수들, 그리고 선수들 간의 유대를 공고히 다져 처음 혼자였을 때는 상상할 수도 없었던 플레이를 이끌어내야 한다. 1999년의 맨체스터 유나이티드에는 재능이 차고 넘쳤으나, 그들의 팀정신보다 내가 더 높이 평가하고 가치 있게 생각한 것은 없었다.

리버풀과의 명승부 외에도 1월로 접어들며 홈에서 웨스트햄에게 4-1, 레스터 원정에서 6-2 대승을 거두는 등 상승세를 탔다. 레스터의 대량 실점은 유나이티드에 와서 처음으로 기록한 요크의 해트트릭 탓이 컸다. 반면 우리의 1월은 아슬아슬한 승리로 마감했다. 마지막 순간 터진 요크의 골이 아니었다면 이길 수 없었을 것이다. 그때만 해도 이 런던팀에게 강등의 악몽이 찾아오리라 예견하기 힘들었다. 경기 후, 그들의 감독인 알란 커비쉴리가 패배를 당하고도 묵묵히 자기 할 일을 하는 모습은 그에게 호의를 갖게 만들었다. 시즌이 끝나고 찾아온 재앙에 희생되기에는 아까운 인물이었다.

2월의 첫 상대는 나와 같은 연배의 짐 스미스가 이끄는 더비 카운티였고, 그는 내가 더비 카운티로부터 원하는 게 단지 승점만이 아니라는 사실을 알고 있었다. 짐의 수석코치인 스티브 맥클라렌은 내가 선택한 브라이언 키드의 후계자였다. 나는 예전에 우리 유스 코치로 있던 에릭 해리슨과 아카데미의 총 책임자인 리 커쇼에게 잉글랜드 전역을 뒤져 코치

능력과 직업윤리면에서 가장 출중한 후보를 찾으라고 지시를 내린 바 있었다. 그들의 탐색결과는 늘 스티브를 가리켰다. 그의 자격을 심사하면서 그가 적임자라는 생각이 더욱 굳어졌고 더비는 그의 커리어를 위해 기꺼이 물러났다. 그동안 늘 챔피언스 리그 토너먼트가 재개되기 전에 수석코치를 임명할 작정이었기 때문에 스티브가 신속하게 클럽 내에서 자신의 입지를 확고히 다지는 모습을 보자 기뻤다. 수석코치로서 그는 나에게 깊은 인상을 주었으며 그와 함께라면 큰일을 해낼 수 있을 것 같았다.

선수들은 곧 맥클라렌에게 그들이 가진 능력을 증명해 보였다. 그가 유나이티드와 가진 첫 경기는 노팅엄 포레스트와의 시티 그라운드 원정전이었다(더비에게 1-0으로 승리를 거둔 뒤 바로 다음 경기였다). 우리는 그들을 사정없이 유린했고 솔샤르는 포레스트에게 자신이 지옥에서 온 조커라는 사실을 각인시켰다. 종료 10분을 남겨두고 투입된 그는 무려 4골을 넣으며 8-1이라는 스코어를 만들어냈다. 내가 예상한 대로 풀럼을 맨체스터로 불러들인 FA컵 5라운드는 완전히 대조적인 경기가 되었다. 케빈 키건의 팀은 1부 리그 승격을 향해 진격을 하던 중이었다. 시종일관 활기찬 플레이로 우리를 불편하게 했기 때문에 앤디 콜의 골로 간신히 승리를 따낸 것만으로도 감지덕지였다. 다시 프리미어 리그로 돌아와 우리는 올드 트래포드에서 아스널을 맞이할 차례였다. 타이틀 경쟁에 커다란 영향을 미칠 한 판이었다. 지난 시즌에도 그들과의 경기 결과가 우승컵의 향방에 결정적인 역할을 했었다. 우리에게 1-0으로 승리를 거둔 후, 아스널은 프리미어 리그 안에서 자신의 운명을 스스로 지배하며 한 번도 주도권을 포기하지 않았다. 우리는 이번만은 우울한 전철을 밟지 않겠다는 굳은 마음으로 경기에 임했다.

결과적으로 두 팀의 선수들 모두에게 찬사가 돌아갔다. 개리 윌라드의 상식과 단호함을 적절히 섞은 깔끔한 판정에 힘입어 그들은 결사적으로 싸운 끝에 1-1 무승부로 경기를 마쳤다. 좀 더 좋은 경기를 한 우리가 경기를 이겼어야 했지만 다시 한 번 토니 아담스는 그렇게 놔두지 않았다. 평소에 내가 아담스의 칭찬을 워낙 많이 해서 사람들은 우리가 친척이라고 생각할 정도였다. 그와는 한 번도 같이 일한 적이 없지만 그를 잘 알고 있는 것처럼 느껴졌다. 그가 지닌 강한 투지와 승부욕에서 내가 거느렸던 가장 영향력 있는 선수들과 공통점을 감지했기 때문이었다. 그는 애버딘 시절의 윌리 밀러와 스튜어트 케네디 그리고 브라이언 롭슨, 로이 킨, 스티브 브루스, 마크 휴즈와 닮은 곳이 있었다. 아스널의 중심에 토니 아담스가 버티고 있는 한 아스널의 성공에 놀랄 사람은 없었다. 나로서는 그가 빨리 은퇴하기만 바랄 뿐이다.

챔피언스 리그 8강에서 우리는 인터 밀란과 맞붙는 일은 피하고 싶었다. 산 시로San Siro[인터 밀란과 AC 밀란이 공동으로 사용하며 정식명칭은 주세페 메아차 경기장이지만 저자는 산 시로라고 표기]는 축구계에서 원정팀에게 가장 힘든 경기장일지도 모른다. 그러나 목표로 하고 있는 우승컵마다 가장 어려운 경로를 거치는 게 이번 시즌 우리에게 주어진 운명으로 보이는 이상 이탈리아 축구의 거인들과의 대결은 어찌 보면 당연한 귀결이었다. 다행히 1차전은 올드 트래포드에서 벌어지기 때문에 밀란 행을 덜 위험하게 만들 기회가 생겼다. 챔피언스 리그 경기 전에 가졌던 코벤트리와 사우샘프턴과의 리그 경기에서 승리를 거둬 자신감에 손상을 입지 않았지만 호나우두와 친구들을 상대하는 일은 그것과는 차원이 다른 문제였다. 젊은 브라질 선수는 몇 주 동안 내 머릿속에서 떠나지 않았다. 최고의 상태라면, 그는 전 세계의 어떠한 수비수라도 농락할 수 있었기 때문에 선수들이 그를 상대할 생각에 지레 위압감에 짓눌리게 되는 일만은 막아야 했다. 하지만 걱정은 하지 않아도 되었다. 호나우두는 올드 트래포드에서 뛸 만한 몸상태가 아니었다. 위대한 축구선수가 뛰는 모습을 눈앞에서 보길 원하는 우리 팬들조차도 그날 저녁에 한해서는 그의 부재를 나만큼이나 섭섭하게 여기지 않았을 것이다. 전술적으로, 두 가지 점을 강조했다.

인테르는 크로스에 심각할 정도로 무방비하니 데이비드 베컴은 이 점을 집중적으로 공략해야 했다. 인테르의 작전은 상대의 중앙을 돌파하는 역습에 치중하고 있었다. 그 말은 우리 풀백들이 중앙 수비수 앞으로 가 이탈리아팀의 공격이 이루어지는 지역에서 스트라이커인 이반 사모라노 뒤에 자리 잡은 두 명의 공격수를 저지해야 한다는 의미였다. 두 명의 처진 공격수인 유리 조르카에프와 로베르토 바조는 뛰어난 능력과 풍부한 경험을 가지고 있기 때문에 하비에르 사네티, 디에고 시메오네와 브누아 코에로 이루어진 출중한 미드필더진이 치고 나올 수 있는 공간을 만들어줘서는 안 됐다. 또한 우리 공격이 막혀서 전열을 재정비할 때, 측면은 포기하고 미드필드 중앙을 틀어막아서 그들이 선호하는 공격루트를 내주지 않는 것도 중요했다. 공격적인 동시에 수비를 중시하는 플레이를 하며 선수들은 내 지시를 충실히 따랐고, 베컴의 크로스를 받은 요크가 아름다운 헤더골을 넣으며 우리는 7분 만에 앞서나갔다. 선수들의 몸상태는 좋았다. 하프타임 직전에 같은 조합으로 두 번째 골이 터졌고 최종스코어는 2-0이었다. 경기 후 기자회견에서 내가 말했듯이, 이탈리아에서 한 골이라도 넣는다면 우리는 다음 라운드로 진출할 것이며 반드시 원정골을 넣을 거라는 강한 확신이 들었다.

FA컵 6라운드의 상대는 첼시였다. 우리가 우승을 하려면 험난한 과정을 거쳐야만 한다는 추가적인 증거였다. 내 임기 중 첼시의 올드 트래포드 원정기록은 나보다 그들에게 더 기분 좋게 나와 있었으므로 그들의 방문에서 살아남는 일은 쉽지 않을 터였다. 그러나 큰 그림을 보면, 다음 주 수요일 프리미어 리그 일정에 따라 리버풀과 맞붙기 위해 안필드로 가는 일이 더 골치 아팠다. 리버풀은 10일간 휴식을 취한 데다 FA컵에서 우리가 거둔 극적인 승리 때문에 이를 갈고 있던 터라 악귀들처럼 전력으로 달려들 게 뻔했다. 리버풀전에 대비하고 싶었던 나는 콜과 요크를 첼시 원정에서 제외했다. 잔프랑코 졸라를 전담 마크할 임무는 필 네빌에게 떨어졌다. 나에게 있어서 첼시 공격에 추진력과 동기를 부여하는 핵심은 언제나 이 작은 천재였고 만약 필이 그를 잠재우는 데 성공한다면 그들은 평소의 흐름과 패턴을 잃어버릴 것 같았다. 사람들 대부분은 0-0 무승부로 경기가 끝나는 바람에 런던에서 재경기를 하게 되어 내가 실망했을 거라고 생각했지만 오히려 그것은 리버풀 경기가 연기된다는 의미이기도 했다. 나로서는 열흘 동안 푹 쉬고 유리한 입장에서 우리를 기다리는 오랜 라이벌과 혈전을 위해 안필드까지 가는 것보다 스탬포드 브리지에서 주중 경기를 갖는 편이 훨씬 더 나았다.

우리는 첼시와의 재경기를 위해 화력을 총동원해 아주 좋은 경기를 펼쳤다. 양 팀 모두 인상적인 플레이를 선보였지만 이른 시간에 요크가 골을 넣음으로써 첼시는 정신적인 압박을 느끼게 되었다. 드와이트의 몸상태는 최상이었고 홈팀의 희망을 박살낸 두 번째 득점은 올해의 골 후보로 뽑힐 만한 멋진 골이었다. 달리면서 물 흐르듯 정확한 칩샷을 날릴 수 있는 선수는 세계적으로도 몇 명 되지 않을 것이다.

육체적으로 그리고 정신적으로, 우리는 바쁜 스케줄을 잘 소화하고 있었고 앤디 콜은 세인트 제임스 파크에서 두 골을 몰아넣으며 예전에 그를 사랑했던 팬들의 마음을 아프게 했다. 그의 골로 우리는 뉴캐슬을 꺾었고 프리미어리그 1위를 유지한 채 큰 두려움 없이 밀라노로 날아갈 수 있었다. 산 시로의 열광적인 분위기 속에서 그 경기가 우리에게 큰 의미가 있다는 사실을 실감할 수 있었다. 선수들은 곧 자기 자신에 대해 많은 것을 알게 될 터였다. 산 시로 원정은 선수로서의 능력뿐만이 아니라 자신에 대한 믿음과 용기에 대한 시련이기도 했다. 3월 17일의 승리는 내 재임기간 동안 맨체스터 유나이티드가 이루어낸 눈부신 성장을 대변하는 것이었다.

호나우두가 선발명단에 있다는 소식이 그날의 전술을 결정지었다. 나는 로니 욘센과 로이 킨을 중앙 미드필드에 나란히 배치해 둘 중에 한 사람이라도 그 위대한 브라질 선수가 선호하는 공간을 압박하도록 했다. 호나우두와 바조는 압박을 하거나 끝까지 공을 쫓아가지 않는다는 사실을 알고 있기 때문에 풀백인 개리 네빌과 데니스 어윈에게 공소유권을 통해 우리가 얻을 수 있는 이익이 승패에 중요한 역할을 할 거라고 강조했다. 데니스와 개리를 통해 플레이를 전개시키면 인테르가 공을 되찾기 어려워질 것이라고 믿었다. 실제 경기에서도 우리가 점유율로는 큰 차이로 앞섰다는 결과가 나왔다.

솔직히 말하자면, 우리는 킥오프가 시작되기도 전에 이미 유리한 위치에 있었다. 호나우두가 인테르의 청색과 흑색 줄무늬 저지를 입고 있긴 했으나 그의 모든 것이 경기장 위에 있는 것은 아니었다. 산 시로 드레싱룸의 외부공간은 경기 당일 저녁이면 온갖 사람들로 바글거리는 곳이다. 양 팀이 피치로 연결되는 통로에 들어오자 엄청난 긴장과 소음이 소용돌이쳤다. 선수들은 함성을 지르며 정신무장을 하고 있었다. 아르헨티나의 저돌적인 시메오네는 동료들을 향해 큰 소리로 독려하는 한편 우리 선수들을 향해 험악한 시선을 보냈다. 그럴 때는 덩치 큰 바이킹이 우리 편에 있다는 게 고마울 따름이었다. 슈마이켈이 목소리를 높이자 벽이 흔들릴 지경이었다. 경기를 기대하며 열광적인 분위기가 이어지는 속에 나는 홀 건너편 구석 쪽에 눈이 갔다. 거기에는 축구공을 등 뒤에 끼고 벽에 기대서 있는 호나우두가 있었다. 그는 공허한 표정으로 주위의 광기에 전혀 관심을 보이지 않았다. 마치 그 자리를 벗어나고 싶어 하는 사람 같은 태도였다. 나도 모르게 그에게 다가가서 뭔가 말을 걸어주고 싶은 아버지 같은 충동을 느꼈다. 그러나 그의 고독을 방해하기에 나는 적절한 사람이 아니었기 때문에 그냥 혼자 있게 놔두었다.

예상한 대로 호나우두는 평소의 자신에 훨씬 미치지 못하는 존재감을 보여주었다. 60분쯤에 니콜라 벤톨라가 그 대신에 들어왔지만 실은 그보다 훨씬 전에 이루어졌어야 할 교체였다. 우리 선수들은 파도처럼 덮치는 홈팬들의 적대적인 고함소리와, 그들이 필드 위로 던지는 오렌지와 동전 때문에 주의를 빼앗기지 않고 감탄스러울 정도로 훌륭하게 평정심을 유지했다. 프랑스인 심판인 길르 베시에르도 마찬가지로 분위기에 위축되지 않았다. 슈마이켈이 사모라노 앞에 몸을 던진 뒤 그는 용감하게도 인테르의 페널티 요구를 인정하지 않았다. 전반에 사네티가 찬 공이 골대를 맞추고 제 엘리아스가 후반 말미에 앉아서도 넣을 수 있는 골을 놓치는 등 아찔한 순간도 몇 번 있었다. 그러나 그런 고난을 행운의 힘을 빌리지 않고 헤쳐 나올 수는 없으며 우리는 승리를 거둘 자격이 있었다.

교체로 들어온 벤톨라가 3분인가 4분 만에 골을 넣었을 때조차 나는 크게 걱정하지 않았다. 그들이 점수 차를 반으로 좁히기 위해 이미 대부분의 에너지를 쏟아부은 후라 경기를 뒤집을 능력이 없었기 때문이다. 게다가 나는 폴 스콜스라는 비장의 카드를 갖고 있었다. 제 역할을 훌륭하게 수행한 욘센이 지친 기색이 역력하자 나는 그를 빼고 스콜스를 내보냈다. 어려운 상황에 스콜스처럼 겁 없는 선수가 내 밑에 있어서 다행이었다. 마치 자기 동네에서 신문을 사러 가려는 사람처럼 그는 태연하게 용광로 한복판으로 걸어나갔다. 폴이 88분에 우리를 준결승에 보내줄 골을 넣었을 때 그를 잘 모르는 사람만 놀랐을 것이다. 그런 승리를 거둔 우리는 이제 유러피언컵에서 무슨 일이 벌어져도 두렵지 않았다. 우리는 속으로 다음 상대가 유벤투스가 되기를 바랐다. 결코 우리 상태에 만족해서 그들을 깔보거나 한 게 아니었다. 이탈리아 축구의 대모에게 불손한 태도를 취할 사람은 바보들밖에 없다. 우리가 그렇게 느낀 이유는 최근 들어 이미 유벤투스와 4번이나 맞붙었기 때문에 그 경험에서 배운 걸 보여주고 싶었기 때문이다.

이제 우리는 프리미어 리그에서 1위를 지키고 있었고 유러피언컵과

FA컵 준결승에 올라 있었다. 언론에서는 트레블의 가능성을 진지하게 논의하기 시작했다. 그 과업을 달성할 가능성에 대해 우리에게 질문한 이들은 이미 대답을 알고 있었다. 일단 눈앞에 있는 경기만 신경 쓰겠다는 말 외에 우리가 달리 무슨 대답을 할 수 있겠는가? 미친 것보다는 진부한 게 더 나은 법이다. 당면한 과제를 무시하고 미래의 영광에 눈을 돌리는 것은 집중력을 망치는 좋은 길이다. 암벽등반가가 몇 미터 위에 있는 핸드홀드를 생각하기 시작하면 그의 다음 코스는 땅으로 떨어지는 지름길이 될 것이다. 내가 두세 경기 앞을 생각하는 경우는 승리의 백일몽을 꾸려는 게 아니라, 출전명단을 뒤섞어줌으로써 여러 대회를 소화하는 데서 오는 피로를 분산시키려는 실용적인 목적을 위해서였다.

끊임없이 과중한 임무를 소화해야 하는 요즘 선수들에게 요구되는 부담은 너무 커서 내가 전에 언급했던 팀정신은 11명이 아니라 선수단 전체에 적용되어야 했다. 따라서 공정함, 체력, 그리고 필승명단의 적절한 균형을 찾는 일은 감독에게는 엄청나게 어려운 과제가 될 수 있으며 로테이션 대상이 되는 개개인에 대한 이해 역시 필요하다. 선발의 정당성을 확보하려면 좋은 결과만한 게 없다. 홈에서 에버턴에 승리를 거두고 데이비드 베컴이 다시 득점포를 가동시킨 윔블던 원정은 무승부로 끝났다. 만족스러운 결과였다. 이제 올드 트래포드에서 유벤투스를 접대해야 할 시간이었다.

맨체스터 유나이티드를 위대하게 만드는 데 서포터들의 열정만큼 큰 역할을 한 게 없다. 유나이티드에서 일하는 우리 모두는 팬들에게 책임감을 느끼지만 때로는 그것이 선수들에게 덫으로 작용할 수 있다. 관중의 열띤 함성은 인내력을 가지고 기다려야 하는 경기에서 돌격명령이 될 수 있다. 4월 7일 우리가 겪은 문제도 그 연장선상에 있었다. 유벤투스는 전반전에 반복해서 우리 진영을 갈기갈기 찢어놓았다. 우리의 기본적인 전술은 상당히 간단했다. 언제나 세 명의 선수가 미드필드에 있어야 한다. 베컴이나 긱스 둘 중 한 사람은 측면에서 유벤투스의 미드필더들을 분산시키며 백포를 뚫어주는 임무를 맡는다. 윙어 중 하나가 공격 중이면 다른 한 사람은 로이 킨과 폴 스콜스에 합세해서 중앙을 지키며 공수를 연결해준다.

그러나 올드 트래포드에서 벌어지는 유럽대항전의 전형적인 분위기에 취한 나머지, 베컴과 긱스가 한꺼번에 너무 전진해버리는 바람에 로이와 폴 둘이서 세계에서 가장 뛰어난 미드필더로 손꼽히는 세 사람, 디디에 데샹, 에드가 다비드, 그리고 지네딘 지단을 상대하게 만들었다. 게다가 풀백들은 그들의 측면 플레이어, 안토니오 콘테와 안젤로 디 리비오를 뒤로 물러나게 만들어야 했으나 오히려 개리 네빌과 데니스 어윈이 후방으로 쫓겨나고 있었다. 전반 45분 동안 콘테의 한 골만이 아니라 세 골 정도 더 들어갈 수도 있었다.

하프타임에는 많은 변경이 이루어졌다. 베컴을 오른쪽으로 보내 미드필드에서 유벤투스의 수적우세를 상쇄시켰고 긱스는 원래 역할인 침투에 전념했다. 주도권은 우리에게 넘어왔고 경기를 뒤집을 수도 있었지만, 전반에 경기가 끝날 수도 있었다는 사실을 알기에 늦은 시간 들어간 긱스의 골로 무승부를 기록한 데 불만을 가질 수 없었다. 전반에 압도당한 건 비판을 받아도 할 말이 없었지만 우리의 챔피언스 리그가 끝났다고 단정한 비판자들은 하프타임이 끝난 뒤 그들이 본 것을 이해하지 못한 듯했다. 전반과 후반은 완전히 다른 경기였으며 이제 나는 자신 있게 토리노로 향할 수 있었다. 올드 트래포드에서 경기 전반에 본 뻥 뚫린 측면 공간을 지단은 더 이상 볼 수 없을 것이다.

이탈리아로 떠나기 전 휴식과 기분전환 겸 우리와 90년대 가장 끈질긴 숙적이었던 아스널과 빌라 파크에서 FA컵 준결승을 가졌다. 안 그래도 일정이 빡빡했기에, 우리는 90분 안에 경기를 끝내고 싶었다(물론 우리에게 좋은 쪽으로). 당연히 경기는 연장전까지 이어진 뒤 결국 재경기를 하게 되었다. 4시간 동안 벌어진 혈전은 내가 경험한 가장 흥미진진한 준결 승전이었다. 그렇다 해도 애초에 한 시간 반을 넘겨서는 안 됐다. 우리의 완벽하게 정당한 골은 부심의 황당한 오심으로 무효처리되었고 데이비드 엘러리 주심은 그의 결정을 승인했다. 아스널 박스에 있었던 요크의 위치 때문에 내려진 오프사이드 결정도 잘못되었다. 당시 왼쪽 가장자리에 있던 긱스는 공을 달고서 리 딕슨을 제치려는 중이었다. 원래 치고 달리다가 터치라인 근처에서 크로스를 올려줄 계획이었다. 이때 긱스가 패스할 수 있었던 사람은 그 자신밖에 없었다. 즉, 드리블과 큰 차이가 없는 행동이었고 그의 크로스를 받아 아스널 네트에 꽂아 넣은 킨의 골을 무효로 처리한 판정은 말도 안 되는 엉터리였다. 하프타임에 나의 분노는 부심을 향했지만 실은 진짜 비난받아야 될 이는 동료의 끔찍한 실수를 바로잡았어야 했던 엘러리 주심이었다. 3주 반 후, 우리는 더 심각한 오심을 겪으며 또 다시 엘러리 심판와 함께하게 된 걸 후회하게 된다. 일단 토리노 원정을 위한 준비에 전념해야 되는 기간 동안 재경기까지 치르게 된 것만 해도 충분히 골칫거리였다.

빌라 파크에서 다시 치러질 아스널과의 재경기에는 일부 선수들을 쉬게 해주기로 결심했다. 테디 셰링엄과 올레 군나르 솔샤르는 요크와 콜을 대체할 소중한 대안이었고 다시 한 번 그들은 기대를 뛰어넘는 활약을 했다. 예스퍼 블롬크비스트 역시 왼쪽에서 효율적으로 침투임무를 수행했다. 한 시간이 될 무렵 경기의 승패가 정해졌어야 했다. 아스널의 페널티 지역 밖에서 데이비드 베컴이 차올린 공이 우리의 우월함을 보여주는 것처럼 황홀하게 네트 안으로 빨려 들어간 것 외에 우리는 골을 넣지 못하고 있었다. 기회를 놓치면 문제가 발생하기 마련이다. 그러나 아직까지는 아스널의 가장 위협적인 선수인 데니스 베르캄프를 잘 막아주고 있었다.

마침내 후반 중반에 행운이 그에게 찾아왔다. 익숙한 먼 지점에서 공을 받은 그는 슛을 날렸다. 슈마이켈에게 똑바로 향하던 공은 야프 스탐을 맞고 몇 십 센티미터 정도 굴절되어 우리 골대 구석으로 날아갔다. 골이 들어가자 우리 적들은 다시 살아났고 몇 분 후 로이 킨이 마르크 오베르마스에게 한 파울 때문에 퇴장당하자 그들은 더욱 기세등등해졌다. 로이가 데이비드 엘러리에게 퇴장당한 것은 이번이 세 번째였다. 텔레비전의 느린 화면으로 보면 가혹한 판정임을 알 수 있지만 당시 나는 앞으로 쏟아질 폭격에 견딜 수 있도록 10명의 선수를 재배치하는 데 모든 신경이 가 있었다. 간신히 버텨냈다고 생각했을 때 필 네빌이 레이 팔러에게 가한 파울 때문에 아스널에 페널티킥이 주어졌다. "너무하는군." 나는 중얼거렸다. 베르캄프의 킥을 피터가 멋지게 막아내자 경기는 연장전으로 접어들게 되었고 그때부터 적어도 승부차기까지는 끌고 갈 수 있겠다는 믿음이 들었다.

이어진 30분은 나와 경기장에 있던 모든 사람들을 완전히 기진맥진하게 만들었다. 축구경기를 서사시에 비교할 수 있다면 바로 이 경기가 될 것이다. 승패를 결정지으려면 특별한 무언가가 필요했다. 교체로 들어온 라이언 긱스가 해낸 것은 특별한 것만이 아니었다. 역사에 기록될 만한 플레이였다. 파트릭 비에이라의 패스 미스 덕분에 중앙선 안쪽으로 13미터 위치에 있던 라이언에게 공이 가자 벤치에 있던 전원은 모두 일어나 함성을 지르며 그를 응원했다. "딕슨 쪽을 노려라." 아스널 풀백의 지친 기색을 감지했던 내가 생각했다. 라이언은 그의 앞을 가로막는 모든 붉은 셔츠를 차례대로 따돌렸다. 숨 막히는 60미터 질주를 마친 그는 그대로 벼락같은 슛을 날렸고 공은 아스널의 네트 지붕에 꽂혔다. 그는 미친 주력과 양발로 공을 다루는 눈부신 테크닉으로 4명의 국가대표 선수들의 도전을 가볍게 무시했고 그들은 헛된 추격 끝에 힘없이 뒤처졌다. 경기의 중요성과 10명의 선수들이 느꼈을 중압감을 생각할 때, 그의 골은 상위 리그의 축구경기에서 나온 것 중에서 최고의 골 중 하나일 것이다.

아스널과 무승부로 끝난 첫 경기와 재경기 사이에, 나는 라이언을 따로 불러내 개인면담을 가졌다. 부단한 노력 덕분에 플레이 영역이 넓어지긴 했지만 그렇다고 원래 지니고 있던 최고의 장점, 즉 수비수들을 향해 곧바로 달리며 그들을 공포에 떨게 만드는 질주 능력을 소홀히 해서는 안 된다는 점을 상기시켜 주기 위해서였다. 그의 장점을 희석시킨 내 잘못이 클지도 모른다. 지난 3년 동안 그는 내 주장에 따라 시야와 공간감각을 향상시켜 패스 기회를 포착하는 훈련에 매진했었다. 좀 더 고른 능력을 갖춘 선수가 되기 위해 열심히 노력을 해줘서 기쁘긴 하지만 그를 세계에서 침투능력이 가장 좋은 극소수의 엘리트 선수 중 하나로 만들어준 원래의 자질을 잊어버리는 일은 절대 원하지 않았다. 스피드, 밸런스, 퍼스트 터치와 용기 등 다방면에 뛰어난 능력을 타고 났기 때문에 드리블을 하고 있거나 위험지역에서 공을 받기 위해 달릴 때는 최고의 수비수들조차도 따라잡을 수 없었다. 완전체가 되겠다는 그의 내적인 갈망은 4월 14일 아스널을 무너뜨린 놀라운 재능이 발현되는 것을 종종 가로막곤 했었다. 진정한 라이언 긱스는 좀 더 자주 전면으로 나와야 한다.

긱스의 원더골이 들어가고 남은 11분을 버텨내고 난 뒤 드레싱룸은 광란의 장소로 변했다. 승리의 기쁨을 즐기는 일조차 경험이 중요하다. 피터 슈마이켈은 언제나 그의 옷을 안전한 곳에 두었다. 빌라 파크를 떠날 때, 그는 샴페인에 절어 있지 않은 유일한 사람이었다.

프리미어 리그에만 집중하게 되어 우승에 더 유리해졌다는 인터뷰를 하는 등 아스널은 준결승 후 상당한 뒤끝을 보였다. 그들의 주장에도 일리가 있지만 우리 선수들은 이를 이겨낼 만한 능력이 있었다. 다음 주 토요일 셰필드 웬즈데이와의 홈경기에서 솔샤르, 스콜스 그리고 셰링엄이 득점하며 우리는 3-0으로 승리했다. 31년 만에 유나이티드를 유러피언 컵 결승에 올려줄 경기를 치르기 위해 토리노로 떠나기 전에 끝까지 사기를 충전한 셈이었다. 나는 유벤투스에 엄청난 존경심을 갖고 있었다. 그들은 머리끝에서 발끝까지 일류 자체였으며 나 역시 내심 유나이티드가 이 위대한 이탈리아 클럽을 벤치마킹하길 바랐다. 그들의 새로운 감독인 카를로 안첼로티는 한때 뛰어난 선수이기도 했는데 마르첼로 리피의 갑작스러운 이탈 이후 능숙하게 팀을 안정시켰다. 그러나 리피가 유벤투스 덕아웃에 앉아 있지 않은 게 얼마나 행운인지 생각하지 않을 수 없었다. 리피는 정말로 인상이 강렬한 남자다. 그의 눈만 들여다봐도 자기 자신과 일에 대한 확고한 자신이 묻어났다. 그의 눈은 때로는 진지하게 불타오르고 때로는 장난스럽게 반짝이고 때로는 조심스럽게 상대방을 탐색한다. 그리고 언제나 지성으로 생생하게 번뜩인다. 실수라도 리피를 얕잡아볼 사람은 없었다. 게다가 그의 모든 장점에 더해 그는 정말로 미남이기 때문에 대부분의 동료들을 벨라 루고시[30년대에 드라큘라 역할로 유명했던 호러 전문배우]처럼 보이게 한다. 안첼로티에 관해 좋은 이야기밖에 듣지 못했지만 분명 유벤투스는 리피를 그리워할 거라고 확신했다.

불운하게도, 빌라 파크의 기적에 대해 라이언 긱스가 받은 보상은 발목부상이었고 그는 토리노의 잊지 못할 밤에서 빠지게 되었다. 토리노전은 내가 감독이 된 후 나의 팀이 가진 가장 위대한 경기였다. 리듬과 템포를 가지고 공을 패스하고 점유하는 걸 기반으로 평생 동안 축구에 대한 내 신조를 발전시켜 왔다. 유벤투스와의 전반 30분 동안, 내 이상은 유나이티드에 의해 거의 완벽하게 구현되었다. 이러한 뛰어난 경기력이 두 골을 먹은 뒤부터 나왔다는 사실은 그들이 이루어낸 것을 더욱 경이롭게 만들 뿐이었다. 6분 만에 코너킥에 이어진 약속된 플레이로 첫 실점을 당해 나는 실망하고 화가 났다. 왼쪽 측면을 통해 전방에 있는 지단에게 공을 몰고 갔을 때 그에게는 먼 쪽 골대를 향해 날아갈 공의 궤도를 계산할 충분한 시간과 공간이 있었다. 그곳에 대기하고 있던 필리포 인차기는 우리 수비수들보다 훨씬 민첩하고 과감했다.

우리 정도의 팀이라면 그런 식으로 골을 허용해서는 안 되었다. 스탐의 축구화에 맞고 인차기의 두 번째 골이 들어갔을 때 나는 순간 멍해지긴 했지만 경기가 끝났다는 느낌은 들지 않았다. 경기를 시작한 지 겨우 11분이 흘렀고, 그렇기 때문에 오히려 더 다행이었다. 나는 언제나 우리가 적어도 2골은 넣어야 이길 수 있다고 생각했다. 이제 그것이 우리의 목표라는 게 확실해진 이상 최소한 그것을 이룰 시간만은 충분하게 있었다.

가장 중요한 것은 평정을 잃지 않은 채 필드 위에서 우리가 지닌 능력을 펼쳐 보이는 일이었다. 다만 심판이 로이 킨에게 경고라는 가혹한 처분을 내린 이상 그 일이 쉽지 않을 것 같았다. 옐로카드가 우리 팀에 준 영향은 엄청났다. 만약 우리가 바르셀로나 결승전에 올라간다면 로이는 경고누적에 따른 징계 때문에 관중석에 앉아 있어야 했다. 이 아일랜드 남자만큼 멀리 보는 축구선수는 거의 없지만 스타디오 델레 알피Stadio delle Alpi에서 그는 이제까지의 평가를 훌쩍 뛰어넘는 모습을 보여주었다. 경고를 받고 결승 출전이 불가능하게 된 순간부터 그는 팀을 진출시키기 위해 두 배의 노력을 기울였다. 필드 위에서 내가 본 최고로 이타적인 행위였다. 운동장 구석구석 그의 발길이 안 닿은 곳이 없었고 패배를 당하느니 지쳐서 숨이 끊어지는 게 낫다는 듯이 뛰어다니는 그의 모습은 주위에 있는 모든 선수들의 마음을 움직였다. 그러한 선수와 인연을 맺게 되어 영광스러울 지경이었다. 베컴의 코너킥을 받기 위해 공중으로 솟구친 그가 헤더로 첫 골을 만들었을 때, 마치 강철 같은 의지로 공에게 네트 안쪽에 떨어지는 것 외에 다른 선택을 할 수 없게 만든 것처럼 보였다. 전반전이 끝나기 전에 요크의 머리가 만들어낸 멋진 골이 터졌고 2-2 상황에 원정골 가산 원칙을 적용하면 우리의 바르셀로나 행이 절반 정도는 결정된 거나 마찬가지였다. 긴장이 완전히 풀어진 나머지 이제 승리 외에는 아무것도 상상할 수 없었다.

후반전 우리는 통상적인 수비를 해야 했지만 전혀 절박함이 보이지 않았고 우리의 역습 플레이는 유벤투스를 벼랑 끝까지 몰아가고 있었다. 그리고 나서 요크는 중압감에 시달리던 그들의 중앙 수비수들, 파올로 몬테로와 치로 페라라를 향해 돌진했고 나는 골을 예감했다. 드와이트는 골키퍼에 의해 쓰러졌으나 공은 앤디 콜 앞으로 굴러갔고 그는 침착하게 공을 밀어 넣으며 유벤투스의 뒷마당에서 누구보다도 멋진 승리를 거두는 위업에 마침표를 찍었다. 내가 유일하게 후회하는 것은 후반에 폴 스콜스를 내보낸 일이었다. 내가 보기에는 정당한 태클이었지만 그는 카드를 받았고 킨과 마찬가지로 결승전에 나가지 못하게 되었다. 폴에게는 너무나 가슴 아픈 일이었다. 그는 뛰어난 선수일 뿐 아니라 착하고 선량한 청년이었다. 그와 로이는 FA컵 결승전에 나가는 걸로 만족해야 되었다. 웸블리의 전통 있는 축제에 나서는 게 위로가 될 정도로 그해 우리가 보낸 시즌은 특별했다.

그러나 5월 22일 북런던에서 뉴캐슬과 만나기 전에 리그 우승을 향한 치열한 경쟁을 견뎌야 했다. 도박업자들마저도 유나이티드와 아스널 간에 마음을 정할 수 없었고 경기 전까지 배당은 여러 차례 오르락내리락했다. 리그 중반을 넘긴 후에도 첼시는 강력한 우승후보 중 하나로 남았지만 부상자가 속출하며 무너졌다. 잔루카 비알리 선수 겸 감독이 다음 시즌에도 팀을 이끌고 우승에 도전할 거라는 사실은 의심할 여지가 없다. 스탬포드 브리지에서 그가 놀라운 일을 해냈다고 생각한다. 아르센 벵거와 함께 뛰어난 외국인 감독이 프리미어 리그에 얼마나 큰 효과가 있는지 보여준 사례였다. 경기가 끝나면 잔루카와 이야기를 나누곤 했는데 게임을 읽는 그의 관찰력과 식견이 늘 세세하고 통찰력이 있어 감탄스러웠다. 그가 맨체스터 유나이티드에 많은 문제를 안겨줄 거라고 예상한다. 리즈 유나이티드의 데이비드 오리어리에 대해서도 같은 생각이다.

그는 뛰어난 재능을 가진 젊은 선수들에게 자신을 투자할 용기가 있었고 그들을 실망시키지 않았다. 게다가 그들은 축구를 진정으로 즐기는 것처럼 보였다. 흔히 볼 수 없는 광경이다.

그들의 활기찬 공격은 4월 25일 엘런드 로드에서 우리의 리그 우승을 위태롭게 만들었다. 아킬레스건에 문제가 생긴 야프 스탐을 경기를 앞두고 제외시켜야 했고, 솔샤르와 욘센 등 노르웨이 선수들은 평가전 때문에 쓸 수 없었다. 나는 데이비드 매이와 웨스 브라운으로 이루어진 중앙 수비조합을 한번 실험해보기로 했다. 갑작스러운 호출로 그들이 적응하는 데 시간이 걸렸고 리즈 유나이티드는 전반전을 지배했다. 하프타임 전에 그들이 1-0으로 앞서나간 건 당연했다. 우리는 후반전에 들어와 고유한 팀색채가 살아나기 시작하며 앤디 콜의 골로 간신히 1-1 무승부를 거둘 수 있었다. 다음 상대인 애스턴 빌라전에서 데니스 어윈은 어처구니없는 실수를 하며 페널티킥을 실축했다. 우리 팀에서 가장 믿을 만한 선수가 우리를 필요 이상으로 불안하게 만든 셈이 되었지만 결국 2-1로 승리하며 승점 3점을 더 따낼 수 있었다.

프리미어 리그의 일정이 조정된 탓에 늦춰졌던 안필드 원정이 다가오고 있었다. 전통적인 라이벌전의 열기에 힘입어 우리를 리그 1위에 올려놓았던 경기력이 부활할 거라는 자신이 있었다. 그러나 원래 배정되기로 했던 폴 더킨 심판이 부상당한 탓에 엘러리로 대체된다는 소식에 나의 낙관론은 흔들렸다. 난 심판을 원한 거지 해로우[이튼과 함께 영국의 양대 명문 사립학교] 교장을 바란 게 아니었다. 거의 한 시간 반 동안, 심판이 누구든지 별 상관이 없어 보였다. 우리는 우측 측면에서 이루어진 패스가 만들어낸 멋진 골로 일찍부터 앞서나가기 시작했다. 데이비드 베컴이 특기인 자로 잰 듯한 크로스를 올리자 드와이트 요크가 골대 먼 쪽을 노린 근사한 헤더로 화답했다. 리버풀은 상당히 좋은 경기력을 보여주었지만 눈에 띌 만한 기회를 만들어내지 못하고 있었다. 그런데 후반전에 들

어온 뒤 블룸크비스트가 상대 진영에서 제이미 캐러거에게 가격당하는
바람에 우리가 최대 승점을 챙기는 게 거의 확실해졌다. 페널티킥이 선
언되었고 데니스 어원은 빌라전의 실축은 일회성 일탈에 불과하다는 듯
이 점수 차를 두 골로 벌려놓았다. 승리는 확실해 보였지만 곧 착각이라
는 걸 알게 되었다. 블룸크비스트가 오이빈드 레온하르드센의 발에서 매
끄럽게 공을 빼냈을 때 심판은 안필드 관중에조차 이해되지 않는 페널티
킥을 리버풀에게 선사했다. 리버풀이 엄청난 행운을 활용해 점수 차이를
좁혔을 때, 우리 선수들이 느낀 분노는 십분 이해할 만했다. 그러나 더욱
황당한 일이 우리를 기다리고 있었다.

앞서 옐로카드를 받았던 데니스 어원은 터치라인을 따라 공을 쫓고 있
었다. 공이 살짝 운동장 밖으로 나간 순간 달려가던 어원은 관성에 의해
발을 갖다 대며 동료를 향해 짧은 패스를 한 게 되어버렸다. 텔레비전 화
면에서 확인할 수 있듯이 심판은 패스가 이루어지자마자 단 1초도 지체
하지 않고 휘슬을 불었다. 그리고 엘러리는 조금도 망설이지 않고 어원
을 향해 두 번째 옐로카드를 내밀었다. 공을 차냈다는 이유였다. 자동적
으로 레드카드로 이어지는 경고가 나온 이유는 아마 우리 풀백이 시간을
끌었다고 봤기 때문일 것이다. 데니스의 행동이 그런 사악한 동기에서
나왔다고 믿는 사람이 과연 있을까? 퇴장 명령은 상식에 대한 모욕이었
다.

그 여파는 무시무시했다. 10명으로 인원이 줄어들고 리그 우승을 향
한 도전 자체가 위기에 봉착한 것은 물론이고 잉글랜드에서 가장 모범적
이고 가장 존경을 받는 프로선수가 FA컵 결승전에 출전할 수 없게 되었
다. 가장 광적인 리버풀맨인 필 톰슨 수석코치마저도 믿을 수 없다는 듯
이 고개를 저으며 나에게 사과했다. 우리 선수들의 모든 노력이 수포로
돌아가는 건 거의 피할 수 없는 것처럼 보였고 경기종료 1분을 남겨두고
폴 인스는 동점골을 넣었다. 한때 그는 유나이티드 선수로서 훌륭한 활

약을 했었지만 선수로서의 장점에 대해 나와 본인의 의견이 심각하게 갈리자 안 좋은 감정으로 올드 트래포드를 떠났다. 그러므로 골을 넣은 후 좋아서 어쩔 줄 모르며 과장된 세레머니를 보여준 것은 전혀 놀랄 일이 아니었다. 그가 그 순간을 즐겼기를 원했다. 내가 잘못 본 게 아니라면 최고 수준의 리그에서 그가 활약할 수 있는 시간은 급속하게 줄어들고 있었다. 경기 후, 〈SKY TV〉와 가진 인터뷰에서 나는 데이비드 엘러리를 염두에 둔 맹세를 했다. "우리는 절대로 이 남자가 우리의 타이틀을 빼앗지 못하게 할 것입니다."

그 약속을 지킬 수 있는 전망은 일주일도 지나지 않아 확연히 밝혀졌다. 그 다음 일요일, 우리는 미들스브러에서 1-0 승리를 거두고 돌아왔고(이번에도 요크의 골이었다), 아스널과 맨체스터 유나이티드는 36경기에서 똑같이 승점 75점을 기록하며 골득실차도 거의 같은 상태에서 1위 자리를 나누어 갖고 있었다. 그러나 다득점이 순위를 가를 수도 있었고 그렇다면 우리가 훨씬 유리했다. 우리는 아스널보다 20골은 앞서고 있었다. 그 마지막 수치는 시즌이 시작된 뒤 죽 이어진 우리의 모험적인 성향을 대변했고, 그 때문에 우승할 자격을 굳이 따지자면 근소하게나마 우리가 더 우위에 있다고 생각했다. 물론 우리는 좀 더 차이를 벌려놓을 수 있기를 원했고 5월 11일 화요일 엘런드 로드에서 리즈는 아스널을 1-0으로 꺾으며 우리가 바라는 선물을 했다. 다음 날 밤 블랙번에 도착했을 때 우리는 이우드 파크Ewood Park에서 승리를 거두면 현재 챔피언보다 3점을 앞서나가게 되기 때문에 마지막 경기인 토트넘과의 홈경기에서 무승부만 거둬도 우승을 보장받을 수 있다는 사실을 알고 있었다.

브라이언 키드를 감독 대 감독으로 만나는 것은 처음이라 기묘한 느낌이었다. 이 경기는 두 사람에게 완전히 상반되는 결과를 낳게 되어 있었다. 블랙번이 이기지 못한다면 그들은 강등당할 처지였다. 나는 그들의 포메이션을 보고 깜짝 놀랐다. 애쉴리 워드를 단독 스트라이커로 세우고 그의 뒤에 두 윙어, 그리고 세 명의 중앙 미드필더를 두는 것은 우리에게 이기려는 게 아니라 단지 막는 데 주안점을 두고 있는 것으로 보였다. 우리는 경기의 90퍼센트를 장악했지만 골을 넣을 수는 없었고 그들을 이기는 데 실패해 나는 화가 났다. 일요일에 아스널은 하이버리에서 애스턴 빌라를 꺾을 가능성이 높았기 때문에 챔피언 자리를 되찾으려면 같은 시간 벌어지는 스퍼스전에서 무슨 일이 있어도 이겨야 한다는 부담이 생겼다. 그러나 블랙번과의 0-0 무승부가 우리에게 난처한 결과를 낳았다면 그들에게는 치명적이었다. 그래서 경기 후에 브라이언의 사무실로 가기가 조금 껄끄러웠다. 다행히 그는 무척이나 기분이 유쾌한 상태였다. 우리 팀 스태프와 즐겁게 농담을 주고받으며 예전에 우리와 함께하던 시절의 좋은 추억을 회상하고 있었다. 그토록 좋아하던 모든 것들과 헤어지게 만든 자신의 결정을 후회하고 있을지 나도 모르게 궁금해졌다.

토트넘 홋스퍼는 잉글랜드 축구계에서 아스널과 가장 가까이 위치한 이웃인 동시에 가장 적대적인 라이벌이기도 했다. 나의 막역한 친구이자 그들의 감독인 조지 그레이엄은 1999년 프리미어 리그 타이틀을 향한 대장정에서 필시 맨체스터 유나이티드 승자로 부상하기를 바랐을 것이다. 자신이 몸담고 있던 클럽의 우승을 원하기에는 하이버리의 영광스러운 시절 이후 너무 많은 일이 그에게 일어났다. 그러나 나와 마찬가지로 조지는 승리에 중독된 사람이었고 5월 16일 일요일, 스퍼스를 올드 트래포드에 데리고 오는 그의 머릿속에는 우리와의 경기에서 승리하는 것 외에 다른 생각이 없을 터였다. 토트넘이 전혀 우리를 봐주지 않을 거라는 사실은 알고 있었다. 내가 몰랐던 것은 봐주는 쪽은 우리가 될 거라는 사실이었다. 우리는 또다시 레스 퍼디넌드에게 어이없는 골을 선사하며 경기 내내 안절부절 못하는 신세가 되었다. 그 실수에 대한 근사한 반응 역시 우리다운 모습이었다. 우리는 스퍼스 수비진을 사정없이 두들겼다. 폴 스콜스로부터 멋진 패스를 받은 데이비드 베컴이 힘껏 차올린 공이 이언 워커가 지키는 오른쪽 골대를 맞고 네트 안에 떨어지기 전까지 상당히 많은 득점 기회도 만들었다. 하프타임에 나는 테디 셰링엄 대신 앤디 콜을 들여보냈고 당연히 테디는 전혀 교체를 반기지 않았다. 그를 탓한 게 아니라 스퍼스의 수비를 연구해본 뒤 힌트를 얻었기 때문이다. 센터백인 존 스케일스는 부상 때문에 오랫동안 경기에 나오지 못했기 때문에 피로한 기색을 보였고 스피드가 있는 앤디 쪽이 더 공략하기 좋을 거라는 결론을 내렸다. 교체는 감독에게 지뢰밭을 걷는 것과 같은 일이다. 어떤 때는 무사히 빠져나가기도 하고 때로는 폭발하기도 한다. 이번에는 거의 즉각적으로 내 결정이 옳았음이 증명되었다. 앤디가 롱패스를 기가 막힌 컨트롤로 받은 뒤 차올린 공이 워커의 머리 위를 넘기며 우리는 앞서나가게 되었다.

후반전에 들어와 스퍼스가 우리를 위협하지 못했지만 여러 차례 기회를 낭비한 형편없는 결정력 때문에 우리는 시종일관 초조한 경기를 해야 했다. 더구나 런던에서 아스널이 이기고 있다는 뉴스까지 들어왔다. 1분이 하루 같던 중에 그레이엄 폴 심판이 종료 휘슬을 불면서 우리의 우승을 현실로 만들었다. 우리가 그토록 소중히 여기던 트로피가 마침내 우리 품으로 다시 돌아왔다. FA컵의 화려함이나 유러피언컵의 역사적 중요성에 상관없이 영국축구의 최강자를 증명하는 단 하나의 징표는 프리미어 리그 타이틀이다. 경기가 끝나고 기쁨에 흥겨워하던 나는 트레블이 정말로 가시권에 들어왔다고 스스로 인정했다. 그러나 유나이티드 숙소에서 흥겨운 트럼펫 소리는 들리지 않았다. 점호나팔에 응하고 잠자리에 드는 편이 우리 스타일과 더 맞았다.

나는 짐 라이언, 스티브 맥클라렌과 함께 다음 날 세인트 올반스로 내려가 리그 감독들의 연례 만찬회에 참석했다. 그 자리에서 나는 그해의 주요한 상을 두 부문에서 수상했다. 동료들이 주는 상은 언제나 각별한 기쁨을 선사해준다. 사교활동을 위한 휴식은 금방 끝이 났다. 목요일이 되자 토요일에 있을 FA컵 결승전을 준비하기 위해 팀은 윈저에 집결했다. 토요일 밤에는 런던에서 묵었다가 다시 윈저로 돌아온 뒤 월요일에 바르셀로나로 떠날 예정이었다. 선수들은 정신적으로는 활기가 넘쳤지만 몸 상태가 의심스러운 사람이 몇 명 있었다. 여러 타입의 바이러스가 돌며 걱정스러운 증상을 다양한 형태로 퍼뜨렸다. 네빌 형제들은 코가 심하게 막혔고 로니 욘센은 인후가 심하게 부어올랐다. 그러나 가장 심한 환자는 폴 스콜스로 독감과 가슴통증으로 고생하고 있었다. 그의 증상은 그의 고질병인 천식으로 인해 더욱 악화되었기 때문에 더 많은 약을 투여해야 했다. 유러피언컵 결승전 출전이 징계로 불가능하게 되는 실망을 겪은 폴이 웸블리에서 뛸 정도로 회복되기를 마지막 1초 전까지 기다려줄 생각이었다.

나 역시 첫 번째 컵 결승을 위한 팀을 고르면서 두 번째 컵 결승을 위한 팀까지 염두에 두어야 하기 때문에 머리가 지끈거렸다. 웸블리 구장의 표면은 기력을 빨리 소진시키기 때문에 스페인에서 필요한 체력과 에너지까지 모두 없어질 수도 있었다. 뉴캐슬전에 출전시킬 생각조차 하지 않은 선수는 니키 버트였다. 그는 내 결정을 이해해주었다. 킨과 스콜스가 바이에른 뮌헨전에 나오지 못하는 이상 그들을 대체할 그의 존재는 필수였고 토요일 경기에서 위험을 무릅쓸 수 없었다. 스탐과 요크는 바르셀로나전을 위해 내가 아껴둔 다른 두 명의 선수였다. 스탐의 아킬레스 건 통증은 부상자 명단에서 제외할 수 있을 정도로 충분히 회복되었으나 FA컵까지 내보낼 수는 없었다. 그러나 베컴에게 쉬고 싶으냐고 물었을 때 그는 지독한 모욕이라도 당한 표정을 지었다. "절대 그럴 일 없어요, 보스." 그가 말했다. "난 경기에 나가고 싶어요." 그는 언제나 그런 식이었다.

FA컵 결승전 아침, 선수단을 덮친 병마는 완전히 물러나 아픈 사람은 아무도 없었다. 다만 경기가 시작하자마자 심각한 부상사태가 발생했다.

첫 몇 분간 뉴캐슬 선수들이 저지른 거칠기 짝이 없는 태클을 생각하면 놀랄 일도 아니었다. 개리 스피드가 다리를 쭉 뻗은 채 슬라이딩을 하며 로이 킨을 쓰러뜨렸고, 이 아일랜드 남자는 자신이 1999년 결승전과는 인연이 없다는 사실을 받아들여야 했다. 스피드에게 당한 부상을 무릅쓰고도 경기를 끝까지 하고 싶다는 듯 그는 절뚝거리며 한동안 필드를 돌아다녔지만 발목손상이 너무 심해 8분 만에 교체시켜야 했다. 에스퍼 블롬크비스트를 내보낼까 했지만 그는 바르셀로나에서 엄청나게 뛰어다녀야 했기 때문에 웸블리에서 거의 풀타임을 소화하게 만들고 싶지 않았다. 내 선택은 도박이나 다름없었다. 나는 테디 셰링엄을 필드로 내보낸 뒤 올레 군나르 솔샤르의 포지션을 원래 위치였던 스트라이커에서 오른쪽 윙으로 변경했다. 테디는 나간 지 3분도 안되어 정교한 패스 플레이에 가담하며 페널티박스 안으로 들어갔고 폴 스콜스가 절묘하게 그에게 공을 연결해주었다. 셰링엄의 마무리는 침착하고 간결했고 우리는 한 번도 위험한 상황을 겪지 않고 계속 리드상황을 유지했다. 경기 전에 전달한 아주 간단한 지시사항에 의하면 피치 위에서 언제나 빠른 템포를 유지하라고 강조했다. 공을 소유한 상태에서는 플레이가 늘어지기 쉬운데 베컴은 공격전개가 느려지지 않도록 신경을 쓰며 중앙 미드필더 역할을 즐기는 모습을 보자 기분이 좋아졌다. 이른 시간에 넣은 골을 바탕으로 테디가 자신 있고 영향력 있는 플레이를 펼치는 것도 흐뭇한 광경이었다. 애초에 그를 선발에서 뺐을 때부터 꺼림칙했었다.

우리는 경기의 주도권을 잡았고 후반전이 시작된 후 얼마간 지속되던 뉴캐슬의 활기찬 플레이는 던컨 퍼거슨이 교체로 들어올 때까지만 이어졌다. 두 번째 골은 그들을 잠재웠다. 솔샤르가 니코스 다비자스로부터 공을 탈취해서 셰링엄에게 패스했고 그는 좀 전에 진 신세를 보답이라도 하듯 스콜스에게 슬쩍 공을 밀어주었다. 그의 패스를 받은 단신의 빨간 머리 사내는 16미터 거리에서 강한 땅볼로 골을 넣었다. 로이 킨보다 폴

쪽이 유러피언컵에서 빠지는 보상을 더 톡톡히 받은 셈이다. 우리의 우월한 실력을 보면 더 많은 골이 들어갔어야 마땅했지만 나는 결과에 만족했고, 못 넣은 골은 바이에른전을 위해 아껴둔 것뿐이라고 스스로에게 말했다. 나는 90분 경기 끝자락에 스탐과 요크를 필드 위에 내보내 경기 감각을 날카롭게 유지하면서도 피로를 느끼지 않을 시간만 뛰게 했다. 모든 일이 잘 풀렸고 6년 동안 세 번째 더블을 달성한 것은 충분히 축하할 만한 이유가 되었다. 선수들은 축하연에서 술을 거의 마시지 않았고 새벽 한 시 반이 되자 자진해서 방으로 돌아가 잠을 청했다. 역사를 만드는 사람은 숙취가 있어서는 안 된다는 말을 굳이 해줄 필요도 없었다.

일요일에 우리는 런던을 떠나 버킹엄셔의 조용한 시골에 도착했다. 오후부터 비셤 수도원에서 훈련을 시작했다. 선수들은 놀라울 정도로 몸 상태가 좋아보였다. 거의 모든 경기가 운명을 결정짓는 중대한 일전이었던 빡빡한 일정을 얼마나 훌륭하게 소화해냈는지 잘 알 수 있었다. 그날 저녁식사가 끝난 뒤 선수들에게 바이에른 뮌헨과 치렀던 챔피언스 리그 두 경기에서 가장 중요한 대목만 골라 40분으로 편집한 비디오를 보여주었다. 그들이 경기 전에 봐야 할 영상은 그게 전부였다. 너무 많은 영상 자료를 접하면 복잡한 전술이론을 한꺼번에 쏟아붓는 것처럼 깨우치게 만들기보다 혼란스럽게 만들 뿐이다. 바르셀로나에서 뛰게 할 선수들은 이미 정해져 있었지만 베컴과 긱스를 어떻게 써야 할지 고민이었다. 토리노 원정에서 킨과 스콜스가 징계를 받아 결승전에 못 나가게 되었을 때부터 나는 긱스를 미드필드 중앙에서 쓸 것을 고민했다. 그의 스피드와 침투능력이라면 그 위치에서 충분히 독일선수들을 괴롭힐 수 있었다. 그러나 그 지역에서 라이언의 침투력을 쓰게 된다면 우리 축구의 본질적인 부분을 포기한다는 의미였다. 우리가 추구하는, 공을 계속 소유하며 경기를 지배하는 축구는 공을 빼앗기지 않고 계산되고 정확한 패스를 뿌려주는 선수가 필요하다. 킨과 스콜스가 구상에서 빠지게 되자 이러한 요구사항을 충족시킬 수 있는 최선의 대안은 베컴이었다. 그가 FA컵에서 보여준 놀라운 활약은 자신이 선호하는 포지션에서 빛나고자 하는 그의 열망을 여실히 드러냈다. 다만 그를 중앙에 배치하게 되면 라이트윙일 때 넣어주는 파괴력 있는 크로스가 없어진다는 점이 아쉬웠다.

베컴과 긱스를 어떻게 쓰던 간에 각각 동등한 무게의 장단점이 있었다. 그러나 중원에서부터 이루어지는 수준 높은 패싱게임이 유나이티드 축구의 중심이라는 생각에 마음을 정했다. 또한 라이언을 라이트윙으로 세우면 그의 빠른 발로 인해 바이에른 뮌헨의 레프트백 미하엘 타르나트는 데이비드 베컴으로부터 기대하는 것과 전혀 다른 문제를 겪게 될 것 같았다. 베컴을 중원에 세우고 긱스를 오른쪽 측면에 배치하자 블롬크비스트를 레프트윙으로 쓸 수 있게 되었다. 이렇게 하면 공격에 넓이를 확보하게 된다. 결승전을 위해 캄프 누의 피치 넓이를 줄이게 만든 그들의 로비전적에서 알 수 있듯이 우리의 측면을 두려워하고 있는 그들에 대항하기 위해 반드시 갖춰야 할 요소였다.

스페인에 데려가는 스태프 규모만 봐도 맨체스터 유나이티드가 30여 년 만에 맞는 가장 큰 도전을 얼마나 철저하게 준비하고 있는지 보여주었다. 올드 트래포드에서 예스퍼 예스퍼슨 세프와 영양사인 트래버 리를 데려가는 것을 비롯하여 운에 맡기는 건 하나도 없도록 했다. 동행할 의료요원만 해도 팀닥터인 마크 스톤, 상급 물리치료사 중에 데이비드 피버와 로버트 스와이어, 그리고 마사지사 지미 큐런이 있었다. 관리 부서에서는 충직한 사나이들인 알버트 모건과 알렉 와일리가 장비 담당으로 따라갔다. 켄 메릿 사무국장은 여행기획과 실무 전반을 맡으면서 스티브 맥클라렌, 지미 라이언 그리고 내가 선수들과 일하는 것 외에는 절대로 다른 곳에 신경을 쓰지 않도록 유의했다. 그의 비서인 켄 람스덴은 평소처럼 언론에 관한 업무를 총괄해서 처리했다. 바다를 굽어보고 있는 시체스의 호텔은 환상적이었다. 외부와 차단된 생활을 해야 하는 원정 축구팀이 쉬는 시간에 즐길 오락거리는 넘칠 정도로 다양하고 풍부했다. 늘 그렇듯이 선수들이 가장 즐겨 찾는 곳은 물리치료실이었고 선수들로 북적거리는 그곳은 마치 클리프 훈련장이 그대로 시체스로 옮겨온 것 같은 분위기였다. 코치진 중 유일하게 맨체스터 태생인 알버트 모건은 광팬이었다가 정직원이 된 사례로 늘 악의 없는 장난으로 나와 선수들의 분위기를 띄워주는 친구다. 그날이 다가올수록 나는 걱정이라기보다 흥분을 느꼈다. 머릿속에서 수없이 경기를 돌려보는 조용한 시간이 캄프누의 소음과 다채로운 현실로 바뀌자 오히려 기쁠 지경이었다. 책머리에서 말했듯이, 바이에른은 내가 예측한 것과 거의 다름이 없는 팀이었다. 그들은 강하고 조직적이었으며 그러한 자질은 전반 6분 만에 득점을 올리자 두 배로 강화되었다.

마리오 바슬러가 프리킥을 찰 준비를 했을 때 마르쿠스 바벨이 몸싸움을 걸며 벽 가장자리에 서 있던 니키 버트를 막으려고 했다. 나는 당장 필드 위로 뛰어올라가 니키에게 그의 수작에 넘어가지 말라고 소리치고 싶었다. 그 사이로 틈이 생겼지만 내가 할 수 있는 건 아무것도 없었고 피터 슈마이켈도 마찬가지였다. 바슬러가 힘껏 찬 공은 우리 네트 안으로 떨어졌다. 초반에 우리가 취약했던 것은 초조함 탓도 있었고 준결승전에서 유벤투스를 자기 앞마당에서 괴멸시켰던 물 흐르듯 침투하는 축구를 구현해내지 못한 탓도 있었다. 우리 선수들은 큰 경기에는 익숙하지만 유러피언컵 결승은 그들에게 또 다른 차원의 이야기였다. 게다가 그들의 어깨는 클럽의 역사와 트레블에 대한 열띤 기대의 무게에 짓눌려 있었다. 오늘날 축구계에서 가장 뛰어난 재능을 가진 스트라이커로 손꼽히는 드와이트 요크가 이렇게 불안정한 모습을 보이는 건 처음이었다. 물론 토마스 링케라는 굉장한 수비수가 그를 막고 있다는 사실도 한몫하긴 했다. 앤디 콜을 전담마크하고 있는 사무엘 쿠포르는 더욱 인상적이었고 나로서는 결승전에서 바이에른의 가장 뛰어난 선수였다. 프리미어 리그에서 가장 파괴력 있는 공격수 듀오는 그날 밤 침묵을 지켰고 점유율에서 앞섰음에도 불구하고 90분 동안 골이 터져주지 않았다.

그러나 설사 우리들과 팬들이 답답해했던 게 사실이라 할지라도 나중에 신문에 실렸던 비평은 전혀 사실과 다르다. 사실 90분 중 대부분, 보다 납득할 만한 경기력을 보여주었고 훨씬 더 공격적이었던 팀은 우리 쪽이었다. 골이 들어간 뒤, 바이에른은 극단의 수비전술로 우리를 묶어 놓는 데 주력했다. 오히려 우리가 동점골을 넣기 위해 과할 정도로 공격 일변도로 나가다 역습의 계기를 만들어주었어도 골대만 두 번 맞추는 등 그들에게는 우리 팀을 압도할 자신감이 부족했다. 피치 위를 뛰어다니는 건 우리 선수들밖에 없었다. 바이에른 뮌헨은 승자의 울타리 안에 틀어박히려고 했다. 그들이 매끄럽고 세련되게 경기를 지배하고 있다고 평가한 사람들은 아마 환각이라도 보았던 것 같다. 마틴 에드워즈가 나에게 나중에 이야기한 바에 의하면 바이에른의 회장인 위대한 프란츠 베켄바워는 경기 내내 자기 팀이 질까 봐 초조해하면서 봤다고 한다. 베켄바워는 나중에 우리에게 승리할 자격이 있다고 말했다. 맞는 말이다.

다른 대부분의 기자들과 달리, 나는 베컴을 중앙 미드필더로 그리고 긱스를 오른쪽 윙어로 쓰는 결정이 옳았다고 생각한다. 베컴이 중원에서 효율적인 플레이를 보이지 못했다고 생각하는 사람은 축구를 보는 눈이 이상한 거다. 반면에, 슈테판 에펜베르크는 거의 눈에 띄지도 않았다. 긱스가 별 영향력이 없었다는 주장은 타르나트가 걸핏하면 지원을 요청한 사실을 놓고 볼 때 일관성이 부족하다. 라이언이 상대팀에 가한 압력은 후반전에 그들의 체력을 꾸준히 소모시킨 요인 중 하나였다. 대부분의 점유율을 우리가 가져갔기 때문에 이슬아슬한 리드를 지키려는 그들의 작전은 그들을 지치게 했고 경기가 끝날 무렵이 되자 제대로 서 있지도 못하는 선수들도 여럿 나왔다. 종료 23분을 남겨두고 블롬크비스트와 교체되어 들어온 테디 셰링엄은 왼쪽 측면에서 날카로운 침투로 한층 더 그들을 괴롭혔다. 그러나 90분이 다 되어가자 나는 자연스럽게 우아한 패자가 되는 법을 연습하기 시작했다. 대기심이 추가시간 3분이 표시된 전광판을 들어 올렸을 때 나는 터치라인 밖에 서 있었다. 왼쪽에서 코너킥을 얻었을 때도 여전히 그 자리에 있었다.

그때 미친 덴마크 남자가 바이에른의 페널티박스까지 질주하는 모습이 얼핏 눈에 들어왔다. "저 녀석 대체 뭐 하는 짓이야?" 나는 스티브 맥클라렌에게 이렇게 말했지만 그 상황에서 피터를 야단칠 수 없었다. 어차피 이제 그가 유나이티드와 함께하는 마지막 경기는 2분밖에 남지 않았으니까. 아마 그는 우리가 득점할 거라고 생각했던 것 같다. 베컴의 코너킥이 올라간 순간 그는 바이에른의 수비수들의 주의를 빼앗았고 공은 그중 하나의 머리에 맞고 굴절되었다. 공은 뒤쪽으로 떨어졌고 요크가 골을 향해 헤더를 시도했지만 10분 전에 로타르 마테우스 대신 들어온 토르스텐 핑크에게 패스를 해버렸다. 마테우스가 아직 있었다면 침착하게 골에리어 밖으로 공을 걷어냈을 것이다. 그러나 핑크는 당황한 나머지 공을 잘못 차서 곧바로 긱스에게 보내고 말았다. 박스 가장자리에 있던 긱스는 요행을 바라듯이 오른발로 힘껏 공을 걷어찼다. 그의 슛은 왼쪽 골대를 향해 날아갔지만 오히려 다음 순간 행운이 찾아왔다. 공이 날아가는 선상에 잠복하고 있던 셰링엄이 교묘하게 발을 갖다 대, 공의 방향을 살짝 틀면서 아슬아슬하게 골대 안으로 들어가게 만들었다. 광란의 도가니 속에서 나는 우승컵이 우리 것이 될 가능성이 커졌다고 확신했다. 바이에른 선수들은 비행기 추락 현장에서 비틀거리며 나오는 생존자들처럼 보였다.

스티브 맥클라렌이 현실적인 문제를 들고 나왔다. "이제 연장전 준비를 해야죠." 그가 말했다. "4-4-2로 돌아갑시다." 그 말을 마치자마자, 공은 우리 진영 한가운데 있던 데니스 어윈 앞에 떨어졌다. "스티브, 아직 경기 안 끝났네." 내가 말했다. 데니스가 왼쪽 코너플래그를 향해 롱볼을 올려주었고 올레 군나르는 공을 쫓아갔다. 또 한 번 코너킥이 주어지자 필연적인 뭔가가 느껴졌다. 바이에른 수비진은 대열을 정비할 기력도 없었다. 베컴은 셰링엄이 달려오고 있는 가까운 쪽 포스트를 향해 그의 장기인 정확한 프리킥을 올렸다. 출발 타이밍이 조금 늦었기 때문에 헤더는 머리를 살짝 스친 데 불과했으나 공은 방향을 틀어 골에리어 한 가운데로 날아갔고 솔샤르의 쭉 뻗은 다리가 나머지 일을 완수했다.

그 골이 촉발시킨 파티는 결코 끝날 줄 몰랐다. 단지 머릿속에 떠올리는 것만 해도 나를 파티 분위기에 젖게 할 정도였다. 그 순간, 팀과 관계가 있는 모든 사람들은 더없이 행복한 광란상태에 빠졌다. 개리 뉴본이 텔레비전 인터뷰를 시도하려고 했지만 내가 횡설수설하는 통에 짜증스러웠을 것이다. 바보처럼 보여도 상관하지 않았다. 적어도 이 지구상에 나보다 더 행복한 바보는 없었을 테니까.

나에게 가장 먼저 달려온 선수는 라이언 긱스였다. 처음 봤을 때가 13살 때였으니까 우리의 인연은 정말 오래전으로 거슬러 올라가는 셈이다. 그때 긱스는 훈련장의 잔디 위를 떠다니며 축구를 하기 위해 태어났다는 아우라를 사방으로 발산하고 있었다. 이제 25살인 그는 올드 트래포드에서 가장 오랫동안 뛴 선수가 되었다. 그 말은 곧 25년간의 감독생활 중 절반에 해당하는 세월을 맨체스터 유나이티드에 바쳤다는 의미였다. 처음 내가 왔을 때 있었던 고위 임원들 중 유일하게 남아 있는 것은 마틴 에드워즈 한 사람뿐이었다.

회장과 나는 그중 대부분의 시간 동안 좋은 사이를 유지해왔지만 최근 심각한 긴장상태를 겪었고 그 원인은 언제나 돈이었다. 유나이티드를 위해 최고의 선수를 데려오기 위해 필요한 돈과 나 자신의 급료에 대한 문제가 말썽이었다. 그동안 유나이티드에 해준 일을 감안하면 나는 마틴으로부터 받는 것보다 더 많은 보수를 받아야 한다고 생각했다. 그는 가장 최근에 있었던 임금협상에 끼어들지 않았고 롤란드 스미스 교수, 모리스 왓킨스와 교섭하는 편이 훨씬 신속하고 잡음도 덜하다는 것을 알게 되었다. 보비 찰튼 경과 마찬가지로 모리스와 롤란드 경은 올드 트래포드에서 가끔 마주치는 험난한 고비를 헤쳐나가는 데 많은 도움을 주었다. 주식회사로 바뀌면서 유나이티드에서의 삶이 극적으로 바뀐 걸 인정하고 마틴 에드워즈가 어려운 일을 하고 있다는 사실도 알고 있다. 새로운 체제는 안타깝게도 우리 사이의 의사소통을 줄어들게 했다. 늘 마주 앉아 건전한 대화를 시도하던 나날은 영원히 가버렸다. 선수단을 운영하는 문제만 놓고 본다면 나만큼 클럽회장으로부터 극진한 대우를 받은 감독은 없었을 것이다. 선수들에 관해서라면 그는 내 결정에 어떠한 종류의 간섭도 하지 않았다. 내가 만든 유스 육성정책에 그는 전폭적인 지원을 해주었다. 그것과 경기장을 개보수하려는 그의 끊임없는 노력만 놓고 봐도 팬들은 충분히 그에게 감사할 이유가 생긴다.

루퍼트 머독의 BSkyB[British Sky Broadcasting, 영국의 위성 방송 회사]가 맨체스터 유나이티드를 손에 넣으려 할 때 결코 모든 사람이라고까지는 할 수 없지만 많은 이들이 격렬히 반대했고 결국 정부가 개입해 인수를 전복시켰다. 그러므로 논의는 이제 학계로 넘어갔다. 내 견해로 볼 때, 우리 클럽은 단순히 스포츠 기관으로만 보기에는 너무나 중요하고 팔아넘기기에는 너무 희귀한 물건이다. 유나이티드는 계속 박차를 가해 세계 축구계의 가장 강력한 세력으로 커나가야 한다고 생각한다. 그 일을 가능하게 만들려면 한 가지 변화를 받아들여야 한다. 바로 축구선수들의 연봉체계다. 스타 선수들은 다른 선수들보다 더 높은 연봉을 받아야 한다. 모든 선수는 자신의 가치에 맞는 보수를 받아야 한다. 모두 똑같이 받아야 한다는 것은 실로 비현실적인 발상이다.

죽는 날까지, 나는 맨체스터 유나이티드가 나에게 가져다준 것에 대해 고마움을 느끼며 살아갈 것이다. 나처럼 축구를 사랑하는 사람에게는 이보다 더 좋은 곳은 존재하지 않는다. 그해 여름, 기사작위를 받을 거라는 걸 알게 되었을 때 동네 축구팀에서 뛰기 위해 이웃집 아저씨로부터 낡은 축구화를 받아야 했던 고반의 꼬마가 축구 덕분에 얼마나 멀리 올 수 있었는지 실감하며 미소를 지었다. 작위를 받게 되어 기쁘지만, 이 영광이 나 혼자만이 아닌 나의 가족과 친구들 그리고 이제까지 나와 일한 모든 이들과 나누는 것임을 모든 사람들이 알아주었으면 좋겠다. 특히, 맨체스터 유나이티드와 그동안 나를 도와주었던 클럽 안에 있는 모든 사람들, 위대한 선수들로부터 식당 아주머니들까지 모든 사람들이 받을 영예라는 사실을.

나는 야망이 있는 사람들에게 호감을 느끼지만, 동시에 수백만 명의 사람들이 야망과는 평생 관계없는 삶을 살며 그 단어를 듣는 자체만으로도 모욕을 느낀다는 사실을 알고 있다. 가끔 농담 삼아 나는 한 사람의 성격이 얼마나 야심만만한지 이상적인 휴가 장소를 선택하는 걸로 알 수 있다고 말한다. 어떤 이는 블랙풀, 어떤 이는 스페인을 택할 것이다. 그리고 달을 택하는 이도 있을 것이다. 나는 마지막 부류에 속한다고 스스로에게 말하다가 어린 시절 내 주위에 있던 사람들을 떠올린다.

어린 시절 가슴 설레는 최고의 휴가는 글래스고 페어기간 14일 동안에어서 해안에 있는 솔트코츠에 가는 것이었다. 이 책 앞부분에서 이미 이야기했지만 그마저도 여유가 없어서 가지 못하는 고반 사람들은 약간의 자연이라도 느낄 수 있는 근처의 엘더 공원이나 벨라하우스턴 공원에 갔다. 그래도 남자들에게는 2주일 동안 조선소의 소음과 그을음에서 벗어나고 클라이드의 망치소리에서 도망칠 수 있기에 충분히 고마운 휴식이었다.

야망이란 그들의 삶과는 아무 상관이 없었다. 그들에게 있어서 삶의 본질은 생존이었다. 그러나 그들 사이에는 놀라울 정도로 따뜻한 동지애가 있었고 뼛속까지 충성심이 자리했다. 아주 잠시라도 좋으니 어린 시절 고반에 존재하고 있었던 공동체 의식을 다시 느끼고 싶다. 거친 세계였을지 모르지만 그 중심에는 고귀한 가치관이 있었다. 내 인생에 정신적 지주가 되어 준 충성심은 바로 고반이 내게 가르쳐 준 것이다.

26장

세계를 도약의 무대로

이 글을 쓰고 있는 2000년 여름, 내 원고에서 고쳐야 할 것은 하나도 없지만 더해야 되는 이야기는 꽤 많이 생겼다.

바르셀로나 축제의 마지막 거품이 터지자 몇몇 사람들은 기다렸다는 듯이 이제 트레블을 달성했으니 내 경쟁심은 결코 예전 같지 못할 것이라고 떠들었다. 일부 언론에 기고하는 스포츠 심리학자들은 그동안 내가 수집해온 트로피 목록에 이제 유러피언컵까지 추가했으니, 과거에 그랬던 것처럼 나 자신이나 선수들에게 동기부여를 해줄 수 없게 되었다고 주장했다. 은퇴까지 거론하며 멀리 나가진 않았지만, 57세라는 나이와 모든 것을 다 이룬 시즌을 경험한 만큼 앞으로는 손아귀에 힘을 뺄 수밖에 없다고 넌지시 말하는 사람도 간혹 있었다.

그런 생각이 완전히 근거가 없는 것은 아니지만, 캄프 누에서 유나이티드의 잊지 못할 밤 이후 내가 느꼈던 감정을 전혀 알지 못해서 떠들 수 있는 이야기다. 트레블은 내 축구인생의 황홀한 최고봉이며 우승했던 순간 느낀 가슴 벅찬 환희는 영원히 잊지 못할 것이다. 하지만 단 한순간도 트레블이 최종 목적지라고 여긴 적이 없다. 아마 몇 년 후 맨체스터 유나이티드의 감독을 그만두고 나면, 어쩔 수 없이 내 커리어에서 최고의 업적을 이루었던 시기로 1999년 봄과 초여름을 돌아보겠지만, 그런 관점을 지금 갖는다는 것은 내 성격에 맞지 않는다. 경쟁과 승리에 대한 욕구는 내 마음대로 스위치를 껐다 켰다 할 수 있는 게 아니다. 그러한 욕구는 내게는 숨 쉬는 것만큼이나 자연스러운 것이며, 언젠가는 사그라지는 그런 종류의 것이 아니다. 내가 틀렸을 수도 있다. 나이라는 것은 결국 누구에게나 영향을 미치게 되기 때문이다.

그러므로 트레블이 유나이티드를 더욱 높은 곳까지 올려놓을 기반이 되어야 한다고 말했을 때 나는 헛소리를 한 것이 아니었다. 진심으로 나는 그렇게 느꼈다. 유러피언컵에서 한 번만 우승할 수 있다는 법이 있는 가? 또다시 우승을 하고 몇 번이고 되풀이해서 우승을 할 수도 있지 않은 가? 우리가 사는 대륙에서 클럽 최강자가 되었다면, 다음 단계로 세계의 최강자가 되려는 목표를 가져야 하지 않는가?

물론 우리는 그 두 번째 목표를 달성할 기회를 곧 갖게 될 예정이었다. 바르셀로나에서 바이에른 뮌헨에게 승리를 거두었기 때문에 우리는 11월 말에 도쿄에서 열리는 클럽 월드컵에서 남미 챔피언인 상파울루의 파우메이라스palmeiras와 맞붙을 자격을 얻었다. 그러나 챔피언스 리그 결승전과 일본에서 열리는 클럽 월드컵 사이의 6개월간 유나이티드와 나에게 많은 일이 일어났다. 대부분 놀라울 정도로 행복한 경험이었지만 선수들의 부상 등 슬픈 일도 있었다.

물론 여름휴가 동안 남프랑스의 수영장 옆에 누워 있을 때만 해도 앞으로 다가올 문제 같은 건 전혀 모르고 있었다. 나는 휴식을 마음껏 누릴 권리가 있다고 느꼈다. 솔직히 머릿속에서 축구를 완전히 몰아내는 일은 힘들었다. 눈을 감을 때마다 올레 군나르 솔샤르가 골을 넣는 모습이 떠올랐다. 느긋하게 그 순간을 되새기는 일은 스페인에서 정상을 차지한 순간을 찬찬히 음미할 시간이 없었기 때문에 더욱 기분이 좋았다. 1994년 당시 바르셀로나를 압도하며 우승을 차지했던 밀란 감독 파비오 카펠로의 상황과 내 상황은 전혀 달랐다. 경기 종료 30분을 남겨놓고 이미 4-0으로 앞서고 있던 팀을 바라보며 그가 느꼈을 당당한 자부심과 만족감을 상상해보라. 그는 그 자리에 서서 자기 팀이 펼친 황홀한 플레이를 감상하기만 하면 되었다. 하지만 그토록 오랜 세월 쫓아왔던 상을 진짜로 손에 넣었다는 사실을 실감하는 데 나에게 주어진 시간은 단 30초였다. 마지막 10분 정도만이라도 챔피언이 되었다는 기쁨을 만끽하기 위해 다시 한 번 트로피를 들어 올리고 싶었다. 리비에라에서 나는 완전히 마음 편한 휴가객이었지만, 승리를 향한 갈망은 잠시 보류상태에 놓인 것뿐이었다. 2002년 전까지 은퇴는 나에게 일고의 가치도 없었다.

내게 기사 작위가 주어질 거라는 뉴스를 들었을 때는 휴가 도중이었다. 그 소식은 내가 그동안 얼마나 먼 길을 떠나왔는지 생각에 잠기게 만들었다. 과연 그러한 영광을 받을 자격이 내게 있을까? 아내는 레이디 캐시가 되는 일을 별로 달갑게 여기지 않았다. 캐시는 자신의 사생활을 소중히 여기며 가족과 가까운 친구들과 함께 있을 때 가장 행복해했다. 내 직업에 뒤따르는 공적인 임무에 참석하는 일은 그녀에게 늘 고역이었으며, 이제 기사 작위로 더해질 새로운 책임이 걱정거리로 떠오르게 되었다. 퍼거슨 가에서 중요한 문제를 결정할 때에는 반드시 가족 전원의 의견을 들어야 했는데, 기사 작위에 반대하는 캐시는 영예를 감사히 받아들여야 한다는 마크, 제이슨, 그리고 대런에게 완전히 밀려버렸다.

작위가 가져온 즉각적인 여파 중 하나는 유나이티드의 프리시즌 투어를 불참하게 만든 일이었다. 오스트레일리아, 상하이 그리고 홍콩을 순회하는 기념비적인 투어는 이제껏 유나이티드가 시즌을 준비하는 프로그램 중 가장 길고 힘든 일정으로 짜여 있었다. 선수들과 코치진이 이번 원정을 즐거운 여행으로 만들지, 진 빠지는 고행으로 만들지 결정하는 가운데 나는 버킹엄 궁전에서 있을 특별한 약속에 집중했다. 1999년 7월 14일은 퍼거슨 가족에게는 완벽한 하루였다. 궁전에서 치러진 서훈식의 흥분이 가라앉은 뒤(아니, 여왕 폐하는 내게 어떤 선수를 사라고 권해주지 않았다), 우리는 사보이 호텔의 유명한 피나포어 룸에서 가족 오찬을 가졌다. 오랜 세월 동안 정계를 좌지우지하는 권력자들의 모임에 사용되던 장소에서(이 전통을 시작한 건 윈스턴 처칠 경이다), 우리는 극진한 대접을 받았다. 그날 오찬은 나의 친구인 라드브로크 사[영국에 본부를 둔 국제적인 도박업체]의 마이크 딜런이 마련한 자리였다. 게다가 사보이의 총 지배인인 마이클 셰퍼드가 완전무결하게 진행을 감독했다. 이 모든 즐거움에 더해 내가 소유한 경주마, 나인티 디그리스까지 야마우스 레이스에서 우승한 것은 그날 하루의 작은 보너스였다. 그날 하루가 다 가도록 사보이 호텔의 우리 스위트에서는 파티의 소음이 새어나왔을 것 같다.

새로운 시즌이 다가오며 다시 일로 돌아올 즈음, 피터 슈마이켈을 대신해 유나이티드의 골문을 지키기 위해 애스턴 빌라에서 온 마크 보스니치가 도착했다. 마크가 좋은 선택이라고 믿을 만한 몇 가지 이유가 있었다. 우선 그는 우리 클럽에서 연습생으로 성장했으므로 우리 방식을 잘 알고 있었다. 또 지난 1월에 27세가 되었으므로 위대한 슈마이켈의 계승자라는 엄청난 책임을 맡기에 충분한 나이였다. 1991년에 우리 클럽에 들어왔던 슈마이켈 역시 당시 27세였다. 마크는 상당히 오랫동안 빌라 선수로 프리미어 리그에서 뛰었다는 든든한 이점을 지녔다. 즉, 이미 증명된 재능이 적절한 수준의 경험에 의해 뒷받침되었다는 의미였다. 계속해서 골대 사이를 지켜줄 좋은 골키퍼를 찾아내 우리는 만족스러웠다. 다만 다른 포지션에 우울한 징조가 나타났다. 로니 욘센은 시즌 대부분을 날려버릴 수술을 앞두고 있었다. 야프 스탐의 이상적인 파트너로 자리 잡으며 훌륭한 영입이었음을 증명한 노르웨이 청년에게는 잔인한 일격이었다.

얼마 안 있어 또 다른 스칸디나비아 선수인 예스퍼 블롬크비스트가 걱정스러운 증상을 호소했다. 스웨덴 선수의 불행은 오스트레일리아와 극동 투어를 마치고 평온했던 클럽의 분위기에 큰 충격을 던져주었다. 몸 상태를 리그 경기에 요구되는 수준으로 회복시키려면 프리시즌의 훈련 내용은 강도가 높을 수밖에 없다. 선수라면 그 과정에서 입게 될 부상에 대한 불안감은 피하기 힘들다. 다른 때보다 고된 투어를 마치고 난 며칠 동안 부상자 하나 없이 힘든 일정을 소화해냈다고 생각하고 있던 중에 예스퍼가 롭 스와이어 물리치료사에게 무릎통증을 호소했다. 관절경 검사 후 무릎 속에서 돌아다니는 연골조각들을 제거해야 한다는 결과가 나왔다. 진단내용은 실망스럽기 짝이 없었다. 유러피언컵 우승에 이바지하며 우승 메달을 걸게 된 후, 자신에 대한 믿음이 한층 강고해졌을 예스퍼가 우리에게 중요한 선수가 될 거라고 확신하고 있었기 때문이다. 바르셀로나는 이 내성적인 젊은이에게 필요했던 자신감을 불어넣어 준 좋은 계기가 되어 주었다. 생각했었다. 그에게 절대 필요하지 않았던 것은 다음에 나온 진단서였다. 그의 상태가 무릎 안을 치료하는 단순한 작업만으로 해결되기에는 너무 심각하다는 내용이었다. 결국 그는 다음 시즌을 통째로 뛰지 못하게 되었다. 곧 의사들은 연거푸 우울한 소식을 전했고 우리는 수비자원에 구멍이 생기는 위기에 봉착하게 되었다.

장래가 매우 촉망되는 센터백인 웨스 브라운이 심각한 십자인대 부상으로 다음 시즌 나오지 못 하게 된 데 이어 데이비드 메이도 잇따른 부상의 고통을 겪어야 했다. 처음에는 위건wigan과의 친선전이었다. 어정쩡한 자세로 넘어지는 바람에 그는 무릎에 손상을 입었다. 무릎이 나은 것과 거의 동시에 이번에는 햄스트링 부상이 찾아왔다. 그러나 아킬레스건 파열이라는 더욱 끔찍한 부상이 그를 기다리고 있었다. 데이비드보다 더 불운한 축구선수는 찾기 힘들 것이다. 그의 불행은 부상이 클럽의 성적에 아무리 악영향을 미친다 해도 가장 치명적인 피해를 입는 쪽은 바로 부상당한 당사자라는 사실을 상기시켰다. 공교롭게도 이 불운한 네 선수가 참여한 마지막 경기가 바로 바르셀로나에서의 챔피언스 리그 결승전이었다. 로니와 예스퍼는 물론 선발이었고 데이비드와 웨스는 교체로 출전했다. 축구에서 좋은 시절과 나쁜 시절을 가르는 경계는 언제나 실낱처럼 가늘다는 말을 굳이 이들에게 해 줄 필요는 없을 것 같다.

1999-2000 시즌을 시작하며, 그동안 우리가 겪은 걱정거리도 모자라 마크 보스니치의 몸 상태가 준비되지 않았다는 황당한 사태까지 발생했다. 살을 빼라는 엄중한 지시를 받은 그는 다행히 허리띠를 졸라매고 필요한 결과를 낼 수 있었다. 그러나 나는 골키퍼 포지션에 후보가 모자랄 위험을 무릅쓸 준비가 되어 있지 않았고 후보 골키퍼를 구하려는 움직임은 마크가 햄스트링 근육을 다치자 더욱 바빠졌다. 우리는 마시모 타이비가 그 대답이라고 생각했었다. 마틴이 마시모를 몇 차례 관찰했었고 비록 그가 이탈리아에서 최고 수준으로 꼽히는 골키퍼는 아니었지만, 동생은 그가 우리에게 유용할 거라고 확신했다. 그러므로 8월 말 라치오와 슈퍼컵 경기를 앞두고 모나코에 있는 우리 호텔에서 베네치아 측과 일사천리로 계약을 마무리했다.

그 경기에서 우리 경기력을 비판한 사람들은 우리가 유러피언컵 우승팀과 컵위너스컵 우승팀이 맞붙는 경기보다 이적활동에 더 관심이 있었다고 느꼈을지도 모른다. 이전에도 여러 번 말했듯이 우리는 모든 경기에서 이기길 원한다. 그러나 경기 일정이 무리할 정도로 몰려 있으면 감독들은 우선순위를 정할 수밖에 없으며 9일간 4경기를 치러야 하는 프로그램이라면 나는 서슴지 않고 라치오 경기에서 가장 강한 팀을 아낄 수밖에 없었다.

이탈리아인들에게 1-0으로 패배한 것은 진정 실망스러운 일이었지만, 그 정신없는 기간 동안 프리미어 리그 3경기에서 모두 승리한 일은 어느 정도 위로가 되었다. 그중 첫 번째인 하이버리에서의 2-1 승리는 타이틀 방어를 향한 우리의 의지가 낳은 결과나 다름없었다.

우리와 함께 있는 동안 마시모 타이비에게 일어난 일은 한 선수의 경기력이 유나이티드 입단으로 얼마나 극적인 영향을 받을 수 있는지 다시 한 번 강조한 사례다. 새로 들어온 선수 중 일부는 클럽에 스며 있는 열정적인 분위기에 즉각적으로 고무되어 버리는 경우가 있다. 과거의 업적과 현재의 기대에서 오는 중압감에 오히려 자극을 받는 경우다. 하지만 처음부터 실패할 운명이었던 것처럼 보였던 선수들도 더러 있다. 엄청난 실수를 한두 개 저질러 추락해버리고 나서 다시는 회복하지 못하게 되는 것이다. 타이비에게도 같은 일이 일어났다. 그래도 초기에 그가 보여준 모습은 희망적이었다. 안필드에서 치른 데뷔경기에서 깊은 크로스를 처리하러 앞으로 나왔다가 사미 휘피에에게 쉽게 헤더골을 허용하는 뼈아픈 실수를 저지르긴 했다. 그러나 실수를 떨쳐버리고 후반전에 더 나은 모습을 보여준 점에서 좋은 인상을 받았다. 강하고 매력적인 성격의 소유자인 그가 경기 중 놀라운 회복력을 보여주자 혹시 올드 트래포드에서 성공신화를 써내려갈 주인공일지도 모른다는 희망에 불을 지폈다. 하지만 그의 처지는 급속하게 악화되었다.

사우스햄턴과 3-3 무승부를 거둔 경기에서 그는 그 후 오랫동안 골키퍼들의 황당한 실수모음 영상에 나오게 될 굴욕적인 골을 내줬다. 매트르 티시에의 너무나 쉬운 슛을 잡기 위해 엎드렸지만 공은 처음에는 팔 사이를, 그 다음에는 다리 사이를 굴러 데굴데굴 네트 안으로 굴러갔다. 이런 종류의 실수는 자신의 능력에 의구심을 갖게 하기에 충분했다. 그가 잃어버린 자신감을 되찾아 우리 선수로서 진정한 능력을 보여줄 가능성은 일주일 뒤 스탬포드 브리지 원정에서 완전히 박살나버렸다. 첼시와의 프리미어 리그 경기가 시작된 지 채 몇 분도 되지 않았을 때였다. 그가 골대를 비우고 앞으로 달려 나오는 바람에 구스 포옛은 어이없을 정도로 쉽게 헤더로 골을 만들 수 있었고 의기양양해진 런던팀이 우리를 마음껏 유린할 계기를 마련해주었다. 그 즈음 마시모나 우리나 서로 더 이상 관계를 지속할 의지가 없다는 게 확실해진 상황이었고, 얼마 안 있어 그는 익숙한 환경에서 자신감을 되찾기 위해 이탈리아로 돌아갔다.

1999년 10월 일요일, 스탬포드 브리지에서 5-0으로 궤멸당하는 편에 설 무렵, 우리는 연승 중에 가끔 재난 같은 패배가 나오는 괴이하고

(나에게는) 불안한 행보를 이어가고 있었다. 유나이티드는 지든지 이기든지 간에 어정쩡한 결과는 거부했다. 우리가 당한 몇몇 참패는 역사에 기록될 만했다. 이 책 초반에도 썼듯이, 1996년 10월 단 한 주일 동안 우리는 뉴캐슬에게 5-0, 사우스햄턴에게는 6-3으로 처참하게 패배했다. 그리고 두 명승부의 흐름을 이어가기라도 하듯, 올드 트래포드에서도 첼시에게 2-1 패배를 당했다. 다행히 우리는 곧 정신을 차렸고 결국 그해 우승을 차지하게 되었다. 그러므로 첼시에게 당한 5-0 패배를 시즌이 망할 징조라고 멀리까지 내다보는 사람은 머릿속이 멀쩡한지 검사받아야 할 것이다.

물론 스코어에 대한 뜨거운 반응을 피해갈 수 없었다. 특히 킥오프 전에 〈Sky TV〉와 했던 인터뷰 내용은 많은 논란을 불러일으켰다. 나는 리그 우승을 놓고 우리의 주요 경쟁상대가 될 리즈, 첼시, 아스널, 리버풀 같은 클럽들에 관해 개인적인 의견을 부탁받았었다. 첼시에 대해서는 지난 시즌 우리에게 뒤쳐졌던 팀에서 거의 달라진 게 없다고 평했다. 물론 그들은 스쿼드에 크리스 서튼을 추가했지만 확연하게 전력이 달라질 건 없었다. 잔프랑코 졸라의 파트너로 서튼이나 토레 안드레 플로 누가 되어도 상관없었다. 아마 첼시 측 사람들은 내가 평가한 그들의 리그 우승 전망을 부당하다고 생각했던 것 같다.

유나이티드가 5골 아래 파묻혔을 때 그들이 나를 향해 집중포화를 날린 건 당연한 귀결일지도 모른다. 따라서 나는 우리가 우승을 차지할 능력이 있는지 의심스럽다고 말한 젊은 감독 잔루카 비알리를 지극히 존중한다. 놀라운 일도 아니지만 그날의 결과를 본 켄 베이츠 회장은 내 패배를 기뻐할 수 있는 무한한 권리가 자신에게 있다고 여겼던 것 같다. 마오쩌둥 이후 그보다 더 자기 의견에 확신을 가진 사람은 아마 없을 것이다. 자기 의견을 강압적으로 알리는 게 올림픽 종목이라면 아마 그는 따낸 금메달 무게로 비틀거릴 것이다. 그는 절대 바뀌지 않을 거라고 생각한다. 축구계에 몸담고 있는 거의 모든 사람이 그의 날카로운 독설에 한 번쯤 당해봤을 것이다. 아니면 클럽 프로그램과 일요일 타블로이드판의 정기적으로 기고하는 칼럼에서 공격의 대상이 되는 일을 참아내야 했다든가. 여느 감독이나 축구선수가 그의 반 정도만이라도 심한 발언을 했다면 결코 랭커스터 게이트의 FA본부에서 나가지 못했을 것이다.

스탬포드 브리지에서의 일방적인 경기 속에 숨어 있는 진실은 그 경기가 첼시보다 우리에 더 큰 도움이 되었다는 사실이다. 그들의 프리미어 리그 우승 도전은 좌절된 반면, 그 경기에서 얻은 교훈을 받아들여 재빨리 개선점을 찾은 우리는 타이틀을 향한 여정을 다시 정상궤도에 올려놓은 것이다. 지난 10월에 첼시가 그 전 시즌과 똑같은 팀이라는 내 평가는 조금 틀렸다. 1999년 그들은 리그 3위였으나 2000년에는 5위로 시즌을 마감했기 때문이다.

시즌 초 우리의 경기력은 들쭉날쭉했다. 첼시에게 두들겨 맞고 3주 후 우리는 화이트 하트 레인White Hart Lane에서 토트넘에게 3-1로 패배했다. 그렇지만 초반에 런던 원정 중 가장 힘겨운 경기가 되었을 아스널전에서 여러 의미로 중요한 승리를 거두었다. 그날 하이버리에 8월의 햇살이 사정없이 내리쬐고 있었던 것은 그다지 놀라운 일이 아니었다. 생각해보면, 그곳에 갈 때마다 찌는 듯한 더위가 우리를 기다리고 있었던 것 같다. 첫 25분 동안 우리는 매우 좋은 플레이를 펼쳤고 골을 넣었어야 했지만, 언제나처럼 우리가 기회를 여러 번 날려버리는 모습을 보며 힘을 얻은 아스널에게 예상대로 전반전 후반부터 경기의 주도권을 내줬다. 이제 그들이 우리의 수비를 뚫어야 할 차례였다. 아스널은 우리가 프리킥을 내주거나 집중력 저하를 보이면 특히 무서워졌다. 하프타임 직전에 창의적이고 능수능란한 공격이 프레데리크 융베리의 멋진 골로 이어지며 우리는 대가를 치러야 했다. 하프타임 동안 나는 집중력을 유지할 것을 강조하며 특히 세트피스 상황에서 이 점을 명심하라고 당부했다. 나는 토니 아담스가 부상으로 결장하는 바람에 생긴 구멍을 간파했고, 선수들에게 아스널 수비진 왼쪽을 공략하라고 지시했다.

내가 했던 말이 후반 들어 즉각적인 효과를 보이지 않은 점을 인정해야겠다. 여전히 주도권은 아스널이 잡고 있었고 두 번째 골이 들어갔어야 하는 상황이었다. 그러나 프리킥 상황 후에 생긴 기회는 젊은 수비수 매튜 업슨에게 돌아갔고 그의 헤더는 목표를 놓쳤다. 우리 모두는 골 하나가 경기를 어떻게 변화시키는지 알고 있다. 그날 하이버리에서 우리는 오랜 진실이 완벽하게 구현된 사례를 볼 수 있었다. 상대 진영에서 평소보다 효과적인 공격이 이루어졌을 때 로이 킨은 그의 광범위한 재능 안에는 치명적인 골잡이의 능력도 포함된다는 사실을 모두에게 상기시켰다. 그때부터 유나이티드는 질지도 모른다는 걱정을 떨쳐버리고 상대의 숨통을 겨누기 시작했다. 또다시 킨이 주도한 돌격이 경기의 승패를 결정했다. 적진을 관통하는 전광석화 같은 일대일 패스를 통해 그는 놀랄 만큼 간결하게 골을 성공시켰다. 불운하게도 아이리시인은 오후가 끝나기 전에 다른 이유로 기억에 남게 되었다. 경기 막판 몇 분은 킨과 파트리크 비에라의 충돌로 씁쓸한 뒷맛을 남겼으며 두 선수는 그레이엄 폴의 상식적인 반응을 감사히 여겨야 했다. 엄중하지 못했다는 이유로 폴이 상급자들에게 견책당한 데 아마 많은 사람들이 놀랐을 것이다.

잉글랜드 축구의 두 거인 리버풀과 맨체스터 유나이티드의 충돌은 열정이 넘치기 마련이며 북부의 강자들이 자아내는 뜨거운 분위기를 처음 맛보는 선수들은 경기장의 함성만으로 충분히 기가 죽을 수 있다. 그러므로 마시모 타이비와 마카엘 실베스트르의 유나이티드 데뷔전을 1999년 9월 11일 안필드에서 벌어지는 리그매치로 결정한 것은 가혹한 요구였다. 인터 밀란에서 이적해온 미카엘은 그가 특별히 뜨거운 환영을 받으리라는 사실을 미리 알고 있었다. 그의 민첩함과 훌륭한 볼터치는 리버풀의 영입제의를 받게 했지만 프랑스 수비수는 우리에게 오는 것을 선호했다. 리버풀 사람들이 그의 결정을 어떻게 생각하는지 확실하게 보여줄 거라는 것은 말할 필요도 없었다. 내 생각에 그는 모든 중압감을 훌륭하게 이겨냈다고 생각한다. 내가 앞에서 말했듯이 마시모는 상반된 경기력을 보였지만 후반전에 보여준 일련의 선방으로 경기가 끝날 즈음에는 충분히 신뢰를 가질 수 있었다.

필드 플레이어들로 말할 것 같으면, 공격진의 능숙함과 창의성으로 반복해서 리버풀의 수비진을 열어젖혔던 전반전에는 멋진 경기력을 보여주었다. 기이하게도, 우리가 보여준 경기력에 합당한 편안한 리드를 두 자책골(앤디 콜의 골과 함께)의 도움으로 지킬 수 있었다. 후반전에 들어와 리버풀은 전술을 바꿔서 세 명의 센터백을 세우고 공격적인 라이트백 리고베르트 송에게 콜을 전담마크하게 했다. 너무 고지식하게 그 지시를 따른 게 우리 선수의 구미에 맞지 않았는지 앤디는 다소 거칠게 송에게 보복했고 그 자리에서 퇴장당하고 말았다. 나머지 시간은 전쟁 그 자체였고 상대가 스코어를 3-2까지 좁히자 긴장감이 고조되었다. 그러나 남은 열 명의 선수는 반드시 필요했던 승리를 끈질기게 지켜냈다.

아스널과 리버풀 상대로 원정에서 승리를 거둔 만족감은 그 후 기복이 심한 경기력 때문에 적잖이 손상을 입게 되었다. 파우메이라스와의 도쿄 승부를 목전에 두게 되자 나는 우리 선수들에게 스며든 해이함을 뿌리 뽑기로 작정했다. 나는 남미와 유럽 대륙의 챔피언끼리 맞붙는 인터콘티넨탈컵[1960년부너 2004년까지 치러진 대륙 간 컵대회로 2005년부터 FIFA 클럽 월드컵이 대체함. 80년부터 스폰서 이름을 따서 도요타컵으로도 불림]을 감독이 된 이후 가장 중요한 시험대로 보고 있었다. 과거 인터콘티넨탈컵에 참가했던 몇몇 잉글랜드 클럽은 전력을 다하길 꺼렸지만 이 대회에 나가는 건 나의 오래된 꿈이었다. 나에게 있어 인터콘티넨탈컵은 세계 축구에서 우리의 위상을 제대로 점검할 수 있는 기회였고 나는 그 자리를 우리의 능력을 보여줄 무대로 삼을 작정이었다. 동시에 일본에서 치러지는 큰 대회 때문에 가혹한 자국 리그 일정에 지장이 생겨서는 안 된다는 현실을 무시할 수 없었다.

여행계획은 최대한 세심하게 짜야 했다. 11월 30일 화요일, 정상적인 역량을 발휘하도록 정신적으로나 육체적으로도 생생한 상태로 선수들을 도쿄 경기장에 데려다 놓아야 했다. 그리고 그것만이 목표가 아니었다. 바로 다음 토요일에 올드 트래포드에서 있을 에버턴과의 프리미어 리그 경기를 대비해 그때까지 충분히 원기를 회복시키는 것도 중요했다. 11월 23일 피렌체에서 챔피언스 리그 경기가 잡혀 있고 그 후 맨체스터로 선수단을 데려가 부상여부를 확인하고 가벼운 회복훈련을 시켜야만 하는 사실을 감안하면 최대한 빨리 출발할 수 있는 날짜는 11월 26일 금요일 아침이었다. 다만 그때 출발할 것이냐, 아니면 시차의 영향을 최소화할 수 있도록 최대한 출발을 늦출 것이냐 하는 게 문제였다. 개인적으로는 두 번째 선택지는 절대 반대였고 1981년 우루과이와의 원정에서 나시오날에게 1-0으로 패배했던 노팅엄 포레스트의 스튜어트 웹에게 늦게 도착한 건 끔찍한 결정이었다는 말까지 듣고 나자 내 의견은 더욱 확고해졌다. 그 위에 오트마어 히츠펠트, 마르첼로 리피와 루이 판 할처럼 이 문제를 경험한 명장들의 고견까지 들어보고 나서 일본으로 최대한 빨리 떠나는 게 좋다는 확신이 생겼다. 그 결정은 우리에게 그다지 유리하게 작용하지 않았다.

도쿄에 도착했을 때, 우리는 상대팀이 이미 10일 전에 도착했다는 사실을 알았다. 그들이 진지하게 이 경기를 대한다는 것은 명백했다. 충격받을 일은 아니었다. 브라질 사람들은 늘 진지한 태도로 축구를 대하기 때문이다. 축구에 관한 한 그들은 우리 모두의 리더가 되는 나라다. 브라질 축구 역사를 관통하고 있는 위대한 선수들의 이름은 축구를 사랑하는 모든 이들의 상상력을 자극한다. 브라질 특유의 애칭은 그들을 더욱 신비하게 만들 뿐이다. 디디, 바바, 펠레, 가힌샤, 제르손, 그리고 히벨리뉴 등 리스트는 끝없이 이어진다. 브라질 축구의 찬란한 전통은 오늘날에도 호나우두, 호마리우, 그리고 히바우두 같은 선수들에 의해 유지되고 있다.

파우메이라스가 우승컵을 향해 전력으로 달려들고 있다는 증거는 경기에 대해 내가 가진 생각을 좀 더 가다듬게 했다. 양 팀 모두 점잔빼는 일은 없을 것이다. 나는 우승하고 싶었고 이를 위해서는 선수 선발과 전술에 만전을 기해야만 할 터였다. 그들과의 경기는 참으로 흥미진진했고 피치 위에서 우리에게 상당한 문제를 안겨준 상대에게 우리가 어떻게 대응했는지 그 상세한 이야기를 여기에서 할 필요가 있을 것 같다. 나와 코치들은 스티브 맥클라렌이 가져온 브라질팀의 최근 경기 비디오테이프들을 자세히 분석했다. 파우메이라스가 우리를 어떻게 상대할지 가장 잘 보여주는 경기를 골랐다고 생각하자 우리는 비디오를 선수들에게 보여주었다.

쉽게 말해 그들은 브라질 축구에서 흔히 쓰는 4-4-2 시스템을 운용했다. 그러나 포메이션을 적용하는 방식은 전혀 정통적이지 않았다. 그들은 미드필더들에게 측면 플레이를 굳이 주문하지 않았다. 사실, 그들의 일반적인 포메이션은 좀 더 정확히 말하자면 4-2-2-2가 될 것이다. 백포 앞에 중앙 미드필더 두 명을 깊숙이 배치하고 또 다른 미드필더 한 쌍을 더블스트라이커 뒤로 끌어올리는 방식이었다. 그들의 측면 플레이는 공격성향이 강한 두 명의 풀백에 의해 이루어지는데, 아르세[파라과이 선수로 2002 한일월드컵에 출전, 남아공전에서 Man of the Match에 선정되기도 함]가 오른쪽 그리고 호케 주니오르가 왼쪽을 맡고 있었다. 이들이 자유롭게 움직이게 두면 우리가 역습하기 어려웠다. 우리는 한 명의 중앙 공격수와 데이비드 베컴과 라이언 긱스를 두 측면 공격수로 대응하기로 했다. 그렇게 하면 그들의 풀백들에게 과연 우리가 수비를 할 수 있을까, 라는 근본적인 문제를 던져줄 터였다. 나는 수비가 그들의 강점이 아닐 거라고 의심했고, 어떠한 경우라도 베컴과 긱스가 측면 공격을 장악하는 것은 가장 효과 있는 방식의 플레이를 펼치는 데 필수적인 조건이었다. 중앙 공격수로 솔샤르를 택한 이유는, 그의 가장 큰 장점 중 하나가 수비수의 사각을 이용해 오프사이드 트랩을 깨는 능력이었고 버트, 스콜스와 킨 세 명을 중앙 미드필더로 두면 그에게 많은 지원사격을 해줄 수 있을 거라고 생각했기 때문이었다. 특히 스콜스와 킨은 올레 군나르가 좋아하는 스루패스를 넣어주며 그에게 총알을 충분히 공급해줄 수 있을 거라고 생각했다. 그러나 우리 경기계획의 필수적인 요소는 측면 플레이어들의 역할이었다. 베컴과 긱스는 아르세와 호케 주니오르를 수비에 전념하게 몰아붙여야 했다. 다만 파우메이라스가 비디오와 전혀 다른 전술로 나와, 데이비드와 라이언의 임무를 심각하게 교란시킬 거라는 사실은 전혀 예측할 수 없었다.

모든 비디오테이프는 상대팀 스트라이커들이 모든 에너지를 중앙 공격을 창출하는 데 집중하고 있다는 사실을 보여주고 있었다. 하지만 막상 경기가 진행되면서 그들이 거의 우리 측 풀백인 개리 네빌과 데니스 어윈의 위치까지 전진하며 빈번하게 측면 공격에 나선다는 것을 알게 되자 우리는 심한 충격을 받았다. 좋은 팀들은 언제나 전술을 다양하게 구사할 수 있다고 해도 이것은 매우 근본적인 변화였고 덕분에 우리가 매우 고전한 것은 부정할 수 없는 사실이다. 네빌과 어윈이 두 스트라이커들에게 묶여 있을 때 베컴과 긱스는 측면을 폭격하는 아르세와 호케 주니오르를 막기 위해 여분의 풀백처럼 수비에 전념해야 했다. 경기 전 우리가 썼던 각본은 무용지물이 되었고 하프타임 전까지 우리가 할 수 있는 일은 별로 많지 않았다. 그 전에 선수들에게 지시를 내리려고 했지만 터치라인에서 너무 멀리 있어서 들을 수 없었다. 파우메이라스가 연거푸 득점기회를 만들어내던 전반전 거의 대부분을 나는 고문을 받는 기분으로 보내야 했다. 마크 보스니치의 눈부신 선방만이 상대편에게 경기가 기울지 않도록 막아주었다.

　그러나 미리 준비했던 공략법이 옳은 것이라고 상기시키려는 것처럼, 드문 역습 기회에서 긱스가 상대의 라이트백 뒤로 파고들어 크로스를 날리며 골키퍼를 앞으로 유인해냈다. 마르코스 골키퍼가 공을 가로채는 데 실패한 뒤 킨은 그저 가볍게 밀어 넣기만 하면 되었다. 그리고 우리는 뿌듯하게도 1골을 리드하며 전반전을 마칠 수 있었다.

　하프타임에 우리는 과감한 조치를 취해야 했다. 전반전에 우리는 미드필드에 배치한 세 선수에게 중요지점을 지배하도록 했지만 대부분 공은 우리 진영에서 돌았고, 측면 공격수들은 수비하느라 우리 문전을 벗어나지 못했기 때문에 솔샤르 혼자 고립되는 사태가 벌어졌다. 나의 우선순위는 애초 목적인 파우메이라스의 풀백들을 압박하는 방법을 마련하는 것이었고 이를 위해 올레 군나르를 드와이트 요크와 교체했다. 공을 지키며 전방에서 연결해주는 역할로 드와이트를 따라올 선수는 거의 없었다. 그 영향으로 베컴과 긱스는 공을 운반할 필요 없이 곧장 전방으로 올라와 공격위치에 자리 잡을 수 있었고 얼마 안 가 전반과는 전혀 다른 경기를 보게 되었다.

　이제 파우메이라스는 돌아와서 수비를 해야 했다. 우리는 드와이트를 향해 양질의 패스를 계속해서 넣어주었다. 미드필드로부터 오는 지원사격은 그들의 방식에 금이 가게 했고, 특히 긱스는 킥오프 전에 우리가 진단했던 약점을 철저히 공략했다. 라이언은 후반에 뛰어난 활약을 펼치며 우리가 경기를 지배하는 데 일조했고 많은 기회를 만들어냈다. 우리는 축구의 양대 전통에서 그 중심을 차지하는 긍정적인 신념이 완벽히 구현된 경기에서 승리를 거두었다. 그동안 언제나 맨체스터 유나이티드가 테크닉과 모험적인 경기방식을 강조한다는 측면에서 브라질 축구와 공통점이 있다고 생각했다. 도쿄에서의 승리를 내가 얼마나 기뻐했는지 이루 말할 수 없다. 인터콘티넨탈컵 우승은 그동안 내가 이루어냈던 성과 중 가장 큰 성취감을 느꼈던 것 중 하나였다.

승리의 기쁨은 종료 휘슬이 울린 뒤 파우메이라스 감독인 루이스 펠리페 스콜라리와 나누었던 기분 좋은 대화로 마무리되었다. 그는 브라질에 있는 영어권 기자들에게 빅 필이란 별명으로 통했다. 스콜라리의 격렬한 성격에 대해 많은 기사를 통해 이미 알고 있었고 몇몇 신문에서는 내가 드디어 임자를 만난 것처럼 쓰기도 했다. 이 남자에게 허튼 수작을 부리면 안 된다는 게 그런 기사들의 요점이었다. 그는 잘잘못을 따지기 전에 주먹을 날리거나 법정에서 만날 사람이었다. 그토록 열정적인 사나이라면 분명 기억에 남을 만남이 될 거라고 생각했지만 가장 인상적이었던 것은 그의 완벽한 매너였다. 그는 품위 있게 패배를 받아들였고 나는 축구에 몸담고 있는 사람이라면 우리가 하는 일에서 운이 차지하는 부분을 잊으면 안 된다며 그를 위로했다. 그는 미소를 지으며 고개를 끄덕인 후 결코 그를 실망시키지 않은 선수들을 위로하기 위해 자리를 떴다.

경기를 취재했던 브라질 기자들은 우리가 그들 나라 선수들처럼 떠들썩하게 승리를 축하하지 않은 데 놀라움을 표시했다. 그들이 1-0으로 승리했더라면 작은 카니발을 열었겠지만 우리는 호텔에서 선수단과 이사들을 위해 마련한 조촐한 샴페인 리셉션으로 만족했으니까. 차분한 자리였지만 모두의 얼굴에서 큰일을 잘 치러냈다는 깊은 만족감을 읽을 수 있었다. 스티브 맥클라렌이 이끄는 코치진은 나와 마찬가지로 인터콘티넨탈컵을 중요하게 여겼고, 선수들이 이루어낸 성과를 한결같이 기뻐했다. 활기가 넘치는 우리 팀 주무, 알버트 모간에서 물리치료사와 의료진에 이르기까지 모두 소중한 일익을 담당했지만 골키퍼 코치인 토니 코튼만큼 좋아할 자격이 있는 사람은 없었다. 모든 골키퍼들을 아주 열심히 지도했던 토니는 당연히 마크 보스니치의 활약에 매우 만족해했다.

나에게 그날 밤의 절정은 스코틀랜드 선수 시절 친구인 에디 톰슨[하츠에서 오랜 선수생활을 한 그는 당시 산프레체 히로시마의 감독이었다]의 방문이었다. 오랫동안 오스트레일리아에서 감독생활을 했던 그는 당시 일본에서 일하고 있었다. 비록 그가 진정한 스코틀랜드인처럼 욕설을 늘어놓으며 축하를 해주었다 해도 에디와 그의 부인이 우리 파티에 와준 것은 정말 반가운 일이었다. 에디는 여전히 내가 자기가 필드 위에서 본 가장 치사한 선수라고 우겼고 나는 그처럼 포악한 깡패로부터 내 몸을 지켜야 했을 뿐이라고 맞받아쳤다.

모든 면에서 도쿄는 멋진 경험이었고, 잉글랜드에서 날아온 우리 모두에게 깊은 인상을 남긴 것은 축구가 아주 빠르고 극적인 변화를 주고 있다는 사실이었다. 이삼십 년 전만 해도 일본인들이 그토록 열정적으로 축구를 받아들일 거라고 생각한 사람은 별로 없었을 것이다. 매끄러운 일처리로 우리가 조금도 불편을 느끼지 않도록 대회를 치러낸 조직력 외에도 그들은 축구에 많은 기여를 했다. 2002년 월드컵 본선에서 그들이 뚜렷한 성공을 거두지 못한다면 나는 매우 놀랄 것이다. 동메달을 따냈던 1964년 올림픽에서 그들은 가능성을 증명했다. 매년 열리는 권위 있는 국제 경마대회인 저팬컵 역시 언급을 빼놓을 수 없다.

내가 파우메이라스 경기를 저팬컵과 같은 주에 열리도록 영향력을 행사했다는 이야기는 추악한 소문에 불과하다. 하지만 경기가 열리기 전 일요일에 15만 관중과 함께 세계에서 가장 화려한 경마대회 중 하나를 즐기기 위해 맨체스터 유나이티드팀을 경마장에 데려가는 일은 그리 어려운 일이 아니었다. 대회에서 수익을 얻을 전망이 있었던 사실도 즐거움을 더했다. 나는 유명한 홍콩 조련사 이반 알렌과 함께 차이나타운이라는 말의 공동소유권을 가지고 있었다. 도쿄에서 그를 만나 앞으로의 계획을 의논하는 자리를 가졌다. 차이나타운은 마이클 스타우트 경이 서포크의 뉴마켓에서 조련시키고 있던 말이었다. 저팬컵이 열리기 전날 저녁, 이반이 나에게 훌륭한 일본요리를 대접한 뒤 헤어지기 전에 다음 날 그의 말인 인디저너스에 돈을 걸라고 권했다. "절대로 3위 밖으로는 벗어나지 않을 거요." 그가 장담했다. 그런 식의 자신만만함을 좋아했기 때문에 기분 좋은 설레임을 안고 잠자리에 들었다.

유나이티드 일행이 경마장에 도착하자 융숭한 환대가 기다리고 있었다. 그토록 많은 영국과 아일랜드인들에게 둘러싸여 있으니 마음이 편안해졌다. 마이클과 도린 태버, 그리고 수 맥니어를 비롯한 아일랜드 대표단의 호의에 큰 고마움을 느꼈다. 그들은 즐거운 시간을 보내며 행복한 기분을 전파하는 법을 잘 알았다. 마침내 결전의 순간이 다가오자 내 충성심에 갈등이 생겼다. 마이클 태버는 이미 프리 드 라크 드 트리옴피에서 우승을 차지했던 명마 몽주의 주인이었다. 그러나 인디저너스에 대한 이반 알렌의 충고도 무시할 수 없었다. 나는 두 마리에 동시에 돈을 거는 가장 안전한 방법을 골랐다. 현명한 선택이었다. 이반의 말은 두 번째로 들어와 15 대 1의 배당을 받게 되었다. 불행히도, 프랑스에서부터 힘든 여행을 한 몽주는 예선에서 긴장한 나머지 스타트가 늦어버렸다. 몽주는 평소에 훨씬 미치지 못하는 속도로 뛰었지만 등에 올라탄 마법사 마이클 키넌의 놀라운 솜씨로 두 마리 분의 몸길이를 약간 넘는 차이로 들어오며 4위를 차지했다.

경마의 세계에 관심 없는 많은 사람들은 경마장에서 보낸 그날 하루가 중압감에 시달리며 일본까지 온 내게 얼마나 귀중한 휴식을 선사해주었는지 이해하기 힘들 것이다. 말에 대한 내 관심을 비난하는 사람들은 축구감독으로서 투지를 잃지 않도록 해주는 데 경마가 얼마나 큰 도움을 주었는지 모를 것이다. 22년 동안 나는 축구에 완전히 몰입해 있었다. 만약 계속해서 눈가리개를 한 말처럼 뛰었다면 분명 능력 저하가 일어났을 것이다. 매일 신경에 엄청난 부하가 걸리는 일을 하고 있다면 중압감을 견디는 방법을 찾아야 한다.

1989년 유나이티드에서 가장 어려웠던 시절 나는 내면세계로 도피하는 버릇이 생겼다. 자기 안으로 침잠하는 기술은 그 당시 내게 매우 도움이 되었고 그 후 계속해서 애용하고 있다. 이제는 감독 일을 하다보면 주변의 부산함으로부터 거리를 두고, 내려야 할 결정과 고려해야 할 모든 사실을 객관적으로 검토할 수 있도록 잠시 격리되어 조용한 시간을 갖는 일이 반드시 필요하다고 생각한다. 때로는 코치진과 회의를 할 때 자기 안으로 침잠해버리기도 하는데 그럴 때면 내가 자기들 말을 듣고 있지 않다고 생각하지만 실은 내 의식의 일부는 그들이 하는 말을 기록하고 있다. 중요한 말이 나오면 나는 백일몽에서 깨어나 반응한다. 그러나 내면의 세계로 들어가버리는 버릇이 가까운 사람들에게는 당혹스러운 일이 될 수도 있다는 사실을 알고 있다. 캐시는 종종 내가 또 딴 세계에 가 있다고 말하는데 그럴 때면 아무 반박도 할 수 없게 된다.

전혀 다른 의미에서, 경마는 나를 다른 세계로 데려다준다. 경마장의 흥분과 드라마에 사로잡혀 일로부터 오는 모든 걱정을 잠시나마 잊게 해주는 소중한 한때를 선사한다. 경마장에 가거나 말을 탈 때마다 내 정신과 원기를 충전해주는 짧은 휴가를 즐기는 기분이며 축구계에 종사하면서 생기는 문제를 효율적으로 해결할 수 있게 해준다.

그러나 도쿄에서 돌아온 뒤, 이미 위기상황으로 커진 문제가 불러온 울적함을 날려버리는 데 경마장 몇 번 가는 걸로는 턱 없이 부족했다. FA컵을 보유하고 있는 맨체스터 유나이티드는 우승컵을 방어하지 않을 예정이었다. 곧 올드 트래포드로 거센 항의와 비난의 태풍이 몰려들었다. 가장 많이 비난의 표적이 된 사람이 누군지는 말해주지 않아도 알 것이다.

27장

승리의 깃발을 휘날리며

맨체스터 유나이티드가 1999년에 FA컵 참가를 철회하면서 불러일으킨 논란은 반론의 여지없이 클럽에는 재앙이었으며, 우리 명성에 가해진 손상을 복구하기는 어려울 것이다. 그러나 회장이 내게 전해준 사실을 근거로 할 때, 우리가 선택한 행동에 다른 현실적인 대안은 존재하지 않았다. FIFA가 2000년 1월에 브라질에서 개최하기로 결정한 제1회 클럽 월드컵에 참가하라는 압력은 너무 거세서 남미에 가는 일이 조국을 위한 의무로 느껴질 정도였다.

언론이 FA컵 불참을 물고 늘어지자 그 압력을 뒤에서 조정한 축구협회와 정부 사람들이 뒷짐 지고 물러나 마치 구경꾼처럼 행동한 일은 어쩌면 하나도 놀랄 일이 아닐지도 모른다. 세계에서 가장 오래된 축구 토너먼트 대회에서 전회 우승자를 볼 수 없는 문제가 국가적인 스캔들로 다루어진 것도 어쩌면 당연한 일이다. 공적인 지지를 표명해주겠다는 은밀한 약속은 돌연 사라져버리고 우리는 사건의 편리한 악당으로 홀로 남겨지게 되었다. 우리를 리우행 비행기에 태우기 위해 결사적으로 로비에 나섰던 사람들 중 그 누구도 우리가 사적이고 이기적인 목적으로 FA컵에 불참한다는 대중의 오해를 풀어주려고 하지 않았다. 우리의 선택이 욕심에서(대서양을 건너는 대규모 원정에 드는 경비를 생각하면 전혀 말도 안 되는 비난이다) 비롯되었거나 아니면 너무 오만해진 나머지 잉글랜드 축구의 오랜 전통을 제멋대로 짓밟아도 된다고 여겼기 때문이라는 게 대중의 생각이었다.

사실 나는 FA컵에 깊은 애정을 가지고 있다. 연이은 단판승부를 거친 뒤 웸블리에 가서 정상을 겨루는 방식은 언제나 낭만적인 매력이 느껴졌다. FA컵 대회의 독특한 마법에 대해 내가 가지고 있던 애착은 1990년 우승이 유나이티드 감독으로서의 전환점이 된 사실로 더욱 강해졌다. 근래 들어와 FA컵의 중요성이 예전만 못한 세태를 바라보는 나의 마음은 착잡하기 짝이 없으며, 몰락과정을 지연시키기 위해 내가 할 수 있는 모든 일을 할 의도가 있다. 내가 기꺼이 대회의 위신을 추락시키려고 한다는 생각은 한마디로 미친 발상이다. 1999-2000 대회에 타이틀 방어자로서 유나이티드를 얼마나 내보내고 싶었는지 모른다. 실현가능성 있는 타협책을 오랫동안 힘겹게 모색하고 나서야 나는 양립이 불가능하다는 것을 깨닫고 우리가 참가할 수 없다는 사실을 받아들였다.

내가 아는 한, 처음에는 맨체스터 유나이티드의 아무도 브라질에 가는 것에 흥미가 없었다. 그러고 나서 주식회사의 회장인 롤란드 스미스 경이 FA와의 회의에 초대되었다. 당시 체육부장관인 토니 뱅크스도 회의에 참석했던 자리에서 롤란드 경은 유나이티드가 브라질 대회의 초대를 받아들이지 않으면 바이에른 뮌헨이 기꺼이 우리 대신 참가할 예정이라는 이야기를 들었다.

잉글랜드와 독일이 2006년 월드컵 주최국 경쟁을 벌이고 있는 상황에서 우리 대신 바이에른 뮌헨이 나간다는 사실은 엄청난 정치적 의미가 있다는 것을 그는 알았다. 자칭 월드 클럽 챔피언십(멕시코의 네카사, 오스트레일리아의 사우스 멜버른이 포함된 참가명단을 보면 일본에서 했던 파우메이라스와의 경기가 오히려 그 명칭에 더 부합했다)은 FIFA나 주최국인 남미인들에게는 많은 의미가 있는 첫 대회였다. 만약 유나이티드가 대회를 무시하면 잉글랜드는 월드컵 문제에서 결정적일 정도로 독일에게 표를 빼앗기게 된다는 인상을 받았다. 그러한 위험은 그 뒤 여러 FA회의에 참석하고 온 클럽회장인 마틴 에드워즈에 의해 더욱 강조되었다.

2006년을 위한 그들의 거대 전략에 협조하는 것은 우리에게 쉬운 문제가 아니었다. 우리는 FA컵 4라운드가 브라질에서 펼쳐질 경기와 같은 기간에 예정되었다는 사실을 알고 있었고, 마틴 에드워즈는 브라질 대회에 참여하는 동안 국내 대회를 유스 선수들로 치러야 할지 그 여부를 나의 결정에 맡겼다. FA 일정을 손본 뒤 상황은 오히려 악화되어 3라운드가 12월 11일로 앞당겨지게 되었다. 아직 리우로 출발하기 3주 전이라 우리는 가장 강한 팀을 꾸려 충분히 그 경기에서 이길 수 있었다. 그러나 이제 겨우 축구가 뭔지 배워가는 어린 소년들에게 강팀과 충돌할 가능성이 큰 4라운드를 맡기는 게 이치에 맞는 이야기인가?

코치진과 오랜 상의 끝에 미숙한 선수들에게 장기적인 손상을 입히게 될 위험은 감당할 수 없다는 결론을 내렸다. 4라운드 경기에 유스 선수들을 내보냈다가 리버풀, 리즈, 아스널, 아니 더 불운하게 지역 라이벌 맨체스터 시티를 원정에서 만나 대패를 당하게 되었다고 치자. 클럽 역사에 절대 지워질 수 없는 수치를 안기게 된 소년들이 받을 고통을 어떻게 감당할 것인가?

논란이 가열되는 동안 〈데일리 미러〉는 폭격의 선봉에 섰고 그들이 우리 입장에 대해 좀 더 균형 있는 태도를 갖추도록 설득하기 위해 마틴 에드워즈는 해당 언론사의 간부들과 회견하는 데 동의했다. 회의를 마치고 돌아온 마틴이 내게 전한 메시지에 의하면 FA컵에 유스팀을 내보내기로 결정하면 〈데일리 미러〉는 노선을 바꿔 온 나라가 어린 선수들을 응원하도록 여론을 주도할 거라고 했다. 코치진과 함께 이 문제를 모든 각도에서 검토한 뒤 나는 마틴에게 2군 경기 경험도 없는 유스 선수들을 컵대회에 내보낼 수 없다고 말했다. 회장은 〈데일리 미러〉의 편집장 피어스 모건에게 내 결정을 전했다. 사태를 개선시키려는 의도에서인지 모르지만 마틴은 〈데일리 미러〉와 단독 인터뷰에 동의했다.

유나이티드가 브라질에 가 있는 사이에 이 황색언론으로부터 집중포화 대상이 된 그는 자신의 선의를 후회하게 되었다. 그러나 인터뷰 직후, 모건과 그의 하수인들은 주위를 돌려 적의의 초점을 회장이 아닌 나에게 옮겼다. 이제 모든 문제가 내 탓이 되었다. 그들의 공격은 내가 올바른 결정을 내렸다는 믿음을 결코 흔들 수 없었다. 우리가 다른 길을 택했을 때 미러가 우리를 지원해봤자 무슨 의미가 있겠는가? 그들이 정말로 약속을 지켜 우리 유스팀을 지지해줄 가능성도 있다. 그러나 그렇게 했을 때 다른 타블로이드들은 어떤 반응을 보이겠는가? 아마 그 어느 때보다 악의에 찬 비방을 퍼붓게 만들었을 것이다. 어떠한 경우에도 그런 위험을 무릅쓸 수 없었다. 나는 어린 선수들의 미래에 최선이라고 내가 생각하는 바에 따라 움직여야 했다. 결국 우리는 그들에게 지고 있는 무거운 책임을 정직하게 수행했다고 생각한다.

FA와 정부의 개입으로 인해 우리가 지독한 곤경에 처했는데도 그들이 아무런 행동도 하지 않은 것은 매우 실망스러웠다. 우리를 향해 총알이 날아들 때 우리에게 다급하게 도움을 요청했던 사람들에게서는 아무런 소식도 듣지 못했다. 어떻게 자기들이 일을 저질러 놓고 그런 식으로 수수방관할 수 있었을까? 그들은 우리가 FA컵에 불참하게 된 원인은 자기들 때문이라고 공표했어야 했다. 우리가 비난을 당할 때 그들은 응당 책임을 나누어가져야 했다. 그들이 잉글랜드의 월드컵 개최를 홍보하려는 마스터플랜을 들고 나타날 때까지, 나는 망할 놈의 휴가를 마음껏 즐기고 있었단 말이다.

브라질 여행 자체는 우리에게 좋은 일과 나쁜 일이 뒤섞인 경험이었다. 잉글랜드의 겨울을 잠시 피해 2주 정도 리우에서 보내는 것은 분명 선수들에게 이롭게 작용했고, 세계 최대의 마라카낭 경기장에서 뛸 기회를 잡은 것은 모두의 가슴을 설레게 했다. 그러나 경기 당일 날씨는 매우 험악했고 필드 밖에서 맨체스터 유나이티드는 언론에 비협조적이라는 이유로 비난을 받았다. 당연히 고국의 신문들은 우리가 그쪽 언론에서 얼마나 안 좋은 소리를 듣고 있는지 신나게 써내려갔다. 우리가 겪었던 홍보상의 문제는 우리가 임명한 홍보 담당자의 일천한 경험 때문에 더욱 악화되어(기자회견을 해야 하는데 아무런 약속도 잡히지 않았던 적도 있었다) FA, FIFA,심지어 영국 대사관까지 불쾌함을 표시할 정도였다. 우리 일행에 불만을 전하고 싶다면 나에게 직접 전하는 게 마땅하다고 생각하지만 정작 나는 아무런 말도 듣지 못했다. 해외나 영국이나 어느 쪽이든 언론은 우리를 달갑게 생각하지 않는 게 분명했다. 새삼스러운 일도 아니겠지만 대회 당시 그들의 심기를 건드린 소통의 부재는 주최 측의 미숙함에 기인한 게 대부분이었다. 매일 기자회견을 열었어야 한다는 사실을 미리 알았더라면 나는 당연히 따랐을 것이다.

이 모든 소동 한가운데에서, 몇몇 기자들은 리우 체류를 즐기고 있다는 내 발언의 진정성에 의문을 제기했다. 그러나 나는 느낀 그대로를 말한 것뿐이었다. 개인적으로 리우에서 정말로 즐거운 시간을 보내고 있었으며 언제든지 그곳을 다시 찾고 싶을 것이다. 인정하건대, 피치에서 벌어지는 일은 그다지 즐겁지 않았다. 유나이티드의 활약은 실망스러웠다. 클럽 월드컵은 여러모로 첫 대회다운 분위기가 팽배했다. 각양각색의 참가팀을 초청으로 모아놓은 덕분에 큰 국제대회다운 활기나 흥분을 찾아볼 수 없었고, 어느 면에서 보나 일본에서 남미 챔피언 파우메이라스와 격돌했을 때 같은 자극적인 긴장감은 느껴지지 않았다. 그러나 이러한 것들이 우리의 형편없는 성적에 대한 변명이 될 수는 없다. 애초에 우리는 머릿수를 채우려고 참가한 게 아니라 우승이 목표였다. 대회 초반에 탈락하며 우리는 자존심에 큰 타격을 입었다.

네칵사Necaxa와의 첫 경기에서 데이비드 베컴이 퇴장당하며 우리는 최악의 출발을 했다. 섭씨 38도를 오르내리는 기온 속에서 내리쪼이는 햇빛을 마주 보는 상태로 경기를 해야 했던 우리는 멕시코팀에게 1-0으로 뒤진 채였지만 점차 추격에 불이 붙고 있었다. 그런 상황에 호세 밀리안에게 가한 베컴의 거친 플레이가 그의 퇴장을 불러왔다. 처음에는 데이비드가 공이 어깨 너머에서 넘어오는 바람에 당황한 나머지 자기 몸을 보호하기 위해 발을 들어 올렸다고 생각했다. 그러나 텔레비전 화면은 그가 공을 따내기 위해 거친 시도를 했으며 당연히 퇴장감이라는 사실을 보여주었다. 우리는 10명으로 후반을 잘 버텨냈고 페널티킥을 실축했던 드와이트 요크가 결국 동점골을 만들어냈다.

바스코 다 가마와의 다음 경기에 징계로 출전하지 못한 베컴이 괴로워했다면 실제로 뛰었던 개리 네빌은 불쌍하게도 고문을 당하는 기분이었을 것이다. 모범적인 프로에 평소 가장 의지가 되는 수비수인 개리가 전반 중반에 마크 보스니치에게 두 번의 패스미스를 범하며 상대 스트라이커들에게 뜻밖의 행운을 안겨주는 모습을 지켜봐야 했던 나도 고통스럽기 짝이 없었다. 그의 첫 실수로 공을 잡은 에드문두는 앞으로 뛰어나온 보스니치를 유인하며 호마누에게 살짝 패스를 흘려서 브라질팀의 첫 골을 합작해냈다. 2분 후, 개리는 가슴 트래핑한 공을 호마누의 길목에 떨어뜨리며 그에게 첫 골만큼 쉬웠던 두 번째 골을 선사했다. 하프타임 직전에 에드문두가 팀의 세 번째 득점을 원더골로 장식하며 경기를 뒤집을 희망은 거의 사라졌다. 그나마 위로가 되는 것은 후반에 와서 우리는 불가능을 위해 투지를 불태웠고 종료 10분 전에 니키 버트가 넣은 골로 점수 차를 조금이나마 좁힐 수 있었다는 것 정도였다.

의미 없는 넋두리일지 몰라도 그런 결과가 나온 이상, 동전 던지기에서 진 여파가 생각보다 컸다는 사실을 집고 넘어가야겠다. 전반전에 운동장의 그늘진 부분을 수비해야 했던 바스코는 의심할 여지없이 엄청난 득을 봤고 우리 진영을 사정없이 내리쬐던 눈이 멀 것 같던 햇빛은 후반 들어 많이 사그라졌다. 네칵사 역시 동전 던지기에서 이겼었다. 마라카낭 같은 경기장 상태에서 조그만 행운이 얼마나 큰 차이를 만들어내는

지 나는 미처 깨닫지 못했다. 리우의 마지막 경기이자 가장 중요하지 않았던 사우스 멜버른전에 와서야 우리 수비수들은 전반을 그늘 속에서 뛸 수 있었다. 의미 없는 승리를 거두고 나서 우리는 맨체스터로 향했다. 돌아온 우리를 기다리고 있던 것은 유나이티드가 타이틀을 방어할 수 있도록 리그에서 특별취급을 받고 있다는 라이벌들의 해묵은 비방이었다.

우리가 FA컵에 참가하지 않겠다고 발표한 순간부터 다른 클럽들은 불평을 쏟아내기 시작했다. 공정하게 말하자면 대부분의 투덜거림은 얼마 안 가 잠잠해졌다. 시즌 내내 몇 번이고 되풀이해가며 격렬하게 비난을 퍼부은 것은 아스널밖에 없었다. 다른 팀들은 불참 결정을 되돌릴 수 없게 되자 자기 할 일로 돌아갔지만 아스널과 아르센 벵거 감독만은 달랐다. 그들이 가졌던 불만의 요점은 국내경기수가 줄어든 것도 모자라 2, 3주간 기후 좋은 곳에서 지내며 리그의 피로에서 회복한 우리 선수들이 부당한 체력적인 우위를 갖게 될 거라는 이야기였다. FA컵을 뛰지 않는 게 우리에게 큰 이익이 될 거라는 생각이 대체 어디에서 나왔는지 모르겠다. 지난 시즌에는 모든 대회의 모든 라운드에서 뛰었어도 우리에게 아무런 해도 없었다. 1999-2000 시즌이 끝나갈 무렵 유나이티드보다 더 많은 경기를 소화해낸 팀은 첼시뿐이었다는 사실도 기억하길 바란다. 우리 경기일정을 보면 특혜라든가 보호받고 있다든가 하는 소리가 얼마나 얼토당토하지 않은지 알 것이다.

지구를 반 바퀴 돌아 도쿄에서 남미 최고의 팀을 화요일에 상대한 뒤 토요일 프리미어 리그 경기 때문에 바로 다음 날 돌아오는 일이 얼마나 힘든지 축구계에 종사하는 사람 아무나 붙잡고 물어보라. 당연히 모든 도전자들은 눈을 빛내며 우리가 승점을 까먹기를 고대하고 있었다. 하지만 우리는 같은 주 토요일, 에버턴에 5-1로 승리했다. 1월에 두 주 정도 외국에 나가 있었던 게 우리에게 도움이 된 것은 인정한다. 문제가 된 기간이 타이틀 레이스에 결정적인 영향을 미쳤을 수도 있다. 그러나 다른 우승권 팀들이 탓할 건 자신뿐이다. 내가 그들 같은 처지에 있었다면 승점을 쌓아서 부재자들이 돌아왔을 때 차이가 크게 벌어져 있도록 모든 노력을 기울였을 것이다. 그러기는커녕 우리의 라이벌들은 우리가 밖에 나가 있는 동안 오히려 멈춰 섰다. 놓친 기회는 두 번 다시 오지 않을 게 분명한 데도 말이다. 우리 선수들이 브라질에 머무는 동안 풀장 주변에서 유용한 휴식을 취한 건 사실이지만 그 여행에는 진 빠지는 장시간 비행과 40도 가까이 되는 더위 속에서 뛰는 일도 포함되어 있었다. 그러므로 브라질 여행을 스파 방문과 혼동하지 않았으면 좋겠다.

우리가 리그 우승을 차지하도록 특혜가 주어졌다는 주장은 완전한 헛소리였지만, 아르센 벵거가 했던 말에 비하면 하나도 이상할 것이 없었다. 그는 런던을 거점으로 하는 팀들과 너무 많은 더비경기가 있기 때문에 유나이티드와 경쟁하는 데 있어 아스널이 심각한 불이익을 당한다고 주장했다. 그 기사를 읽었을 때 난 그가 농담하는 줄 알았다. 이 나라에 있는 모든 클럽은 어떻게 해서든지 맨체스터 유나이티드에게 이겨보겠다고 잔뜩 별러왔기 때문에 리그가 진행되는 내내 필드에 나갈 때마다 우리는 더비 분위기를 느껴야 했다. 그러나 더비의 정의를 보다 엄격하게 적용한다고 해도, 설마 그는 최근 승격한 맨체스터 시티와의 경기를 다시 더비에 포함시켜야 한다고 제안하는 건가? 그렇다면 벵거는 유나이티드 대 리버풀이나 유나이티드 대 리즈 경기를 뭐라고 정의할 것인가? 그렇게 본다면, 치열함의 정도에서 유나이티드 대 에버턴전은 아스널 대 윔블던 전과 맞먹을지도 모른다고 생각한다.

아르센 벵거가 우리가 이룬 것을 인정하는 데 인색했던 사실은 나를 실망시켰으나, 다른 프리미어 리그 클럽감독들까지 그의 공공연한 트집을 좋게 봤다고 생각하지 않는다. 5월 중순에 접어들어 두 클럽의 승점 차이가 18점까지 벌어진 것을 본 사람이라면 왜 그가 아직도 우리에게 챔피언 자격이 없다고 생각하는지 이해할 수 없을 것이다. 아스널이

1998년에 더블을 달성했을 때 나는 무서운 기세로 시즌을 마치며 우리를 옆으로 밀어내고 영광을 차지한 데 대해 아낌없는 칭찬을 했다. 부상자가 속출하여 우승기회에 차질이 생겼다고 이야기할 수도 있었지만, 그 시간이 아스널을 위한 자리라는 사실을 알고 있었기 때문에 책 앞부분에 적었듯이 뛰어난 팀과 뛰어난 감독에게 경의를 표했다. 아무래도 올드 트래포드와 하이버리 사이에서 칭찬은 일방통행으로 이루어진다는 사실을 받아들여야 할 것 같다.

공교롭게도, 나에게 있어 아르센 벵거는 좀 더 잘 알고 싶어지는 사람 축에 들었다. 그를 잘 아는 이들은 그가 좋은 사람이라고 말하곤 했다. 그러나 나 자신이 그 사실을 확인하는 일은 영영 불가능할 것 같다. 내 앞에서 벵거는 마치 셔터를 내리는 것 같았고 경기가 끝나도 같이 술잔을 기울이는 법이 없었다. 나는 클럽 간의 경쟁이 아무리 치열하다 할지라도 흥분이 가라앉고 나면 양 팀 감독들은 이기거나 지거나 함께 술을 마시며 담소를 나눌 정도의 매너는 갖추어야 된다고 믿는 축구풍토에서 성장했다. 패배는 누구에게나 싫은 것이지만 감독들 사이는 유대관계가 존재하며, 우리 모두는 힘든 시간을 겪는 동료에게 연민을 느끼게 되어 있다.

잉글랜드에 리버풀과 맨체스터 유나이티드만큼 지독한 라이벌 관계는 없지만 경기가 끝난 후 양쪽 진영 사이의 분위기는 실로 화기애애하다. 케니 달글리시와 나는 예전에 한 번 심각한 언쟁을 벌인 적이 있지만 따지기 좋아하는 두 스코틀랜드 사람이 이성을 잃었던 일회성 사건에 불과하다. 로니 모란과 나 사이에 빈번했던 언쟁은 리버풀과 맨체스터 유나이티드의 코치진이 서로를 어떻게 대했는지 보여주는 전형적인 사례였다. 그 대머리 영감탱이(내가 예의를 차릴 때 그를 부르는 호칭이다)와 말싸움을 할 때면 덕아웃이 불타오를 지경이었다. 오죽하면 그가 나를 묘사한 온갖 다양한 단어 중 책에 쓸 수 있는 말은 대두大頭 하나밖에 없겠는가. 그래도 자신의 클럽에 대해 끝을 알 수 없는 정열을 가진 이 남자를 나는 존경할 수밖에 없었다. 사이드라인에 서 있는 코치임에도 그는 안 필드에서 모든 공을 차지하려 다투었다. 말싸움에서는? 아마 생전 듣도 보도 못한 욕설을 들어볼 것이다. 그러나 공을 치우고 나면 미소가 오갔고 농담이 이어졌다. 리버풀을 위대한 클럽으로 만든 론과 같은 사람들에게 나는 깊은 존경심을 품고 있다.

리즈에 갈 때마다 언제나 그들이 내오는 레드와인의 질이 형편없다며 불평을 늘어놓긴 하지만, 엘런드 로드에 활기 찬 새 시대를 연 것은 클럽을 위해 일하는 뛰어난 사람들의 공로라는 사실을 알고 있다. 웨스트햄에 내려가면 해리 레드냅을 만나는 즐거움이 있다. 그는 우리 감독들 중 가장 흥미로운 사람 중 하나이며 아무도 그만큼 따뜻한 환대를 베풀지 못할 것이다. 더비의 전설적인 짐 스미스 같은 사람이 축구를 가치 있게 만든다. 그와 어울렸던 일은 이 일을 하면서 가장 큰 즐거움 중 하나였다. 모든 감독들과 각별한 시간을 가지는 만큼 특별한 사람들의 리스트는 끝없이 열거할 수 있다. 경기가 끝나고 가지는 사교적인 자리는 매치데이의 가장 매력적인 요소 중 하나다. 그때가 동료들의 진정한 사람됨을 알게 되는 시간이다. 그런 자리를 강제할 수 없다는 사실을 알지만 그렇게 되었으면 좋겠다.

FA컵 불참으로 인한 긴 소동 중간에 일간지들은 맨체스터 유나이티드에 대한 몇몇 자극적인 기사를 쓸 구실을 찾아냈다. 마틴 에드워즈가 나에게 했던 비판에 기반을 두었다고 했지만 신빙성이 너무 없어서 거의 나오자마자 잠잠해졌다. 기사는 미히르 보스가 저술한 책에 나오는 내용으로, 내게 금전감각이 없다고 마틴이 말했다는 주장에서 비롯되었다. 보스는 흔히 폭로전문기자로 알려져 있지만 폭로의 질에 관해서는 신뢰가 가지 않는다. 마틴은 그에게 내 이야기를 한 적이 없다고 단호하게 부정하는 편지를 보냈다. 그가 인용한 거라고 주장하는 말의 내용은 너무 터무니없어서 회장이 그런 말을 할 수 있다고 단 한순간도 믿지 않았다.

우선 마틴은 내 개인적인 재정 상태에 대해서는 아무것도 알지 못했다. 거기에 마틴의 재산이 지난 10년 동안 맨체스터 유나이티드의 주주로서 120만 파운드나 늘어난 사실만 보더라도 유나이티드의 기록을 조사해 내가 금전감각이 없다는 사실을 알게 되었다는 주장을 뒷받침하기 힘들다. 그의 이야기에는 진실성 같은 건 전혀 없었다. 우리 같은 거대 조직에는 언제나 많은 가십이 꼬이기 마련인데, 보스는 아마 평소에 그런 이야기를 열심히 듣고 다녔었던 것 같다.

바르셀로나에서 극적으로 들어 올린 유러피언컵을 방어하려는 우리의 의지를 의심할 수 있는 사람은 아무도 없을 것이다. 조별 리그 단계를 두 번 다 1위로 통과한 터라 낙관적인 전망을 가질 만도 했다. 32강에서 우리는 6경기에서 승점 13점을 따내며 올림피크 마르세유Olympique de Marseille, 슈투름 그라츠Sturm Graz, 그리고 크로아티아 자그레브Zagreb를 제쳤다. 그리고 나서 발렌시아, 피오렌티나violachannel 그리고 보르도Bordeaux 같이 훨씬 더 힘든 상대를 만난 16강에서도 같은 승점을 얻었다. 2라운드의 유일한 패배는 피렌체 원정에서 당한 것이며 나중에 올드 트래포드에서 시즌 최고 중 하나로 꼽을 수 있는 경기력으로 인상적인 복수를 했다. 경기 초반에 나온 가브리엘 바티스투타의 환상적인 골조차 그날 밤 우리의 자신감에 상처를 입힐 수 없었다. 콜과 요크 두 스트라이커들의 호흡은 실로 뛰어났고 빠르고 침투력 있는 공격으로 우리는 피오렌티나를 갈기갈기 찢어놓은 끝에 3-1로 이길 수 있었다. 맨체스터에서 발렌시아를 3-0으로 박살낸 경기 역시 나를 기쁘게 했다. 보르도에게 거둔 홈과 원정 승리로 우리는 마음 편하게 발렌시아 원정을 떠날 수 있었고, 약간의 고전 끝에 거둔 0-0 무승부로 우리는 조 1위에 머물 수 있었다.

레알 마드리드를 우리 상대로 정한 8강 대진 추첨은 팬들에게 과거두 클럽의 역사적인 승부를 상기시켰다. 1957년 매트 버스비는 여태껏 이 나라가 보았던 가장 뛰어난 젊은 축구선수들의 집단을 키우고 있었다. 유나이티드는 레알을 상대로 놀라운 선전을 펼쳤지만 합산 스코어 5-3으로 아쉬운 패배를 당했다. 레알은 당시 저항할 수 없는 기세로 성장하고 있었고, 결국 유러피언컵 5연승이라는 경이적인 업적을 이룩하게 된다. 뮌헨 참사로 유나이티드는 한동안 유럽 클럽축구의 가장 큰 상을 노릴 수 없게 되었지만 사고 당시 죽음 직전까지 갔던 그들의 위대한 감독은 다시 한 번 최고의 선수들로 이루어진 팀을 꾸리는 데 성공한다. 1968년, 그의 천재적인 리빌딩 솜씨는 완벽한 보상을 받게 된다. 유러피언컵 준결승에서 유나이티드가 레알을 합산 스코어 4-3으로 탈락시키고 결승에서 벤피카Benfica에게 승리를 거두며 우승을 차지하게 된 것이다. 이제 30여 년이 흐른 뒤 스페인의 거인들은 또다시 3회 우승의 길목에서 우리를 가로막고 있었다.

1999년 7월 이후 9개월간 쌓아올린 모든 경험이 꿈이 아니라는 사실을 확인하기 위해 다시 내 살을 꼬집어봐야 할 때였다. 캄프 누에서 도쿄와 마라카낭을 거쳐 베르나베우에서 레알 마드리드와 격돌하게 된 것은 실로 마법 같은 여정이었다. 디 스테파노, 푸슈카시 그리고 헨토가 이끄는 팀은 유러피언컵을 모든 클럽대회 트로피 중 가장 가치 있는 것으로 만든 기준을 제시했었다. 그런 전설들이 뛰었던 스타디움에서 경기를 갖는다니 상상만으로도 피가 끓어올랐다. 그러나 기묘하게 맥 빠진 승부 끝에 아무도 예기치 못했던 0-0 무승부라는 결과로 경기가 끝났다. 대다수 팬들이 좋은 결과라고 생각했지만 나는 실망과 우려를 느꼈다. 어쩌면 나는 뼈마디가 쑤시는 걸로 비가 올 걸 알아맞히는 늙은 농부와 비슷했던 것 같다. 나는 확실하게 비가 올 거라고 느낄 수 있었다.

올드 트래포드에서의 2차전은 잘못될 가능성이 있었던 모든 것이 아주 크게 잘못된 그런 밤이었다. 나중에 경기를 되돌아보니 그냥 레알이 준결승에 진출할 운명이었던 것 같다. 킥오프 직후 그들이 취한 포메이션을 생각해보면 더욱 그러한 확신이 굳어진다. 그들은 이길 자격이 없는 시스템을 사용하고 있었다. 3명의 중앙 수비수, 두 명의 윙백, 세 명의 공격수, 주로 오른쪽에 있었지만 프리롤을 맡았던 스티브 맥마나만, 페르난도 레돈도를 중앙 미드필더로 세웠다. "말도 안 돼." 나는 속으로 생각했다. "저런 게 먹힐 리 없어." 그러나 그들은 논리를 초월했고 가장 믿었던 로이 킨의 자책골로 앞서나가게 되자 사기충천해졌다. 우리는 몇 번 멋진 공격을 펼쳤다. 그러나 상대 골키퍼인 18세의 이케르 카시야스는 신들린 듯했고 날려버린 기회가 쌓여가면서 포메이션을 바꿔야겠다는 생각이 들기 시작했다. 유감스럽게도 너무 지체한 후였다. 만약 좀 더 일찍 4-3-3으로 바꿔서 두 윙어와 한 명의 중앙 공격수를 사용했다면 분명 쉽게 이겼을 것이다. 나는 그 사실을 알고 있었다. 변화를 주저한 자신을 탓할 수밖에. 3명의 중앙 수비수로 레돈도를 무력화시키면 평소 위치인 전방에서 미드필드로 내려올 라울은 좀 더 수월히 막을 수 있었다. 대신 우리는 상대의 빈번한 타격을 허용했고 우리 측의 형편없는 수비의 도움을 받아 레알은 후반전이 시작되고 곧 3-0으로 앞서갔다. 최대치의 전력을 발휘했더라면 쉽게 이겼을 거라고 생각되는 상대에게 올드 트래포드에서 이해할 수 없는 패배를 당해버린 것이다. 종료 직전 3-2로 점수 차를 좁힌 것은 별로 위로가 되지 못했다. 레알은 그 후 통산 8번째의 유러피언컵을 들어 올리게 되지만 그들과 10경기를 하면 아마 7경기는 우리가 이길 수 있었을 거라고 생각한다. 그러나 중요한 것은 맨체스터에서 우리가 진 그 경기였다.

레알에게 당한 패배는 유럽에서 계속해서 강팀으로 남아 있으려면 역습에 대한 수비력을 개선하지 않으면 안 된다는 점을 일깨워주었다. 잉글랜드 축구는 팀으로서 공격하고 수비하려는 성향이 있는 반면, 대륙 팀들은 단지 두세 명의 선수들이 주도하는 역습에 능했다. 그들이 급소를 노릴 수 있는 기회는 한 경기에 두세 번밖에 나지 않지만 갑작스럽게 고립된 공격을 당하면 허점을 찔릴 수 있다. 역습에 대응하는 데 꼭 필요한 경계심과 집중력 없이는 유럽축구에서 지배적인 팀이 될 희망은 없다.

유럽 챔피언 자리를 방어하려는 시도가 고통스럽게 막을 내린 뒤라 우리는 국내 타이틀 방어가 순조롭게 되어가고 있는 현실을 두 배로 다행스러워해야 했다. 나는 시즌의 고비마다 우리를 곤경에 몰아넣은 기복은 3월과 4월에 들어서면 더 이상 문제가 되지 않을 거라고 믿고 있었다. 그 결정적인 기간 동안 우리 팀의 축구는 기술과 열정만이 아니라 선수들의 정신무장까지 주목할 정도로 향상되며 내 믿음이 옳았다는 사실을 보여주었다. 8월과 9월, 아스널과 리버풀에 거둔 원정승리가 시즌 초부터 추진력을 얻는 데 결정적인 도움을 주었던 것처럼, 2월 말 엘런드 로드에서 가진 리즈와의 경기는 싸움에서 결코 물러나지 않겠다는 우리의 결의를 보여줄 기회였다고 생각한다.

데이비드 오리어리의 젊고 혈기왕성한 팀과의 한판승부는 언제나 언론의 관심을 끌어 모았지만 경기 전 금요일에 데이비드 베컴이 훈련장에 나타나지 않은 게 더 큰 기사거리가 되었다. 게다가 그는 만족할 만한 이유도 대지 못했다. 어린 브룩클린 베컴이 아파서 오지 못했다는 그의 변명은(나 자신부터 부모란 자식의 안위를 무엇보다도 우선해야 한다고 생각하기 때문에) 평소 같으면 충분히 호의적으로 받아들여졌을 것이다. 그러나 금요일 당일에 빅토리아가 런던에 나와 있었다는 게 잘 알려져 있는 사실인 이상 데이비드가 동료들에게 큰 잘못을 저질렀다고 생각할 수밖에 없었다. 니키 버트, 필 네빌과 올레 군나르 솔샤르는 주전으로 간주되지 않지만 결코 훈련에 빠지지 않는 모범적인 프로선수들이다. 그런 그들이 데이비드가 자기 멋대로 스케줄을 어기는 걸 보고 어떻게 받아들일지 상상해봤다. 나는 절대 베컴을 리즈 경기에 집어넣을 수 없다고 결론을 내렸다.

토요일에 데이비드가 나의 화를 돋우며 우리 사이의 문제를 악화시키기 전부터 분명히 정해진 부분이었다. 그렇게 성질을 터뜨린 것은 정말 오랜만이었다. 전혀 자신의 잘못을 받아들이지 않으려고 하는 그의 태도에 나는 폭발해버렸다. 나는 굳이 감독의 권위로 찍어 누르려고 하지 않는 사람이다. 그러나 이런 일을 하다 보면 때로 강압적으로 나서야 하는 상황이 생기기 마련이다. 늘 데이비드에게 향해 있는 언론의 관심 때문에 엘런드 로드의 관중석에 그를 남겨놓은 나의 결정은 작은 소동을 불러일으켰지만 나에게는 간단한 문제였다. 선수가 얼마나 유명한가는 상관이 없다. 만약 그가 잘못을 저질렀다면 그에 상응한 제재를 받아야 할 뿐이다. 그리고 데이비드는 분명히 잘못을 저질렀다. 리즈 경기의 중요성 때문에 그를 빼지 않을 거라고 생각한 사람도 있었지만, 규칙과 원칙은 눈앞에 닥친 불이익을 피하기 위해 마음대로 늘렸다 줄였다 하면 의미가 없어진다.

그 사건은 전적으로 긍정적인 여파를 가져왔다. 데이비드는 경기 준비 태도가 어떠해야 하는지 나의 단호함으로 깨달았다. 그가 런던 남부에 사는 것은 나, 클럽, 팀 메이트를 포함해 그를 충성스럽게 지지하는 팬들에게 부당한 일이었다. 축구 면에서도 좋지 않았다. 그 후 맨체스터에 가까운 체셔의 아파트를 그의 거점으로 인식하게 되면서 많은 이점을 얻었을 것이다. 종종 그의 부모님과 그를 위해 그분들이 기꺼이 치른 모든 희생에 대해 떠올리곤 한다. 베컴이 아직 소년이었을 때 그들은 우리의 모든 런던 경기에 그를 데리고 왔고 나와 많은 이야기를 나누었다. 그들은 아들이 키가 크지 않아 걱정이었고 나는 분명 6피트까지 자랄 거라고 안심시켰다. 데이비드는 부모님이 베풀어주는 모든 것에 감사할 줄 아는 다정한 아이였기에 그분들을 실망시키지 않을 거라고 확신한다. 아들이 훌륭한 선수가 되어 주기를 기원하는 부모님의 바람대로 그는 열심히 노력할 것이다. 내 생각이 틀림없다는 가장 강력한 근거는 이 아이가 그저 축구를 하는 걸 너무 좋아한다는 사실이다. 그는 축구 없이는 살지 못할 것이다.

리즈 상대로 나는 데이비드 자리인 미드필드 오른쪽에 폴 스콜스를 세웠고 로이 킨과 니키 버트를 미드필드 중앙에 세웠다. 오른쪽에 베컴처럼 영향력 있는 선수를 잃는 일을 좋아할 사람은 아무도 없겠지만 스콜스의 영리함이 충분히 이를 대체할 수 있다고 자신했다. 많은 중요한 경기가 그랬듯이 일요일에 먼저 골을 넣는 팀이 먼저 유리한 고지를 점할 게 빤했다. 후반전 이른 시간에 앤디 콜이 골을 넣자 적어도 질 것 같지는 않다는 확신이 왔다. 실로 오랜만에 우리 선수들의 집중력이 최상의 상태로 돌아온 것 같았고 그들은 리즈의 용맹스러운 젊은 선수들을 상대로 편안하게 점수 차를 유지했다. 이 경기의 결과로 우리는 리그 우승컵을 거의 손에 거머쥐게 되었다. 이후 윔블던과 리버풀을 상대로 무승부를 거둔 뒤 우리는 11연승 신기록을 세우며 8년간 6번째 우승을 확정지었다.

프리미어 리그 경기가 여전히 4경기 남은 상태에서 우리는 사우스햄턴에서 타이틀을 손에 넣었다. 경쟁이 치열하기로 이름 난 리그에서는 보기 드문 압도적인 기세였고 최종 승점 18점 차는 모두를 경악하게 만들었다. 서포터와의 성대한 축하연을 열 가치가 충분한 우승이었고, 자연스럽게 5월 6일 우리의 마지막 홈경기인 토트넘 경기가 그 무대가 되었다. 그러나 구단에서 파티 계획을 짜는 동안 여러 시즌 동안 잉글랜드와 유럽에서 훨씬 더 강력한 팀으로 군림하기 위해 나는 이미 좀 더 장기적인 준비에 들어가고 있었다.

오랫동안 우리들은 뤼트 판 니스텔로이의 발전상을 모니터하고 있었다. 그의 PSV 에인트호번에서 보여준 놀라운 득점능력은 그가 최고 수준의 스트라이커라는 사실을 보여주었다. 이제 그의 영입을 위한 모든 상황이 무르익었고 4월 23일 일요일 올드 트래포드에서 첼시와 만나기 하루 전인 4월 23일 일요일, 그는 올드 트래포드로 날아왔다. 그때만 해도 그 자리가 계약을 마무리 짓기 위한 형식적인 절차에 불과하다고 여겼다. 그날 저녁 나는 뤼트와 그의 여자친구 릴리탄, 스티브 맥클라렌, 짐 라이언, 야프 스탐과 아내 에일리시, 그리고 뤼트의 에이전트인 로저 린세와 함께 저녁식사를 했다. 시종일관 화기애애한 분위기 속에서 뤼트가 진심으로 우리 클럽으로 오고 싶어 한다는 인상을 강하게 받았다. 그의 눈만 봐도 견실한 젊은이라는 게 느껴져서 나는 상당히 기분이 좋아졌다. 그날 저녁, 앞으로 찾아올 불운의 기미 같은 건 거의 없었고 스티브, 짐 그리고 나는 우리의 유일한 골칫거리는 네덜란드 사람을 또 한 명 참아줘야 하는 것뿐이라며 한동안 농담을 주고받았다. 우리는 그 분야에서 금메달을 받아야 한다고 주장했다. "네덜란드 사람이 4명이라니." 나는 내내 투덜거렸다. "나 보고 어쩌라는 거야?" 야프가 내 말을 정정했다. "요르디 크루이프는 빼주시죠, 그 녀석은 스페인 사람이니까."

느긋한 분위기가 판 니스텔로이의 오른쪽 무릎에 대한 지나친 걱정으로 굳어지는 일은 없었다. 그가 설명한 증상은 내측 인대의 문제로 보였다. 선수 시절 그쪽 부상을 많이 겪어봤던 나 자신의 경험에 비추어 크게 동요하지 않았다. 전방이나 후방 십자인대에 손상을 입는 편이 훨씬 더 심각한 경우다. 그 부위의 부상은 선수생활에 위협이 될 수 있지만 의료기술의 눈부신 발전으로 회복가능성이 비약적으로 높아졌다. 로이 킨은 부상에서 완전히 회복되어 돌아왔고, 더 놀라운 것은 위대한 로터 마테우스 역시 32살이라는 늦은 나이에 십자인대 파열을 극복해냈다. 하지만 그러한 사례는 뤼트가 우리와 사인하기 전에 거쳐야 할 엄격한 신체검사로 드러날 결과와 관계가 없었다. 그 단계에서 내가 우려했던 것은 PSV 에인트호번이 계약이 완료되지도 않은 상황에 이적뉴스를 발표했다는 점이었다. 적절한 행동은 아니라고 생각했다. 이적에 관련된 보도를 통제하는 것은 파는 클럽이 아니라 사는 클럽 쪽이 되어야 했다.

PSV의 발표는 언론이 다음 날 첼시와의 경기를 단지 뤼트의 합류에 대한 배경으로 취급할 거라는 의미였다. 첼시전은 두 팀 모두 2단 기어에서 더 높이지 않았던 이상한 경기였다. 그러나 그동안 이 런던팀과의 전적을 볼 때 3-2 승리는 충분히 기쁨을 가져다주었다. 13년간 유나이티드의 감독을 하며 올드 트래포드에서 첼시를 이긴 것은 이번이 겨우 4번째였다. 기자회견에서 우리의 경기력에 관한 가벼운 질문을 몇 개 던진 뒤 기자들은 그들이 제일 중요하게 생각하던 화제로 넘어갔다. 왜 나는 판 니스텔로이를 영입했는가? 미래에도 현재의 위치를 유지하기 위해서라고 나는 설명했다. 이미 상당히 오랜 기간 이 네덜란드인을 관찰했으며 그 결과 지금 그를 데려오지 않는다면 2년 후 우리는 잃어버린 기회를 애통하게 여기게 될 거라는 결론을 얻었다. 경기 모습을 실제로 봤던 코치진의 모든 사람들은 그가 거대한 잠재력을 가졌음을 인정했다. 네덜란드와 독일의 경기에 출전했던 그를 봤던 짐 라이언의 평이 모두의 의견을 대변했다. "그는 2년 안에 월드 클래스 스트라이커가 될 수 있다." 그걸로 충분했다.

기자들의 다음 질문이 뭐가 될지는 뻔했다. 판 니스텔로이가 들어오면 누가 유나이티드를 떠날 것인가? "누가 선수 판다는 팻말을 걸어놓기라도 했나요?" 내 대답이었다. 내 스트라이커들을 둘러싼 억측을 잠재우고 싶었다. 우리는 강력한 스쿼드를 만들었고 이를 약화시킬 생각은 털끝만큼도 없었다. 다만 약간의 가지치기는 있을 거라는 사실을 인정했다. 마틴 에드워즈에게도 그러한 맥락에서 명단을 세심하게 뜯어볼 예정이라고 통보했다. 단 하나 걱정되는 것은 테디 셰링엄을 둘러싼 불확실성이었다. 테디의 에이전트는 클럽과 협상 중이었지만 무슨 일이 일어날지 아직 우리에게 알려주지 않았다. 그가 떠날 거라는 반갑지 않은 소문만 무성했다. 그가 출장횟수에 불만을 가지고 있었다는 사실을 깨달았지만 그의 나이를 감안하면 거의 완벽하게 조절된 수치였다. 의심할 여지없이, 선별적으로 사용하면 우리에게 값진 기여를 해줄 수 있는 선수였기 때문에 결국 그가 마음을 돌려 일 년 더 유나이티드를 위해 뛰기로 했다는 소식을 들었을 때(니스텔로이와의 드라마가 슬픈 결말로 끝난 뒤) 무척 기뻤다.

뢰트의 이적 몇 주 전에 내렸던 간단한 결정으로 인해 그의 메디컬 테스트 당일에 나는 스페인에 이틀 정도 가 있게 되었다. 첼시 경기 후 이틀을 시즌의 클라이맥스에 대비해 재충전하기 위한 짧은 휴식을 취할 기간으로 잡았다. 뢰트가 테스트를 받을 때 옆에서 도와줄 수 없어서 후회가 되었지만 결과를 낙관하고 있었기 때문에 홀가분한 마음으로 친구의 별장이 있는 말라가로 향했다. 유쾌한 기분에 코치진의 짓궂은 장난마저도 웃어넘길 수 있었다. 축구계에는 셀 수도 없는 미신행위가 성행하는데 나 역시 거기에서 자유로울 수 없었다. 유럽대항전마다 끌고 가는 낡아빠진 가방이 내 행운의 부적이었다. 우리 주무인 앨버트 모건은 페인트공의 가방이라고 불렀다. 스페인 여행 중 평소보다 너무나 무거웠던 덕분에 이 가방에 대한 나의 애정이 조금 피로를 느꼈던 것 같다. 결국 말라가 행 비행기를 오르며 이 가방을 화물로 부쳐버릴 수밖에 없었다. 별장에서 가방을 열었을 때에야 육중한 무게의 수수께끼가 풀렸다. 내 가방안에는 페인트용 솔과 롤러가 가득 들어 있었다.

정상적인 상황이었다면 다음 날 수영장 가에서 일광욕을 하는 시간은 못된 장난에 대한 복수 계획을 짜는 데 할애되었을 것이다. 하지만 물론 내 신경은 메디컬 테스트에 쏠려 있었다. 점심시간에 스티브 맥클라렌과 모든 것이 순조롭게 진행되고 있다는 이야기를 나눈 뒤 오후 내내 휴대폰을 꺼놓았다. 티타임이 되어 별장 안에 들어왔을 때 〈스카이 뉴스〉는 곧 기자회견이 열릴 올드 트래포드에서 현지 생방송을 내보내고 있었다. 바로 그때 휴대폰이 울렸고 스티브가 안 좋은 소식을 전했다.

뢰트의 십자인대에 심각한 문제가 발견되었다는 것이다. 나는 곧바로 클럽 주치의인 마이크 스톤과 정형외과의 조너선 노블에게 전화를 했다.

그들은 눈앞에 드러난 증거를 본 이상 선수를 통과시킬 수 없었다고 했다. 충격적인 소식에 즉시 내 생각은 뤼트 본인에게 향했다. 그의 옆에서 위로해줄 수 없는 안타까움에 즉시 그에게 전화를 걸었다. 나는 최대한 긍정적인 어조로 이 악몽에서 빠져나올 길을 발견하게 될 거라고 강조했다. 우리 의료진은 정확히 무엇이 잘못되었는지 알아내려면 관절경 검사를 해야 한다고 말했다. 그들의 제안이 극히 타당하게 들렸던 만큼, 뤼트가 검사를 거절했던 것도 충분히 타당하다고 생각했다. 유로 2000에서 뛰기를 원했던 그에게 관절경 검사는 그 기회를 앗아갈 수 있었다.

다음 순서가 무엇이 될지 양측이 충분한 토의를 거친 뒤 뤼트는 네덜란드로 돌아가 계속 치료를 받기로 했다. 얼마 안 가 그쪽에서 뤼트가 쓰러졌고 십자인대가 심각하게 손상되었을 위험이 있다는 끔찍한 소식이 날아들었다. 즉시 바다를 건너 그의 집으로 찾아가 내가 얼마나 깊은 연민을 느끼고 있는지 본인에게 알려줘야 한다고 생각했다. 유나이티드에서의 환상적인 커리어를 눈앞에 두고 있다가 불과 일주일 사이에 축구선수로서 일찍이 겪었던 절망 중에 가장 암담한 절망 속에 빠지게 되었으니 말이다. 클럽의 실망이 이만저만이 아니었지만 뤼트가 현재 겪고 있을 고통에 비하면 아무것도 아니었다. 그렇기 때문에 나는 꼭 네덜란드로 가야 했다.

축하행사가 예정되어 있는 토트넘과의 경기 전 화요일에 나는 에인트호번으로 날아갔다. 마중나온 로저 린세가 20분 거리에 있는 뤼트의 아파트에 데려다주었다. 그동안 로저는 녀석의 심경과 수술 날짜와 장소에 대한 몇 가지 선택지를 알려주었다. 함께 하루를 보내면서 뤼트가 고난을 이겨낼 강한 심성을 가지고 있으며 불과 얼마 전에 우리 모두를 그토록 흥분에 떨게 했던 멋진 선수로서 되돌아올 거라고 확신하게 되었다. 완벽한 몸상태로 돌아오기 위해 로이 킨이 집요하게 자신과의 싸움을 펼쳐왔던 것과 로터 마테우스의 더욱 극적인 사례를 이야기하며 나는 그에게 용기를 주려고 애썼다. 독일 대표팀에 복귀해서 당당히 한 자리를 차지하게 만들어준 긴 재활기간 동안 로터는 새벽 4시에 알람을 맞춰놓았다고 한다. 그는 두 시간 동안 고된 교정운동을 한 뒤 두 시간 동안 수면을 취하고 나서 바이에른 뮌헨 훈련장에 가서 하루 종일 재활에 필요한 일정을 소화해냈다. 그의 작은 일화는 뤼트에게 깊은 인상을 남겼다. 내 작은 노력이 그의 커리어를 부활시키는 데 필요한 추진력을 강화시키게 되었기를 바랄 뿐이다. 진심으로 그가 잘 되기를 빈다.

뤼트와의 슬픈 경험과는 대조적으로 몇 주 후, 파비앵 바르테즈를 모나코에서 유나이티드로 데려오는 일은 일사천리로 마무리되었다. 프랑스인과의 계약은 골키퍼 포지션을 강화하기 위한 결정적인 조치로 예전에 마시모 타이비를 영입했던 의도와 일맥상통했다. 파비앵의 1998년 월드컵 우승 메달은 그 자체로 그가 최고수준의 무대에서 뛰어난 활약을 펼칠 수 있다는 증거였다. 파비앵의 실력 외에도 그의 합류를 기뻐해야 될 이유는 또 있었다. 그는 밝고 활발한 성격으로 드레싱룸의 동료들과 스탠드의 서포터들의 호감을 얻을 수 있는 소질이 있었다. 바르테즈는 큰 무대를 즐겼고 올드 트래포드보다 더 큰 무대는 없었다.

2000년 5월 6일, 우승 축하의 날로 정해진 토요일만큼 우리의 스타디움이 기쁨으로 들썩인 적이 별로 없었다. 토트넘 경기 후 우승컵이 수여되었고(우리는 파티 분위기를 깨트리지 않기 위해 토트넘에게 3-1로 승리를 거두었다) 경기장 전체를 휩쓴 마음 따뜻한 행복감은 지난 1년간 흘린 모든 땀과 눈물을 보상하고도 남았다. 선수들의 자녀들은 함께 운동장을 돌며 영광스러운 자리를 더욱 빛내주었다. 그 장면은 우리가 가족적인 클럽임을 모두에게 상기시켜 주었다. 그동안 일부 서포터는 학교가 쉬는 동안 선수들이 훈련장에 아이들을 동반하도록 허락해준 나의 의도에 대해 의구심을 품어왔다. 나에게는 지극히 자연스러운 결정이었다. 우리는 상품이 아니라 인간과 일하는 것이다. 축구선수들은 일 때문에 주로 주말이면 가족과 떨어져 있게 된다. 나는 아이들 때문에 받는 아내들의 고충을 덜어줄 수 있는 기회를 선수들에게 마련해주려고 했다. 어린 친구들은 단 한순간도 방해가 되지 않았다. 애들에게 공만 하나 던져주면 시간가는 줄 모르고 즐거워했다. 생각해보면 애 아빠들도 마찬가지다. 다만 그들의 노력으로 우승컵 몇 개 정도 들어 올리지 않으면 완전히 만족하지 않는다는 게 차이일 뿐이다.

8년 동안 6번 우승을 거둔 것은 엄청난 위업이었다. 특히 우승 메달 6개를 모두 받았던 라이언 긱스는 이제 겨우 26세에 불과하다. 나는 라이언을 다른 선수들을 자극하기 위한 수단으로 쓰곤 했다(데니스 어윈 역시 메달 숫자는 같았지만 그는 34세였다).

2년 전, 나는 선수들에게 이렇게 말했다. "그동안 우승 메달만 4개 받았다고 자랑할 수 있다면 너희들은 자신이 유나이티드 선수라는 것을 알 것이다." 지난 시즌에 숫자는 5개로 늘어났고 이제는 6개가 되었다. 그런 식으로 대사를 바꿀 수 있는 것은 기분 좋은 일이다. 당연히 이 습관을 유지하기 위해 나는 온 힘을 다할 것이다.

자서전을 넘어서는 축구 명장의
뜨거운 고전

장원재(스포츠 칼럼니스트)

역사는 화려했다. 명성도 여전했다. 팬들의 사랑은 거의 종교적이었다. 하지만 현실은 암담했다. 리그 순위표 밑에서 두 번째가 그들의 자리였다. 1967년 이래 단 한 번도 우승컵을 들어 올리지 못했다. 79년에 이어, 또 한 번 2부 리그로 강등을 당할지도 몰랐다. 시즌이 한창이던 86년 겨울, 이 위기상황을 타개하기 위해 스코틀랜드 출신의 한 남자가 감독으로 부임했다.

그로부터 27년간 '이 남자의 팀'은 잉글랜드와 유럽에서 38차례나 각종 우승컵을 들어 올렸다. 축구계의 모든 사람이 그의 팀을 두려워했고, 모든 선수들에게 그 팀의 일원이 되는 것은 평생의 영광이었다(그의 전화를 처음 받고, 박지성은 한동안 현실감을 잃었다고 했다). 꿈이 현실로 뒤바뀌는 바로 그 순간에는 어느 누구든 현기증을 느끼는 법이다. 그가 팀을 떠난 첫해, 늘 우승 또는 준우승을 차지하던 그의 팀 맨체스터 유나이티드는 리그 7위로 시즌을 마쳐야 했다. 그가 절대강자의 지위를 반납하고 팀을 떠나자, 팀은 여러 평범한 팀 가운데 하나로 머물렀다. 지금은 아무도 그들을 두려워하지 않는다. 존중은 할지언정.

그렇다면, 위대했던 것은 팀인가 그인가.

그래서 축구다!

알렉스 퍼거슨의 자서전《알렉스 퍼거슨 : 나의 축구, 나의 인생》은 이 위대했던 감독의 축구와 인생에 관한 이야기다. 어린 시절부터 2000년까지의 생애가 자세하고 완벽하게 담겨 있다. 그의 부모가 결혼 6개월 만에 자기를 낳았다는 고백부터 평생을 조선소 노동자로 살았던 아버지, 공구제작 회사 수습공 생활을 하며 아마추어와 세미프로선수로 살던 10대 후반에서 20대 초반의 시절(수원공고 출신 박지성도 기능공 자격증을 하나 취득했다), 축구선수로서의 미래가 보이지 않아 캐나다 이민을 고민하던 날들, 아이의 출산을 지켜보다 기절했다가 바로 그날 저녁 경기에 나서야 했던 심정, 현역 은퇴 후 4년간 펍을 운영하며 분위기 험한 노동자 밀집지역에서 바텐더로 살아간 이야기(취객들 간의 싸움으로 두개골이 부서지는 부상자가 나올 정도였다)까지. 알려지지 않은 그의 축구장 밖의 일대기가 진솔하고 상세하게 기술되어 독자들을 사로잡는다.

세계인들은 왜 축구에 열광할까. 꿈과 현실의 경계에 자리한 판타지 같은 현실이기 때문이다. 낭만주의와 휴머니즘만으로 국가의 운영원리가 될 수는 없다. 인정에 호소해 나랏일을 처리하는 국가는 국제정치 무대에서 자신의 생존을 지켜내지 못하고 사라진 경우가 허다하다. 그렇다고, 이 아름답고 부드러운 감정을 묻어두고 산다면 인류사는 비참해진다. 모든 일을 철두철미 계산하여 처리한다면 우리의 일상은 얼마나 팍팍해질까.

그래서 축구다. 축구는 낭만주의와 휴머니즘이 현실에서 작동하는 정점이다. 전 세계에서 가장 많은 사람들이 열광하는 스포츠이자 최상의 경기력을 발휘하기 위해 무한경쟁이 펼쳐지는 전쟁터다. 하지만 필드 위에서의 모든 경쟁은 '도구의 힘을 빌리지 않는' 인간이 수행한다. 바로 이 지점으로부터 '아름다운 감정, 충성심, 동료애'가 중요한 역할을 담당하는 길이 펼쳐진다. 냉정한 계산과 훈련, 정확한 분석만으로는 부족하다.

그 위에 인간 개개인의 능력을 극대화하는 심리적 요인이 첨가되어야 비로소 우승컵에 입 맞출 수 있는 곳이 축구의 세계다. 전쟁과 같은 축구의 세계에서 얻은 명장의 위대한 통찰들을 책의 곳곳에서 마주할 수 있다.

'1군 자리를 보장하게 만드는 것은 자신밖에 없다. 네가 경기장에서 하는 모든 행동이 팀에 계속 붙어 있을지 말지를 결정한다.'

'충성심이 없어지면 어리석음이 지배한다.'

'칼을 휘두르며 사는 자는 대망치에 맞아 죽을 각오를 해야 한다.'

'서로 존중하고 호감을 가진 사이라도 감독과 선수 관계는 복잡해질 수 있다. 팀의 성공이라는 목표를 공유하지만, 그들이 겪는 불안과 압력에는 엄연한 차이가 존재하며 그 차이가 불화의 씨앗이 된다. 감독이라면 반드시 집단을 먼저 생각해야 한다.'

'무책임한 행동은 모두의 노력을 한순간에 물거품으로 만들어버린다.'

'기술의 습득은 반복연습에 달려 있다. 효과적인 연습은 습득하려는 기술을 반복해서 실시하는 것이다.'

'충돌을 부르지 마라. 어차피 그쪽에서 먼저 찾아온다.'

'진정한 일류는 수준 높은 플레이로 다른 선수들의 수준까지 끌어올리는 선수다.'

선수들의 이적과 특정경기 선수기용에 대한 자세한 증언은 경기장 밖에서 이루어지는 감독과 선수들 간의 복잡하고도 미묘한 또 다른 전쟁터임을 생생하게 드러낸다. 이러한 경기장 밖에서 일어나는 치열한 전술과 전략은 축구의 역사에 다가가는 발판을 제공한다. 퍼거슨은 자신이 유소년 축구에 얼마나 집착했는지를 거듭 강조한다. 그의 목표는 한두 시즌 반짝하고 사라지는 팀을 만드는 것이 아니라, 영원불멸하는 팀을 건설하는 것이었다. 지속가능한 성장을 꿈꾸었다는 이야기다. 그의 목표는 단위가 길고 장대했다는 뜻이다.

스코틀랜드의 위대한 감독 족 스테인을 회고하는 대목에서 잠시 책장을 덮었다. 족 스테인의 진정한 업적이 무엇인지를 논하는 부분에서는 감탄을 금할 길이 없었다. 자서전에서 다루는 시기가 2000년까지인 탓에 박지성의 이야기는 나오지 않지만, 대한민국 축구대표팀의 수장인 슈틸리케 감독에 대한 회고가 등장한다. 이 책의 곳곳에 등장하는, '그때 그 시절 그 선수'의 모습과 지금 우리가 알고 있는 '그 사람'을 비교하는 재미도 적지 않다. 예를 들어, 라이언 긱스는 유소년 시절 어떤 선수였고 어떻게 퍼거슨의 눈에 띄었는지.

퍼거슨으로 킥오프하라!

찬란한 성취만을 바라보면 노력의 과정을 주목하지 않게 된다. 때로는 누군가의 헌신을 가리기도 한다. '어떤 과정을 거쳐 어떻게 노력을 한 끝에 그가 그런 일들을 할 수 있었는지'를 정밀하게 증언한다는 점에서, 이 책은 위대한 축구감독의 자서전을 넘어서는 인생지침서라 할 수 있다. 축구를 넘어서서 인생 전체에 적용 가능한 고전古典이다. 혹시 조각의 사진을 활용해 만든 거대한 모자이크 작품을 보신 적이 있으신지. 각각의 사진은 그 자체가 거대한 이야기이고, 사진이 모여 만든 전체적인 이미지는 또 다른 울림을 준다.

이 책은 퍼거슨의 생애를 정밀하게 회고하는 모자이크다. 각각의 에피소드는 '이야기를 담은 사진'이다. 2000년 이후의 이야기가 궁금하신 분들께는 다른 책을 권한다. 2014년 문학사상이 펴낸 또 다른 자서전 《알렉스 퍼거슨 : 나의 이야기》가 그것이다.

이제 책을 읽을 시간이다. 주심의 휘슬이 울리면, 자 이제 킥오프!

옮긴이의 글

인간적이고 따뜻한 사람, 퍼거슨

21세기 초 막 축구에 본격적으로 빠져들었을 때, 나는 알렉스 퍼거슨이라는 이름을 데이비드 베컴 때문에 알게 되었다. 그 후 그 이름은 내게 여러모로 애증의 대상이었다. 물론 많은 부분 박지성의 출장과 관련이 있었다. 박지성이 2008년 챔피언스 리그 결승전의 벤치 멤버에서조차 제외되었을 때 한국 축구팬들이 느꼈던 분노를 나 역시 공유했다. 박지성이 맨체스터 유나이티드에 있으면서 맞이한 세 번의 챔피언스 리그 결승 진출 중 유일하게 승리한 경기였던 만큼 다른 두 경기에 출전했어도 아쉬운 마음은 가시지 않았다.

그 후 2011-2012 시즌이 끝난 뒤 박지성이 맨체스터 유나이티드를 떠날 때 나의 관심 역시 팀과 퍼거슨 곁을 떠날 뻔했다. 그런 나를 돌려세운 계기가 된 것은 냉혹한 승부사로만 알았던 그가 박지성에게 보낸 편지였다. 피도 눈물도 없는 줄 알았던 그의 놀랍도록 자상한 편지는 나에게 흐뭇한 충격을 안겨주었다. 그리고 나는 깨달았다. 이 스코틀랜드 할아버지가 의외로 인간적이고 따뜻한 사람이라는 것을.

애버딘과 맨체스터 유나이티드에서 퍼거슨이 이룬 초인간적인 업적은 축구팬들이라면 누구나 익히 알고 있을 것이다. 하지만 내가 이 책에서 가장 흥미진진하게 생각했던 부분은 그 이전의 이야기들이었다. 영상 매체와 신문기사 정도로만 그를 알고 있던 사람들은 그의 인생 이야기를 읽으며 인간 퍼거슨에 대해 어느 정도 자세한 배경을 갖추게 될 것이다. 자신의 뿌리와 정체성에 대한 애정과 자부심, 그리고 가족에 대한 사랑은 인간에 대한 깊은 이해와 맞닿아 있다. 이것이 필시 훗날 축구의 명장으로 거듭나게 되는 그의 자양분이 되었을 터이다. 까마득한 옛날 동네에서 공을 차던 친구들 이야기부터 학업을 놓지 않도록 사랑으로 도와준 은사에 대한 회상까지 세세하고 치밀한 묘사는 마치 다큐멘터리 영화를 보는 듯하다.

어린 시절 꿈의 클럽인 레인저스에 들어갔으나 본의 아니게 선수생활을 마감하고 33세의 나이로 이스트 스털링셔에서 감독생활을 시작하게 된 퍼거슨은 애버딘에서 감독으로서의 재능을 활짝 꽃피운다. 명실상부한 트로피 수집가로 거듭난 그는 1983년 유러피언 컵위너스컵에서 레알 마드리드를 꺾으며 진정한 자이언트 킬러의 신화를 써내려갔다. 그의 활약으로 1986년 변방의 중소 클럽 애버딘은 유럽 6위, 스코틀랜드 리그 전체 랭킹이 7위로 뛰어오를 정도였다.

그 후 쇠락한 명문 맨체스터 유나이티드를 부흥시키며 과거 버스비 시대의 영광을 뛰어넘는 성공을 거둔다. 하지만 안주하지 않고 더 많은 우승을 갈망하며 선수들에게 끊임없는 동기부여를 하는 모습에서 왜 그가 수많은 축구감독 중에서도 최고로 손꼽히게 되었는지 알 수 있다. 현재의 성공에 만족하지 않고 더 높은 경지를 끝없이 추구하는 그의 야망대로 이 책을 쓴 이후에도 그는 리그 7회, FA컵 1회 그리고 챔피언스 리그 1회 우승을 추가하게 된다. 이 위대한 사나이는 한 발 더 나아가 은퇴시즌에 리그 우승이라는 유종의 미를 거두며 정상에서 물러나는 미덕을 보여주기까지 한다.

방대한 분량과 다양한 분야의 배경지식이 필요한 원서를 번역하는 일은 쉽지 않았다. 경기 장면을 이해하기 쉽고 정확하게 묘사하기 위해 오래된 스코틀랜드 리그 경기 흑백 동영상을 비롯해 수많은 축구 동영상을 몇 번이고 돌려 보기도 했지만, 맨체스터 유나이티드를 이끌고 두 차례나 방한해 FC 서울과 친선전을 가지며 한국 사람들과 더욱 친숙해졌던 퍼거슨의 인간적인 면모와 커리어를 더욱 자세하게 알게 되어 축구팬으로서도 보람을 느끼는 작업이었다.

　끝으로 이 책에 나오는 고유명사는 기본적으로 국립국어원의 표기를 사용했으나 일부는 현지 발음을 따른 것도 있다. 번역은 호더 앤 스타우튼의 2000년 판을 따랐음을 밝힌다.

커리어 레코드

시니어 선수 커리어

■ **1958~1960년 퀸스 파크**

■ **1960~1964년 세인트 존스톤**

■ **1964~1967년 던펌린**

스코틀랜드 리그 대표팀(0) 대 잉글랜드 리그 대표팀(3), 햄든파크
경기장, 1967년 6월 17일.

스코틀랜드 대표팀 여름 투어 1967년 5월 13일~6월 15일: 이스라
엘, 홍콩선발팀, 오스트레일리아(3경기), 오클랜드 지역선발, 밴쿠버
올스타와의 경기에서 10골 기록.

■ **1967~1969년 레인저스**

스코틀랜드 리그 대표(2) 대 아일랜드 리그 대표(0), 벨파스트,
1967년 9월 6일, 1골 기록.

■ 1969~1973년 폴커크

■ 1973~1974년 에어 유나이티드

감독 커리어

■ 1974년 7월~10월 이스트 스털링셔

■ 1974년 10월~1978년 5월 세인트 미렌

1975-1976시즌	디비전 원 4위
1976-1977시즌	디비전 원 우승
1977-1978시즌	프리미어 디비전 8위

■ 1978~1986년 애버딘

1979년	프리미어 디비전 4위
	스코티시컵 준결승
	스코티시 리그컵 준우승
1980년	프리미어 디비전 우승
	스코티시컵 준결승
	스코티시 리그컵 준우승
1981년	프리미어 디비전 준우승
	드라이브러컵 우승
1982년	프리미어 디비전 준우승
	스코티시컵 우승
1983년	프리미어 디비전 3위
	스코티시컵 우승

유러피언 컵위너스컵 우승

1984년　프리미어 디비전 우승

스코티시컵 우승

스코티시 리그컵 준결승

유러피언 컵위너스컵 준결승

유러피언 슈퍼컵 우승

1985년　프리미어 디비전 우승

스코티시컵 준결승

1986년　프리미어 디비전 4위

스코티시컵 우승

스코티시 리그컵 우승

유러피언컵 8강

1978-1979시즌

	경기	승	무	패	득점	실점	승점
리그	36	13	14	9	59	36	40
스코티시컵	5	3	1	1	12	6	
리그컵	8	6	1	1	25	7	
유러피언컵 위너스컵	4	2	0	2	7	6	
친선경기	9	7	1	1	23	6	
종합	62	31	17	14	126	61	

특기사항: 국가대표 골키퍼 보비 클라크가 프리시즌 친선전에서 600경기 출전 달성. 1군 선수 3명이 방출 또는 이적.

1979-1980시즌

	경기	승	무	패	득점	실점	승점
리그	36	19	10	7	68	36	48
스코티시컵	5	3	1	1	16	3	
리그컵	11	7	2	2	23	11	
UEFA컵	2	0	1	1	1	2	
드라이브러컵	1	0	0	1	0	1	
친선경기	11	9	1	1	32	10	
종합	66	38	15	13	140	63	

특기사항: 1군 선수 3명이 다른 스코틀랜드 클럽으로 이적.

1980-1981시즌

	경기	승	무	패	득점	실점	승점
리그	36	19	11	6	61	26	49
스코티시컵	2	1	0	1	2	2	
리그컵	6	3	1	2	15	4	
유러피언컵	4	1	1	2	1	5	
드라이브러컵	3	3	0	0	10	4	
친선경기	7	6	0	1	31	11	
종합	58	33	13	12	120	52	

특기사항: 친정팀인 세인트 미렌을 결승에서 2-1로 꺾고 드라이브러컵 우승.

1981-1982시즌

	경기	승	무	패	득점	실점	승점
리그	36	23	7	6	71	29	53
스코티시컵	6	5	1	0	14	6	
리그컵	10	7	1	2	21	4	
UEFA컵	6	3	2	1	13	9	
친선경기	8	5	2	1	18	6	
종합	66	43	13	10	137	54	

특기사항: 1982년 4월 17일 그리녹 모턴과의 리그 경기에서 윌리 밀러가 애버딘 500경기 출장 기록을 세움.

1982-1983시즌

	경기	승	무	패	득점	실점	승점
리그	36	25	5	6	76	24	53
스코티시컵	5	5	0	0	9	2	
리그컵	8	4	2	2	19	11	
유러피언컵 위너스컵	11	8	2	1	25	6	
친선경기	4	3	0	1	14	1	
종합	64	45	9	10	143	44	

특기사항: 예테보리에서 레알 마드리드와 연장전 2-1 승리로 유러피언 컵위너스컵 우승을 차지한 뒤 10일 후 애버딘은 햄든에서 레인저스와 다시 연장전까지 간 끝에 1-0으로 스코티시컵에서 우승함.

1983-1984시즌

	경기	승	무	패	득점	실점	승점
리그	36	25	7	4	78	21	57
스코티시컵	7	5	2	0	11	3	
리그컵	10	7	2	1	23	3	
유러피언컵 위너스컵	8	3	2	3	10	7	
유러피언 슈퍼컵	2	1	1	0	2	0	
친선경기	12	4	3	5	19	17	
종합	75	45	17	13	143	51	

특기사항: 승점 57점으로 프리미어 디비전 신기록을 세우며 우승. 빌리 스타크를 프리시즌에 세인트 미렌에서 영입. 던디에서 스튜어트 맥키미를 9만 파운드에 데려옴. 유러피언 컵위너스컵 2라운드 SK 베베른(벨기에)과의 경기에서 고든 스트라칸의 두 번째 골은 애버딘의 유럽대항전 100호골이었음. 마크 맥기가 애버딘의 리그컵 100호골 기록. 피터 위어가 애버딘의 스코티시컵 600호골 기록.

1984-1985시즌

	경기	승	무	패	득점	실점	승점
리그	36	27	5	4	89	26	59
스코티시컵	6	3	2	1	10	4	
리그컵	1	0	0	1	1	3	
유러피언컵	2	1	0	1	7	8	
친선경기	9	5	2	2	14	9	
종합	54	36	9	9	121	50	

특기사항: 애버딘이 승점 59점으로 신기록을 갱신하며 프리미어 디비전 타이틀을 방어함. 1월 5일 하이버니언 경기에서 골키퍼 짐 레이튼은 100경기 연속 출전 뒤 처음으로 결장. 던디 유나이티드와의 준결승전에서 윌리 밀러는 스코티시컵 50경기 출전 달성.

1985-1986시즌

	경기	승	무	패	득점	실점	승점
리그	36	16	12	8	62	11	44
스코티시컵	6	5	1	0	15	4	
리그컵	6	6	0	0	13	0	
유러피언컵	6	3	3	0	10	4	
친선경기	11	6	2	3	29	11	
종합	65	36	18	11	129	50	

특기사항: 6경기에서 1골도 내주지 않고 리그컵 우승. 유러피언컵 8강에서 원정 다득점 원칙으로 탈락. 1월 18일 하츠에게 당한 1-0 패배는 리그 19경기를 포함해 26경기만의 첫 홈 패배였음. 윌리 밀러는 1군에서 700경기 돌

파. 아이슬란드에서 선수생활을 거친 후 짐 베트 영입. 더그 벨 11만 5천 파운드에 레인저스로 이적.

1986-1987시즌(8월~1986년 11월)

	경기	승	무	패	득점	실점
리그	15	7	5	3	25	14
리그컵	3	2	0	1	8	2
유러피언컵 위너스컵	2	1	0	1	2	4
친선경기	6	2	3	1	11	6
종합	26	12	8	6	46	26

특기사항: 스위스 뇌샤텔에서 데이비 도즈를 20만 파운드에 영입. 의사의 권고로 프랭크 맥두걸 선수 은퇴. 던디의 이언 앵거스를 로버트 코너와 트레이드. 10만 파운드에 브라이언 건 노리치로 이적.

정리

	경기	승	무	패	득점	실점
리그	303	174	76	53	589	243
스코티시컵	42	30	8	4	89	30
리그컵	63	42	9	12	148	45
유럽대항전	47	23	12	12	78	51
드라이브러컵	4	3	0	1	10	5
친선경기	77	47	14	16	191	77
합계	536	319	119	98	1105	451

■ 알렉스 퍼거슨 임기 중 애버딘의 유럽대항전 기록

1978-1979시즌 컵위너스컵

1라운드 마렉 디미트로프(불가리아) (원정) 2-3, (홈) 3-0, 합계: 5-3

2라운드 포르투나 뒤셀도르프(서독) (원정) 0-3, (홈) 2-0, 합계: 2-3

경기	승	무	패	득점	실점
4	2	0	2	7	6

1979-1980시즌 UEFA컵

1라운드 아인트라흐트 프랑크푸르트(서독) (홈) 1-1, (원정) 0-1, 합계: 1-2

경기	승	무	패	득점	실점
1	0	1	1	1	2

1980-1981시즌 유러피언컵

1라운드 오스트리아 멤피스(오스트리아) (홈) 1-0, (원정) 0-0, 합계: 1-0

2라운드 리버풀(잉글랜드) (홈) 0-1, (원정) 0-4, 합계: 0-5

경기	승	무	패	득점	실점
4	1	1	2	1	5

1981-1982시즌 UEFA컵

1라운드 입스위치(잉글랜드) (원정) 1-1, (홈) 3-1, 합계: 4-2

2라운드 아르게스 피테슈티(루마니아) (홈) 3-0, (원정) 2-2, 합계: 5-2

3라운드 SV 함부르크(서독) (홈) 3-2, (원정) 1-3, 합계: 4-5

경기	승	무	패	득점	실점
6	3	2	1	13	9

1982-1983시즌 컵위너스컵

예선 FC 시옹(스위스) (홈) 7-0, (원정) 4-1, 합계: 11-1

1라운드 디나모 티라나(알바니아) (홈) 1-0, (원정) 0-0, 합계: 1-0

2라운드 레흐 포즈난(폴란드) (홈) 2-0, (원정) 1-0, 합계: 3-0

8강 바이에른 뮌헨(서독) (원정) 0-0, (홈) 3-2, 합계: 3-2

준결승전 바터셰이(벨기에) (홈) 5-1, (원정) 0-1, 합계: 5-2

결승전(예테보리) 레알 마드리드(스페인) 2-1 (연장)

경기	승	무	패	득점	실점
11	8	2	1	25	6

1983-1984시즌 슈퍼컵

SV 함부르크(서독) (원정) 0-0, (홈) 2-0, 합계: 2-0

컵위너스컵

1라운드 아크라네스(아이슬란드) (원정) 2-1, (홈) 1-1, 합계: 3-2

2라운드 SK 베베른(벨기에) (원정) 0-0, (홈) 4-1, 합계: 4-1

8강 우이페슈트 도자(헝가리) (원정) 0-2, (홈) 3-0, 합계: 3-2

준결승 FC 포르투(포르투갈) (원정) 0-1, (홈) 0-1, 합계: 0-2

경기	승	무	패	득점	실점
10	4	3	3	12	7

1984-1985시즌 유러피언컵

1라운드 디나모 베를린(동독) (홈) 2-1, (원정) 1-2, 합계: 3-3(승부차기 4-5 패)

경기	승	무	패	득점	실점
2	1	0	1	7	8

1985-1986시즌 유러피언컵

1라운드 아크라네스(아이슬란드) (원정) 3-1, (홈) 4-1, 합계: 7-2

2라운드 세르베트(스위스) (원정) 0-0, (홈) 1-0, 합계: 1-0

8강 IFK 예테보리(스웨덴) (홈) 2-2, (원정) 0-0, 합계: 2-2(원정 다득점 원칙으로 패)

경기	승	무	패	득점	실점
6	3	3	0	10	4

1986-1987시즌 컵위너스컵

1라운드 FC 시옹(스위스) (홈) 2-1, (원정) 0-3, 합계: 2-4

경기	승	무	패	득점	실점
2	1	0	1	2	4

총계

경기	승	무	패	득점	실점
47	23	12	12	78	51

■ **1985년 10월~1986년 6월 스코틀랜드 대표팀**

국가대표 경기

	경기	승	무	패	득점	실점
홈	3	2	1	0	5	0
원정	7	1	3	3	3	5
합계	10	3	4	3	8	5

결과

1985년	10월	동독(친선경기, 홈) 0-0
1985년	11월	오스트레일리아(월드컵 예선 플레이오프, 홈) 2-0
1985년	12월	오스트레일리아(월드컵 예선 플레이오프, 원정) 0-0
1986년	1월	이스라엘(친선경기, 원정) 1-0
1986년	3월	루마니아(친선경기, 원정) 3-0
1986년	4월	잉글랜드(라우스컵, 원정) 1-2
1986년	4월	네덜란드(친선경기, 원정) 0-0
1986년	6월	덴마크(월드컵, 멕시코시티) 0-1
1986년	6월	서독(월드컵, 케레타로) 1-2
1986년	6월	우루과이(월드컵, 멕시코시티) 0-0

■ 맨체스터 유나이티드

1986-1987시즌
더 투데이 리그 디비전 원

※ 알렉스 퍼거슨 부임 이전 맨체스터 유나이티드의 기록

	경기	승	무	패	득점	실점	승점
홈	7	3	1	3	12	8	10
원정	6	0	3	3	4	8	3
합계	13	3	4	6	16	16	13

리틀우즈컵: 3라운드

※ 알렉스 퍼거슨 부임 이후 맨체스터 유나이티드의 기록

	경기	승	무	패	득점	실점	승점
홈	14	10	2	2	26	10	32
원정	15	1	8	6	10	19	11
합계	29	11	10	8	36	29	43
시즌 총합	42	14	14	14	52	45	56

최종순위: 11위

FA컵: 4라운드

1987-1988시즌

바클리스 리그 디비전 원

	경기	승	무	패	득점	실점	승점
홈	20	14	5	1	41	17	47
원정	20	9	7	4	30	21	34
합계	40	23	12	5	71	38	81

최종순위: 2위

FA컵: 5라운드

리틀우즈컵: 5라운드

1988-1989시즌

바클리스 리그 디비전 원

	경기	승	무	패	득점	실점	승점
홈	19	10	5	4	27	13	35
원정	19	3	7	9	18	22	16
합계	38	13	12	13	45	35	51

최종순위: 11위

FA컵: 6라운드

리틀우즈컵: 3라운드

1989-1990시즌
바클리스 리그 디비전 원

	경기	승	무	패	득점	실점	승점
홈	19	8	6	5	26	14	30
원정	19	5	3	11	20	33	18
합계	38	13	9	16	46	47	48

최종순위: 13위

FA컵: 우승

리틀우즈컵: 3라운드

1990-1991시즌
바클리스 리그 디비전 원

	경기	승	무	패	득점	실점	승점
홈	19	11	4	4	34	17	37
원정	19	5	8	6	24	28	23
합계	38	16	12	10	58	45	59*

*승점 1점 삭감

최종순위: 6위

FA컵: 5라운드

럼벨로우스컵: 2위

유러피언 컵위너스컵: 우승

FA 채리티 실드: 공동우승

1991-1992시즌
바클리스 리그 디비전 원

	경기	승	무	패	득점	실점	승점
홈	21	12	7	2	34	13	43
원정	21	9	8	4	29	20	35
합계	42	21	15	6	63	33	78

최종순위: 2위

FA컵: 4라운드

럼벨로우스컵: 우승

유러피언 컵위너스컵: 2라운드

유러피언 슈퍼컵: 우승

1992-1993시즌
FA 프리미어 리그

	경기	승	무	패	득점	실점	승점
홈	21	14	5	2	39	14	47
원정	21	10	7	4	28	17	37
합계	42	24	12	6	67	31	84

최종순위: 우승

FA컵: 5라운드

코카콜라컵: 3라운드

UEFA컵: 1라운드

1993-1994시즌

FA 칼링 프리미어십

	경기	승	무	패	득점	실점	승점
홈	21	14	6	1	39	13	48
원정	21	13	5	3	41	25	44
합계	42	27	11	4	80	38	92

최종순위: 우승

FA컵: 우승

코카콜라컵: 2위

유러피언 챔피언 클럽스컵: 2라운드

FA 채리티 실드: 우승

1994-1995시즌

FA 칼링 프리미어십

	경기	승	무	패	득점	실점	승점
홈	21	16	4	1	42	4	52
원정	21	10	6	5	35	24	36
합계	42	26	10	6	77	28	88

최종순위: 2위

FA컵: 2위

코카콜라컵: 3라운드

UEFA 챔피언스 리그: 조별예선

FA컵 채리티 실드: 우승

1995-1996시즌

FA 칼링 프리미어십

	경기	승	무	패	득점	실점	승점
홈	19	15	4	0	36	9	49
원정	19	10	3	6	37	26	33
합계	38	25	7	6	73	35	82

최종순위: 우승

FA컵: 우승

코카콜라컵: 2라운드

UEFA컵: 1라운드

1996-1997시즌

FA 칼링 프리미어십

	경기	승	무	패	득점	실점	승점
홈	19	12	5	2	38	17	41
원정	19	9	7	3	38	27	34
합계	38	21	12	5	76	44	75

최종순위: 우승

FA컵: 4라운드

코카콜라컵: 4라운드

UEFA 챔피언스 리그: 준결승

FA 채리티 실드: 우승

1997-1998시즌

FA 칼링 프리미어십

	경기	승	무	패	득점	실점	승점
홈	19	13	4	2	42	9	43
원정	19	10	4	5	31	17	34
합계	38	23	8	7	73	26	77

최종순위: 2위

FA컵: 5라운드

코카콜라컵: 3라운드

UEFA 챔피언스 리그: 8강

FA컵 채리티 실드: 우승

1998-1999시즌

FA 칼링 프리미어십

	경기	승	무	패	득점	실점	승점
홈	19	14	4	1	45	18	46
원정	19	8	9	2	35	19	33
합계	38	22	13	3	80	37	79

최종순위: 우승

FA컵: 우승

워딩턴컵: 5라운드

UEFA 챔피언스 리그: 우승

1999-2000시즌

FA 칼링 프리미어십

	경기	승	무	패	득점	실점	승점
홈	19	15	4	0	59	16	49
원정	19	13	3	3	38	29	42
합계	38	28	7	3	97	45	91

최종순위: 우승

FA컵: 참가 안 함

워딩턴컵: 3라운드

UEFA 챔피언스 리그: 8강

월드 클럽 챔피언십: 우승

정리

홈	경기	승	무	패	득점	실점	승점
리그	270	178	65	27	528	184	599
FA컵	28	20	6	2	53	17	
유럽대항전	35	19	12	4	70	31	
리그컵	24	20	2	2	53	20	
슈퍼컵	1	1	0	0	1	0	
합계	358	238	85	35	705	252	
원정	경기	승	무	패	득점	실점	승점
리그	271	115	85	71	414	327	430
FA컵	37	23	8	6	66	34	
유럽대항전	37	16	13	8	48	34	
리그컵	28	13	4	11	38	36	
FIFA 클럽월드컵	3	1	1	1	4	4	
인터콘티넨탈컵	1	1	0	0	1	0	
UEFA 슈퍼컵	1	0	0	1	0	1	
채리티 실드	7	2	3	2	10	9	
합계	385	171	114	100	581	445	
총계	**743**	**409**	**199**	**135**	**1286**	**697**	

■수상

유러피언 챔피언스 클럽스컵(UEFA 챔피언스 리그)

우승: 1999

유러피언컵 위너스컵

우승: 1991

FA 프리미어 리그

우승: 1993, 1994, 1996, 1997, 1999, 2000

준우승: 1995, 1998

FA컵

우승: 1990, 1994, 1996, 1999

준우승: 1995

풋볼 리그컵

우승: 1992

준우승: 1991, 1994

월드클럽챔피언십(인터콘티넨탈컵)

1999: 우승

UEFA 슈퍼컵

1991: 우승

FA 채리티 실드

우승: 1993, 1994, 1996, 1997

리버풀과 공동우승: 1990

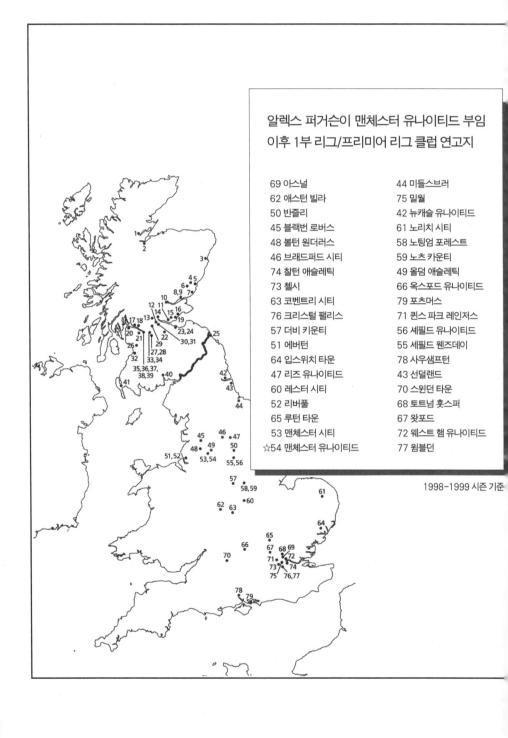

알렉스 퍼거슨이 맨체스터 유나이티드 부임
이후 1부 리그/프리미어 리그 클럽 연고지

69 아스널
62 애스턴 빌라
50 반즐리
45 블랙번 로버스
48 볼턴 원더러스
46 브래드퍼드 시티
74 찰턴 애슬레틱
73 첼시
63 코벤트리 시티
76 크리스털 팰리스
57 더비 카운티
51 에버턴
64 입스위치 타운
47 리즈 유나이티드
60 레스터 시티
52 리버풀
65 루턴 타운
53 맨체스터 시티
☆54 맨체스터 유나이티드

44 미들스브러
75 밀월
42 뉴캐슬 유나이티드
61 노리치 시티
58 노팅엄 포레스트
59 노츠 카운티
49 올덤 애슬레틱
66 옥스포드 유나이티드
79 포츠머스
71 퀸스 파크 레인저스
56 셰필드 유나이티드
55 셰필드 웬즈데이
78 사우샘프턴
43 선덜랜드
70 스윈던 타운
68 토트넘 홋스퍼
67 왓포드
72 웨스트 햄 유나이티드
77 윔블던

1998-1999 시즌 기준

스코틀랜드 리그 클럽

☆ 3 애버딘(피토드리)

34 에어드리 유나이티드 FC (블룸필드
　　파크/샤이베리 엑셀시어)

33 알비온 로버스(클리프턴힐)

14 알로아(레크리에이션 파크)

7 알브로스(게이필드 파크)

★ 32 에어 유나이티드(서머셋 파크)

25 베릭 레인저스(쉴필드 파크)

4 브레친 시티(글리브 파크)

35 셀틱(셀틱 파크)

29 클라이드(브로드우드)

18 클라이드뱅크(킬보위 파크,
　　이후 보그헤드 공동사용)

15 카우덴비스(센트럴 파크)

17 덤바턴(보그스헤드)

8 던디(덴스 파크)

9 던디 유나이티드(태너다이스)

★ 11 던펌린 애슬레틱(이스트 엔드 파크)

16 이스트 파이프(베이뷰)

☆ 31 이스트 스털링셔(퍼스 파크)

★ 30 폴커크(브록빌)

6 포퍼 애슬레틱(스테이션 파크)

20 그리녹 모턴(카필로)

28 해밀턴 아카데미컬(더글러스 파크,
　　이후 퍼힐 공동사용)

23 하트 오브 미들로디온(타인캐슬)

24 하이버니언(이스터 로드)

2 인버네스 캘리도니언 시슬(캘리도니언
　　스타디움)

26 킬마녹(럭비 파크)

22 리빙스턴(아몬드베일 스타디움)

5 몬트로즈(링크스 파크)

27 머더웰(퍼 파크)

36 파틱 시슬(퍼힐)

40 퀸 오브 더 사우스(팔머스톤 파크)

★ 37 퀸스 파크(햄든 파크)

19 레이스 로버스(스타크스 파크)

★ 38 레인저스(아이브록스)

1 로스 카운티(빅토리아 파크)

★ 10 세인트 존스턴(뮤어턴 파크/
　　맥더미드 파크)

☆ 21 세인트 미렌(러브 스트리트)

12 스텐하우스뮤어(오힐뷰 파크)

13 스털링 알비온(포스뱅크 스타디움)

41 스트랜라(스테이어 파크)

39 서드 라나크(캐스킨 파크)

☆ 알렉스 퍼거슨이 감독한 팀

★ 알렉스 퍼거슨이 선수로 뛴 팀

옮긴이_ **임지현**

이화여자대학교를 졸업한 후 뉴욕대학교에서 석사학위를 받았다. 옮긴 책으로는《알렉스 퍼거슨: 나의 이야기》《브리짓 존스의 일기》《브리짓 존스의 애인》《여자의 결혼은 늦을수록 좋다》《야망의 덫》《인간이란 어떤 것인가》《나를 기억하라》《트레인스포팅》《작은 실천이 세상을 바꾼다》《올리비아 줄스의 환상을 쫓는 모험》《시티즌 걸》《탱글렛》등이 있다. 평소 K리그와 유럽 축구를 즐기는 열렬한 축구팬이다.

알렉스 퍼거슨
나의 축구, 나의 인생

1판 1쇄 2016년 10월 28일
1판 3쇄 2024년 4월 30일

지은이   알렉스 퍼거슨
옮긴이   임지현

펴낸이   임지현
펴낸곳   (주)문학사상
주소   경기도 파주시 회동길 363-8, 201호(10881)
등록   1973년 3월 21일 제1-137호

전화   031)946-8503
팩스   031)955-9912
홈페이지 www.munsa.co.kr
이메일   munsa@munsa.co.kr

ISBN 978-89-7012-959-4 (03840)

* 잘못 만들어진 책은 구입처에서 교환해 드립니다.
* 가격은 뒤표지에 있습니다.